P9-CRA-240

Título original: *A Rogue's Proposal*
Traducción: Ana Alcaina

1.ª edición: abril 2007
1.ª reimpresión: julio 2007

para el sello Zeta Bolsillo
Bailén, 84 - 08009 Barcelona (España)
www.edicionesb.com

Printed in Spain
ISBN: 978-84-96778-03-0
Depósito legal: B. 35.132-2007

Impreso por Cayfosa Quebecor

LA PROPUESTA DE UN CANALLA

STEPHANIE LAURENS

El árbol genealógico de la Quinta de los Cynster

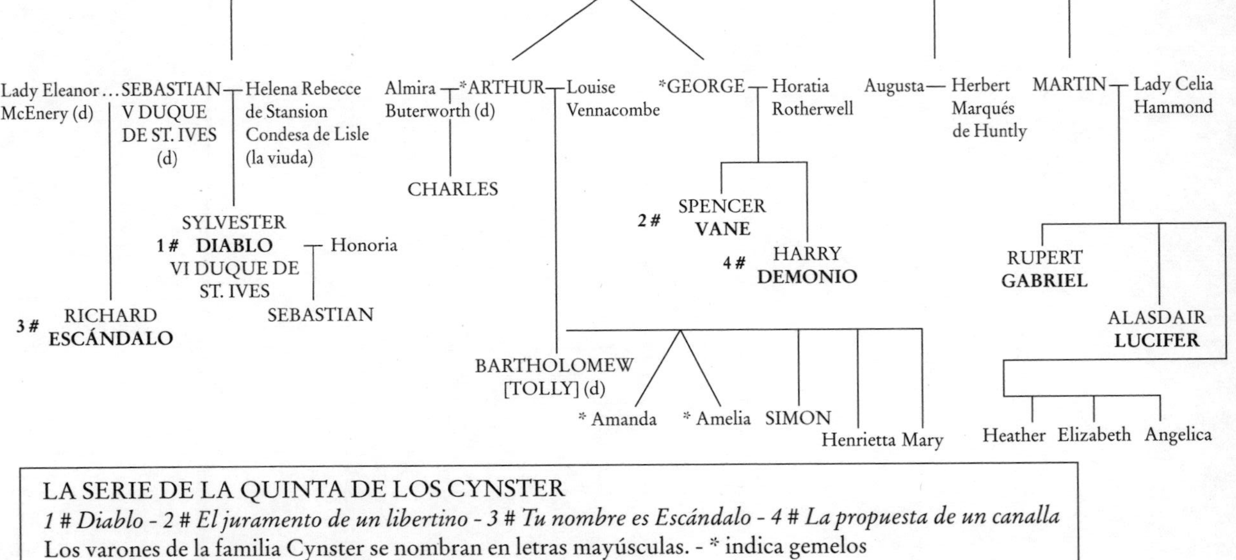

LA SERIE DE LA QUINTA DE LOS CYNSTER

1 # Diablo - 2 # El juramento de un libertino - 3 # Tu nombre es Escándalo - 4 # La propuesta de un canalla

Los varones de la familia Cynster se nombran en letras mayúsculas. - * indica gemelos

1

1 de marzo de 1820
Newmarket, Suffolk

—¡Libertad sin límites! —exclamó.

Con una sonrisa arrogante, Harold Henry Cynster, al que todos llamaban Demonio —incluso su propia madre, en algún momento de debilidad—, puso punto final a su viaje en el patio que había detrás de su finca, en Newmarket. Tras arrojarle las riendas a Gillies, su mozo de cuadra quien descendió de un salto de la parte de atrás del elegante carruaje para recogerlas, Demonio plantó los pies sobre el suelo adoquinado. Estaba de un humor radiante y acarició con cariño el lomo de su caballo zaino mientras escudriñaba el patio con una mirada de amo y señor.

No había rastro de casamenteras intrigantes ni de aristocráticas viudas capaces de fulminarlo con sus miradas reprobadoras.

Demonio le dio una última palmadita a su caballo y se dirigió a la puerta trasera del establo, que estaba abierta. Había salido de Londres a mediodía, inusitadamente complacido de que la brisa le liberase del empalagoso perfume de cierta condesa libidinosa; más que complacido de dejar atrás los bailes de salón, las fiestas y el sinfín de trampas que las madres de hijas en edad de merecer les tendían a los caballeros como él. No es que tuviese dificultades para sortear dichas argucias, pero en los últimos días había percibido algo en el ambiente, su corazón presentía algún peligro y su amplia experiencia le decía que debía escucharlo.

Primero había sido su primo Diablo, luego su propio hermano Vane, y ahora su primo hermano Richard... ¿Quién sería el próximo elegido del destino, cuál de los seis miembros de su selecto grupo, el clan Cynster, tal como habían acordado llamarse, caería ahora en los brazos de una amante esposa?

Fuera quien fuese, no sería él.

Tras detenerse ante las puertas abiertas del establo, miró a su alrededor entrecerrando los ojos para protegerse de la potente luz del sol. Algunos de sus caballos amblaban por los prados bajo la atenta mirada de sus cuidadores. En el terreno que se extendía detrás, el Heath, los caballos de otros establos estaban haciendo ejercicios de entrenamiento vigilados por los dueños y los adiestradores.

La escena era exclusivamente masculina. El hecho de que se sintiese tan a gusto —en realidad, notaba que se iba relajando— no dejaba de ser irónico: no podía decirse, ni mucho menos, que no le gustasen las mujeres o que no disfrutase de su compañía, ni tampoco que no hubiese dedicado —o que no dedicase— una considerable cantidad de tiempo a conquistarlas. Desde luego, no podía negar el placer que le procuraban dichas conquistas ni la satisfacción que obtenía de ellas. Al fin y al cabo, era un Cynster.

Sonrió. Todo eso era cierto. Y sin embargo...

Si bien los demás miembros del clan Cynster, como correspondía a su estatus de caballeros de ilustre cuna y clase acomodada, habían aceptado seguir algún día la larga tradición familiar, y por tanto casarse y formar una familia, él se había jurado que sería diferente; que nunca se casaría, que nunca tentaría al destino al que tanto su hermano como sus primos habían intentado burlar sin conseguirlo. Como principio, casarse para cumplir con las obligaciones sociales estaba muy bien, pero casarse con una mujer de la que se estaba enamorado había sido, hasta entonces, el funesto destino de todos los varones Cynster.

Y, para toda una saga de guerreros, era realmente un funesto destino: estar para el resto de sus días a merced de los caprichos de una mujer, una mujer en cuyas pequeñas y delicadas manos había depositado nada menos que su corazón, su alma y su futuro. La sola idea bastaba para hacer palidecer al más valeroso de los guerreros.

Pues él no pensaba caer en la trampa.

Le dio un último repaso al patio, perfectamente cuidado, y comprobó que el suelo adoquinado estuviera bien barrido y las vallas reparadas. Entonces se volvió y entró en el establo principal, que albergaba a sus caballos de carreras. Las sesiones de mediodía ya habían empezado, así que podría ver a Carruthers, un experto entrenador, preparando a sus caballos.

Demonio emprendió el camino hacia su yeguada, situada cinco kilómetros al sur del hipódromo, en la campiña suavemente ondulada que lindaba con el Heath; puesto que tenía el firme propósito de evitar el matrimonio durante todo el resto de su vida, y dado que el ambiente que se respiraba en Londres —con la temporada de bailes a punto de comenzar, y su madre y sus tías entusiasmadas con la emoción de las bodas, las recientes esposas y los posteriores nacimientos de bebés— estaba bastante cargado, Demonio había decidido pasar inadvertido y ver la temporada de baile desde la distancia segura de su finca, arropado por la inofensiva sociedad de Newmarket.

Allí, el destino no tendría ocasión de atraparlo entre sus garras.

Mirando al suelo para esquivar los inevitables desechos que dejaban sus animales favoritos, avanzó sin prisas por el pasillo central. Había caballerizas abiertas a uno y otro lados, todas ellas vacías. Al otro extremo del edificio, un nuevo par de puertas abiertas daban al Heath. Hacía un buen día, y una ligera brisa les levantaba las crines a los caballos y hacía ondear sus largas colas. Sus caballos estaban fuera, entregados a lo que mejor sabían hacer: correr.

Tras haber pasado las últimas horas con la espalda al sol, la sombra del establo le pareció fría. Sintió un súbito escalofrío en los hombros, que luego le recorrió toda la columna vertebral.

Demonio frunció el ceño, e iba sacudiendo los hombros a medida que avanzaba. Cuando llegó al punto en que el pasillo se ensanchaba y se convertía en el área de montar, se detuvo y levantó la mirada.

Vio entonces una imagen familiar: un mozo de cuadra o un jinete balanceando la pierna por el lomo brillante de uno de sus campeones. El caballo estaba de espaldas a él, y Demonio no le veía más que la grupa, zaina y ancha; sin embargo reconoció en él a uno de sus favoritos del momento, un caballo castrado irlandés que sin duda haría un buen papel en la temporada inminente. Sin embargo, no fue eso lo que lo impresionó, lo que lo dejó clavado en el suelo.

No veía al jinete, salvo su espalda y una pierna. El mozo llevaba una gorra de tela que le cubría la cabeza, una chaqueta de montar raída y unos pantalones de pana muy anchos, también de montar, salvo en una zona: donde se adhirieron por completo al trasero del jinete cuando éste levantó la pierna por encima de la silla.

Carruthers estaba de pie junto al caballo, dando instrucciones. El mozo se acomodó en la silla y luego se apoyó en los estribos para ajustar su posición. Una vez más, la pana se estiró y se desplazó.

Demonio inspiró hondo. Entrecerrando los ojos y apretando la mandíbula, dio un paso hacia delante.

Carruthers dio una palmada a la grupa del caballo. Asintiendo con la cabeza, el jinete hizo salir al caballo, *Mighty Flynn*, al trote bajo la luz del sol.

Carruthers se volvió y entrecerró los ojos al ver a Demonio.

—¡Ah, eres tú! —Pese a la brusquedad del saludo y al tono adusto que empleó, había un afecto profundo en la vieja mirada de Carruthers—. ¿Qué? Has venido a ver qué tal van, ¿no?

Demonio asintió, con la mirada clavada en la espalda del jinete que cabalgaba en lo alto de *Mighty Flynn*.

—Sí, claro.

Acompañado de Carruthers, echó a andar siguiendo la estela de *Flynn*, el último de sus caballos en salir al Heath.

En silencio, Demonio observó a sus caballos. Los ejercicios de *Mighty Flynn* eran más bien ligeros: primero iban al paso, luego al trote y luego al paso de nuevo. A pesar de que Demonio observó a todos sus caballos, no llegó a apartar demasiado la vista de *Flynn*.

Junto a Demonio, Carruthers vigilaba de cerca a sus pupilos. Demonio lo miró un momento y se fijó en su rostro ajado, surcado de arrugas, curtido como la piel gastada, en sus ojos de color castaño claro que no perdían detalle de cada paso, de cada giro. Carruthers nunca tomaba notas, no precisaba de recordatorios para acordarse de lo que había hecho cada caballo. Cuando sus pupilos regresaban a los establos, sabía exactamente lo que había aprendido cada uno y lo que le hacía falta para perfeccionar su entrenamiento. Carruthers, el entrenador más experto de Newmarket, conocía a sus caballos mejor que a sus propios hijos, de ahí que Demonio no se hubiera cansado de darle la lata hasta que accedió a entrenar para él, a dedicar todo su tiempo a adiestrar su cuadra.

Enfocando la mirada de nuevo en el enorme caballo zaino, Demonio murmuró:

—El chico que monta a *Flynn*... es nuevo, ¿verdad?

—Sí —respondió Carruthers, sin apartar los ojos de los caballos—. Es un chico de la zona de Lidgate, de por ahí abajo. Ickley se largó, o al menos eso suponemos. Una mañana no apareció y nadie lo ha visto desde entonces. Una semana más tarde apareció este joven Flick, que decía que sabía montar, así que lo subí a uno de los más cascarrabias. —Carruthers señaló con la cabeza hacia donde trotaba *Flynn*, adaptándose bien al ritmo del resto de la cuadra, mientras la figura que iba a lomos de él lo manejaba con una soltura sorprendente—. Montó al más bruto con suma facilidad, así que lo subí encima de *Flynn*. Nunca había visto a ese caballo entregarse tan a gusto. El chico tiene don para los caballos, de eso no hay duda. Unas manos excelentes y una buena retaguardia.

En su fuero interno, Demonio no podía estar más de acuerdo. Sin embargo, «buena retaguardia» no era la expresión que él habría empleado. Aunque probablemente estaba equivocado: Carruthers era un acérrimo defensor de la fraternidad, nunca dejaría a uno de sus caballos en manos de una mujer, y mucho menos a *Flynn*.

Y sin embargo...

Tenía un presentimiento, oía un insistente murmullo en el fondo de su cabeza, algo con mayor entidad que una simple sospecha. Y una parte de él, la parte en que imperaban los sentidos, sabía con certeza que no se equivocaba: un chico no podía tener un trasero como ése.

Este pensamiento evocó de nuevo la visión, y Demonio sintió una intensa inquietud y se maldijo para sus adentros. Había dejado a la condesa hacía escasas horas; no tenía ningún sentido que sus lujuriosos demonios se despertasen de nuevo, y mucho menos que se levantasen...

—Ese Flick... —El nombre le resultaba familiar. Si el chico era de por allí, es posible que se hubiese tropezado con él anteriormente—. ¿Cuánto tiempo lleva con nosotros?

Carruthers seguía absorto en los caballos, que ahora se estaban refrescando antes de regresar a los establos.

—Ahora hará dos semanas.

—¿Y trabaja todo el día?

—Sólo le doy media paga, porque la verdad es que no necesitaba a nadie más para el trabajo en los establos. Sólo lo quería para montar, para el entrenamiento y para galopar. Resultó que a él también le iba bien así. Su madre no se encuentra bien de salud, así que llega aquí por las mañanas, trabaja unas horas, luego regresa a Lidgate para hacerle compañía a su madre y después vuelve a subir para la sesión de la tarde.

—Mmm... —Los primeros caballos ya estaban regresando. Demonio acompañó a Carruthers al interior del establo, a la zona de montar, mientras los mozos de cuadra hacían entrar a los animales. Demonio conocía a la mayoría de los mozos. Mientras intercambiaba saludos y algún que otro comentario, examinando a sus caballos con ojos expertos, Demonio no perdió de vista a *Flynn*.

Flick amblaba en la parte posterior de la recua. No había intercambiado más que breves saludos con la cabeza y algunas palabras con el resto de los mozos, por lo que, entre la camaradería general, Flick parecía un jinete solitario. Pero por lo visto los demás mozos no encontraban en él nada raro y pasaban a su lado como si tal cosa mientras hacía entrar al enorme caballo zaino, dándole palmaditas en el cuello sedoso y, a juzgar por cómo movía las orejas el animal, susurrándole al oído palabras tiernas. Demonio se maldijo de nuevo para sus adentros y volvió a preguntarse si estaría equivocado.

Flynn fue el último en entrar. Demonio estaba de pie, con los brazos en jarras, junto a Carruthers, entre las sombras acentuadas por el súbito resplandor del ocaso. Flick dejó que el caballo hiciese una última cabriola, y finalmente lo sujetó y lo guió hacia el interior del establo. Cuando resonó el eco del primer casco sobre las lozas del pavimento, Flick levantó la mirada.

Sus ojos, acostumbrados a la luz del sol, parpadearon varias veces y miraron a Carruthers y, acto seguido, a Demonio. Directamente a la cara.

Durante un único y tenso instante, jinete y propietario se miraron fríamente.

Flick tiró de las riendas y, mientras *Flynn* daba media vuelta, le lanzó a Carruthers una mirada de espanto.

—Todavía está muy inquieto. Me lo llevaré a galopar un rato. —Y, dicho esto, el jinete y *Flynn* desaparecieron dejando tras de sí una nube de polvo.

—Pero ¡qué demonios...! —Carruthers quiso ir tras ellos, pero se detuvo en cuanto cayó en la cuenta de la inutilidad de una persecución. Se volvió hacia Demonio con aire confuso—: Nunca había hecho nada parecido.

Demonio soltó un improperio como única respuesta mientras avanzaba por el pasillo a grandes zancadas. Se detuvo delante de la primera valla abierta, donde un mozo de cuadra estaba retirando la cincha de uno de sus caballos más robustos.

—No se la quites. —Demonio apartó al asustado mozo y de un solo tirón, y con un diestro golpe de rodilla, ajustó la cincha de nuevo. Se montó en la silla e hizo retroceder al caballo, buscando a tientas los estribos.

—Eh, puedo enviar a uno de los mozos en su busca —dijo Carruthers dando un paso atrás mientras Demonio pasaba al trote por su lado.

—No, déjamelo a mí. Ya me encargaré yo de ese «chico».

Demonio dudaba de que Carruthers hubiese captado el énfasis, pero no pensaba pararse a explicárselo. Mascullό una imprecación y salió disparado a la captura del caballo zaino y su jinete.

En cuanto cruzó la puerta del establo, espoleó con fuerza el caballo, que pasó del trote al medio galope y finalmente al galope. Para entonces, Demonio ya había localizado a su presa a lo lejos, desapareciendo entre las sombras que proyectaba una arboleda. Un minuto más tarde y la habría perdido.

Apretando la mandíbula con fuerza, se peleaba con los estribos mientras seguía galopando. Una retahíla de imprecaciones y juramentos tañían el aire a su paso. Por fin logró sacudir con fuerza los estribos, inclinó el cuerpo hacia delante y comenzó la parte más seria de la caza.

La figura oscilante a lomos de *Flynn* volvió la cabeza un

momento y luego miró de nuevo hacia delante. Al cabo de un segundo, *Flynn* viró bruscamente y apretó el paso.

Demonio siguió a la zaga, intentando acortar la distancia avanzando en diagonal, pero sólo consiguió adentrarse en una franja de terreno áspero y lleno de baches. Viéndose obligado a aminorar la marcha y a torcer a un lado, levantó la vista y descubrió que Flick había girado bruscamente y que ahora iba en otra dirección. En lugar de reducirse, la distancia entre ambos había aumentado.

Con la mandíbula apretada y los ojos entrecerrados, Demonio dejó de renegar y se concentró en el galope. Dos minutos más tarde ya había alterado su plan inicial, derribar a Flick y exigirle una explicación, y se había conformado con no perder de vista a la maldita chica.

Cabalgaba como una auténtica amazona, incluso mejor que él. Parecía imposible, pero...

Él era un jinete excepcional, probablemente el mejor del momento. Podía montar cualquier cosa que tuviera cuatro patas, crines y cola, en cualquier parte y terreno. Y aun así, Flick lo estaba llevando al límite. Y no era porque su caballo ya estuviese cansado ni tampoco porque lo estuviese forzando más de lo que ella forzaba al suyo. *Flynn* también estaba cansado y estaba cabalgando al máximo, pero en cambio Flick volaba, mientras que él sólo seguía el ritmo que le marcaba. Además, la chica parecía fundirse con su montura de un modo en que sólo un jinete experto sabe entender.

Él lo entendía y, muy a su pesar, no podía sino sentir admiración al tiempo que admitía para sus adentros que no tenía la más mínima posibilidad de atraparla. Porque era una mujer, de eso ya no le cabía la menor duda. Los mozos de cuadra no tenían delicados hombros ni clavículas, ni cuellos esbeltos como los de un cisne, ni manos que, aun enfundadas en guantes de cuero, se adivinaban pequeñas y de huesos finos. En cuanto a su rostro, lo poco que había alcanzado a ver por encima de la bufanda de lana que le tapaba la nariz y la barbilla, le había parecido más angelical que humano.

Una mujer que se llamaba Flick. En los distantes recovecos de su cerebro se desperezó un recuerdo, demasiado insustancial para cobrar forma. Intentó reavivarlo por completo, pero no lo consiguió. Estaba seguro de que nunca había llamado Flick a ninguna mujer.

La chica todavía le llevaba unos quinientos metros de ventaja. Cabalgaban directamente hacia el oeste, hacia los terrenos menos frecuentados del Heath. Pasaron a toda velocidad junto a un grupo de caballos en pleno entrenamiento, que levantaron sus testuces para mirarlos con sorpresa. La vio mirar de nuevo a su alrededor y, al cabo de un instante, virar de improviso. Con determinación y desagrado, Demonio frunció el ceño ante el sol del crepúsculo y siguió el mismo camino.

Quizá no conseguiría derribarla del caballo, pero no la perdería de vista, de eso estaba seguro.

Flick percibió con total claridad el empeño de su perseguidor. Hizo, para sus adentros, unos cuantos comentarios acerca de los jóvenes mujeriegos londinenses que aparecen en sus yeguadas sin previo aviso para luego entrometerse en el camino de los demás, hacerles perder el ritmo y ponerles ridículamente nerviosos, y se dispuso entonces, con irritación y no sin cierta desesperación, a repasar sus opciones. No tenía demasiadas: si bien ella podía seguir cabalgando tranquilamente otra hora más, *Flynn* no podía, y el caballo que montaba Demonio todavía menos. Además, pese al nudo de puro pánico que sentía en el estómago, no tenía ningún sentido huir.

De una forma u otra, en ese preciso momento o quizás un poco más tarde, tendría que enfrentarse a Demonio. No sabía si la había reconocido, pero en el establo, en ese instante en que la había escudriñado con su mirada azul, había tenido la sensación de que la había descubierto tras su disfraz.

En realidad, la impresión que había tenido era que la había visto a través de su ropa, una sensación decididamente inquietante.

Y aunque no se hubiese dado cuenta de que era una mujer, su propia reacción impulsiva había hecho inevitable la confrontación. Había echado a correr, y no había una explicación plausible para eso, si quería evitar darle a él y a sus recuerdos demasiadas pistas con respecto a su identidad.

Conteniendo la respiración para atajar un acceso de hipo, Flick miró atrás; él todavía estaba allí, siguiéndola, sin cejar en su empeño. Echando el cuerpo hacia delante, tomó nota del lugar donde se encontraban. Primero lo conduciría al oeste y luego, rodeando los establos y los prados que bordeaban el hipódromo, irían hacia el sur, para finalmente adentrarse campo a través en el Heath. Miró al sol, les quedaba al menos una hora antes de que oscureciera. Puesto que los demás ya estaban en los establos preparando a los caballos para la noche, en aquella parte del Heath no había un alma en esos momentos. Cualquier sitio donde quedasen razonablemente protegidos serviría para el encuentro que, según todos los indicios, iba a ser inevitable.

Su única opción era la sinceridad. En el fondo lo prefería: las mentiras y los subterfugios nunca habían sido su estilo.

Divisó un seto a unos cien metros de distancia. Su memoria le proporcionó una imagen de lo que había más allá. *Flynn* empezaba a dar muestras de cansancio, de modo que se inclinó hacia delante y le acarició su cuello brillante, susurrándole cumplidos al oído y dándole ánimos. Luego lo dirigió hacia el seto.

Flynn dio un salto para atravesarlo y aterrizó con facilidad. Flick soportó el salto sin problemas y tiró de las riendas hacia la izquierda, hacia las sombras alargadas que proyectaba un bosquecillo. En el espacio que había entre el seto y el bosquecillo, protegido por tres flancos, sofrenó al caballo y esperó.

Y siguió esperando.

Al cabo de cinco minutos, empezó a preguntarse si Demonio habría apartado la vista en el momento crucial y no había visto adónde había ido. Cuando transcurrió otro minuto y siguió sin percibir el ruido de los cascos, frunció el ceño y se enderezó en la silla de montar. Estaba a punto de tomar las riendas y salir en busca de su perseguidor cuando lo vio.

No había saltado el seto. A pesar de sus deseos de atraparla, se habían impuesto el sentido común y la preocupación por su caballo: había ido siguiendo el seto hasta encontrar un hueco por donde pasar al otro lado. Ahora avanzaba a medio galope bajo el último sol de la tarde, con sus anchos hombros bien erguidos, las largas piernas relajadas y la cabeza alta, mientras el sol le pintaba de oro los bruñidos rizos y escudriñaba los campos que se extendían ante sus ojos con el rostro imperturbable, tratando de encontrarla.

Flick se quedó paralizada. Era tentador, tan tentador, quedarse inmóvil... Mirarlo cuanto quisiera y dejarlo pasar, adorarlo de lejos tal como había hecho durante años, dejando que sus sentidos se embriagasen mientras permanecía escondida, sin correr ningún riesgo. Si no hacía ningún ruido, no era probable que la viese. No tendría que enfrentarse a él... pero, por desgracia, había demasiados obstáculos en ese camino. Irguiendo la columna, dominando con firmeza sus díscolos sentidos, levantó la barbilla.

—¡Demonio! —gritó.

Él volvió la cabeza de golpe, viró con virulencia y luego la vio. Aun desde tanta distancia, sus ojos se clavaron en ella, y luego examinó los alrededores. Aparentemente satisfecho, hizo avanzar a su caballo rucio al trote y luego, a medida que se fue aproximando a ella, aminoró el paso.

Llevaba puesta una elegante levita de un azul que hacía juego con sus ojos; sus poderosos muslos, que aprisionaban los faldones de la silla de montar, iban embutidos en unos ajustados pantalones de gamuza. Una camisa de color marfil, un fular también marfil y unas botas relucientes completaban el cuadro. Parecía exactamente lo que era: la personificación del típico canalla libertino de Londres.

Flick le sostuvo la mirada y deseó, con todas sus fuerzas, ser un poco más alta. Cuanto más se acercaba, más pequeña se sentía... más niña. Ya no era ninguna cría, pero lo conocía desde entonces. Era difícil sentirse segura de sí misma. Con la gorra ensombreciéndole el rostro y la bufanda tapándole la nariz y la barbilla, no sabía lo que Demonio vería de ella: a una niña con coletas o a la jovencita que con tanta mordacidad lo había estado evitando. Había sido ambas, y, sin embargo, ahora ya no era ninguna de ellas. Ahora tomaba parte en una cruzada, una cruzada en la que no le vendría nada mal su ayuda... si accedía a brindársela.

Apretando los labios por debajo de la bufanda, ladeó el mentón y lo miró a los ojos.

La memoria de Demonio inició un vertiginoso torbellino a medida que se iba acercando a las sombras del bosquecillo. Le había llamado «Demonio»; sólo alguien que lo conociese lo llamaría por ese nombre. Las imágenes del pasado se mezclaban y se aturullaban en su mente, y atisbó, a través de los años, a una niña, una chica, capaz de llamarlo Demonio sin sonrojarse. De una chica que sabía montar a caballo —sí, claro, siempre había montado a caballo, pero ¿desde cuándo se había convertido en una amazona experta?—, de una chica a la que hacía mucho tiempo había asociado con la cualidad que Carruthers había descrito como una «retaguardia» estupenda: ese generoso arrojo que, aunque rayaba en la temeridad, no lo era.

Cuando detuvo su caballo, con la testuz a la altura de la cola de *Flynn*, ya la había reconocido y ubicado. No se llamaba Flick sino Felicity.

Arrugando la frente, la inmovilizó por completo, extendió el brazo, le arrancó la bufanda de la cara... Y apareció ante sus ojos un ángel de Botticelli.

Se encontró anegándose en unos ojos azules cristalinos

más claros que los suyos, se encontró con su mirada irresistiblemente atraída hacia unos labios de formas perfectas y teñidos del rosa más delicado que había visto nunca.

Se estaba desplomando, rápidamente... sin oponer resistencia.

Exhalando un suspiro, se incorporó de golpe y se dio cuenta de lo mucho que se había hundido en la silla. Rompiendo el hechizo, frunció el ceño y, de mal humor, se dirigió a la causante del mismo:

—¿Se puede saber qué diablos crees que estás haciendo?

2

Flick ladeó la barbilla, una barbilla delicada y puntiaguda. Tenía un aspecto decididamente obstinado.

—Me estoy haciendo pasar por un mozo de cuadra en tus establos, para...

—¡Menuda broma más estúpida! Si crees que puedes tomarme el pelo...

—No es ninguna broma. Hablo en serio. —El azul de sus ojos centelleó y su expresión se tornó beligerante—. Lo hago por el general.

—¿El general? —El general sir Gordon Caxton era vecino y mentor de Demonio y el tutor de Felicity, alias Flick. Demonio frunció el ceño—. ¿No me estarás diciendo que el general está al tanto de esto?

—¡Pues claro que no!

Flynn se movió; con los labios apretados, Demonio esperó a que Flick apaciguara al enorme caballo zaino.

Lo repasó con la mirada, irritada y considerada al mismo tiempo, y luego la fijó en su semblante.

—Es por Dillon.

—¿Dillon?

Dillon era el hijo del general. Flick y Dillon eran más o menos de la misma edad. Los recuerdos más recientes que Demonio guardaba de Dillon eran de un muchacho de pelo castaño que se pavoneaba por Hillgate End, la casa del general, con aires de importancia.

—Dillon se ha metido en un lío.

Demonio tuvo la certera impresión de que la chica se había reprimido para no añadir: «Otra vez.»

—Se ha involucrado, sin querer, en un asunto de carreras amañadas.

—¿Qué? —La palabra salió demasiado bruscamente de sus labios y tuvo que tranquilizar a su montura. Cuando oyó «carreras amañadas» un escalofrío le recorrió el cuerpo.

Flick lo miró frunciendo el ceño.

—Es cuando pagan a los jinetes para que se dejen ganar o para que provoquen algún problema o...

La fulminó con la mirada.

—Ya sé lo que significa una carrera amañada, pero eso no explica qué haces tú implicada en ese asunto.

—¡Yo no estoy implicada! —La indignación le coloreó las mejillas.

—Entonces, ¿qué haces fingiendo ser un mozo de cuadra?

Sus ojos azul claro se encendieron.

—¡Si dejaras de interrumpirme podría explicártelo!

Demonio trató de controlar su temperamento, apretó la mandíbula y esperó con una expresión mordaz en el rostro. Tras un momento de tenso silencio, sus ojos azules se toparon con una mirada azul, Flick asintió con la cabeza y levantó su naricilla respingona en el aire.

—Hace unas semanas, un hombre se acercó a Dillon y le pidió que le transmitiera un mensaje a un jinete acerca de la primera carrera de la temporada. Dillon no vio ninguna razón para negarse, así que accedió a hacerlo. Supongo que creyó que se trataría de alguna broma o bien de algo relacionado con las carreras, pero accedió a transmitirle el mensaje al jinete, aunque al final no lo hizo. No pudo. Tenía un poco de fiebre y la señora Fogarty y yo insistimos en que se quedase en cama. Le escondimos la ropa, así que no tuvo más remedio que hacernos caso. Por supuesto, no nos dijo por qué insistía tanto en levantarse de la cama. No nos dijo nada por el momento. —Hizo una pausa para tomar aliento—. Así que no pudo comunicarle el mensaje. Eran instrucciones para amañar la carrera, de modo que, al final, la carrera no fue amañada. Al parecer el hombre que se puso en contacto con Dillon forma parte de una especie de organización, una banda de alguna clase, y como la carrera no fue amañada y ellos no lo sabían, perdieron mucho dinero.

»Vinieron unos hombres en busca de Dillon, unos matones. Por suerte, a Jacobs y a la señora Fogarty no les gustó su aspecto y les dijeron que Dillon se había marchado. Así que ahora se está escondiendo de ellos y teme por su vida.

Demonio soltó un suspiro y se echó hacia atrás en la silla. Por lo que sabía de los desagradables personajes relacionados con las carreras de caballos amañadas, Dillon tenía buenas razones para preocuparse. Se quedó mirando a Flick.

—¿Dónde se esconde?

Ella irguió la espalda y lo miró directamente a los ojos.

—No puedo decírtelo, a menos que estés dispuesto a ayudarnos.

Demonio le devolvió la mirada acompañándola de una expresión aún más severa y decididamente más agraviada.

—¡Pues claro que estoy dispuesto a ayudaros! ¡Faltaría más! —¿Quién creía que era él? Masculló una maldición para sus adentros—. ¿Cómo le sentaría al general que acusasen a su único hijo de amañar carreras de caballos?

Flick relajó de inmediato su semblante. Demonio sabía que no podía haber dicho nada más convincente, al menos para ella. Sentía auténtica devoción por el anciano general, tanta como una verdadera hija, y trataba de protegerlo a toda costa. Lo admiraba muchísimo, igual que él a ella. Así que asintió con la cabeza con aprobación.

—Exacto. Y ésa es, me temo, una de nuestras principales preocupaciones, porque el hombre que habló con Dillon sabía a ciencia cierta que era el hijo del general.

Demonio sintió un escalofrío: el general era la autoridad más preeminente en pura sangres ingleses e irlandeses, y era admirado por cualquiera que estuviese relacionado con las carreras de caballos; la organización había sabido planear bien su objetivo.

—Bueno, ¿y dónde se esconde Dillon?

Flick lo miró con aire reflexivo antes de contestar.

—En la casa en ruinas que hay al final de tus tierras.

—¿De mis tierras?

—Era más seguro que cualquier otro lugar de la finca Caxton.

No podía objetar nada, pues la finca Caxton comprendía únicamente la casa y el parque que la rodeaba. El general había invertido una fortuna en bonos y no le hacían falta propiedades que le diesen más quebraderos de cabeza. Había vendido sus hectáreas hacía muchos años, y parte de ellas se las había comprado el propio Demonio. Le lanzó una mirada a Flick, que estaba sentada cómodamente a horcajadas sobre *Flynn*.

—Mis caballos, mi casa... ¿de qué más has estado disponiendo?

Sus mejillas se tiñeron de un leve rubor, pero no contestó. Demonio no pudo evitar fijarse en la delicadeza de su tez, seda de color marfil tintada ahora de un pálido rosa. Era el sueño de cualquier pintor, hasta Botticelli se habría rendido a sus pies. La idea le trajo a la memoria los ángeles del pintor, ataviados con trajes transparentes, y al instante se imaginó a Flick vestida del mismo modo. Acto seguido se preguntó qué aspecto tendría aquella piel marfileña, que suponía debía de extenderse por la totalidad de su cuerpo, cuando cayese presa de la pasión...

Bruscamente, dejó de soñar despierto. Por Dios santo... ¿en qué estaba pensando? Flick era la pupila del general, y poco más que una niña. ¿Cuántos años tenía? La miró y arrugó la frente.

—Nada de lo que has dicho explica qué estás haciendo aquí, vestida así y entrenando a mi último campeón.

—Estoy intentando identificar al hombre que se puso en contacto con Dillon. Él asegura que lo conoció de noche, que no llegó a verlo lo bastante bien como para reconocerlo, para describirlo. Ahora que Dillon no puede hacerle de mensajero, ese hombre tendrá que contactar con otra persona, alguien que pueda hablar sin dificultad con los jinetes de carreras.

—¿Así que te paseas por mis establos mañana y tarde con la esperanza de que ese hombre se ponga en contacto contigo? —La miró horrorizado.

—Conmigo no. Con uno de los otros, los mozos más mayores, que conocen a todos los jinetes. Estoy allí para vigilar y para enterarme de todo lo que pueda.

Siguió mirándola mientras pensaba en todas las lagunas de su historia. Era evidente que tendría que llenarlas una a una.

—¿Cómo demonios lograste persuadir a Carruthers para que te contratara? ¿O es que no sabe nada?

—¡Pues claro que no sabe nada! Nadie lo sabe, pero no me resultó difícil que me contratara. Me enteré de que Ickley había desaparecido; a Dillon le dijeron que Ickley había accedido a actuar de mensajero esta temporada, pero que había cambiado de idea en el último momento. Por eso hablaron con Dillon. Fue así como supe que Carruthers necesitaba a alguien.

Demonio compuso una sonrisa y Flick siguió hablando.

—Así que me vestí de la forma adecuada —explicó, al tiempo que gesticulaba señalando su atuendo— y fui a ver a Carruthers. Todo el mundo en Newmarket sabe que Carruthers no ve bien de cerca, así que no creí que fuese a tener ningún problema. Lo único que tenía que hacer para que me contratase era montar a caballo delante de él.

Demonio contuvo un resoplido.

—¿Qué me dices de los demás? ¿Y los otros mozos, los jinetes? No todos están medio ciegos.

Flick le lanzó una mirada cargada de la más pura condescendencia femenina.

—¿Has estado alguna vez en un establo y te has fijado

en cuántas veces los hombres, sean los mozos o los entrenadores, se miran unos a otros? A los caballos sí, pero a los seres humanos que trabajan con ellos no les lanzan más que una ojeada. Los otros me ven a todas horas, pero nunca me miran. Tú eres el único que me ha mirado.

La acusación impregnó su tono de voz. Demonio tuvo que reprimirse para no contestarle que habría tenido que estar muerto para no mirarla. También se contuvo para no decirle que debería dar gracias de que la hubiese mirado: sólo de pensar en el lío en que tan despreocupadamente se había metido, enfrentándose sola a una banda que se dedicaba a amañar las carreras, se le ponían los pelos de punta.

Aquella clase de bandas eran muy peligrosas, las controlaban hombres para quienes la vida de los demás no significaba nada. La vida de personas como Ickley. Demonio se propuso averiguar qué le había sucedido a Ickley. La idea de que Flick pudiese estar ofreciéndose como su sustituta le daba escalofríos. Al mirarla a la cara, al observar su expresión abiertamente decidida, estuvo a punto de rescindir allí mismo el contrato que su finca le había hecho.

El recuerdo del modo en que le había visto ladear la barbilla hacía sólo unos minutos le ayudó a contenerse. Una barbilla pequeña y fina, delicadamente afilada, y sin duda demasiado obstinada.

Había muchos cabos sueltos todavía, muchas cosas que todavía no entendía.

Los caballos se estaban enfriando y el sol hundía sus pies despacio en el horizonte. Su montura se movió nerviosa y los faldones de su levita se agitaron en el aire. Demonio inspiró profundamente.

—Volvamos, luego iré a ver a Dillon.

Flick asintió con la cabeza y espoleó a *Flynn*.

—Yo también iré a verlo. Bueno, tengo que hacerlo; es ahí donde me cambio de ropa y de caballo.

—¿De caballo?

Le lanzó una mirada recelosa.

—No podría aparecer por el establo con *Jessamy*, seguro que se darían cuenta.

Demonio recordó entonces que *Jessamy* era una yegua exquisita de sangre de excepcional pureza; el general la había comprado el año anterior, al parecer, para Flick. La miró con aire inquisitivo.

—¿Y entonces?

Ella inspiró profundamente y miró hacia delante.

—Entonces tomo prestada la vieja jaca que corre por tu patio trasero. No la hago correr más que a medio galope, eso sí. La cuido mucho.

Cuando levantó la vista, él la miró directamente a los ojos.

—¿Y hay algo más que hayas tomado prestado?

Sus ojos azules parpadearon con insistencia.

—Me parece que no.

—Está bien. Ahora volveremos a los establos y luego tú montarás la jaca y te irás. Yo iré en mi calesa. Iré primero a casa, luego saldré y me reuniré contigo. Nos encontraremos en el roble partido de la carretera de Lidgate.

Flick asintió con la cabeza.

—Muy bien, pero ahora tenemos que darnos prisa; venga, vamos. —Inclinó el cuerpo hacia delante y, con toda facilidad, hizo que *Flynn* fuera al paso, luego al trote y por último al galope.

Y él se quedó rezagado, mirándola como un pasmarote. Después de soltar una imprecación, tiró de las espuelas con fuerza y fue tras ella.

Llegó al roble partido antes que ella.

Bastante más tarde, cuando Flick apareció en mitad de la carretera, trotando a lomos de la jaca, Demonio ya había decidido que, ocurriera lo que ocurriese con Dillon, se aseguraría de dejar bien clara una cosa: a partir de ese momento él tomaba las riendas de la situación. Ella le había pedido su ayuda y él iba a prestársela, pero según sus propias condiciones.

Desde ese momento él marcaría el paso y ella lo seguiría.

Mientras Flick se acercaba, desplazó su mirada del rostro de Demonio a su montura, un veloz caballo de caza gris que respondía al significativo nombre de *Iván el Terrible*. Era un animal magnífico y orgulloso con muy mal temperamento, peligroso y potencialmente mortal. Cuando la jaca estuvo bien cerca, *Iván* entornó un ojo y piafó.

La jaca era demasiado vieja como para prestarle la más mínima atención. Sin embargo, Flick sí arqueó las cejas y repasó con mirada experta las características más sobresalientes del animal al tiempo que tiraba de la brida.

—Estoy segura de que no lo había visto antes —señaló.

Demonio no respondió. Esperó y esperó a que ella acabara de examinar a su caballo y se decidiera a mirarle a la cara. Entonces le dedicó una sonrisa.

—Lo compré a finales del año pasado.

Flick abrió ligeramente los ojos, de repente clavados en el rostro de Demonio. Murmuró un «ah» y apartó la mirada.

Cabalgaron el uno junto al otro, la jaca avanzando lenta y pesadamente e *Iván* remachando sus cascos sobre el suelo con implacable desdén.

—¿Qué le has dicho a Carruthers? —preguntó Flick, mirándolo de reojo.

Cuando habían vuelto al establo, Flick iba delante. Carruthers estaba de pie, con los brazos en jarras, en la puerta del establo. A espaldas de Flick, Demonio le había hecho señas para que se apartase; Carruthers lo había mirado con expresión perpleja, pero cuando Flick había pasado al trote con *Flynn* se había apartado a un lado y la había dejado pasar sin hacerle preguntas. A esa hora, Carruthers y el vigilante nocturno, un jinete retirado, eran los únicos que quedaban en la cuadra.

Después de entregarle las riendas de su caballo al vigilante nocturno para que lo desensillara, Demonio se había acercado a Carruthers para tranquilizarlo.

—Le he dicho que te conocía desde que éramos niños en Lidgate, y que temías que, al reconocerte, hubiese decidido despedirte inmediatamente. —Estaba anocheciendo; cabalgaban tan rápido como se lo permitía la jaca—. Sin embargo, al ver lo bien que montas y convencido de las ganas que tienes de trabajar con mis caballos, finalmente he decidido permitir que conserves tu empleo.

Flick frunció el ceño.

—Pues ha entrado y me ha echado, me ha dicho que ya se encargaba él de *Flynn* y que me fuera a mi casa sin dilación.

—Le he dicho que conocía a tu madre enferma y lo mucho que se preocupaba. Le he dado instrucciones a Carruthers de que no te asigne tareas que te retengan hasta tarde y que deberías marcharte a casa con suficiente antelación para que no se te hiciese de noche en el camino.

A pesar de que cabalgaba contemplando el paisaje, sin ponerle los ojos encima a Flick, Demonio percibía su mirada recelosa. Aquello lo reafirmó en su convicción de que no debía informarle de las demás instrucciones que le había dado a su entrenador. Carruthers, quien por fortuna no era de naturaleza imaginativa ni entrometida, se lo había quedado mirando con cara de sorpresa, y luego se había limitado a encogerse de hombros y mostrar su conformidad.

Abandonaron la carretera y tomaron una pista de tierra que se extendía entre dos prados. La jaca percibió la cercanía del hogar y de la cena, y arrancó al trote; *Iván*, forzado a permanecer junto a ella, aceptó la orden con su mal genio característico, meneando la cabeza y tirando de las riendas cada escasos metros.

—Salta a la vista que el animal necesita un poco de ejercicio —comentó Flick.

—Lo haré correr más tarde.

—Me sorprende que le permitas semejante comportamiento.

Demonio se contuvo las ganas de soltarle un comentario mordaz.

—Él ha estado aquí y yo he estado en Londres, y nadie más que yo puede montarlo.

—Ah.

Flick levantó la mirada y miró hacia delante, hacia el bosquecillo en el que se adentraba la pista; se puso a examinar los árboles.

Por el rabillo del ojo, Demonio la escudriñó. Había examinado con tanta atención su caballo que probablemente ya lo conocía con todo detalle y, sin embargo, a él apenas le había dirigido una mirada. *Iván* era sin duda un animal muy bello, como todos sus caballos, pero él no estaba acostumbrado a ocupar el segundo puesto con respecto a su montura. Quizá podía parecer arrogante, pero conocía muy bien a las mujeres, de todas las edades y condiciones.

No sólo no lo había mirado, sino que sus sentidos, bien entrenados después de años de escaramuzas con el sexo opuesto, no detectaban ni el más mínimo indicio de inquietud —ni el más remoto interés— en la mujer que cabalgaba a su lado. Lo cual, de acuerdo con su experiencia, era extraño. Muy extraño.

El hecho de que su falta de interés estuviese elevando el suyo a un grado nada desdeñable no le pasó desapercibido. No le sorprendía, pues era un cazador nato. Cuando la presa no corría a guarecerse, él —o al menos esa parte de él que funcionaba primero según el instinto, y luego según la lógica— entendía que lo estaba retando.

Cosa que, en este caso, era del todo absurda.

No había ninguna razón por la que una chica como Flick, que había crecido rodeada de la tranquilidad del campo, tuviese que sentir inquietud de ninguna clase, y mucho menos sexual, por la presencia de un caballero como él, especialmente alguien a quien conocía de toda la vida.

Demonio arrugó la frente, sujetando las riendas mientras *Iván* trataba de levantarse apoyándose sobre sus patas traseras. Enfadado, el enorme caballo gris soltó un bufido. Demonio consiguió reprimir el suyo.

Todavía no tenía una idea exacta de la edad de la chica. Volvió a mirarla y confirmó los detalles que había advertido instintivamente: siempre había sido menuda, aunque no la había visto en años recientes. Y aunque esta vez todavía no la había visto desmontada de un caballo, dudaba que su cabeza le llegase al hombro. Su figura seguía siendo un misterio, salvo por su trasero, decididamente femenino, el clásico corazón invertido, de curvas redondas y elegantes. El resto de su cuerpo quedaba completamente disimulado por su atuendo de mozo de cuadra. No podía distinguir si se había vendado los pechos para protegérselos, tal como hacían muchas amazonas, pero en general, parecía tener unas buenas proporciones. Delgada y esbelta... Podía tener un cuerpo exquisito.

En el camino de vuelta a los establos se había tapado la nariz y la barbilla con la bufanda, por lo que la tela ocultaba la mayor parte de su rostro. En cuanto al pelo, lo llevaba recogido bajo la gorra con tanto esmero que, más allá del hecho de que era tan dorado como él recordaba, le era imposible saber cómo lo tenía. Se le habían soltado unos cuantos mechones a la altura de la nuca, y le brillaban en el cuello como si fueran de hilo de oro.

Sin dejar de mirar hacia delante, sintió un nudo en el estómago. No sólo le molestaba que hubiese un montón de cosas que todavía no sabía de ella, sino el mismo hecho de que quisiera saberlas. Era Flick, nada más y nada menos que la pupila del general.

El general sir Gordon Caxton había sido su mentor en todos los asuntos relativos a los caballos desde que tenía seis años, edad a la que lo había conocido en el transcurso de una visita a su difunta tía abuela Charlotte. A partir de entonces, cada vez que había estado en la zona había pasado el máximo tiempo posible con el general, aprendiendo todo cuanto pudiera enseñarle acerca de los purasangres. Gracias al general, a sus conocimientos que tan generosamente había compartido con él y a su apoyo, Demonio era ahora uno de los más importantes criadores de caballos de calidad de las islas Británicas.

Estaba en deuda con el general, un hecho que jamás podría olvidar. Se consoló con ese pensamiento mientras cabalgaba junto a Flick entre los árboles, más allá de los cuales se erguía la vieja casa.

Aunque antaño había sido la finca de un terrateniente, ahora se hallaba a un paso de convertirse en una ruina. Vista desde el sendero lleno de surcos que conducía serpenteando hasta la puerta deteriorada y algo alabeada, la estructura parecía inhabitable. Sólo si se examinaba de cerca se podía discernir que el tejado de la sala principal todavía estaba en su mayor parte intacto y que las cuatro paredes que lo circundaban seguían en pie.

Con un ademán imperioso, Flick guió el camino hasta la casa. Alzando levemente la vista al cielo, Demonio la siguió y se adentró en un claro de hierba rodeado de árboles. Un agudo relincho les dio la bienvenida. Con impaciencia, Flick espoleó a la jaca. Al otro lado del claro, Demonio vio a *Jessamy*, una bonita yegua de pelo dorado, crin y cola claras y las proporciones más exquisitas que hubiese visto jamás. Estaba amarrada a una larga correa.

Iván también vio a *Jessamy* y coincidió con la opinión de Demonio. Corto aún de rienda, *Iván* retrocedió y relinchó. Demonio se salvó de una bochornosa caída gracias a sus excelentes reflejos. Reprimió una imprecación, forcejeó con el caballo y luego lo obligó a dirigirse al otro lado del claro, haciendo caso omiso de las miradas de agravio de Flick, *Jessamy* y la jaca.

Después de desmontar, Demonio ató las riendas de *Iván* a un árbol de grandes dimensiones.

—Pórtate bien —le ordenó antes de dar media vuelta y dejar al semental, con la cabeza en alto, completamente ensimismado en lo que veían sus ojos al otro lado del claro.

Tras desatar a la jaca, Flick arrojó su silla de montar a un tronco y dio una cariñosa palmadita a *Jessamy*, quien era evidente que la adoraba. A continuación, de nuevo con un movimiento imperioso e insistente, le indicó a Demonio el camino hacia el extremo opuesto de la casa.

Murmurando entre dientes, Demonio fue tras ella dando grandes zancadas.

Rodeó la casa; no había ni rastro de Flick. Por ese lado, la casa tenía adosado un cobertizo, pero no había soportado el paso del tiempo tan bien como el edificio principal: la pared externa se estaba derrumbando y la mitad del tejado había desaparecido. Flick se había escabullido por una obertura, una puerta que nunca había aparecido en ningún plano de la casa. Al oír su voz procedente de la sala principal, Demonio se agachó bajo las vigas combadas; introdujo los hombros por el estrecho agujero, avanzó con sigilo entre los escombros y entró en la casa.

Y vio a Flick de pie junto a Dillon Caxton, que estaba sentado en el extremo de una vieja mesa, envuelto en varias mantas. Ella estaba inclinada sobre él; cuando entró Demonio se incorporó de golpe, frunciendo el ceño y con la mano todavía en la frente de Dillon.

—No parece que tengas fiebre.

Dillon no respondió, y clavó sus ojos grandes y oscuros, flanqueados por unas pestañas largas y negras, en Demonio. Luego tosió, miró a Flick y después a Demonio.

—Ah... Hola. ¡Adelante! Me temo que aquí dentro hace bastante frío, no nos atrevemos a encender la lumbre.

Demonio no pudo evitar pensar que la casa era de su propiedad, y se limitó a asentir con la cabeza. En un paisaje tan llano, cualquier indicio de humo sería fácilmente detectable, y el humo procedente de una zona deshabitada sin duda atraería la atención. Sosteniendo la mirada cada vez más recelosa de Dillon, salvó los escasos pasos que lo separaban del extremo de la mesa y decidió sentarse en un taburete que parecía lo bastante robusto para soportar su peso.

—Flick me ha contado que hay unos caballeros cuya compañía preferirías evitar.

El rubor tiñó las pálidas mejillas de Dillon.

—Ah, sí. Flick me dijo que estarías dispuesto a ayudar. —Con la mano, de largos dedos, se apartó hacia atrás el grueso mechón de pelo oscuro que le caía, al más puro estilo byroniano, sobre la frente y esbozó una tímida sonrisa—. No sabes cuánto te lo agradezco.

Demonio sostuvo la poco creíble mirada de inocencia de Dillon durante unos instantes, luego se acercó el taburete y se sentó, sin mencionar que se estaba involucrando en un asunto que, como propietario de purasangres de carreras, preferiría poner directamente en manos de los tribunales, únicamente por el general y por Flick.

Dillon miró a Flick, que estaba arrugando un poco la frente.

—Flick no me ha dicho cuánto te ha contado.

—Lo suficiente para comprender lo que ha pasado.

Demonio apoyó los brazos en la mesa, miró a Dillon y no le gustó lo que vio. El hecho de que Flick estuviese de pie junto a Dillon con ese aire protector contribuyó sólo en parte a la impresión que estaba teniendo; mucho más reveladores eran sus recuerdos, los comentarios recogidos a lo largo de los años y los hechos objetivos del actual embrollo, que no correspondían a lo que Flick había descrito tan inocentemente, sino a lo que él sabía que debían ser.

No dudaba de que la chica le había relatado con exactitud todo cuanto le habían contado, pero la verdad era mucho más cruda, de eso estaba seguro.

Su sonrisa contenía la dosis exacta de camaradería masculina para ganarse la confianza de un jovencito como Dillon.

—Me gustaría oír la historia directamente de tus labios. Empecemos con el encuentro con el personaje que te pidió que actuaras como mensajero.

—¿Qué quieres saber?

—El cómo, el cuándo, el dónde. Las palabras que te dijo.

—Bueno, pues fue hace casi tres semanas, justo antes de la primera carrera del año.

—¿Justo antes?

Dillon contestó afirmativamente con la cabeza.

—Dos días antes.

—¿Dos días? —Demonio arqueó las cejas—. Eso es muy poco tiempo para amañar una carrera, ¿no te parece? Por lo general, esa clase de organizaciones elaboran sus planes con mucha antelación. Es una necesidad insoslayable, dado el número de corredores de apuestas y de otros personajes secundarios que se necesitan.

Dillon lo miró con perplejidad.

—¿Ah, sí? —Entonces una sonrisa le iluminó el rostro—. De hecho, el hombre dijo que habían contratado a otro mensajero, Ickley, un mozo que solía trabajar en sus establos, para hacer el trabajo, pero que se había desdicho en el último momento, así que necesitaban a otra persona.

—Y entonces se pusieron en contacto contigo, ¿por qué?

La pregunta pilló a Dillon desprevenido y se limitó a encogerse de hombros.

—No lo sé, supongo que buscaban a alguien relacionado con los caballos, que conociese a los jinetes y los sitios adecuados adonde ir para según qué.

Flick tomó asiento en un taburete. Ahora fruncía el ceño aún más, pero esta vez miraba a Dillon.

—¿Y por qué crees tú que ese hombre no te pidió que le dijeses quién era el jinete en concreto y así poder hablar él mismo con él?

Dillon arrugó mucho el entrecejo y, al cabo de un momento, meneó la cabeza.

—No te sigo.

—Supongo que te preguntarías por qué necesitaba ese hombre un mensajero, ¿no? —Dillon miró a Demonio fijamente—. Si los mensajes eran del todo inocentes, ¿por qué necesitaba contratarte, a ti o a cualquiera, para transmitirlos?

La característica sonrisa de Dillon volvió a aflorar a sus labios.

—Ah, pero es que los mensajes no eran inocentes, ¿sabes?

—Sí, claro que lo sé —le aseguró Demonio—, pero tú no lo sabías antes de que te contrataran, ¿no?

—Bueno... no.

—Entonces, ¿por qué no le dijiste a ese hombre quién era el jockey, simplemente? ¿Por qué hacer de mensajero?

—Pues porque... Supongo que pensé que no querría que lo vieran... bueno, la verdad es que no.

Dillon volvió a mirar a Demonio a los ojos.

—No, claro que no. Dime, ¿cuánto te pagaron?

Dillon se puso pálido de repente y sus ojos se volvieron más oscuros, más salvajes.

—No... no sé de qué me hablas.

Demonio le sostuvo la mirada sin pestañear.

—Te sugiero que no mientas, no es éste un buen momento para mentiras. ¿Cuánto te pagaron?

Dillon se ruborizó.

Flick se puso de pie de un salto.

—¿Aceptaste dinero? —A sus espaldas, el taburete se desplomó sobre las losas del suelo—. ¿Aceptaste dinero por transmitir un mensaje para amañar una carrera?

El tono de acusación que había en su voz habría hecho temblar al mismísimo demonio, pero no a Dillon.

—Sólo fueron cincuenta libras... sólo por un mensaje. No pensaba volver a hacerlo, había decidido que ésta sería la última vez. Por eso contrataron a Ickley.

—¿Has dicho «la última vez»? —Flick lo miró perpleja—. ¿Qué quieres decir con eso de «la última vez»?

El rostro de Dillon adoptó un aire testarudo; Flick apoyó ambas manos sobre la mesa y lo miró a los ojos.

—Dillon, ¿cuánto tiempo llevas haciéndolo? ¿Cuánto tiempo llevas aceptando dinero por hacer de mensajero para esos hombres?

Intentó mantenerse en silencio, soportar la exigencia en su voz, el desprecio de su mirada.

—Desde el verano pasado.

—¿El verano pasado? —Flick se incorporó de golpe e hizo temblar la mesa con su nerviosismo—. ¡Santo Dios! ¿Por qué? —Miró a Dillon a los ojos—. ¿Se puede saber qué diantres se te pasó por la cabeza?

Demonio permaneció en silencio, como un ángel vengador. Flick sin duda le llevaba ventaja.

Malhumorado, Dillon se apartó de la mesa.

—Fue por el dinero, ¿por qué si no? —contestó en un tono desdeñoso, pero el desdén no hizo mella en la justificada furia de Flick.

—El general te da una asignación muy generosa, ¿por qué ibas a querer más dinero?

Dillon estalló en carcajadas, apoyó los brazos sobre la mesa y evitó la mirada escandalizada de Flick. Sin embargo, nada de eso logró aplacar su enfado.

—Y aunque necesitases más, sabías que sólo tenías que pedirlo. Yo misma siempre estoy... —Se interrumpió, parpadeó y luego su mirada se encendió con una llamarada de ira. Volvió a arremeter contra Dillon—. Has vuelto a apostar en las peleas de gallos, ¿no es así? —Sus palabras traslucían desprecio, pura repugnancia—. Tu padre te lo prohibió, pero tú tenías que seguir haciéndolo. ¡Y ahora...! —Una profunda rabia se apoderó de ella y empezó a gesticular violentamente.

—Las peleas de gallos no son tan malas —replicó Dillon, todavía con irritación—. Es algo que hacen otros caballeros. —Miró a Demonio.

—A mí no me mires —repuso Demonio—. No son mi estilo, la verdad.

—¡Son repugnantes! —Flick miró directamente a Dillon—. ¡Y tú también eres repugnante! —Se dio media vuelta y rebuscó en un montón de ropa que había en una vieja cómoda—. Voy a cambiarme.

Demonio atisbó los faldones de terciopelo azul de un elegante traje de montar cuando la mujer pasó como un torbellino junto a él en dirección al cobertizo adosado.

Se hizo un profundo silencio en la sala principal y Demonio no hizo nada por quebrarlo. Observó a Dillon revolviéndose en su asiento, y luego lo vio erguir la columna y relajarla de nuevo en el acto. Cuando lo creyó oportuno, Demonio sugirió:

—Creo que será mejor que me lo cuentes todo.

Con la mirada fija en la mesa, concentrándose en el dedo índice con el que dibujaba círculos sobre la superficie rayada, Dillon exhaló una bocanada temblorosa.

—Estuve haciendo de mensajero toda la temporada de otoño. Debía mucho dinero en Bury Saint Edmunds; me dijeron que tenía que saldar la deuda antes de que terminase el año; de lo contrario vendrían a hablar con el general. Tenía que sacar el dinero de alguna parte. Luego el hombre, el que trae los mensajes, me encontró. —Hizo una pausa, pero no levantó la vista—. Siempre he creído que fue mi acreedor quien lo condujo hasta mí, para asegurarse de que pagaría el dinero que le debía.

A Demonio le pareció muy plausible.

Dillon se encogió de hombros.

—Además, era muy fácil... dinero fácil, o eso pensé.

Se oyó un bufido procedente del cobertizo; Dillon se ruborizó.

—Bueno, el año pasado fue fácil. Entonces, cuando el hombre trajo los mensajes para las últimas semanas de las carreras, le dije que ya no lo iba a hacer más. Él me contestó: «Ya veremos», y lo dejamos ahí. No esperaba volverlo a ver, pero dos noches antes de la primera carrera de este año me encontró. En una pelea de gallos.

El sonido procedente del cobertizo era lo bastante elocuente: una mezcla de incredulidad, frustración y furia.

Dillon esbozó una mueca de dolor.

—Me explicó que Ickley se había echado atrás y que yo

tendría que hacer el trabajo hasta que encontrasen «un sustituto adecuado». Fue eso lo que dijo. —Dillon hizo una pausa y a continuación añadió—: Creo que eso significa alguien sobre el que ejerzan algún tipo de coacción, porque me dijo, con total desfachatez, que si no accedía le dirían a las autoridades lo que había hecho y se asegurarían de que todo el mundo supiese que soy el hijo del general. En fin, lo hice y recogí el mensaje y el dinero. Y entonces me puse enfermo.

Demonio casi sintió lástima por él. Casi. De no ser por el general y por el suspiro de decepción que Flick acababa de soltar a sus espaldas.

Al cabo de un momento, Dillon se incorporó con aire cansino.

—Eso es todo. —Miró a Demonio a los ojos—. Lo juro. Tienes que creerme.

Demonio no respondió. Apoyó los antebrazos encima de la mesa e hizo crujir los dedos: había llegado la hora de hacerse cargo de la situación.

—En mi opinión, tenemos dos objetivos: uno, mantenerte fuera del alcance de la organización hasta que, dos, hayamos identificado a tu contacto; seguido para dar con sus jefes, con la organización; desenmascarado al menos a uno de los miembros de dicha organización y podamos presentar ante un tribunal pruebas suficientes para que, si te entregas como un simple peón de una trama mucho más intrincada, puedas pedir clemencia.

Dillon levantó la vista y palideció, pero no apartó la mirada de los ojos de Demonio. Transcurrieron unos instantes, y Demonio arqueó las cejas.

Dillon tragó saliva y asintió con la cabeza.

—Está bien, de acuerdo.

—Así que necesitamos identificar a tu contacto. Flick dijo que no llegaste a verlo con claridad.

Dillon negó con la cabeza.

—Siempre tenía mucho cuidado: venía a verme al anochecer o aparecía de repente entre las sombras.

—¿Cuánto mide? Y ¿qué constitución física tiene?

—Una estatura entre mediana y alta, y de cuerpo robusto. —El rostro de Dillon se iluminó de pronto—. Su voz es muy característica, es muy ronca y áspera, como si tuviese algún problema de garganta, y con acento de Londres.

Demonio asintió con la cabeza, pensativo. Acto seguido, habló en voz alta:

—La idea de Flick es la única opción razonable. Tendremos que vigilar las pistas y los establos para ver quién se aproxima a los jinetes de carreras. Yo me encargaré de eso.

—Yo te ayudaré.

La voz provenía de detrás de él; Demonio se giró y luego se levantó casi sin darse cuenta. Por suerte, Flick tenía los ojos puestos en Dillon, le miraba con severidad: eso le permitió a Demonio recobrar la expresión antes de que ella le mirara a los ojos. Cuando lo hizo, él le devolvió la mirada con aire impasible, sin moverse.

Sus suposiciones eran ciertas: Flick no le llegaba al hombro, y unos rizos de oro reluciente formaban una aureola alrededor de su rostro; no llevaba bufanda ni gorra, así que podía verla por entero, y lo que vio lo dejó sin respiración. Su figura, esbelta y elegante, enfundada en terciopelo azul, obtuvo su beneplácito inmediato. Estilizada y armoniosa, pero con curvas firmes en los lugares pertinentes. No había duda: antes llevaba el torso cubierto con una venda ajustada, pues ahora la turgencia de sus pechos inundaba el ajustado corpiño del traje de un modo inequívocamente femenino.

Avanzó hacia delante con paso garboso y seguro, y luego se inclinó para dejar su ropa de mozo de establo, perfectamente doblada, encima de la cómoda: en ese momento Demonio recordó lo que le había permitido descubrirla bajo ese disfraz.

Parpadeó e inspiró hondo: lo necesitaba.

Parecía un ángel vestida de terciopelo azul.

Un ángel todavía muy enfadado. Hizo caso omiso de Dillon y se dirigió a Demonio:

—Yo me encargaré de vigilar tus establos. Tú puedes vigilar los otros establos y los lugares a los que yo no puedo acceder.

—No hay ninguna necesidad...

—Cuantas más personas haya vigilando más probabilidades tendremos de verlo. Y yo oiré cosas que a ti, como propietario de la yeguada, te resultará difícil oír. —Lo miró fijamente a los ojos—. Si contrataron a Ickley, hay muchas posibilidades de que traten de echarle el guante a uno de tus jinetes. Tienes bastantes favoritos en las carreras de este año.

Flynn entre ellos. Demonio le sostuvo la mirada: Flick apretó la mandíbula, luego la ladeó, y le miró con un destello de rebeldía y de pura obstinación en los ojos.

—Tiene razón —intervino Dillon—. Hay muchos establos que cubrir en Newmarket, y a Flick ya la han aceptado como uno más de tus mozos.

Demonio le lanzó una elocuente mirada y Dillon se encogió de hombros.

—No corre ningún peligro, es a mí a quien buscan.

Si Demonio hubiese estado más cerca le habría propinado una patada; entornó los ojos, y estuvo tentado de hacerlo de todos modos. Sólo lo detuvo el hecho de que todavía no sabía con qué ojos veía Flick a Dillon: si se reservaba para sí el derecho de darle una patada o si saldría en defensa del chico si él le infligía a Dillon cualquiera de los castigos que tan justamente merecía.

Dillon se dirigió a Flick.

—Podrías intentar incluso trabajar en alguno de los otros establos.

Flick lo miró con aire despectivo.

—Me limitaré a vigilar el establo de Demonio, él puede encargarse de los otros.

Su voz era fría y distante. Dillon se encogió de hombros con aire petulante.

—No tienes por qué ayudar, si no quieres.

En ese momento bajó la vista hacia la mesa y eso le permitió esquivar la furia que despedían los ojos de Flick.

—Para que te quede bien claro —dijo ella—: sólo te estoy ayudando por el bien del general, por lo que podría suponer para él el hecho de que te detengan sin pruebas de ninguna clase contra esa supuesta organización. Por eso, y sólo por eso, te estoy ayudando.

Con la cabeza bien alta, giró sobre sus talones y salió por la puerta.

Demonio se quedó quieto y miró a Dillon, que no dejaba de mirar la mesa con el ceño fruncido.

—Quédate aquí. Si valoras tu vida, no dejes que te vea nadie.

Dillon abrió mucho los ojos; tras asentir bruscamente con la cabeza, Demonio siguió a Flick bajo la penumbra del crepúsculo.

La encontró ensillando a *Jessamy* con movimientos rápidos y violentos. No le ofreció su ayuda, pues sospechaba que era capaz de ensillar a la yegua con los ojos cerrados y, de hecho, no estaba del todo seguro de que no lo estuviese haciendo en ese momento.

En su rostro se adivinaban la tristeza y la ira, una profunda decepción. Apoyando los hombros contra un árbol, Demonio miró al otro lado del claro donde *Iván* seguía atado exactamente en la misma posición que una hora antes: mirando embobado a su nuevo amor.

Arqueando las cejas, se volvió de nuevo hacia Flick, cuya cabeza sobresalía por el lomo de *Jessamy*. Volvió a admirar el halo dorado, las delicadas facciones que adornaba.

Estaba furiosa con Dillon, dolida porque no le hubiese dicho la verdad y conmocionada por los detalles de esa misma verdad. Sin embargo, una vez que su ira se hubiese aplacado, ¿qué pasaría entonces? Ella y Dillon eran más o menos de la misma edad, se habían criado juntos. Demonio no sabía con certeza qué trascendencia podía tener aquello, pero no podía evitar preguntarse hasta qué punto era verdad la última afirmación de Flick. ¿De veras estaba poniendo en peligro su reputación únicamente por el general? ¿O acaso era también por Dillon?

La examinó detenidamente, pero no llegó a ninguna conclusión. Fuera cual fuese la respuesta, él la protegería como mejor pudiera.

Levantó la vista al cielo para contemplar las estrellas que acababan de salir y oyó un suspiro, reprimido de inmediato. Estaba tardando mucho en ensillar a la yegua.

—Es muy joven. —Sin saber muy bien por qué, se sintió obligado a salir en defensa de Dillon.

—Es dos años más mayor que yo.

¿Y cuántos años tenía ella entonces? Demonio deseó saberlo con toda su alma.

—¿Qué crees que le pasó a Ickley?

Demonio se quedó pensativo un momento; no creía que el silencio de ella significase que no esperaba una respuesta.

—O bien se ha escondido, en cuyo caso lo último que desearíamos es dar a conocer su escondite, o bien... nunca lo sabremos.

Flick emitió un leve sonido, una especie de zumbido, con la garganta, una disimulada expresión de angustia.

Demonio se apartó del árbol. En la oscuridad creciente, ya no podía verle la cara con nitidez. En ese momento ella se apartó del lado de *Jessamy*, sacudiéndose las manos. Demonio se paseó alrededor de la yegua.

—Puedes continuar trabajando en mi establo de momento, hasta que identifiquemos a ese hombre. —Si hubiese estado en sus manos la habría obligado a marcharse de su establo, incluso de Newmarket, hasta que hubiese pasado el peligro... pero su cabezonería era un obstáculo insalvable.

Se volvió hacia él.

—Si intentas deshacerte de mí, me buscaré un trabajo en otro establo. Hay más de uno en Newmarket.

Ninguno tan seguro como el suyo.

—Carruthers te seguirá dando trabajo hasta que yo le diga lo contrario. —Cosa que haría en cuanto localizasen al contacto de Dillon—. Pero sólo podrás montar en el hipódromo, tanto por la mañana como por la tarde.

—Ésos son los únicos momentos del día que importan, de todos modos. Es el único momento en que no se mira con recelo a los extraños que merodean por el Heath.

Tenía toda la razón.

Había pensado ayudarla a montar en la silla dándole un empujoncito, pero finalmente, con una expresión de dureza en el rostro, extendió los brazos, le rodeó la cintura y la elevó en el aire.

El deseo se extendió por el cuerpo de Demonio como la lava líquida, una quemazón acuciante que lo dejó hambriento. Tuvo que obligarse a sí mismo a posarla con suavidad sobre la silla, a soltarla, a sujetar la espuela mientras ella introducía en ella su bota menuda... Y a no arrastrarla consigo de nuevo al suelo, entre sus brazos.

La quería en su cama.

Esta súbita revelación fue para él como una coz propinada por uno de sus purasangres, y lo dejó dolorido y sin resuello, temblando por dentro. Levantó la vista... y se la encontró ladeando la cabeza, mirándolo.

Flick frunció el ceño y tiró de las riendas.

—Vamos —dijo, y, espoleando a *Jessamy*, salió trotando del claro.

Demonio soltó una imprecación. Atravesó el claro dando grandes zancadas, tiró con fuerza de las riendas de *Iván* y luego recordó el doble nudo que había hecho para atarlo. Tuvo que detenerse un momento para deshacerlo, y a continuación se subió a la silla.

Y la siguió.

3

A la mañana siguiente, Demonio se levantó antes del alba y se dirigió a sus establos para presenciar el entrenamiento de la mañana... y para echarle un vistazo a Flick y a su trasero. Se sentía muy trastornado por la necesidad de levantarse tan temprano, pero después de pensar en ella —en ese ángel de terciopelo azul, cabalgando como un relámpago y disfrazada de mozo de cuadra, con todas las posibles calamidades que eso podría provocar— le había sido imposible volver a conciliar el sueño.

Así pues, permaneció de pie junto a Carruthers en la neblina y vio correr a sus caballos. El suelo trepidaba bajo sus patas, hasta el aire temblaba; las reverberaciones le eran tan familiares como el latido de su corazón. La escena formaba parte de él, tanto como él de ella... y también Flick estaba en ella. La chica pasó volando por su lado, espoleando a *Flynn*, exhortándolo a dar más de sí y dejando atrás a los demás caballos. Demonio contuvo la respiración cuando la vio pasar a toda velocidad por el poste, percibió su emoción, una radiante sensación de triunfo, que le recorrió todo el cuerpo y se apoderó de él. Demonio inspiró profundamente y se forzó a sí mismo a mirar en otra dirección, a los demás jinetes, que instigaban a sus monturas a correr más rápido.

La neblina glaseó los hombros de su levita y ensombreció su pelo claro. Flick se fijó en ello cuando, sofrenando a *Flynn*, volvió la cabeza para observar a Demonio. Él no la estaba mirando, de lo contrario Flick no se habría arriesgado a observarlo. Sabía que no le había quitado los ojos de encima desde que había llegado, justo después de salir al Heath.

Por suerte, las maldiciones que profería entre dientes daban mayor credibilidad a su disfraz, pero tuvo que reprimir todos los demás signos de inquietud para no transmitirle los nervios a su caballo. Cada vez que Demonio aparecía, ella se quedaba sin aliento; ya había previsto algún tipo de sensación incómoda, los vestigios del enamoramiento que en su infancia había sentido por él, pero no se había preparado para aquello, esa inquietud que la carcomía por dentro, ese cosquilleo en el estómago... Había enterrado muy hondo la sospecha de que tenía algo que ver —mucho que ver— con la arrebatadora sensación que había experimentado cuando él la había levantado en sus brazos la tarde anterior. Lo último que quería era que *Flynn* hiciese el ridículo ante el ojo experto de Demonio: éste podría interpretarlo como una señal divina para cambiar de idea y relevarla de sus funciones.

Sin embargo, correr por la pista de entrenamiento delante de él estaba resultando mucho más duro que hacerlo sólo para Carruthers, pues aunque el viejo cascarrabias era el entrenador más exigente de todo el Heath, carecía de la capacidad de riguroso análisis que Flick veía en la mirada azul de Demonio. Los nervios la atenazaban cada vez más y empezó a preguntarse si Demonio la estaba turbando a propósito para que cometiera algún error estúpido y le diera una razón para despedirla.

Por fortuna, en todos sus años como amazona había aprendido a ocultar muy bien sus sentimientos; ella y *Flynn* estaban realizando una actuación inmejorable. Espoleando al enorme caballo zaino, se dirigió de vuelta al establo.

Demonio le hizo una señal de aprobación cuando entró con *Flynn* y se detuvo en la zona de montar. Liberándose de las espuelas, se deslizó del caballo dispuesta a alejarse cuanto antes de Carruthers y de Demonio. Un aprendiz apareció a toda prisa y, en un abrir y cerrar de ojos, antes de darle tiempo a reaccionar, le quitó las riendas a Flynn y lo condujo a su caballeriza, dejándola a solas con Carruthers y Demonio.

—Buen trabajo. —Los ojos azules de Demonio la miraban fijamente; asintió con brusquedad—. Nos veremos esta tarde. No te retrases.

Flick se moría de ganas de protestar; hasta entonces, ella misma se había encargado de desensillar y cepillar a *Flynn*. Sin embargo, su disfraz exigía prudencia y agachó la cabeza.

—Aquí estaré —dijo con aspereza.

Entonces se volvió y, acordándose en el último momento de que no debía andar con rigidez, avanzó dando saltitos por el pasillo hasta alcanzar la puerta, donde la jaca la esperaba dormitando. Se encaramó a su montura y se marchó sin echar la vista atrás... antes de que la tentación fuese más fuerte que su voluntad.

A sus espaldas, oyó que Demonio le preguntaba algo a Carruthers, pero no dejó ni un momento de sentir su mirada clavada en la nuca.

Una vez que Flick se hubo marchado, Demonio se dirigió al café de Newmarket High Street adonde solían acudir los miembros del Jockey Club.

Lo detuvieron en cuanto traspasó el umbral. Saludando a derecha e izquierda, se acercó a la barra, pidió un buen desayuno y luego se incorporó a un grupo, en su mayor parte de propietarios, sentado en una de las mesas más largas.

—Estamos haciendo predicciones para la temporada que empieza. —Patrick McGonnachie, encargado de las caballerizas del duque de Beaufort, se dirigió a Demonio cuando éste se sentó—. Ahora mismo, claro está, tenemos cinco veces más ganadores que carreras.

—Parece una nueva cosecha —señaló Demonio—. Eso mantendrá ocupado al general.

McGonnachie pestañeó y luego captó lo que había querido decir: si los caballos que nunca habían ganado llegaban al círculo de ganadores, el general tendría que investigar el pedigrí de los animales. McGonnachie se revolvió en su asiento.

—Sí, claro. Muy ocupado.

Miró a los demás comensales y Demonio se abstuvo de presionarlo. McGonnachie, como el resto de Newmarket, sabía cuán íntimos eran él y el general. Si en el mundillo corría algún rumor poco afortunado relacionado con el general, McGonnachie no se lo diría. De modo que se limitó a comer, a escuchar la conversación de la mesa y a intervenir de vez en cuando. Y a soportar con estoica indiferencia las bienintencionadas pullas acerca de sus actividades en Londres.

—Tienes que cambiar de vida si no quieres perder tu oportunidad —le aconsejó el viejo Arthur Trumble, uno de los propietarios más respetables—. Hazme caso y pasa menos tiempo levantando las faldas de las *mesdames* de Londres y más atendiendo el negocio. Cuanto mayor sea el prestigio de tu caballería, más te exigirá. —Hizo una pausa para darle una calada a su pipa—. Y sabe Dios que este año tienes todos los números para ganar la Breeder's Cup.

Otros dos caballeros contradijeron de inmediato dicha predicción, por lo que Demonio no tuvo necesidad de contestar. Siguió escuchando, pero no detectó más indicios de posibles rumores relacionados con el general, salvo la vacilación anterior de McGonnachie.

—*Mister Figgins* ha vuelto a competir, ¿lo sabías? —Buffy Jeffers se inclinó hacia delante para mirar a McGonnachie—. Sawyer lo hizo correr en la primera, estaba impaciente por ver si su pata lo soportaría, pero así fue; de modo que tu *Mighty Flynn* tendrá un serio competidor. No va a ser pan comido, eso seguro.

—Vaya. —Demonio habló con Buffy acerca de las posibilidades de *Flynn* mientras sus pensamientos iban por otros derroteros.

Se estaba preguntando de qué modo había pensado amañar la primera carrera del año la organización de Dillon. Las primeras carreras se celebraban antes del inicio de la temporada de primavera y servían para probar a los caballos, sobre todo a los que corrían por primera vez. Si ése era el caso, el tongo consistía en asegurarse de que un caballo en concreto llegase el primero, y para ello se debía influir en el modo en que corrían al menos un puñado más de caballos. Sobornar a varios jinetes suponía más dinero, y era más peligroso que la alternativa de amañar una carrera. Sin embargo, el otro método requería un caballo excepcional: un favorito por unanimidad.

—Y dime —inquirió Demonio cuando Buffy hizo una pausa para tomar aliento—: ¿ganó *Mister Figgins*? No lo has dicho.

—Sin ninguna dificultad —contestó Buffy—. Les mostró a todos unos bonitos cascos hasta la recta final.

Demonio sonrió y dejó que la conversación se desviara hacia otros temas.

Al menos ahora sabía cómo funcionaba la organización: debían de haber estado maldiciendo a *Mister Figgins* durante toda la carrera, hasta la recta final. *Mister Figgins* era el caballo que, en teoría, debía haber sido el objetivo del tongo, la organización probablemente había dado por sentado que perdería y sus instrumentos —fuera cual fuese el número de corredores de apuestas a los que habían sobornado— habrían hecho buenas ofertas por él, aceptado apuestas altísimas y, en este caso, sufrido pérdidas monumentales. Ése era el único inconveniente del método, que podía volverse seriamente en contra si el soborno no llegaba a su destino, si la carrera no se amañaba bien.

Lo cual explicaba por qué Dillon se hallaba en graves apuros.

Después del desayuno, Demonio dio un paseo por la calle en compañía de los demás y se dirigió al Jockey Club. El recinto sagrado le resultaba tan familiar como su propia casa; estuvo la siguiente hora paseándose por las salas, charlando con los camareros, con los jinetes y con la elite de las carreras, esos caballeros que, como él, formaban el núcleo del mundo de las carreras hípicas inglesas.

Una vez más, en sus conversaciones triviales, percibió un indicio, o una vacilación... un pasar de puntillas sobre una verdad invisible. Ya antes de encontrase con Reginald Molesworth, Demonio no tenía duda de que corrían algunos rumores.

Reggie, un viejo amigo, no esperó a que le preguntara nada.

—Escucha —dijo justo después de saludarse como de costumbre—, ¿tienes un momento? Vamos a tomar un café. El Twig and Bough probablemente estará bastante tranquilo a estas horas. —Vio la mirada de Demonio y añadió—: Hay algo que debes saber.

Ocultando su interés con una actitud tranquila, Demonio accedió. Salió del club en compañía de Reggie y desfilaron calle abajo. Agachando la cabeza, entró en el Twig and Bough, una cafetería cuya clientela era no tanto los entusiastas de las carreras, sino más bien la flor y nata de la ciudad.

Su presencia hizo que las camareras se quedaran pasmadas, pero la dueña enseguida reaccionó. Salió de detrás de la barra con celeridad mientras le pedían asientos en una mesa junto a la pared. Tras tomarles nota, la mujer hizo una reverencia y se alejó apresuradamente. Por un acuerdo tácito, Demonio y Reggie charlaron de asuntos intrascendentes relacionados con la vida de Londres hasta que les hubieron servido el café y las tartas, y la camarera menuda hubo desaparecido.

Reggie inclinó el cuerpo por encima de la mesa.

—He pensado que querrías saberlo. —Bajó el tono de su voz y le susurró con complicidad—: Se están diciendo cosas sobre la familia de Hillgate End.

Impasible, Demonio preguntó:

—¿Qué clase de cosas?

—Por lo visto, hay sospechas de que alguna carrera no se celebra como es debido. Bueno, la verdad es que siempre hay habladurías cuando pierde un favorito, pero es que recientemente... —Reggie removió su café—. Aquí fueron *Trumpeter* y *The Trojan* la temporada pasada, y *Biscuits*, *Hail Well* y *The Unicorn* en Doncaster. Por no hablar de *The Prime* en Ascot. No hay pruebas de que sea cierto, pero no hace falta ser muy listo para ver lo que puede estar ocurriendo. Mucho dinero cambió de manos con esas derrotas, y los corredores hicieron buenas ofertas en cada caso... Bueno, desde luego, da qué pensar. Y eso fue sólo la temporada de otoño.

Demonio asintió con la cabeza.

—¿Es oficial?

Reggie hizo una mueca de dolor.

—Sí y no. El comité cree que, decididamente, hay algo turbio, y quiere respuestas. De momento las investigaciones sólo se están centrando en el otoño pasado, y se están llevando en secreto, razón por la cual no te habrás enterado.

Demonio negó con la cabeza.

—No, no lo sabía. ¿Hay alguna razón para pensar que pudiera haberse producido también la primavera pasada?

—Tengo entendido que sí, pero las pruebas, es decir, la realización de ofertas que sólo puedan ser consideradas deliberadamente alentadoras, no son tan claras.

—¿Algún indicio sobre adónde apuntan las sospechas del comité?

Reggie levantó la vista y se encontró con la mirada de Demonio. El padre de Reggie formaba parte del comité.

—Sí, bueno, por eso he creído que deberías saberlo. Los jinetes involucrados, por supuesto, se han cerrado en banda, pues saben muy bien que es casi imposible demostrar nada, pero parece ser que se ha visto al joven Caxton por los establos, charlando con los jinetes sospechosos. Puesto que nunca antes había mostrado demasiado interés por hacerse amigo de los jinetes, llamó mucho la atención. El comité, como es lógico, quiere hablar con el chico. El problema es que —Reggie se acarició el lóbulo de una oreja— el chico está fuera visitando a unos amigos. Como es el hijo del general y nadie quiere molestar de forma innecesaria al venerable anciano, el comité ha decidido esperar a que regrese el joven Caxton para interrogarlo discretamente.

Reggie suspiró y continuó hablando.

—Un buen plan, por supuesto, pero cuando lo hicieron se imaginaban que el chico regresaría al cabo de una semana. De eso hace ya dos semanas, y todavía no ha vuelto. Les incomoda la idea de aparecer por Hillgate End para preguntarle al general por el paradero de su hijo, así que esperarán todo lo que puedan, pero con la temporada de primavera a punto de empezar no pueden esperar para siempre.

Demonio miró a los ojos fingidamente inocentes de Reggie.

—Ya entiendo.

Y lo entendía. El mensaje que estaba recibiendo no provenía de Reggie, ni siquiera del padre de éste, sino del mismísimo y poderoso comité.

—Tú no tendrás ningún... ninguna sugerencia, ¿verdad?

Al cabo de un momento, Demonio respondió:

—No. Pero entiendo la posición del comité.

—Mmm... —Reggie le lanzó a Demonio una mirada de conmiseración—. Es comprensible, ¿no te parece?

—Desde luego. —Apuraron sus tazas de café, pagaron la cuenta y luego salieron a la calle.

Demonio se detuvo en el escalón de la entrada.

Reggie se paró junto a él.

—¿Adónde vas?

Demonio lo miró fijamente.

—A Hillgate End, ¿adónde si no? —Arqueó las cejas—. Para ver cuál es la situación.

—Todos creen que no lo sé. —El general sir Gordon Caxton estaba sentado en la silla de detrás de su escritorio—. Pero sigo los resultados de las carreras mucho mejor que la mayoría y, aunque no me he acercado demasiado a los establos en los últimos tiempos, mi oído funciona perfectamente cuando voy.

Demonio, de pie ante los grandes ventanales, vio a su viejo amigo y mentor volver a ordenar con ansiedad los papeles de su impoluta mesa. Había llegado un cuarto de hora antes y, tal como tenía por costumbre, había ido directo a la biblioteca. El general lo había recibido con caluroso entusiasmo. Al afinado oído de Demonio, la efusividad del general le había sonado algo forzada. Una vez se hubieron intercambiado las primeras frases, le preguntó cómo iban las cosas por Hillgate End. La alegría superficial del general se evaporó y realizó su confesión.

—Oigo murmurar... y algo más. Sobre Dillon, por supuesto. —El general dejó caer el mentón sobre el pecho. Durante un buen rato, se quedó mirando el retrato en miniatura de su difunta esposa, la madre de Dillon, que estaba a un lado del escritorio; luego dejó escapar un suspiro y volvió a mirar hacia su mesa—. Se dedica a amañar las carreras. —Sus palabras estaban cargadas de desprecio—. Puede que sea inocente, por supuesto, pero... —Inspiró profundamente y negó con la cabeza—. No puedo decir que haya sido una sorpresa. Al chico siempre le ha faltado brío, y de eso tengo yo tanta culpa como él. Debería haber sido más duro con él, más firme, pero... —Al cabo de otra larga pausa, suspiró de nuevo—. Nunca me habría esperado una cosa así.

Aquellas palabras, pronunciadas con tanta serenidad, estaban cargadas de una buena dosis de sufrimiento, de confuso dolor. Demonio cerró los puños con fuerza y sintió una necesidad imperiosa de agarrar a Dillon con sus manos y darle una buena lección, sin importarle los remilgos de Flick. El general, a pesar de su oronda figura, sus cejas espesas y su aire marcial, era una persona buena y amable, generosa y de gran corazón, respetada por todos cuantos lo conocían. Demonio llevaba visitándolo de forma regular veinticinco años, y nunca había visto la más mínima falta de cariño o atención hacia Dillon, de manera que pensara lo que pensase el general, la situación de Dillon no era, en modo alguno, culpa suya.

El general compuso una mueca de dolor.

—Felicity, que es un ángel, y la señora Fogarty y Jacobs tratan de ocultármelo. Yo no les he dicho que no hace falta porque si se enterasen de que estoy al tanto de todo todavía se preocuparían más.

La señora Fogarty había sido el ama de llaves del general durante más de treinta años y Jacobs, el mayordomo, llevaba el mismo tiempo a su servicio. Ambos, al igual que Felicity, adoraban al general.

Éste lanzó a Demonio una mirada inquisitiva.

—Dime, ¿has oído algo más que rumores y sospechas?

Demonio le sostuvo la mirada.

—No, nada más. —Y, brevemente, le narró cuanto le habían contado en Newmarket esa mañana.

El general se encogió de hombros.

—Como ya he dicho antes, no me sorprendería nada descubrir que Dillon está implicado. Ahora está fuera, pasando unos días con unos amigos; si al comité le parece bien esperar hasta que vuelva, supongo que eso sería lo mejor. No hace falta enviar a nadie en su busca. A decir verdad, si le enviase una citación no estoy seguro de que no saliese huyendo.

»Siempre ha sido un misterio para mí que Dillon sea tan débil de carácter habiéndose criado junto a Felicity. Ella es una persona tan... —El general hizo una pausa, y luego le lanzó a Demonio una sonrisa fugaz—. Bueno, se me ocurre la palabra "recta". Desviarla de su camino, que puedes estar seguro de que ha considerado desde todos los puntos de vista posibles, es completamente imposible. Siempre lo ha sido. —Soltó un suspiro de satisfacción—. Antes solía achacarlo al hecho de que sus padres eran misioneros, pero va más allá de eso. Un auténtico personaje, con una voluntad férrea e inquebrantable, ésa es mi Felicity.

Su sonrisa se esfumó.

—Ojalá se le hubiese contagiado a Dillon parte de su honestidad, y algo de su carácter tan formal. Felicity jamás me ha causado ningún quebradero de cabeza, pero Dillon... Cuando era niño ya andaba siempre metido en líos. Lo peor de todo es que siempre recurría a Felicity para que lo rescatase... y ella siempre lo hacía; lo cual estaba muy bien cuando eran niños, pero ahora Dillon tiene ya veintidós años. Debería haber madurado, ya debería estar de vuelta de todas esas chiquilladas.

Dillon había pasado de las chiquilladas directamente a la delincuencia. Demonio se guardó este pensamiento para sí y mantuvo la boca cerrada.

Le había prometido a Flick que la ayudaría, y eso significaba, por el momento, proteger a Dillon y mantenerlo escondido en la casita en ruinas. Y ayudar a Flick, naturalmente, también implicaba proteger al general. Y si bien Flick y él estaban predestinados a enfrentarse por un buen número de asuntos en los días venideros —como los detalles de la implicación de ella en las investigaciones—, Demonio estaba tan dispuesto como ella a entregar su alma al diablo con tal de ahorrarle más sufrimiento al general.

Si el general averiguaba el paradero de Dillon, sin entrar en los detalles, se sentiría dividido: por un lado, su lealtad a la industria a la que había servido durante décadas le arrastraría a entregar a Dillon a las autoridades, y, por el otro, se sentiría obligado por el instinto protector de un padre.

Demonio sabía muy bien lo que significaba estar atrapado por dos lealtades en conflicto, pero prefería seguir llevando el peso sobre sus hombros que descargarlo sobre su anciano amigo. Estando de pie ante los ventanales, repasó con la mirada las explanadas de césped recién cortado hasta perderse en las arboledas que se alzaban al fondo del paisaje.

—Yo también creo que esperar a que vuelva Dillon es la opción más adecuada. ¿Quién conoce toda la historia? Podría haber razones, circunstancias atenuantes... Es mejor esperar a ver qué pasa.

—Por supuesto. Y sabe Dios que tengo un montón de asuntos que me mantienen ocupado. —Demonio se giró y vio que el general volvía a introducir el grueso libro del registro de nuevo en el fichero—. Contigo y tus amigos trayendo tanta sangre irlandesa a las caballerizas, no me ha quedado más remedio que aprender gaélico.

Demonio sonrió. Se oyó el ruido de una campanilla.

Ambos miraron a la puerta.

—Es la hora del almuerzo. ¿Por qué no te quedas? Así verás a Felicity y podrás decirme si estás de acuerdo con mi opinión.

Demonio vaciló unos instantes. El general solía invitarlo a menudo a almorzar, pero en los últimos años nunca había aceptado, de modo que no vio crecer a Felicity.

Se había pasado la noche anterior escarbando en su memoria para recuperar todos los recuerdos, hasta el más nimio, tratando de encontrar algún equilibrio en su mundo súbitamente tambaleante, intentando determinar cuál debía ser su papel, su posición, respecto a aquella nueva versión de Felicity. Su edad era un aspecto a tener en cuenta: físicamente, quizás estaba entre los dieciocho y los veinticuatro años, pero la seguridad que tenía en sí misma y su madurez indicaban otra cosa. Acabó concluyendo que debía de tener veintitrés.

El general acababa de decirle que Dillon tenía veintidós años, lo cual significaba que, si la chica era dos años menor que éste, entonces sólo tenía veinte. Se había equivocado nada menos que en tres años, pero teniendo en cuenta las consideraciones del general, con las que coincidía, habría podido perfectamente tener esos veintitrés.

La cifra de veintitrés era mucho más cómoda para él: Demonio tenía treinta y un años, y al pensar que Flick no tenía más que veinte se sintió casi como un pervertidor de menores.

Sin embargo, seguía sin entender por qué no la había visto, ni un solo día, en los cinco años anteriores. El último recuerdo que tenía de ella era de una visita que Demonio, tras importar su primer semental irlandés, le había hecho al general para darle la información relevante para el registro del animal: ella le había abierto la puerta; era una chiquilla bajita, flaca y desgarbada y de trenzas largas. Aunque apenas la había mirado, Demonio no la había olvidado. Desde entonces, había visitado esa casa en infinidad de ocasiones, pero nunca la había vuelto a ver. Aunque en todos esos años no se había quedado nunca a almorzar.

Demonio le miró desde la ventana.

—Sí, ¿por qué no?

El general probablemente atribuyó la excepción de Demonio a la preocupación que sentía por él, y sólo se equivocó a medias.

Así que se quedó.

Y tuvo el placer de ver a Felicity entrar precipitadamente en el salón comedor para, acto seguido, detenerse en seco y morderse la lengua antes de decidir cómo debía reaccionar ante él. Lo cual no dejaba de ser justo, porque tampoco él tenía la más remota idea de cómo reaccionar ante ella o, para ser más exactos, no se atrevía a reaccionar ante ella tal como le dictaban sus impulsos. A fin de cuentas, seguía siendo, pese a todo, la pupila del general... Que se había convertido en toda una mujer como por arte de magia.

A plena luz del día, vestida de muselina color marfil con un estampado de ramas de diminutas hojas verdes, parecía una ninfa primaveral que hubiese venido a robar el corazón de los mortales. Su pelo, impecablemente cepillado, relucía como el oro recién bruñido, un marco idóneo para la belleza inconfundible e inquietantemente angelical de su rostro. Pues era su rostro el que lo atraía, el que lo llamaba. El tenue azul de sus ojos, como un cielo nebuloso, lo encandilaba y lo incitaba a perderse en sus placenteras profundidades. Tenía la nariz recta, la frente ancha y el cutis perfecto. Sus labios, delicadamente curvados, de un rosa pálido, rotundos y sensuales, imploraban ser besados y estaban hechos para unirse a los de un hombre.

A los suyos.

Este pensamiento, tan inequívoco, lo turbó de repente; tomó aliento y sacudió la cabeza para deshacerse del hechizo. Una rápida mirada, un vistazo fugaz al resto de su cuerpo, estuvo a punto de hacerlo caer de nuevo en el embrujo.

Se resistió. Al percatarse de que se había quedado pasmado ante la belleza de una mujer por primera vez en su vida, retomó apresuradamente el control de la situación; con su gallardía habitual y una sonrisa fácil, dio un paso adelante y tomó la mano de Flick.

Ella pestañeó y estuvo a punto de retirarla de improviso.

Demonio dominó el impulso de acercarse a los labios sus dedos temblorosos, y se limitó a intensificar su sonrisa.

—Buenas tardes, querida. Espero que no te importe que me quede a almorzar hoy con vosotros.

Ella pestañeó de nuevo y lanzó una rápida mirada al general.

—No, por supuesto que no.

Se ruborizó ligeramente y Demonio se obligó a sí mismo a hacer caso omiso de su belleza fascinante. La condujo con caballerosidad hasta la mesa y ella se dirigió a la silla que había a la izquierda del general; él la retiró y luego rodeó la mesa hasta colocarse a la derecha del general, justo enfrente de ella. No podía haber elegido mejor sitio: mientras charlase con el general, podría mirarla con toda naturalidad. A ella... la del cuello de cisne y los hombros delicadamente redondeados, la de los pechos turgentes envueltos en una piel de seda de marfil, cuya maravilla asomaba henchida y pudorosa por el escote de su vestido. Felicity era perfectamente formal, perfectamente correcta y perfectamente deliciosa.

A Demonio se le hacía la boca agua cada vez que la miraba. Flick era muy consciente del minucioso examen al que Demonio la estaba sometiendo y, por alguna oscura razón, la proximidad de su mirada le resultaba cálida, como si una brisa impregnada de sol la acariciase, leve y tentadoramente. Trató de disimular sus pensamientos; al fin y al cabo, no era de extrañar que él la encontrase cambiada. La última vez que la había visto Flick tenía quince años, era flaca y desgarbada, y por la espalda le bajaban un par de largas trenzas. Él apenas había reparado en ella en esa ocasión; ella, en cambio, lo había mirado fijamente... y no había podido apartar la vista de él.

Aquélla había sido la última vez que se había permitido a sí misma semejante libertad; en lo sucesivo, se aseguró de desaparecer de su vista cada vez que iba a visitar al general. Aun cuando lo veía un momento, se forzaba a sí misma a echar a andar en la dirección opuesta... precisamente porque sus impulsos la incitaban a andar hacia él. Tenía demasiado orgullo para mirarlo como si fuera una colegiala estúpida y enamorada. A pesar de que en su presencia se sentía exactamente así —y no era de extrañar, pues él había sido su ideal de caballero durante muchísimos años—, tenía una fuerte aversión a la idea de soñar y llorar de amor por su causa. Estaba segura de que eso ya lo hacían todas las demás chicas y mujeres que bebían los vientos por él... y no tenía el menor deseo de ingresar en sus filas.

Así pues, se forzó a sí misma a participar en la conversación sobre caballos y la temporada inminente. Se había criado en Hillgate End, y conocía de sobra ambos temas para poder aportar su propia opinión. Demonio estuvo a punto de llamarla por el diminutivo de su nombre en dos ocasiones, pero se contuvo justo a tiempo, y ella, valientemente, resistió la tentación de fulminarlo con la mirada la segunda vez que sucedió. Sus miradas se encontraron, él enarcó una ceja y sus labios dibujaron una curva divertida. Ella frunció los suyos con fuerza y bajó la vista para mirar al plato.

—¿Me acercas el vinagre, querida?

Buscó la vinagrera con los ojos y se encontró a Demonio alzando la botella de la bandeja que había al otro extremo de la mesa. Le ofreció la botella y, al tomarla, sus dedos se rozaron. Una corriente eléctrica le recorrió todo el cuerpo. Sobresaltada, estuvo a punto de tirar la botella, pero logró atraparla a tiempo. Con cuidado, se la tendió al general y luego tomó el tenedor y el cuchillo en sus manos e intentó concentrarse en el plato, inspirando hondo muy despacio.

Sintió que la mirada de Demonio se posaba sobre su rostro y luego sobre sus hombros. Acto seguido, el hombre se dirigió al general:

—*Mighty Flynn* está rindiendo mucho en los entrenamientos. Espero obtener con él al menos otras dos victorias esta temporada.

—¿Ah, sí?

El general se mostró interesado al instante, y Flick respiró más tranquila.

Demonio consiguió que la conversación siguiera fluyendo, lo cual no era tarea difícil. Mucho más difícil era desviar la vista de Flick: le resultaba imposible quitarle los ojos de encima. Y era ridículo, por supuesto; a fin de cuentas, tenía veinte años, por amor de Dios...

Pero estaba allí, y era increíblemente fascinante.

Se dijo para sus adentros que el secreto de semejante fascinación estaba en el contraste entre Flick, la persona recta y honrada, que se disfrazaba de mozo de cuadra y se atrevía a enfrentarse sola a una organización que amañaba carreras de caballos, y Felicity, el delicado y decididamente mesurado ángel de Botticelli.

Era un contraste diseñado para despertar todo su interés.

—¿Tal vez —dijo una vez se levantaron de la mesa tras

haber dado cuenta del frugal almuerzo— a Felicity le gustaría dar un paseo por el jardín?

Formuló la pregunta de forma deliberada para dar pie a que el general lo secundara, pero en realidad no hizo falta. Flick levantó la cabeza y lo miró a los ojos.

—Eso estaría bien. —Miró al general—. Siempre y cuando no me necesite, señor.

—¡No, no! —El general sonrió, encantado—. Tengo que volver a mis libros. Anda, ve.

Los despidió indicándoles con un gesto el camino hacia las puertas cristaleras. Demonio lo miró y le dijo:

—Volveré cuando tenga noticias.

El general empequeñeció los ojos.

—Sí, hazlo. —Luego miró a Flick y la alegría regresó a su rostro. Asintiendo con aire benévolo, se dirigió a la puerta.

Flick se quedó allí de pie, junto a su silla, mirando a Demonio; él arqueó una ceja y señaló las puertas cristaleras del jardín.

—¿Vamos?

Ella rodeó la mesa y en lugar de detenerse a su lado, y esperar a que le ofreciese su brazo, pasó junto a él y atravesó directamente las puertas. Demonio se quedó mirando su espalda, luego meneó la cabeza y la siguió.

Flick se había detenido en la terraza, y, en cuanto lo vio aparecer, guió el camino escaleras abajo. Con sólo un par de zancadas, Demonio le dio alcance cuando ella ya estaba avanzando por la extensión de césped. Se puso a su lado y aminoró el paso, tratando de decidir cuál era la mejor táctica con un ángel. Antes de que hubiese tomado una decisión, ella habló.

—¿Se puede saber cómo voy a oír algún comentario o cómo voy a ver a alguien merodeando por tus establos si apenas paso un minuto dentro de ellos? —Le lanzó una mirada ofuscada y continuó—: He llegado esta mañana y me he encontrado a *Flynn* ya ensillado. Carruthers me ha enviado directamente fuera para sacar a *Flynn* a un entrenamiento prolongado —entrecerró los ojos— para que no estuviese tan inquieto al final de la jornada. Y encima vienes tú y me sacas del establo en cuanto vuelvo a entrar.

—Supuse que tendrías que volver aquí. —No era cierto, pero era una buena excusa. Le dirigió una mirada interrogante—. ¿Cómo explicas tus ausencias a primera hora de la mañana y de la tarde?

—Suelo salir a montar muy temprano por la mañana, así que eso no es nada extraordinario. Si *Jessamy* no está en la cuadra, todo el mundo da por sentado que estoy por ahí con ella, disfrutando de la mañana. Siempre que esté de vuelta para la hora del almuerzo, nadie tiene motivos para preocuparse.

Al llegar a la sombra de los viejos árboles que flanqueaban el césped, Flick aminoró el paso e hizo una mueca de fastidio.

—Las tardes son más difíciles, pero nadie me ha preguntado adónde voy. Sospecho que tanto Foggy como Jacobs saben que Dillon no está pasando unos días con unos amigos, sino que anda por aquí cerca... pero si no lo preguntan, tampoco pueden decir nada si les preguntan a ellos.

—Ya entiendo. —Titubeó un instante, sin saber muy bien si debía cogerle la mano y depositarla sobre su brazo para que paseara junto a él en lugar de dejar que ella decidiera el camino. Pero cuando le había rozado la mano durante la comida ella se había turbado, y estado a punto de dejar caer el vinagre. Reprimiendo una sonrisa, Demonio optó por obrar con cautela—. No hay razón para que no te pasees por los establos después de los entrenamientos de la mañana. El hecho de no tener ninguna tarea debería permitirte más libertad para andar a tus anchas. —No tenía ninguna intención de rescindir las órdenes que había dado a Carruthers—. Sin embargo, no tiene sentido que te quedes después de la sesión de la tarde. A esa hora, la mayoría de los jinetes y de los holgazanes de turno se retiran a la taberna.

—Pues no hay ninguna razón para que no me quede por los establos hasta que se hayan ido.

Aquello no le gustó: había cabezonería en su voz y en su mirada observó un velo de firme propósito del que había estado libre hasta entonces. Hasta ese momento y justo antes, en el comedor, cuando era Felicity y no Flick. Flick era el cruzado recto y justiciero; Felicity, el ángel de Botticelli.

Caminaba más despacio, y Demonio observó unos cuantos narcisos cuyas trompetas se mecían al son del viento. Algún que otro jacinto silvestre y una campánula se entrelazaban formando una alfombra primaveral que se extendía bajo los árboles, hasta la zona iluminada por el sol. Señaló con la cabeza el hermoso espectáculo.

—Son muy bonitas, ¿no crees?

Un ángel debía responder a la belleza natural.

Flick apenas dedicó una mirada roñosa a aquel regalo de la naturaleza.

—Bueno, ¿has oído o te has enterado de algo? —Lo miró a la cara—. Porque esta mañana has ido a la ciudad, ¿verdad?

Iba a fruncir el ceño, pero se contuvo.

—Sí, sí y sí.

Ella se detuvo y lo miró con aire expectante.

—¿Y bien?

Con frustración, Demonio dejó de andar y la miró.

—El comité está esperando a que vuelva Dillon para hablar discretamente con él acerca de cierto número de carreras en las que la temporada pasada el favorito, de forma harto sospechosa, no ganó.

Se puso muy pálida.

—Vaya.

—Pues sí. El muy cretino ni siquiera se dio cuenta de que a la gente le llamaría la atención que de repente empezase a codearse con los jinetes cuando nunca lo había hecho.

—Pero... —Flick arrugó la frente— los comisarios no han venido preguntando por él.

—No, los comisarios no. En este caso, no eran necesarios. Cualquier miembro del comité habrá llamado al general a lo largo de estas últimas semanas. Con eso les habrá bastado para saber si Dillon está aquí o no.

—Es cierto. —A continuación, Flick abrió mucho los ojos—. No le han dicho nada al general, ¿verdad?

Demonio apartó la mirada.

—No, el comité no cree que haya razón alguna para importunar al general de manera innecesaria y, por el momento, no tienen ninguna prueba, sólo sospechas.

Volvió a mirarla justo cuando Flick exhaló un suspiro de alivio.

—Si esperan hasta que Dillon vuelva...

—Esperarán mientras puedan esperar —puntualizó—, pero no van a esperar siempre, no pueden. Dillon tendrá que volver lo antes posible, en cuanto obtengamos suficiente información para demostrar la existencia de la organización.

—Así que tenemos que hacer progresos en la identificación del contacto de Dillon. ¿Están muy extendidos los rumores?

—No. Entre los dueños y los entrenadores sí, pero entre los demás, no tanto. Algunos jinetes y mozos de cuadra deben de tener sus sospechas, pero no es probable que las aireen, ni siquiera entre ellos.

Flick echó a andar de nuevo.

—Si no se habla abiertamente de ello, si no corre el rumor, habrá menos posibilidades de que a alguien se le escape algo.

Aunque Demonio no contestó, Flick no pareció darse cuenta. Demonio, no obstante, no se extrañó en absoluto: en ese momento ella no parecía percatarse de su presencia; lo veía como a un protector hermano mayor o alguna criatura de bondad semejante, y eso estaba tan lejos de la realidad que era ridículo.

También era irritante.

El ángel de Botticelli del comedor, el que tan delicadamente se había estremecido con el tacto de su mano, con el roce de sus dedos, se había desvanecido. Lo miró.

—Tal vez podrías empezar con los jinetes cuyos caballos perdieron el año pasado. Supongo que si ya han aceptado un soborno una vez, habrá más posibilidades de que alguien se les acerque a proponerles otro, ¿no?

—En teoría, sí. Sin embargo, si ya han sido interrogados, aunque sea de forma velada, por los comisarios, ten por seguro que sus labios estarán sellados. Con una licencia en juego, a ningún jinete se le ocurriría incriminarse.

—Tiene que haber algo que puedas hacer mientras yo monto guardia en tus establos.

Demonio abrió los ojos como platos y estuvo a punto de soltarle una respuesta cáustica con más información de la que necesitaba, pero se contuvo justo a tiempo.

—No te preocupes por mí, estoy seguro de que encontraré alguna vía útil que explorar. —Ya se le habían ocurrido varias, pero no tenía ninguna intención de compartirlas con ella—. Empezaré antes de supervisar los entrenamientos de la tarde.

—Podrías vigilar a los curiosos o a los holgazanes que merodeen por las cuadras de otras fincas.

—Sí, eso haré. —Demonio no podía evitarlo; endureciendo la mirada, dio una zancada más larga, se volvió para colocarse frente a ella y se detuvo.

Conteniendo la respiración, Flick se paró precipitadamente y se tambaleó en un intento de no tropezarse con él. Levantó la vista y una expresión de sorpresa se dibujó en sus ojos azules.

Él le dedicó entonces una sonrisa.

—A ti también te estaré vigilando. —Le sostuvo la mirada—. No lo dudes.

Flick pestañeó. Para disgusto de Demonio, no fue azoramiento —el sentimiento que pretendía causar en ella con aquel golpe de efecto— lo que vio en sus ojos azules, sino perplejidad. Flick escrutó su rostro un instante y luego se encogió de hombros, se apartó a un lado y lo rodeó para esquivarlo y seguir andando.

—Como quieras, aunque no veo por qué razón. Sabes que puedo manejar a *Flynn*, y Carruthers no se pierde un solo ejercicio de entrenamiento.

Reprimiendo una blasfemia, Demonio dio media vuelta sobre sus talones y echó a andar tras ella. No era *Flynn* quien le preocupaba. Estaba claro que Flick lo consideraba inofensivo, y si bien no tenía ningún deseo de amenazarla, decididamente la quería en su cama, lo cual, según su experiencia, debería ponerla nerviosa o al menos generar en ella cierta desconfianza. Pero no, a ella no, a Flick no.

Felicity era sensible, Felicity era tierna. Ella tenía el buen juicio de temerlo. Felicity conservaba cierto instinto de supervivencia. Flick, por lo que había visto de ella hasta el momento, carecía de él por completo. Ni siquiera había sabido reconocer que él no era su hermano mayor, benévolo y protector, y desde luego no era la clase de hombre al que una mocosa podía manipular.

—No es —empezó a decir, colocándose de un paso a su lado— a *Flynn* a quien estaré observando.

Ella levantó la vista y lo miró a los ojos, arrugando aún más la frente.

—No hay necesidad de que me vigiles, no me he separado de mi montura en años.

—Aunque así sea —repuso—, te aseguro que observarte, mantener mi mirada fija en tu esbelta figura mientras trotas encaramada a uno de mis campeones, es exactamente la clase de comportamiento que cabe esperar de un caballero como yo.

—Aunque así sea, observarme a mí cuando podrías estar observando a los posibles contactos es absurdo. Una oportunidad malgastada.

—No para mí.

Flick torció el gesto y miró hacia delante. Se estaba poniendo deliberadamente imposible; percibía su fastidio, por mucho que intentase disimularlo, pero no tenía la menor idea de qué lo había causado o por qué estaba diciendo más tonterías que Dillon. Siguió caminando, y siguió haciendo caso omiso del cosquilleo que se había instalado en su estómago y de aquel nerviosismo insistente, amén de los resquicios, tan inoportunos como indeseados, de la obsesión que ya de chiquilla sentía por él.

Había sido su hombre ideal desde que tenía diez años, desde que había encontrado un libro de las obras de Miguel Ángel en la biblioteca. Había descubierto una escultura que encarnaba a la perfección su ideal de belleza masculina... sólo que Demonio era aún más bello. Tenía la espalda más ancha, el pecho más amplio y mejor musculado, las caderas más estrechas, las piernas más largas, más duras... en conjunto, físicamente estaba mejor definido. En cuanto al resto, había supuesto por su reputación que en ese aspecto también estaba mejor dotado. Su actitud afable, su amor por los caballos y su participación activa en el mundo de las carreras habían contribuido, asimismo, a acrecentar el interés que tenía por él.

Sin embargo, nunca había cometido el error de imaginar que él la correspondía, ni que fuese a hacerlo algún día. Era once años mayor que ella y podía elegir entre las mujeres más hermosas y sofisticadas de toda la región, por lo que sería una necedad más allá de lo permisible fantasear con la idea de que la mirase siquiera. Pese a todo, ella se casaría algún día, algún día no muy lejano; estaba lista para amar y ser amada. Ya tenía veinte años, y lo estaba esperando, con ansia, además. Y si todo salía como ella quería, se casaría con un hombre exactamente igual que Demonio. Él, no obstante, era para ella un ídolo inalcanzable, estaba completamente fuera de sus posibilidades.

—Ese —empezó a decir, gesticulando— escurridizo contacto de Dillon... Seguramente no es de por aquí. Tal vez una búsqueda por los hoteles y las posadas...

—Ya me he ocupado de eso.

—Ah. —Alzó la mirada y se topó con la de Demonio. Por un momento, vio en sus ojos azules un brillo de entusiasmo, pero enseguida apartó la vista y miró hacia delante.

—Lo comprobaré, pero no creo que avancemos demasiado por ese camino. Al fin y al cabo, Newmarket está lleno de posadas y tabernas, y eso atrae a un buen número de personajes dudosos, la mayor parte de los cuales no son de aquí.

Flick hizo una mueca y miró hacia delante. Ya habían recorrido los jardines; delante tenían los establos, encuadrados en una serie de arcos de madera sobre los que crecían glicinas. Cuando pisó el sendero que había bajo los arcos, Flick preguntó:

—Ese contacto... ¿quién es? ¿Alguien de la organización o solamente otro simple peón?

—No es alguien de la organización. —Demonio caminaba junto a ella dando pasos largos e indolentes, con las manos metidas, asombrosamente, en los bolsillos de sus pantalones. No apartaba la mirada de la gravilla—. Sea quien fuere, la organización debe de pagarle mucho dinero, pero lo último que harían sus miembros sería correr el riesgo de ser identificados. No, ese hombre debe de ser alguien a sueldo, tal vez un empleado fijo. Eso, para nosotros, sería lo mejor.

—Así que una vez lo identifiquemos, ¿será fácil seguirle el rastro hasta dar con sus jefes?

Demonio asintió con la cabeza; alzó la vista y se paró. Habían llegado al final de la arcada.

Flick levantó la mirada y entrecerró los ojos para protegerse de los rayos del sol, que asomaban por detrás del hombro de Demonio. La estaba mirando; ella no distinguía las facciones de su rostro, pero notaba su mirada clavada en el suyo, sentía su presencia física en cada poro de su piel. Estaba acostumbrada a trabajar con caballos de gran tamaño y en ese momento, al estar de pie junto a él, no pudo evitar pensar en ellos: Demonio irradiaba la misma aura de poderosa fuerza física que, ante una provocación, podía resultar peligrosa. Por suerte, ni los caballos ni él suponían ningún peligro para ella. Lamentándose por dentro de su absurda susceptibilidad, levantó una mano para protegerse los ojos de la luz del sol.

Y miró a Demonio a los suyos.

Se quedó sin aliento; por un instante se sintió desconcertada, sin saber quién era ella, quién era él, ni cómo eran en realidad las cosas. Entonces algo ocurrió en el azul de sus ojos; parpadeó, se serenó y recuperó el control. Y, sin embargo, él siguió mirándola con una mirada si no especialmente seria, sí fija, con una expresión en los ojos que ella no supo reconocer ni comprender.

Estaba a punto de enarcar una ceja cuando, con los ojos aún clavados en ella, Demonio preguntó:

—Ahora que ya sabes toda la verdad acerca del grado de implicación de Dillon, ¿te arrepientes de haber decidido ayudarlo?

—¿Si me arrepiento? —Reflexionando sobre la pregunta, arqueó ambas cejas—. No se trata de eso. Yo siempre lo he ayudado, a lo largo de su vida se ha hecho una especie de experto en meterse en toda clase de líos y complicaciones. —Se encogió de hombros—. Siempre supuse que al final acabaría optando por no complicarse más la vida, pero veo que todavía no lo ha hecho.

Demonio escrutó su rostro, su expresión franca y la sinceridad de sus ojos azul claro. Pero no le dijeron lo que sentía por Dillon; teniendo en cuenta la evidente resistencia que Flick le oponía, Demonio no tenía más remedio que preguntarse si Dillon era la causa. Cuando Flick y Dillon estaban juntos, ella era la parte dominante, la que estaba al mando. Se había acostumbrado a que Dillon dependiese de ella y cabía la posibilidad de que a ella le gustase que así fuese. No había ninguna duda de que le gustaba llevar las riendas.

Lo cual estaba muy bien y, sin embargo...

—Bueno —dijo ella, interrumpiendo sus pensamientos—, ¿qué crees que pasará ahora?

Demonio arqueó las cejas.

—No mucho, la verdad. —Al menos, no en sus establos—. Pero si averiguas algo, si encuentras alguna pista, espero, por supuesto, que me lo comuniques de inmediato.

—Por supuesto. —Se apartó la mano de los ojos y se dirigió hacia los establos—. ¿Dónde estarás?

Investigando a fondo.

—Envía un mensaje a la yeguada, los Shephard siempre saben dónde encontrarme.

—Te avisaré cuando averigüe algo. —Se detuvo en el límite del jardín y extendió la mano—. Te veré en el establo dentro de unas horas.

Demonio le tomó la mano. Levantó la vista hasta encontrarse con sus ojos... y se sumergió en aquel azul. Los dedos de Flick yacían confiados, dóciles, en la mano de él. Sintió la tentación de llevárselos a los labios, de depositar un prolongado beso en ellos, la tentación de...

La locura y la duda se enfrentaron entre sí.

El momento pasó.

Le soltó la mano. Con un elegante asentimiento de cabeza, Demonio se volvió y, apretando la mandíbula, avanzó a grandes zancadas hacia los establos, a cada paso más consciente del deseo demoniaco que sentía de capturar a un ángel de Botticelli... y llevárselo a la cama.

4

Los siguientes días transcurrieron sin novedad. Flick soportó su impaciencia y se mantuvo en alerta permanentemente. Acudía mañana y tarde a los establos para realizar los entrenamientos, y luego, por las mañanas, se quedaba merodeando por las cuadras tanto tiempo como podía y, por las tardes, hasta que se marchaban los mozos. Al cabo de tres días, el único personaje sospechoso que había visto resultó ser el primo de uno de los chicos, que había ido a visitarle desde el norte del país, y la única información sorprendente de la que se había enterado tenía que ver con las actividades de cierta camarera pelirroja.

Tal como le había advertido, Demonio asistió religiosamente a todas las sesiones de entrenamiento... y también la observó religiosamente. Cada día que pasaba la mirada vigilante de Demonio le parecía más penetrante. Cuando esa mañana Flick oyó que Demonio le decía a Carruthers que pasaría la tarde en los demás establos, examinando las manadas de la competencia, dejó escapar un suspiro de alivio.

Así, a las tres de la tarde, Flick dejó al general enfrascado en sus libros y, a lomos de *Jessamy*, enfundada en su traje de montar de terciopelo azul se dirigió hacia la casita: se sentía menos inquieta, más segura de sí misma. La inquietud por lo que iba a encontrarse al llegar al establo había desaparecido.

Dillon estaba en el claro cuando se acercó cabalgando, y la jaca pastaba plácidamente por los alrededores. Se aproximó y desmontó, giró sobre sus talones y se dirigió hacia el interior de la casa para cambiarse, sin dedicarle una sola mirada a Dillon. Cuando Flick saliera de la casa, él ya habría ensillado y embridado a la jaca, y desensillado y desatado a *Jessamy*.

No había querido cruzar ni una palabra con Dillon desde que supo la verdad. Cada vez que había ido a la casa, él intentó atraer su mirada, tratado de sonreírle y de disculparse de algún modo.

Lidiando con sus faldones de terciopelo, Flick compuso un mohín de desprecio. Dillon se mostraba excesivamente cuidadoso con ella... bien, pues podía seguir mostrándose cuidadoso durante más tiempo. Todavía no lo había perdonado por haberla engañado, como tampoco se había perdonado a sí misma por haber sido tan ingenua. Debería haberlo adivinado, sabía que él ya no era ningún chiquillo inocente, pero la idea de que pudiera ser tan sumamente estúpido no se le había pasado por la cabeza.

Se pasó la mano por los rizos y los aplastó con la gorra. Ya estaba harta de sacarle las castañas del fuego a Dillon, de acudir siempre en su auxilio y, sin embargo...

Dejó escapar un suspiro. Seguiría protegiendo a Dillon si la alternativa era disgustar al general. Los disgustos podían ser muy perjudiciales para su salud, y el doctor Thurgood lo había dejado muy claro. El hecho de garantizar su bienestar y su tranquilidad también era una forma de corresponderle por todo lo que le había dado: un hogar, un lugar seguro y estable donde crecer, una mano firme, un corazón aún más firme y una confianza inquebrantable en sí misma.

Había llegado a Hillgate End siendo una confusa chiquilla de siete años, que, de un día para otro, se había quedado sola. Su tía Scroggs de Londres, a cuyo cargo la habían dejado sus padres, no había querido quedarse con ella cuando su necesidad temporal se había convertido en permanente. Nadie la había querido hasta entonces y, de pronto, el general, un pariente lejano de su padre, apareció ante ella, le sonrió cariñosamente y se la llevó a su casa. Al campo, donde le encantaba vivir, junto a los caballos, sus animales preferidos.

Su traslado a Hillgate End había cambiado su vida para siempre, y para mejor. No era pobre, pero siendo tan niña, quién sabe adónde habría ido a parar sin la bondad del general, sin sus cuidados. Gracias a él había vivido en esa casa, había tenido una vida feliz y toda clase de oportunidades. Sin duda se lo debía todo al generoso anciano.

Inspiró profundamente y salió del cobertizo. Dillon estaba junto al tronco que Flick utilizaba para montar, esperándola, sujetando a la jaca, ya ensillada. La joven lo miró fijamente mientras atravesaba el patio, pero apartó los ojos cuando se encontró con su mirada. A pesar de que sentía un gran afecto por el general, en esos momentos no sentía más que desprecio por su hijo.

Se subió a la jaca, tomó las riendas y espoleó al animal sin decir una sola palabra.

Al menos Demonio había conseguido arrancarle toda la verdad a Dillon. Aunque se había sentido como una idiota por no haber visto las inconsistencias de la historia de Dillon, en realidad se alegraba de la intervención de Demonio. Desde que había accedido a ayudarla, y a pesar de su absurda insistencia en vigilarla, el peso de la responsabilidad que hasta entonces sólo había recaído sobre sus hombros le resultaba algo más fácil de llevar. Él estaba allí, compartiendo su carga, haciendo, al igual que ella, todo cuanto estaba en sus manos por ahorrarle preocupaciones al general. Demonio, dejando a su lado todo lo demás, era sin duda un gran alivio.

Una vez en la carretera no dejó de cabalgar al trote, y cuando entró en el establo un mozo de cuadra ya tenía a *Flynn* preparado; comprobó las cinchas y luego, con ayuda del mozo, dio un salto para encaramarse al lomo del caballo castaño. Ahora ya se había acostumbrado a ella, al tono de su voz, de modo que con una leve indicación el animal se dirigió trotando a la puerta.

Carruthers la estaba esperando.

—Da un largo paseo al paso, luego un trote suave, de al menos seis vueltas, y luego regresa de nuevo al paso y métetelo dentro.

Flick asintió y sacudió las riendas. La tarea de la tarde siempre era sencilla, no todos los entrenadores se molestaban en dar instrucciones al respecto.

Desfiló con el resto de caballos, escuchando la charla de los mozos y los jinetes que la rodeaban y oteando al mismo tiempo la orilla del Heath, donde se congregaban los espectadores, algunos expertos que recopilaban datos sobre el entrenamiento para los corredores de apuestas o para clientes privados, otros simplemente curiosos.

Como de costumbre, fue la última en encerrar a su montura en el establo con la esperanza de ver a algún extraño intentando entablar conversación con uno de los jinetes. Nadie lo hizo, nadie se acercó a ningún jinete de la cuadra de Demonio, ni tampoco de los establos cercanos.

Decepcionada, casi convencida de que nunca vería ni oiría algo realmente útil, Flick se deslizó de la silla de montar y, una vez en el suelo, dejó que el mozo se llevara a *Flynn* y fue tras ellos.

Ayudó al mozo a desensillar el caballo y lo dejó limpiando el pesebre mientras ella iba en busca de la comida y del agua. El mozo se fue entonces a encargarse de los demás caballos que tenía a su cuidado. Flick dejó escapar un suspiro y *Flynn* ladeó la enorme testuz y la empujó cariñosamente.

Con una sonrisa de complicidad, la joven le acarició el hocico. Obedeciendo a un impulso, se subió a la pared del compartimento de su caballo y se encaramó en lo alto y apoyó el hombro en el muro externo de la cuadra. Examinó las demás caballerizas, escuchando los murmullos y las conversaciones, la mayor parte de ellas entre los mozos y sus pupilos equinos.

Flynn le rozó las piernas con el hocico y ella le dedicó unas palabras en tono cariñoso, y se le escapó una sonrisa cuando el animal le respondió con un asentimiento.

—¡Oh, por el amor de Dios! ¡Largo de aquí! No me interesa lo que me tengas que decir, así que ¿por qué no te largas, eh?

Flick se incorporó de golpe, con tanta brusquedad que le faltó muy poco para caerse del muro. Oía las palabras con absoluta claridad... Entonces se dio cuenta de que las estaba oyendo a través de la pared del establo. Quien hablaba estaba fuera. Flick reconoció su tono de voz dulce: se trataba de uno de los mejores jinetes de la yeguada.

—Espera, espera. Escúchame un momento, sólo...

—Ya te lo he dicho: ¡no quiero saber nada! ¡Y ahora fuera! ¡Que te largues antes de que llame a Carruthers para que se encargue de ti!

—Tú te lo pierdes.

El otro interlocutor tenía una voz más ronca, y se iba alejando.

Flick bajó de la pared de un salto y echó a correr por el establo, apartando a un lado a los mozos, cargados con cubos de agua y comida, a su paso. Los mozos la insultaron, pero ella no se paró. Llegó a las puertas del establo y, asiéndose a los bordes, se asomó.

Una figura robusta con un abrigo de lana gruesa se alejaba caminando pesadamente por la orilla del Heath; llevaba la cabeza cubierta con un gorro y las manos metidas en los bolsillos. No logró ver más de lo que había visto Dillon. El hombre se dirigía a la ciudad.

Por un momento, Flick se quedó allí, inmóvil, barajando distintas posibilidades. A continuación, dio media vuelta y volvió a entrar a toda prisa en el establo.

Demonio entró en su caballeriza al final de la jornada laboral. Bufidos y relinchos suaves y alegres se mezclaban con pesados suspiros mientras los mozos encerraban a los animales que tenían a su cuidado en sus caballerizas. El olor a caballo era insoportable, pero Demonio apenas se dio cuenta. Sí se percató de la presencia de la vieja jaca, que estaba dormitando tranquilamente en un rincón, cerca de un puñado de heno y un cubo de agua. Demonio echó a andar pasillo abajo mirando a derecha e izquierda.

Se detuvo junto a la caballeriza de *Flynn*; el enorme caballo zaino estaba descansando y mascando con total placidez. Siguió andando y se encontró a Carruthers, que estaba examinando el casco de una potra.

—¿Dónde está Flick?

Carruthers lo miró, y luego soltó un resoplido.

—Ya se ha ido. Y tenía mucha prisa, además. Ha dejado aquí su jaca y ha dicho que vendría por ella más tarde. —Se concentró de nuevo en el casco que estaba examinando.

Demonio trató de disimular su contrariedad.

—¿Ha dicho algo más?

—No. —Con mano experta, Carruthers retiró un guijarro de la pezuña del animal—. Es igual que los demás mozos, se moría de ganas de llegar al Swan y beberse una buena pinta de cerveza.

—¿Al Swan?

—O al Bells. —Carruthers soltó la pata de la yegua y se incorporó—. Quién sabe, con estos chicos de hoy en día...

Demonio hizo una pausa y Carruthers observó a la potra poniendo a prueba su casco sobre el suelo.

—Entonces, ¿Flick se ha ido a la ciudad?

—Eso es lo que he dicho. Normalmente se vuelve a casa, a Lidgate, sin prisas, pero hoy se ha ido a la ciudad a toda velocidad.

—¿Cuánto tiempo hace de eso?

Carruthers se encogió de hombros.

—Unos veinte minutos.

Demonio contuvo una palabrota, dio media vuelta y salió de su establo.

No encontró a Flick en el Swan ni en el Bells, ambas tabernas respetables, sino que la sorprendió en el Fox and Hen, una taberna sórdida que se hallaba en un callejón estrecho. Estaba acurrucada en una esquina, con una jarra en la mano rodeada de varios grandullones bebedores de cerveza tres veces más grandes que ella.

Trataba de pasar desapercibida. Por fortuna, había una partida de dardos y muchos clientes seguían entrando por la puerta; la concurrencia estaba muy distraída en esos momentos y todavía no buscaba posibles víctimas de sus chanzas entre los presentes.

Apretando la mandíbula con fuerza, Demonio le arrebató al atareado camarero la jarra que le acababa de servir y cruzó la sala, abriéndose paso entre la multitud, cubierto por su grueso gabán. Algunos de los clientes eran de su misma clase social, caballeros que se codeaban con los lugareños, que charlaban con comisarios de carrera retirados o con la chusma de los hipódromos, de modo que su aspecto no llamó la atención.

Al llegar a la mesa del rincón, hizo caso omiso de la mirada asombrada de Flick. Tras depositar bruscamente la jarra de cerveza sobre la mesa, se sentó enfrente de la joven y luego la miró a la cara.

—¿Se puede saber qué diablos estás haciendo aquí?

La muchacha lo miró, y luego señaló con la cabeza la mesa contigua.

Agarrando su cerveza con naturalidad, Demonio bebió un sorbo y examinó las mesas que tenían alrededor. En la más próxima había dos hombres, con el cuerpo inclinado hacia delante y sendas jarras de cerveza en la mano. Ambos habían levantado la vista para observar la partida de dardos; cuando Demonio apartó la mirada, bajaron la vista y reanudaron la conversación.

Demonio miró a Flick a los ojos y percibió en ellos una expresión elocuente. Inclinándose hacia delante, le susurró:

—Escucha.

Tardó unos minutos en concentrar su atención en medio de tanto barullo, pero, cuando lo hizo, consiguió oír la conversación con bastante claridad.

—Entonces, ¿de qué caballo y de qué carrera estamos hablando?

Quien hablaba era un jinete, alguien al que Demonio nunca había contratado y a quien sólo conocía de vista. No creía que el jinete pudiese reconocerlo, pero trató de ocultar su rostro de todos modos.

—He oído que vas a montar a *Rowena* en la carrera de Nell Gwyn Stakes dentro de un par de semanas.

La voz del otro hombre, profunda y ronca, era fácil de distinguir entre el bullicio del bar. Demonio levantó la mirada y se encontró con la de Flick; la muchacha asintió con la cabeza y luego volvió a centrar su atención en la mesa vecina.

El jinete dio un largo trago y luego dejó su jarra.

—Sí, es cierto. ¿Quién te lo ha dicho? Todavía no es oficial.

—No importa quién me lo haya dicho; lo que debería importarte es que, por saberlo yo, tú tienes una oportunidad que no deberías desaprovechar.

—¿Una oportunidad? —El jinete volvió a dar un sorbo lento y prolongado—. ¿Cuánto?

—Cien libras al final de la carrera.

Un estallido de vítores entre los jugadores de dardos hizo que los dos hombres alzaran la vista y miraran a su alrededor. Demonio miró a Flick, que observaba con los ojos muy abiertos al hombre que buscaban: el contacto. Por debajo de la mesa, Demonio le dio un suave puntapié. Ella lo miró y él se inclinó hacia delante.

—Si no dejas de mirarlo así, se va a dar cuenta y te va a mirar a ti.

Con gesto hosco, Flick bajó la vista hasta su cerveza, que ni siquiera había probado. Se oyó un nuevo alboroto procedente de la partida de dardos y todo el mundo los miró, incluida Flick. Rápidamente, Demonio intercambió las jarras y dejó la suya, medio vacía, en manos de la chica. Tomó la de ella y se bebió la mitad de un trago; la cerveza del Fox and Hen dejaba mucho que desear, pero estar sentados en una taberna como aquélla, rodeados de aquella clase de gente, y no probar una jarra de cerveza durante más de cinco minutos bastaba para atraer la atención de cualquiera.

La partida de dardos había concluido. Los vítores cesaron y todo el mundo regresó a sus bebidas y a sus conversaciones.

El jinete mantenía la vista en su jarra de cerveza como si esperara su consejo.

—Ciento veinticinco libras.

—¿Ciento veinticinco? —se burló el contacto—. Me parece que te pasas de listo, chico.

La expresión del jinete se tornó más severa.

—He dicho ciento veinticinco. Soy yo el que irá a lomos de *Rowena* en esa carrera y la empezará como la favorita. Las apuestas serán altas, muy altas. Si no quieres que esté entre los ganadores, te costará ciento veinticinco.

—Mmm. —Ahora era el contacto quien buscaba inspiración en su cerveza—. ¿Ciento veinticinco? Si eso es lo que quieres, entonces tendrás que conseguir que no acabe en ninguno de los tres primeros puestos.

—No, eso es imposible —dijo el jinete—. No puedo hacerlo. Si no está entre los tres primeros puestos tendré a los comisarios pegados a mis talones, y no me interesa. No pienso arriesgarme a perder la licencia por ti. Incluso quedando segunda... Bueno, eso puedo hacerlo, pero sólo porque Cynster tiene a una potra magnífica en la carrera. *Rowena* es mejor, pero puedo hacer que quede por detrás de la potra de Cynster sin despertar sospechas. Pero, a menos que haya otro portentoso caballo que no hemos visto todavía, son las únicas ganadoras lógicas. Es imposible que coloque a *Rowena* fuera de los tres primeros puestos.

El contacto arrugó la frente y apuró la cerveza de un sorbo.

—Está bien. —Miró al jockey a los ojos—. Ciento veinticinco libras por hacer que no quede primera. ¿Trato hecho?

El jinete vaciló un instante, y luego asintió.

—De acuerdo.

—¡Aaaaaaaaargh! —Un salvaje grito de guerra estalló en medio del barullo y todos los presentes se volvieron y vieron que un hombre gigantesco rompía una jarra de cerveza en la cabeza de su vecino. La jarra se hizo añicos y el hombre empezó a tambalearse. En ese momento, un puño surgió de la nada y levantó en el aire al agresor.

Y entonces se armó una buena.

Todo el mundo se puso en pie, y empezaron a romperse sillas y a lanzar jarras de cerveza por los aires. Los cuerpos rebotaban unos contra otros, y los había que acababan extendidos en el suelo; la confusión iba aumentando por momentos a medida que los clientes del bar se iban añadiendo a la pelea.

Demonio se volvió rápidamente; Flick estaba de pie en el rincón, con los ojos abiertos como platos. Soltó un taco, y tras barrer las jarras de cerveza que había en la mesa de un manotazo, la colocó de lado, para emplearla como escudo. Alargó el brazo, y asió a Flick del hombro.

—¡Agáchate!

Demonio la obligó a meterse detrás de la barricada improvisada. Le puso la mano en la cabeza y la forzó a agacharse todavía más.

—¡No te muevas de aquí!

En cuanto la soltó, ella asomó la cabeza de nuevo. Demonio volvió a soltar otro taco, extendió el brazo para alcanzarla de nuevo y vio que los ojos de Flick se abrían todavía más.

Justo cuando se volvió, Demonio recibió el impacto de un puñetazo. Le desencajó la mandíbula y lo sacó de sus casillas. Recobrando el equilibrio, hundió el puño en el vientre de su atacante y luego remató la faena dándole un derechazo en la mandíbula.

El enorme adversario se tambaleó de lado, luego hacia atrás y al fin cayó de espaldas en medio del tumulto.

—¡Demonio!

Se agachó y consiguió esquivar al siguiente atacante, al que inmediatamente empujó con la intención suficiente para que fuera a estrellarse contra la pared que había detrás de Flick en lugar de desplomarse sobre ésta.

Un entrenador de caballos logró salir ileso de la pelea central y echó a andar hacia Demonio. El hombre lo miró a los ojos y se detuvo para, acto seguido, dar media vuelta, tomar impulso y volver a abalanzarse sobre la masa informe de cuerpos y puños arremolinados.

—¡Parad ya de una vez, pedazo de brutos! —El camarero se había subido a la barra, blandiendo un escobón. Pero era inútil, los bravucones se lo estaban pasando en grande con todo aquello.

Demonio echó un vistazo a su alrededor: la única puerta de la taberna estaba justo al otro extremo de la sala, en diagonal, más allá de la masa de puños en acción. En la pared de la izquierda había dos ventanas de guillotina de aspecto mugriento; apartando a un lado sillas y mesas, consiguió llegar hasta la más cercana, liberó el pestillo y empujó hacia arriba con todas sus fuerzas. Tras cierta resistencia inicial, la ventana cedió.

Volvió sobre sus pasos, asió a Flick del cuello de su camisa, la sacó a rastras y sin miramientos de su escondite, y luego la aupó para que saliera por la ventana. La joven intentó alcanzarla y él la ayudó empujándola desde abajo. Ella lanzó un silbido y empezó a darle golpes en las manos para que se las quitase de encima, pero él siguió sujetándola y empujándola. Cuando tenía la mitad del cuerpo fuera, Flick vaciló un instante, tratando de decidir qué pie sacar primero. En ese momento Demonio le dio una palmada en el trasero y un buen empujón.

Flick aterrizó sobre la hierba en una postura no demasiado elegante y tomó aliento; una sarta de insultos le ardían en la lengua, pero no tenía fuerzas para proferirlos en voz alta. Las posaderas también le ardían, al igual que las mejillas. Ambas. Miró por encima del hombro y vio a Demonio, cuyo torso ya había franqueado la ventana. Maldiciéndole entre dientes, se puso de pie con cierta dificultad y se limpió las manos en los muslos; no se atrevía a tocarse el trasero.

La otra ventana de guillotina se abrió de golpe y empezaron a salir más clientes del bar. Demonio se colocó junto a ella; asiéndola del codo, la alejó de allí mientras los demás empezaban a utilizar su misma vía de escape. Junto a la taberna, había un huerto que se inclinaba en pendiente; con Demonio pegado a sus talones, Flick se deslizó entre los árboles. Estaba anocheciendo, y tras ellos, a través de las ventanas ahora abiertas, oyeron gritos y luego el sonido del silbato de los guardias. Mirando hacia atrás, Flick vio a más clientes de la taberna salir huyendo a través de las ventanas, ansiosos por desaparecer por la ladera del huerto.

—¡Vamos!

Demonio la cogió de la mano y empezó a avanzar a grandes zancadas obligándole a correr para poder seguirlo. Ella trató de liberarse de su mano, pero él la fulminó con la mirada, la asió con más fuerza y siguió caminando aún más deprisa. Ella le dedicó un insulto; él probablemente la oyó, pero no pareció inmutarse. La arrastró, corriendo, dando algún salto de vez en cuando, hasta alcanzar el otro extremo del huerto, donde un muro de dos metros les bloqueaba el paso.

La soltó justo cuando los demás les dieron alcance e inmediatamente empezaron a escalar el muro. Flick miró hacia arriba con recelo y se acercó a Demonio:

—¿No hay ninguna puerta?

Él la miró y luego señaló a los demás con la cabeza: estaban apelotonándose los unos encima de los otros.

—Parece ser que no. —Dudó unos instantes y luego se aproximó al muro—. Ven, te ayudaré a subir.

Demonio se agachó junto al muro y entrelazó las manos. Apoyando una mano en las piedras y la otra en el hombro de Demonio, Flick colocó la bota encima de las manos entrelazadas de él.

Demonio la empujó hacia arriba. Debería haber sido fácil, el lomo de *Flynn* era casi tan alto como el muro. Sin embargo, la parte superior de esa pared era dura y estrecha, no suave y deslizante como la silla de montar. Consiguió asomar la parte superior del cuerpo al otro lado del muro, pero todavía no había logrado subir las piernas.

Tras tomar aliento, hizo fuerza con los brazos, estiró la columna vertebral e intentó darse impulso con las piernas. Pero como las caderas todavía le colgaban por el otro lado del muro, si se impulsaba con demasiada fuerza se arriesgaba a caerse de nuevo hacia atrás. Y si no se impulsaba lo suficiente, no lograría encontrar ningún punto de apoyo. Se columpió, como si fuera un balancín, sobre lo alto del muro.

A sus pies oyó un suspiro de resignación: la mano de Demonio volvió a entrar en contacto con sus posaderas; más nerviosa y aturullada que nunca, con las mejillas encendidas de nuevo, pasó rápidamente una pierna por encima del muro y se sentó.

E intentó recuperar el aliento.

Demonio tomó impulso junto a ella y se subió al muro de un salto. Con toda facilidad. Sentado a horcajadas sobre el muro, la escudriñó con la mirada, luego pasó la pierna al otro lado y bajó de un salto al sendero.

Flick inspiró hondo y desplazó la otra pierna, se dio la vuelta como pudo y se dejó caer al suelo... antes de que él se viera obligado a acudir en su auxilio de nuevo. La joven se puso de pie y se sacudió el polvo de las manos, plenamente consciente de la atenta mirada con la que Demonio la estaba repasando de arriba abajo. Levantó la cabeza y lo miró a los ojos, dipuesta a plantarle cara.

Demonio se limitó a componer una mueca y señaló el camino con la mano. Echaron a andar en dirección a la carretera; había demasiada gente para iniciar cualquier clase de discusión. Cuando llegaron a la carretera, Demonio le dio un golpe suave en el codo y señaló con la cabeza un sendero que conducía a High Street.

—He dejado mi calesa en el Jockey Club.

Cambiaron de dirección y dejaron a los demás atrás.

—Se suponía que me ibas a hacer llegar un mensaje si te enterabas de algo.

Las palabras, mortalmente suaves, letalmente comedidas, llegaron flotando hasta ella.

—Iba a hacerlo —respondió en un susurro—, en cuanto tuviese oportunidad. Pero ¿a quién iba a enviar de tu establo? ¿A Carruthers?

—La próxima vez, si no hay nadie a quien puedas enviar, trae el mensaje tú misma.

—¿Y perder la ocasión de descubrir algo más, como hoy?

—Sí, claro. Hoy. ¿Y se puede saber cómo crees que habrías sobrevivido a lo de hoy si no llego a aparecer? —Flick se limitó a examinar las casitas que flanqueaban la carretera—. A ver, dímelo... —El ronroneo de él se hizo aún más grave, y se filtró por debajo de la piel de Flick, que reprimió la necesidad de sacudirse—. En primer lugar está la cuestión de si, dejando aparte la pelea, habrías conseguido pasar desapercibida, teniendo en cuenta que habías pedido una jarra de cerveza que no podías beberte. Tu disfraz se habría desmoronado en cuestión de segundos y todo el mundo habría visto que la pupila del general, la señorita Felicity Parteger, estaba visitando los garitos de peor reputación de Newmarket vestida de mozo de cuadra.

—Era una taberna, no un garito.

—Para una dama, la diferencia es lo de menos.

Flick hizo un mohín de preocupación.

—¿Y qué habría pasado si hubieses sobrevivido a la pelea, consciente o inconsciente tras recibir algún puñetazo, y hubieses acabado en manos de los guardias? No me imagino qué habrían hecho contigo.

—Nunca lo sabremos —repuso Flick—. Lo importante

es que hemos identificado al contacto de Dillon. ¿Viste por dónde se fue?

—No.

La chica se detuvo en seco.

—Tal vez deberíamos volver...

Demonio no se detuvo, sino que se volvió, la agarró del brazo y tiró de ella hacia delante para que caminase a su lado.

—No vas a seguir a nadie a ningún sitio. —La mirada que le lanzó, aun suavizada por la penumbra, la fulminó—. Por si no has caído en la cuenta, seguir a un hombre como ése a su guarida habitual puede ser extremadamente peligroso para una dama.

Su tono de voz entrecortado confería a sus palabras una decidida agresividad. Cuando llegaron a High Street, Flick irguió la cabeza con gesto orgulloso.

—Tú le viste bien la cara, igual que yo. No debería resultarnos difícil encontrarlo y luego averiguar para quién trabaja y aclarar todo este embrollo. Es nuestro primer hallazgo importante.

Al cabo de un momento, Demonio dejó escapar un suspiro.

—De acuerdo, tienes razón, pero deja que sea yo quien dé el próximo paso, o, mejor dicho, Gillies. Haré que recorra todas las posadas y pensiones, nuestro hombre debe de hospedarse en alguna de ellas.

Demonio alzó la vista mientras cruzaban la calle; el Jockey Club estaba delante de ellos. Sus caballos estaban atados a un árbol bajo la mirada atenta del portero.

—Sube a la calesa. Te llevaré de vuelta al establo.

Flick se acercó al vehículo y se metió dentro. Demonio fue a hablar con el portero y luego volvió, desató las riendas y se encaramó al pescante. Tiró de las riendas e hizo salir a los caballos al trote con un experto movimiento de muñeca.

Cuando descendían por High Street, Flick ladeó el mentón.

—¿Me avisarás en cuanto Gillies descubra algo nuevo?

Demonio echó mano de su fusta. La correa negra se agitó en el aire y cosquilleó las orejas del caballo delantero. Los animales corrieron más deprisa, con poderío en cada paso, y la calesa avanzó a trompicones.

Flick se agarró de la barra y estuvo a punto de maldecirle.

La fusta restalló de nuevo y el vehículo avanzó a toda velocidad.

Demonio la condujo de vuelta al establo sin pronunciar una sola palabra.

5

Esa misma noche, después de cenar, Demonio se retiró al salón de su casa para reflexionar sobre las repercusiones de lo que habían descubierto. Con el ceño fruncido, se paseó por delante de la chimenea, donde una pequeña fogata danzaba alegremente.

Sin embargo, sus pensamientos no eran tan alegres. Estaba completamente absorto en ellos cuando oyó un golpecito en la ventana, cubierta por las cortinas. Atribuyó el ruido a algún insecto o a un gorrión extraviado, y siguió paseando de un lado a otro de la habitación enfrascado en sus pensamientos.

Oyó de nuevo el golpeteo, esta vez más insistente.

Demonio se detuvo. Levantó la cabeza y se quedó mirando la ventana para, acto seguido, atravesar la habitación mientras soltaba unos cuantos improperios. Después de correr las cortinas, vio el mismo rostro que envenenaba sus sueños.

—¡Maldita sea! ¿Se puede saber qué diablos haces aquí?

Flick le lanzó una mirada hostil y luego articuló:

—¡Déjame entrar! —Y le hizo señas con las manos para que le abriese la ventana.

Demonio vaciló unos instantes y luego, mascullando una sarta de epítetos, liberó el pestillo y abrió la ventana.

Apareció en el alféizar una mano enguantada.

—Ayúdame a entrar.

Contra toda lógica, lo hizo. Flick iba vestida con pantalones bombachos; no era su habitual atuendo de mozo de cuadra sino lo que parecían ser unos pantalones viejos y desastrados de Dillon, que, para desesperación de Demonio, le sentaban demasiado bien. Flick se encaramó al alféizar y entró en la sala. Tras soltarle la mano, él cerró la ventana y echó las cortinas.

—Por el amor de Dios, no hables tan alto, sabe Dios lo que pensará la señora Shephard si te oye...

—No me oirá. —Quitándole importancia a sus palabras con un ademán, Flick se acercó al sofá y se sentó en uno de los brazos—. Ella y Shephard están en la cocina, ya lo he comprobado.

Demonio se la quedó mirando fijamente y ella le respondió con una mirada cándida. Muy despacio, Demonio se metió las manos en los bolsillos de los pantalones para resistir la tentación de ponérselas encima.

—¿Lo haces a menudo, salir así vestida, por la noche?

—Pues claro que no, pero sin llamar a la puerta no sabía si te encontraría. Por suerte, he visto tu silueta a través de las cortinas.

Demonio apretó los labios con fuerza; de nada serviría regañarla explicándole que llamar tranquilamente a su puerta y pedirle a su ama de llaves, una mujer de aspecto respetable y mirada perspicaz, que la condujese hasta el salón habría sido, como mínimo, desaconsejable. Seguro que ella no opinaría lo mismo. Decidió dar media vuelta y atravesar la habitación; lo mínimo que podía hacer, dadas las circunstancias, era poner distancia física entre ambos.

Al llegar junto la chimenea, se volvió para mirarla y apoyó la espalda en la repisa.

—¿Y a qué debo el placer de esta grata visita?

Flick entrecerró un poco los ojos.

—He venido a hablar de la situación, por supuesto.

Demonio enarcó una ceja.

—¿La situación?

Flick le sostuvo la mirada un momento, bajó la vista y, con determinación, se quitó los guantes.

—En mi opinión, lo que hemos descubierto hoy pone encima de la mesa un buen número de cuestiones. —Tras colocarse los guantes sobre uno de sus muslos, levantó las manos y señaló sucesivamente las puntas de los dedos—. Primero y más importante: si van a amañar otra carrera, ¿deberíamos informar de ello a las autoridades? Aunque —continuó con el siguiente dedo— cabe tener en cuenta que si se lo decimos a los comisarios eso pondrá sobre aviso al contacto, y desaparecerá junto con la trama que lo relaciona con la organización. Y si eso ocurre, perderemos cualquier posibilidad de salvar a Dillon. O, aún peor —pasó al siguiente dedo—, si informamos a las autoridades y interrogan al contacto, puede ser, según lo que nos dijo Dillon, que éste se limite a implicarlo, y es muy probable que lo señale a él como el instigador de la trama, protegiendo de este modo a la organización de ser descubierta.

Flick levantó la cabeza y observó la figura de Demonio, que estaba apoyado en la chimenea: era esbelta y alargada, rebosante de elegancia. Si en algún momento Flick había albergado alguna duda respecto a que la intención de él era impedirle que participase en las investigaciones, acababa de quedar disipada con la actitud que estaba teniendo: todo en él rezumaba reluctancia. Tenía los ojos y la atención fijos en ella, pero no mostraba ninguna inclinación a responder. Ladeó la barbilla.

—¿Y bien? ¿Vamos a informar a las autoridades?

Él siguió estudiándola con detenimiento, imperturbable, pero no dijo nada. Frunciendo los labios, Flick arqueó una ceja.

—Repito, ¿qué vamos a hacer?

—No lo he decidido todavía.

—Mmm —ella hizo caso omiso de la brusquedad de sus palabras—. Ese hombre le ofreció al jinete ciento veinticinco libras, una pequeña fortuna para un jinete de carreras. No hay muchas posibilidades de que el jinete se eche atrás.

Él se encogió de hombros y ella lo interpretó como un asentimiento.

—Lo que significa —continuó— que tu caballo lleva todas las de ganar. —Se quedó mirándolo fijamente con los ojos abiertos como platos—. Eso te coloca en una posición bastante incómoda, ¿no te parece?

Demonio se enderezó y, antes de que pudiese abrir la boca, ella siguió hablando.

—Es un dilema terrible: con el deber de ayudar a Dillon por un lado, y tus obligaciones para con el Jockey Club por el otro. Supongo que es un enfrentamiento entre lealtad y honor. —En el mismo tono neutro, preguntó—: ¿Por cuál de los dos te decantarás?

Con las manos hundidas en los bolsillos, se la quedó mirando para, acto seguido, bajar la vista y empezar a pasear por delante del fuego.

—No lo sé. —Demonio le lanzó una mirada teñida de irritación—. Lo estaba pensando cuando apareciste por la ventana.

Iluminaba su mirada una pizca de curiosidad, y ella sonrió.

—He venido para ayudarte. —Hizo caso omiso de su resoplido burlón—. Tenemos que sopesar las cosas, reflexionar sobre nuestras opciones.

—No veo ninguna opción. —Siguió paseándose, con la mirada clavada en el suelo—. El hecho de que uno de mis caballos esté implicado es irrelevante, sólo empeora las cosas. Habiendo descubierto un intento de amañar una carrera, mi deber como miembro del Jockey Club está claro. Debería informar al comité.

—¿Hasta qué punto es incuestionable ese deber?

La miró con dureza.

—Tanto como cualquier deber. No podría, honestamente, dejar que se celebrase una carrera amañada.

—Mmm. Estoy de acuerdo en que no podemos dejar que llegue a celebrarse una carrera amañada, eso por descontado, pero... —Dejó que sus palabras se apagasen por sí solas, sin apartar de Demonio su mirada interrogativa.

Él se detuvo y la miró. Luego enarcó una ceja.

—Pero puedo... —Se interrumpió, mirándola fijamente, y luego inclinó levemente la cabeza— podemos retener la información, de forma legítima, hasta que se aproxime la fecha de la carrera, para darnos más tiempo para seguir al contacto hasta su organización, ¿no es eso?

—Exactamente. Esa carrera es el mes que viene, para el que faltan más de dos semanas. Y los comisarios podrían cancelarla aunque se lo dijésemos minutos antes de que se celebrase.

—Eso no es exactamente así, pero si retenemos la información hasta la semana antes de la carrera eso nos dejaría cinco semanas para localizar a la organización.

—¿Cinco semanas? Eso es mucho tiempo.

Demonio reprimió una mueca cínica. El rostro de Flick resplandecía con una expresión triunfal; aunque en parte era a sus expensas, no tenía ningún deseo de ensombrecerla. Cuando Flick apareció por la ventana él sólo pensaba en singular, mientras que ahora estaba hablando en plural. Lo cual era lo que ella pretendía: para eso había venido.

Entonces Flick se sentó, encaramándose con aire victorioso en el brazo del sofá, balanceando una bota y con una sonrisa de satisfacción en la mirada. Estaba realmente desconcertado ante la comprensión que Flick demostraba tener del honor y las responsabilidades que conllevaba la posición de Demonio. Comprendía el mundo de las carreras, el colectivo y sus tradiciones... una cualidad que nunca había encontrado en ninguna mujer.

Sin embargo, hablar de aquellos asuntos con una persona tan dulce e inocente se le hacía extraño. Sobre todo a última hora de la noche, y en su salón.

Y sin ninguna carabina.

Reanudó sus pasos, esta vez hacia ella.

—Y bien... —dijo la joven con entusiasmo—, ¿cómo encontramos al hombre que hemos visto esta tarde? ¿No deberíamos tratar de localizarlo?

Se detuvo junto a ella, mirándola a los ojos.

—Y vamos a hacerlo. En estos momentos, tres de mis hombres están recorriendo toda la ciudad, buscando en posadas y tabernas.

Flick le sonrió.

—¡Estupendo! ¿Y luego?

—Y luego... —La tomó de la mano, que ella le entregó gustosamente, y la ayudó a levantarse con delicadeza—. Luego lo seguiremos. —Sosteniendo su mirada, bajó el tono de voz hasta hablar en susurros—. Hasta que averigüemos todo lo que necesitamos saber.

Atrapada en su mirada con la mano en la suya y los ojos muy abiertos, musitó un:

—Ah...

Él compuso entonces una luminosa sonrisa. Le envolvió los dedos con la mano y al cabo de sólo un instante sintió cómo se estremecía.

—Encontraremos al contacto y lo seguiremos. —Bajo sus pestañas la mirada de Demonio se posó en los labios de Flick, suaves, brillantes, de un rosa suculento—. Hasta que nos conduzca a la organización, y entonces les diremos a los comisarios todo lo que necesiten.

Cuando utilizaba el plural, no se refería a ella, pero no pensaba decírselo hasta el día siguiente: no había necesidad de estropear la noche.

Alzando las pestañas, volvió a capturar la mirada de Flick, maravillándose con la luminosidad de sus ojos azules. Ambos estaban de pie, con las manos entrelazadas, mirándose a los ojos, a escasos centímetros de distancia, y ella tenía el sofá a sus espaldas. De manera inconsciente, Demonio movió ligeramente los dedos, acariciando la parte posterior de los dedos de la joven.

Flick abrió aún más los ojos, y sus labios se separaron ligeramente. Empezó a respirar con dificultad...

Y entonces pestañeó y entrecerró los ojos. Arrugando la frente, se zafó de la mano de Demonio.

—Ahora me voy.

Demonio, también pestañeando, la soltó.

Ella se apartó a un lado y se dirigió hacia la ventana.

Él la siguió, muy de cerca.

Flick se volvió para mirarlo a la cara, con los ojos muy abiertos y la respiración entrecortada.

—Supongo que te veré mañana en los establos.

—Supones bien.

Agitó nerviosamente las manos en un intento de apartar las cortinas y él extendió el brazo para descorrerlas.

Ella trató en vano de abrir la ventana de guillotina; él se colocó detrás de ella y puso ambas manos en sendas manillas, una a cada lado de la parte inferior de la ventana.

Atrapándola entre sus brazos, entre la ventana y su cuerpo, sus dedos rozaron los de ella, aferrados a las manillas. Flick inspiró hondo y apartó las manos de improviso para, acto seguido, quedarse paralizada al darse cuenta de que él la rodeaba por completo.

Muy despacio, Demonio tiró de la ventana hacia arriba... hasta abrirla por completo.

A medida que él iba incorporándose, ella hacía lo propio. Con la columna completamente rígida, Flick volvió la cabeza y lo miró directamente a los ojos.

—Te deseo buenas noches.

Sus palabras estaban impregandas de hielo y escarcha. Luego se volvió hacia la ventana y se sentó sobre el alféizar; detrás de ella, Demonio sonrió, despacio e intensamente.

La joven pasó las piernas al otro lado y se deslizó adentrándose en la oscuridad.

—Adiós.

La voz de ella llegó flotando hasta él. En apenas unos segundos se había convertido en una sombra más, y luego se desvaneció.

Demonio acentuó su sonrisa, curvando los labios tan victoriosamente como lo había hecho ella. La chica no le tenía ninguna aversión, más bien al contrario... las señales habían estado ahí, y él las había leído con toda claridad. No sabía por qué se había apartado de él con tanta brusquedad, por qué se había zafado de su abrazo, pero no sería difícil volver a atraerla hacia él.

Y entonces...

Se quedó de pie junto a la ventana durante cinco largos minutos, con una sonrisa de expectación dibujada en sus labios, contemplando la noche y soñando despierto... antes de que la realidad se impusiese de golpe, como un mazazo... Lo paralizó, le dio escalofríos... Y apagó el fuego que ardía en su interior.

Con el rostro grave, se paró en medio del salón y se preguntó qué diablos le estaba pasando.

Se levantó antes del alba y se dirigió al hipódromo, a sus establos, a ver a Carruthers, que no se alegró en absoluto al saber que ya no contaba con los servicios del mejor mozo de cuadra que había contratado jamás. Tras negarse por primera vez a presenciar los entrenamientos, Demonio se fue haciendo caso omiso de Carruthers, que no dejaba de refunfuñar y enfiló la carretera que iba a su casa, la misma que conducía a la casita en ruinas.

El manto de niebla fina que envolvía los setos y cubría los prados fue tornándose dorado a medida que el alba coloreaba el cielo. Flick surgió de la niebla dorada: era un soñoliento mozo de cuadra subido a lomos de la cansina jaca, rumbo al inicio de una nueva jornada. Demonio sofrenó a sus caballos castaños y esperó a que ella lo alcanzara.

Cuando detuvo a la jaca junto a la calesa Flick ya estaba frunciendo el ceño, y tenía en la mirada una expresión de absoluta suspicacia. Demonio asintió con la cabeza a modo de saludo, con suma cortesía.

—He comunicado tu renuncia a Carruthers, no espera volver a verte por los establos.

Flick frunció aún más el ceño, y habló en su favor que no preguntase el porqué.

—Pero...

—Es muy sencillo: si no hubieses renunciado al trabajo, no me habría quedado más remedio que despedirte. —Buscó sus ojos y enarcó una ceja—. Creí que preferirías renunciar.

Flick escudriñó su mirada, su rostro.

—Dicho así, no me queda otra elección.

Las comisuras de los labios de Demonio se torcieron levemente hacia arriba.

—Ninguna.

—¿Qué historia le has explicado a Carruthers?

—Que tu madre enferma ha fallecido y tienes que irte a vivir con tu tía en Londres.

—Así que ¿ni siquiera puedo pasearme por las inmediaciones?

—Exactamente.

Dio un resoplido de rabia, pero sin demasiada convicción. Al fin y al cabo, ya habían dado con el contacto de Dillon. La mente de Flick iba a toda velocidad.

—¿Y qué me dices de la identidad del contacto? ¿Han descubierto algo tus hombres?

Como estaba a escasa distancia de Demonio, Flick detectó su vacilación: intentaba sopesar rápidamente sus palabras antes de hablar.

—Sí, lo hemos localizado. —La miró atentamente—. Gillies está ahora mismo haciendo las labores de investigación; tiene instrucciones precisas de no perderse detalle. Si aceptases vestirte adecuadamente, tal vez podríamos conversar en un tono más convencional, ¿qué te parece?

Ella arqueó las cejas con aire interrogante.

Demonio le dedicó una sonrisa brillante, una invitación burlona y deslumbrante al coqueteo.

—Ve a casa y cámbiate. Pasaré a recogerte a las once y te llevaré a dar una vuelta por las pistas.

—Perfecto, así podremos hablar de cómo seguir adelante sin correr el riesgo de que alguien nos oiga. —Flick tiró de las riendas, y la jaca dio media vuelta y emprendió de nuevo camino hacia la casita—. Estaré lista a las once.

Su voz llegó flotando hasta Demonio. Las riendas descansaban lánguidamente en sus manos, y Demonio permaneció sentado bajo la luz del sol, cada vez más intensa, observando cómo Flick se iba alejando de él. Con una amplia sonrisa en los labios, tiró de las riendas y puso en marcha su calesa.

Tal como había prometido, cuando Demonio detuvo a sus caballos ante las escaleras de la puerta principal de Hillgate End, Flick estaba lista y esperando, vestida de muselina finísima, protegiéndose del sol con una sombrilla.

Después de soltar las riendas, Demonio se bajó de la calesa. Con el rostro iluminado y una sonrisa en los labios, Flick se acercó con entusiasmo. Era demasiado esbelta para dar brincos, sus movimientos eran más bien gráciles, como si se deslizara. Demonio la observó mientras se acercaba y, con absoluto arrobamiento, cayó presa de su hechizo.

Por fortuna, ella no se dio cuenta, no tenía ni idea. Convencido de ello, Demonio le devolvió la sonrisa. Tomándola de la mano, se inclinó con elegancia y la guió hasta el coche. Ella se subió al vehículo y, cuando Demonio se volvió para seguirla, vio a una sirvienta bajando los escalones a toda prisa.

—Devolveré a la señorita Parteger por la tarde, puede decírselo a Jacobs.

—Sí, señor. —La sirvienta hizo una reverencia.

Encaramándose a la calesa, Demonio tomó asiento y se encontró con la mirada inquisitiva de Flick.

—La señora Shephard ha preparado una cesta de comida, así que no hace falta que volvamos a almorzar.

La joven compuso una expresión de sorpresa y luego asintió con la cabeza.

—Al parecer, hoy va a hacer un día precioso: un pícnic es muy buena idea.

Tirando de las riendas, Demonio puso en marcha la calesa y obvió mencionar de quién había sido la idea.

Cuando enfiló el camino de entrada y los caballos franquearon la puerta, Flick ladeó la sombrilla y lo miró.

—Entonces ¿tus hombres ya han localizado a nuestra presa?

Demonio asintió y tomó el desvío a Dullingham con elegancia.

—Se hospeda en el Ox and Plough.

—¿En el Ox and Plough? —Flick frunció el ceño—. Me parece que no lo conozco.

—No tienes por qué conocerlo. Es un antro de mala muerte situado en la carretera principal, al norte de Newmarket.

—¿Ha descubierto tu hombre el nombre del contacto?

—Se hace llamar por el nada envidiable nombre de Bletchley.

—¿Y es de Londres?

—Por su acento, eso parece. —Demonio sofrenó el paso de los caballos cuando la aldea de Dullingham apareció en el horizonte—. Gillies juraría que Bletchley nació oyendo las campanadas de la iglesia de Bow, en Cheapside.

—Lo que indica —dijo Flick, volviéndose impulsivamente hacia él— que la organización tiene su cuartel general en Londres.

—Eso siempre ha sido una posibilidad. Al fin y al cabo, la base de operaciones más probable de cualquier grupo de hombres ricos y codiciosos es Londres.

—Ya...

Como Flick no continuó hablando, Demonio la miró. Tenía la frente arrugada y la mirada perdida, estaba ensimismada. No era difícil seguir su hilo de pensamiento. Estaba pensando en la organización y en la posibilidad de viajar a Londres para desenmascararlos.

Satisfecho con su ensimismamiento, Demonio decidió no interrumpir sus pensamientos. Cuando dejaron atrás los caseríos de Dullingham, mantuvo a los caballos a un trote regular y no apartó la mirada de los setos que flanqueaban la carretera en busca del pequeño sendero que recordaba de años atrás. Apareció a su izquierda, de modo que aminoró el paso e hizo girar a los caballos.

El sendero estaba plagado de surcos, y, pese a los resistentes cojinetes de la calesa, las sacudidas hicieron que Flick volviera en sí. Agarrándose a la baranda delantera, parpadeó y miró a su alrededor.

—¡Santo cielo! ¿Dónde...? ¡Oh, qué maravilla...!

Demonio sonrió.

—Es un paraje muy bucólico.

El sendero iba a parar a un camino; Demonio condujo a los caballos hacia una zona de hierba.

—Dejaremos la calesa aquí —explicó, al tiempo que señalaba con la cabeza hacia donde unos sauces, iluminados por el sol, extendían sus brazos de cortina de espigas por encima de un arroyo gorgoteante. El sonido del riachuelo inundaba el silencio campestre, la luz del sol se reflejaba en el agua y un arco iris se desplegaba en el aire. Entre los sauces asomaba una extensión de hierba exuberante.

—Podemos extender la manta junto al arroyo y disfrutar del sol.

—¡Oh, sí! Ni siquiera sabía que este sitio existía.

Demonio se apeó de la calesa y ayudó a Flick a bajar; luego, de la parte posterior del vehículo, extrajo la cesta del almuerzo, repleta de comida, y una manta de cuadros. Flick sostuvo entonces la manta en sus brazos y caminó junto a él hasta alcanzar la extensión de hierba.

Dejó a un lado su sombrilla y sacudió la manta. Demonio la ayudó a desplegarla y luego la cogió gentilmente de la mano cuando ella se disponía a sentarse. Esperó a que Flick se acomodase y luego, con elegancia indolente, tendió su figura alargada y esbelta junto a ella.

Había oído a las criadas cuando contaban que sus pretendientes hacían palpitar sus corazones con el repiqueteo de las campanas en domingo. Hasta entonces, esa descripción siempre le había parecido del todo absurda. Sin embargo esa mañana había cambiado de opinión: el corazón le palpitaba a toda velocidad. Decididamente, como el repiqueteo de las campanas en domingo.

Alargó el brazo para coger la cesta que Demonio había dejado a sus pies y la colocó justo entre los dos, para separarlos de algún modo. Era una reacción ridícula —sabía que con él no corría ningún peligro—, pero la solidez de la cesta hacía que se sintiera mucho mejor. Extrajo las servilletas de lino que la señora Shephard había metido entre la comida, y luego el pollo asado, varias lonchas de ternera y unos panecillos tiernos y crujientes. Cuando se dispuso a hablar tuvo que aclararse la garganta.

—¿Prefieres pechuga o muslo?

Levantó la vista y sus ojos se encontraron con los de Demonio, de un azul encendido.

¿Encendido?

Pestañeó y lo miró de nuevo, pero Demonio ya había apartado la mirada; tenía el brazo extendido y se disponía a alcanzar la botella que asomaba de la cesta.

—Un muslo, de momento.

Su voz sonaba ligeramente... tensa. Con expresión ceñuda, Flick lo observó mientras descorchaba la botella. El tapón cedió sin dificultad y él levantó la vista, pero ya no descubrió nada extraño en sus ojos, ni tampoco en su expresión: sólo vio en ellos el placer que sentía por vivir ese momento. Demonio extendió la mano esperando a que Flick le alcanzara las copas; dejando a un lado todas sus dudas, Flick rebuscó entre la cesta.

Encontró dos copas alargadas y se las dio; el vino emitió un sonido sibilante en las copas. Flick tomó en sus manos la que Demonio le ofreció y se quedó estudiando las diminutas burbujas que ascendían por el líquido de color dorado.

—¿Champán?

—Exacto. —Tras levantar la copa en alto, Demonio tomó un trago—. Un brindis muy apropiado en honor de la primavera.

Flick dio un sorbo; las burbujas le hacían cosquillas en el paladar, pero el líquido fluyó por su garganta muy plácidamente. Se lamió los labios.

—¡Qué rico!

—Sí. —Demonio se obligó a sí mismo a apartar la mirada de sus labios, aquellas curvas de un rosa brillante que tanto ansiaba probar con sus propios labios. Estremeciéndose ante la intensidad de ese deseo, aceptó el muslo de pollo que ella le tendía envuelto con delicadeza en una servilleta.

Sus dedos se rozaron y Demonio percibió el temblor de los de ella, sintió en cada rincón de su cuerpo el estremecimiento incontrolable que recorrió el cuerpo de Flick. Concentrándose en el muslo de pollo, le dio una dentellada y luego fijó la mirada en los prados que se extendían tras el arroyo mientras ella se entretenía —intentaba tranquilizarse— colocando sobre la manta el resto del almuerzo. No fue hasta que ella tomó aliento, tomó un sorbo de champán y empezó a comer, cuando él la miró de nuevo.

—¿Cómo está Dillon?

Ella se encogió de hombros.

—Parece que bien. —Al cabo de un momento, añadió—: La verdad es que no he hablado con él desde la tarde en que nos confesó la verdad.

Demonio volvió a mirar al arroyo para ocultar su satisfacción: estaba encantado de oír que todavía no se había reconciliado con él.

—¿Quién más sabe que está allí? —Miró a Flick y arrugó la frente—. ¿Cómo obtiene comida?

Ella se había terminado el pollo y él la observó mientras

se chupaba los dedos, deslizando por ellos su lengua rosada y húmeda; luego se lamió los labios... y lo miró.

Él logró no temblar, no mostrar reacción alguna.

—La única persona que sabe que Dillon está allí, aparte de nosotros, es Jiggs. Es un criado, lleva sirviendo en Hillgate End desde... ¡Huy! Diez años como mínimo. Jiggs le lleva comida cada dos días. Me ha dicho que siempre sobra algo de asado o de pastel de carne en la despensa. —Arrugó un poco la nariz—. Estoy segura de que Foggy también sabe que Dillon está en algún lugar de por aquí.

—Es muy probable.

Comieron y bebieron en silencio, rodeados del tintineo del arroyo y del zumbido de los insectos, como si fuera una sinfonía de primavera. Con el estómago lleno, Demonio se sacudió las manos y luego se echó por completo sobre la manta. Cruzó los brazos por detrás de la nuca y cerró los ojos.

—¿Le has dicho a Dillon lo que hemos descubierto?

—No le he dicho nada de nada.

Demonio entornó los ojos y se dispuso a observar a Flick: ella recogió las migas de pan y empezó a colocarlo todo dentro de la cesta.

—Creo que no sería buena idea decirle que hemos encontrado a su contacto, por si se le ocurre hacer alguna tontería, como ir a la ciudad a visitar a ese hombre. No le conviene que alguien lo reconozca y acaben deteniéndolo para interrogarlo justo ahora que estamos haciendo progresos.

Demonio tuvo que hacer un esfuerzo para no soltar un resoplido de cinismo. Dillon no era un hombre temperamental, era perezoso e indolente. La que, con los ojos bien abiertos, se atrevería a entrar en lugares a los que personas más prudentes y sabias no osarían ni acercarse, completamente convencida de su capacidad para provocar los acontecimientos, para hacer que pasasen las cosas, para desenmascarar a la organización, era Flick.

Lealtad, devoción... y un buen trasero, ésas eran sus señas distintivas.

La idea se filtró en su cerebro y captó toda su atención; la proyectó por completo en su ángel disfrazado.

Abriendo un poco más las pestañas, escudriñó su rostro: en aquel preciso instante era todo ángel, una creación salida de sus sueños más recientes. La luz del sol le transformaba el pelo en gloria centelleante, enmarcando su rostro en llamaradas de oro. Tenía las mejillas un tanto arreboladas, por el calor del día y del champán. Mientras contemplaba los prados, sus ojos, de un azul suave, grandes y amplios, cobraban vida con inteligencia inocente.

Demonio bajó la mirada hacia la esbelta columna de su cuello, hacia los firmes promontorios que colmaban el corpiño de su recatado vestido, que en su cuerpo lo último que parecía era recatado. La caída del vestido le ocultaba la cintura, las arrugas disimulaban caderas y muslos, pero habiéndola visto tantas veces en pantalones no necesitaba la evidencia para evocar su visión.

Con una sonrisa en los labios, cerró los ojos y se relajó sobre la manta. Esperó hasta que Flick acabó de recoger el contenido de la cesta, se abrazó las rodillas y, con la copa medio vacía en una mano, se quedó quieta disfrutando de la vista.

—Se me ha ocurrido —murmuró entonces Demonio— que ahora que ya hemos identificado a Bletchley y vamos a seguir todos sus pasos y que ya no tienes que cambiarte de ropa ni de caballo mañana y tarde, sería aconsejable que no fueras en ningún momento a la casa en ruinas, por si Bletchley o alguno de sus secuaces decide cambiar las tornas y seguirnos a nosotros con la esperanza de dar con Dillon. Puesto que es crucial para nuestro plan mantener a Dillon escondido y a salvo, lo último que queremos es conducir a la organización hasta él.

—Por supuesto que no. —Flick se quedó pensativa unos instantes—. Le enviaré un mensaje por mediación de Jiggs. —Con la mirada perdida en el arroyo, entrecerró los ojos—. Le diré que ya no tiene sentido que trabaje en el establo, que creemos que ronda por allí un miembro de la organización y que no queremos ponerle a él en peligro. —Él asintió con la cabeza—. Eso lo mantendrá quietecito en la casa.

Flick le dio un sorbo a su copa de champán y abandonó todo pensamiento sobre Dillon. Se encontraba a salvo en la casa en ruinas, y podría permanecer allí hasta que ella y Demonio hubiesen resuelto el embrollo en el que los había metido a todos. En una tarde tan maravillosa como aquélla, se negaba a pensar ni un minuto más en Dillon. Se apoderó de ella una sensación de placentera tranquilidad. La envolvía una curiosa calidez, como el fulgor de una fogata lejana. No era la brisa, pues sus rizos no ondeaban al viento, ni tampoco el sol, porque no afectaba a todo su cuerpo de una forma tan inmediata; era más bien como una oleada cálida que la invadía por entero, dejándola relajada y extrañamente a la expectativa.

Pero ¿a la expectativa de qué? No le preocupaba, en absoluto: teniendo a Demonio, tan robusto, físicamente tan poderoso, a su lado, no había nada que pudiera amenazarla.

El momento era perfecto, sereno... y extrañamente intrigante.

Había algo en el ambiente, lo percibía en cada poro de su cuerpo, y le resultaba extraño, porque ya no era una chiquilla fantasiosa. Sin embargo, sí sentía una curiosidad acuciante, en este caso, un interés acuciante. Fuera lo que fuese lo que flotaba en el ambiente, titilando como el encantamiento de un hada bajo la luz de mediodía, perteneciente a este mundo pero no lo bastante sustancial para que lo percibieran ojos humanos, ella quería saberlo, entenderlo.

Lo estaba experimentando en ese momento.

El zumbido de las abejas, el murmullo del arroyo y ese algo indefinido y excitante la tenían, de algún modo, presa de un silencio ensimismado.

Demonio se incorporó despacio y alargó el brazo hacia la cesta. Flick se volvió y vio que extraía la botella. Demonio rellenó su copa y luego observó la de ella, casi vacía. La miró y escudriñó brevemente sus ojos; luego le sirvió el resto de la botella.

El líquido burbujeó; Flick sonrió y tomó un sorbo.

Las burbujas le hicieron cosquillas en la nariz y estornudó. Él levantó la vista y, con la mirada, Flick le expresó que no había motivo de preocupación. Mientras Demonio devolvía la botella a su sitio y colocaba luego la cesta junto a la manta, Flick tomó otro sorbo con más cuidado. Demonio se tumbó de nuevo, apoyándose esta vez sobre el codo y sujetando la copa con la mano que le quedaba libre.

—Y dime —dijo ella, cambiando de postura para mirarlo de frente—, ¿cómo vamos a seguir a Bletchley?

Con la mirada fija en el arroyo, Demonio dio un largo trago de champán, volvió la cabeza y miró a Flick a los ojos, fingiendo indiferencia ante la extensión de piel marfileña, ante las cálidas colinas que prometían toda suerte de placeres terrenales y que ahora tenía a escasos centímetros de su rostro.

—No va a ser difícil. Tenemos a Gillies y a dos mozos de cuadra turnándose en las labores de vigilancia. Es una ciudad muy pequeña, ahora ya sabemos qué aspecto tiene y dónde se hospeda, así que vigilarlo no nos resultará complicado.

—Pero... —Flick frunció el ceño mirando a uno de los sauces—, si no averiguamos algo pronto, ¿no se dará cuenta? Si ve siempre a los mismos hombres acechándolo, empezará a sospechar. Los mozos de cuadra de Newmarket siempre tienen cosas que hacer.

Flick sintió que un cálido rubor le recorría los hombros y luego los pechos. Miró a Demonio; estaba concentrado en su copa, como ensimismado, y las pestañas le ocultaban los ojos. Luego levantó la vista hacia el arroyo.

—No te preocupes. Seguramente estará en el Heath durante los entrenamientos de la mañana y de la tarde, yo lo vigilaré allí y en High Street. —Apuró su copa—. Gillies y sus hombres lo vigilarán en las posadas y las tabernas, no será tan fácil reconocerlos entre la multitud.

—Sí, puede ser. —Flick estiró sus pies oprimidos por las medias bajo el sol—. Yo también ayudaré. En las pistas de entrenamiento y en High Street. —Se encontró con los ojos de Demonio cuando éste la miró—. No sospechará de una jovencita como yo.

Se la quedó mirando un momento, como si hubiese perdido el hilo de la conversación, y a continuación murmuró:

—Es probable que no. —La miró más atentamente y luego levantó una mano—. No te muevas.

Flick se quedó tan inmóvil que dejó de respirar. Una fuerza le atenazaba los pulmones y el corazón empezó a palpitarle cada vez más deprisa. Permaneció temblorosamente inmóvil mientras los dedos de él se deslizaban por los rizos que le cubrían una oreja, y le alborotaban los tirabuzones intentando quitarle... algo. Cuando retiró la mano y le mostró una hoja alargada que depositó encima de la hierba, ella inspiró hondo y esbozó una débil sonrisa.

—Gracias.

La miró a los ojos.

—Ha sido un placer.

Había pronunciado las palabras en tono grave, casi gutural; su voz hizo vibrar algo en su interior. Con la mirada atrapada en la de él, sintió que un pánico aturullado se apoderaba de ella. Bajó la vista y dio un sorbo apresurado de champán.

Las burbujas le hicieron cosquillas de nuevo, y esta vez estuvo a punto de atragantarse. Se le humedecieron los ojos, y aunque se daba aire con la mano, no conseguía aquietar su respiración.

—No estoy acostumbrada a esto. —Alzó su copa—. Todo esto es nuevo para mí.

Demonio la miraba directamente a los ojos. Levantó ligeramente los labios.

—Sí, ya lo sé.

Flick se sentía extrañamente contenta e inconfundiblemente mareada. Distinguió cierto brillo en la expresión de Demonio, una complicidad que no supo cómo interpretar.

Demonio observó en sus ojos que la confusión la iba dominando poco a poco y apartó la mirada: no sabía cuánto interés, cuánta intensidad de su nueva y curiosa obsesión por la inocencia transmitían los suyos. Señaló la escena nemorosa que se desplegaba ante ellos y miró a Flick, con una expresión serena y controlada.

—Si no has estado nunca aquí, entonces no habrás paseado por el sendero que hay junto al arroyo. ¿Quieres que vayamos?

—Oh, sí. Venga, vamos.

Tomó la copa casi vacía de ella, la apuró de un sorbo y la metió en la cesta junto con la suya. Luego se levantó y le tendió las manos a Flick.

—Ven. Iremos a investigar.

Flick extendió los brazos y él la ayudó a ponerse en pie y la condujo hacia un sendero algo abandonado que serpenteaba paralelo al arroyo. Pasearon juntos; Flick caminaba unas veces junto a él y otras unos pasos más adelante, y ladeaba la sombrilla cada vez que le impedía ver la cara de Demonio con claridad. Él se lo agradeció, porque la sombrilla también le privaba de la visión de su rostro. Vieron a la madre de unos patitos con su diminuta prole, que la seguía con paso desesperado; Flick señaló el pintoresco grupo, lanzó una exclamación y luego sonrió. Una trucha de lomo reluciente quebró la superficie ondulada del arroyo en busca de una suculenta mosca; un martín pescador surgió de entre las sombras y los maravilló con su plumaje llameante. Flick se agarró al brazo de Demonio con entusiasmo y luego suspiró cuando el pájaro voló hasta el riachuelo.

—Allí hay una libélula de color bronce.

—¿Dónde? —preguntó Flick, escudriñando la orilla.

—Por allí. —Él se inclinó hacia ella y ella hizo lo mismo, aún más cerca, siguiendo el dedo que señalaba la libélula sobrevolando un juncal. Absorta en aquella imagen, Flick inspiró profundamente y contuvo la respiración, y Demonio hizo lo mismo.

El aroma que manaba del cuerpo de la joven lo recorrió de arriba abajo, un aroma dulce y fresco que nada tenía que ver con los empalagosos perfumes a los que estaba acostumbrado y a los que era totalmente inmune. Su fragancia era liviana, etérea, y le recordaba a la lavanda y a la flor de manzano, la esencia de la primavera.

—Ah... —La libélula remontó el vuelo y Flick dejó escapar el aire.

A Demonio le daba vueltas la cabeza.

Ella se volvió hacia él; estaba tan cerca que le acariciaba las botas con la falda, y si volvía a inspirar tan profundamente, sus pechos acabarían rozándole la chaqueta. La proximidad de Demonio la cogió por sorpresa: con los ojos muy abiertos, Flick levantó la mirada, separó los labios y dio un silencioso respingo cuando se le aceleró el corazón. Lo miró directamente a los ojos y... por un instante, justo antes de caer en la perplejidad más absoluta, la percepción de lo que estaba ocurriendo tiñó el azul suave de la mirada de Demonio.

Él se percató de ello, pero estaba demasiado ocupado tratando de ocultar sus propios deseos como para intentar interrumpir el momento. Durante las últimas horas se había maravillado de ella, de su inocencia, de la frágil belleza de una mujer intacta, que no había despertado todavía al amor. Había visto y percibido en ella los primeros atisbos de ese despertar, de la toma de conciencia de él, de sí misma y de la sensualidad que manaba de ambos.

La sensualidad era algo con lo que había convivido a diario durante los diez últimos años, si no más. Y experimentarla de nuevo, a través de la mirada inocente de ella, había acrecentado su deseo, en nada inocente.

Ella lo miró fijamente a los ojos; entre ambos, el pulso de la floreciente primavera palpitaba con más fuerza que nunca. Demonio sentía aquel pálpito en sus huesos, en su sangre... y en sus entrañas.

Ella también lo sentía, pero no sabía lo que significaba.

Como él no dijo nada, ella se relajó, sólo un poco, y sonrió tímidamente, pero sin sentir ninguna clase de temor.

—Tal vez deberíamos regresar.

Él sostuvo su mirada un instante y luego se obligó a sí mismo a asentir.

—Tal vez sí.

Su voz era ahora más grave; lo miró con indecisión. Haciendo caso omiso, Demonio la tomó de la mano y la guió de vuelta por el sendero.

Para cuando regresaron a la extensión de hierba, la perplejidad de Flick había aumentado. Con aire distraído, lo ayudó a doblar la manta y luego, tras recoger su sombrilla, lo siguió hasta la calesa.

Después de colocar la cesta y la manta en el vehículo, Demonio regresó junto a ella, que estaba de pie ante la calesa, con la mirada clavada en la hierba donde habían almorzado. Levantó la vista cuando él se detuvo a su lado. No dijo nada, pero la expresión hosca ensombrecía sus ojos. Él se dio cuenta de ello y no le costó ningún esfuerzo leer en su mirada sus preguntas mudas.

Sabía muy bien lo que Flick estaba sintiendo, la desconcertante incertidumbre, la confusión nerviosa... Era una mujer transparente, tan confiada que no le importaba mostrar su vulnerabilidad ante él. Demonio sabía cuál era la clase de preguntas que acosaban su mente, las preguntas que se moría de ganas de formular. Y también sabía cuáles eran las respuestas.

Ella esperó, zambulléndose con la mirada en los ojos de Demonio, aguardando algún indicio que le explicase qué era aquello que estaba sintiendo. Su mirada era exigencia y súplica a un tiempo, un claro deseo de saber.

Tenía la cabeza inclinada hacia él y erguía con firmeza su barbilla afilada. Sus labios rotundos, teñidos de un rosa delicado, lo invitaban a acercarse, y el azul suave de sus ojos, enturbiado por el primer envite del deseo, prometían el cielo y mucho más.

Si se hubiese parado a pensar nunca se habría arriesgado, pero la telaraña de su inocencia lo atrapaba, lo atraía, le aseguraba que aquello era fácil, sencillo, sin complicaciones...

Con los ojos clavados en los de ella, levantó muy despacio una mano y la puso debajo de su mandíbula. Ella contuvo el aliento; muy despacio, moviéndose aún con una lentitud extrema, Demonio le acarició el labio inferior con la yema del pulgar. Con el contacto se le erizó la piel, a ella... y también a él. Instintivamente, Demonio hizo un esfuerzo sobrehumano por controlar sus diablos. Sus miradas se fundieron, y en los ojos de Flick dominaba incansable la curiosidad.

Demonio inspiró profundamente y empezó a bajar la cabeza muy lentamente, dándole a ella todo el tiempo del mundo para echarse atrás, pero, aparte de aferrarse con más fuerza a la sombrilla, la joven permaneció inmóvil. Desplazó la mirada hasta los labios de él y luego contuvo el aliento, que le obstruía la garganta. Pestañeó y cerró los ojos dejando escapar un suspiro en el momento en que los labios de Demonio se encontraron con los suyos.

Fue el beso más tierno que Demonio recordaba haber compartido jamás, una comunión de labios. Los de ella eran suaves, tan delicados como su aspecto, intensamente femeninos. Los rozó una, dos veces y luego los cubrió por completo, intensificando ligeramente la presión sobre ellos y teniendo presente en todo momento su juventud.

Estaba a punto de retirar sus labios, de poner punto final a la suave caricia, cuando los de ella se movieron bajo los suyos... en clara respuesta, ingenua e inexperta. Arrebatadora.

Le devolvió el beso, dulce y tímidamente, con una pregunta tan clara como la que había visto antes en su mirada.

Sin pensar, Demonio respondió, cerrando con fuerza la mano que le sostenía la mandíbula, sujetándole la cara mientras se aproximaba aún más, ladeando la cabeza mientras intensificaba el beso.

Los labios de ella se separaron bajo los de él, sólo un poco, lo suficiente para que él pudiera probarla. Recorrió el labio inferior con la punta de la lengua, acariciando la carne suave, y a continuación le acarició la lengua: los sentidos de ella, ya tensos, se estremecieron con fuerza.

Los dos temblaron, ella con un delicado escalofrío tras el que aproximó su pecho al de él, encajando sus caderas en los viriles muslos de Demonio. Con una confianza ciega, Flick dejó caer todo el peso de su cuerpo en él, en su fortaleza.

A Demonio le daba vueltas la cabeza y el corazón le latía muy deprisa. La necesidad de abrazarla, de encerrarla contra él y amoldarla a él, era casi insoportable.

Pero era demasiado joven, demasiado inocente, demasiado inexperta para eso.

Sus demonios aullaban y reclamaban a gritos su presa, pero él luchaba para ahuyentarlos con las pocas fuerzas que le quedaban, besándola sin embargo cada vez más apasionadamente.

Ajena a aquel problema, Flick se deleitaba en el súbito calor que se había apoderado de ella, en la embriagadora sensación de fuerza masculina que la rodeaba, en la firme presión de los labios de él sobre los suyos, en la caricia sensual de aquella lengua entre sus labios.

Aquello era un beso de verdad, la clase de beso sobre el que había oído reírse como chiquillas a las sirvientas, un beso que lentamente recorría cada rincón de su cuerpo. Era apabullante, exigente, pero tierno, una experiencia de los sentidos.

El hijo del párroco la había besado una vez o, mejor dicho, lo había intentado. Aquello no se había parecido en nada a esto, no había habido magia en el aire ni sensaciones escalofriantes que le erizaban el vello. Ni tampoco la excitación que poco a poco iba creciendo en su interior, como si el beso fuese un principio, no un final.

Aquella idea la intrigaba, pero los labios de Demonio,

firmes, casi duros, fríos y abrasadores a la vez, acaparaban toda su atención, negándole cualquier posibilidad de pensar. Apoyada contra él, su única certeza era un sentimiento de gratitud: que él hubiese accedido a enseñarle a ella cómo podía ser, no sólo un beso, sino una gloriosa tarde del placer más sencillo. La clase de placer que un hombre y una mujer podían compartir, si el hombre sabía lo que se hacía. Le estaba inmensamente agradecida, por explicarle, por enseñarle, por guiarla en su ignorancia. A partir de entonces, en el futuro, ella ya sabría qué esperar, dónde colocar su listón.

En cuanto al momento presente, había disfrutado de su tutela, de aquella maravillosa tarde... y de aquel beso. Inmensamente.

El agradecimiento tan profuso y evidente que ella sentía hacia él lo apabullaba. Haciendo un gran esfuerzo por resistir a los poderososo instintos que durante tanto tiempo habían formado parte de él, Demonio se dio cuenta de que la mano con la que hasta entonces le había estado acariciando el rostro a Flick se posaba ahora encima de su hombro. Demonio levantó entonces su otra mano, cogió a Flick por ambos brazos y apartó con suavidad su cuerpo del de él. Entonces, con gran cuidado y una reticencia que sintió en lo más hondo de su ser, se retiró hacia atrás y puso fin al beso.

Demonio estaba respirando demasiado deprisa. La observó mientras parpadeaba y abría los ojos para revelar un azul mucho más brillante que antes. Ella lo miró a los ojos y él rezó para que no pudiese leer en ellos el estado en el que se encontraba. Trató de componer una sonrisa despreocupada.

—Bueno, ahora ya lo sabes. —Ella parpadeó. Antes de que pudiera pronunciar palabra, él la encaminó hacia la calesa—. Vamos, deberíamos volver a Hillgate End.

La condujo directamente de vuelta a casa. Para su sorpresa, Flick estaba completamente serena, sentada a su lado, con la sombrilla desplegada, sonriendo con dulzura al paisaje bañado por la luz del sol.

Si había alguien que no estaba demasiado sereno, al parecer, ése era él. Todavía se sentía confuso, con los nervios y los músculos temblorosos. Cuando traspasó con la calesa la puerta de Hillgate End, le invadió una cierta inquietud y su estado de ánimo se ensombreció.

No sabía muy bien qué había sucedido esa tarde, en particular quién o qué había desencadenado los acontecimientos. Desde luego, había sido él quien había organizado pasar una agradable tarde con un ángel, pero no recordaba haber decidido seducirla.

Las cosas no habían salido según lo previsto, lo cual no tenía por qué ser ninguna sorpresa: en su círculo, tenía categoría de *amateur*, pues nunca había coqueteado con ninguna chiquilla tan joven, tan intacta, tan rematadamente inocente. Esto constituía, cuanto menos, la mitad de su problema, la mitad de la razón por la que se sentía tan atraído por ella: era un bocado muy tierno para su paladar, tan hastiado; hacerla despertar a los avatares de la carne era un placer insólito, una dulce delicia.

Sin embargo, seducir a alguien tan joven e inocente entrañaba mucha responsabilidad, una responsabilidad pesada e inevitable que tan felizmente había logrado evitar hasta entonces. No quería cambiar, es más, no tenía ninguna intención de cambiar. Era feliz con su vida tal como estaba.

Recordó el sabor de los labios de ella, a manzana y a delicadas especias, y el recuerdo le tensó. Esforzándose para no soltar un taco, condujo a los caballos hasta la escalera delantera. Soltó las riendas y se bajó de la calesa para rodear el vehículo y ayudarla a bajar.

Flick se alisó la falda, luego se incorporó y sonrió... con una sonrisa magnífica, franca, sin rastro de malicia.

—Gracias por una tarde maravillosa.

Se la quedó mirando, percibiendo en cada rincón de su cuerpo la necesidad apremiante de besarla de nuevo. Tuvo que recurrir a toda su capacidad de concentración para mantener el semblante convenientemente impasible, para tomar la mano que le tendía, para estrecharla con suavidad... y para soltarla.

Despidiéndose con un gesto, volvió a subirse a la calesa.

—Te mantendré informada de cualquier novedad. Preséntale mis respetos al general.

—Sí, por supuesto.

Flick lo vio marcharse con una sonrisa en los labios. Mientras las sombras del camino de entrada lo acogían en su seno, una expresión ceñuda se apoderó del rostro de Demonio.

Y allí seguía cuando llegó a su casa.

6

Demonio dio con Gillies esa misma noche, más tarde, en la abarrotada barra del Swan; estaba tomando una cerveza y vigilando a Bletchley. Su presa formaba parte de un grupo muy animado que ocupaba una de las esquinas de la taberna. Demonio se sentó junto a Gillies.

—¿Ha habido acción?

—No. Ha vuelto al Ox and Plough esta tarde, por lo visto para recoger el correo. Ha recibido una carta; al parecer la estaba esperando.

—¿La ha dejado allí?

Gillies miró a Bletchley de reojo, y negó con la cabeza.

—La lleva encima, en el bolsillo del chaleco. No quiere arriesgarse a perderla.

Demonio bebió un sorbo de cerveza.

—¿Qué hizo después de leerla?

—Se puso de muy buen humor y salió otra vez, volvió al Heath para ver los entrenamientos de la tarde.

Demonio asintió con la cabeza.

—Sí, lo he visto esta tarde. Parecía interesado en la cuadra de Robinson.

—Sí, eso me ha parecido a mí también. —Gillies tomó otro largo trago de cerveza—. Robinson tiene al menos dos caballos favoritos para el Spring Carnival.

—No vi que Bletchley se acercara a ninguno de los jinetes.

—Tampoco yo.

—¿Se ha puesto en contacto con algún caballero?

—No, que yo sepa. Y no lo he perdido de vista desde que bajó las escaleras esta mañana.

Demonio asintió, con la advertencia de Flick rondándole por la cabeza.

—Mañana quédate en la caballeriza. Cross puede seguir a Bletchley a los entrenamientos de la mañana, yo tomaré el relevo después.

—De acuerdo. —Gillies apuró su jarra—. No conviene que mi cara empiece a resultarle familiar.

A lo largo de los tres días siguientes, con la ayuda de Hills y Cross, dos de sus mozos, Demonio y Gillies mantuvieron a Bletchley bajo una estricta vigilancia. A Demonio, teniendo en cuenta la incesante actividad que había en el hipódromo a causa de la inminencia de la jornada de Craven —el Spring Carnival oficial del calendario inglés de carreras—, no le faltaban razones para merodear por los circuitos y los establos examinando su manada y las de sus principales rivales. A lomos de *Iván el Terrible*, resultaba sencillo no perder de vista a Bletchley en las zonas relativamente llanas y abiertas que rodeaban el Heath; poco a poco, Demonio acabó siendo el que vigilaba a la presa durante la mayor parte del día. Gillies, Cross e Hills se turnaban para mantener una vigilancia implacable pero discreta en las demás ocasiones, desde que Bletchley bajaba a desayunar hasta que recogía su candil y subía las escaleras para acostarse.

Bletchley no se percató del cerco en ningún momento, en parte debido a su concentración en la tarea que tenía entre manos. Se cuidaba mucho de no acercarse a los jinetes de forma demasiado descarada, y muchas veces se pasaba horas enteras simplemente observando y tomando notas, en busca, o eso sospechaba Demonio, de alguna debilidad, de algo con lo que coaccionar a los jinetes seleccionados para que aceptasen el encargo de sus jefes.

Al cuarto día, Flick se sumó a las labores de vigilancia de Demonio.

Disimulando su irritación por el hecho de que, desde que la dejó al pie de las escaleras de la mansión, Demonio no había hecho el más mínimo intento de verla, ni de informarle sobre lo que estaba ocurriendo, sobre lo que habían descubierto él y sus hombres, abrió la sombrilla y avanzó con paso decidido por la hierba, entre los apriscos, con la mirada clavada en él.

La tenía a veinte metros de distancia cuando Demonio volvió la cabeza y la vio. Apoyado en la valla del último corral, había estado observando a los espectadores de los ejercicios de adiestramiento de su recua y de las de otros dos establos. Con la espalda pegada al tablón superior de la valla, las manos hundidas en los bolsillos de sus pantalones de montar, una pierna doblada y la bota colocada en el tablón inferior, parecía sutilmente peligroso.

A Flick le dio un vuelco el corazón y ahuyentó de su mente la idea de peligro. Estaba impaciente: quería hacer algo, dejar de esperar con los brazos cruzados a descubrir lo que había pasado mucho después de que hubiese pasado. Sin embargo, ya había lidiado con Dillon y el general el tiempo suficiente como para saber cómo acercarse a un hombre: no serviría de nada mostrarse impaciente o enfadada. Así que, exhibiendo una sonrisa radiante, se acercó a Demonio e hizo caso omiso de la arruga que le surcaba la frente.

—Una tarde estupenda, ¿no te parece?

—Desde luego.

Las palabras eran mordazmente evasivas. Demonio tenía la mirada ensombrecida, el azul de sus ojos parecía más oscuro. Sonriendo aún con dulzura, Flick se volvió y examinó la multitud.

—¿Dónde está Bletchley?

Incorporándose, Demonio la vio recorrer con la mirada la muchedumbre de espectadores, y luego suspiró para sus adentros.

—Debajo del roble a la izquierda, lleva un pañuelo rojo.

Divisó a Bletchley y lo estudió con detenimiento; contra su propia voluntad, Demonio la estudió a ella. Iba vestida una vez más de muselina fina, con diminutas hojas de helechos de color azul diseminadas sobre el blanco del vestido que, pese a todo, no llamó demasiado su atención: era más bien lo que había debajo del vestido lo que acaparaba todos sus sentidos.

Con un cuerpo de curvas suaves y una tez cremosa, parecía incluso comestible, de ahí la expresión ceñuda de Demonio. En cuanto la joven había hecho acto de presencia, un deseo apremiante e incontrolable, hambriento, se había apoderado de él, y eso lo había dejado perplejo, pues sus deseos no solían manifestarse de una forma tan independiente y desdeñosa con respecto a su voluntad.

Mientras la obervaba, la estudiaba y bebía de ella, una suave brisa jugueteó con sus rizos y los puso en movimiento; también le alborotó la falda del vestido, fugazmente, y la adhirió a sus caderas, a sus muslos, a sus piernas esbeltas... a su trasero en forma de corazón.

Demonio desvió la mirada y se removió incómodo, aplacando la insistencia de su entrepierna.

—¿Se ha acercado ya a hablar con alguien? ¿O alguien se le ha acercado a él?

Localizando a Bletchley con la mirada, Demonio negó con la cabeza.

—Por lo visto, su tarea aquí, el trabajo que se suponía que debía hacer Dillon, consiste en establecer contacto con los jinetes y convencerlos para la causa de sus jefes. —Al cabo de un momento, añadió—: Hace unos días recibió una carta que le dio energías para mostrarse más activo todavía.

—¿Órdenes?

—Seguramente, pero dudo que se ponga en contacto con sus jefes por escrito.

—Lo más probable es que no sepa escribir. —Flick miró por encima de su hombro y se topó con la mirada de Demonio—. Así que todavía hay posibilidades de que la organización, o al menos uno de sus miembros, aparezca por aquí.

—Sí, al menos para comprobar el éxito de Bletchley.

—Sí. —Flick miró a Bletchley—. Yo me encargaré de vigilarlo el resto de la tarde. —Levantó la vista hacia Demonio—. Estoy segura de que tienes otros asuntos importantes que atender.

—Pero, aunque así sea... —protestó él.

—Como ya te dije en otra ocasión, nunca sospechará que una jovencita está espiando todos sus movimientos: es el disfraz perfecto.

—Puede que no sepa que lo estás vigilando, pero te puedo garantizar que se dará cuenta de que lo sigues, si lo haces.

Se volvió para mirarlo de frente, y Demonio observó que endurecía la mandíbula.

—Bueno, aunque así sea...

—No. —Esa palabra, expresada de forma rotunda y categórica, la interrumpió bruscamente. Flick entrecerró los ojos y lo fulminó con la mirada, pero él simplemente añadió—: No hay razón para que te impliques en esto.

Los ojos de Flick, normalmente de un brillante pacífico, soltaban ahora chispas.

—Todo esto ha sido idea mía desde el principio, fui yo quien te invitó a ayudarme, y «ayudar» no significa relegarme a ser un cero a la izquierda.

Él sostuvo su mirada airada.

—Tú no eres un cero a la izquierda...

—¡Bien! —Con un brusco asentimiento, se volvió de nuevo hacia las pistas—. Entonces te ayudaré a vigilar a Bletchley.

Apartándose a un lado para evitar que lo decapitara con la sombrilla, Demonio soltó unas cuantas maldiciones entre dientes. Retrocedió un paso y se quedó mirando la curva de su espalda, sus caderas, las protuberancias redondas de sus nalgas mientras ella seguía allí de pie, obstinadamente intransigente, dándole la espalda.

—Flick...

—¡Mira! ¡Se marcha!

Demonio levantó la mirada y vio que Bletchley abandonaba su puesto al pie del roble y echaba a andar, con una despreocupación muy poco convincente, hacia uno de los establos vecinos. Demonio miró entonces a Flick, quien ya estaba girando sobre sus talones dispuesta a ir a la zaga de su presa, y tras vacilar unos instantes, entrecerró los ojos, curvó los labios y empezó a decirle:

—Puesto que estás tan resuelta a ayudar...

Se acercó a Flick, la tomó de la mano y luego del brazo, arrimándose y pegándose a ella, a su lado.

Parpadeando con furia, Flick levantó la vista.

—¿Qué quieres decir? —Hablaba en tono gratamente entrecortado.

—Si quieres ayudarme a vigilar a Bletchley, entonces tendrás que ayudar a facilitarnos el disfraz. —La miró enarcando las cejas—. Tú mantén la sombrilla en ese lado, y, en la medida de lo posible, mantén la cara vuelta hacia mí.

—Pero ¿cómo voy a ver a Bletchley?

Demonio empezó a andar y ella se vio obligada a unirse a él. Con una sonrisa de decidida resolución en el rostro, Demonio la miró.

—No hace falta que lo vigiles para que lo sigamos; lo que necesitamos saber es con quién se va a reunir.

Un vistazo rápido ratificó que Bletchley se dirigía a la parte posterior del establo que, a juzgar por los caballos que Demonio veía en el Heath, casi con toda seguridad estaría vacío. Con la colaboración no exactamente voluntaria de Flick, se concentró en dar la imagen de una pareja enteramente absorta el uno en el otro, que no despertara en Bletchley ningún interés.

Atrapada por la mirada de Demonio, por la mano firme que le inmovilizaba los dedos, por la fuerza y el poder que con tanta facilidad ejercía sobre ella, Flick trató por todos los medios de aparentar normalidad, de apaciguar el ritmo de su respiración y ralentizar el pálpito de su corazón, de relajar su columna rígida y pasear con aceptable naturalidad, con naturalidad suficiente para ponerse a la altura del réprobo que tenía a su lado.

Las miradas que Demonio lanzaba hacia delante, a la búsqueda de Bletchley, la tranquilizaban, confirmaban que su propósito era sin duda seguir al delincuente y presenciar la reunión que tuviese lugar detrás del establo. Demonio no tenía intención de ponerla nerviosa, de provocar que un temblor incontrolable le recorriese el cuerpo; eso era sólo un accidente, una consecuencia inesperada e intencionada. Por suerte, Demonio no se había dado cuenta; Flick puso entonces todo su empeño en tratar de serenarse y retomar el control de sus sentidos.

—¿Con quién crees que va a reunirse? —le susurró ella en un hilo de voz. Sus pulmones seguían sin funcionar al ritmo adecuado.

—No tengo ni idea —respondió él mirándola; sus espesas pestañas le oscurecían los ojos. Había bajado la voz y le hablaba en un ronroneo grave—. Reza por que sea uno de los miembros de la organización.

Su tono y su expresión adormilada eran desconcertantes y no la ayudaban en absoluto a recuperar la serenidad.

Demonio levantó la vista. Bletchley se había detenido en la esquina del establo. Bajo los ojos atentos de Demonio, Bletchley recorrió la multitud con la mirada y se detuvo cuando los vio. Con naturalidad, muy despacio, con una sonrisa lobuna dibujándose en sus labios, Demonio bajó la mirada hacia los enormes ojos de Flick.

—Sonríe —le ordenó.

Ella obedeció y esbozó una débil sonrisa. Demonio sonrió con más intensidad, levantó la mano que tenía libre y le acarició la mejilla con los nudillos.

Flick contuvo la respiración, se apartó un poco hacia atrás y se ruborizó; con gesto elegante, y una sonrisa muy evidente, la atrajo de nuevo hacia sí.

—Sólo estoy fingiendo —murmuró—. Es sólo un juego.

—Ya lo sé —le aseguró Flick mientras el corazón le latía

desbocado. Por desgracia, él estaba jugando a un juego que ella desconocía por entero. Hizo todo lo posible por relajarse y por devolverle una sonrisa burlona y natural.

Demonio levantó un poco la cabeza para mirar por el rabillo del ojo: Bletchley había dejado de mirarlos. Le dio un último vistazo al Heath, se dio media vuelta y desapareció por la parte trasera del edificio.

Flick abrió los ojos como platos y se puso a andar inmediatamente. Él la obligó a detenerse, y la atrajo de nuevo a su lado de un tirón.

—No. —Ella alzó la vista, dispuesta a fulminarlo con la mirada. Él inclinó su rostro hacia ella y se le acercó, hasta casi rozarle la mejilla, para que la aparente conversación entre ambos pareciese una escena de seducción en toda regla—. No sabemos —dijo, rozándole la sien con los labios— con quién va a reunirse ni dónde están. Podrían estar detrás de nosotros.

—Ah. —Obedeciendo a la presión que ejercía en su brazo y con una sonrisa en los labios, Flick se armó de valor y apoyó su cuerpo en el de él, alojando el hombro y el brazo en la calidez de su pecho. Entonces, con la misma sonrisa dulce y alelada, se dejó llevar mientras seguían paseando.

Al cabo de unos minutos, cuando ya había recobrado el aliento, levantó la mirada y la clavó en sus ojos sonrientes.

—¿Qué piensas hacer?

—Ir a ver a Bletchley y a su amigo, por supuesto. —Torció la comisura de los labios exhibiendo una sonrisa decididamente burlona.

Habían llegado a la esquina del establo. Demonio no se detuvo, siguió avanzando sin cobijarse en la sombra que proyectaba la pared como lo había hecho Bletchley, y pasó de largo, encaminándose hacia el claro que había tras el establo cercado por una valla.

En cuanto hubieron doblado la esquina, Flick miró hacia delante. Demonio le soltó el codo, la agarró por la cintura, la atrajo hacia sí y la besó.

A ella por poco se le cae la sombrilla.

—Ni se te ocurra mirarlo, se dará cuenta. —Le susurró estas palabras con los labios pegados a los suyos, y luego la besó de nuevo, brevemente.

Estaba mareada y aturdida, se había quedado sin aliento.

—Pero...

—No hay pero que valga. Tú haz lo que yo te diga y podremos oírlo todo, y verlo todo también. —Asiéndola por los hombros, oculto por la sombrilla abierta que Flick sujetaba apuntando temblorosamente hacia Bletchley, la miró de hito en hito y luego añadió, en voz grave y baja—: Si no te comportas, tendré que distraerte un poco más.

Lo miró con asombro y luego se aclaró la garganta.

—¿Qué quieres que haga?

—Concéntrate en mí, como si no supieses que Bletchley y su amigo existen.

Mantuvo la mirada fija en su rostro.

—¿Ha llegado ya su amigo? —No había podido comprobarlo antes de que él la besara.

—Todavía no, pero creo que alguien se acerca. —Ladeando la sombrilla, Demonio le lanzó una sonrisa; apoyó la mano levemente en su cadera, y la obligó a volverse. Sin dejar de mirarse a los ojos, siguieron caminando sin rumbo aparente.

Bletchley se había detenido a medio camino en la parte trasera del establo: no había duda de que esperaba la llegada de alguien. Por el rabillo del ojo, Flick le vio fruncir el ceño al percatarse de la presencia de ambos. Demonio inclinó la cabeza hacia Flick, le sopló al oído y, espontáneamente, ella se echó a reír.

Por supuesto, él insistió.

Sin otra opción que seguir el juego de aquella farsa, Flick siguió riéndose, retorciéndose y haciendo muecas. Sin dejar de reír, Demonio la atrajo más hacia sí y, con un solo movimiento, la hizo girar sobre sí misma, una y otra vez y dieron vueltas y más vueltas... hasta que él acabó de espaldas contra la valla, y ella ante él. Los ojos de Demonio emitían chispas maliciosas y su sonrisa era inequívocamente diabólica.

Flick respiraba con dificultad y tenía una sonrisa alelada y del todo natural en los labios.

—¿Y ahora qué? —susurró.

Parapetado tras la sombrilla, Demonio la miró a los ojos.

—Ponme la mano en el hombro, ponte de puntillas y bésame.

Flick lo miró perpleja y él arqueó las cejas con aire inocente, aunque la expresión que tenía en los ojos no lo era en absoluto.

—Ya lo has hecho antes.

Sí, lo había hecho, pero había sido distinto. Él lo había empezado. Y, sin embargo... no había sido difícil.

Frunciendo el ceño un instante, colocó la mano que le quedaba libre en el amplio hombro de él y se puso de puntillas. A pesar de ello, él tuvo que inclinarse; Flick se esforzaba por mantener el equilibrio sobre las puntas de los pies, pero finalmente no tuvo más remedio que dejar caer su cuerpo contra el de él, que apoyar los senos en su pecho firme, para que su boca alcanzara por fin los labios de Demonio.

Lo besó: fue un beso simple y suave. Cuando hizo amago de retirarse, las manos de él, una aferrándole la cintura y la otra abrazándole los dedos que sostenían la sombrilla, la sujetaron con firmeza. Mientras le estuvo acariciando los labios con lo suyos, Demonio no la soltó.

Ladeando a Flick y a la sombrilla en el ángulo adecuado, Demonio entornó los ojos y miró por debajo del ribete de volantes de la sombrilla. Bletchley, a unos diez metros de distancia, había estado paseándose, observándolos con desgana; sin duda consideraba que Demonio era un galán sin escrúpulos que pretendía seducir a una dulce doncella de campo. Sin embargo, a pesar de que los observaba, no estaba interesado en ellos. Acto seguido se incorporó de golpe, alerta: el otro hombre se aproximaba a él.

Demonio interrumpió el beso y soltó un improperio.

Flick parpadeó, pero él siguió sujetándola sin dejar que se moviera.

—No, no te vuelvas —le susurró cuando ella hizo ademán de volver la cabeza.

—¿Quién es?

Sus labios, que en ese momento estaban a la altura de los ojos de Flick, compusieron una mueca de fastidio.

—Otro jinete. —Sus palabras estaban cargadas de decepción.

—A lo mejor trae un mensaje de la organización.

—¡Chist! Escucha.

Apoyada en él, se dispuso a escuchar.

—A ver si lo entiendo.

Aquél tenía que ser el jinete; la voz era clara, no áspera.

—Me darás setenta y cinco libras el día anterior y cincuenta más el día siguiente si consigo que *Cyclone* no ocupe los primeros puestos. ¿Es eso?

—Eso es. Ése es el trato —repuso Bletchley—. Lo tomas o lo dejas.

El jinete permaneció en silencio, al parecer, pensando. Demonio miró a Flick y luego le pasó el brazo por la cintura, para sujetarla mejor.

—Relájate —le dijo entre dientes. Rozándole los labios con los suyos, le prodigó la más dulce de las caricias, antes de que el jinete hablara de nuevo.

—De acuerdo.

—Hecho.

—Ahora nos toca a nosotros —dijo Demonio *sotto voce*.

Al cabo de un instante, se echó a reír a carcajadas; sujetándola con más fuerza, la levantó en el aire, dio una vuelta entera, y luego la dejó en el suelo. Sonrió.

—Vamos, cariño, no queremos que las chismosas del lugar empiecen a preguntarse dónde nos hemos metido, ni mucho menos qué hemos estado haciendo.

Habló con voz lo bastante recia para que lo oyeran Bletchley y el jinete. Flick se ruborizó y se olvidó por completo del público que los acompañaba. Apretó con fuerza el puño con el que sujetaba la sombrilla, y se volvió hacia el Heath con brusquedad.

Con otra risa diabólica, esta vez también triunfal, y un ademán posesivo, Demonio le dio una palmada justo debajo de la cintura, y la hizo avanzar hacia la esquina del establo, un lugar seguro junto a la muchedumbre de espectadores.

En cuanto doblaron la esquina del establo, Flick trató de zafarse sin éxito de la mano de Demonio, que se la agarró todavía con más fuerza.

—Aún no podemos dejar de interpretar nuestros papeles. —El susurro de Demonio movió ligeramente los rizos que le cubrían la oreja—. Bletchley nos está siguiendo. Mientras pueda vernos tendremos que seguir con nuestra farsa.

Ella le lanzó una mirada cargada de alarma y suspicacia; el trasero le ardía.

Él le contestó con una sonrisa rapaz.

—¿Quién sabe? Tal vez este disfraz pueda resultarnos útil en los próximos días.

¿En los próximos días? Flick intentó no mostrarse tan escandalizada como lo estaba interiormente, pero, a juzgar por la expresión burlona y divertida de los ojos de Demonio, no lo consiguió.

Para su consternación, Bletchley volvió a colocarse a la sombra del roble que había junto a las pistas y siguió observando los ejercicios de entrenamiento durante la hora siguiente, de modo que continuaron con la vigilancia, y Demonio hizo honor a su apodo y ejercitó sus libertinos dones, recurriendo a una estratagema tras otra para crispar los nervios de Flick y hacerle perder la compostura, para ruborizarla y ayudarla a interpretar el papel de la damisela en apuros.

Sabía exactamente cómo provocarla, cómo conseguir que lo mirase a los ojos y se riera de él, de ellos y de sí misma. Sabía exactamente cómo tocarla, leve y fugazmente, para que sus sentidos enloqueciesen y su corazón galopase más deprisa que todos los caballos del Heath. Cuando Bletchley, después de haberse acercado a otro jinete que lo echó con cajas destempladas, se fue por fin en dirección a la ciudad, Flick se había ruborizado más veces que en toda su vida.

Aferrándose a su sombrilla como si fuera un arma, su última defensa, miró a Demonio a los ojos.

—Ahora me voy. Estoy segura de que podrás vigilarlo tú solo el resto de la tarde.

Él la miró, y ella no supo interpretar la expresión que vio en su mirada; por un instante le pareció que era cierta renuencia lo que reflejaba aquel azul, renuencia a dejar de interpretar sus papeles.

—No tengo que vigilarlo. —Demonio miró hacia el seto de la orilla del Heath y levantó la mano.

Gillies, apoyado en un poste, asintió con la cabeza y se fue a la zaga de Bletchley.

Demonio miró de nuevo a su acompañante.

—Ven, te llevaré a casa.

Con la mirada atrapada en la de él, Flick señaló la carretera.

—Tengo ahí al mozo con la calesa.

—Podemos decirle que se adelante. —Enarcó una ceja y buscó su mano—. Supongo que prefieres ir a casa en una calesa tirada por mis caballos que en un coche con un jamelgo como ése, ¿no?

Como experta en monturas, su respuesta era de prever. Inclinando la cabeza como lo hacía la realeza, accedió a su plan, dejó que él la tuviera a su lado y disfrutara de su lozanía un ratito más.

Estaba sentado en el sillón que tenía delante de la chimenea del salón, contemplando las llamas y viendo en ellas su rostro angelical, sus suaves ojos azules, y la luz curiosa y reflexiva que a veces desprendían cuando, una vez más, oyó que llamaban a su ventana. Demonio apretó los labios, y ni siquiera se molestó en soltar una imprecación, simplemente se puso en pie, dejó a un lado la copa de coñac que tenía en la mano y avanzó hacia la ventana.

Cuando corrió las cortinas, sintió un gran alivio al comprobar que en lugar de sus pantalones de montar llevaba una falda. Abrió la ventana.

—¿Es que no sabes entrar por la puerta?

Le contestó con una mirada recriminatoria.

—He venido a invitarte a que me acompañes a ver a Dillon.

—Creí que estábamos de acuerdo en que no debíamos ir a verlo.

—Eso era antes. Ahora que sabemos que Bletchley es el contacto y que se pasea por el Heath, deberíamos advertir a Dillon y ponerlo al corriente para que no se le ocurra hacer nada precipitado.

Dillon nunca se molestaría en hacer algo así. Demonio estuvo a punto de hacer aquel comentario en voz alta, pero se contuvo. No le hacía ninguna gracia que Flick cabalgara por el campo sola de noche, pero sabía que era inútil tratar de disuadirla. Intentando recordar dónde había puesto los guantes de montar, empuñó la manilla de la ventana.

—Me reuniré contigo en el establo.

Con gesto decidido, asintió con la cabeza y luego se deslizó entre las sombras.

Demonio cerró la ventana y fue a avisar a los Shephard de que estaría fuera unas horas.

Flick esperaba junto al establo principal, a lomos de *Jessamy*. Demonio abrió la puerta. En la penumbra del interior, iluminado únicamente por un rayo de luz de luna que se filtraba por la puerta, Demonio localizó los aperos y los llevó al corral de *Iván*. El enorme semental se sorprendió al verlo, y se asombró todavía más cuando lo ensilló y lo sacó afuera. Por suerte, antes de que *Iván* tuviera tiempo de protestar, vio a *Jessamy*.

Al advertir que su caballo ponía los ojos en la jaca, Demonio lanzó un gruñido y se encaramó a la silla de un salto. Al menos no le costaría ningún esfuerzo dirigir a *Iván* en su excursión nocturna: iría tras Flick de muy buen grado.

Ella, por supuesto, guió el camino.

Atravesaron sus tierras, rodeados por el manto nocturno de terciopelo. La casita en ruinas parecía desierta; era una figura oscura entre las penetrantes sombras de los árboles. Flick avanzó hasta el claro que había detrás y desmontó. Demonio la siguió y ató a *Iván* bien lejos de la yegua.

Se oyó el sonido de una ramita al romperse, y Flick se volvió hacia la casa.

—Somos nosotros, Demonio y yo.

—Ah —dijo una voz un tanto temblorosa desde la parte de atrás. Al cabo de un momento, Dillon preguntó—: ¿Vais a entrar?

—Pues claro. —Flick echó a andar hacia la casa justo cuando Demonio la alcanzó, y la siguió pegado a sus talones—. Hemos pensado —explicó Flick al tiempo que agachaba la cabeza a la entrada del cobertizo que conducía a la sala principal— que querrías saber lo que hemos descubierto.

Dillon levantó la vista, con el rostro iluminado por la luz del farol que había encendido.

—¿Habéis identificado a algún miembro de la organización?

Un brote de esperanza tiñó el tono de su voz. Tras sentarse en un taburete junto a la mesa, Flick hizo una mueca.

—No, todavía no.

—Oh. —Dillon torció el gesto y se desplomó sobre la silla del extremo de la mesa.

En el otro extremo de la mesa, Demonio se quitó los guantes mientras observaba con detenimiento a Dillon, y se fijó en la palidez y las arrugas que la semana anterior había labrado en sus mejillas. Era como si la realidad de su situación, cuya magnitud ya había comprendido del todo, y la inquietud ante la posibilidad de que lo encontraran y lo detuvieran estuviesen haciendo mella en su carácter ególatra e infantil. Si eso era así, entonces todo había sido para bien. Demonio retiró el último taburete destartalado de debajo de la mesa, tomó asiento y dijo:

—Hemos descubierto a tu escurridizo contacto.

Dillon levantó la vista: había un brillo de esperanza en sus ojos. Demonio miró a Flick y arqueó las cejas, preguntándose si quería contárselo a Dillon ella misma. Flick, sin embargo, le hizo una señal para que siguiese hablando. Volvió a mirar a Dillon.

—Tu hombre se llama Bletchley y es de Londres. —A continuación le describió brevemente a su presa.

Dillon asintió con la cabeza.

—Sí, es él, el hombre que me reclutó. Solía traerme las listas de los caballos y de los jinetes.

Flick inclinó el cuerpo hacia delante.

—¿Y el dinero?

Dillon la miró con brusquedad y luego se ruborizó, pero no apartó los ojos de ella.

—Sí, siempre me traía mi parte.

—No, me refiero al dinero para los jinetes. ¿Cómo les pagaba? ¿Te daba Bletchley el dinero que les correspondía?

Dillon arrugó la frente.

—No sé cómo les pagaba, yo no tenía nada que ver con eso. No es así como funcionaba cuando yo estaba metido en esto.

—Entonces, ¿cómo funcionaba? —preguntó Demonio.

Dillon se encogió de hombros.

—Era muy sencillo: la lista de jinetes indicaba cuánto debía ofrecerle a cada uno. Yo lo hacía, y luego informaba de si habían aceptado o no. No era yo quien tenía que entregarles el dinero después de la carrera.

—Después de la carrera —repitió Flick—. ¿Y qué me dices de los pagos antes de la carrera?

Dillon parecía aún más perplejo.

—¿Antes?

—Como adelanto —explicó Demonio.

Dillon negó con la cabeza.

—Pero es que no había ningún pago antes de la carrera, sólo un pago después. Y otra persona se encargaba de eso, no yo.

Flick frunció el ceño.

—Pues han cambiado el sistema.

—Es comprensible —dijo Demonio—. Ahora mismo van a por las carreras de la jornada de Craven, uno de los principales encuentros del calendario. Las apuestas en esas carreras son astronómicas, una o dos carreras amañadas y sacarán una buena tajada. Eso es algo que saben los jinetes. También saben que el riesgo de que les interroguen los comisarios es mucho mayor: siempre se presta mucha más atención a las carreras más importantes durante las jornadas principales.

Dillon arrugó el ceño.

—La temporada pasada no intentaron amañar ninguna de las carreras principales, la verdad.

—Es posible que hayan estado preparándose para esta temporada, o que se hayan vuelto más selectivos, más seguros, y ahora estén dispuestos a correr más riesgos con la esperanza de obtener mayores recompensas. Sea como fuere, los jinetes de las carreras del Spring Carnival obviamente pedirán más a cambio de hacer trampas. —Demonio miró a Dillon—. La cantidad que están dispuestos a ofrecer por las dos carreras es de ciento veinticinco libras.

—¿Ciento veinticinco? —La voz de Dillon expresaba incredulidad—. Sólo me dieron instrucciones de ofrecer setenta y cinco en una ocasión.

—De modo que el precio ha subido, y se están asegurando la actuación de los jinetes ofreciéndoles una parte ahora y otra después. Una vez aceptado el primer pago, el jinete queda más o menos comprometido, lo cual es menos arriesgado para la organización. —Demonio miró a Dillon—. Supongo que no les importa ofrecer un adelanto para que no se repita lo que sucedió en la primera carrera de este año.

Dillon asintió despacio.

—Sí, ya lo veo. De ese modo, el amaño está garantizado.

—Exacto. —Flick frunció el ceño—. ¿Oíste que alguno de los jinetes de la temporada pasada dijera algo respecto a la forma en que les pagaron?

Dillon palideció.

—Sólo a uno, a principios de la temporada. —Miró a Demonio—. El jinete no estaba demasiado contento, porque habían dejado el dinero en casa de su madre. Le ponía nervioso la idea de que la organización supiese dónde vivía su anciana madre.

Demonio miró a Dillon a los ojos. No le gustaba lo que estaba oyendo: los de la organización parecían muy inteligentes y, por la experiencia que él tenía, los adversarios malvados, sin escrúpulos e inteligentes eran los peores. Suponía un reto mucho mayor e infinitamente más peligroso.

En circunstancias normales, eso avivaría aún más su interés, haría bullir la sangre de los Cynster que corría por sus venas. Pero en este caso, con sólo mirar a Flick, no hacía más que maldecir esa organización para sus adentros y desear que se fuese al diablo. Por desgracia, a juzgar por el rumbo que estaban tomando los acontecimientos, iba a tener que ser él quien los llevase hasta el infierno protegiendo al mismo tiempo a un ángel de las consecuencias de su más que segura implicación en la caída de la organización.

Si bien pensar en la organización no le hacía bullir la sangre, Flick en cambio sí lo conseguía, aunque, de un modo muy distinto, de un modo que hasta entonces no había experimentado. Aquello no era simple lujuria, sin más. Estaba muy familiarizado con ese demonio, y aunque sin duda participaba en el coro, no era su voz la que más se hacía oír. Aquella distinción formaba parte del impulso de proteger a Flick: si por él fuera, la ataría de pies y manos, la llevaría a una torre alta e inexpugnable con una sola puerta y un buen candado, y la encerraría allí hasta haber matado al dragón que ella estaba decidida a vencer.

Pero por desgracia...

—Será mejor que nos vayamos. —La joven recogió sus guantes y se puso en pie, haciendo rechinar el taburete contra el suelo.

Él se levantó más despacio, muy pendiente de la reacción de Flick y Dillon.

Dillon la miraba con atención, y ella no levantó los ojos hasta que se hubo puesto los guantes.

—Ya te mantendremos al corriente de nuestras averiguaciones, cuando descubramos algo. Hasta entonces, es mejor que no dejes que te vea nadie.

Dillon asintió con la cabeza. Extendió la mano, le tomó la suya y se la apretó.

—Gracias.

Ella hizo un ademán desdeñoso y se zafó de él, pero sin vehemencia.

—Ya te dije que sólo lo hago por el general.

La frase carecía de la fuerza que había caracterizado su actuación anterior, y Demonio dudó de que ella misma lo creyese.

Dillon torció los labios con arrepentimiento.

—Aun así. —Miró a Demonio y se levantó—. Tengo una deuda con vosotros que nunca os podré devolver.

Con gesto impasible, Demonio lo miró a los ojos.

—Ya se me ocurrirá algo, no te preocupes.

Dillon abrió mucho los ojos al oír su tono de voz. Con un asentimiento brusco, Demonio se volvió hacia Flick quien, con el ceño fruncido, se dirigió de nuevo a Dillon.

—Volveremos dentro de unos días. —Luego dio media vuelta y se marchó.

Demonio la siguió e inspiró hondo cuando se adentraban de nuevo en la noche. Un rápido vistzo al cielo reveló una cortina negra: las nubes habían engullido a la luna. Dentro de la casa, la luz del farol menguó y luego se apagó. Intentando acostumbrarse a la oscuridad, los ojos de Demonio miraron alrededor mientras avanzaba por el claro; no se veía a ningún otro ser humano, estaban solos en la noche.

Flick no esperó a que la ayudara, se subió a la silla de inmediato. Demonio desató las riendas de *Iván* y montó muy deprisa, manteniendo inmóvil al semental mientras Flick se aproximaba con su yegua.

—Volveré a casa cruzando el parque. Nos veremos en el Heath mañana por la tarde.

—No.

Flick lo miró sorprendida. Antes de que pudiera protestar, él se explicó:

—Te acompañaré a Hillgate End. Ya es medianoche pasada, no deberías cabalgar sola a estas horas.

Flick no puso objeciones, pero Demonio percibió su reticencia. Lo escudriñó y cuando abrió la boca, sin duda para discutir, una brisa atravesó el claro e hizo temblar los árboles. El viento gimió con suavidad, inquietantemente, por entre las ramas, y luego el gemido se apagó con un suspiro, como un espíritu moribundo que no dejó tras de sí más que las hojas susurrantes apaciguándose despacio en la omnipresente oscuridad.

Flick cerró la boca y asintió.

—De acuerdo.

Tiró de las riendas y empezó a cabalgar; mascullando sus ya habituales imprecaciones, Demonio tiró de *Iván* y se dispuso a seguirla. No tardó en darle alcance; el uno junto al otro, atravesaron cabalgando la siguiente extensión de campo, el último de sus dominios. Al otro lado del seto, justo delante de ellos, se extendía la prolongación del antiguo parque de Hillgate End.

Ambos conocían una zona donde la espesura del seto se hacía menos densa; cruzaron por allí hasta llegar a un viejo camino de herradura. Flick siguió el camino entre las sombras impenetrables de los árboles.

Pese a que buena parte de los senderos del parque se mantenían en buen estado para el paso de las caballerías, aquél no. Los arbustos se cernían sobre ellos a ambos lados del camino, y las ramas restallaban delante de sus rostros. Tuvieron que guiar a sus monturas al paso, era demasiado peligroso ir al trote. El camino estaba cubierto de moho, en algunos tramos muy húmedo, lo que creaba el peligro adicional de que los caballos pudieran resbalar. Ambos estaban muy atentos a sus preciadas monturas, pendientes de cualquier cambio en el peso, el músculo y el equilibrio de los animales.

Al general no le gustaba la caza, de modo que el parque se había convertido en un refugio para la fauna. Un tejón resopló y gruñó cuando pasaron junto a él; más tarde oyeron un crujido y luego vieron las huellas de un zorro.

—No sabía que el camino fuese tan malo. —Flick se agachó para sortear una rama baja.

Demonio lanzó un gruñido.

—Creía que ésta era la ruta que utilizabas para ir y venir de la casa en ruinas. Es evidente que no.

—Por lo general tomo el camino del este, pero atraviesa el arroyo dos veces, y después de la lluvia de anoche quería evitarle a *Jessamy* el sufrimiento de subir y bajar por las orillas resbaladizas.

Demonio obvió el comentario de que *Jessamy* estaba sufriendo en ese momento; se encontraban en lo más profundo del bosque, rodeados de árboles centenarios que formaban una cubierta impenetrable sobre sus cabezas. Apenas veía a Flick, y todavía menos los desniveles del terreno. Por suerte, *Jessamy* e *Iván* veían mejor que él y avanzaban con paso seguro. Tanto él como Flick confiaban en sus monturas y dejaron que los caballos se guiasen por sí solos.

Al cabo de unos minutos, preguntó:

—¿Este camino no cruza también el arroyo?

—Sí, pero hay un puente. —Al cabo de un instante, Flick puntualizó—: O al menos había un puente la última vez que vine por aquí.

Demonio apretó los labios y no se molestó en preguntarle cuánto tiempo hacía de eso: ya se preocuparían del puente de madera podrida, posiblemente inexistente, cuando llegasen a él.

Pero antes de que lo alcanzasen empezó a llover. Al principio, el leve repiqueteo sobre las hojas que los rodeaban parecía poco importante, pero poco a poco el sonido se fue intensificando y del bosque empezaron a caer gotas incesantes. Flick sintió un escalofrío cuando le cayeron encima un par de goterones. Instintivamente, espoleó a su jaca para que apretase el paso.

—¡No! —gritó Demonio—. No la espolees. Es peligroso ir más rápido, ya lo sabes.

Su silenciosa aquiescencia le confirmó que ya lo sabía. Siguieron avanzando mientras se intensificaban la humedad y la sensación de frío.

Por encima de sus cabezas y de los árboles, el viento empezó a soplar con fuerza y a zarandear las hojas. Apretando la mandíbula, Demonio trataba de calcular cuánto camino les quedaría por recorrer, pero era la primera vez que pisaba ese sendero. No sabía cuántas veces serpenteaba y no podía ubicar adónde les llevaba, pero teniendo en cuenta que el camino atravesaba el arroyo una sola vez y que no habían avanzado demasiado...

No le gustaron las respuestas que se desprendían de sus cálculos: todavía les quedaba un largo trecho hasta la mansión.

Supieron con exactitud la distancia que les faltaba cuando los árboles se interrumpieron y Demonio vio ante sí el arroyo con un estrecho puente de troncos y tablones, y reconoció, en la orilla, la cabaña del carbonero.

Renegó entre dientes y, a modo de respuesta, en el cielo resonó un gran estruendo y empezó a llover torrencialmente. Ante la súbita tormenta, una auténtica cortina de agua que se interponía entre ellos y el puente, *Jessamy* y Flick empezaron a retroceder. Farfullando toda clase de atroces imprecaciones, Demonio se bajó del caballo y ató las riendas de

Iván a un árbol; el semental, que estaba hecho de acero puro, parecía inmune a la tormenta. Irguiendo la testuz, olisqueó el aire y miró hacia el puente.

Hacia un puente que, si no estaba en buenas condiciones, se hundiría bajo sus pies.

—¡Quédate ahí! —le gritó Demonio a Flick.

Pasando junto a *Jessamy*, dio tres zancadas hacia el puente. Ajeno a la lluvia, comprobó la estructura a conciencia y luego se colocó en el medio y empezó a saltar. Los tablones no cedieron: el puente parecía lo bastante resistente.

Corriendo bajo el agua, le hizo una seña a Flick, desató las riendas de su caballo y volvió a montar. Pese al aguacero, no estaba empapado; el puente estaba protegido por un roble gigantesco que crecía en la orilla opuesta del arroyo.

Flick volvió la cabeza y, arqueando las cejas con aire interrogante, se quedó mirando a Demonio. Él le hizo señas de nuevo.

—Cruza tú primero.

Ella asintió, espoleó a *Jessamy* y ambas salieron al trote. Demonio tiró de las riendas de *Iván* y lo hizo avanzar intentando no separarse de la yegua. Sus pesados cascos resonaron en los tablones y, tras un par de ligeras zancadas, se encontraba sano y salvo en la otra orilla.

Flick lo esperaba bajo las tupidas ramas del roble; Demonio sofrenó al caballo junto a ella y le lanzó una elocuente mirada dándole a entender la inutilidad de discutir con él teniendo en cuenta el humor del que estaba.

—No hay posibilidad de llegar a la mansión con esta lluvia.

Con los ojos abiertos como platos, Flick lo miró con aire reflexivo y luego echó un rápido vistazo al claro que se abría ante ellos, cuya superficie ya estaba dando cobijo a multitud de diminutos riachuelos.

—Parará pronto, estos chubascos no suelen durar mucho.

—Exactamente. Así que vamos a esperar en la cabaña hasta que deje de llover.

Flick miró la cabaña e inmediatamente pensó en las telarañas y los bichos de toda clase que habría allí dentro. Tal vez incluso ratones. O ratas. Luego observó la lluvia que no cesaba y esbozó una mueca.

—Supongo que sólo será una hora o así.

Demonio sujetó las riendas con fuerza.

—Hay un pequeño establo al otro lado, ve directamente allí.

Flick se encogió de hombros, tiró de las riendas y se fue.

Al cabo de un segundo, Demonio la siguió.

El pequeño establo era suficiente para albergar a ambos caballos, pero con Demonio y Flick allí dentro prácticamente no quedaba espacio: era imposible no chocar entre ellos. Los brazos rozaban los pechos y los codos se clavaban en el estómago. Tratando de encontrar una correa suelta, Flick pasó sin querer la mano por el muslo de Demonio... y la apartó inmediatamente con un abochornado «Lo siento».

Que él aceptó con un silencio tenso.

Al cabo de un minuto, intentando localizar a Flick con la mano para no golpearla al retirar la silla del lomo de *Iván*, Demonio acabó presionándole un pecho con los dedos. Sólo acertó a murmurar unas incoherentes palabras de disculpa: era demasiado experto en aquellas lides como para retirar la mano.

Flick se limitó a ahogar un gemido como respuesta.

Al fin terminaron, y los caballos, satisfechos una vez Demonio hubo atado a *Iván* con una rienda bien corta, permanecieron el uno junto al otro. Flick alcanzó a Demonio en la puerta y se agachó tras él, bajo la protección que proporcionaba su amplia espalda.

Él se volvió para mirarla y luego echó un vistazo fuera, examinando la parte delantera de la casa de piedra.

—Sabe Dios en qué estado se encuentra el interior.

—Los carboneros vienen cada año.

—En otoño —contestó categórico.

Ella hizo una mueca y él dejó escapar un suspiro.

—Iré a echar un vistazo. —Volvió la cabeza y añadió—: ¿Quieres esperar aquí? Es muy posible que no pueda ir más allá de la puerta.

Flick asintió con la cabeza.

—Esperaré aquí mientras lo compruebas. Llámame si todo está bien.

Demonio volvió a mirar fuera y luego avanzó a grandes zancadas hacia la puerta de entrada. Al cabo de un instante, Flick oyó el sonido de la madera crujiendo contra la piedra. Esperó, contemplando la lluvia incesante y escuchando el silencio húmedo. Junto a ella, los caballos se removieron, relincharon y luego se tranquilizaron. Lo único que oía era la respiración regular de los animales y el suave golpeteo de la lluvia...

Y un crujido vacilante y furtivo... Parecía paja y procedía de la parte posterior del establo.

Todos los músculos de su cuerpo se tensaron. Con ojos desorbitados, se volvió. Imágenes de ratas malvadas de ojillos rojos invadieron su cerebro. Dio media vuelta y salió corriendo hacia la cabaña.

La puerta estaba abierta de par en par; sin pensárselo dos veces, entró.

—Espera. —Era la voz de Demonio—. He encontrado un farol.

Flick se quedó junto a la puerta y apaciguó su acelerado corazón. Él era grande, tenía los pies grandes. Llevaba paseándose por la cabaña al menos tres minutos, así que lo más probable era que para entonces cualquier roedor ya se hubiese dado a la fuga.

El ruido de una cerilla sobre la yesca quebró el silencio. Del farol brotó una luz intensa que luego se atenuó, y proyectó sobre la estancia un brillo cálido. Demonio volvió a colocar el cristal.

Dejando escapar el aire que hasta entonces había estado conteniendo, Flick miró a su alrededor.

—¡Está muy bien!

—Y que lo digas. —Demonio también estaba observándolo todo—. Recuérdame que felicite a los carboneros cuando los vea.

La cabaña estaba en perfecto orden y, a pesar de las inevitables telarañas, bastante limpia. La puerta había permanecido bien cerrada y los postigos de las ventanas echados, por lo que ningún visitante indeseado había invadido el hogar temporal de los carboneros.

Además, en la casa no había comida que pudiera atraer a los bichos. Las ollas, las sartenes y, lo que era más importante, la tetera, viajaban con sus dueños. Sin embargo, sí había leña apilada y seca en un rincón.

Demonio miró a Flick y luego se acercó a la chimenea.

—Será mejor que encienda el fuego. —Los dos estaban empapados.

—Bien.

Flick cerró la puerta y luego, frotándose los brazos, se adentró en el interior de la cabaña. Mientras Demonio se agachaba delante del hogar, escogiendo troncos y palos con los que prender el fuego, ella examinó los muebles. Sólo había un asiento, un viejo sillón procedente de la mansión. También había tres estrechos camastros, y todos los colchones estaban llenos de bultos. Flick se puso en cuclillas, tiró de una de las patas de madera del camastro que tenía más cerca y lo acercó hasta colocar el extremo frente a la chimenea, de costado. Satisfecha, se acomodó en él y lanzó un suspiro mientras relajaba los hombros.

Demonio se volvió, vio lo que había hecho y asintió. Al cabo de un instante las astillas empezaban a arder, y las removió con ahínco hasta obtener un buen fuego.

Flick observó crecer las llamas, las vio retorcerse y lamer la madera oscura. Pacientemente, Demonio siguió alimentando el fuego, colocó una rama tras otra hasta que cobró vida con mucha más fuerza.

El calor inundó la habitación y arropó a Flick, recorriéndole todo el cuerpo y eliminando la sensación de frío que le causaban sus prendas húmedas. Le invadió una oleada de satisfacción y bienestar; suspiró y empezó a hacer girar los hombros, primero uno y luego el otro; luego se detuvo y siguió observando las manos de Demonio, firmes y seguras, mientras iban apilando leños en el fuego.

Demonio tenía las manos como el resto de su cuerpo: grandes y esbeltas. Sus alargados dedos no titubeaban jamás, y agarraba los troncos con fuerza y seguridad. Se fijó en que sus movimientos eran justo los necesarios, rara vez hacía ademanes superfluos, y eso realzaba la sensación de control, de poder dominador, que impregnaba cada uno de sus actos.

Pensándolo bien, era un hombre perfectamente dueño de sí mismo.

Demonio no se levantó hasta que las llamas empezaron a devorar con ansia dos troncos enormes. Se desperezó y luego se volvió; un gigante intensamente masculino se quedó allí de pie, mirándola.

Aunque tenía la mirada fija en las llamas, Flick era consciente de que Demonio la estaba observando; sintió sus ojos sobre su rostro, más ardiente que el calor que manaba de las llamas. Apartó la vista del fuego, hacia el rincón que había junto a la chimenea, armándose de valor para levantar la cabeza y mirarlo a los ojos.

De repente, en aquel rincón oscuro, vio moverse algo, el temblor de unos bigotes.

Un hocico puntiagudo y dos ojos rojos.

—¡Aaaaaargh! —Su grito estridente quebró el silencio. Se levantó de golpe, dando otro grito, y se abalanzó sobre Demonio, quien la abrazó de muy buen grado.

—¿Qué pasa?

—¡Una rata! —Sin apartar los ojos del oscuro rincón, se aferró a él con fuerza y le clavó las uñas en los brazos. Señaló hacia donde había visto el animal con la barbilla—. Allí, junto a la chimenea. —Enterró la cara en el pecho de Demonio—. ¡Haz que se vaya!

Su súplica era una expresión de pánico absoluto. Demonio vio al diminuto ratón de campo encogido de miedo frente a las piedras, y reprimió un suspiro.

—Flick...

—¿Se ha ido?

Esta vez Demonio dejó escapar el suspiro.

—Sólo es un ratón de campo atraído por el calor. Se marchará dentro de un momento.

—Avísame cuando se haya ido.

La miró con el ceño fruncido. Sólo le veía la coronilla de su melena rizada. Ladeando la cabeza, intentó verle la cara, pero la había enterrado en su pecho. De algún modo, había introducido sus manos en el abrigo de él y lo tenía agarrado, con una mano a cada lado de la espalda, como si le fuera la vida en ello.

Estaba pegada a él, de la cabeza a los pies.

Y además, estaba temblando.

Como una débil vibración, el temblor le recorría toda la columna vertebral. Instintivamente él la apretó contra sí y luego empezó a acariciarle la espalda de arriba abajo, muy despacio, con la intención de tranquilizarla.

Inclinando la cabeza, le murmuró algo al oído:

—No pasa nada. Se irá enseguida.

Percibía la respiración aterrorizada de Flick, su aliento atenazado en la garganta; no le respondió, pero movió la cabeza para indicar que lo había oído.

Permanecieron así, abrazados delante del fuego, esperando a que el ratón, aún petrificado de miedo, realizase algún movimiento.

Demonio se creía capaz de esperar paciente y estoicamente, pero al cabo de un minuto ya le había abandonado cualquier vestigio de estoicismo. El fuego, ahora una llamarada voraz, le había secado el cuerpo, y si bien Flick estaba aún empapada cuando había corrido a estrecharse contra él, ahora estaba entrando en calor: sus pechos, oprimidos contra los amplios pectorales de él, estaban empezando a calentarse, y el contacto con los muslos de Demonio había caldeado sus caderas. Ella, a su vez, también le estaba haciendo entrar en calor a él... no tardaría en nacer entre ambos un fuego mucho más abrasador que el que ardía en la chimenea.

Apretando los dientes, Demonio se dijo que era capaz de soportarlo. No creía que ella fuese consciente de la tesitura en que él se encontraba; estaba convencido de que sabría manejarla.

El calor entre ambos alcanzó su punto máximo y el perfume de Flick envolvió a Demonio embriagando todos sus sentidos. Cada vez era más consciente de la extrema suavidad que estrechaban sus brazos, de los cálidos pechos que se acurrucaban en él, de la sutil maleabilidad con que el cuerpo de ella le aturdía los sentidos, de la fuerza femenina de los brazos que rodeaban su cuello... Contuvo el aliento y la atrajo hasta lo más hondo de su alma. Cerrando los ojos, apretando la mandíbula, trató con todas sus fuerzas de impedir que su cuerpo respondiese.

Todo fue inútil. Las partes de su cuerpo se tornaron aún más tensas, y las duras... aún más duras. Inexorablemente y, pese a todo, con su inocencia, Flick activaba todos sus mecanismos de respuesta sensual.

En un acto de desesperación, trató de desasirse de ella, pero sólo consiguió que la joven negara con la cabeza repetidamente y se aferrase aún más a él. Apretando los dientes, logró moverla sólo un poco, desplazarla a un lado para evitar así que descubriese, de manera harto gráfica, hasta qué punto le estaba afectando el contacto con su cuerpo.

Estaba sufriendo y no sabía qué podía hacer al respecto. Estaba pagando por sus pecados de haber coqueteado con ella, jugueteado con ella, disfrutado de ella.

Y, sin embargo, no se arrepentía de nada en absoluto, ni de los días pasados, ni de ese momento.

Este pensamiento lo dejó perplejo y lo distrajo momentáneamente del plano físico. Sintiéndose agradecido por aquella sensación de alivio, a pesar de ser tan leve, siguió ese mismo hilo de pensamiento y trató de desentrañar el misterio de por qué Flick le atraía tanto.

Decididamente, no era para él simplemente una muchacha más con la que coquetear, como lo habían sido tantas otras. Nadie hasta entonces lo había hecho sentirse tan protector, nadie había despertado en él la clase de sentimiento que con tanta facilidad le provocaba ella. Eso era, sobre todo, lo que la diferenciaba del resto: los sentimientos que despertaba en él. Podía excitarlo sin proponérselo, cosa que de por sí ya era todo un descubrimiento, pero era aquella otra emoción que se apoderaba tan salvajemente de su cuerpo acompañando al deseo lo que le resultaba tan novedoso, tan adictivo.

Sin duda era diferente, algo que hasta entonces no había sentido. Era como si, con su inocencia, pudiese alcanzarle el alma y despertar en ella algo igualmente inocente, algo nuevo, brillante, algo que nunca había sabido que existía en su interior. Algo que ninguna otra persona había alcanzado jamás, ni siquiera rozado.

Arrugó la frente e intentó moverse, pero ella inmediatamente lo agarró con más fuerza. Demonio suspiró para sus adentros; estaba totalmente entregado a su instinto de protección, no podía soltarla. Tal vez debería tratar de pensar en Flick como si fuera una hermana.

Pero eso era imposible.

Flick, la que no temía a nada, tenía miedo de los ratones. Aquello le pareció conmovedor. Sin embargo, puesto que estaba verdaderamente aterrorizada, daba lo mismo que fuese un ratón que un dragón. La cuestión era cómo hacer que desapareciera el temor, no el inocente ratón.

Dejando escapar un suspiro de resignación, asió a Flick del brazo y la apartó de él.

—Flick, cariño, mira al ratón. Es un ratoncillo inofensivo, no te va a morder.

—Pero puede intentarlo.

—No mientras esté yo aquí. —Acercó los labios a la sien

de ella, apartando su hermoso rostro de su pecho—. Venga, míralo. Es tan pequeño...

Con recelo, separó la cara del pecho de Demonio, apretándose aún con fuerza contra su cuerpo, y miró al diminuto roedor.

—Así, muy bien. Lo miraremos hasta que se vaya.

Pasaron un minuto en silencio mientras observaban al ratoncillo, que seguía paralizado, moviendo nerviosamente los bigotes. Demonio no podía moverse para asustarlo mientras Flick siguiese aferrada a él de aquel modo: a ella no le gustaría lo más mínimo que se acercase al ratón-dragón.

Al final, tranquilizado por el silencio y la inmovilidad de ambos, el ratón empezó a moverse hacia delante. Flick tensó todos los músculos de su cuerpo. El ratón salió de su rincón y se acercó a la sombra del borde de la chimenea. Llegó a la esquina y se paró.

Uno de los troncos se resquebrajó y la chimenea escupió chispas y astillas encendidas.

El ratón dio un salto y se escabulló por una pequeña rendija que había entre dos piedras.

—¡Rápido! —gritó Flick—. ¡Tapa el agujero!

Demonio tenía serias dudas de que el ratón fuese a volver, pero cogió una ramita de la pila de leña, se agachó ágilmente y la introdujo por la rendija.

—Ya está. Ahora estás a salvo. —Se levantó y se volvió.

Flick estaba a escasos centímetros de distancia. Lo siguió con la mirada y observó que volvía ligeramente la cabeza para asegurarse de que había sellado bien el agujero. Flick se levantó y, respirando agitadamente, se aferró a él de nuevo.

Demonio levantó la mirada y se detuvo en sus pechos, que subían y bajaban al ritmo de su jadeante nerviosismo. Tuvo que recurrir a sus excelentes reflejos para no reaccionar: paralizó todos sus músculos y tomó el control de cada uno de sus miembros. A continuación, muy despacio, fue alzando la mirada hasta encontrarse con la de ella.

Flick lo miró a los ojos y sintió que un escalofrío recorría su cuerpo; se dijo que eran los vestigios del miedo que había sentido. Pero el brillo en los ojos oscuros de él, la imagen de las ascuas ardiendo en el azul, le cortó el aliento y le provocó un leve mareo, al que siguió un impulso de regresar a sus brazos en busca, no de protección, sino del bienestar que sus sentidos le decían que iba a encontrar en ellos.

Con los ojos muy abiertos, los labios separados y las mejillas ligeramente encendidas, estuvo literalmente a punto de saltar la barrera del decoro.

Demonio dejó caer las pestañas: fue como si un par de persianas de acero la protegieran del calor llameante de sus ojos. Flick sintió que una urgencia insoportable le recorría la piel, desde los pechos hasta la punta de los dedos. Los nervios le impedían pensar con claridad y un hormigueo, seguido de una oleada de puro ardor, le recorrió todo el cuerpo.

Tomó aire y...

Él volvió ligeramente la cabeza y, con un gesto, señaló hacia el camastro y el sillón.

—¿Cuál prefieres?

Ella parpadeó y trató por todos los medios de apaciguar sus alborotados sentidos para recuperar el habla. Volvió a tomar aire.

—Me quedaré con el camastro. Tú puedes utilizar el sillón.

Él asintió. Esquivando sus ojos, Demonio le hizo señas para que se sentara en el asiento que había elegido. Sin saber muy bien qué estaba ocurriendo —con él, con ella misma, con aquel algo extraño que flotaba en el ambiente—, Flick se sentó en el camastro y levantó las rodillas hasta el pecho para poder apoyar las botas en el borde, fuera del alcance de cualquier otro roedor. Se abrazó las rodillas, apoyó en ellas la barbilla y contempló las llamas.

Demonio atizó el fuego y luego se sentó en el sillón. También él clavó la mirada en las llamas, reprimiendo el impulso de mirar a Flick, de observarla, de hacerse preguntas...

Aquel momento de certeza absoluta e inesperada había estado a punto de vencerlo, de derribar las defensas que había erigido entre los dos, entre la inocencia de Flick y sus propios demonios. Fue su inocencia pertinaz, la confusión inocente que, junto con una curiosidad igual de inocente y franca, podía leerse en sus ojos azules, lo que los había salvado, lo que le había dado a Demonio la fuerza necesaria para resistirse. El esfuerzo había dejado en él una huella de sufrimiento, mucho más intensa que antes, y sentía que temblaba por dentro, como si su fuerza se hubiera debilitado, casi extinguido.

Y eso significaba, ni más ni menos, que se había metido en un lío, que lo que había entre ellos iba mucho más allá de lo que él creía, de lo que él podía llegar a imaginar.

Incluso en ese momento, habiendo reconocido el peligro, la mitad de su cerebro estaba ocupada preguntándose cómo sería tener a un ángel entre las sábanas, imaginado, como lo había estado haciendo a lo largo de la tarde, hasta dónde podía extenderse el delicado rubor de su piel... Pero aunque aquellos pensamientos sobre ella eran sensuales, lo eran de una manera posesiva, decidida; los acompañaba de una necesidad imperiosa que no podía saciarse sino de una sola forma, que en este caso significaba...

Sólo pensarlo y ya sentía escalofríos. «Matrimonio» no era una palabra que utilizase con agrado, ni siquiera en su imaginación.

De repente, un crujido atrajo su atención hacia Flick, que, soñolienta y con las pestañas entornadas, se tendía de costado. Escondiendo las piernas debajo de su falda, la joven se arrellanó en el colchón, con la mirada aún fija en el fuego. Demonio se forzó a sí mismo a mirar también las llamas, e intentó mantener su mente en blanco por todos los medios.

Fuera, las gotas seguían cayendo en una lluvia incesante y densa.

Cuando su mente empezó a divagar de nuevo, Demonio

intentó calcular qué hora era, pero no tenía ni idea de cuánto tiempo habían estado siguiendo el sendero por el parque. ¿Una hora? ¿Menos?

Al oír un suave suspiro, Demonio se volvió para mirarla... y ya no apartó los ojos de ella. Estaba dormida. Tenía una mano acurrucada debajo de la mejilla, y sus largas pestañas estaban inmóviles, como medias lunas pardas que acariciaran su piel teñida de rosa. Sus labios, ligeramente entreabiertos, brillaban débilmente, y componían la más bella tentación imaginable. El fuego le iluminaba la barbilla y proyectaba rayos dorados sobre su pelo. Demonio la miraba incansablemente, observando el ritmo regular de su respiración reflejado en el movimiento de sus pechos, firmemente sujetos por el terciopelo azul, en el subir y bajar de los volantes que le adornaban el cuello.

Todavía no estaba seguro de lo que ella sentía por él, pero no había detectado ninguna señal de cariz sensual en ella. Al principio se había preguntado si no sería simplemente demasiado joven, demasiado inocente, para haber desarrollado ese tipo de percepciones, pero ahora sabía que Flick, al menos, era más que capaz de tenerlas.

Lo cual le llevó a preguntarse cómo debía de verlo a él...

Seguía mirándola y pensando. No había ninguna necesidad de apartar los ojos de ella.

7

Demonio había visto tantas veces su rostro en sueños que no supo cuándo se había quedado dormido. La imagen de aquel rostro angelical fue lo último que vio antes de que se cerrasen sus párpados, y fue lo primero que vio, en la penumbra, cuando despertó.

Arrugando la frente, Demonio se frotó el cuello agarrotado, miró el fuego y vio un montón de cenizas. Se quedó un momento inmóvil observando el montón gris, y luego se volvió con brusquedad para mirar por la ventana.

Los pesados postigos estaban en su sitio, pero un débil rayo de luz pálida se colaba por las rendijas.

Masculló un improperio y miró a Flick, que seguía durmiendo plácidamente, como un ángel en reposo. Apretando con fuerza la mandíbula, se levantó y se acercó a la puerta con sigilo. Cuando la abrió, su temor quedó confirmado: había amanecido.

Abrió la puerta de par en par e inspiró profundamente. El aroma a bosque húmedo llegó flotando hasta él; lo retuvo en los pulmones y luego lo exhaló poco a poco.

Al oír un ruido a sus espaldas, se volvió; en silencio y aún en la puerta, contempló el despertar de Flick. No se limitó a abrir los ojos sin más, sino que fue volviendo al estado consciente muy despacio, las facciones de su rostro fueron tomando forma, sus cejas cobrando vida, sus labios rotundos recuperando sus curvas. Con los ojos aún cerrados, emitió un ronroneo suave con la garganta. Sus pechos se hincharon al tiempo que inspiraba hondo y luego se desperezó lánguidamente, estirando la espina dorsal, arqueándose un poco, hasta que se relajó y parpadeó.

Fue entonces cuando abrió los ojos. Lo miró directamente y luego parpadeó con expresión de sorpresa, pero ninguna señal de inquietud empañó su gesto satisfecho: sus labios dibujaron una sonrisa cálida y soñolienta.

—¿Ya es de día?

El tono ronco de su voz, aún ebria de sueño, llegó flotando hasta él y lo envolvió, deslizándose por debajo de su piel y apoderándose por entero de su cuerpo. No podía hablar, no podía pensar... sólo podía desearla, con una urgencia tan abrasadora que lo dejó estupefacto, con una necesidad posesiva tan absoluta que estuvo a punto de hacerlo caer al suelo. El esfuerzo de contener ese impulso, de dominarlo, de refrenarlo, lo dejó rígido y tembloroso a un tiempo.

Ella seguía sonriendo, esperando aún su respuesta. Al percatarse de que, estando ahí de pie, bajo el quicio de la puerta y a contraluz, ella no podía ver su rostro consumido por la pasión, Demonio hizo acopio del último resquicio de fuerza y acertó a decir:

—Casi.

Su tono era áspero e irregular. No esperó a ver la reacción de la joven, se dio media vuelta para no darle ocasión de estudiar mejor su rostro, de descubrir en él la prueba de aquel deseo virulento. Examinando el claro con atención, Demonio carraspeó antes de anunciar:

—Ensillaré a los caballos.

Y dicho esto, escapó.

Por supuesto, al cabo de unos minutos, ella fue a ayudarle.

Iván estaba de mal humor y quejumbroso, y Demonio lo empleó como subterfugio para no mirar a Flick. Percibió, sin embargo, su mirada de perplejidad, pero Demonio apretó la mandíbula e hizo caso omiso de ella. Ni siquiera se atrevió a ayudarla a ensillar a *Jessamy*: si Flick le ponía la mano en el muslo esa mañana no garantizaba su reacción o, mejor dicho, *inacción*. En cuanto hubo sujetado con fuerza la cincha de su caballo, asió la brida y sacó al inquieto semental del reducido espacio.

La cabaña de los carboneros se había construido precisamente en aquel claro porque constituía la confluencia natural de cuatro caminos que atravesaban el parque. Uno de ellos era el que habían seguido la noche anterior, mientras que otro conducía a la mansión. Un tercero se incorporaba siguiendo el de herradura que Flick solía utilizar para ir a la casa en ruinas y a las caballerizas de Demonio. Después de sofrenar a *Iván* en mitad del claro, Demonio miró hacia el cuarto camino, procedente de una pequeña pista hacia el oeste... Y vio aparecer a Hugh Dunstable, el ayudante de mediana edad del general, dando un paseo matutino.

A Demonio se le heló la sangre. Dunstable ya lo había visto; sonriendo, levantó la mano para tocarse el sombrero.

—¡Ah! Buenos días, señor.

Demonio lo saludó con un ademán cortés y natural, pero no pudo, ni por asomo, componer nada parecido a una sonrisa. Trató de pensar en algo mientras la montura de Dunstable se acercaba cada vez más.

—Supongo que anoche lo pillaría la tormenta. —Cuando estuvo a su lado, Dunstable le sonrió—. Desde luego, fue un buen aguacero. A mí también me pilló desprevenido, fue tan de repente... Había ido a casa de los Carter, a jugar una partida de cartas. Ya estaba de regreso cuando me sorprendió la tormenta. Llegué a casa empapado. ¡Menuda lluvia!

—Y que lo diga. —Demonio miró de reojo hacia el establo en sombra—. Era demasiado arriesgado seguir adelante bajo ese chaparrón.

Dunstable soltó un bufido.

—¿Por estos caminos? Habría puesto en peligro a este animal tan magnífico.

El magnífico animal escogió aquel momento para resoplar, piafar y hacer una cabriola, antes de dar un fuerte empujón a la jaca de Dunstable. Demonio profirió una imprecación y tiró de las riendas de *Iván*. Apaciguando a su plácida jaca, Dunstable se echó a reír.

—Caramba... Montar a este animal debe de ser toda una hazaña. No me sorprende que le hayan puesto a usted ese apodo.

No era precisamente su experiencia montando caballos lo que le había valido su sobrenombre, pero Demonio dejó pasar el comentario sin añadir nada más: estaba demasiado ocupado rezando. Pero sus oraciones fueron en vano; su ferviente ruego a la más alta autoridad para que Flick tuviese el buen juicio de permanecer escondida no había sido atendido: la muchacha apareció en ese preciso instante, sonriéndole a Dunstable alegremente mientras guiaba a *Jessamy* fuera del establo.

—Buenos días, señor Dunstable.

Flick levantó la vista para mirar al cielo, por lo que no advirtió la expresión que se apoderó del rostro del fiel ayudante: al principio sus ojos reflejaban estupor, que rápidamente se transformó en un horror absoluto, desplazado sólo un momento por un brillo de incredulidad, que se desvaneció enseguida para dar paso de nuevo al horror.

Flick bajó la vista y comentó en tono alegre:

—Y parece que va a ser un día radiante.

Las facciones de Dunstable eran ahora pétreas, y su expresión impasible. Murmuró una respuesta incoherente y le dedicó a Demonio una mirada de censura glacial.

Demonio reaccionó del único modo que podía hacerlo: con prepotencia. Con una arrogancia fría en los ojos, se enfrentó a la mirada de Dunstable con indiferencia y, con gesto duro, arqueó una ceja desafiante.

Dunstable, que, aunque era un empleado fiel y de confianza, sólo estaba un peldaño por encima de la condición de criado, no supo cómo responder. Demonio se lamentó de tener que poner al ayudante en su lugar, pero todos sus instintos se negaban a permitir que alguien pudiese pensar mal de Flick, que pudiese poner en duda su honor.

Para gran alivio de Demonio, la joven, que estaba muy atareada colocando bien los estribos, no se percató en absoluto del intercambio.

—Parece que las nubes han desaparecido. Yo diría que va a hacer bastante calor hacia la hora del almuerzo. —Se incorporó y miró a su alrededor en busca de un tronco en el que apoyarse para montar.

Demonio soltó las riendas y se acercó a su lado; rodeándola por la cintura, la levantó y la colocó con suavidad sobre el lomo de *Jessamy*.

Eso, en cambio, sí captó la atención de la joven: contuvo la respiración y lo miró parpadeando antes de alisarse rápidamente la falda y cambiar la postura de las piernas.

—Gracias.

Levantando la barbilla, clavó sus ojos azules en Dunstable.

—Es increíble lo mucho que han crecido los árboles en el parque. Tenemos que decirle a Hendricks que pode muchos más. Casi no se ve el cielo... incluso en una mañana tan despejada como la de hoy. Yo creo que...

Siguió charlando despreocupadamente, sin ser consciente de que, con las mejillas aún sonrosadas por el sueño, el pelo alborotado y la falda de terciopelo plagada de arrugas, daba la imagen de una joven damisela que acabase de retozar enérgicamente en unos juegos amorosos matutinos.

Como cabía esperar, fue ella la que guió el camino a la mansión.

Dunstable la seguía de cerca. Había que reconocer que, si bien mantenía su expresión imperturbable, conseguía emitir los ruidos apropiados cada vez que Flick hacía una pausa en su panegírico a la mañana.

Con las manos apoyadas en las caderas, Demonio los observó mientras se alejaban y luego espiró entre dientes. Volvió a la cabaña, cerró bien la puerta, montó sobre *Iván* y se quedó inmóvil durante unos instantes.

Estuvo un rato con la mirada perdida hacia el camino, observando cómo se alejaban Flick y Dunstable. A continuación, apretando los labios y la mandíbula, sacudió las riendas de *Iván* y los siguió.

Para cuando llegaron a Hillgate End, Demonio ya tenía controlada la escena. No había duda de que había puesto a Flick en una situación comprometida, aunque de una manera del todo inocente.

Les había dado alcance y oído a la joven relatar alegremente cómo habían corrido a refugiarse poco después de que estallase la tormenta, de modo que ahora Dunstable sabía que habían estado en la cabaña, juntos y a solas, desde bien entrada la noche hasta el amanecer. Por supuesto, concentrada en proteger a Dillon, Flick no había dicho una sola palabra acerca de la razón de su presencia en aquellos parajes, en compañía de aquel crápula, y en plena noche.

No era difícil imaginar qué estaría pensando Dunstable y, de hecho, para una jovencita soltera, no se podía concebir un escenario más comprometido que ser descubierta al amanecer saliendo de un encuentro nocturno en compañía de un mujeriego de primer orden.

Demonio había tenido mucho tiempo para reflexionar sobre los detalles de su noche juntos, había examinado cada matiz y considerado cada posible repercusión... el trayecto a la mansión había sido difícil: el suelo estaba húmedo y blando, y no permitía ir al trote. Habían avanzado a paso lento y pesado, con Flick a la cabeza, seguida de Dunstable; Demonio iba en la retaguardia. En un silencio inquietante, mientras Flick entretenía a Dunstable con su alegre cháchara, y Demonio, sopesando sus opciones —que no eran demasiadas— y lo que significaban.

Flick le describió a Dunstable el pequeño establo y le

mostró su admiración por el hecho de que *Jessamy* e *Iván* se hubieran mojado tan poco; de vez en cuando interrumpía su discurso para maravillarse ante aquella mañana tan radiante. Pero Demonio no oyó que dijera una palabra del ratón, y pensándolo bien, teniendo en cuenta el largo rato que se había pasado en sus brazos, llegó a la conclusión de que más valía así: sabe Dios qué idea se formaría Dunstable si le empezaba a hablar de ese tema.

Por fin llegaron a las propiedades de la mansión y, al cabo de unos minutos, entraron en el patio del establo.

Conteniendo un profundo suspiro de alivio e imaginando las bondades de un maravilloso baño de agua caliente, Flick frenó su caballo y se dispuso a desmontar. Estaba a punto de deslizarse por la montura cuando Demonio apareció a su lado: extendió los brazos, le sujetó su esbelta cintura, la levantó en el aire y luego la dejó de pie en el suelo delante de él.

Recuperando rápidamente la respiración —ya casi estaba acostumbrada a la reacción que el contacto de sus manos provocaba en ella, al súbito encogimiento de sus pulmones—, le dedicó una sonrisa radiante y le tendió la mano.

—Muchísimas gracias por apiadarte de mí anoche y acompañarme a casa. Te estoy muy agradecida, de verdad.

Demonio la miró, pero Flick no descubrió nada en sus ojos, en su expresión inusitadamente seria. Él le tomó la mano, pero en lugar de apretarla ligeramente y soltarla, abrazó sus dedos con los suyos y se volvió hacia la casa.

—Te acompañaré adentro.

Flick se lo quedó mirando... o, mejor dicho, se quedó mirando su espalda. Sintió el impulso de tirar de él y llevarle la contraria, pero Dunstable, que había desmontado más despacio, los estaba observando. Demonio echó a andar a grandes zancadas; así que Flick, tras volver ligeramente la cabeza para dedicarle una sonrisa a Dunstable, no tuvo más remedio que seguirle.

Avanzando con paso resuelto, Demonio enfiló el sendero de gravilla, se agachó para pasar por debajo de la glicina y siguió su camino hacia la terraza, primero entre los viejos árboles y luego a través de la extensión de césped. No iban cogidos del brazo andando tranquilamente, sino que Demonio la sujetaba con fuerza y tiraba de ella con brusquedad.

Flick le lanzó una mirada furibunda, pero él ni siquiera se dio cuenta. Tenía una expresión fija, decidida. Pero ella no acertaba a saber a qué respondía tanta decisión.

La joven se volvió y vio a Dunstable, que los observaba desde la arcada del establo. Le lanzó una sonrisa tranquilizadora y se preguntó qué mosca le habría picado a Demonio, que no se detuvo hasta que llegaron a la terraza, a la que se abrían los ventanales del salón. Tras soltarla, le hizo señas para que entrase; con una mirada elocuente, Flick traspasó el umbral. Haciendo revolotear los pesados faldones de su vestido, se plantó ante él cuando la siguió al interior de la sala.

—¿Por qué no te vas al Heath? Tenemos que vigilar a Bletchley.

Demonio se detuvo frente a ella y la miró con un gesto hosco.

—Gillies y los demás se encargarán de la vigilancia hasta que yo llegue. En este momento tengo asuntos más importantes que resolver.

Flick parpadeó.

—¿Ah, sí?

Demonio apretó la mandíbula con fuerza.

—Tengo que hablar con el general.

Flick se quedó mirándole con los ojos muy abiertos.

—¿De qué? —No sabía por qué, pero empezaba a sentirse incómoda.

Demonio vio la incomprensión reflejada en su mirada y renegó para sus adentros.

—Tengo que hablar con él de nuestra situación actual.

—¿Situación? ¿Qué situación? —Demonio apretó aún más la mandíbula y se dispuso a seguir su camino, pero ella le barró el paso—. ¿De qué estás hablando?

La miró a los ojos y arrugó más la frente.

—Hablo de anoche, de la noche que hemos pasado juntos, a solas. —Puso en sus últimas palabras un énfasis especial, y descubrió en sus ojos un atisbo de comprensión.

Entonces parpadeó y fue ella quien frunció el ceño.

—¿Y qué? —Lo miró a los ojos—. No ha pasado nada, nada indecoroso.

—No —convino con voz tensa y controlada—, pero eso sólo lo sabemos tú y yo. Lo único que verán los demás es que hubo ocasión de faltar al decoro, y eso, a los ojos de la sociedad, es lo único que cuenta.

Flick emitió un sonido eminentemente desdeñoso. Demonio la miró a los ojos y algo le dijo que si Flick se atrevía a poner en duda que esa posibilidad había existido, entonces él mismo le retorcería su lindo cuello.

Ella estuvo a punto de hacerlo, él lo vio en su expresión, pero, tras estudiar el semblante de Demonio, la joven le dio otro enfoque de la situación.

—Pero nadie lo sabe. Bueno —titubeó—, sólo Dunstable, y él no se ha imaginado que haya pasado nada escandaloso.

Demonio la miró atónito.

—Dime, ¿Dunstable siempre tiene esa expresión tan imperturbable?

Flick respondió haciendo una mueca.

—Bueno, es un hombre bastante taciturno. Casi siempre soy yo la que habla.

—Pues si esta mañana, en lugar de hablar, te hubieras fijado más en él, habrías visto que estaba completamente escandalizado. —Una vez más, se dispuso a echar a andar y, una vez más, ella se lo impidió.

—¿Qué vas a hacer?

No quería tocarla, no quería arriesgarse a eso en su estado. Le lanzó una mirada desafiante.

—Voy a hablar con el general y a explicarle qué fue lo que pasó exactamente.

—¿No irás a contarle lo de Dillon?

—No. Sólo le diré que anoche me encontré contigo por casualidad, cuando cabalgabas por mis tierras, e insistí en acompañarte a casa. —Dio un paso hacia ella, para que le pudiera ver bien la cara, y ella retrocedió—. Te dejaré a ti la tarea de explicarle qué hacías montando a caballo a esas horas. —Ella parpadeó, él lo aprovechó para avanzar otro paso. Ella cedió terreno sin darse cuenta. Levantó la vista y antes de que pudiera interrumpirlo, Demonio añadió—: El general se dará cuenta enseguida de que, independientemente de lo que en realidad ocurriera en la cabaña, toda la sociedad, y sobre todo todas las matronas de cierta posición de Newmarket, creerán que tú y yo estuvimos toda la noche calentando un solo camastro en la cabaña de los carboneros.

Un leve rubor tiñó las mejillas de Flick, que desvió la mirada y luego la centró de nuevo. Bruscamente, se defendió.

—Eso es ridículo —exclamó enérgicamente—. No me pusiste un solo dedo... —Se le apagó la voz y su mirada palideció.

—¿Encima? —Demonio esbozó una sonrisa tensa—. No uno, sino diez. —La miró a los ojos mientras ella trataba de recomponerse—. ¿Puedes negar que estuviste en mis brazos?

Flick apretó los labios e hizo un mohín de enfado, al tiempo que endurecía el mentón. De sus ojos, generalmente afables, saltaban chispas.

—¡Pero eso fue por un ratón!

—El motivo es lo de menos. Por lo que a la sociedad respecta, habiendo pasado la noche a solas conmigo, tu virtud y tu reputación están en tela de juicio. El código social del honor exige que te brinde la protección de mi apellido.

Flick se lo quedó mirando perpleja y luego negó efusivamente con la cabeza.

—No.

Él la miró y arqueó las cejas con descaro.

—¿No?

—Eso es una soberana estupidez. —Agitó las manos en el aire como si quisiera sacudir la idea—. Estás sacando las cosas de quicio. Nadie va a decir nada porque no sabrán nada al respecto. Dunstable no hablará. —Se volvió y echó a andar hacia los ventanales—. Iré a hablar con él y le explicaré... —Al levantar la cabeza vio a Demonio aproximándose a la puerta—. ¡No! ¡Espera!

Atravesó la habitación a todo correr. Lo habría atrapado, pero él se volvió y la atrapó a ella. Asiéndola por los brazos, la apartó de sí y la fulminó con la mirada.

—Es inútil discutir: voy a ver al general.

La determinación que vio en sus ojos parecía grabada con hierro candente, no había confusión posible. Flick trató de pensar con rapidez y se humedeció los labios.

—Estará desayunando. —Apartó los ojos de los suyos y lo recorrió de arriba abajo con la mirada, deteniéndose en su ropa arrugada.

Él también bajó la vista y frunció el ceño. Extendió una pierna y arrugó la frente al ver los goterones de barro que manchaban sus pantalones. Y soltó una sarta de palabrotas para sus adentros. Apartó las manos de los brazos de Flick e hizo balance de su vergonzoso aspecto.

—No puedo ir a verlo así.

Flick mantuvo la misma expresión de inocencia y asombro, y se mordió la lengua para no decir nada. Incluso, y sobre todo, cuando los ojos de Demonio, duros y azules, volvieron a encontrarse con los suyos. Al cabo de un momento, con los labios apretados, Demonio asintió con la cabeza.

—Iré a casa a cambiarme y luego volveré. —Entrecerrando los ojos, le sostuvo la mirada—. Y entonces hablaremos de esto largo y tendido... con el general.

Ella se limitó a enarcar las cejas y mantuvo un estratégico silencio. Él vaciló unos instantes, mirándola a los ojos, y, con un saludo brusco, se volvió y se fue.

Flick observó cómo se marchaba. Se acercó a los ventanales y lo vio atravesar el césped a grandes zancadas. No se volvió hasta que Demonio desapareció entre las sombras de los árboles; entonces apretó los dientes, cerró los puños con fuerza y soltó un grito frustrado.

—¡Es imposible! ¡Esto es imposible! —Al cabo de un momento, su mirada se nubló—. Está loco de remate.

Dicho esto, se marchó para aclarar las cosas.

Al cabo de dos horas Demonio entraba con su calesa por el camino que conducía a Hillgate End. Con su mano experta, detuvo el coche con elegancia justo al pie de la escalinata de la entrada. Tras entregar las riendas al mozo que acudió a todo correr, se bajó de un salto. Se quitó los guantes y entró en el interior de la casa.

Tenía un aspecto inmaculado: levita azul y pantalones de color marfil, camisa y fular marfil, y un chaleco elegantemente discreto de rayas azules y negras. Sus pantalones de montar relucían. Tenía el aspecto que él consideraba adecuado, dada la misión que se disponía a cumplir.

Llamó a la puerta y Jacobs acudió a abrirle. Demonio le devolvió el saludo con un asentimiento de cabeza y se dirigió directamente a la biblioteca. Se sorprendió cuando consiguió llegar a la puerta sin encontrarse con Flick; había supuesto que ella haría un último intento desesperado de interferir en sus planes: lo sacrificaría en el altar de lo que estaba bien y era correcto.

Haciendo girar la manilla, abrió la puerta y entró, e inmediatamente recorrió la habitación con la mirada en busca del ángel. Sin embargo, no estaba allí.

El general estaba sentado, como de costumbre, delante de su escritorio, oculto detrás de un voluminoso libro. Levantó la vista cuando Demonio cerró la puerta... y le dedicó una sonrisa cálida y complacida.

Demonio se acercó y vio brillar los ojos de su mentor. Renegó para sus adentros.

El general levantó una mano para interrumpirlo antes de que Demonio pudiese abrir la boca.

—Ya lo sé —dijo—, todo.

Demonio se paró en seco delante del escritorio:

—Flick. —Su tono era indiferente. Lentamente, fue cerrando su puño izquierdo.

—¿Cómo? Ah, sí, Felicity. —El general sonrió y se arrellanó en su asiento, haciéndole señas para que se sentase en la silla que había junto al escritorio.

Demonio avanzó en esa dirección, pero no se sentó; siguió andando hasta la ventana.

El general se echó a reír.

—No te preocupes. Podría haber sido un auténtico embrollo, pero Felicity cogió el toro por los cuernos y lo ha solucionado todo.

—Ya. —Manteniendo sus facciones bajo control en una expresión de indiferencia, Demonio volvió la cabeza y arqueó una ceja—. Pues qué bien. —El tono de su voz era cortante—. ¿Y cómo lo ha conseguido?

—Bueno, pues... —Si el general era consciente del estado de crispación en que se encontraba Demonio, lo disimuló muy bien. Empujó su silla hacia atrás para verlo mejor—. Vino directamente a hablar conmigo, por supuesto, y me contó lo sucedido: cómo anoche sintió la necesidad de salir a respirar un poco de aire fresco y salió a montar un rato, perdió la noción del tiempo y acabó en tu finca. —La expresión del general se turbó un momento—. Si he de serte sincero, jovencito, no me hace ninguna gracia que salga a montar por ahí sola, pero me ha prometido que no lo va a hacer más. —Sonriendo de nuevo, alzó la vista—. De algo le ha servido el susto que se ha llevado, ¿no crees?

Demonio no contestó. El general sonrió y prosiguió.

—Por suerte, esta vez la viste. Fue un detalle por tu parte insistir en acompañarla a casa.

—Era lo mínimo que podía hacer. —Sobre todo teniendo en cuenta que había sido a él a quien había ido a ver.

—Fue una estupidez que tomase ese viejo camino, Hendricks hace años que lo dejó por imposible. En cuanto a la lluvia... no sabes el alivio que siento de que estuvieses con ella. Sabe Dios que es una amazona muy competente, pero es joven y tiene tendencia a la tozudez. Tu decisión de parar en la cabaña hasta que amainase el temporal fue la correcta. Después de eso, por supuesto, siguió todo el resto, no es culpa de nadie que pasara lo que pasó. No es de extrañar que ambos os quedaseis dormidos. —El general levantó la vista, frunció el ceño y le dedicó la mirada más severa que le había visto jamás—. Y no creas que tienes que asegurarme que no pasó nada. Te conozco, te conozco desde que eras un niño, y me consta que no pasó nada indecoroso. Sé que mi Felicity estuvo a salvo contigo.

La inesperada ferocidad que vio en los ojos del general no le permitió pronunciar palabra; con un asentimiento satisfecho, el general se recostó en su silla.

—Sí, y también me ha contado lo del ratón. La aterrorizan esos animalillos, siempre la han aterrorizado. Justo lo que habría esperado, tuviste la delicadeza de tranquilizarla en lugar de reírte de ella. No veo en eso nada escandaloso. —El general miró su escritorio con gesto hosco—. ¿Dónde estábamos? Ah, sí. Dunstable. El hecho de que se encontrase con vosotros esta mañana no viene al caso, es un viejo amigo y, por fortuna, no es ningún chismoso. Flick insistió en hablar con él después de reunirse conmigo, y él ha venido a verme hace media hora escasa. Sólo para asegurarme que nunca diría una palabra que pudiese perjudicar a nuestra Felicity. —Sonriendo, el general alzó la vista—. Dunstable también me pidió que te transmitiese sus disculpas por haber llegado a conclusiones precipitadas.

Demonio miró al general a los ojos. Flick había atado todos los cabos y rebatido cualquier argumento en contra.

—Así pues —dijo el general a modo de conclusión—, espero que te hayas convencido por completo de que no hay ninguna razón para que realices un sacrificio por tu parte.

Puesto que no has perjudicado en modo alguno la reputación de Felicity, no hay ningún motivo para que tengas que defender su honor, ¿de acuerdo? —Demonio le sostuvo la mirada, pero no respondió. El general sonrió—. Todo fue perfectamente inocente, y ahora ya no diremos nada más al respecto, ¿te parece? —Volvió a colocar el libro ante sí—. Y ahora dime una cosa: he estado examinando los vástagos de *Barbary Arab*. ¿Qué te parece ese potro, *Enderby*?

A modo de compensación, el general lo invitó a almorzar. Demonio aceptó y acto seguido, tras ofrecerse para informar a Jacobs de que se incorporaría a la mesa, dejó al general con sus libros de registro.

Después de cerrar tras de sí la puerta de la biblioteca, Demonio se detuvo en la quietud del pasillo, tratando una vez más de recuperar el sentido del equilibrio. Entendía lo sucedido: racional y lógicamente, sabía que todo estaba en orden. Pero por desgracia, no lo sentía así. Se sentía... privado de algo, como si un objeto de vital importancia, algo que hubiese deseado durante largo tiempo, se le hubiese resbalado de las manos justo cuando estaba a punto de cerrarlas, como si alguien se lo hubiese arrebatado.

Con la frente arrugada, fue en busca de Jacobs.

Lo halló en la despensa; una vez transmitido el mensaje, Demonio regresó al salón delantero y, sin detenerse, se dispuso a salir en busca de Flick. Sintiéndose como un leopardo hambriento, recorrió todas las habitaciones de la planta baja. Tenía que andar por allí cerca, de eso estaba seguro, a él podría habérsele ocurrido alguna objeción que no tenía prevista y el general habría podido requerir su presencia.

La encontró en el jardín. Estaba cortando algunas flores y las iba colocando en un jarrón. Tarareando, ladeaba la cabeza a uno y otro lados, examinando su creación floral. Demonio la observó durante unos minutos, deteniéndose en su vestido de batista de apariencia inmaculada y fijándose en su pelo recién cepillado, un marco de oro para su rostro. Cuando hubo saciado su sed, abandonó el quicio de la puerta y, con paso sigiloso, se aproximó a ella.

Flick cortó el tallo de un aciano y se detuvo un instante a pensar dónde iba a colocarlo. Lo sostuvo en el aire, levantando la mano... Unos dedos alargados le arrebataron la flor. Dio un grito ahogado, pero supo quién tenía a su lado antes de que sus miradas confluyesen. Conocía el tacto de aquella mano, así como la sensación de fuerza que irradiaba.

—¿Has visto al general? —farfulló al tiempo que trataba por todos los medios de apaciguar los latidos de su corazón desbocado.

—Ajá. —Con los ojos entornados, Demonio ladeó con indolencia la flor hacia un lado y luego hacia el otro antes de deslizarla en el interior del jarrón. Examinó el resultado de su elección y, acto seguido, aparentemente satisfecho, se volvió hacia ella—. Sí, lo he visto.

Su expresión perezosa e indolente —soñolienta— no lograba engañarla: bajo aquellas pesadas pestañas, había una mirada aguda e incisiva. Flick levantó la barbilla y recogió los desechos de las flores.

—Ya te dije que no había necesidad de hacer ningún drama.

Sus labios compusieron una leve sonrisa.

—Sí, ya me lo dijiste.

Flick estuvo a punto de soltar un resoplido al oír el tono que empleó; de hecho, esperaba que le diera las gracias, una vez que Demonio hubiese tenido tiempo de reflexionar y se hubiera dado cuenta de lo que habría supuesto para él su ofrecimiento. Flick estaba convencida de que Demonio se casaría algún día, pero sólo tenía treinta y un años, y decididamente no quería casarse con ella. Demonio, sin embargo, no añadió nada más; se limitó a apoyarse contra la pared y, con el mismo aire indolente y desconcertante, la observó mientras arreglaba la disposición de las flores. A medida que el silencio se prolongaba, Flick empezó a pensar que Demonio tal vez creía que no apreciaba el sacrificio que había estado a punto de hacer por ella.

—No es que no te lo agradezca —dijo, manteniendo la mirada fija en sus flores.

Su comentario logró disipar parte de la indolencia de él. Sintió que de repente atraía su atención.

—¿Agradecérmelo?

Ella siguió cortando y colocando flores.

—Tu amable oferta de salvar mi reputación. Comprendo que habría supuesto un sacrificio considerable por tu parte. Por suerte, no había necesidad.

Con la mirada clavada en su perfil, Demonio luchaba por no moverse de donde estaba, por no abalanzarse sobre ella y besarla, sólo para acallar sus palabras.

—¿Sacrificio? La verdad es que no se me había ocurrido considerar el matrimonio contigo desde ese punto de vista.

—¿Ah, no? —Flick parpadeó con sorpresa evidente y luego sonrió y regresó a sus flores—. Pues estoy convencida de que se te habría ocurrido cuando te hubieses detenido a pensar más fríamente en ello.

Demonio se limitó a mirarla. Nunca en toda su vida se había sentido tan... rechazado.

—Por suerte, no había razón para preocuparse, ya te lo dije.

Por suerte para ella, lo que él habría dicho y hecho a continuación no llegarían a saberlo ninguno de los dos, pues Jacobs apareció por la puerta para informarles de que el almuerzo estaba servido en el comedor.

Flick guió el camino. Demonio no esperaba lo contrario; se limitó a seguirla, sin esforzarse por darle alcance; en su estado de ánimo, seguramente lo mejor era que ella permaneciese fuera de su alcance.

El almuerzo no fue un éxito.

Flick fue perdiendo la paciencia con su invitado. Él no

contribuyó en nada a la conversación, simplemente se limitó a responder a las preguntas que le formulaba el general y se dedicó a observarla con verdadero ahínco, como si estuviese estudiando a algún ser incomprensible que, pese a todo, no merecía su aprobación; no la interrumpió ni un momento, la dejó hablar con una elocuencia cada vez más fingida hasta que empezó a dolerle la cabeza.

Para cuando terminó el almuerzo y retiraron las sillas, ella estaba dispuesta a darle una bofetada a la menor ocasión.

—Bueno, jovencito, si detectas alguna debilidad en esos caballos házmelo saber. —El general estrechó la mano de Demonio y luego le dedicó una sonrisa a Flick—. Acompaña a Demonio al establo, ¿quieres, querida? Hace un día estupendo. —Con su benigna sonrisa habitual, el general los despidió en los ventanales, abiertos de par en par frente a la terraza—. Disfrutad del buen tiempo mientras podáis.

Al otro lado de la mesa, Flick se encontró con la mirada fija de Demonio. Lo último que quería era acompañarlo al establo, estaba molesta con él, con su comportamiento. Era como si le hubiesen negado algo que quisiese... ¡por amor de Dios! ¡Estaba enfadado! Y todo porque las cosas no habían salido según sus planes, porque ella le había ahorrado aquel gesto grandilocuente y no había llegado a interpretar el papel que esperaba, el héroe que se sacrifica heroicamente.

Flick inspiró profundamente y contuvo el aliento. Con los labios fruncidos, sostuvo la mirada de Demonio con aire desafiante, casi beligerante.

Él se limitó a arquear una ceja, agravando el desafío; dando un paso atrás, señaló a la terraza.

A Flick le pareció oír que golpeaba la mesa que los separaba con la mano enguantada.

Con la cabeza bien alta, la joven rodeó la mesa y fue la primera en cruzar la puerta, bajar los escalones y echar a andar por el césped. Cuando con paso rápido y enérgico, rabioso, llegó a la mitad de la extensión de césped, se dio cuenta de que él no la seguía.

Se detuvo en seco y, al volverse, lo vio caminando despacio, sin prisa, siguiéndola de lejos. Flick hizo rechinar los dientes y esperó durante largo rato a que él le diera alcance. En cuanto lo hizo, se volvió con brusquedad y, levantando la nariz en un ángulo digno de su ira, se dispuso a adecuar su paso al de él y empezó a caminar a paso lento y pausado unos pocos centímetros por delante.

Tras un par de pasos, una oleada de calor le recorrió la nuca, que su vestido dejaba al descubierto. La extraña sensación se desplazó hacia abajo y se propagó por sus hombros hasta alcanzarle la columna vertebral. Se detuvo en el hueco de su espalda y, a continuación, a un ritmo exacerbadamente lento, descendió más abajo, y más abajo aún...

Contuvo la respiración y se detuvo para alisarse una arruga imaginaria de la falda. En cuanto Demonio le dio alcance, se incorporó y se puso a su lado, rezando por que el rubor de sus mejillas, ahora ya más desvaído, hubiese desaparecido.

Mordiéndose la lengua para no proferir toda clase de palabras impropias de su condición, mantuvo un tenso silencio. Él se paseaba tranquilamente junto a ella y no le dio razón alguna para atacarlo.

Los mozos de cuadra los vieron cuando salieron de debajo de la glicina y corrieron en busca de los caballos de Demonio.

Cuando se detuvo a la entrada del patio del establo, a Flick se le agotó la paciencia.

—No entiendo por qué no estás agradecido —le susurró. Tenía la mirada fija en los mozos, que estaban colocando los arreos a los caballos.

—¿Ah, no? Entonces, tal vez sea ése el problema.

—Pero es que no hay ningún problema.

—Permíteme que discrepe. —Hizo una pausa y, a continuación, añadió—: Además, tienes una mirada furiosa.

Se volvió y lo miró a los ojos.

—¡Es que estoy furiosa contigo!

—Ya me he dado cuenta.

—¡Eres imposible!

—¿Quién? ¿Yo?

Por un instante, los ojos azules de Demonio parpadearon con estupefacción, y lo cierto es que Flick advirtió que era sincero en su asombro. Rápidamente, Demonio escudriñó su rostro y la miró fijamente.

—Dime una cosa —murmuró, mirando de reojo a los mozos de cuadra—: ¿piensas casarte con Dillon algún día?

—¿Con Dillon? —Lo miró perpleja, ajena al hecho de que se había quedado boquiabierta—. ¿Casarme con Dillon? Tú estás loco. Como si fuera capaz de casarme con semejante... semejante... don nadie... con ese majadero... un hombre sin dignidad. Un... ¡botarate!

—De acuerdo, olvida la pregunta.

—Para tu información, no tengo intención de casarme con ningún caballero a menos que a mí me dé la real gana. Y, desde luego, no me casaré sólo por alguna absurda norma social. —Se le quebró la voz por el esfuerzo de hablar gritando. Tomó aliento y prosiguió—: En cuanto a tu oferta... Bien, ¡por mí, como si me dices que tengo que casarme por culpa de un ratón!

Los caballos de Demonio llegaron al trote, guiados por un eficiente mozo de cuadra. Demonio le dio las gracias lacónicamente y tomó las riendas. Encaramándose al pescante, se sentó y la miró.

Con los ojos encendidos, Flick señaló con aspereza:

—Sigo sin entender por qué no estás agradecido, sabes perfectamente que no quieres casarte conmigo.

La miró con una expresión pétrea, sus ojos parecían diamantes azules. Sostuvo su mirada desafiante y luego sacó pecho.

—No tienes ni idea —murmuró, vocalizando con precisión aterradora— de lo que yo quiero.

Sacudió las riendas y los caballos echaron a correr. Abandonó el patio del establo y desapareció por el camino.

8

—¿Te apetece dar una vuelta?

Flick dio un respingo y se volvió; el jarrón que llevaba en las manos estuvo a punto de ir a parar al suelo... Pero Demonio extendió un brazo ágilmente y lo sujetó con la mano rozando con sus dedos los de Flick.

Ella se puso a temblar. Apartó las manos de repente y lo dejó a él con el jarrón. De pie, bajo la luz del sol que se filtraba por los ventanales de la galería, lo miró al tiempo que unas frases inconexas se le enredaban en la lengua. Quiso recriminarle que la hubiese asustado... de nuevo. Quiso regañarlo, o al menos fruncir el ceño, pues todavía no lo había perdonado por su conducta del día anterior. Pero, sobre todo, quiso preguntarle qué había querido decir con el comentario que había dejado caer al marcharse.

—¿Dar una vuelta? —La cabeza todavía le daba vueltas.

Él se encogió de hombros bajando ligeramente las pestañas.

—Una vuelta por las pistas, media hora o así.

Ella inspiró hondo. Habían pasado veinticuatro horas desde que él se había ido, veinticuatro horas en las que no había logrado pensar en otra cosa que en él. Flick se acercó a las ventanas y vio lucir un espléndido sol de primavera, al tiempo que la oleada de calor intenso que venía experimentando últimamente le recorría de nuevo la espina dorsal.

—La brisa es cálida. No necesitarás una rebeca.

Mejor, porque no tenía ninguna que quedase mínimamente bien con el atuendo que llevaba puesto: un vestido de muselina blanca salpicado de margaritas doradas y púrpuras. Flick asintió con gesto decidido.

—Está bien, me apetece salir a dar un paseo.

Se volvió para mirarlo: aún estaba sujetando el jarrón.

—¿Dónde quieres esto?

Le indicó el fondo de la galería.

—Puedes dejarlo en esa mesa de ahí, iré por mi sombrilla y me reuniré contigo en la entrada.

No esperó a que él asintiera: se dirigió a su habitación con paso vigoroso, con el corazón más liviano, a pesar de que aún no lo había mirado a los ojos. Tenían que superar aquel estúpido escollo en su amistad, aquel obstáculo del día anterior. Un paseo sería un buen comienzo.

Pero cuando Demonio enfiló el camino de entrada a la mansión, ya de regreso, Flick ya no estaba tan segura de si había sido un buen comienzo, ni de qué era lo que había comenzado. Había supuesto que, simplemente, recuperarían la grata amistad de la que habían disfrutado hasta entonces, tenía la esperanza de que, una vez desapareciese la inevitable incomodidad inicial, reencontraría en los ojos de Demonio el brillo burlón que tantas veces había visto en ellos.

Pero, en cambio...

Ladeando la sombrilla, estudió el rostro de Demonio mientras lo veía conducir la calesa hacia la casa. Las sombras de los árboles próximos atenuaban sus facciones, pero nada podían hacer para suavizar las líneas patriarcales de su nariz y su barbilla. El suyo era un rostro anguloso, de pómulos marcados que ensombrecían la extensión de sus mejillas, y una frente ancha bajo la que se abrían unos ojos enormes. Un rostro duro, cuya austeridad sazonaba la atractiva y sensual línea de sus labios finos, así como la perturbadora languidez de sus espesas pestañas.

En realidad, nunca lo había mirado de ese modo, tan detenidamente. Hasta entonces Flick había creído que conocía el rostro de ese hombre, pero ya no estaba tan segura de ello. Recolocó su sombrilla y apartó los ojos de Demonio y miró hacia delante cuando abandonaron la arboleda y avanzaron junto al césped. Ya se veía el final del camino y Flick todavía no entendía por qué las miradas burlonas de aquel hombre habían dejado paso a miradas mucho más directas, mucho más inquietantes. Mucho más intensas. Todavía tenía que decidir adónde creía él que iban a llevarles, porque sólo entonces podría decidir si estaba de acuerdo o no.

Demonio obligó a los caballos a tomar la curva bien cerrada para que la calesa se detuviera en seco frente a la escalinata. Soltó las riendas y se bajó del vehículo, ocultando su sonrisa de satisfacción, al percibir las miradas de perplejidad que Flick seguía lanzándole.

Demonio rodeó la calesa y ayudó a Flick a bajarse; cuando estuvo en el suelo, le soltó la mano y subió los escalones junto a ella. Al levantar la vista, sus miradas se encontraron y le dedicó una expresión afable y cortés.

—Si no te importa, dile al general que estoy haciendo averiguaciones sobre los caballos que mencionó ayer. Le informaré mañana.

Ella escrutó sus ojos y luego asintió.

—Sí, claro.

Él compuso una sonrisa plácida.

—Espero que hayas disfrutado de nuestro paseo.

—Oh, sí. Ha sido muy agradable, gracias.

Demonio intensificó su sonrisa.

—Que hayas disfrutado son gracias suficientes para mí. —Extendió el brazo por detrás de Flick e hizo sonar la campanilla. A continuación la miró a los ojos un instante y luego se inclinó con una cortesía exquisita—. Entonces me voy. Adiós.

Se volvió y bajó los escalones, mientras ella lo despedía con actitud titubeante. La puerta principal se abrió cuando él acababa de subirse a la calesa y se disponía a empuñar las riendas. Antes de marcharse le lanzó una última mirada a Flick, que seguía de pie en las escaleras con la sombrilla abierta contemplando su marcha.

Los labios de Demonio dibujaron una sonrisa. No le resultaba difícil imaginar la expresión del rostro de Flick, la perplejidad en sus grandes ojos azules. Sonriendo aún más, fustigó a sus caballos y se fue en dirección al Heath.

Regresó a la mansión a la mañana siguiente, hacia las once, con el pretexto de ver al general.

Jacobs le abrió la puerta; Demonio cruzó el umbral y se encontró con que la esposa del párroco, la señora Pemberton, una mujer de gran corazón, estaba dando un sermón. Su púlpito era el salón delantero y su público, la señora Fogarty y Jacobs, quien, según advirtió Demonio, había dejado la puerta principal abierta. Dedujo que la señora Pemberton debía de estar a punto de marcharse. Con la llegada de Demonio la señora Pemberton perdió el hilo de su discurso, pero volvió a recuperarlo cuando lo reconoció.

—¡Señor Cynster! ¡Perfecto!

Demonio contuvo una mueca de dolor. La señora Pemberton se dirigió a él muy animadamente.

—Acabo de preguntar por el general y me han dicho que «no se le puede molestar». —Lanzando a Fogarty una mirada cargada de severidad, la señora Pemberton depositó su mano sobre el brazo de Demonio—. Tengo un mensaje muy importante para él; le agradecería a usted profundamente que se lo dijera la próxima vez que tenga el placer de verlo.

La señora Pemberton no tenía un pelo de tonta. Demonio tomó la mano que ella le tendía, y la estrechó.

—Estaré encantado, señora. —No podía negarse.

—Excelente. Bueno, lo que quiero decir es... —Miró a la señora Fogarty fijamente—. Gracias, no la molestaré más, señora Fogarty.

La señora Fogarty le lanzó a Demonio una mirada elocuente y, a continuación, hizo una reverencia y se retiró.

La señora Pemberton se volvió y fijó su mirada en Jacobs.

—El señor Cynster me acompañará a la puerta. Por favor, transmítale mis saludos a la señorita Parteger cuando llegue.

Jacobs no recibió sus palabras con agrado, pero no tuvo más remedio que inclinar la cabeza, cerrar la puerta y retirarse él también.

La señora Pemberton dejó escapar un suspiro y miró a Demonio.

—Ya sé que sólo intentan proteger al general, pero de verdad... No puede permanecer encerrado en su biblioteca a todas horas, sobre todo siendo el tutor de una jovencita.

Con un ademán elegante, Demonio señaló el asiento tapizado que ocupaba el hueco del fondo del salón. La señora Pemberton accedió a sentarse. Colocando las manos sobre su regazo, lo miró y él se sentó junto a ella.

—El propósito de mi visita es hacer que el general comprenda el alcance de sus obligaciones para con la señorita Parteger. Hasta ahora todo ha ido razonablemente bien, pero ahora la chica ha cumplido una edad en la que convendría que él adoptase un papel más... activo.

Demonio arqueó las cejas con aire inocente, animándola a seguir. La señora Pemberton frunció los labios.

—Esa joven debe de haber cumplido ya los diecinueve y apenas sale de esta casa, al menos no en el sentido social. Nosotras, las señoras del distrito, hemos hecho todo lo posible, hemos enviado montones de invitaciones a Hillgate End, pero hasta ahora el general siempre se ha negado a moverse. —La señora Pemberton sacudió el mentón con firmeza—. Me temo que eso no es bueno. Sería una verdadera lástima que una joven tan preciosa se marchitara y acabara convirtiéndose en una solterona sólo porque el general no sale de su biblioteca y no realiza correctamente sus labores de tutor.

—Ya... —exclamó Demonio, evasivo.

—Tenía especial interés en hablar con él porque voy a organizar un baile en la parroquia, sólo para los jóvenes de la localidad, dentro de tres noches. Nosotras, las demás señoras y yo, creemos que es absolutamente necesario que el general ponga más empeño en que la señorita Parteger socialice algo más. ¿Cómo si no va a encontrar marido la pobrecilla? —Extendió las manos a modo de súplica, pero, por fortuna, no esperaba una respuesta—. El baile en la parroquia sólo será un modo de empezar, sin demasiada gente para no abrumar a la chiquilla. ¿Le transmitirá mi mensaje al general? Y tal vez, si puede, explíquele que necesita prestar más atención al futuro de la señorita Parteger.

Demonio la miró y asintió enérgicamente.

—Veré qué puedo hacer.

—¡Bien! —La señora Pemberton sonrió mientras Demonio la acompañaba hasta la puerta—. Entonces, me marcho. Si la ve, dígale a la señorita Parteger que he venido.

Mientras la señora Pemberton se marchaba, Demonio hizo una reverencia a modo de despedida y se quedó pensando en sus últimas palabras.

Decidió que le diría a la señorita Parteger que había venido, pero no de inmediato. Se volvió y se encaminó con aire despreocupado hacia la biblioteca.

Al cabo de media hora encontró a Flick en el salón de la parte de atrás. Estaba recostada entre los cojines del sofá, con las piernas recogidas bajo la falda del vestido y con un plato de nueces peladas en la mesa que tenía junto a ella. Estaba completamente absorta en la lectura de un libro, y, sin apartar la mirada de la página, extendió la mano para coger una nuez; sin perderse una sola línea, se llevó la nuez a los labios y se la metió en la boca.

Con el sermón de la señora Pemberton resonándole todavía en los oídos, examinó el vestido azul que en esos momentos ocultaba los encantos de la señorita Parteger. Si bien su vestuario no obtendría el calificativo de «elegantísimo», no había, a su juicio, nada malo en la sencillez de sus vestidos: recalcaba, subrayaba y enfatizaba la belleza del cuerpo que los lucía.

Lo cual —ya lo había decidido— era, definitivamente, de su gusto.

El cuerpo, la belleza y los vestidos sencillos.

Apartándose del marco de la puerta en el que estaba apoyado, se incorporó y entró en la habitación.

Flick levantó la vista con un sobresalto.

—¡Ah! ¡Hola! —Empezó a componer una de sus inocentes sonrisas de bienvenida, pero cuando Demonio se detuvo ante ella, recapacitó, y el tenor de su saludo de bienvenida cambió. Le sonrió de todos modos, pero de un modo más controlado, observándolo con cautela.

Le devolvió la sonrisa con complacencia, pues en su fuero interno se sentía satisfecho de que al fin empezase a verlo con otros ojos.

—Ya he terminado de hablar de caballos con el general. Me ha invitado a almorzar y he aceptado. Hace un día precioso, ¿quieres venir a dar un paseo hasta que esté listo el almuerzo?

Lo tenía de pie frente a ella, con toda su presencia, pidiéndole que fuese a dar un paseo con él... lo cierto es que Flick no tenía opción. Si bien una parte de su mente se dio cuenta de ello, la otra estaba encantada, ansiosa por explorar la nueva relación, extrañamente excitante y no demasiado segura, que había surgido entre ambos. Flick no la entendía, y todavía tenía que decidir adónde creía él que le llevaba, pero la verdad es que se moría de ganas de saberlo.

—Sí, venga. Vamos a dar un paseo.

Le ofreció la mano y dejó que la ayudara a levantarse. Al cabo de unos minutos estaban en el césped, paseando el uno junto al otro.

—¿Alguna novedad respecto a Bletchley?

Demonio negó con la cabeza.

—Lo único que ha hecho es sondear a algunos de los jinetes.

—¿Nada más?

Negó con la cabeza de nuevo.

—Al parecer se están concentrando en la jornada de Craven, y para eso todavía faltan varias semanas. Sospecho que la organización ha dado a Bletchley tiempo suficiente para organizarlo todo, es posible que sus jefes no entren en escena todavía.

—¿Crees que esperarán a que falte muy poco para la jornada de carreras para poder comprobar los avances de Bletchley?

—Esperarán a que falte poco, pero no muy poco. Se necesita tiempo para colocar a todos los implicados en sus puestos para obtener la máxima tajada de una carrera amañada.

—Ya... —Reflexionando sobre sus palabras y sobre la probabilidad de que Dillon todavía tuviese que permanecer escondido en la casa en ruinas varias semanas más, Flick frunció el ceño.

—¿Has estado alguna vez en Londres?

—¿En Londres? —exclamó, sorprendida—. Sólo cuando viví con mi tía después de la muerte de mis padres. Creo que no estuve allí más que unas cuantas semanas.

—Confieso mi sorpresa de que nunca hayas sentido el deseo de ir a la capital a ser el centro de todas las miradas.

Flick volvió la cabeza y escudriñó su rostro; para su sorpresa, no lo decía en broma, tenía la mirada fija y su expresión era franca, bueno, todo lo franca que podía ser.

—Pues... —Vaciló unos instantes y luego se encogió de hombros—. La verdad es que nunca se me ha pasado por la cabeza. Está tan lejos y es todo tan desconocido. Si te soy sincera —dijo, enarcando las cejas—, no sé qué quiere decir exactamente eso de ser «el centro de todas las miradas».

Demonio sonrió.

—Que la sociedad se fije en ti por cómo vas vestida o por tus hazañas.

—¿O por tus conquistas?

Sonrió aún más.

—Eso también.

—Ah, bueno. Entonces eso explica mi falta de interés. No me interesa demasiado ninguna de esas cosas.

Demonio no pudo contener su mueca burlona.

—Una jovencita a la que no le interesan los vestidos ni las conquistas... querida, vas a romper los corazones de las casamenteras.

La expresión que vio en su rostro cuando se encogió de hombros dejaba claro que no le importaba lo más mínimo.

—Pero —prosiguió Demonio— me sorprende que no te guste bailar. A la mayor parte de las mujeres a las que les gusta montar a caballo también les gusta bailar.

Ella hizo un mohín.

—No he dedicado demasiado tiempo a eso. Por aquí no se organizan muchos bailes, ¿sabes?

—Pero sí están los bailes de rigor. Recuerdo vagamente que hace unos años mi tía abuela siempre me estaba insistiendo para que asistiese.

—Bueno, sí, sí se celebran los típicos bailes de vez en cuando. Suelen mandarnos invitaciones, pero el general está siempre tan ocupado...

—¿Llega a ver las invitaciones?

Flick levantó la vista, pero no supo cómo interpretar la mirada azul de Demonio. Y, pese a todo... ladeó la barbilla.

—Yo me encargo de su correspondencia. Es inútil molestarlo con esa clase de invitaciones, nunca ha asistido a esos eventos.

—Ya veo. —Demonio la miró a la cara, o a lo que se veía bajo su halo dorado. Sin previo aviso, la tomó de la mano. Con movimiento rápido, la levantó y la hizo girar sobre sí misma, sin sorprenderse de que, a pesar de estar asustada, reaccionase con calma, con elegancia y con pie firme; con una facilidad innata.

Cuando se detuvo, mientras cesaba la ondulación de su falda, Demonio la miró a los ojos.

—En mi opinión —murmuró, soltándole la mano—, te gustará mucho bailar.

Flick disimuló su preocupación y se preguntó si habría hecho ese comentario con voluntad críptica. Antes de que tuviera tiempo de averiguarlo, la campanada que anunciaba la hora del almuerzo resonó por todo el jardín.

Demonio le ofreció el brazo.

—¿Vamos a reunirnos con el general?

Y eso hicieron. Sentarse a la mesa del comedor con el general a su derecha y Demonio enfrente se estaba convirtiendo en una situación cómoda y familiar. Flick se relajó; sus nervios, que en los días anteriores se habían tensado cada vez que Demonio rondaba cerca, se apaciguaron. Empezó a charlar con su efervescencia habitual, y, de algún modo, tuvo la sensación de que por fin tenía la situación bajo control.

Hasta que el general soltó su tenedor y la miró fijamente.

—Esta mañana ha venido la señora Pemberton.

—Ah.

Flick ya lo sabía, por eso precisamente había corrido a refugiarse en el salón de la parte de atrás, pero le sorprendía que el general lo supiese, pues ella, Foggy y Jacobs hacía ya mucho tiempo que habían acordado que se asegurarían de que las damas de la sociedad local no importunasen al general con sus exigencias. Examinó la habitación, pero Jacobs se había retirado. ¿Habría llegado a molestar la señora Pemberton al general pese a todas sus precauciones?

—Bueno —prosiguió el anciano—. Al parecer, va a ofrecer un baile para los jóvenes del lugar. A nosotros los viejos se nos permite ir a mirar. —Advirtió la mirada perpleja de Flick—. Creo que deberíamos asistir, ¿no te parece?

A Flick no se lo parecía, pues preveía toda clase de complicaciones, incluyendo la posibilidad de que el general descubriera cuántas invitaciones de naturaleza similar había rechazado en tiempos recientes. Miró a Demonio y de repente le vino la inspiración.

—La verdad, no tengo ningún vestido apropiado para la ocasión.

El general se echó a reír.

—Ya sabía que dirías eso, de modo que he hablado con la señora Fogarty y me ha dicho que hay una modista muy buena en High Street. Mañana te acompañará a que te hagan un vestido.

—Ah. —Flick parpadeó. El general le sonrió, con una pregunta esperanzada en los ojos—. Bueno... gracias.

Satisfecho, le dio una palmadita en la mano.

—Me apetece muchísimo asistir a ese baile. Tengo la sensación de que hace siglos que no hago una cosa así. Solían gustarme mucho los bailes cuando vivía Marjorie. Ahora soy demasiado viejo para bailar, pero me muero de ganas de sentarme a ver cómo bailas.

Flick se lo quedó mirando. Un sentimiento de culpa por haberlo privado de un entretenimiento inocente durante tantos años le remordió la conciencia, pero lo cierto es que no acababa de creerlo. A él no le gustaba la vida social, ya había expresado su opinión sobre las *mesdames* locales y sus actividades en numerosas ocasiones. Flick no lograba entender por qué se le había metido en la cabeza esa idea.

—Pero... —dijo, aferrándose a su último pretexto— no conozco a ninguno de los caballeros locales lo bastante bien como para formar pareja de baile con ellos.

—Bah, no te preocupes por eso. Demonio se ha ofrecido a acompañarnos, será tu pareja y te enseñará unos cuantos pasos y todo eso. Justo lo que necesitas.

Flick no opinaba lo mismo. Con expresión perpleja, miró a Demonio y él le sostuvo la mirada. La muchacha descubrió en sus ojos una sonrisa más elocuente que cualquier palabra: ¡había sido él quien le había metido esa idea en la cabeza al general!

Demonio tenía los ojos azules, pero Flick vio un destello rojo en ellos. Lo cierto es que la tenía atada de pies y manos: hiciera lo que hiciese, el general no iba a dar su brazo a torcer. Y, como bajo su capa externa de complacencia el general estaba extremadamente preocupado por la falta de experiencia social de ella, Flick acabó accediendo con una dulzura que no casaba en absoluto con su carácter.

Su torturador, como cabía esperar, se batió en una estratégica retirada en cuanto hubo conseguido su objetivo. Flick apretó los dientes con fuerza: ahora tendría que aprender a bailar nada menos que... ¡con él! Con el pretexto de que quería llegar temprano a los entrenamientos de la tarde, Demonio se levantó de la mesa y se marchó.

Toda su hostilidad desapareció en cuanto él se hubo marchado. Siguió charlando con tranquilidad con el general al tiempo que tomaba nota mentalmente de decirle al protegido de éste lo que pensaba de su estratagema manipuladora, y muy especialmente de sus consecuencias, haber preocupado aún más al general, en cuanto estuviese un momento a solas con él.

Pero ese momento no llegó hasta que acudieron al salón de la parroquia, bajo la mirada atenta de todo el mundo. Flick estaba de pie, con la cabeza erguida y las manos entrelazadas, junto a la silla del general, y Demonio, imponente, esbelto y rabiosamente elegante, junto a ella.

Todos tenían puesta la mirada en ella que, si bien desconcertada, no estaba sorprendida: también a ella la había asombrado el aspecto que ofrecía. Lo único que había hecho era ponerse el vestido nuevo y el collar y los pendientes de aguamarina que le había regalado el general en su último cumpleaños, pero cuando se miró al espejo lo que vio fue toda una revelación.

Según lo estipulado, había acudido a la modista en compañía de Foggy, una súbita conversa al concepto del baile. La modista, Clotilde, se había mostrado asombrosamente dispuesta a dejar a un lado todos sus encargos para diseñar un vestido adecuado para ella. Adecuado, había insistido Clotilde, significaba de seda azul claro, exactamente el mismo color de sus ojos. Tras calcular el coste del tejido, Flick puso algún reparo y sugirió como alternativa una gasa fina, pero Clotilde desechó la idea de inmediato y le ofreció un precio que no pudo rechazar. Accedió a que el vestido fuese de seda, y se llevó una nueva sorpresa.

El vestido susurraba a su alrededor, y se deslizaba sobre su piel como no lo hacían los algodones finos a los que estaba acostumbrada. Se adhería a su cuerpo, se desplazaba y se deslizaba, y era fresco y cálido a la vez. En cuanto al aspecto que tenía enfundada en él... no reconoció a la hermosa mujer esbelta y de pelo dorado que la miraba con unos inmensos ojos azules.

El color del vestido resaltaba sus ojos, parecían más grandes, más alargados, y el tejido insinuaba unas curvas en las que, hasta entonces, no se había fijado.

Demonio, en cambio, sí se había fijado, y mucho, en esas curvas, en sus ojos, en ella. Cuando Flick bajó las escaleras para encontrarse con él, que la esperaba en la entrada, Demonio empezó a parpadear y luego, muy despacio, le sonrió. Demasiado intensamente para el gusto de Flick. Demonio se adelantó unos pasos, la ayudó a bajar los últimos peldaños y luego la acompañó con la mano para que diera una vuelta entera delante de él.

Cuando dejó de girar la miró a los ojos, tomó su mano y le rozó las puntas de los dedos con los labios.

—Estás preciosa —murmuró, con los ojos azules encendidos.

Flick se sintió como un plato apetitoso al que Demonio estuviera a punto de comerse. Por fortuna, el general apareció en ese momento y corrió hacia él.

El trayecto hasta Lidgate consistió, como de costumbre, en una charla sobre caballos, pero en cuanto entraron en la parroquia, por un acuerdo tácito, ya no volvió a hablarse más de ese tema. La señora Pemberton les dio una efusiva bienvenida, y se alegró especialmente de la presencia de Demonio.

Flick lo miró de reojo: estaba inspeccionando la sala, que se iba llenando despacio a medida que iban llegando los invitados. El general le daba mucha importancia a la puntualidad, de manera que fueron de los primeros en llegar. Sin embargo, los demás invitados no tardaron en acudir; desde que pusieron los pies en la parroquia estuvieron tan ocupados devolviendo cortésmente los saludos que les dedicaban los demás que no tuvieron ocasión de conservar.

Y todos los miraban. La mitad tenían los ojos puestos en ella y los demás, en él. Y no era de extrañar: Demonio iba vestido de negro, un color que le daba a su pelo claro el resplandor de un rubio brillante y realzaba el azul de sus ojos. El corte severo de su chaqueta, el chaleco de satén perla y los pantalones ponían de relieve su altura, la amplitud de sus hombros y sus piernas largas y fuertes. Siempre tenía un aspecto elegante, pero por lo general de un modo indolente y despreocupado. Aquella noche, era la imagen del típico libertino londinense, de la cabeza a los pies, un depredador llegado directamente de los bailes de sociedad para hacer gala de sus malas artes en el salón de la parroquia.

Flick sonrió para sus adentros al pensarlo.

Demonio se volvió instintivamente hacia ella, como si le hubiera leído el pensamiento, y arqueó una ceja con aire burlón. Ella vaciló unos instantes, pero estando tan cerca del general no podía reprenderle tal como se merecía por haberla metido en aquello: en aquella sala, en aquel vestido y en aquella situación. Con una mirada muy elocuente, levantó la barbilla y apartó la vista bruscamente.

La señora Pemberton apareció delante de ellos.

—Permítanme que les presente a la señora March y a su familia de Grange.

La señora March asintió con aprobación a la reverencia de Flick, sonrió con agradecimiento a la elegante inclinación de Demonio y a continuación se volvió para hablar con el general.

—Y ésta es la señorita March, a quien todos conocemos como Kitty.

Una chica joven ataviada con un vestido blanco se ruborizó e hizo una reverencia.

—Y su amiga, la señorita Avril Collins.

La segunda jovencita, una morena vestida de muselina amarilla, hizo una reverencia con bastante más aplomo.

—Y Henry, que esta noche es el acompañante de su hermana y de la señorita Collins.

Henry era a todas luces un March, rubio como su hermana. Se puso colorado como un tomate y se inclinó para realizar la reverencia más rígida que Flick había visto en su vida.

—Es un en... norme p... placer, s... señorita Parteger.

La señora Pemberton se alejó y, al cabo de un segundo, volvió con la señora March y se llevaron al general adonde los invitados de mayor edad estaban reunidos para charlar y contar chismes.

—Y dígame, ¿hace mucho tiempo que vive por aquí?

Flick se volvió y vio a Henry March mirándola con gesto grave. También a su hermana, que había estado observando su vestido de seda azul, parecía interesarle la pregunta. No así a Avril Collins, que se mostraba descaradamente interesada en Demonio.

—Casi toda mi vida —respondió Flick, con la mirada clavada en el rostro de Avril Collins—. Vivo con el general en Hillgate End, al sur del hipódromo.

Los labios protuberantes de Avril —que, por supuesto, llevaba pintados de carmín— esbozaron una leve sonrisa.

—Yo sé —dijo con una risita entrecortada mientras levantaba un dedo y daba un golpecito en la chaqueta de Demonio— que usted vive en Londres, señor Cynster.

Flick miró a Demonio a los ojos. Él sonrió, aunque de un modo distinto al que ella estaba acostumbrada: era una sonrisa cortés, pero fría y distante.

—En realidad sólo paso temporadas en Londres. El resto del año vivo cerca de Hillgate End.

—El general lleva un registro de los antencedentes y el pedigrí de los caballos, ¿no es cierto? —comentó Henry March, dirigiéndose a Flick—. Eso debe de ser apasionante. ¿Lo ayuda usted con el registro de los caballos?

Flick sonrió.

—Es interesante, pero yo no le ayudo demasiado. Por supuesto, de lo único que se habla en casa es de caballos.

La expresión radiante de Henry indicaba que vivir en semejante casa sería para él como estar en el cielo.

—¡Bah, caballos...! —exclamó Avril arrugando la nariz, al tiempo que le lanzaba a Demonio una mirada abiertamente sugerente—. ¿No le parecen las más aburridas de las criaturas?

—No. —Demonio la miró a los ojos—. Yo me dedico a la cría de caballos.

Flick casi sintió lástima por Avril Collins; a propósito, Demonio dejó que el silencio se prolongara hasta rozar la incomodidad y luego se volvió hacia Henry March.

—Soy el dueño de las caballerizas que hay al oeste de la carretera de Lidgate. Venga a vernos alguna vez si le interesan los caballos. Si yo no estoy allí, mi capataz le mostrará el lugar. Sólo tiene que mencionar mi nombre.

—G... gracias —tartamudeó Henry—. Eso me en... en... encantaría.

La señora Pemberton se presentó con otro grupo de jóvenes. La nueva ronda de presentaciones permitió que Kitty March se llevase a su desdichada amiga. Kitty tiró de la manga de la chaqueta de su hermano, pero éste la miró frunciendo el ceño y luego volvió a concentrarse en su evidente adoración de Flick.

La misma actitud adoptaron los dos miembros masculinos del nuevo grupo, ambos jóvenes caballeros de fincas vecinas. Un tanto desconcertada por sus conmovedoras miradas, Flick hizo todo lo posible por entablar una conversación racional, pero todos sus intentos fracasaron ante sus expresiones bobaliconas y sus respuestas torpes.

Aunque su torpeza no era nada comparada con la estupidez y la sosería de sus hermanas. Flick no estaba segura de qué era lo que le ponía más nerviosa.

—No —dijo, armándose de paciencia—, no voy a todas las carreras. El Jockey Club le envía todos los resultados al general.

—¿Y usted le pone los nombres a todos los potrillos que nacen? —preguntó una de las chicas, mirando a Demonio con ojos desorbitados.

Lanzando un suspiro de resignación, arqueó las cejas.

—Supongo que sí.

—¡Oh! ¡Qué emocionante! —La joven se llevó las manos al pecho y las entrelazó—. Pensar nombres bonitos para todos esos potrillos tan tiernos, que no dejan de tambalearse sobre sus temblorosas patas...

Flick se volvió de inmediato para dirigirse a su grupo de admiradores.

—¿Alguno de ustedes viene a Newmarket a ver las carreras?

Se esforzó por encontrar temas de conversación en los que aquellos jóvenes pudieran aportar algo más que dos palabras. La mayoría de dichos temas tenían que ver con las carreras, los caballos y los carruajes. Al cabo de unos minutos, Demonio aportó un comentario a la conversación del grupo de Flick, y transcurrido otro minuto, ya había conseguido juntar los dos grupos; eso no alegró demasiado a las jóvenes damas, pero, a pesar de todo, no se marcharon.

Lo cual fue una lástima, pues la señora Pemberton volvió a aparecer con una nueva remesa de admiradores y admiradoras para Flick y para Demonio. Ella se encontró hablando con cinco hombres, mientras que Demonio tenía en sus manos —en sentido figurado— a seis jóvenes damiselas. Y una joven dama no tan joven ni tan inocente.

—Qué deliciosa sorpresa encontrar a un caballero como

usted en una reunión como ésta... Por si no sabe cómo me llamo, mi nombre es señorita Henshaw.

Al oír esa voz ronca, Flick se volvió rápidamente.

—Y usted... usted monta esa yegua tan bonita, ¿no es cierto? La de los jarretes blancos.

Distraída, Flick se volvió para responder a uno de los recién incorporados.

—Sí. Ésa es *Jessamy*.

—¿Y practica el salto con ella?

—No mucho.

—Pues debería. He visto caballos con su misma constitución física en los hipódromos; lo haría muy bien, hágame caso.

Flick negó con la cabeza.

—*Jessamy* no es...

—Permítame el atrevimiento, pero usted, al ser mujer, no debe de saberlo. Créame: tiene buenas patas y mucha resistencia. —El jovial joven, seguro de sí mismo e hijo de un potentado local, le sonrió; era la personificación del varón condescendiente—. Si quiere podría disponer de un jinete y un entrenador para usted.

—Sí, pero... —empezó a decir uno de sus mayores admiradores—. Vive con el general, que es quien lleva el registro genealógico de los caballos.

—¿Y qué? —El joven jovial y seguro de sí mismo arqueó una ceja con desdén—. ¿Qué tienen que ver los viejos registros genealógicos con esto? Aquí estamos hablando de caballos.

Se oyó una risa gutural por donde se encontraba Demonio. Flick apretó los dientes.

—Para su información —el tono de su voz puso fin a cualquier discusión e hizo parpadear al joven jovial y seguro de sí mismo—, *Jessamy* es una inversión. Como yegua de cría, posiblemente posee la mejor línea genealógica de este país. Puede estar seguro de que no pienso ponerla en peligro en ninguna carrera de obstáculos.

—Ah —fue lo único que acertó a decir el joven jovial y seguro de sí mismo.

Flick se volvió para encargarse de la señorita Henshaw, la de la voz gutural... y se encontró con una mujer de cabello negro, una belleza deslumbrante que no dejaba de reír y de sonreír apoyándose en todo momento en Demonio y acercando el rostro a escasos centímetros del suyo. Flick se percató al instante de que era mucho más alta que ella, de manera que su cara, levantada hacia arriba, quedaba mucho más próxima a la de Demonio, y sus labios mucho más cerca de los de él...

—¡Y ahora, queridos amigos...!

Todos los presentes se volvieron hacia donde estaba la señora Pemberton, que dio unas cuantas palmadas para atraer la atención.

—Ahora —repitió cuando todo el mundo se quedó en silencio—, ha llegado el momento de que encontréis pareja para el primer baile.

Hubo un instante de silencio y a continuación cierto alboroto: todos los jóvenes varones estaban tomando posiciones. Un coro de invitaciones y aceptaciones inundó el aire.

Flick se encontró frente a tres jóvenes ansiosos... que habían dejado a un lado al joven jovial y seguro de sí mismo.

—Mi querida señorita Parteger, ¿querría usted...?

—Le ruego, si tiene usted la bondad...

—¿Me haría el honor de concederme...?

Flick parpadeó ante sus rostros aniñados... todos parecían tan jóvenes... Aunque no necesitaba levantar la mirada para saber que la seductora señorita Henshaw estaba haciendo revolotear sus pestañas con los ojos clavados en Demonio, quería hacerlo. Quería...

—La verdad —dijo una voz profunda y grave muy cerca de su oído derecho— es que el primer baile de la señorita Parteger es mío.

Demonio le cogió la mano con firmeza. Flick levantó la vista y lo vio sonriendo a sus jóvenes admiradores con un aire de superioridad aplastante. No había la más mínima probabilidad de que le disputasen el honor.

El alivio que sintió Flick fue bastante significativo, pero sus razones no eran muy claras. Por suerte, no tenía que pensar en eso. Demonio la miró y enarcó una ceja. Ella inclinó la cabeza con elegancia mientras él le soltaba suavemente la mano y la depositaba encima de su manga; mientras se la llevaba al centro de la sala, los demás iban retrocediendo. La pista de baile no tardó en despejarse.

El baile iba a ser un cotillón. Mientras Demonio se disponía a formar una figura, Flick susurró:

—Conozco la teoría, pero la verdad es que nunca he bailado nada que se le parezca.

Él dibujó una sonrisa tranquilizadora.

—Limítate a copiar lo que haga la otra señora. Si sales en la dirección equivocada, yo te rescataré.

Pese a todo, pese a la mueca de desdén que Flick le dedicó, aquella promesa le pareció muy reconfortante.

Adoptaron sus posiciones, y empezó la música. A pesar de todas sus preocupaciones, Flick logró seguir el ritmo enseguida. Los giros, las inclinaciones y los vaivenes eran muy repetitivos, así que no resultaba tan difícil no perderse. Además, la mano de Demonio era muy tranquilizadora: cada vez que le apretaba ligeramente los dedos, Flick recobraba el equilibrio, aunque no lo hubiese perdido.

Cuanto más bailaba más segura se sentía, al menos lo bastante como para conseguir no arrugar la frente y sonreír cada vez que su mirada se encontraba con la de él. Cuando Demonio la impulsó para que diese el giro final, Flick le sonrió por encima de su hombro y a continuación se inclinó y exageró su reverencia, a la que él respondió con un saludo igualmente exagerado.

Demonio la ayudó a incorporarse y se preguntó si Flick se daría cuenta de lo mucho que le brillaban los ojos, de lo maravillosamente natural y espontánea que resultaba su alegría. Era tan distinta a las demás damas de la sala... todas pendientes de medir sus palabras y sus expresiones, cuando no de emplearlas recurriendo a una astucia maquiavélica. Flick no tenía reparos en mostrar cuánto estaba disfrutando, y eso no era demasiado habitual entre las damas que frecuentaban los bailes de sociedad. La euforia, aunque fuese sincera, no figuraba entre las costumbres aceptadas en aquellos eventos.

Y, sin embargo, así era Flick; ante su sonrisa radiante y sus ojos risueños Demonio no pudo sino responder con otra sonrisa igualmente sincera.

—Y ahora —dijo, e inhaló profundamente para atraerle luego hacia sí y mirarle a los ojos—, tenemos que regresar a nuestras obligaciones.

Ella se echó a reír.

—¿Y qué obligaciones son ésas?

Las obligaciones a las que aludía consistían en bailar con el resto de jóvenes que se habían concentrado en el salón de la parroquia con ese propósito. Acababan de volver al flanco de la sala cuando alguien tomó a Flick de la mano con la intención de que le concediera el siguiente baile. Su otra mano seguía apoyada en el brazo de Demonio. Flick lo miró, y él le dedicó una sonrisa tranquilizadora, le apretó ligeramente los dedos y la soltó.

Mientras daba vueltas y más vueltas por la sala, Flick vio a Demonio, también dando vueltas, en compañía de la hija del párroco. Con la mirada perdida entre la multitud, se volvió para sonreír con agrado a su pareja de baile, Henry March.

Los bailes se sucedieron, pero entre uno y otro siempre se dejaba tiempo suficiente para que las parejas conversaran un poco, para que se conocieran mejor, para que diesen sus primeros pasos en sociedad. A fin de cuentas, el baile se había organizado para eso. Los miembros más mayores de la concurrencia estaban sentados al fondo de la sala, sonriendo y asintiendo, observando con benevolencia a sus vástagos relacionándose entre ellos.

Una vez cumplido su deber como anfitriona, la señora

Pemberton se dejó caer en una de las sillas que había junto al general. Por suerte, el general estaba conversando muy animadamente con el párroco, y la señora Pemberton no los interrumpió. Con gran alivio, Flick apartó la mirada. Demonio, de pie a su lado, apoyó su peso en la otra pierna. Flick lo miró y él le devolvió la mirada. Y arqueó una ceja con complicidad. Ella se sumergió en sus ojos, intentando identificar lo que traslucían, y a continuación levantó la nariz con gesto altivo y apartó la vista. Y trató por todos los medios de hacer caso omiso del escalofrío que le recorría todo el cuerpo cada vez que Demonio movía la mano y sus dedos rozaban los de ella, arropados por las ondulaciones de la falda del vestido.

Los bailes que siguieron fueron un calvario para Flick: cada vez le costaba más concentrarse en los pasos. En cuanto a sus ojos, descansaban en su compañero en contadas ocasiones. Girando, dando vueltas, lanzaba miradas a través de la multitud, a través de la masa en movimiento constante. Buscando, tratando de localizar...

Vio a Demonio, que estaba bailando con Kitty March. Flick se relajó.

Sin embargo, en el siguiente compás había cambiado de pareja: era la señorita Henshaw. Flick chocó entonces con otra señora y estuvo a punto de aterrizar sobre su trasero.

—Creo —murmuró, avergonzada, sin necesidad de fingir el temblor de su voz— que será mejor que me siente y espere al próximo baile.

Su pareja, un tal señor Drysdale, no tuvo ningún inconveniente en ayudarla a levantarse del suelo.

Cuando Demonio regresó a su lado al final del baile, tal como había hecho al final de cada pieza, Flick ya había recobrado la compostura. Nunca en toda su vida se había reprendido a sí misma con tanta dureza.

¡Era ridículo! ¿Qué diablos estaba haciendo? ¿En qué estaba pensando? Le vigilaba como si estuviera celosa. Menuda idiota, poniéndose en evidencia de esa manera... Rezó por que Demonio no se hubiese dado cuenta; de lo contrario se burlaría de ella sin piedad. Y se lo tendría merecido. No había nada entre ellos, ¡absolutamente nada!

Lo saludó con una tibia sonrisa y apartó la vista de inmediato.

Sus dedos encontraron los de ella en su regazo y tiraron de ellos. A Flick no le quedó más remedio que levantar la vista y encontrarse con su mirada. Una mirada seria, infinitamente penetrante.

—¿Estás bien?

La escudriñó con los ojos, y sabe Dios lo que encontró. Flick inspiró hondo y deseó con toda su alma poder escapar de aquella mirada.

—Sólo me he resbalado, no me he caído.

Un gesto de preocupación ensombreció los ojos de Demonio; apretó los labios, asintió y, muy despacio, retiró la mano.

—Ten más cuidado, al fin y al cabo es la primera vez que asistes a un baile.

Si se hubiera sentido dueña de sí le habría respondido como se merecía, pero el roce de sus dedos había ahuyentado toda su seguridad.

¿Nada? Si aquello, la luz que había ensombrecido los ojos de Demonio para encenderlos después, la sensación de protección, de fuerza que Flick sentía que manaba de él, el nudo que se le había formado en la garganta como respuesta y el ansia que sentía por él, más intensa cada día... si aquello no era nada... ¿qué ocurriría si hubiese algo?

Más consciente que nunca del latido de su corazón, del movimiento de su pecho acorde con su respiración entrecortada, Flick desvió la vista.

Tras dar los primeros pasos del siguiente baile, la joven notó el peso de la mirada de Demonio, concentrado en cada giro, en cada movimiento. Estaba esperándola cuando su pareja la devolvió al margen de la sala de baile. Como si fuese lo más natural, Flick se deslizó a su lado.

Demonio la escudriñó con la mirada, pero no dijo nada... Hasta que la música empezó a sonar de nuevo.

—Si no me equivoco, éste es mi baile.

Su tono no admitía objeciones, ni por parte de ella ni por la de sus parejas potenciales. Flick inclinó la cabeza con elegancia, como si hubiese estado esperando oír esas palabras. Y puede que así fuera.

Para él, bailar con Flick por segunda vez cuando todavía quedaban señoritas con las que no había bailado confería al hecho una particularidad que no habría tenido de otro modo: entre todas las demás, la había preferido a ella. Pese a su falta de experiencia en aquellas lides, Flick lo sabía, y estaba convencida de que él también lo sabía.

Se trataba de un baile sencillo que no admitía la interacción con otras parejas: no necesitaban desviar su atención el uno del otro. Desde el instante en que empezó a sonar la música y sus dedos se rozaron, se fundieron en la mirada del otro. Flick apenas oía la música. Se movía por instinto, acompañaba los movimientos de Demonio, respondiendo a sus indicaciones sutiles más con sus sentidos que con sus pies.

Él la miraba a los ojos. El calor de sus ojos, azules como un cielo de verano, la envolvió. Y entonces lo supo: la estaba cortejando, de manera deliberada e intencionada. Con determinación, como sólo él sabía hacerlo. La estaba seduciendo, y aunque la idea pareciese tan rocambolesca que su juicio se negase a aceptarla, sus sentidos sí lo hacían. Su primer impulso fue dar un paso hacia atrás, hacia la seguridad, hacia un punto desde el que pudiese verlo todo y tratar de comprender. Sin embargo, mientras daba vueltas sin cesar, sin dejar ni un momento de mirarle a los ojos, se dio cuenta de que no encontraría nunca un lugar seguro, no existía un lugar donde poder esconderse del brillo incandescente de sus ojos... y lo último que deseaba era echar a correr.

Demonio le sostenía la mirada sin esfuerzo, sin imposición; Flick estaba fascinada, así que seguía dando vueltas y más vueltas. El delicado roce de sus dedos cada vez que la cogía de la mano, su caricia persistente, sutil, cuando la guiaba para que girase sobre sí misma... lo había planeado todo deliberadamente, y lo estaba ejecutando con determinación absoluta. Durante ese baile, Demonio tejió una red en torno a Flick, una red invisible a sus ojos, pero no a sus sentidos.

A Flick se le tensaron todos los nervios, y con cada latido de su corazón fue mejorando su percepción de lo que estaba pasando: Demonio escondía, tras sus roces, una promesa y una tentación, que se reflejaban en sus movimientos en el baile.

Flick se aproximó a él con aire tentativo y levantó la vista cuando él la atrajo hacia sí; sintió la tentación de rendirse, de rendirse a la evidencia de lo que él le estaba diciendo, de ceder y creerse que él quería convertirla en su esposa. Y que la tendría.

El baile siguió y ella se fue alejando hasta que el contacto entre ambos se redujo a un leve roce. Flick oyó entonces su promesa muda: si se rendía, disfrutaría de todos los placeres de la carne, los sentiría.

Demonio era un experto en transmitir ese mensaje, era un maestro en conseguir que la tentación fuese cada vez mayor, y la promesa brillase y reluciese como un lingote de oro.

Cesó la música y terminó el baile, pero la promesa no se desvaneció de los ojos de Demonio.

Cuando Demonio tomó su mano entre las suyas, se la llevó a los labios y le rozó con ellos la punta de los dedos, se sintió como Cenicienta.

9

Cuando empezó el siguiente baile, Demonio se encontraba, por gentileza de la señora Pemberton, al otro extremo del salón, bien lejos de donde estaba Flick. Segundos después de que abandonaran el baile, la esposa del párroco se abalanzó sobre ellos y, con energía invencible, insistió en llevarse a Demonio para poder presentárselo a otros invitados.

Con «otros invitados» se refería, ni más ni menos, a las respetables matronas del distrito. Demonio no pudo evitar sonreír cuando descubrió lo que querían esos «ocho invitados» era hablar con él para alentarlo sutilmente a que cortejase a Flick.

—Es una chiquilla deliciosa y muy segura de sí misma. —La señora Wallace, de los Hadfield-Wallace de Dullingham, asentía con aire experto—. Teniendo en cuenta su experiencia, sin duda habrá notado usted que no es una mujer muy corriente.

Demonio sonrió, encantado de dejar que intentaran convencerle del acierto de su elección. No necesitaba que lo convenciesen, pero no le vendría mal para su campaña contar con el apoyo de las matronas.

Gracias a su estatura, Demonio podía seguir contemplando el éxito supremo de Flick. Mientras las damas seguían exponiendo sus argumentos, Demonio empezó a impacientarse: sabía bien cuáles eran las razones que había detrás de sus reacciones, y en ese preciso momento esas razones rodeaban a Flick como si fueran abejas en un panal.

A los hijos de las matronas no parecía importarles lo más mínimo hacer el ridículo por causa de la joven, y a sus amantes madres no les resultaba difícil prever el desarrollo de la bochornosa situación. Por tanto, obraba en su propio interés que Demonio bailase con Flick hasta la extenuación y la pusiese fuera del alcance de sus alelados vástagos; dichos vástagos podrían entonces recuperarse y concentrarse en el auténtico asunto de la temporada inminente: encontrar una esposa adecuada.

Flick, huelga decirlo, era más que adecuada, pero las damas ya habían aceptado que sus hijos no lograrían clasificarse como candidatos, al igual que habían aceptado que sus hijas no tenían la menor oportunidad de atraer la atención de Demonio. Por lo tanto, lo mejor para todos era emparejar a Demonio y a Flick rápidamente para sacarlos de la competición antes de que causasen más estragos en los planes matrimoniales de las respetables damas.

Ésa era su estrategia. Teniendo en cuenta que sus planes coincidían por completo con los suyos, Demonio estaba más que dispuesto a tranquilizarlas en cuanto a sus intenciones.

—Sus conocimientos en materia de caballos son impresionantes. —Hizo el comentario con naturalidad y admiración a un tiempo—. Y, claro está, es la pupila del general.

—Cierto —asintió la señora Wallace—. Es de lo más apropiado.

—Una circunstancia muy feliz —convino la señora Pemberton.

Convencido de que se habían entendido muy bien, Demonio hizo una elegante reverencia y se despidió. Recorrió el flanco de la sala con los ojos puestos en las parejas que bailaban, pero no vio a Flick.

Se detuvo y miró con más detenimiento: ella no estaba allí.

Localizó al general, que estaba charlando con un grupo de caballeros avanzados en edad, pero Flick no estaba con él.

Maldijo para sus adentros a los gallinas de quienes no se podía esperar que mantuviesen entretenida a una chica ingeniosa e inteligente, y se acercó con la máxima celeridad al otro extremo del salón, donde la había visto por última vez. Una vez allí, empezó a preguntarse qué se le había podido pasar por la cabeza. Su desaparición no podía tener nada que ver con Bletchley y la organización, ¿o sí?

Al pensar que alguien podía haberla identificado, seguido y luego secuestrado sintió un escalofrío. Enseguida pensó que eso era absurdo; era una idea descabellada, imposible. La puerta principal se encontraba justo detrás del grupo de casamenteras, y estaba seguro de que Flick no había pasado por allí. Sin embargo, las demás puertas sólo conducían a otros recintos de la casa, no al exterior.

¿Dónde diablos se había metido?

Mientras buscaba de nuevo entre la multitud, un destello atrajo su atención. La cortina de encaje que cubría uno de los ventanales ondeaba con la brisa: el estrecho marco estaba entreabierto. Demonio no podía colarse por esa abertura, pero Flick era mucho más menuda que él.

Tardó cinco minutos en volver a recorrer el salón, sonriendo, saludando y rechazando invitaciones para charlar. Al llegar al vestíbulo, se deslizó por la puerta principal y se dirigió al lateral de la parroquia.

El jardín al que se abría el ventanal del salón estaba desierto. Había luna llena, y una incesante luz plateada iluminaba un sendero de guijarros y los macizos de flores que flanqueaban una extensión de césped muy bien cuidado. Frunciendo el ceño, Demonio examinó las zonas sombrías, pero no había rincones ni bancos debajo de las frondosas ramas... no había ningún ángel vestido de azul en comunión con la noche.

El jardín estaba sumido en un profundo silencio, y las suaves melodías que brotaban de los violines apenas arañaban la quietud de la noche. Una punzada de miedo le aguijoneó la columna vertebral y luego le atacó el corazón. Cuando estaba a punto de dar media vuelta y volver sobre sus pasos para comprobar, antes de empezar a asustarse de veras, que Flick no había vuelto al salón, su mirada se posó sobre un seto que adornaba un costado del césped.

Junto a él, entre el césped y el muro verde oscuro, vio un sendero. El seto era muy alto y Demonio no veía lo que había al otro lado. Sigilosamente, se aproximó al muro, mirando a su alrededor y recordando vagamente que por allí había un pequeño patio...

Había una abertura en la sombra, un hueco en el seto. Demonio se asomó... y la vio.

El patio era un cuadrado empedrado con un arriate central elevado donde se erigía un viejo magnolio que extendía sus ramas por encima de un pequeño estanque. Flick se paseaba despacio por delante del estanque, mientras la luz de la luna se derramaba sobre el azul de su vestido, tiñéndolo de un plateado irreal.

Demonio la observó, paralizado por el oscilar de sus caderas, por la elegancia ingenua con que se volvía al dar media vuelta. Entonces se dio cuenta de cuánto le habían afectado unos temores para él desconocidos, y reconoció la tensión que lo había atenazado y que, con la visión de Flick, una oleada de alivio había atenuado.

Flick percibió su presencia y, al alzar la vista, se detuvo en seco y, por un instante, tensó todos sus músculos. Sin embargo, cuando lo reconeció, recuperó su expresión relajada. No dijo nada, se limitó a arquear una ceja.

—Con ese vestido y bajo esta luz pareces un hada plateada. —«Ven a robar el corazón de este mortal», pensó. Su voz era solemne y reveladoramente grave.

Si Flick se percató de ello, se esforzó por disimularlo. Simplemente se miró el vestido, sujetándose la falda.

—Es un azul muy pálido. Me gusta.

A él también le gustaba, era del mismo azul pálido y puro que sus ojos. El vestido bien valía el precio que Demonio había pagado por él. Por supuesto, Flick nunca había llegado a averiguar que él se había encargado de costear el vestido. Clotilde era una modista excelente, y Demonio pensó que debía enviarle alguna muestra de agradecimiento adicional.

Demonio vaciló un instante... pero allí estaban, solos bajo la luz de la luna, mientras los violines susurraban distantes en la oscuridad. Sin prisas, avanzó con la mirada fija en ella.

Flick lo vio acercarse, inmenso, elegante... peligroso. La luna teñía de plata su pelo, endureciendo sus facciones bajo su intensa luz. Las secciones angulares parecían más duras, como de piedra pálida. Sus ojos se escondían bajo la sombra de sus tupidas pestañas.

Flick no alcanzaba a comprender que su presencia le resultara tan tranquilizadora e inquietante a la vez. Sus nervios se tensaban, sus sentidos se afilaban... El ansia que le había acompañado mientras bailaban regresó todavía con más fuerza.

Había abandonado el salón para estar tranquila, a solas, para respirar aire fresco, y esperar que se calmase el trajín de su cerebro, el calor de su piel. Había salido a pensar. A pensar en él. Por un lado, Flick se preguntaba si lo habría interpretado correctamente, y, por el otro, estaba convencida de ello. Pero todavía no acababa de creérselo.

Era como un cuento de hadas.

Y ahora, él estaba allí... Le flaquearon las piernas incluso antes de formular ese pensamiento. Bruscamente, recordó que estaba molesta con él. Cruzando los brazos, ladeó la barbilla. Cuando él se acercó, lo miró entrecerrando los ojos.

—Has estado conspirando con la señora Pemberton. Foggy me ha dicho que le envió el mensaje al general a través de ti.

Se detuvo delante de ella.

—La señora Pemberton habló de ti como de una posible futura solterona, y eso no me pareció una buena idea.

Su voz profunda acarició la piel de Flick y luego se filtró en ella, consiguiendo que su enfado se desvaneciera al instante. Flick se esforzó por no temblar y siguió insistiendo:

—Pues no sé qué puede hacer una noche como ésta al respecto. —Señaló hacia la casa—. Lo que es seguro es que no voy a encontrar un marido ahí dentro.

—¿Ah, no?

—Ya los has visto. ¡Son muy jóvenes!

—Ah... ellos.

Su voz se hizo aún más grave y Flick sintió que la red de fascinación se tejía a su alrededor de nuevo. Demonio curvó ligeramente los labios, y esbozó una leve sonrisa alimentando la atracción de Flick por él.

—No —dijo con un susurro ronco—. Estoy de acuerdo. Decididamente, no deberías casarte con ninguno de ellos.

El silencio que siguió se prolongó durante largo rato. Demonio levantó las pestañas y la miró a los ojos.

—Aunque existe una alternativa.

No dijo nada más, pero el significado de sus palabras estaba claro, escrito en los ángulos de su rostro, en sus ojos. La miró fijamente. La noche los envolvía con su manto de oscuridad, llena de vitalidad y a pesar de ello tan silenciosa que Flick podía oír los latidos de su propio corazón.

Entonces oyeron la música.

Unos tímidos compases flotaron por el césped y los alcanzaron tras acariciar los setos. Eran las primeras notas de un vals. Demonio ladeó un poco la cabeza y, a continuación, sin apartar la mirada de los ojos de Flick, extendió las manos.

—Ven, bailemos este vals.

La red se cernía sobre ella, y sintió su roce brillante mientras la atrapaba en su trama. Sin embargo él no la oprimía con ella, le correspondía a Flick elegir dar un paso adelante, aceptar.

Flick se preguntó si se atrevería. Sus sentidos querían acercarse a él: sabía qué se sentía al estrecharse contra su pecho cálido, al dejar que sus brazos la rodearan con fuerza, que sus caderas se encajaban en sus poderosos muslos. Y, sin embargo...

—No sé cómo.

Respondió en un tono de voz asombrosamente sosegado, y los labios de Demonio se curvaron un poco más.

—Yo te enseñaré —empezó a decir, con una pizca de malicia en su sonrisa— todo lo que necesitas saber.

Flick consiguió dominar el temblor que se estaba apoderando de su cuerpo. Sabía muy bien que no estaban hablando de un simple vals: no era ésa la invitación grabada en su mirada, el desafío que imponía su voz. Esas manos, esos brazos, ese cuerpo... ella sabía lo que le estaban ofreciendo y, en el fondo de su alma, también sabía que nunca más podría negarse, no sin probarlo, sin tocarlo... sin conocerlo.

Dio un paso adelante, mientras levantaba los brazos y ladeaba el rostro hacia él. Demonio la atrajo hacia sí, rodeándola con el brazo con actitud posesiva y estrechándole la mano derecha con su izquierda. Se fue acercando hasta que ambos se tocaron, hasta que la seda del corpiño de Flick le acarició la chaqueta. Él compuso una sonrisa radiante.

—Relájate y déjate llevar.

Demonio dio un paso atrás y luego otro a un lado y, sin tener tiempo a pensárselo, Flick se encontró dando vueltas y más vueltas. Al principio, los pasos de Demonio eran tímidos, pero cuando Flick hubo atrapado el ritmo, ambos dejaron que la música les poseyera, que la simple energía del baile les guiara, y giraron, oscilaron y se balancearon sin descanso.

Luego la música se ralentizó, y ellos también aminoraron el ritmo. Él se acercó imperceptiblemente, y Flick apoyó la sien contra su pecho.

—¿No hay una regla que dice que se supone que no puedo bailar un vals a menos que alguien lo apruebe?

—Eso sólo se aplica en la ciudad, en los bailes de sociedad formales. Las jovencitas tienen que aprender a bailar el vals en alguna parte, de lo contrario ningún caballero querrá bailar con ellas.

Flick contuvo un suspiro burlón, pues no lo había pisado ni una sola vez. Daban vueltas muy despacio, al son de la música, suave y lenta.

Fascinada por el vaivén de la seda deslizándose entre ambos, y por el calor que emanaba del cuerpo de Demonio, se acercó aún más a él.

Demonio no retrocedió. Le apretó la mano y se la llevó a su espalda. La abrazó con más fuerza, y desplegó la mano por debajo de su cintura, acercándose tanto a Flick que en lugar de dos personas parecía que bailara sólo una.

A Demonio le ardía la mano, al igual que los muslos, que presionaba contra los de Flick cada vez que daban un giro. Flick, cuyos pechos estaban en contacto con la chaqueta de Demonio, apoyó la mejilla en su torso y se dispuso a oír los latidos de su corazón.

Al final, con un último compás que ambos pasaron por alto, la música cesó. Sus pies fueron deteniéndose despacio hasta que finalmente dejaron de moverse. Durante un instante que parecía eterno, se limitaron a permanecer de pie, inmóviles.

Luego él levantó ligeramente la cabeza de Flick y la miró a los ojos. Su tentación, su promesa la rodeaban por completo, como un velo reverberante, como un brillo que teñía su piel. Flick era consciente de que no se lo imaginaba, pues no sabía lo suficiente para imaginarse algo así. Sabía lo que había ocurrido allí, lo que era y lo que podía llegar a ser.

Aunque no sabía por qué.

De modo que lo miró a sus ojos de espesas pestañas y decidió preguntárselo.

—¿Por qué haces esto?

Él se sumergió en sus ojos y luego enarcó una ceja.

—Pensaba que era evidente. —Al cabo de un momento, afirmó—: Te estoy cortejando, te estoy haciendo la corte, como quieras llamarlo.

—¿Por qué?

—¿Por qué va a ser? Porque quiero que seas mi esposa.

—¿Por qué?

Él vaciló y luego le soltó la mano. Deslizó los dedos por debajo de su barbilla y le levantó el rostro. Cubrió los labios de ella con los suyos.

Comenzó como una caricia suave, pero eso no satisfizo a ninguno de los dos. Sería imposible discernir quién de los dos intensificó el beso: los labios de él de repente se volvieron más duros, más firmes, más exigentes, y los de ella le correspondieron tornándose más suaves, más cautivadores, más sugerentes...

Con gran atrevimiento, Flick separó los labios sólo un poco y luego un poco más, y cuando Demonio se aprovechó de ello ella lo recibió con entusiasmo. Ladeando la cabeza, él la probó y luego, como un conquistador, simplemente tomó más.

Ella se estremeció, se entregó y lo acogió con toda su alma. Abrazándola con fuerza, Demonio dejó la impronta de su carne dura en la suavidad de la suya. Ella lanzó un suspiro y sintió que él se la bebía entera: su aliento era de él y era de él el de ella; la cabeza le daba vueltas mientras el beso se prolongaba.

Una vez más, fue ella quien dio el siguiente paso, quien, con toda su inocencia, levantó los brazos, deslizó las manos en la nuca de él y hundió su cuerpo contra el suyo. Sintió en el pecho de Demonio un ruido sordo, un gemido que no llegó a aflorar a sus labios.

El beso se tornó hambriento.

Caliente y voraz.

Los labios de Demonio abrasaron los de ella, y su avidez era inmensa, tórrida y lacerante. Flick lo percibía con claridad, allí, bajo su fachada de control sereno y elegante. Más audaz que nunca, se lanzó a responderle.

Demonio se quedó paralizado.

Un minuto después Flick estaba de pie, tambaleándose, dejando que el aire fresco corriera entre los dos. Los pechos le dolían, tenía una sensación extraña y toda la piel le ardía. Parpadeó y lo miró: respiraba con la misma dificultad que ella, aunque se recobró más rápidamente. A Flick, la cabeza todavía le daba vueltas.

Apartó las manos del cuerpo de la joven, era imposible leer sus ojos.

—Deberíamos volver —dijo.

Antes de que Flick tuviera tiempo de pensar, mucho antes de que pudiese recuperar el control y decidir, ya estaban de nuevo en el salón de baile. Se mezclaron con los demás invitados mientras Flick trataba por todos los medios de recobrar la serenidad mental. Demonio, a su lado, volvía a ser el de siempre, el caballero elegante, correcto y... con un total dominio de sí mismo; los labios de Flick, en cambio, seguían temblando, y su aliento aún era irregular. Y le dolía, hasta los huesos, esa sensación de haber sido rechazada.

A la mañana siguiente, con una pila de libros bajo el brazo, Flick salió por la puerta lateral, mirando hacia abajo mientras se ponía los guantes... y se dio de bruces con una pared de ladrillo.

—¡Ay! —Se quedó sin aliento. Por fortuna, la pared estaba recubierta de poderoso músculo y tenía unos brazos que la rodearon, evitando así que tanto ella como los libros cayeran al suelo.

Inspiró hondo, mientras sus pechos se henchían contra la chaqueta de Demonio, y a continuación se apartó con un soplo los rizos que le tapaban los ojos. Su soplido alborotó los rizos que le cubrían ligeramente la oreja.

El cuerpo de Demonio se puso rígido. Completamente.

Deshizo el abrazo con gesto torpe, la agarró de los antebrazos y la apartó de sí.

Ella parpadeó y él la miró con gesto hosco.

—¿Adónde vas?

Su tono de voz, el de alguien que tiene derecho a saber, estaba condenado a provocar la ira de la joven: alzando la nariz con gesto altivo, pasó por su lado y siguió su camino.

—A la biblioteca pública.

Demonio estuvo a punto de soltar una palabrota, se dio media vuelta y la siguió.

—Te llevaré en mi calesa.

¡Ni siquiera le había preguntado si quería que la llevara! ¡Ni tampoco dedicado un «Buenos días, querida. ¿Cómo estás?»! ¿Qué pasaba entonces con lo ocurrido la noche anterior? Sin dejarse impresionar, Flick siguió mirando adelante con tozudez, resistiéndose implacablemente al impulso de mirarlo mientras él le daba alcance.

—Soy perfectamente capaz de devolver y escoger mis novelas yo misma, gracias.

—Eso ya lo sé.

Su tono era igual de obstinado que el de ella.

Flick abrió la boca para protestar... y vio el par de caballos negros enganchados a la calesa. Su rostro se dulcificó y sus ojos se iluminaron.

—¡Oh, qué bellezas! —Su tono era reverente, un digno homenaje a los animales perfectos que piafaban con impaciencia en la gravilla—. ¿Son nuevos?

—Sí. —Demonio la siguió mientras ella se encaminaba hacia los caballos para examinarlos y admirar sus atributos. Cuando Flick se detuvo a tomar aliento, Demonio añadió con aire despreocupado—: Había pensado en llevarlos a dar un paseo para que se acostumbren al tráfico de la ciudad.

Con ojos clavados en el lomo reluciente de los animales, la joven, presa todavía de la admiración, no le prestaba ninguna atención. Aprovechando el momento, Demonio la tomó de la mano y la ayudó a subir al vehículo.

—Yerguen la cabeza de un modo tan majestuoso... —Se acomodó en el asiento—. ¿Cómo es su rendimiento?

Sin esperar una respuesta, siguió hablando como una experta amazona; cuando hubo terminado con todas sus preguntas y exclamaciones, ya estaban avanzando por el camino. Demonio mantenía la mirada fija en los caballos, esperando a que ella se diera cuenta y lo reprendiera por haberse aprovechado de la situación. Sin embargo, en lugar de eso, Flick dejó los libros en el asiento, entre Demonio y ella, y se recostó lanzando un leve suspiro.

Como el momento de paz se alargaba inesperadamente, Demonio se atrevió a mirarla de reojo: estaba sentada plácidamente, con una mano en la baranda y la mirada clavada no en los animales, sino en las manos de Demonio.

Observaba cómo sujetaba las riendas, cómo deslizaba los dedos por las correas de cuero. Sus ojos despedían un brillo ansioso y se dibujaba una expresión nostálgica en su rostro.

Demonio miró hacia delante y, al cabo de un momento, apretó la mandíbula.

Nunca había dejado que una mujer condujera sus caballos.

Pese a ser nuevos, el par de caballos negros estaban bien adiestrados; habían demostrado tener muy buen comportamiento. Además, él iría sentado junto a ella.

Aunque... si los conducía una vez, ella daría por sentado que dejaría que lo hiciese más veces.

Cuando montaba, Flick manejaba las riendas incluso con más delicadeza que él.

Al salir del camino de la mansión, enfiló la carretera de Newmarket con la calesa pero, en lugar de sacudir las riendas, dejó escapar un largo suspiro y se volvió hacia Flick.

—¿Quieres llevar las riendas un rato?

La expresión de su rostro sirvió de recompensa por todas sus posibles dudas: una sorpresa absoluta dio paso a una alegría ansiosa, que sin embargo se atenuó rápidamente.

—Pero... —Lo miró directamente, mientras la esperanza batallaba con la frustración inminente—. Nunca he conducido un par de caballos.

Se obligó a sí mismo a encogerse de hombros.

—No es tan distinto de un solo caballo. Ten, aparta esos libros y acércate.

Ella obedeció y se deslizó por el asiento hasta que los muslos de ambos se rozaron. Haciendo caso omiso de la oleada de calor que inmediatamente le recorrió las entrañas, Demonio transfirió las riendas a sus manitas sin dejar de tirar con fuerza del cuero hasta que estuvo seguro de que Flick las tenía bien sujetas.

—No. —Con movimiento experto, recolocó las riendas en la palma de la mano izquierda de la joven—. Así, para que puedas controlar los dos a la vez con una sola mano.

Ella asintió con tanto entusiasmo que Demonio se preguntó si sería capaz de decir algo más. Le pasó el brazo por detrás de ella para poder sujetarla si algo iba mal y se dispuso a observarla, mirando de vez en cuando hacia delante para comprobar el camino. Pero lo conocía bien, igual que ella.

Se presentaron ciertas dificultades para hacer girar a los caballos cuando tuvo que tomar una curva; Demonio apretó los dientes y consiguió dominar el impulso de saltar hacia delante y poner la mano encima de la suya. Sin embargo, a partir de entonces Flick se fue adaptando y poco a poco, a medida que iban pasando junto a los campos, ambos se relajaron.

Demonio descubrió que el hecho de que condujese una señorita tenía una ventaja que esperaba que no les haría acabar en una zanja del camino: podía limitarse a mirarla, a concentrarse en su rostro, en su figura, en este caso, inmaculada y elegante, vestida de batista. Con el movimiento, su pelo, aquellos adorables rizos de oro, ondeaba constantemente al viento, un marco vivo para su delicado rostro.

Su rostro estaba exultante de placer y expresaba un entusiasmo que Demonio conocía muy bien. Flick estaba encantada y radiante, y él se sentía decididamente satisfecho.

Flick le lanzó una mirada recelosa al pasar por los primeros establos que había junto al hipódromo. A partir de ahí, habría otros caballos, gente e incluso perros, toda clase de cosas que podían molestar a los caballos negros. Demonio asintió con la cabeza, se incorporó y le quitó las riendas de las manos con destreza. Volvió a colocar las riendas e hizo saber a los caballos que era él quien los conducía de nuevo.

Flick se recostó con un suspiro de euforia. Siempre había querido conducir una calesa. ¡Y los caballos negros de Demonio! Era el par de caballos jóvenes más perfectos que había visto en su vida; quizá no eran tan robustos ni potentes como sus zainos campeones, pero sus patas esbeltas y sus cuellos largos y arqueados los hacían extremadamente elegantes.

¡Y ella los había conducido! Se moría de ganas de decírselo al general. Y Dillon... ¡se pondría verde de envidia! Suspiró de nuevo y, con una sonrisa de satisfacción, miró a su alrededor.

Y entonces recordó cuáles habían sido sus primeras palabras y se dio cuenta de que había sido secuestrada. De que la había engatusado. La había atraído a su calesa con promesas tentadoras y la había llevado a la ciudad.

Miró de reojo a su captor, que tenía la atención puesta en el camino, con una expresión relajada pero impenetrable. No había duda de que lo tenía todo planeado, de que esa mañana había enganchado los caballos negros para engatusarla, estaba convencida de ello.

Por desgracia, después de haber disfrutado tanto, sería una grosería por su parte ponerle objeciones, de modo que se recostó hacia atrás y disfrutó del paseo un poco más, observándolo mientras capeaba el denso tráfico antes de detenerse frente a la biblioteca pública, justo a medio camino de High Street, en el centro de la ciudad.

Como solía ocurrir, el espectáculo de un par de magníficos caballos había atraído a un grupito de muchachos. Tras ayudarla a bajar de la calesa, Demonio escogió a dos de ellos y, dándoles instrucciones muy estrictas, los dejó a cargo de los caballos.

Flick se quedó algo sorprendida, pero era demasiado lista para demostrar su sorpresa. Con los libros a cuestas, se dirigió a la puerta de la biblioteca. Demonio echó a andar tras ella, extendió el brazo y le abrió la puerta.

Flick se adentró en aquel ambiente que le resultaba tan

familiar: un amplio espacio delantero donde dormitaban dos caballeros entrados en años mientras leían sus libros de historia, y una serie de estrechos pasillos, flanqueados por hileras de estanterías abarrotadas de libros, que conducían a la parte de atrás de lo que antaño había sido una sala.

—Hola, señora Higgins —le susurró Flick a la mujer de aspecto matronil que presidía sus dominios desde detrás de una mesa que había junto a la entrada—. Vengo a devolver estos libros.

—Muy bien, muy bien. —Colocándose unos anteojos en la nariz, la señora Higgins examinó los títulos—. Y dime, ¿le ha gustado al general la biografía del comandante?

—Sí, muchísimo. Me ha dicho que le pregunte si tienen más.

—Encontrarás todo lo que tenemos en el segundo pasillo, querida, a medio camino entre... —Las palabras de la señora Higgins quedaron flotando en el aire. Mirando hacia la puerta, levantó la mano despacio y se retiró los anteojos para ver mejor quién había entrado en su castillo.

—Me acompaña el señor Cynster —le explicó Flick. Volviéndose hacia Demonio, señaló las sillas del espacio de la entrada—. ¿Quieres esperar ahí?

Miró a los dos ancianos y luego volvió a mirarla a ella, con una expresión de perplejidad absoluta.

—Te acompañaré.

Así lo hizo, andando justo detrás de ella mientras avanzaba por los pasillos.

Flick intentó hacer caso omiso de su compañía y concentrarse en los libros, pero las novelas y los héroes literarios no podían competir con la presencia masculina que le iba a la zaga. Cuanto más se esforzaba por olvidarse de él, más penetraba en su mente, en sus sentidos... Cosa que era lo último que necesitaba.

Ya estaba suficientemente confusa con respecto a él.

Después de pasarse la noche reviviendo su segundo baile, aquel vals inolvidable y recordando todas y cada una de las palabras que había dicho bajo la luz de la luna, a la hora del desayuno había tomado la firme decisión de permanecer ajena a todo el asunto... y esperar, y ver.

Esperar a que él hiciese el próximo movimiento y ver si tenía más sentido que el que había hecho la noche anterior.

Flick tenía la profunda sensación de estar malinterpretando las cosas a causa de su falta de experiencia en el terreno del amor, de estar leyendo en sus palabras y en sus actos más de lo que Demonio pretendía. Estaba acostumbrado a coquetear con las sofisticadas damas de la alta sociedad londinense, y sin duda aquel segundo baile, el vals y sus cariñosas palabras a la luz de la luna —y por supuesto, aquel beso— no eran más que un simple coqueteo inconsecuente, el modo en que los hombres y las mujeres de su clase social se entretenían por las noches. Una forma sofisticada de bromear. Cuanto más lo pensaba, más probable le parecía que sólo se tratase de eso.

En cuyo caso, lo último que debía hacer era darle importancia.

Con aire decidido, se detuvo ante la librería que contenía sus novelas favoritas, las de la señorita Austen y la señora Radcliffe. Haciendo caso omiso del sonido reprobatorio que oyó a sus espaldas, examinó las estanterías con obstinación.

Demonio apoyó un hombro en uno de los anaqueles, se metió las manos en los bolsillos y la observó con el ceño fruncido: si lo que quería eran historias de amor, ¿por qué diablos las buscaba en los libros?

El hecho era que no había reaccionado a sus planes como él esperaba. Mientras Flick estuvo extrayendo distintos libros y examinándolos, hasta que decidió devolver algunos y conservar otros, Demonio no le sacó los ojos de encima, y empezó a preguntarse si habría alguna forma de intensificar su campaña de seducción. Por desgracia, Flick era joven e inocente... y terca y testaruda, lo cual significaba que si tensaba demasiado la cuerda, si iba demasiado rápido, ella podía asustarse y ponerse difícil, y eso complicaría aún más las cosas. Demonio había domado un número suficiente de caballos rebeldes para conocer el valor de la paciencia; y, por supuesto, esta vez ni se planteaba la posibilidad del fracaso: le pondría el anillo en el dedo tardara lo que tardase en conseguirlo.

Se negaba a contemplar la posibilidad de una derrota. La última vez, cuando había aparecido en la mansión dispuesto a ofrecerse a sí mismo en sacrificio y contraer matrimonio ante el altar, no sabía lo que hacía. No se había parado a pensar, simplemente había reaccionado ante la situación por instinto. Al descubrir que Flick lo había arreglado todo para que no tuviese que someterse a semejante sacrificio, se había quedado paralizado, atónito, pero no de alegría. En realidad no le había hecho ninguna gracia, y esto, a su vez, todavía le había gustado menos.

Decididamente, eso le había hecho pensar. Se había pasado las siguientes veinticuatro horas haciendo precisamente eso: pensar, separar sus verdaderos deseos del disfraz de la conveniencia en que los había envuelto, para descubrir que, como de costumbre, su instinto no le había fallado.

Quería casarse con aquella chiquilla, la razón era lo de menos, y el haberla comprometido de un modo tan inocente había sido una vía muy cómoda, si no perfecta, para conseguir su objetivo. Su deseo de casarse con ella no tenía nada de inocente, sus pensamientos, aun entonces, habían sido inducidos por el deseo. Su decepción había sido tan profunda que se había sentido verdaderamente herido, cosa que le había molestado aún más.

Ninguna mujer le había sumido en tal incertidumbre, nadie le había hecho sufrir de deseo sin tener garantía de alivio.

Su súbita vulnerabilidad —su necesidad de un ángel— era algo que quería solucionar lo antes posible. Una vez que se hubiese casado con ella y la hubiese metido en su cama, estaba seguro de que se sentiría mucho mejor, y que volvería a ser el mismo hombre seguro, decidido e independiente de siempre... razón por la cual no cejaría en su empeño hasta que ella aceptase casarse con él. Sólo rezaba por que no tardase demasiado tiempo.

Cargada con tres libros, Flick abandonó por fin aquella estantería y avanzó por el pasillo. Incorporándose de donde estaba apoyado, Demonio la siguió. Flick se detuvo para seleccionar un libro de cocina: *Recetas del Renacimiento italiano.*

—¿Es que tienes previsto invitar a cenar a algún conde italiano?

Flick lo miró.

—Es para Foggy, le encanta leer recetas. —El libro era grande y pesado y tuvo que hacer malabarismos con las manos para sostenerlo.

—Trae. —Demonio extendió el brazo para que le diera el libro.

—Ah, gracias. —Con una sonrisa de agradecimiento, le dio el libro de cocina y sus tres novelas.

Apretando los labios, Demonio le sostuvo los libros e intentó tranquilizarse a sí mismo diciéndose que no era probable que ninguno de sus conocidos, ni siquiera Reggie, entrasen y lo encontrasen recorriendo los pasillos, a la entera disposición de aquel ángel, cargado de libros de cocina y novelas románticas.

La siguiente parada de Flick eran las biografías.

—Al general le gusta leer las vidas de caballeros relacionados con el mundo de los caballos. El último libro que le llevé trataba de la vida de un comandante de caballería. —Arrugando la frente, examinó los estantes—. ¿Sabes de algún libro que pueda resultarle interesante?

Demonio miró los lomos de cuero con letras doradas.

—No leo demasiado.

—¿Ah, no? —Arqueando las cejas, levantó la vista—. ¿Y qué haces las noches tranquilas?

La miró a los ojos.

—Me gustan más las tareas un poco más activas.

Flick esbozó un gesto perplejo.

—Bien tienes que relajarte alguna vez.

Curvando los labios, intensificó su mirada y habló en tono grave:

—Las tareas a las que me refiero son muy relajantes.

Un leve rubor tiñó sus mejillas. Sostuvo su mirada un instante, enarcó una ceja altiva y apartó la mirada.

Sonriendo para sus adentros, Demonio volvió a mirar los libros. Al menos ya no lo consideraba un padre protector benevolente.

—¿Qué me dices de éste? —Extendió el brazo por encima de la cabeza de Flick y extrajo un ejemplar.

—*Coronel J. E. Winsome: Memorias de un capitán de caballería* —leyó Flick mientras Demonio depositaba el libro en sus manos. La joven lo abrió y ojeó rápidamente la descripción de la portada—. ¡Oh, sí! Es perfecto. Trata sobre la caballería en la Guerra de la Independencia española.

—Excelente —exclamó Demonio—. ¿Podemos irnos ya?

Flick asintió, y Demonio soltó un suspiro de alivio.

Ella le guió hasta el vestíbulo de la entrada.

La señora Higgins frunció los labios con gesto reprobatorio cuando Demonio depositó los libros en su mesa. Flick fingió no darse cuenta y empezó a charlar alegremente mientras la señora Higgins anotaba la referencia de los libros en una tarjeta. Dando un paso atrás, Demonio echó un último vistazo a su alrededor: no volvería a aquel lugar, si podía evitarlo.

Uno de los ancianos caballeros de los mullidos sillones se había despertado; lanzó a Demonio una mirada recelosa y arrugó la frente con gesto grave.

Volviéndose de nuevo hacia Flick, Demonio le arrebató la pila de libros que ella acababa de tomar en sus brazos.

—Trae. Te llevaré a casa.

Flick sonrió, se despidió de la señora Higgins y echó a andar hacia la puerta; Demonio la siguió sin dejar de mirarle las caderas, decidido a hacer todo lo posible para curarla en un futuro próximo de cualquier necesidad de ficción romántica.

10

Para Flick, la visita a la biblioteca fue el comienzo de una semana la mar de peculiar.

Demonio la llevó de vuelta a la mansión siguiendo la ruta más larga posible con la excusa de ejercitar a sus caballos negros. Cuando accedió a dejarle a ella las riendas de nuevo, Flick se abstuvo de realizar cualquier comentario respecto a su arrogancia y su prepotencia puesto que, dicho sea de paso, lo cierto es que no tenía otra cosa mejor que hacer y, desde luego, nada comparable a la sensación de conducir aquella calesa mientras el aire le alborotaba el pelo y sujetaba con fuerza las riendas con sus manos. La euforia absoluta de manejar ese vehículo, diseñado para alcanzar y resistir altas velocidades, mientras el par de caballos negros recorrían los caminos con paso majestuoso, había surtido efecto: Flick estaba hechizada.

Cuando Demonio detuvo la calesa frente a la mansión, Flick sonreía con tanto entusiasmo que, aunque hubiera querido reprenderlo, no habría podido.

Lo cual, a juzgar por el brillo de sus ojos, era exactamente lo que había planeado Demonio.

Regresó a la mansión a la mañana siguiente, aunque en esta ocasión no había ido a visitarla a ella; se pasó una hora con el general hablando de una raza de caballos que éste había estado investigando. Por supuesto, el general lo invitó a que se quedara a almorzar y él aceptó de buen grado.

Más tarde, Flick lo acompañó hasta el establo. Ella esperaba algún comentario por su parte, pero aparte de una ingeniosa observación acerca de lo mucho que estaba disfrutando del paisaje —pues el viento agitaba la falda de Flick—, Demonio no dijo nada. Sus ojos, no obstante, parecían inusitadamente brillantes y su mirada, especialmente penetrante; pese al viento, Flick no sentía frío.

Pasaron los días y Demonio los iluminó todos con sus visitas. Flick no sabía cuándo le vería aparecer, ni tampoco dónde, así que se pasaba el día pendiente de oír sus pisadas.

Además, no era sólo su mirada la que era penetrante: de vez en cuando Demonio la tocaba, simplemente le ponía la mano en la espalda o le deslizaba los dedos por la mano hasta la muñeca. Cada vez que esto ocurría, ella se quedaba sin aliento, y se sonrojaba.

El peor momento llegó una tarde en la que Demonio apareció y la convenció para que lo acompañase a los entrenamientos del Heath, pues seguía vigilando a Bletchley durante los ejercicios de la mañana y de la tarde.

—Últimamente Hills y Cross están realizando las labores de vigilancia porque es más difícil que los identifiquen a ellos que a Gillies o a mí.

Estaban en el Heath, y Flick sujetaba el mango de su sombrilla plegada con las manos.

—¿Ha hecho Bletchley algún acuerdo más? ¿Ha amañado más carreras?

Demonio negó con la cabeza.

—Empiezo a preguntarme...

Como él no acabó la frase, ella insistió:

—¿Qué?

Él la miró y luego dibujó una mueca y miró hacia el otro lado del hipódromo, donde entrenaba su cuadra. Bletchley estaba merodeando debajo de su roble favorito; desde allí podía ver entrenar a los caballos de tres establos diferentes.

—Empiezo a preguntarme —prosiguió Demonio— si tiene más carreras que amañar. Ha estado charlando con los jinetes, eso es cierto, pero últimamente parece que lo que pretende es congraciarse con ellos. Aparte de las tres carreras amañadas que ya conocemos, que son todas para las jornadas del Spring Carnival, no ha cerrado más tratos con nadie.

—¿Entonces?

—Entonces es posible que todas las carreras que la organización quiere para el Spring Carnival ya estén amañadas, que sólo sean esas tres. Teniendo en cuenta de qué carreras se trata, deberían bastarle hasta al más avaricioso de los hombres. Me pregunto si Bletchley no estará sólo matando el tiempo hasta que sus jefes lleguen para hablar con él y si mientras está tratando de averiguar todo lo posible sobre los jinetes para que luego le resulte más fácil amañar la siguiente tanda de carreras, dentro de unos meses, tal vez en las jornadas de julio.

Flick miró a Bletchley.

—¿Busca puntos flacos en los jinetes? ¿Algo que le dé alguna ventaja sobre ellos?

—Bueno... Posiblemente.

En cuanto Demonio apartó la mirada de Bletchley y posó sus ojos sobre ella, Flick detectó el momento exacto en que la mente de Demonio dejó de pensar en las carreras amañadas y se centró en... lo que fuese que pensaba cuando la miraba a ella.

Al sentir un suave tirón en uno de sus rizos, Flick se volvió y se encontró con el rostro de Demonio mucho más cerca, a escasos centímetros...

—Deja de mirarlo así, se va a dar cuenta.

—No estoy mirando a Bletchley. —Flick le miraba los labios, que empezaron a dibujar una sonrisa y luego se aproximaron imperceptiblemente...

Ella se puso algo nerviosa, parpadeó y lo miró a los ojos.

—Será mejor que demos un paseo. —El coqueteo no tenía nada de malo, pero no pensaba permitir que le diera ninguno de sus embriagadores besos allí, en el Heath, delante de todo el mundo.

Los labios de Demonio hicieron una mueca, pero asintió con la cabeza.

—Sí, tal vez sea mejor.

Demonio le indicó que se volviera y, una vez tuvo la mano de Flick apoyada en su brazo, empezaron a pasear por la orilla del Heath... mientras ella esperaba con toda su alma que él tomase la iniciativa como hacía habitualmente y le guiase hasta un establo vacío.

Pero para su incomprensible disgusto, él no lo hizo.

A la mañana siguiente, la llevó a la ciudad para que saboreara los bollos de The Twig and Bough, los cuales, según Demonio, eran exquisitos. A continuación pasearon por High Street, donde la señora Pemberton les sonrió desde su carruaje e intercambiaron con ella corteses saludos.

Flick estaba segura de que la esposa del párroco nunca la había mirado con semejantes ojos de aprobación, lo cual, más que cualquier otra cosa, y mucho más que la insistencia de sus torpes sentidos o las dudas de su mente fantasiosa, le hizo preguntarse qué era lo que pretendía Demonio, lo que pretendía en realidad.

Flick había montado caballos de pura raza toda su vida, hacía mucho tiempo que había aprendido a dejar a un lado las emociones y los pensamientos que pudieran ponerla nerviosa. Hasta el momento, o eso pensaba ella, había logrado con éxito hacer caso omiso de las incertidumbres que la compañía constante de Demonio le habían provocado, pero tras su encuentro con la señora Pemberton ya no podía pasar por alto el hecho de que parecía, a todas luces, que la estaba cortejando. Seduciendo.

Tal como él mismo había dicho.

¿Acaso aquella noche la luz de la luna le había alterado el juicio...? ¿O se lo había alterado a ella?

La pregunta exigía una respuesta, sobre todo porque la presencia continua de Demonio estaba alterándola más allá de lo soportable. Puesto que, aunque formulada de distinta forma, se trataba de la misma pregunta que le había estado rondando por la cabeza durante toda la semana anterior y para la que no había obtenido respuesta alguna, era evidente que sólo había una forma de zanjar la cuestión. Al fin y al cabo, se trataba de Demonio, alguien a quien conocía prácticamente de toda la vida. No le había dado miedo recurrir a él para pedirle ayuda con Dillon y él se la había brindado, así que...

Esperó a la mañana siguiente, a que hubieran tomado el camino de la mansión para ir a dar una vuelta por las pistas y tener así la oportunidad de conducir a los poderosos caballos negros de Demonio en la calesa. Sin darse tiempo a pensar, a echarse atrás, Flick le preguntó a bocajarro:

—¿Por qué te comportas así, por qué pasas tanto tiempo conmigo?

Demonio volvió la cabeza con brusquedad y un ceño incipiente le ensombreció la mirada.

—Ya te lo dije. Te estoy cortejando.

Ella parpadeó. La severa advertencia en la mirada de Demonio no era demasiado alentadora, pero Flick estaba resuelta a dejar las cosas claras de una vez por todas.

—Sí —convino, en tono pausado y cuidadoso—. Pero eso fue sólo... —Alzó una mano para dibujar una voluta imaginaria en el aire.

Cumpliendo su amenaza, Demonio frunció el ceño y aminoró el paso de los caballos.

—¿Sólo qué?

—Bueno —prosiguió ella, encogiéndose de hombros—, sólo esa noche. Bajo la luz de la luna.

Demonio sofrenó a los caballos por completo.

—¿Y estos días atrás? Ha pasado casi una semana. —Demonio estaba horrorizado. Conteniendo a regañadientas una imprecación, trabó el freno, soltó las riendas y siguió hablando—. No me digas que no te has dado cuenta —entrecerró los ojos y la miró fijamente—, que no has estado prestando atención.

Ella le devolvió una mirada interrogadora y su perplejidad fue aumentando a medida que fue captando el mensaje que transmitía la de él.

—Hablas en serio.

La estupefacción que reflejaban las palabras de Flick lo dejó petrificado.

—¿En serio? —Se cogió con fuerza a la barandilla que había delante de ella, golpeó con la otra mano el asiento y la miró fijamente a los ojos—. ¡Pues claro que hablo en serio! Pero ¿qué diablos crees que he estado haciendo todos estos últimos días?

—Pues... —Dada la furia que transmitía su tono de voz, Flick decidió que sería más sensato no decir nada. No le estaba gritando, pero Flick casi deseaba que hubiese sido así. Por alguna razón, sus palabras crispadas y su tono entrecortado le parecían más amenazadores que los gritos.

—No acostumbro acompañar a los bailes a mocosas sin experiencia sólo por el gusto de ver sus sonrisas inocentes.

Parpadeó.

—No, ya me lo imagino.

—Puedes estar segura de que no. —Apretó la mandíbula y entrecerró los ojos—. Entonces, ¿qué es lo que te has imaginado, eh?

Si hubiese habido algún modo de eludir la pregunta, Flick lo habría empleado, pero por la expresión que vio en sus ojos Demonio no pensaba cambiar de tema así como así. Y, de hecho, había sido ella quien lo había sacado a colación, y seguía queriendo saberlo todo. Sosteniendo su mirada, dijo:

—Creí que sólo era un simple coqueteo.

Entonces fue él quien parpadeó.

—¿Coqueteo?

—Una manera de matar el tiempo. —Extendió las manos y se encogió de hombros—. Por lo que yo sé, decirle a una mujer que quieres seducirla estando a solas en un patio y bajo la luz de la luna puede ser una práctica habitual, una conducta del todo normal para...

La cautela interrumpió sus palabras. Lo miró y él le sonrió.

—¿Para un crápula como yo?

Flick quiso fulminarlo con la mirada.

—¡Sí! ¿Y cómo iba a saber yo si...?

Demonio examinó su rostro con el ceño aún fruncido.

—Te doy mi palabra de que cuando te digo que te estoy cortejando, lo estoy haciendo. —Volviéndose hacia delante, empezó a desatar las riendas.

Flick enderezó el cuerpo.

—Sí, de acuerdo, pero todavía no me has dicho por qué.

Con la mirada concentrada en los caballos, Demonio dejó escapar un suspiro entre dientes. Liberó el freno.

—Porque quiero casarme contigo, por supuesto.

—Sí, pero eso es lo que no entiendo. ¿Por qué quieres casarte conmigo?

Si no dejaba de preguntarle por qué todo el tiempo acabaría estrangulándola. Con la mandíbula firme, sacudió las riendas y los caballos echaron a andar. Sentía la mirada de Flick clavada en su rostro.

—No esperes que me crea que de repente se te ha metido en la cabeza que tienes que casarte conmigo. Ni siquiera sabías de mi existencia, bueno, excepto como una mocosa con trenzas, hasta que me pillaste a lomos de *Flynn*. —Se volvió para mirarlo a la cara—. Así que ¿por qué?

Al enfilar la curva de la carretera, los caballos siguieron avanzando al paso.

—Quiero casarme contigo porque eres la esposa adecuada para mí. —Anticipándose a su siguiente «por qué», Demonio añadió—: Eres un buen partido: provienes de una buena familia y estás muy bien relacionada. Eres la pupila del general, has crecido aquí y eres toda una experta en el mundo de los caballos. —Tenía preparadas toda clase de excusas—. En resumen, formamos una pareja excelente. —La miró con dureza—. Un hecho del que todo el mundo parece haberse dado cuenta excepto tú.

Flick miró hacia delante y él volvió a concentrarse en sus caballos. No estaba seguro de poder dar crédito a sus oídos, pero le pareció oírla respirar con agitación. Lo cierto es que alzó la cabeza con gesto altivo.

—En mi opinión, eso es de una sangre fría horrible.

¿Sangre fría? ¡Ahora sí que iba a estrangularla! Sólo de pensar hasta qué punto ella le había calentado la sangre... Le había estado hirviendo a fuego lento durante más de una semana, y una punzada de deseo ardiente le había horadado el cuerpo cada vez que ella se le había acercado... y qué decir de las veces que la había tenido en sus brazos, tensa y cálida, pegada a su cuerpo...

Apretó los dientes y oyó que le crujía la mandíbula. En ese momento, uno de los caballos se plantó; inspirando hondo, Demonio tiró de las riendas y resolvió la situación para, acto seguido, soltar el aire muy despacio.

—También quiero casarme contigo —dijo, dejando escapar las palabras entre dientes— porque te deseo.

Sintió clavada en él su mirada inquisitiva e inocentemente curiosa. No era tan insensato como para sostenerle la mirada en ese instante y descubrir en sus ojos esa perplejidad que lo invitaba a hacerle una demostración. Flick había perfeccionado esa mirada hasta el punto de atraerlo a aguas más profundas. Intentando concentrarse en las orejas de uno de los caballos, Demonio siguió conduciendo.

—Exactamente, ¿qué es lo que...?

Demonio tomó aliento.

—Quiero que me calientes la cama. —Quería que lo calentase a él—. El hecho de que te desee como un hombre desea a una mujer es secundario. Simplemente añade un nuevo elemento al hecho de cortejarte y a nuestro matrimonio definitivo. —Rápidamente cambió de enfoque y se centró en el aspecto que sospechaba que había suscitado en ella la confusión: Flick era franca y directa y había malinterpretado su sutileza. Para ella, sutileza era sinónimo de chanza, de broma, no era seria por definición—. Teniendo en cuenta tu edad y tu inexperiencia, como deseo casarme contigo es necesario un periodo de cortejo, de noviazgo, durante el cual mi conducta debe seguir un patrón preestablecido.

Estaba conduciendo peligrosamente rápido. En contra de sus deseos, tiró de las riendas para aminorar la marcha y avanzar a un paso más seguro. Había seguido una ruta tortuosa en la que, para volver a Hillgate End, no era necesario parar y dar media vuelta. Eso era muy conveniente, pues, teniendo en cuenta su estado de ánimo y la curiosidad implacable de Flick, detenerse hubiera sido sinónimo de insensatez.

Flick había estado escuchándolo con mucha atención. Demonio percibió la preocupación en su voz cuando repitió:

—Un patrón preestablecido.

—La sociedad establece que puedo cortejarte, pero no puedo atosigarte ni ser demasiado insistente u obrar demasiado abiertamente. Eso no sería lo correcto. Tengo que ser sutil. No debería decirte cómo me siento, no es así como se hacen las cosas. No debería tratar de verte clandestinamente ni debería besarte y, desde luego, no debería mencionar que te deseo y ni siquiera transmitirte el más leve indicio de que así es. Se supone que no debes saber nada acerca del deseo. —Tiró ligeramente de las riendas para que los caballos tomaran una curva y luego siguieron al paso—. De hecho, esta conversación no debería estar teniendo lugar. La señora Pemberton y compañía sin duda la calificarían de extremadamente impropia.

—¡Eso es ridículo! ¿Cómo voy a saberlo si no pregunto? Y no puedo preguntarle a nadie más acerca de esto... sólo a ti.

Demonio captó el tono de incertidumbre que había en su voz; buena parte de la tensión que lo atenazaba cedió, engullida por una oleada de emoción a la que empezaba a acostumbrarse y que Flick y sólo Flick era capaz de provocar. La acompañaba una necesidad de protección, pero no era ése el sentimiento más intenso.

Dejó escapar un suspiro, pero se resistió a dirigirle la mirada: todavía no estaba seguro de tener la situación bajo control, todavía no sabía con certeza si sería capaz de soportar esa mirada interrogativa y llena de perplejidad que le dedicarían sus ojos azules.

—Puedes preguntarme lo que quieras cuando estemos a solas. Puedes decirme lo que desees, pero debes tener mucho cuidado de no dejar que lo que digamos en privado influya de algún modo en tu manera de comportarte cuando estemos en público.

Flick asintió con la cabeza. La posibilidad de que pudiese prohibirle hacerle preguntas, sobre todo acerca de temas como el deseo, la había alterado: por un instante, había temido que fuese a erigir un muro entre ellos, pero, por fortuna, no fue así.

Y, sin embargo, seguía sin entenderlo del todo bien. El hecho de que de veras quisiese casarse con ella ya era lo bastante difícil de aceptar. El que quisiese casarse con ella porque la deseaba... eso quedaba más allá de su capacidad de comprensión. Había supuesto que siempre sería una niña a ojos de él pero, por lo visto, eso había cambiado.

A medida que la calesa seguía avanzando, empezó a cavilar sobre la noción del deseo. El concepto en sí, tanto en general como específicamente, la intrigaba. Recordaba muy bien la reluciente red que él había tendido a su alrededor, la tentación, la promesa bajo la luz de la luna. Su experiencia más allá de todo eso era inexistente, todo lo que sabía procedía de lo que había oído secretamente en las conversaciones que las criadas mantenían acerca de sus pretendientes. Sin embargo, había cierto aspecto que, por mucho que lo analizaba, seguía sin comprender.

Flick inspiró hondo y, tras fijar la mirada en el camino que se extendía ante ellos, de donde Demonio no apartaba los ojos, le preguntó:

—Si me deseas... —Sintió que el rubor le teñía las mejillas, pero siguió hablando de todos modos—. Si me deseas como un hombre desea a una mujer, ¿por qué te pones rígido cuando nos tocamos? —Demonio no respondió de inmediato, así que ella prosiguió—: Como aquella noche en el jardín cuando nos besamos, te paraste de repente. ¿Eso se debía a las normas sociales? —Se aventuró a mirarlo—. ¿O a algo más?

Demonio tensó todos sus músculos al percibir su mirada, y ella lo percibió y también lo vio. Percibió la súbita rigidez como si se tratase de sus propias entrañas, y vio que los músculos de su brazo se iban tensando bajo la tela de la manga hasta que todos los nervios quedaron perfectamente perfilados. Y cuando Flick levantó los ojos hacia su rostro, le pareció duro como el mármol. Presa del asombro más absoluto, Flick levantó un dedo y lo hincó en el antebrazo de Demonio: era como intentar hurgar en una roca con el dedo.

—Igual que ahora. —Lo miró arrugando la frente—. ¿Estás seguro de que no es aversión?

—No... No es aversión. —Demonio no supo cómo había logrado hablar. Sujetaba las riendas con tanta fuerza que rezó por que los caballos no escogiesen ese preciso instante para encabritarse—. Créeme —reiteró, y tuvo que esforzarse para tomar aliento—, no es aversión.

Al cabo de un momento, ella insistió.

—¿Y entonces?

Le había dicho que podía preguntarle cuanto quisiese. Si no se apresuraba a casarse con ella y a meterla en su cama, acabaría con él con sus preguntas. Demonio dejó escapar un suspiro y sintió la piel de su pecho tensa como un tambor. Inspiró hondo para coger fuerzas, y trató por todos los medios de aplacar sus demonios internos. Con la voz temblorosa por el esfuerzo de no reaccionar ante las palabras de Flick, contestó:

—Aquella noche bajo la luz de la luna, si no hubiese parado cuando lo hice, si no te hubiese llevado de vuelta al salón de baile de inmediato, me habría abalanzado sobre ti, habríamos acabado bajo el magnolio del jardín de la parroquia y te habría poseído.

—Ah. —En su voz se percibía una mezcla de agrado y fascinación.

—Hasta tenía planeada la forma de llevar a cabo mi tropelía: te habría tumbado sobre la hilera de piedra que rodea el árbol y te habría levantado la falda. No habrías podido detenerme.

Demonio se arriesgó a mirarla. Filck se ruborizó levemente y se encogió de hombros.

—Eso no lo sabremos nunca.

Demonio contuvo una réplica y, entrecerrando los ojos, volvió a mirarla de hito en hito.

Ella alzó la vista, lo miró a los ojos y se ruborizó aún más. Apartó la mirada y, al cabo de un momento, se removió incómoda en su asiento.

—Está bien. Entiendo lo del jardín, pero ¿por qué ocurre? ¿Por qué te quedas paralizado, como ahora? Incluso lo hiciste ayer en el Heath cuando te di un golpe sin querer. —Frunciendo el ceño, alzó la mirada—. No es posible que quieras poseerme cada vez que me ves.

«Oh, sí, claro que es posible», pensó Demonio para sus adentros. Hizo rechinar los dientes y obligó a los caballos a avanzar a paso más lento.

—El deseo es como una enfermedad: una vez lo has contraído, con cada nuevo encuentro empeoras.

Se sintió profundamente agradecido cuando ella recibió aquel comentario con un chasquido desdeñoso. Flick miró hacia delante, pero al cabo de un instante Demonio volvió a sentir en su rostro una de sus intensas miradas.

—No me voy a desmoronar, ¿sabes? No me pondré histérica, ni...

—Es muy probable que lo hagas —dijo él tan represivamente como pudo.

Ella soltó de nuevo ese chasquido desdeñoso.

—Bueno, pues sigo sin entenderlo, si piensas casarte conmigo de todos modos...

A Demonio no le pasó por alto el contenido de sus palabras, no pudo resistirse a volver ligeramente la cabeza para descubrir en los ojos de Flick curiosidad y una resuelta invitación a...

Reprimiendo una virulenta imprecación, volvió a centrar la mirada en el camino. Tal vez su explicación había empeorado las cosas; hasta el momento, había conseguido mantener a sus demonios a raya, pero ¿qué ocurriría si a ella se le ocurría empuñar el látigo?

«Oh, no, no, no, no...», pensó. Sabía quién era él y quién era ella, y que estaban a universos de distancia el uno del otro. Ella tardaría años, o meses de aprendizaje intensivo, en alcanzar el grado de conocimiento sexual que poseía él. Sin embargo, Demonio le adivinaba el pensamiento, sabía el rumbo que habían tomado sus inocentes anhelos. Tenía que disuadirla, apartar de su mente cualquier idea de lanzarse a ese proceloso mar. No podía ser así, sencillamente. O al menos no con él.

Por desgracia, ella nunca lo había temido. De algún modo, había pasado de considerarlo como una especie de hermano mayor a verlo como un igual, y ambas cosas eran erróneas. Le ardía la mandíbula y también el resto del cuerpo. En cuanto al cerebro, simplemente le dolía.

—No va a ser de ese modo. —El esfuerzo de explicar cosas sobre las que no quería arriesgarse a pensar lo estaba llevando al límite del agotamiento.

—Ah.

Se había convertido en una artista de la pronunciación de los «ah»: cada vez que los oía Demonio acababa explicándose.

—El deseo lleva a la seducción física, pero en tu caso, en nuestro caso, eso no va a traducirse en un revolcón rápido e ilícito ni en un jardín, ni en ningún otro sitio.

Demonio esperaba oír otro «ah», pero Flick preguntó:

—¿Por qué?

Porque pensaba enseñarle a ser su propio ángel caído. Desechó este pensamiento.

—Pues porque...

Trató de encontrar las palabras y luego parpadeó. Si no hubiese estado conduciendo la calesa, habría levantado las manos en el aire y se hubiera dado por vencido. Apretando la mandíbula, echó mano del látigo.

—Porque eres una criatura inocente y te mereces algo mejor que eso. Y yo sé actuar de un modo mejor. —Oh, sí, aquello también afectaba a su ego—. Te seduciré como mereces ser seducida, despacio, muy despacio. La inocencia no es algo de lo que debas librarte como si fuera un zapato viejo. Tiene un valor físico, un valor pasional, por sí sola. —Frunció aún más el ceño y siguió mirando fijamente a uno de sus caballos—. La inocencia no debería mancillarse, no debería deslustrarse, debería dejarse que floreciese a su debido tiempo. Lo sé. —Estas dos últimas palabras eran una mezcla de certeza y aseveración—. Que la inocencia florezca lleva su tiempo, requiere cuidado, dedicación y maestría. —Habló en tono más grave al añadir—: Hace falta pasión y deseo, compromiso y devoción para hacer que el capullo de la inocencia florezca, para animarlo a desarrollarse para que forme una flor completa sin un solo pétalo dañado.

¿Seguía hablando de la inocencia de ella o se refería a algo más, algo de lo que él era tan inocente como ella?

Demonio sintió un gran alivio cuando ella permaneció callada, sentada en silencio y reflexionando sobre sus palabras. Él también reflexionó, acerca de todo lo que quería, acerca de la magnitud de su deseo.

Percibía la presencia de Flick con cada poro de su piel. Sentía el latido de su propio corazón, palpitando en su pecho, en las puntas de sus dedos, golpeteándole las entrañas. Durante un prolongado espacio de tiempo, el único sonido que se oyó en esa calesa fueron los cascos de los caballos y el repetitivo traqueteo de las ruedas.

Entonces ella se removió en su asiento.

La miró de reojo y vio que fruncía el ceño... y despegaba los labios...

—Y por el amor de Dios, no te atrevas a preguntar por qué.
Sintió que ella lo fulminaba con la mirada. Por el rabillo del ojo, vio que alzaba la nariz en el aire, cerraba los labios, entrelazaba las manos con remilgo y se disponía a contemplar el paisaje con gesto resuelto.
Con la mandíbula firme, Demonio chasqueó el látigo.

Cuando llegaron a las puertas de Hillgate End, Demonio se había recuperado lo bastante como para recordar lo que había estado intentando decirle a Flick durante el paseo.
Cuando los caballos enfilaron la avenida en sombra, Demonio la miró de reojo y se preguntó qué convenía revelarle. Pese a sus quebraderos de cabeza con ella, no se había olvidado de la organización, y sabía que ella tampoco.
Lo cierto era que cada vez se sentía más inquieto, pues llevaban semanas siguiendo a Bletchley y prácticamente no habían descubierto nada acerca de la organización, sólo que parecía estar muy bien estructurada. Teniendo en cuenta las circunstancias, no le gustaba la idea de concentrar todas sus esperanzas en Bletchley, de modo que había tratado de buscar alternativas. Se le había ocurrido recurrir al clan Cynster en busca de ayuda, pero todavía no lo había hecho. Vane y Patience estaban en Kent; Gabriel y Lucifer se encontraban en Londres, pero tenían que vigilar a las gemelas. A Richard, según las últimas noticias, lo tenía muy ocupado su bruja de Escocia, y Diablo estaría pendiente de la siembra de primavera. Aunque así fuese, Diablo estaba razonablemente cerca, en Somersham. Si las cosas se ponían peliagudas, podía recurrir a Diablo, pero teniendo en cuenta que todo lo relacionado con las carreras de caballos era precisamente la especialidad de Demonio, no tenía sentido pedir ayuda todavía. Tenía que avistar al enemigo antes de llamar a la caballería.
Para lo cual...
Detuvo la calesa ante la escalinata con elegancia y se ba-

jó del vehículo. Tomando a Flick de la mano, la ayudó a bajar y luego la acompañó hasta los escalones.

—Mañana me voy a Londres. Tengo negocios que atender. —Se detuvo al pie de la escalinata.

Cuando ya había subido dos escalones, Flick se detuvo y se volvió para mirarlo: había multitud de preguntas en sus ojos.

—Volveré pasado mañana, seguramente tarde.

—Pero ¿qué pasa con Bletchley?

—No te preocupes. —Captó su mirada azul—. Gillies, Hills y Cross se ocuparán de él.

Flick parpadeó.

—Pero ¿y si ocurre algo?

—Dudo que así sea, pero Gillies sabrá qué hacer.

Gillies no le inspiraba a Flick la misma confianza que su jefe, pero aún así asintió con la cabeza.

—Muy bien —le dijo a Demonio mientras le tendía la mano—. Espero que tengas buen viaje.

Tomándola de la mano, enarcó una ceja.

—¿Y que vuelva pronto?

Flick arqueó las cejas con altivez.

—Supongo que nos veremos a tu regreso.

La miró a los ojos y le recorrió la mano con los dedos: la levantó un poco, le dio media vuelta y apretó los labios en la parte posterior de su muñeca.

A Flick se le aceleró el corazón y se quedó sin aliento.

Demonio esbozó una malévola sonrisa.

—Puedes estar segura de eso.

La soltó, hizo una elegante reverencia y volvió junto a sus caballos.

Flick lo observó mientras se subía al vehículo, arreaba a los caballos con autoridad incuestionable y enfilaba el camino de la carretera. Lo estuvo mirando hasta que desapareció de su vista, engullido por las sombras de los árboles.

Flick arrugó la frente muy despacio, se volvió y subió las escaleras. La puerta no estaba cerrada con llave; entró en la casa y la cerró a sus espaldas. Cuando atravesó la entrada, saludó a Jacobs con una sonrisa distraída y luego siguió andando hacia la terraza para luego salir al jardín. El jardín por el que había paseado tantas veces con Demonio.

Si alguien le hubiese dicho hacía apenas tres semanas que la idea de no ver a cierto caballero durante dos largos días iba a entristecerla de aquel modo, que socavaría su entusiasmo durante su ausencia, sin duda se habría echado a reír.

Sin embargo, no se rió en absoluto. No es que fuese a caer en la apatía ni en la lasitud: tenía demasiadas cosas que hacer... como por ejemplo decidir qué sentía respecto al deseo.

Consideró la cuestión mientras paseaba entre los árboles hasta alcanzar el sendero arropado de glicina. Con las manos entrelazadas a la espalda, empezó a andar arriba y abajo por encima de la gravilla.

Quería casarse con ella, es más, tenía la firme intención de hacerlo. Y esperaba que ella aceptase; era evidente que creía que así lo haría.

Después de aquella tarde y de su conversación abierta, Flick al menos ya sabía lo que él pretendía: quería casarse con ella por todas las razones socialmente aceptables, y porque la deseaba. Lo cual la obligaba a plantearse una gran pregunta, formidable: ¿le iba a dar ella el sí?

No era una pregunta que hubiese esperado tener que responder. Ni en sueños habría imaginado que él, su ídolo, su caballero ideal, querría casarse con ella, una cría con trenzas ya crecidita, que la miraría y que sentiría deseo por ella. La única razón que le permitía plantearse la cuestión y contemplar las perspectivas con asombrosa serenidad era que no acababa de creérselo.

Todavía le parecía un sueño, y sin embargo...

Sabía que él hablaba en serio.

Cuando llegó al final del paseo, consultó el reloj que había encima de la arcada del establo. Todavía faltaba una hora para el almuerzo. A su alrededor todo estaba en silencio, no se veía a nadie más. Se volvió y echó a andar de nuevo, tratando de organizar sus pensamientos de modo razonable.

El primer punto que debía considerar era obvio: ¿amaba a Demonio?

Para su sorpresa, la respuesta a esa pregunta era fácil.

—Llevo años amándolo en secreto —murmuró.

La confesión le dejó en el estómago una sensación muy extraña.

Estaba tan desconcertada, la había dejado tan perpleja descubrir que su corazón había tomado una decisión hacía ya tanto tiempo y no se lo había dicho, que no dio ese punto por resuelto, no aceptó que ya lo tenía decidido y pasó al siguiente hasta que hubo llegado al final del paseo.

—Siguiente: ¿me ama él a mí?

No hubo respuesta. Volvió a repasar mentalmente todas sus conversaciones, pero nada de lo que él había dicho arrojaba luz sobre esa pregunta. Hizo una mueca de preocupación.

—¿Y si no me ama?

La respuesta a esa pregunta era concluyente: si no la amaba, entonces ella no podía casarse con él. Su certeza era absoluta, la llevaba grabada en su interior, en el fondo de su alma.

Para ella, amor y matrimonio iban de la mano. Sabía que no era la opinión de la sociedad, pero era la suya, y respondía a sus propias reflexiones. Sus padres se habían amado muchísimo, se veía en sus rostros, en su modo de comportarse cada vez que se encontraban en la misma habitación. Tenía siete años cuando los había visto por última vez: apoyados en la barandilla del barco, se despedían de ella mientras iban alejándose cada vez más del muelle. Si bien las facciones de ambos se habían ido desdibujando con los años, Flick seguía recordando con toda nitidez ese brillo que siempre le había acompañado.

Le habían dejado una fortuna, y también un recuerdo. Les estaba agradecida por la fortuna, pero valoraba aún más el recuerdo. Saber cómo podía llegar a ser el amor y el matrimonio era un legado precioso e imperecedero, una herencia a la que no podía dar la espalda.

Quería ese mismo brillo para sí misma, siempre lo había querido. Había crecido con esa esperanza. Además, por todo lo que había deducido del general y su esposa, Margery, la suya también había sido una unión bendecida con el mismo brillo.

Lo cual la llevaba de nuevo hasta Demonio. Frunciendo el ceño, siguió paseándose arriba y abajo, pensando en sus razones para casarse con ella. Sus razones socialmente aceptables estaban muy bien, pero eran superficiales y en absoluto esenciales. Podía desecharlas, se podían dar por descontado.

En cuyo caso, sólo le quedaba el deseo.

Bastaba un minuto para resumir todo lo que ella sabía acerca de ese asunto. Preguntas como «¿El deseo implica amor?» o «¿El amor implica deseo?» quedaban más allá de su capacidad de respuesta. Hasta la semana anterior ni siquiera sabía qué era el deseo, y, si bien ahora sabía cómo era, su experiencia al respecto seguía siendo mínima. Un hecho que su reciente conversación con Demonio había puesto de manifiesto.

Estaba claro que todavía le quedaba mucho que aprender acerca del deseo, hubiese o no amor por medio.

Durante la media hora siguiente continuó paseando y cavilando; cuando sonó la campana del almuerzo ya había llegado a una conclusión clara, que suscitaba una nueva y sencilla pregunta. Mientras caminaba de vuelta a la casa, iba pensando que había hecho muchos progresos.

Había llegado a una conclusión definitiva e inviolable, completamente inalterable: se casaría por amor o no se casaría. Quería amar y ser amada, era eso o nada.

En cuanto a su pregunta, era directa y pertinente: ¿era posible empezar con deseo, un fuerte deseo, e ir progresando hasta llegar al amor?

Alzando el rostro hacia el sol, cerró los ojos. Se sentía

más tranquila, segura de lo que quería y de cómo encarar lo que estaba por venir.

Si Demonio quería casarse con ella, si quería que ella le diera el sí cuando le pidiese la mano, entonces tendría que enseñarle unas cuantas cosas más acerca del deseo y convencerla de que su pregunta tenía una respuesta afirmativa.

Abrió los ojos y se levantó un poco el vestido. Subió los escalones y entró a almorzar.

11

Demonio salió para Londres justo después del alba. Ansioso por llegar a la capital y al despacho de Heathcote Montague, que se encargaba de algunos de los negocios de los Cynster, mantuvo sus caballos al galope durante todo el camino. Después de darle muchas vueltas se le había ocurrido una posible vía alternativa para identificar a los miembros de la organización.

A espaldas de Flick, había ido a visitar a Dillon y le había pedido la lista de las carreras que había amañado. Luego, después de que le hiciesen algunos favores en Newmarket, consiguió las cifras (incluyendo las de algunos corredores de apuestas) necesarias para calcular cuánto dinero habían conseguido con las carreras amañadas. Cuando vio los resultados de sus primeros cálculos no pudo evitar arquear las cejas furiosamente: la cantidad era lo bastante exorbitante como para pensar que Montague tal vez sería capaz de seguirle el rastro. Una parte del total ya dejaría una huella identificable en alguna parte de la capital financiera.

Valía la pena intentarlo.

La carretera corría a toda velocidad bajo las ruedas de la calesa. El pensamiento de Demonio volvió hacia atrás... hacia Flick. Le vencía la impaciencia, una necesidad imperiosa de darse prisa... para volver cuanto antes a Newmarket.

Frunciendo los labios, desechó la molesta preocupación que le venía acechando desde que se había marchado: ¿en qué lío podía meterse ella en sólo dos días? Se quedaría en Londres una sola noche. Bletchley parecía tranquilo y Gillies seguiría sus órdenes. Todo iría bien.

Con la mirada fija en la carretera, arreó a los caballos.

Tres horas más tarde, ataviada con elegancia con su traje de montar de terciopelo y encaramada en lo alto de *Jessamy*, Flick salió hacia Newmarket Heath.

Por supuesto, esperaba ver a Bletchley observando con calma el último de los entrenamientos de la mañana tal como había estado haciendo la semana anterior.

Para su consternación, no lo vio. Tampoco encontró a Gillies, Cross o Hills. Sentada en lo alto de su silla, examinó las pistas, los montículos de hierba donde pacían las últimas manadas. Luego se volvió y dio un vistazo a las pistas circundantes: fue inútil.

—¡Justo lo que faltaba! —exclamó. Tiró de las riendas de *Jessamy* para que se diese la vuelta, y se fue directamente a la ciudad.

Sin saber qué hacer, Flick avanzó con *Jessamy* por la calle empedrada. La mayoría de los viandantes pertenecían al mundillo de los caballos: mozos de cuadra, ayudantes, entrenadores, jinetes... Algunos la conocían y la saludaron respetuosamente, y todos examinaron a *Jessamy* con mirada profesional, de admiración. Flick apenas se percató de ello.

¿Dónde se hospedaba Bletchley? No lograba recordar el nombre de la posada. Demonio había dicho que no estaba en Newmarket, sino en algún lugar al norte. Pero ¿qué les había pasado a Gillies y a los demás? Habían estado vigilando a Bletchley durante todo aquel tiempo y no había habido complica... ¿acaso los había descubierto y...?

¿Y qué? No tenía idea.

Con obstinación, prosiguió hacia el norte por High Street, con el insensato propósito de preguntar en las posadas del norte de la ciudad. Hacia la mitad de la calle, se topó con Rutland Arms, la principal posada de posta. El cochero del correo estaba agachado como una enorme cucaracha negra delante de la puerta principal de la posada y Flick echó un vistazo a los pasajeros que estaban a punto de subir a la diligencia.

Un destello de color rojo le llamó la atención y frenó bruscamente. Alguien gritó una imprecación a sus espaldas, y se volvió.

—¡Huy! Lo siento.

Flick se ruborizó y se apresuró a apartar a *Jessamy* a un lado para dejar paso a un grupo de caballos de carreras. La larga fila de caballos con sus jinetes le ofreció la cobertura perfecta: protegida por su presencia, se dispuso a examinar el otro lado de la calle.

—¡Estupendo! —A Flick se le iluminaron los ojos cuando vio a Bletchley, con su pañuelo rojo, encaramándose al pescante del carruaje. Entonces frunció el ceño—. ¿Por qué se va a Bury St. Edmunds?

El guardia levantó la vara y sopló por su silbato para advertir de la salida inminente del vehículo. Cargada de hombres, al parecer muy bulliciosos, la diligencia empezó a avanzar pesadamente por High Street.

Flick se la quedó mirando. Si bien no tenía ni idea de por qué Bletchley se iba a Bury St. Edmunds, no parecía probable que se dirigiese a una población más cercana, pues, de hecho, no había ninguna parada intermedia.

Tenía que encontrar a Gillies, y averiguar qué les había pasado a él, a Hills y a Cross. Rápidamente tiró de las riendas y dio media vuelta en dirección a la caballeriza de Demonio... Y entonces vio a Gillies a lomos de un jamelgo a unos diez metros de distancia. Lanzando una exclamación, se acercó con *Jessamy*.

—¿Lo has visto? —dijo, colocándose a su lado—. Bletchley se ha ido a Bury St. Edmunds.

—Sí. —Gillies recorrió la calle con la mirada siguiendo la estela del vehículo.

—Bueno —le insistió Flick mientras apaciguaba a *Jessamy*—, será mejor que lo sigamos.

Gillies la miró sorprendido.

—¿Seguirlo?

—Pues claro. —Flick frunció el ceño—. ¿No es eso lo que se supone que tienes que hacer?

Gillies no parecía muy convencido.

—¿Dónde están Hills y Cross? —preguntó Flick con impaciencia.

—Hills está en la cuadra, fue el último en realizar la vigilancia. Cross está por allí. —Gillies señaló hacia delante con la barbilla—. Ha vigilado a Bletchley esta mañana.

Flick localizó al lúgubre Cross: estaba apoyado en la entrada de un edificio al otro lado de la calle.

—Sí, bueno, pues ahora que Bletchley ha hecho un movimiento tendremos que organizarnos para seguirlo.

—¿Ah, sí?

Flick miró a Gillies con un gesto de sorpresa.

—Pero ¿se puede saber qué te pasa? ¿Es que Demonio no te ha dado instrucciones de seguir a Bletchley?

Gillies la miró y, a continuación, sin pronunciar una sola palabra, negó con la cabeza.

Flick se quedó perpleja; no entendía lo que estaba pasando, ella había encontrado a Gillies y Cross a pocos metros de Bletchley.

—Entonces, ¿cuáles son tus órdenes?

Gillies la miró: tenía el rostro demudado, y sus ojos parecían los de un cachorro tristón.

—Seguirla a usted, señorita, y evitar que se meta en líos.

Flick estuvo a punto de decirle a Gillies todo lo que pensaba acerca de la arrogancia de su jefe, de su engreimiento desmesurado, de su ridículo ego masculino, pero estaba en un lugar público, y muy concurrido, así que se esforzó por contenerse.

Cuando Flick llegó al Heath, entonces desierto, seguida a regañadientas por Gillies y Cross, ya se había calmado... y sólo estaba de un humor de perros.

—No me importa cuáles sean las órdenes que os diese antes de marcharse, no tenía previsto que Bletchley iba a marcharse, pero lo ha hecho, así que debemos improvisar.

Gillies no salía de su asombro.

—El jefe fue muy explícito, señorita. Dijo que teníamos que mantener aquí el fuerte y no realizar ninguna maniobra brusca o precipitada. Además, no hace falta que sigamos a Bletchley a Bury, lo más probable es que cuando quiera volver a Londres tenga que volver a pasar por aquí en la diligencia.

—¡No se trata de eso! —exclamó Flick.

—¿Ah, no? —De pie junto a ellos, Cross miró a Flick entrecerrando los ojos—. Pues creía que se trataba de eso, de vigilarlo en Newmarket y ver con quién hablaba aquí.

—No sólo aquí. —Flick inspiró hondo para tratar de calmarse—. Tenemos que controlar con quién habla dondequiera que vaya. Podría ir a Bury a reunirse con sus jefes.

Cross parpadeó.

—No creo, estará...

Gillies empezó a toser, y lo hacía con tanta virulencia que Flick y Cross lo miraron con preocupación. Mientras parpadeaba, negaba con la cabeza, agitando la mano hacia delante y hacia atrás en un ademán negativo.

—No pasa nada —le dijo a Flick sin dejar de mirar a Cross con ojos brillantes e incisivos.

Cross se puso pálido de repente.

—Ah. Oh. Muy bien... bien.

Flick lo miró con el ceño fruncido.

—Tenemos que organizarnos para montar guardia y vigilar a Bletchley cuando llegue a Bury. La diligencia tarda horas, así que tenemos tiempo.

—Pero es que... no es tan sencillo, señorita. —Gillies intercambió una mirada con Cross—. Tanto Cross como Hills tienen trabajo en la caballeriza, no pueden marcharse a Bury así como así.

—Ah, vaya. —Flick miró a Cross, y éste asintió.

—Sí, no podemos dejar a los mozos a sus anchas.

Flick hizo una mueca de fastidio. Era primavera, y la caballeriza sería un hervidero de actividad. Llevarse de una caballeriza a dos capataces expertos era en aquellos momentos imposible, sobre todo tratándose de una tan importante como la de Demonio. Con aire distraído, intentó apaciguar a *Jessamy*, que meneaba la cola cada vez con más inquietud.

Cuando levantó la vista, Flick descubrió a Gillies y a Cross intercambiando una mirada que no supo cómo interpretar, casi parecían complacidos.

—Bueno —dijo—, puesto que no podemos dejar que Bletchley se pasee por ahí sin vigilancia, tendré que ir yo misma a Bury.

La reacción de Gillies y Cross no fue difícil de interpretar: abrieron los ojos como platos y se quedaron boquiabiertos.

Gillies fue el primero en recobrarse.

—Pero... pero... no puede ir sola, señorita. —Tenía los ojos desencajados.

—No, pero no quiero llevarme a mi dama de compañía —contestó ella con gesto ceñudo. A continuación miró a Gillies—. Tú también tendrás que venir.

El lúgubre Cross negó con la cabeza.

—No, no pretende usted ir a Bury ahora. —Miró a Flick con aire esperanzado.

Ella le devolvió la mirada.

—Puesto que Bletchley se ha ido, supongo que tienes que volver a la caballeriza, ¿no es así?

Cross asintió con gesto cansino.

—Sí, será mejor que regrese. Le diré a Hills que ya no tenemos que vigilar al pichón.

Con los labios apretados, Gillies asintió.

Cuando Cross echó a andar, Flick miró a Gillies y lo paralizó con el brillo combativo de sus ojos.

—Será mejor que hagamos planes sobre cómo vigilar a Bletchley en Bury St. Edmunds.

Gillies se puso rígido.

—Señorita, de verdad, no me parece sensato...

—Gillies. —Flick no alzó la voz, pero con su tono le hizo callar en el acto—. Voy a ir a Bury a vigilar a Bletchley. Lo único que tienes que decidir es si me acompañas o no.

Gillies estudió su rostro y luego lanzó un suspiro.

—Tal vez sea mejor que hablemos con el señorito Dillon. Teniendo en cuenta que lo hacemos por ayudarlo a él y eso... —Flick torció el gesto, y Gillies contuvo el aliento y dijo—: ¿Quién sabe? A lo mejor el señorito Dillon tiene alguna idea de lo que Bletchley está haciendo en Bury...

Flick parpadeó y luego arqueó las cejas.

—Tienes razón. Dillon tal vez lo sepa, o pueda imaginárselo. —Miró a su alrededor; era la hora del almuerzo y el Heath estaba vacío—. Tengo que volver a casa a almorzar o me echarán en falta. Reúnete conmigo al principio de la pista que lleva a la casita en ruinas a las dos en punto.

Gillies asintió con gesto de resignación.

Flick le devolvió el asentimiento con brusquedad, y luego espoleó a *Jessamy* y emprendió su regreso a casa.

Tras dar buena cuenta de un almuerzo en White's, Demonio se retiró a la sala de lectura con una taza de café y un periódico de grandes dimensiones tras el que poder ocultarse. Esto último se debía a su encuentro con Edward Ralstrup, un viejo amigo con el que había almorzado.

—Esta noche hay una fiesta en Hillgarth's. Los mismos de siempre, por supuesto. —Edward le miró con los ojos brillantes y le dedicó una sonrisa de complicidad—. No hay nada como unos cuantos desafíos de alta cuna para entrenarse para la temporada, ¿verdad?

—¿Desafíos? —Inmediatamente, pensó en Flick.

La expresión de Edward era de gozosa expectativa.

—Lady Onslow, lady Carmichael, lady Bristow... ¿quieres que siga? Aunque creo que no necesitas más, sobre todo sabiendo que la condesa se muere de impaciencia.

—¿La condesa? —De mala gana, trató de desviar su atención de Newmarket para regresar a la mujer a la que había acompañado a la puerta antes de emprender su camino hacia el norte—. Creí que había vuelto al continente.

—No, no. —Edward le guiñó un ojo—. Al parecer, de repente ha desarrollado un interés especial por todo lo inglés, ¿no lo sabías? Como se rumoreaba que te habías ido al norte por un tiempo indefinido, Colston intentó hacer alguna aproximación, pero al parecer está decidida a esperar... Bueno, su descripción exacta fue hasta que haya «algo mejor».

—Ah. —Sintió una profunda nostalgia de Newmarket.

Edward no se percató de la falta de entusiasmo de su respuesta.

—Después de Hillgarth's, si todavía estás de pie, por así decirlo, tenemos el baile de la señora Melton. Estoy seguro de que allí también habrá mucha acción. Y luego, mañana...

Dejó que Edward siguiera hablando mientras su mente divagaba hasta regresar a Newmarket, donde lo esperaba su ángel de cabellos dorados, ignorante de las cuestiones sensuales, y, por tanto, de la existencia de «algo mejor».

—Bueno, ¿qué me dices? ¿Te recojo a las ocho?

Tuvo que recurrir a todas sus dotes de persuasión para convencer a Edward de que no estaba interesado, ni en la condesa ni en los muchos otros placeres que le ofrecía la ciudad. Al final, logró escabullirse diciéndole a Edward que tenía que partir de nuevo hacia el norte al amanecer y que si se pasaba toda la noche de juerga podía poner en peligro a sus caballos. Puesto que su preocupación por sus bellezas equinas era cosa conocida en toda la sociedad londinense, Edward acabó por aceptar que Demonio hablaba en serio.

—Y además —añadió Demonio en un arranque de inspiración—, puedes hacer correr la voz entre la hermandad de que renuncio a cualquier derecho sobre la condesa.

—¡Oh! —Edward se animó al oír aquello—. Sí, así lo haré. Eso nos va a proporcionar no poca diversión.

Eso era precisamente lo que esperaba Demonio. La condesa era una mujer muy exigente y absorbente. Si bien su cuerpo exuberante le había proporcionado un enorme deleite pasajero, por el que había pagado generosa y sustanciosamente, no tenía ninguna duda de que su interés por ella había sido meramente eso, pasajero. De hecho, se había evaporado el mismo día en que había emprendido su viaje hacia el norte.

Se hundió en un mullido sillón, desplegó el periódico frente a él, como si fuera un muro, y se dispuso a tomarse el café y a pensar en el descubrimiento que suponía para él que la vida que hasta entonces había conocido, la vida de un calavera en el esplendoroso mundo de la alta sociedad, ya no le resultase atractiva. Todavía se imaginaba asistiendo a bailes y a fiestas... siempre y cuando lo acompañase cierto ángel de pelo rubio. Le enseñaría las distracciones que ofrecía la ciudad y disfrutaría viendo la expresión de sus ojos grandes.

Pero ¿los bailes sin Flick?

¿Cualquier cosa sin Flick?

Dio un largo sorbo de café. Esto, pensó sombríamente, era lo que ocurría cuando el destino apresaba a un Cynster en sus garras.

Estaba en Londres, una ciudad repleta de beldades, un asombroso número de las cuales aceptarían gustosas mostrarle a Demonio todos sus encantos... y a él no le interesaban. Ni las beldades, ni sus encantos, desnudos ni de cualquier otro modo.

La única mujer que le interesaba era Flick. Recordó haber pensado que eso nunca iba a sucederle, que nunca iba a sentirse satisfecho con una sola mujer. Pero le había ocurrido: ahora la única mujer para él era Flick.

Y estaba en Newmarket. Con un poco de suerte, portándose bien; componiendo jarrones de flores, leyendo novelas y jugueteando con sus dedos. Posiblemente, pensando en el deseo.

Se removió en su asiento y luego frunció el ceño. Daba lo mismo el lugar donde la colocase, la imagen de una Flick paciente no resultaba convincente.

Al cabo de diez minutos, bajó las escaleras de White's en dirección a las caballerizas que albergaban a sus animales. No tenía razón alguna para no marcharse de Londres de inmediato: ya había hablado con Montague y había estado una hora entera explicándole los pormenores del asunto de las carreras amañadas. Montague había hecho unos cuantos cálculos y le había ofrecido sus consejos. La cantidad de dinero era astronómica, y tenía que aparecer en alguna parte.

Montague tenía contactos de los que Demonio prefería no saber nada. Había dejado a su gerente, a quien le apasionaban los retos financieros, con un brillo en la mirada. Si había algún modo de seguir la pista de los miembros de la organización a través del dinero que se habían llevado, Montague lo encontraría; Demonio, por tanto, tenía vía libre para volver a Newmarket para vigilar a Bletchley y cortejar a Flick.

Demonio examinó su atuendo: un traje de ciudad compuesto de pantalones, chaqueta y zapatos. No tenía razones para cambiarse de ropa. No era probable que Flick se diera cuenta de que no se había detenido a cambiarse para poder volver corriendo a su lado y mucho menos que sacase conclusiones de ello.

Torciendo los labios irónicamente, apretó el paso y se dirigió a la caballeriza.

—¿A Bury St. Edmunds? —Dillon miró a Flick con el ceño fruncido y luego se desplomó en la silla que encabezaba la vieja mesa—. ¿Por qué allí?

Flick se acercó un taburete y le indicó a Gillies que se sentase en el otro, deseando en su fuero interno que se tratase de su jefe y no de él.

—Esperábamos que tú nos lo dijeses, pero es obvio que no lo sabes.

Dillon negó con la cabeza, con una expresión de total desconcierto en los ojos.

—Nunca se me habría ocurrido que Bury pudiese tener algún atractivo, al menos para alguien como Bletchley.

—Bueno —anunció Flick en tono eficiente—, en ese caso tendremos que ir a Bury y averiguar cuál es ese «atractivo». A mí tampoco se me ocurre ninguna razón que explique que Bletchley haya querido ir allí, a no ser que vaya a reunirse con sus jefes.

Gillies, que había estado escuchando con mucha atención sin dejar de mirar a Dillon con recelo, carraspeó antes de hablar.

—Hay un combate de boxeo profesional mañana por la mañana en Bury St. Edmunds; probablemente ésta es la razón de que Bletchley se haya ido allí. El actual campeón de Inglaterra va a subir al ring para enfrentarse a un nuevo adversario.

—¿De verdad? —La apatía de Dillon se había esfumado, ahora era todo energía y jovialidad.

—Un combate de boxeo... —murmuró Flick, en el tono de alguien que acaba de sufrir una gran decepción.

Gillies arrugó la frente y miró primero a Dillon y luego a Flick.

—Sí, así que va a haber un montón de sangre, golpes y tipos peligrosos venidos de Londres. La ciudad va a estar plagada de ellos.

—¡Maldita sea! —Dillon se echó hacia atrás con gesto preocupado. Gillies dejó escapar un suspiro de alivio—. Una pelea así, tan cerca de aquí, y yo no puedo aparecer por allí. —Dillon hizo una mueca de disgusto y miró a Flick, invitándola a solidarizarse con él.

Pero ella no lo estaba mirando. Sonriendo, con el rostro encendido, dio un golpe sobre la mesa.

—¡Ya lo tengo!

Gillies dio un respingo.

—¿El qué, señorita?

—¡Es el combate de boxeo! Claro, es el lugar idóneo para que Bletchley se reúna con sus jefes. —Con una expresión triunfal, extendió las manos—. Es evidente: los miembros de la organización pueden venir de Londres y reunirse con Bletchley sin despertar sospechas, siguiendo con sus actividades habituales y yendo a los lugares que frecuentan normalmente. Un combate de boxeo es perfecto.

Gillies palideció.

—No... yo no...

—¿Sabes qué? —intervino Dillon—. Tal vez tienes razón.

—Pues claro que tengo razón. —Flick arrojó sus guantes de montar sobre la mesa—. Ahora tenemos que decidir cómo vamos a vigilar a Bletchley en Bury, teniendo en cuenta que sólo estamos Gillies y yo para turnarnos.

Tanto Flick como Dillon fruncieron el entrecejo. Gillies los miraba consternado.

—El jefe no querrá que vaya a ninguna pelea de boxeo, señorita. —Mientras hablaba se dirigía a Flick, pero luego miró a Dillon.

Dillon arrugó la nariz.

—Será peligroso, pero el combate tiene que ser el lugar de encuentro entre Bletchley y sus jefes. Alguien tiene que vigilarlo.

Gillies inspiró hondo.

—Iré yo.

Dillon miró a Gillies, y luego hizo una mueca desdeñosa.

—No pretendo subestimar tu capacidad, Gillies, pero para una sola persona resulta muy difícil vigilar a alguien todo el tiempo, en medio de una multitud.

—Desde luego. —Flick arrugó el ceño—. Además, ¿y si la reunión tiene lugar arriba, en la posada, en una habitación privada? Yo puedo subir. —Miró a Gillies—. Y tú no.

—Bueno —señaló Dillon—, tú tampoco podrás si vas disfrazada de mozo de cuadra.

—No voy a ir disfrazada de mozo de cuadra.

Dillon y Gillies miraron a Flick al unísono, Dillon con curiosidad y Gillies con aprensión. Flick esbozó una sonrisa resuelta.

—Voy a hacerme pasar por viuda. Tengo que poder conseguir una habitación para pasar la noche.

—¿Pasar la noche? —repitió Dillon. Gillies se limitó a mirarla, perplejo.

—La mayor parte de los espectadores de Londres llegarán esta noche, ¿verdad? —Flick miró a Gillies.

—Sí. —Su tono era débil.

—Bueno, en ese caso, si van a reunirse, lo harán esta noche o mañana, es decir, después de la pelea. —Flick frunció el ceño—. Si yo me encargase de organizar esa reunión, seguramente la celebraría esta noche. Habrá un montón de grupos que pasarán juntos la velada, así que unas cuantas personas que se reúnan en una sala privada no despertarán sospechas. Sin embargo, si celebran la reunión mañana, tras la pelea, parecerá bastante extraño, ¿verdad? —Miró a Gillies—. Me imagino que la mayoría de los londinenses se marcharán directamente, ¿no es así?

Gillies asintió con rigidez.

—Bien. —Flick asintió bruscamente—. The Angel es la posada principal de Bury, y es muy probable que todo el mundo se reúna allí, así que ahí es donde me hospedaré. La convertiremos en nuestro cuartel general. Entre los dos, Gillies y yo deberíamos ser capaces de vigilar a Bletchley a todas horas.

—The Angel estará completa —protestó Gillies—. No podrá conseguir habitación ahí.

Flick lo censuró con la mirada.

—Conseguiré una habitación, no te preocupes por eso.

—Has dicho que te harás pasar por viuda —le dijo Dillon—. ¿Por qué una viuda precisamente?

La sonrisa decidida de Flick se intensificó.

—En primer lugar —explicó, señalando uno de sus dedos—, al parecer los hombres siempre consideran que las jóvenes viudas necesitan una protección especial, lo cual me ayudará a conseguir habitación. En segundo lugar, las viudas pueden llevar velos que les tapen la cara sin despertar sospechas. En tercer lugar, una viuda puede viajar sola o, al menos, únicamente con su cochero. —Miró a Gillies—. Si prefieres quedarte aquí a esperar a tu jefe, puedo decirle a Jonathan que me lleve. —Jonathan era el cochero de Hillgate End.

Gillies negó enérgicamente con la cabeza.

—Yo la acompañaré. —Añadió, mascullando—: Ésas eran mis órdenes y, aunque yo intente salvar mi cabeza, por este asunto van a rodar bastantes.

Gillies miró a Dillon e hizo una última intentona.

—Esto no le va a gustar nada al jefe.

Flick tampoco creía que Demonio aprobase lo que estaba a punto de hacer, pero no pensaba subrayar lo obvio.

Sin embargo, Dillon sí lo hizo.

—Es una pena que Cynster no esté aquí.

—Sí, pero no está. —Flick recogió los guantes y se puso en pie—. Así que es asunto nuestro. —Miró a Gillies—. Ven a los establos de la mansión en cuanto puedas; quiero marcharme dentro de una hora.

El carruaje de la mansión estaba en perfecto estado, y el trayecto de Newmarket a Bury St. Edmunds no se hizo demasiado largo. Entraron en la ciudad cuando desaparecían los últimos vestigios del día en el cielo de poniente.

Se incorporaron a la larga cola de calesas, carruajes, calesines y carros que avanzaban muy lentamente por la calle principal.

Flick se asomó por la ventanilla del carruaje y se quedó asombrada al ver la cantidad de vehículos que abarrotaban la carretera habitualmente poco transitada. El repiqueteo de los cascos de los caballos, el restallido de los látigos y los innumerables improperios y blasfemias subidas de tono inundaban el aire. Una muchedumbre de hombres había tomado las calles: trabajadores de ropa modesta, terratenientes con trajes de *tweed* y caballeros de toda clase, desde el elegante hasta el crápula de aire aristocrático pasando por los típicos dandis y petimetres que repasaban con descaro a cualquier mujer que tuviera la insensatez de aparecer ante su vista.

Recostándose en su asiento, Flick se alegró de llevar puesto aquel tupido velo. No sólo le ocultaba el rostro, sino también sus rubores. Examinó su vestimenta y deseó haberse preocupado un poco más en encontrar un vestido más adecuado para una viuda, uno de cuello alto y faldas voluminosas, a ser posible totalmente negro. Con las prisas, se había puesto uno de sus vestidos de día, un traje de gasa con escote y cintura alta y en su tono favorito de azul lavanda. No parecía una viuda en absoluto, y sospechaba que la hacía muy joven.

Tendría que acordarse de no quitarse la capa cuando saliese de la habitación. Por suerte, la capa era perfecta: voluminosa, gruesa, oscura y con una capucha grande. Había sacado el tupido velo de encaje negro de un viejo baúl que recordaba de sus juegos de infancia. Puede que estuviese pasado de moda, pero eso era precisamente lo que necesitaba: le tapaba la cabeza por completo, el pelo y la cara, y ensombrecía cualquier rasgo identificable sin por ello dificultarle la visión. Y es que necesitaría ver, y ver muy bien, para interpretar el papel que iba a interpretar.

Con el velo en la cabeza, la capucha levantada y el conjunto asegurado con dos alfileres, estaba segura de que nadie la reconocería. Mientras no se quitase la capa, todo iría bien.

Cogió su bolso de redecilla, que también había rescatado del viejo baúl, y esperó con impaciencia a que apareciese el cartel del Angel. El carruaje traqueteó, se detuvo, y luego traqueteó una vez más y volvió a detenerse. Las ruedas rechinaron contra la gravilla y Flick se tapó rápidamente los oídos para no oír las maldiciones que el cochero lanzó a continuación.

Con la mirada clavada en la pared del carruaje, Flick repasó sus planes. Hasta entonces todo había salido bien. Le había dicho al general que de repente le habían entrado ganas de visitar a una amiga, Melissa Blackthorn, que por suerte vivía en las cercanías de Bury St. Edmunds. A lo largo de los últimos diez años, Flick y Melissa se habían visitado la una a la otra de manera informal, sin previo aviso. El general siempre estaba en casa y los Blackthorn no salían nunca, de modo que siempre había alguien para recibirlas. Así pues, le dijo que se iba a visitar a Melissa y que, como de costumbre, se quedaría allí a pasar la noche.

Tanto el general como Foggy habían aceptado su decisión con demasiado entusiasmo para su gusto. La sonrisa comprensiva del general y la suave palmadita en la mano le habían dado la firme impresión —y estaba segura de que no se equivocaba— de que el general creía que era la ausencia de Demonio lo que la había alentado a visitar a Melissa, que su ausencia era la causa de su desasosiego.

Flick no estaba segura de cómo se sentía a ese respecto; irritada, sí, pero de una forma un tanto extraña. Frunciendo el ceño, miró por la ventana y se levantó de improviso. Estaban pasando por el patio principal de The Angel, un mar de hombres y chicos que andaban en una u otra dirección. La mayoría de los visitantes seguía tratando de encontrar un lugar donde dormir. Flick rezó con mucho empeño por que la segunda parte de su plan tuviese éxito. Al cabo de un instante, el carruaje dio una sacudida, viró y pasó por debajo del arco para dirigirse al patio del establo de The Angel... donde reinaba el caos.

Gillies detuvo a los caballos y dos mozos de la posada acudieron raudos y eficientes. Uno de ellos abrió la portezuela y bajó la escalerilla, mientras que el otro corrió al portamaletas. Flick dejó que el primero la tomase de la mano y la ayudase a apearse, y cuando el segundo, al descubrir que el portamaletas estaba vacío, volvió sin saber qué hacer, ella señaló el interior del carruaje.

—Mi bolsa está ahí dentro.

Hablaba en tono indiferente; había decidido emplear un tono de voz más grave y ronco para parecer mayor, más autoritaria. Al parecer, funcionaba. Después de recoger la pequeña bolsa, los dos mozos de la posada permanecieron de pie con aire reverente hasta que Gillies, que había ido a entregar los caballos a los palafreneros, regresó.

Levantando los brazos y colocando las palmas hacia arriba para acompañar la escena, Flick se volvió con aire teatral y dio inicio a su farsa.

—¡Santo cielo, Giles! ¡Mira cuantísima gente! ¿Qué está pasando?

Gillies se la quedó mirando boquiabierto.

Uno de los mozos respondió:

—Es un combate de boxeo. En Cobden, mañana por la mañana.

—¡Un combate de boxeo! —Llevándose la mano al pecho, Flick retrocedió un paso—. ¡Dios mío, qué horror! —Miró a su alrededor y luego hacia la posada—. Espero que al posadero le quede alguna habitación, porque no podría recorrer un solo kilómetro más.

Por debajo del velo, fulminó a Gillies con la mirada.

Un momento después, éste repuso en tono grave:

—Por supuesto que no, señora.

Al menos se había acordado de dirigirse a ella como «señora».

—Ven, Giles. Debemos hablar con el posadero inmediatamente. —Señalando con teatralidad la puerta principal de la posada, se arremangó la falda y guió el camino. Al oír su tono de voz femenino, aderezado con una pizca de angustia inminente, más de uno se había vuelto, pero, tal como había previsto, los mozos de la posada, respondiendo a su estilo dramático, la siguieron muy de cerca, ansiosos por no perderse la siguiente escena; junto al recién bautizado Giles, despejaron el camino hacia la puerta de la posada.

Más allá de la puerta había una amplia área de recepción

presidida por un largo mostrador al frente del cual se hallaban tres individuos muy atareados: el posadero, su esposa y su hermano. El mostrador estaba abarrotado de hombres, y Flick sólo veía a las personas que había detrás. Entre ella y el mostrador se alzaba un muro de hombros masculinos.

Habían pasado años desde la última vez que había estado en The Angel, pero Flick reconoció al posadero y fue directamente a hablar con él, agradeciendo en el alma que la esposa de éste tuviese que ir a atender a un cliente en el otro extremo del mostrador. Los solícitos mozos de la pensión, al verla tan indefensa en medio de aquel ajetreo, empezaron a dar voces y a levantar su bolsa en el aire.

—Haced sitio para que pase esta señora.

Flick les habría dado un beso allí mismo.

Los caballeros volvieron la cabeza al oír que había allí una dama; cuando se fijaron en su capa y su velo negro, se retiraron educadamente para abrirle paso. Los mozos y Gillies la condujeron hasta el mostrador; sin embargo, cuando lo alcanzó, éstos retrocedieron y la rodearon multitud de caballeros que no dejaban de mirarla con suma curiosidad.

Al verla, el posadero parpadeó y, con gesto de preocupación, dijo:

—¿En qué puedo ayudarla, señora?

Flick se armó de valor.

—Bondadoso señor —empezó a decir con voz temblorosa—, acabo de llegar a su ciudad y me he encontrado con todo este gentío.

Depositó su bolso negro de redecilla sobre el mostrador y lo sujetó con fuerza para que al posadero no le pasara desapercibido el enorme topacio que llevaba en uno de sus dedos enguantados. No era una piedra cara, pero tenía un tamaño y un diseño impresionantes; el posadero abrió los ojos como platos. Mirando a su alrededor con nerviosismo, afirmó:

—Ya he hecho muchos kilómetros el día de hoy, no puedo hacer uno más. Mis caballos, también... —Dejó que las palabras se extinguiesen, como si la situación estuviese a punto de superarla.

Se volvió hacia el posadero y, mirándolo con una expresión de súplica, extendió una mano implorante.

—Oh, por favor, señor, dígame que tiene una habitación libre para mí.

Ante su súplica, se hizo el silencio.

El posadero frunció los labios.

—Bueno... —Arrugando la frente, alcanzó el libro de reservas y, entre grandes aspavientos, examinó la lista de habitaciones ante la mirada de Flick, que sabía que ya debían de estar ocupadas.

Tamborileando con el lápiz, el posadero alzó la vista.

—Usted sola, ¿verdad, señora?

Flick dio un largo suspiro.

—Sí. —El monosílabo sonó minúsculo, muy débil—. Yo... —dejó escapar un nuevo suspiro y se aferró a su bolso con más fuerza; las facetas del topacio relucieron— me quedé viuda hace poco... Bueno, lo cierto es que supongo que ya han pasado seis meses. He estado viajando... por mi salud, ¿comprende?

Pronunció las palabras en un susurro levemente entrecortado, con la esperanza de transmitir el grado justo de debilidad femenina. Los labios del posadero formaron un silencioso «Oh» y luego asintió, y bajó de nuevo la cabeza.

Protegida por el velo, Flick echó un vistazo a su alrededor; no era sólo en los ojos del posadero donde relucía el brillo de la codicia.

—Pues yo creo, Hodges —terció uno de sus vecinos—, que tendrás que encontrar una habitación para la señora, no puedes dejarla en la calle en plena noche.

Un asentimiento unánime dominó la sala.

—Por lo menos por el honor de Bury St. Edmunds —contribuyó otro solícito vecino.

El posadero, que ya estaba tachando y reescribiendo nombres en su lista, lanzó una mirada de disgusto a los presentes y eso no fue del agrado de algunos de sus clientes más arrogantes.

—Aparte del honor de la ciudad, está el honor de esta casa, ¿no es cierto? —Ofreciendo a Flick una sonrisa sospechosamente amable, un galán de aspecto atrevido se apoyó en el mostrador—. Estoy seguro, querido Hodges, de que no querrías que se dijese por ahí que eres la clase de posadero que niega cobijo a una viuda.

Flick apretó los dientes y reprimió el impulso de darle a aquel majadero un buen puntapié en la espinilla. Hodges les lanzó una mirada amenazadora.

Por suerte no iba dirigida a ella, sino a aquel majadero.

—Puede usted ahorrarse este tono, señor. He encontrado una bonita habitación para la señora. Conozco mis obligaciones.

Cerró el libro de golpe, se volvió y cogió una de las llaves que colgaba junto a muchas otras del tablón que había tras el mostrador. Para consternación de Flick, todos los hombres que había a su alrededor se inclinaron hacia delante... ¡para ver el número de su habitación!

Se dio cuenta de que se disponía a pasar la noche rodeada de un buen número de defensores de damiselas en apuros, algunos de los cuales tal vez querrían reclamar su recompensa. Sin embargo, cuando el posadero regresó con una llave en la mano, se sintió demasiado aliviada como para preocuparse.

—Venga por aquí, señora. —La llamó desde el fondo del mostrador, donde una amplia escalera conducía al piso de arriba. Luego se volvió hacia la multitud expectante—: Caballeros, supongo que no les importará esperar mientras acompaño a la señora a su habitación...

No era una pregunta. Sonriendo bajo el velo, Flick se dirigió a la escalera. Era evidente que lo que Hodges quería era escabullirse un rato de sus obligaciones.

Gillies se acercó un momento a Flick para murmurarle al oído:

—Iré a ver si encuentro a Bletchley. —Luego se confundió entre la multitud mientras el posadero se reunía con ella.

—Por aquí, señora.

Cinco minutos más tarde habían instalado a Flick en una espléndida habitación dando muestras de extrema caballerosidad y profunda preocupación, lo que la hizo sentir algo culpable. Hodges le informó de que se trataba de su mejor habitación cuando Flick expresó admiración por su gran tamaño y la calidad de los muebles.

Tras sugerirle que tal vez prefiriese cenar en la habitación para evitar a la muchedumbre del piso de abajo, ante lo que Flick expresó su asentimiento de inmediato, Hodges se marchó.

Flick dejó escapar un suspiro, se dirigió a la puerta y la cerró con llave. A continuación se acercó a la cama, se sentó y, después de retirar los alfileres, se quitó la capucha y el velo. Y esbozó una sonrisa triunfal.

¡Lo había conseguido! En la víspera de un combate de boxeo, había conseguido habitación en la posada más importante de la ciudad.

Ahora, lo único que tenía que hacer era encontrar a Bletchley... y seguirlo hasta dar con sus jefes.

Demonio dejó atrás Newmarket y siguió su camino en dirección sur, pasando por el hipódromo y su caballeriza, y cruzando luego el Heath desierto. Cuando fustigó a su caballo, vio morir el último destello de poniente. Anochecía despacio, y la noche se aproximaba con alas silenciosas a lomos de las sombras que se proyectaban sobre el Heath para sumir la campiña en una densa oscuridad. Tenía ante sí su mansión, con su confortable salón y las excelentes cenas caseras de la señora Shephard.

Pero entre él y el bienestar supremo estaba Hillgate End.

Era escandalosamente tarde para realizar una visita social, pero antes de haber tenido tiempo de idear una excusa ya había enfilado el camino de entrada de la mansión. Flick se alegraría de verlo de vuelta tan pronto, y podría decirle si había ocurrido algo en su ausencia. Gillies también se lo comunicaría, claro está, pero prefería oírlo de labios de Flick. Sólo se quedaría un momento, lo suficiente para asegurarse de que todo iba bien.

La calesa se detuvo en la gravilla que se extendía ante la escalinata con un crujido. Un mozo de cuadra o un criado —no le vio bien en la oscuridad— se acercó desde el establo.

—Sólo estaré unos minutos —explicó mientras subía los escalones. Lo suficiente para ver la sonrisa de Flick, para ver cómo cobraba vida su impaciencia por que llegase el día siguiente.

Jacobs le abrió la puerta.

—Buenas noches, Jacobs. —Traspasó el umbral y se quitó los guantes—. ¿Está la señorita Parteger?

—Me temo que no, señor. —Jacobs cerró la puerta y se volvió—. Se ha marchado esta tarde a visitar a una amiga. Tengo entendido que regresará mañana.

Demonio logró disimular el gesto de preocupación; sabía que se le veía en los ojos.

—Una amiga.

—La señorita Blackthorn, señor. Ella y la señorita Parteger llevan varios años visitándose con cierta frecuencia.

—Entiendo. —La idea de que Flick, estando Bletchley en el Heath, hubiese renunciado a sus responsabilidades, o lo que ella consideraba como sus responsabilidades, y se hubiese ido alegremente a visitar a una amiga, como lo haría cualquier otra joven damisela era demasiado absurda, sencillamente. Sin embargo, el semblante tranquilo de Jacobs indicaba que no sabía nada más al respecto. Con un breve asentimiento, Demonio se dirigió a la puerta—. Dígale que he venido cuando vuelva.

Jacobs le abrió la puerta.

—¿Y el general?

Demonio vaciló un instante.

—No le moleste. Vendré a verlo mañana.

Bajó rápidamente los escalones y encaminó sus pasos hacia la calesa con un mal presentimiento. Recogió las riendas con gesto distraído, se encaramó al pescante y se sentó. Levantó las manos para arrear a los caballos y miró al mozo.

Entonces se quedó paralizado.

—Tú eres el cochero de la mansión, ¿verdad? —exclamó, frunciendo el ceño.

El hombre asintió con la cabeza.

—Sí, señor. —Señaló al establo—. Los mozos se han ido a casa, de modo que sólo quedamos el viejo Henderson y yo.

—Pero, si tú estás aquí, ¿quién ha llevado a la señorita Parteger?

El hombre parpadeó, sorprendido.

—Pues... su hombre, señor. Gillies, señor.

Ahora todo empezaba a encajar. Aquello no le gustaba nada. Apretó la mandíbula y se despidió del cochero.

—Ya entiendo. Gracias.

Arreó a los caballos. Cuando llegó a la carretera, los hizo correr al galope.

A Demonio no le esperaban noticias cuando llegó a su hacienda, lo cual le llevó a pensar que Gillies calculaba volver antes de la noche siguiente. Aquello no le daba ninguna pista acerca de dónde se encontraban en esos momentos, de dónde estaban pasando aquella noche ni, lo que era más importante, de qué creían que estaban haciendo; para ser más exactos, qué creía Flick que estaba haciendo, porque dudaba que Gillies estuviese detrás de aquella escapada. Sí le había dado a su capataz instrucciones precisas de que no perdiera de vista a Flick y, por lo visto, Gillies estaba siguiendo sus instrucciones al pie de la letra. Lo cual en cierto modo le resultaba reconfortante.

Tras consultar a los Shephard, que no sabían nada, se detuvo un momento a dejar sus caballos en manos del responsable de su establo e inmediatamente se subió a lomos de *Iván* y se adentró con él en la noche. Tanto Hills como Cross vivían al norte del Heath; si no le quedaba más remedio, iría hasta allí a verlos, pero primero le haría una visita a Dillon.

Si había pasado algo en su ausencia, cabía la posibilidad de que Flick hubiese acudido a Dillon en busca de consejo. Sea lo que fuere lo que había pasado, tal vez estaba relacionado con Dillon, y tal vez éste era la causa de que Flick hubiera tenido que realizar ese viaje. Un sinfín de posibilidades, ninguna de su agrado, se abrían paso en su mente. Espoleó a *Iván* para que galopase tan rápido como pudiese y enfiló la pista que conducía a la casita en ruinas.

Al entrar en el claro divisó una lucecita que desapareció en cuanto hubo desmontado.

—Soy yo, Demonio.

La luz volvió a encenderse, mostrándole el camino hasta la casa a través de los escombros. Dillon estaba de pie junto a la mesa, con las manos en el candil, y en su rostro había una mezcla de curiosidad y aprensión.

Demonio lo miró a los ojos.

—¿Dónde está Flick?

Dillon sonrió.

—Se ha ido detrás de Bletchley. —Se dejó caer en la silla y le indicó que tomase asiento en el taburete—. Esta vez está convencida de que Bletchley va a reunirse con los jefes de la organización.

Un escalofrío recorrió la espina dorsal de Demonio. Haciendo caso omiso del taburete, se detuvo junto a la mesa y, con el rostro demudado, miró a Dillon:

—¿Y tú qué crees?

Dillon abrió mucho los ojos antes de responder:

—Esta vez podría tener razón. —Lo observó mientras Demonio arrojaba los guantes encima de la mesa, y luego esbozó una sonrisa—. Es una lástima que no estuvieras aquí, pero Flick estará allí para ver...

Demonio emitió una especie de gruñido. Asió a Dillon

por la pechera de la camisa, lo levantó de la silla, lo zarandeó como si fuera una rata y lo estrelló contra la pared.

La silla se rompió y el ruido retumbó en el silencio. La pared se estremeció.

Con los ojos desorbitados e incapaz de respirar, Dillon le miró fijamente, y vio la ira en sus ojos.

Dillon sólo medía unos pocos centímetros menos que Demonio, pero era mucho más delgado. Demonio sabía que podía partirle la tráquea con un solo brazo y, a juzgar por la expresión de sus ojos, Dillon también lo sabía.

—¿Dónde está? —Hablaba en voz muy baja, y con toda claridad—. ¿Dónde se supone que va a tener lugar ese encuentro?

—En Bury —acertó a decir Dillon. Respiraba con suma dificultad—. Bletchley se ha ido allí, y ella lo ha seguido. Tenía el propósito de intentar encontrar una habitación en The Angel.

—¿De intentarlo? —The Angel era una posada con numerosas habitaciones.

Dillon se humedeció los labios.

—Hay un combate.

Demonio no podía dar crédito a sus oídos.

—¿Un combate?

Dillon intentó asentir, pero no pudo.

—Flick pensó que era evidente, que era muy probable que la organización decidiera reunirse con Bletchley allí. Iban a ir montones de caballeros de Londres y también toda la chusma y la gentuza, bueno, ya sabes... —Se quedó sin aliento y añadió con dificultad—: Parecía lógico.

—¿Qué dijo Gillies?

Dillon miró a Demonio a los ojos y palideció aún más. No logró sostenerle la mirada.

Como no respondía, Demonio lo sujetó con fuerza con ambos brazos.

Dillon contuvo la respiración.

—No quería que fuese, dijo que a ti no te gustaría.

—¿Y tú? ¿Tú qué dijiste?

Dillon intentó encogerse de hombros.

—Bueno, parecía una idea sensata...

—¿Llamas sensato a dejar que una buena chica de veinte años se vaya a pasar la noche a una posada llena hasta los topes de asiduos a los combates de boxeo?

Una ráfaga de mal genio cruzó el rostro de Dillon.

—Bueno, alguien tenía que ir. Teníamos que saber...

—¡Serás cobarde...!

Demonio no le partió la tráquea, pero lo levantó en el aire, lo zarandeó una vez más y volvió a estrellarlo contra la pared. Con dureza.

A continuación lo soltó.

Dillon se desplomó en el suelo con un acceso de tos. Demonio bajó la mirada y lo vio extendido junto a sus botas. Asqueado y furioso, negó con la cabeza.

—¿Cuándo diablos vas a madurar y a dejar de esconderte tras las faldas de Flick? —Se volvió y recogió los guantes—. Si tuviera tiempo, te daría ahora mismo tu merecido... —Volvió la cabeza; cuando Dillon levantó la suya con aturdimiento, Demonio lo miró a los ojos y sonrió—. Considéralo otro castigo del que te ha salvado Flick.

Se adentró en las sombras de la noche, se encaramó a *Iván* y se dirigió al galope a The Angel.

12

Nunca en su vida había visto a tantos hombres juntos. Flick estaba frente a la ventana de su habitación observando el mar de humanidad masculina que atestaba el patio de la posada. Había acertado al pensar que los asistentes al combate tratarían de alojarse allí. La multitud bullía con la entrada incesante de hombres que provenían de la calle mientras otros se acercaban a las barras y regresaban con jarras y vasos de cerveza. El patio de The Angel era el lugar donde se debía estar.

Habían colocado por todo el patio lámparas de aceite cuya luz titilante era lo bastante intensa para que, desde su habitación, situada en la parte delantera del edificio, Flick pudiese ver todos los rostros con claridad. Había apagado las velas de su habitación antes de descorrer las cortinas. Por suerte, las ventanas estaban cubiertas de encaje y podía acercarse al cristal para mirar abajo sin arriesgarse a que alguien la viera.

El ruido era atronador. El murmullo de voces ascendía como una cacofonía de campanadas ensordecedoras que sonaban sin orden ni concierto. De vez en cuando se oía un estallido de risas, ora de un grupo, ora de otro. Desde donde estaba, contemplaba la escena como si fuera una especie de titiritera divina.

Llevaba observando el espectáculo cerca de una hora. Las barras de la posada eran un hervidero de actividad; había tenido suerte de que el personal hubiese encontrado tiempo para traerle la cena en una bandeja. Comió deprisa y luego la camarera volvió y se llevó la bandeja. Desde entonces, había estado vigilando a Bletchley, que se encontraba en mitad del patio: era una gruesa figura arropada por un viejo abrigo de paño y cuyo pañuelo rojo permitía distinguirlo de los demás hombres que, como él, llevaban un atuendo anodino. Lo anodino y lo elegante se mezclaban libremente: todos compartían un interés que trascendía los límites sociales. Bletchley estaba de pie, con las piernas separadas, bebiendo cerveza y asintiendo mientras los de su grupo exponían sus teorías.

Gillies también lo estaba vigilando. Bletchley había entrado en la posada dos veces y Gillies lo había seguido, escabulléndose del grupo del que formaba parte para poder entrar. En ambas ocasiones, al regresar Bletchley, había vuelto a ocupar su posición, con una nueva pinta de cerveza en la mano.

Flick se movió y se cruzó de brazos. Estaba cansada de estar de pie, pero si se sentaba no podría ver el patio. Las discusiones de abajo eran cada vez más acaloradas, y en varios grupos vio que los hombres agitaban dinero en el aire. Había montones de caballeros, bien vestidos, con los rasgos aristocráticos característicos que denotaban riqueza y opulencia. Flick estudió algunos rostros que le parecieron especialmente duros y se preguntó si serían miembros de la organización. Tal vez se tratase de un grupo de nobles jóvenes, los más irresponsables y peligrosos de los caballeros de menor edad. Había oído rumores de apuestas increíbles; aquellos hombres bien podían ir necesitados de dinero y no parecían tener demasiados escrúpulos. Pero ¿quiénes serían? ¿Quiénes?

Recorrió la multitud con la mirada, y cuando la posó de nuevo sobre Bletchley lo vio consultar su viejo reloj. Se lo metió de nuevo en el bolsillo, apuró su jarra de cerveza, paró a un camarero muy ajetreado y se la dio; a continuación, asintiendo con la cabeza, se excusó ante sus amigos y echó a andar entre la multitud.

Flick se enderezó: Bletchley no se dirigía al interior de la posada.

Abriéndose paso entre la muchedumbre, rodeando los diversos grupos, Bletchley encaminó sus pasos hacia el extremo opuesto del patio. Flick levantó la vista por encima de la masa de gente y fijó la mirada en la oscura extensión de Angel Hill.

Flick sabía que la larga colina en pendiente conducía hasta la abadía, aunque desde allí no podía verla. La luz de las lámparas se extinguía abruptamente justo después del patio, y Angel Hill quedaba sumida en la oscuridad absoluta de la noche campestre.

—¡Maldita sea! —Flick volvió a localizar a Bletchley, que seguía tratando de abrirse paso entre la multitud. Buscó a Gillies y lo encontró; éste había visto desaparecer a Bletchley y lo estaba siguiendo.

Flick dejó escapar un suspiro de alivio... y luego se quedó paralizada: había allí unos hombres que estaban impidiendo que Gillies se marchase. Estaba luchando por zafarse de ellos, pero sólo con ello conseguía que lo rodeasen cada vez más hombres, sonriendo y riendo. Flick se fijó en el rostro de Gillies, que, aunque también se reía, tenía el aire de estar desesperado.

Uno de los hombres le pasó el brazo por los hombros; otro le agarró el abrigo con un gesto de camaradería y se puso a hablar con él sin parar. Flick vio que Gillies echaba un rápido vistazo a su alrededor y trataba de volverse, pero sus amigos no le dejaban.

—Oh, no... —Aterrada, Flick miró hacia donde estaba Bletchley, que se acercaba al extremo opuesto del patio, delimitado por unos cuantos matojos, y luego miró a Gillies, atrapado e impotente en medio de la multitud.

Desde donde estaba Gillies, éste no podía ver en qué dirección se había ido Bletchley. Tampoco sabía dónde estaba ella: si la hubiera mirado, Flick habría podido guiarlo. Gillies había perdido a Bletchley, y ella no tenía forma de ayudarle, no podía abrir la ventana y ponerse a gritar.

Cuando levantó la vista, Flick vio que Bletchley estaba alcanzando el extremo opuesto del patio. No se detuvo, ni tampoco miró a su alrededor. Abriéndose paso entre los matorrales de escasa altura, se adentró con paso resuelto en la oscuridad, hacia Angel Hill.

¡Para reunirse con sus jefes! ¡Estaba segura de ello!

Sofocando un grito, Flick se dio media vuelta y asió su capa. El velo salió despedido y aterrizó debajo de la cama, y los alfileres se desperdigaron por el suelo.

No tenía tiempo para pararse a recoger el velo. Se echó la capa por encima de los hombros y se cubrió con la capucha para ocultar su rostro. Moviendo los dedos con desesperación, se ató los cordones de la capa a la altura del cuello, se aseguró de que la capa la cubriese por completo y luego abrió el cerrojo de la puerta y se deslizó en el pasillo, cerrando la puerta tras ella.

Avanzó a todo correr por el pasillo en penumbra e hizo memoria para no olvidar la distribución de la posada: estaba en el primer piso, y el largo pasillo que atravesaba perpendicularmente el suyo desembocaba en una escalera lateral que conducía a una puerta justo al otro lado de la esquina del patio. Cuando alcanzó la confluencia de ambos pasillos, dobló la esquina y siguió corriendo. La mayor parte de los clientes de la posada estaban abajo, de modo que el largo corredor estaba desierto.

Sin dejar de correr, Flick rezó por que no cambiase su suerte.

Alcanzó la estrecha escalera lateral y, agazapada entre las sombras, descendió los escalones. La antesala de la puerta lateral estaba vacía. Dio un paso para cruzarla y...

Una puerta que había en la pared de su izquierda se abrió de improviso y aparecieron dos atareadas sirvientas cargadas con bandejas abarrotadas de jarras de cerveza sucias. Miraron a Flick, que estaba pegada a la pared, pero siguieron avanzando a toda prisa pasillo abajo.

Flick inspiró hondo, trató de apaciguar los latidos de su corazón y se aproximó a la salida con paso decidido. La puerta se abrió fácilmente; daba a una estrecha zona empedrada en la esquina del patio. A su izquierda oía ruidos y voces que se perdían en la oscuridad; las lámparas titilantes apenas proyectaban una tenue luz en la negra noche.

Cuando cerró la puerta, Flick vio ante ella la extensión oscura de Angel Hill.

Por desgracia, la zona empedrada se empleaba para almacenar cajas y barriles; era una extensión de la posada e invadía la falda de la colina, donde terminaba en un elevado muro de contención. El único modo de salvar la ladera de la colina y seguir a Bletchley era rodear el muro de la izquierda y atravesar el área débilmente iluminada por las lámparas. Y arriesgarse a que alguien, alguno de los hombres del patio, la viesen.

Flick dudó un instante. De espaldas a la pared, protegida por la capa oscura entre las sombras, pensó en Demonio, Dillon y la misteriosa organización.

Luego pensó en el general.

Inspirando hondo, enderezó el cuerpo y dio un paso para apartarse de la pared. No se volvió para no arriesgarse a que la luz le iluminase la cara o las manos. Avanzó a paso veloz silenciosamente, rodeó los arbustos que bordeaban el patio y salió a la parte baja de la ladera de Angel Hill.

Siguió andando sin detenerse, incluso después de que la luz de las lámparas se hubiese extinguido tras ella. No dejó de andar hasta que la engulló la noche y el bullicio del patio se hizo inaudible; entonces tomó aliento para recuperarse y suspiró aliviada. A continuación, arremangándose la falda y dándole profusamente las gracias a su ángel de la guarda, siguió andando a toda prisa. En busca de Bletchley.

Tras convenir con los ajetreados mozos de la posada un espacio en el establo para *Iván*, Demonio cruzó la arcada que separaba el patio de la zona de las caballerizas. Se detuvo para examinar la escena y entonces vio aparecer a Flick, sólo un instante bajo la débil luz de las lámparas en el terreno ascendente del extremo del patio. Si no la hubiese estado buscando, si no la tuviese presente en todo momento, no habría visto nada más que el contorno de una capa ondeando al viento, una sombra entre las sombras aún más oscuras de la noche. Pero en aquellas circunstancias, eso le bastó para reconocerla: supo sin lugar a dudas que se trataba de Flick.

No sabía adónde iba, pero no era difícil adivinarlo. Estuvo a punto de soltar unas palabrotas, pero decidió dejarlas para más tarde, y se mezcló con la multitud.

Pero no pudo evitar soltarlas para sus adentros: no podía ir tras ella.

Tenía a más de un amigo allí; ya sabía que se celebraba ese combate, y probablemente hubiese asistido de no haber estado tan ocupado con Flick y la organización. Sus amigos, como es lógico, pensaron que había decidido reunirse con ellos.

—¡Demonio!

—Llegas muy tarde, ¿dónde te hospedas?

—¿Y qué? ¿Traes dinero para las apuestas?

Adoptando una expresión de sofisticado aburrimiento, Demonio respondió a todas las preguntas.

Si sus amigos lo veían desaparecer entre las sombras, tal vez quisiesen seguirlo por curiosidad. Sin embargo, había un peligro aún mayor. Muchos de los jóvenes nobles y aristócratas londinenses lo consideraban un hombre a emular: si lo veían escapando a todo correr hacia Angel Hill armarían un gran revuelo y Flick se vería interpretando el papel de un zorro perseguido por una jauría de perros de caza.

Fantástico. Esta vez, juró Demonio para sí, la estrangularía de verdad. Eso sí, una vez la hubiera rescatado de la peligrosa situación en la que tan decididamente se estaba metiendo.

No dejó de charlar y bromear esforzándose para disimular el estado de nervios en el que se encontraba, y poco a poco fue acercándose al extremo opuesto del patio. La única posibilidad de avanzar era decirle a un amigo que iba a saludar a otro.

Distinguió a Gillies entre el gentío, y enseguida se dio cuenta de que su hombre también tenía problemas. Demonio se quedó pensativo un momento y llegó a la conclusión de que apartar a Gillies de sus acompañantes sin atraer la atención iba a ser muy difícil, y no tenía tiempo: ya hacía rato que Flick había desaparecido.

Cuando al fin alcanzó los arbustos que rodeaban el empedrado, Demonio se detuvo para observar a la multitud de hombres. Trasladó el peso de su cuerpo, primero sobre una pierna y luego sobre la otra, frunció el ceño, se volvió, examinó los matorrales, y se abrió paso entre ellos. Con un poco de suerte, cualquiera que lo viese pensaría que simplemente le habían entrado unas ganas terribles de ir al baño.

Se alejó, con paso decidido y sin miedo, de la luz de las lámparas y luego se adentró en la oscuridad. En cuanto se vio rodeado por el manto nocturno, se detuvo para mirar hacia atrás, pero al parecer nadie lo seguía. Satisfecho, se volvió hacia Angel Hill, coronada por la abadía. Por delante de él, en algún lugar, Flick estaría subiendo la colina, y probablemente por delante de ella, iría Bletchley.

Y por delante de Bletchley...

Con gesto de preocupación, Demonio apretó la mandíbula y avanzó más deprisa.

Una vez en la ladera, a Flick se le habían acabado los exabruptos, lo cual en realidad era un alivio, pues necesitaba todo su aliento para seguir avanzando. Había subido a Angel Hill muchas veces en su niñez, pero nunca de noche. Lo que a plena luz del día era una ladera fácil de salvar, por la noche adoptaba la apariencia de una carrera de obstáculos. La ladera era regular, pero no así el terreno, plagado de baches y montículos, de socavones del tamaño de un pie y salientes repentinos, y todos decidían aparecer bajo sus piernas tambaleantes justo en el momento más inesperado.

Y, para colmo, había niebla.

Flick había advertido que era noche cerrada ya antes de abandonar la posada, pero hasta que hubo abandonado el cobijo de las lámparas de aceite no se dio cuenta de que, efectivamente, la oscuridad era total. Unas densas nubes ocultaban la luna y ni siquiera la luz de las estrellas podía guiarle el camino. Su único punto de referencia era la abadía y la torre de la catedral, cuyas oscuras siluetas se levantaban en la cumbre de la colina perfilándose sobre el negro azabache del cielo.

Por desgracia, cuando dejó atrás la ciudad y la posada, se encontró con jirones de niebla que amortajaban las laderas de la colina. Cuanto más subía, más espesa se hacía la niebla, y más difícil le resultaba a Flick distinguir sus puntos de referencia. Por fortuna, el manto de nubes no era absoluto: de vez en cuando asomaba la luna y su luz plateada le permitía orientarse.

En una de dichas intermitentes ocasiones, vio a Bletchley ascendiendo por la cuesta, al menos doscientos metros por delante de ella. Flick agradeció al cielo no haberlo perdido y siguió avanzando a duras penas, esforzándose y aminorando el paso cuando la luna volvía a desaparecer. Una nueva espesa franja de niebla la obligó a aminorar el paso aún más.

La luna apareció de nuevo y Flick escudriñó frenéticamente el camino que se extendía ante sus ojos conteniendo la respiración. Cuando por fin divisó la figura bamboleante de Bletchley, tomó aire de nuevo.

El hombre estaba ahora mucho más arriba, acercándose a la abadía. Por fortuna, la niebla se disipaba en lo alto de la colina y pudo verlo con claridad. Enseguida se hizo evidente que el objetivo de Bletchley no era la abadía, sino un denso macizo de arbustos que crecía alrededor de tres árboles, un poco más abajo, hacia el oeste de la pared de la abadía.

Flick se tranquilizó. La reunión de Bletchley con sus jefes se prolongaría durante un rato, de modo que no había necesidad de precipitarse y arriesgarse a alertarlos de su presencia. Era mucho mejor que se tomase su tiempo y se aproximase con sigilo.

Las nubes se pusieron de su parte y le permitieron ver que a Bletchley rodeaba el macizo de arbustos y desaparecía. Cuando las nubes volvieron a tapar la luna, Bletchley no había vuelto a aparecer; Flick había aprovechado la luz de la luna para recorrer con la mirada la zona de la ladera que ocupaban los arbustos, pero no había visto a nadie más. Concluyó que sin duda Bletchley estaría al otro lado de los matorrales, y se obligó a subir con cuidado para deslizarse silenciosamente entre las sombras de los arbustos.

Aguzó el oído, pero sólo oyó un ruido ronco y nada más. La luna se liberó de las nubes y proyectó su luz sobre toda la zona. Flick lo interpretó como una señal. Había llegado demasiado lejos para batirse en retirada, así que se preparó metafóricamente para la lucha y buscó algún sitio desde donde observar lo que había al otro lado de los arbustos, con extremo cuidado de no pisar ninguna hoja, ni de hacer nada que pudiese alertar a Bletchley y a su acompañante de su presencia.

Y lo logró: Bletchley estaba allí con otra persona, ambos completamente ajenos a ella, aunque, a decir verdad, estaban tan absortos en su conversación que tampoco se habrían percatado de la presencia ni de todo un ejército de húsares.

Flick asomó la cabeza tras el macizo de arbustos y observó la reunión que se estaba celebrando, primero con asombro y luego con una repugnancia cada vez mayor: la mujer con la que Bletchley se había dado cita estaba tumbada boca arriba, con la falda subida hasta la cintura, mostrando sus muslos blancos, regordetes y abultados, con los que abrazaba las nalgas, igual de blancas e igual de rechonchas, de Bletchley. Esas nalgas subían y bajaban a un ritmo regular, temblando, tensándose y agitándose como si fueran de gelatina mientras Bletchley se movía hacia delante y hacia atrás, embistiendo el cuerpo de la mujer.

Pese a su inocencia carnal, Flick sabía qué estaban haciendo. Sabía cómo copulaban los animales, pero nunca había visto a dos personas realizando el mismo acto. La imagen la dejó paralizada... con horrorizada fascinación.

Las sonidos que llegaban hasta ella nada tenían que ver con carreras o caballos, ni tampoco con los nombres que ella esperaba oír. Gemidos, quejidos, jadeos y gritos ahogados formaban el grueso de la conversación.

Asqueada y sin ni siquiera poder lanzar una exclamación, torció el gesto, maldijo su carácter para sus adentros y se dio media vuelta. Sin apartar los ojos del suelo, echó a andar en dirección a la posada, colina abajo, alejándose de los arbustos.

Después de todo su esfuerzo... ¡y de los riesgos que había corrido! Le dieron ganas de gritar de furia y esperar que el grito le diese a Bletchley un buen susto... en el momento más oportuno.

«¡Hombres!», pensó.

Se adentró en el primer jirón de niebla... y se dio de bruces con uno de esos hombres.

Tenía la nariz pegada en su pecho, enterrada en un fular de tela suave. Tomó aliento para chillar... y reconoció el olor de Demonio. Sus brazos la rodearon como grilletes de acero, pero cuando Flick se relajó, Demonio aflojó la presión. Flick alzó la vista.

Y él la fulminó con la mirada.

—¿Dónde...?

—Chist. —Zafándose de su abrazo, Flick ladeó la cabeza, señalando los arbustos a sus espaldas—. Bletchley está ahí.

Demonio escudriñó su rostro.

—¿Sí?

Rehuyendo sus ojos, Flick asintió, dio unos pasos para rodearlo y siguió andando hacia la posada.

—Está con una mujer.

Demonio miró hacia los arbustos y luego volvió a mirar a Flick, que ya corría ladera abajo.

—Ah. —Movió los labios, pero sólo un instante. Al cabo de un momento, le dio alcance—. De hecho —dijo en tono férreo—, no he venido para ver qué hacía Bletchley.

Flick no respondió de inmediato; se limitó a seguir andando.

—Le he seguido hasta aquí. Tú estabas en Londres y no ibas a volver hasta mañana.

—He cambiado de idea, una afortunada circunstancia. Si hubiese regresado mañana, sabe Dios en qué líos habrías acabado metiéndote. —Su voz entrecortada y la severidad que subyacía en sus palabras contenían una seria advertencia nada sutil.

Sin ceder un ápice, Flick soltó un resoplido y señaló de nuevo los arbustos.

—Es evidente que puesto que Bletchley no ha venido aquí a reunirse con la organización, no voy a meterme en ningún lío.

—No es de Bletchley de quien tienes que preocuparte. —Demonio bajó ostensiblemente el tono de voz y siguió hablando en un inquietante murmullo—. Él nunca debió ser el origen de tus problemas.

Un extraño escalofrío recorrió la espalda de Flick; Demonio la cogió del codo. Pensó en zafarse de él, pero sus dedos se convirtieron en grilletes de acero. Tras decidir que su mejor opción era no hacer caso de él ni de la presión que ejercían sus dedos, Flick levantó la barbilla... y dejó que la acompañase colina abajo.

Cubrieron la distancia en silencio, un silencio que se iba haciendo más tenso a medida que se acercaban a la posada. El bullicio del patio se había vuelto desagradable: los comentarios eran cada vez más procaces y muchos de los presentes estaban ya tambaleándose. Y no era lugar para una dama.

Demonio se detuvo junto a la zona iluminada por las lámparas.

—¿Cómo saliste?

—Por la puerta lateral —contestó Flick, señalándola.

Demonio tiró de la capucha de ella para cubrirle la cara.

—Mantén la cabeza baja. —Rodeándole la cintura con el brazo, atravesaron rápidamente la zona de peligro y se adentraron en las sombras que escondían la puerta.

Flick casi no tuvo tiempo de mirarlo: sin perder un instante, Demonio la hizo pasar por la puerta y subir las escaleras. Cuando alcanzaron el rellano del primer piso, susurró:

—¿Dónde está tu habitación?

Flick señaló hacia el fondo del pasillo.

—Encima de la puerta principal.

La joven hizo ademán de guiar el camino, pero el brazo de Demonio la retuvo junto a él.

Flick decidió no protestar ni tratar de zafarse. Los escasos segundos que le había visto la cara al pasar por la puerta habían bastado para destrozarle los nervios. El rostro de Demonio siempre era duro, pero en esos momentos parecía una roca. Inflexible fue el término que le vino a la mente.

Por el hueco de la escalera subían voces y gritos de auténtico jolgorio. El pasillo que conducía a las habitaciones delanteras empezaba justo delante de las escaleras. En ese momento Demonio se puso tenso. Flick miró delante y vio a cuatro hombres subiendo las escaleras con paso tambaleante. Estaban muy borrachos y armaban mucho ruido y alboroto. Instintivamente, Flick apretó su cuerpo contra el de Demonio, quien aminoró el paso, se detuvo y luego se volvió hacia ella, para protegerla.

Dándose palmadas en la espalda unos a otros y riéndose a carcajadas, los cuatro hombres siguieron por el pasillo en la dirección opuesta... por lo visto, sin detectar su presencia.

Por la escalera subían más voces.

Sofocando un exabrupto, Demonio la sujetó con más fuerza y apretó el paso, obligándola a correr junto a él.

Flick cerró los labios con fuerza y se mordió la lengua para no protestar. Sabía que si emitía aunque fuese un leve murmullo, la levantaría en volandas o se la llevaría a rastras.

Entonces la puerta de su habitación apareció ante ellos. Con un silencioso suspiro de alivio, rebuscó en su bolsillo y extrajo la llave.

Demonio se la arrebató de las manos y la colocó en la cerradura, la hizo girar y abrió la puerta antes de que ella pudiese pestañear.

Algo bruscamente, la metió dentro de la habitación. Cerrando la boca, Flick compuso un mohín de enfado, levantó el mentón y entró en la habitación. Se fue directamente a la chimenea y luego se volvió con aire majestuoso. Entrelazando las manos, con la espalda erguida y la cabeza bien alta, encaró a su autoerigido protector con una mirada desafiante.

Él la había seguido al interior de la habitación y al colocar la mano encima del cerrojo, se detuvo. Recorrió a Flick de abajo arriba con su mirada azul y, con una expresión dura y penetrante en el rostro, clavó sus ojos en los suyos.

A pesar de su inocencia, Flick no mostraba indicios de estar escandalizada, y Demonio se sintió aliviado: sea lo que fuere lo que había visto de las escaramuzas de Bletchley tras los arbustos, no parecía haberle afectado demasiado. En realidad, tenía toda su atención centrada en él, lo cual era sin duda muy sensato, pues la presencia de Demonio la turbaba mucho más de lo que Bletchley podría hacerlo jamás. La miró a los ojos.

—Quédate aquí. Iré a comprobar que Bletchley no abandona los brazos de su compañera para asistir a otra clase de reunión. —El tono de su voz era de absoluta indiferencia. A continuación añadió—: Y tendré que hablar con Gillies.

Flick se ruborizó levemente y levantó un poco más la barbilla. En sus ojos brillaba una expresión de desafío.

—La idea de venir aquí fue mía y sólo mía. Gillies tuvo la amabilidad de acompañarme.

—Ya sé que fue idea tuya. —Demonio se quedó sorprendido ante la serenidad que transmitían sus palabras, pues la furia lo devoraba por dentro—. Gillies no es tan necio como para sugerir traerte aquí nada menos que en plena celebración de un combate de boxeo. —Su ira estalló de repente, pero trató de dominarla—. Gillies sólo ha obedecido mis órdenes de permanecer contigo en todo momento. No tengo intención de reprenderlo. —Le sostuvo la mirada y añadió con calma—: No es con Gillies con quien estoy furioso. —La miró desafiante durante unos instantes más y luego se dirigió a la puerta—. Volveré enseguida.

Abrió la puerta, salió y la cerró tras él... con llave.

Flick oyó el ruido de la cerradura al cerrarse. Separó los labios mientras dejaba caer los brazos a ambos lados del cuerpo, y se quedó mirando boquiabierta la puerta cerrada. Y montó en cólera.

«¡Y se va, tan fresco! ¡Me encierra en mi propia habitación mientras él...!», exclamó para sus adentros, iracunda.

Apretó los puños con fuerza, cerró los ojos y dio rienda suelta a un grito de frustración.

Demonio regresó al pasillo mal iluminado de la parte delantera de la posada dos horas más tarde.

Y se encontró con dos mozalbetes, sin duda bajo los efectos de la cerveza de la posada, apostados a la puerta de Flick, cantándole una serenata. La alfombra del pasillo amortiguaba el ruido de sus pisadas, de modo que no se dieron cuenta de la presencia de Demonio hasta que lo tuvieron encima.

Saltaron como gatos escaldados.

—¡Huy!

—¡Ay!

Luego pestañearon y sonrieron como un par de idiotas.

—Detrás de esa puerta hay una viuda preciosa.

—Estamos intentando convencerla para que salga a jugar un rato, ¿sabe?

El primero volvió a pestañear y le dirigió una mirada miope.

—¿Ha venido para lo mismo?

Con brusquedad y satisfacción, Demonio los sacó de su error: salieron despedidos por los aires, dando tumbos por el pasillo, con el ego destrozado, los oídos ardiendo y sus traseros magullados por cortesía de sus enormes zapatos. Se quedó observando cómo corrían hacia las escaleras antes de entrar de nuevo en la habitación. La penumbra lo obligó a realizar varios intentos para poder introducir la llave con éxito en la cerradura. Al final lo logró, hizo girar la llave mientras se incorporaba y entró.

Sus excelentes reflejos le permitieron sujetar la pesada jarra de barro cocido que apareció de improviso por su izquierda. De puntillas y agarrada con fuerza a la jarra, Flick lo miró a los ojos, con expresión hosca.

—Ah, eres tú.

Flick soltó la jarra, se dio media vuelta y atravesó la habitación. Se detuvo ante la chimenea, frente a las llamas, y se volvió para mirarlo mientras se cruzaba de brazos.

Demonio captó su gesto beligerante y su expresión rebelde, y luego cerró la puerta. Ella contuvo su ira mientras él la cerraba y dejaba la jarra en una mesa.

A continuación, dio rienda suelta a toda su furia.

—¡Me has encerrado aquí y me has dejado a merced de ésos...! —Realizó un ademán muy elocuente. Sus ojos llameaban—. He tenido que soportar sus aullidos incesantes durante dos horas... Bueno, y luego los poemas... ¿Cómo he podido olvidarme de los poemas? —Alzó los brazos al cielo—. ¡Eran horribles! Ni siquiera rimaban... —Estaba fuera de sí. Demonio disfrutaba del espectáculo—. Bueno —dijo, olvidando bruscamente su ira y mirándolo con gesto hostil—, ¿adónde ha ido Bletchley?

Pese a su odisea con los poemas de pésima calidad literaria, era obvio que se encontraba perfectamente.

—A la barra y luego a su habitación. —Arrojó los guantes sobre la mesa y luego señaló hacia arriba—. En el desván.

Se desprendió de su gabán y lo echó en una silla, fijándose en el buen número de velas encendidas por toda la habitación. Era evidente que Flick había sentido la necesidad de estar rodeada de luz... de apaciguar su sensación de desprotección.

Flick volvió a cruzarse de brazos y lo miró frunciendo el ceño.

—¿No ha hablado con nadie?

Mirando a su alrededor, advirtió que la alcoba era grande y cómoda, y que estaba bien equipada con muebles de buena calidad. La cama era larga y ancha, y tenía sábanas inmaculadas de lino blanco.

—Con nadie que encajase con el tipo de hombres que estamos buscando. Sólo con los clientes del bar.

—Ya... —Flick lo observó con gesto ceñudo mientras se iba acercando a ella, muy despacio—. Puede que sólo haya venido por el combate de boxeo.

—Eso parece.

Demonio, sin apartar los ojos de su rostro se detuvo justo frente a ella, atrapándola ante la chimenea. Ella le dedicó una mirada hostil, y Demonio se quedó pensativo. Al cabo de un momento, ella le preguntó:

—¿En qué piensas?

«En lo mucho que me gustaría desnudarte, echarte en la cama y...», se dijo.

—Me preguntaba —le respondió— qué hace falta para que te metas en tu tozuda cabecita que no puedes ir por ahí cazando villanos, independientemente de dónde esté yo o cualquier otra persona.

Ella hizo un gesto desdeñoso y ladeó la barbilla. Demonio levantó una mano y le sujetó con fuerza el mentón.

Flick abrió bien los ojos: de su mirada saltaban chispas.

—Nada de lo que digas o hagas podrá convencerme de que no tengo tanto derecho como tú para ir por ahí cazando villanos.

Demonio arqueó una ceja y desplazó la mirada hasta sus labios.

—¿Ah, sí?

—¡Sí!

Sus labios dibujaron una curva ascendente, no de alegría sino de satisfacción ante su desafío, un reto que estaba más que dispuesto a aceptar. Demonio le levantó la barbilla un poco más y bajó la cabeza.

—Tal vez deberíamos poner eso a prueba.

Susurró aquellas palabras a escasos centímetros de su boca, dudó un instante ante la idea de dejar que su cálido aliento despertara sus labios... y luego los cubrió con los suyos.

Ella permaneció rígida un momento y luego se rindió sin condiciones. Su tensión cedió y sus labios se dulcificaron bajo la presión de los de él. Aunque aquello seguía siendo nuevo para ella —besarle, entregarle sus labios y su boca—, estaba ávida de nuevas emociones, y sus respuestas fluían de manera instintiva. Carecía de la astucia de una mujer con más experiencia: poseía un entusiasmo fresco, una fogosidad inocente que trastornaba a Demonio, que le volvía loco.

Él sabía exactamente qué estaba haciendo, desviando su atención de los villanos, de Bletchley y de la organización, dándole algo más en qué pensar, algo más excitante, más intrigante. La despertaría a la vida e instigaría su curiosidad para que pasase el tiempo pensando en él en lugar de en un villano cualquiera. La agarró por la cintura, y la atrajo hacia sí.

Y prolongó aún más el beso.

Ella respondió con dulzura, echando la cabeza hacia atrás, separando los labios y acogiéndolo de buen grado. Cuando Demonio reaccionó estrechándola contra su pecho, se dejó llevar con placidez, apretando sus pechos prominentes contra sus pectorales y enterrando las caderas en sus muslos. Demonio contuvo el aliento mentalmente, trató de domeñar a sus demonios interiores e intentó que ella separara aún más los labios, para poder penetrar hábil y astutamente en su boca suave y llevarse impune todo cuanto le ofrecía.

El sabor embriagador de su boca, tan liviano y fresco, tan burlonamente seductor, se le subió directamente a la cabeza, le emborrachó los sentidos y espoleó a sus demonios, ávidos de entrar en acción. Blandiendo la destreza como si fuera un látigo, los redujo y se dispuso a disfrutar aún más del sencillo placer que ella le proporcionaba.

No era la ira lo que le empujaba, ni siquiera el deseo de ejercer su voluntad sobre ella e insistir en que permaneciera fuera de peligro. La sangre le bullía de puro deseo, nada más.

Durante las dos horas que había pasado vigilando a Bletchley, hablando con Gillies, su enfado se había disipado por completo; la ira que se había apoderado de él al pensar en los riesgos que Flick había corrido se había evaporado. Era un hombre de amplia experiencia y su imaginación, por tanto, era muy fértil: las imágenes que, aun en esos momentos, se formaban en su cabeza podían desquiciarlo por completo. Sin embargo, había tenido tiempo de analizar los motivos de ella, de darse cuenta de que, para Flick, ajena por completo a los combates de boxeo, ir hasta allí había sido no sólo un paso obvio, sino también ineludible.

Demonio lo entendía. Seguía sin aprobarlo, pero ésa era otra cuestión, un aspecto distinto de las emociones del día. Su ira había desaparecido, pero no así la tensión subyacente. La ira sólo había sido un síntoma de aquella emoción más profunda, un sentimiento que se parecía peligrosamente al miedo.

El miedo era una emoción que ninguno de los miembros masculinos del clan Cynster llevaba demasiado bien. Demonio tenía muy poca experiencia al respecto, y desde luego no le gustaba lo que estaba experimentando en esos momentos. Su miedo estaba centrado en Flick, de eso no había duda, pero el porqué era otro de esos interrogantes que prefería no analizar.

Si hubiese sabido que decidir hacer de tripas corazón y

casarse iba a traerle tantos quebraderos de cabeza, se lo habría pensado dos veces. O incluso tres. Por desgracia, ahora era demasiado tarde. La idea de renunciar a Flick, de retractarse de su decisión de casarse con ella, era impensable.

Supo hasta qué punto era impensable cuando se separó un instante de sus labios para tomar aliento y percibió su aroma, a flor de manzano y lavanda, una fragancia tan inocente que le llegaba al alma, tan simple que traspasaba sus defensas, que atrapaba y absorbía su deseo. La vida sin aquello, sin ella, sin la intensa satisfacción que la experiencia le decía que sentiría a su lado... ésa era la definición precisa de lo impensable.

Demonio le soltó la barbilla, enterró los dedos en sus rizos y contuvo un escalofrío ante la sensación de pura seda que le recorría el dorso de la mano. Con los labios firmes sobre los de ella, ladeó la cabeza, mientras deslizaba los dedos por su cabello, sujetándola con delicadeza para poder llegar hasta donde él quería... y llevar aún más lejos su beso, hacia reinos que ella nunca había conocido, por caminos que ella nunca había recorrido.

Sin embargo, él tenía la obligación de controlarse.

Asustado, percibió que perdía el control de la situación y que el ansia lo dominaba. Aturdido, retrocedió un paso para romper el hechizo de ese beso, demasiado evocador.

Y esperó el tiempo suficiente para recuperar el resuello que tanto necesitaba. Demonio no recordaba cuándo había sido la última vez que la cabeza le había dado tantas vueltas.

—Bueno... —Empezó a parpadear—. Nos quedaremos hasta las dos y luego nos iremos. Te llevaré a casa.

Lo había planeado todo mientras vigilaba a Bletchley.

Alzando las pestañas sólo lo suficiente para localizar los labios de Demonio, Flick asintió, le asió la cara con ambas manos y atrajo su cabeza de nuevo hacia sí. Flick sabía muy bien por qué la estaba besando: quería controlarla, debilitarla y hacerla más vulnerable y aquiescente. Era posible, desde luego, que consiguiese debilitarla y hacerla vulnerable, puede que incluso estuviese un poco aturdida, pero ¿aquiescente? Sólo porque su cuerpo y su mente habían perdido toda su determinación en cuanto él la había estrechado contra su cuerpo, en cuanto sus labios habían encontrado los suyos, eso no significaba que fuese a ocurrir lo mismo con su voluntad.

Lo cual significaba que, por ella, podía besarla todo el tiempo que quisiese. Si él había decidido que tenían hasta las dos del día siguiente, no veía razón alguna para malgastar ni un solo minuto.

Sus besos eran una delicia absoluta, un placer extraordinario. El roce de sus labios era embriagador, y la caricia audaz de su lengua, descaradamente excitante. Se sentía salvaje, un poco insensata... y extrañamente inquieta por lo que seguía al beso, por todo lo que ella desconocía. La experiencia de Demonio estaba ahí, en sus labios, en los brazos que la sujetaban con tanta facilidad, tentándola, atrayéndola... simplemente intrigándola.

Flick le ofreció sus labios y su boca, y él volvió a saborearlos. Y, pese a todo, había algo que lo obligaba a contenerse. Demonio reprimía cada uno de sus actos, reprimía su ansia o, mejor dicho, la posibilidad de que ella la viese. Flick, sin embargo, la percibía de todos modos en la tensión de sus músculos, en la rigidez que se apoderaba de su cuerpo. Y aquella represión se erigía con fuerza, era como una barrera entre Flick y la experiencia de Demonio. Una barrera que ella, sin poder evitarlo, trataba de derribar una y otra vez. A fin de cuentas, pese a lo que él pensase, no era ninguna cría recién salida de la escuela.

Flick, con todo descaro, se abalanzó sobre él y respondió a su beso sin ningún miramiento, intentando primero una cosa, luego la otra, para ver qué debilitaba más sus defensas. Cuando cerró los labios alrededor de su lengua y empezó a lamerla obtuvo su primera victoria: la atención de Demonio se concentró en ella bruscamente y su resistencia se debilitó. Deslizarle las manos por el cuello, cerrar los dedos en torno a la nuca y estrecharse con fuerza contra su cuerpo también pareció funcionar y, sin embargo...

Demonio levantó la cabeza con brusquedad y tomó aliento como si estuviese a punto de asfixiarse. Parpadeó y la miró.

—¿Te ha visto la cara el posadero? —El tono de su voz no sonaba del todo estable y parecía un poco mareado.

—No. —Ella se hundió aún más en sus brazos y enterró los dedos en su pelo—. No me he quitado el velo ni un instante.

—Bueno... —Bajó la cabeza y le rozó los labios con los suyos—. Bajaré a pagar tu cuenta más tarde, cuando todo esté tranquilo y no haya nadie. Hoy habrá alguien en recepción toda la noche. Luego nos marcharemos.

Flick no se molestó en asentir. Deslizó las manos sobre los hombros de Demonio mientras éste volvía a apresar sus labios con los suyos y se adentraba en su boca con la lengua. Flick decidió que bien podría pasarse la noche entera besándolo, apretándose contra su cuerpo. Y al pensarlo se acercó más a él, pero ya no podía apretarse más: no quedaba un centímetro de separación entre ambos, sus senos estaban clavados en su pecho, sus caderas encajadas en sus muslos. Y sin embargo...

Demonio vaciló un instante y luego reanudó el beso con más fuerza. El torbellino del beso la arrastraba a un lugar cada vez más profundo, la engullía en un vórtice de sensaciones arrebatadoras que la incitaban y la llamaban sin cesar.

La necesidad de acercarse aún más era cada vez más intensa, más acuciante...

A Demonio empezó a fallarle la resistencia que estaba oponiendo. Para casarse con él, si él quería casarse con ella, lo cierto es que ella quería saber más. Flick estiró su cuerpo hacia arriba, de forma deliberada, incitándolo abiertamente, besándolo con urgencia, tan provocativamente como si supiera cómo...

Demonio movió los brazos y colocó las manos a su espalda; sus manos eran grandes y fuertes, se deslizaron hacia abajo, recorriendo con suavidad la parte baja de su cintura, acariciando sus caderas, y llegando aún más abajo, hacia la ondulación de sus nalgas. Las asió con ambas manos, las sujetó con fuerza y, cuando sus curvas le inundaron las palmas, la levantó en el aire.

La levantó y la apoyó contra su cuerpo, fundiéndose con ella, apoyando su vientre suave en la dura turgencia de su erección. Flick soltó un grito —no de espanto, sino de placer, un placer completamente desconocido para ella—, pero ante sus labios implacables y la urgencia que dominaba su cuerpo Demonio se decidió a apresar su boca, tomó todo cuanto tenía que ofrecerle y fue a por más.

El ansia del uno por el otro los dominaba, un apetito voraz que amenazaba con engullirlos a los dos.

Flick hendió los dedos en sus hombros y se aferró a ellos, con una premura que la horadaba hasta los huesos, mientras la temperatura aumentaba y la dureza de su cuerpo se hacía insoportable para ambos. El deseo, la voracidad y la exigencia recorrían el cuerpo de Flick, seguidos de una pasión inexorable. Y la atraparon por completo.

Un entusiasmo —aún mayor que el de ganar cualquier carrera de caballos— y un ansia expectante la azuzaban, la instaban a seguir adelante...

¡Toc, toc! ¡Toc, toc!

La súbita retreta los sobresaltó y puso un brusco final a su beso. Respirando entrecortadamente, los dos miraron a la puerta.

Demonio enderezó el cuerpo y renegó para sus adentros. Tenía que averiguar quién llamaba a la puerta, pues podía tratarse de Bletchley. Muy despacio, fue bajando a Flick hasta que los pies de ésta tocaron al suelo, soltó su exquisito trasero y la sujetó por la cintura, pues dudaba que la joven fuese capaz de sostenerse sola en pie.

Dio un vistazo alrededor y fijó su atención en el robusto tocador que había en la pared, entre la repisa de la chimenea y la cama. Miró a la puerta y luego empujó a Flick con cuidado hacia atrás para que pudiese apoyarse en el tocador.

—Quédate aquí, no te muevas.

Estando allí no podían verla desde la puerta.

Lo miró con gesto perplejo, parpadeando, y luego dirigió una mirada de aturdimiento al otro lado de la habitación.

Demonio la soltó, se volvió y echó a andar hacia la puerta. Al pasar frente al espejo, soltó otra de sus imprecaciones y se detuvo para arreglarse el chaleco, recomponerse la chaqueta y los puños y pasarse los dedos por el pelo antes de abrir la cerradura.

Supuso que sería Gillies o algún empleado de la posada. Fuera quien fuese, tenía la intención de deshacerse enseguida de él, de modo que hizo girar la llave con brío y abrió la puerta.

El elegante caballero que apareció en el umbral, y cuya cortés sonrisa enseguida se desvaneció de su rostro no formaba parte del personal de la posada. Por desgracia, lo conocía.

Demonio volvió a soltar una imprecación para sus adentros y deseó haber apagado alguna de las velas que Flick había repartido por la habitación. Al menos, desde la puerta no podía ver a la joven. Dejando la puerta abierta apenas unos centímetros, Demonio arqueó una ceja arrogante.

—Buenas noches, Selbourne.

—Cynster. —La voz de lord Selbourne estaba impregnada de decepción, y el descontento afloraba a sus ojos. Su expresión, no obstante, seguía siendo cortés—. Yo... —Bruscamente, Selbourne desvió la vista y miró por encima del hombro de Demonio. Los ojos del lord se abrieron como platos. Demonio se puso tenso, y apretó la mandíbula con tanta fuerza que creyó que iba a rompérsele. Sin embargo, no se volvió. Lord Selbourne enarcó las cejas con gesto sereno y reflexivo, y luego miró a Demonio con admiración. Y sonrió—: Ya entiendo.

Esas dos palabras contenían todo un mundo de significado, y Demonio lo sabía demasiado bien. Con el semblante grave, asintió algo bruscamente.

—Exacto. Me temo que tendrá que encontrar otro lugar donde dormir esta noche.

Selbourne lanzó un suspiro.

—Al César lo que es del César... —Tras lanzar una mirada maliciosa por encima del hombro de Demonio, se volvió para marcharse—. Ahora te dejo, amigo mío, para que descanses todo lo que puedas.

Reprimiendo un exabrupto —bastante malsonante, por cierto— Demonio logró cerrar la puerta sin dar un portazo. Se quedó un rato con los brazos en jarras, con la mirada fija en la puerta y, finalmente, la tensión de sus hombros empezó a ceder. Pestañeó, extendió la mano despacio e hizo girar la llave.

El sonido de la cerradura resonó con suavidad, un breve chasquido que anunciaba un paso irrevocable. Demonio se volvió... Y confirmó que, efectivamente, Flick no había podido resistir la tentación y se había desplazado hasta el otro lado de la chimenea para ver quién había en la puerta.

Selbourne la había visto con toda claridad, con el pelo alborotado, el vestido sugerentemente arrugado y los labios rojos e hinchados por los besos de Demonio. Y lo más importante: no llevaba la capa ni el velo puesto. Demonio se la quedó mirando.

Flick le sostuvo la mirada.

—¿Quién era?

Se quedó pensativo un instante antes de contestar, y luego se volvió de nuevo hacia la puerta y retiró la llave.

—El destino. Disfrazado de lord Selbourne.

13

Flick lo miró con curiosidad.

—¿Lo conoces?

—Sí, claro. —Deslizando la llave en el bolsillo de su chaleco, Demonio la miró—. Todo el mundo en la alta sociedad conoce a *Charlatán* Selbourne.

—¿«Charlatán?»?

Deteniéndose justo delante de ella, Demonio la miró a los ojos.

—Tiene la lengua muy afilada. —Flick escudriñó sus ojos, todo su rostro esbozó un silencioso «Oh»—. Lo que significa —continuó explicándole— que en todos los bailes de Londres, mañana por la noche, la novedad más jugosa será quién era en realidad la deliciosa y joven «viuda» a la que descubrió confraternizando conmigo en Bury St. Edmunds.

Los músculos de Flick se tensaron y de sus ojos saltaban chispas.

—No empieces otra vez con eso. Sólo porque me haya visto eso no me compromete. Él no sabe quién soy.

—Pero lo sabrá. —Demonio se dio unos golpecitos en la nariz con el dedo—. Así es como Charlatán consigue sus invitaciones, así se ha hecho un hueco en el seno de la alta sociedad: husmea en las indiscreciones que cometemos los demás y luego las susurra al oído de las casamenteras. —Sostuvo con serenidad la mirada de Flick—. Averiguará quién eres. Todo el mundo te conoce en Newmarket y ése será el primer lugar donde buscará. Gillies me describió la escena que montaste para conseguir esta habitación, y es justamente así como actuaría una dama que vive en las afueras de la ciudad, no en la misma ciudad, y que está deseosa de obtener una habitación en la que encontrarse con su amante.

Flick se cruzó de brazos y levantó la barbilla con tozudez.

—Sigo diciendo que no estoy en una situación comprometida.

—Lo estás. —Demonio no pestañeó—. Desde el mismo instante en que Selbourne vio tu rostro, la tuya es el paradigma de situación comprometida.

Flick entrecerró los ojos. Al cabo de un momento, añadió:

—Y aunque, teóricamente, lo estuviera, eso no cambia nada.

—Al contrario, lo cambia prácticamente todo.

—¿Ah, sí? ¿Como qué?

Extendió el brazo y la cogió de la mano; aunque algo desconcertada, Flick dejó que se la levantase. Le sujetó entonces la otra mano y se las llevó ambas a la altura de los hombros atrayéndola hacia sí. Demonio le soltó las manos y la rodeó por la cintura.

Flick rápidamente apartó las manos de sus hombros e intentó liberarse de él presionándole el pecho con fuerza.

—¿Qué haces?

Él la miró a los ojos y luego bajó la cabeza.

—Enseñarte cuántas cosas han cambiado.

Empezó a besarla... y no dejó de hacerlo, con energía pero sin forzarla, despacio pero sin tregua, hasta que ella se rindió. Cuando se entregó, Demonio la abrazó con fuerza y la besó durante un rato más. Ella respondió con su avidez habitual. Lenta y cada vez más insistentemente, volvió a recorrer los mismos pasos de antes hasta que la respiración de ambos se quebró, hasta que sus caderas volvieron a apretar con vehemencia sus muslos, hasta que una tórrida sensación se apoderó de sus sentidos y la pasión emborrachó sus mentes.

Y en ese momento Demonio levantó la cabeza.

Ella le agarraba con fuerza de las solapas.

—Tú no quieres casarte conmigo. En el fondo, no quieres.

Flick lo dijo sin convicción; tenía su cuerpo pegado al de Demonio y sentía en sus carnes su excitación descontrolada, de modo que no podía decir que ignoraba lo que quería él. Era un poderoso incentivo para rendirse, y sin embargo... Flick no quería que se casase con ella sólo por eso. Quería que se casase con ella por alguna otra razón, una razón más importante.

La tensión se apoderó del rostro de Demonio. La misma tensión que se había apoderado de ella. Su mirada, de un azul impasible, no se apartaba de ella, estaba fija en sus ojos. Los labios de Flick latían con fuerza. Sin darse cuenta, dejó caer su mirada y la clavó en los labios de Demonio, unos labios inteligentes, firmes y fuertes, como él. Los vio descender unos centímetros, y sintió que le acariciaban los suyos.

—Sí quiero casarme contigo. —La besó de nuevo, una promesa arrebatadora mientras sus manos se deslizaban por su espalda, atrayéndola hacia sí una vez más—. Voy a casarme contigo.

Acercó sus labios a los de ella y se besaron con impaciencia. Y con pasión. Flick podía soportar la fuerza del beso, pero el calor, aquella sensación abrasadora de fuego y llamas la derrotó. Él siguió besándola y Flick sucumbió. El fuego le recorrió las venas, se apoderó de cada miembro de su cuerpo, se adueñó de su cerebro.

Y Flick se abrasó, al igual que él. Había fuego en el tacto de sus manos, en sus labios, y pese al calor insoportable, todavía no tenía suficiente. Cuando sus miembros se derritieron y toda su determinación se evaporó, Flick trató de aferrarse a su buen juicio y soltó un par de imprecaciones para sus adentros. ¿Qué podía hacer para que la amase si se casaba con ella de esa manera?

¿Cómo detenerlo?

Como respuesta, Demonio intensificó su beso. A Flick

le daba vueltas la cabeza. Sin sentir sus huesos, al borde de la debilidad absoluta, se desplomó en sus brazos, en su fuerza viril. En su calor sofocante.

—He soñado con casarme contigo.

Sus palabras no eran más que un susurro. La alejó de sí unos centímetros y sus caderas chocaron con el tocador.

—¿De veras? —Incapaz de respirar, Flick trató por todos los medios de abrir los ojos.

—Pues sí. —Apoyándola contra el tocador, Demonio retrocedió unos pasos.

La súbita pérdida de contacto con su cuerpo, que con tanta fuerza la había rodeado, la dejó desconcertada. Inspiró hondo mientras veía que Demonio se despojaba de su chaqueta y su chaleco y los arrojaba a una silla. Volvió a acercarse a ella, deslizando las manos por su cuerpo y tomándola de la cintura.

—¿Has soñado con nuestra boda? —A Flick le resultaba difícil de creer.

Los labios de Demonio dibujaron una sonrisa, pero su expresión permaneció inalterable.

—Mis sueños estaban más centrados en nuestra noche de bodas.

La atrajo hacia sí. Flick, con destellos en los ojos, completamente segura de lo que significaba la mirada de Demonio, intentó apartarlo de ella presionándole el pecho con las manos.

—No, ya sabes lo que opino de que nos casemos por esa razón.

No la obligó a acercarse más, no la empujó hacia él para vencer la resistencia que ella le oponía: se limitó a agachar la cabeza y le dio un sinfín de besos a lo largo de la mandíbula hasta alcanzar el lóbulo de la oreja. A continuación deslizó los labios más allá, para acariciar la piel sensible de detrás de su oreja.

Flick sintió un escalofrío.

—¿Tan horrible sería casarse conmigo?

Le murmuró aquellas palabras al oído y luego se retiró lo justo para que, cuando ella se volviese, sus ojos se encontraran con los suyos.

Estaban tan cerca el uno del otro que sus respiraciones se fundían en una sola. Con inocencia, Flick se sumergió en aquellos graves ojos azules, en su rostro serio y que ya tanto quería.

—No.

Él no se movió, no la levantó en volandas con expresión triunfal ni se puso a gritar de alegría: se limitó a esperar. Ella escudriñó sus ojos, su rostro, y luego inspiró hondo. A su alrededor reverberaba el aire, danzando con vida, investido de poder. La tentaba lo que Demonio le ofrecía, su promesa y tantas cosas más. Levantó una mano y acarició con sus delicados dedos la línea que unía uno de sus pómulos con la comisura de sus labios. Inspirando hondo de nuevo, se puso de puntillas y acercó sus labios a los de él.

Era una locura, una locura deliciosa, embriagadora y compulsiva, una necesidad súbita que la abrasaba, que la impulsaba, que la impelía. Era un impulso, puro, íntegro y muy potente... Flick no tenía ni idea de adónde la llevaría.

Y, sin embargo, lo besó, invitándolo, animándolo, desafiándolo; y se hundió en sus brazos, se sumergió en su abrazo y en su beso, que la sacó a flote, que la elevó hasta lo más alto, y volvieron a caer presa del fuego, presa de las llamas.

Demonio sabía muy bien que ella se había limitado a espolear sus caballos, que estaba galopando salvajemente con el viento de cara, sin ninguna meta en concreto. Era suficiente. Él ya era lo bastante experto para cabalgar con ella, para colocar sus manos con suavidad en las riendas y guiarla hacia donde él quisiese.

Tardó unos minutos en determinar los detalles, en planear el dónde y el cómo. Gracias a su desenfreno, a sus besos cada vez más tórridos, Demonio ya empezaba a sentir un ansia insoportable, pero eso era lo que menos le preocupaba. Nunca le había hecho el amor a una inocente, fuese salvaje o no, y ella parecía decidida a ponerle a prueba, a llevar al límite su experiencia, su capacidad de control.

Demonio liberó los labios de Flick, la sujetó por la cintura y la levantó del suelo para depositarla encima del tocador, mientras alababa para sus adentros al dios libertino que debía de estar observándolos: el tocador tenía la altura idónea.

Flick pestañeó con asombro. Su nueva posición le dejaba el rostro a más altura que el de Demonio. Estando ahí sentada con las piernas algo separadas y los pechos henchidos, Flick notó que Demonio le subía la falda hasta dejarle las rodillas al descubierto. Juntó las piernas de inmediato y se echó hacia atrás. Con los rizos alborotados, los labios hinchados y una expresión un tanto aturdida, lo miró a los ojos.

—¿Qué...? —Tuvo que interrumpirse para tomar aliento—. ¿Qué estás haciendo?

Los labios de Demonio dibujaron una sonrisa tranquilizadora, aunque no pudo disimular el ardor de sus ojos. Sin apartar la mirada de su rostro, Demonio dio un paso hacia delante y apoyó las caderas en sus rodillas inmovilizándole así las piernas. Bajó entonces la mirada hasta sus pechos y extendió la mano para tocar el primer botón de su corpiño.

—Voy a hacerte el amor.

—¿Qué? —Flick bajó la vista mientras el primer botón se liberaba de su ojal. Los dedos de Demonio atraparon el siguiente botón, y ella dio un grito ahogado y cerró las manos en torno a las muñecas de él—. No seas ridículo.

No había pensado con la cabeza hasta entonces y, por causa de él, su buen juicio estaba aturdido, y su cerebro aturullado. Desde luego, le era imposible pensar en ese momento. Tiró de las manos de Demonio una vez, luego con más fuerza, y no consiguió moverlas de donde estaban. Él siguió desabrochándole los botones.

—Puesto que mañana por la noche la alta sociedad de Londres al completo creerá que he pasado la noche contigo en tu cama, no veo razón para no hacerlo.

Lo miró a los ojos un instante, y vio en ellos un azul abrasador. La tentación y la promesa... ambas refulgían con claridad. Flick se tranquilizó con aquella visión.

¿Tranquilizarse? Debía de haberse vuelto loca... Él ya se había vuelto loco.

—Además —prosiguió él en el mismo tono bajo y pecaminosamente lánguido—, has dejado claro que exiges algo más que las normas sociales para acceder a casarte conmigo. —Le desabrochó el último botón y la miró a los ojos—. Tómate lo que vendrá a continuación como mi respuesta a tu exigencia.

Demonio le acarició el rostro con la manos y acercó sus labios a los suyos. Flick se armó de valor para rechazarlo, no pensaba dejarse vencer por la fuerza bruta.

Sin embargo, no había fuerza en sus besos. Demonio la mordisqueó, la besó y la sedujo de forma arrebatadora hasta que, entregada a la vorágine de sus sentidos, Flick lo asió y le devolvió sus besos. Ella percibió el sentimiento de triunfo de Demonio, pero no le importó: en ese instante necesitaba sentir sus labios sobre los suyos, necesitaba volver a sentir el fuego y las llamas, quería saber, ya no podía vivir sin saber más.

Y sabía que él podía enseñárselo, que se lo enseñaría.

Demonio, como si pretendiera con ello confirmar los pensamientos de Flick, la acogió con suma dulzura, la trajo hacia sí y jugueteó con ella, incitándola, encendiéndola...

Hasta que Flick sintió que la consumía un calor abrasador, demasiado tórrido para que cupiese en los confines de la carne.

Demonio se echó hacia atrás sin retirar sus labios de los de Flick, todavía besándola, pero con menos exigencia: los besos habían dejado de ser el centro de su atención. Dejó que sus manos se deslizaran por el rostro de aquel ángel hasta alcanzar la piel de su cuello, y luego la extensión de sus hombros. Sin prisas, los dedos largos de Demonio fueron descendiendo; con la más liviana de las caricias, le abrasaron los senos.

La carne de Flick cobró vida. Todo su sistema nervioso tembló, se sensibilizó y esperó, tensándose ante la expectativa.

Demonio interrumpió el beso. Flick mantuvo los ojos cerrados y trató de respirar. Despacio, con delicadeza, Demonio le acarició las suaves colinas de sus senos, acunando sus curvas en las palmas de las manos, con suavidad y firmeza a un tiempo, y ademán indiscutiblemente posesivo.

Flick, sin aliento, acogió de nuevo aquellos labios masculinos, que la rozaron, la acariciaron y la hechizaron de nuevo, confortándola. Sintió que sus pechos se henchían aún más, se acaloraban e iban ganando en rotundidad, hasta que empezaron a arderle.

El cuerpo de Demonio también estaba en llamas, pero él trató de hacer caso omiso de ello. Los pechos de Flick eran pequeños e insolentes, y se acomodaban plácidamente en las palmas de sus manos. Cerró el pulgar y el índice en torno a sus pezones y Flick dio un respingo, tensándose cada vez más. Con los labios en los de ella, aliviándola, complaciéndola, jugueteó un poco para darle tiempo a acostumbrarse al roce de sus dedos, reprimiendo el impulso de arrancarle el corpiño y desnudarla para complacer a sus propios instintos. Al final, ella lanzó un suspiro, y la tensión de su rostro dio paso a una crispación que Demonio reconoció enseguida: Flick estaba despertando al amor.

Cada roce, cada suave y alentadora caricia de Demonio, la acercaba un poco más al placer supremo. Y a él también.

Cuando Demonio liberó sus labios, apartó las manos de sus pechos y tanteó los festones de su corpiño ella no opuso resistencia. Sin embargo, sí levantó ligeramente los brazos y asió los dedos de Demonio.

Flick titubeó un instante.

Ambos jadeaban, tenían los sentidos encendidos, pero bajo control, eran plenamente conscientes de sus actos. En absoluto ajeno al pálpito de su corazón, a la pasión que trataba de mantener a raya, Demonio inspiró hondo y despacio, apretó la mandíbula y contuvo la necesidad acuciante de abalanzarse sobre Flick. Y esperó.

Ella tenía la mirada fija en el cuello de Demonio. Tomó aliento, lo contuvo y levantó la vista hasta clavarla en sus ojos.

No supo reconocer lo que afloraba en ellos, lo que había descubierto su mirada curiosa e inquisitiva; él se la quedó mirando, incapaz de reunir la energía suficiente para componer alguna clase de expresión, y rezó por que Flick no se echase atrás.

Y no lo hizo: endureció el mentón y sus labios dibujaron una sonrisa de absoluta seguridad en sí misma, mezclada con su perenne inocencia. Con un ademán casi recatado, apartó la vista de él, se sujetó el corpiño ya desabrochado y se lo abrió.

Sintiendo una especie de vértigo, Demonio la soltó y la dejó hacer. Aquella sonrisa, acompañada de su acción, le había golpeado con la fuerza de un vendaval y lo había dejado sin resuello. Cautivado, paralizado, la observó mientras ella se removía y dejaba al descubierto primero un hombro y luego el otro para, acto seguido, liberar sus brazos de las rígidas mangas.

Ella le dirigió entonces una mirada tímida e inquisitiva; él lanzó un suspiro y tomó el relevo.

Le bajó el vestido hasta la cintura y luego tuvo que detenerse para contemplarla, para admirar el milagro de la piel tersa y nívea que asomaba por el recatado vestido, para empaparse de la belleza de sus hombros desnudos, de sus brazos suavemente redondeados y de la delicada estructura de su cuello.

Su naturaleza libertina elaboró una lista de los detalles sobre los que volver con posterioridad y mayor detenimiento: el lugar donde latía su pulso en la base del cuello, donde el hombro se unía con la nuca, el inicio de las curvas convexas de sus senos... Sus pechos todavía permanecían ocultos, aunque no por completo; sus pezones asomaban erectos bajo la delicada tela, pero Demonio no podía apreciar el color, aunque imaginaba que serían de un rosa puro.

Demonio inspiró hondo como un ahogado que trata desesperadamente de tomar aire. Levantó las manos hacia el rostro de Flick, lo asió una vez más y atrajo sus labios hacia él.

Flick se sumergió por completo en aquel beso: el calor se hizo insoportable y se dejó arrastrar por él, inmersa en la marea de llamas abrasadoras. Si hubiera soplado el viento y ella hubiera llevado puesto un gorro, lo habría arrojado al aire sin dudarlo, abandonándose por completo. Había tomado ya su decisión.

Sabía que él la deseaba con toda su alma, lo veía en su rostro, en la pasión cincelada en sus facciones de roca, en el fuego que ardía en sus ojos. Su deseo era palpable, como si fuera un ser vivo: cálido como el sol, trataba de alcanzarla, al igual que las manos de Demonio, sus brazos y la totalidad de su cuerpo. Lo reconoció instintivamente, no necesitaba que nadie le explicase lo que era. La deseaba como un hombre desea a una mujer, y ella lo deseaba del mismo modo.

En cuanto a casarse, Demonio todavía no le había respondido a la pregunta de si podía nacer el amor del deseo intenso. Tampoco la había respondido ella, pero lo cierto es que no esperaba una sencilla declaración de amor, no de él. Si le declaraba su amor sería sincero, de eso podía estar segura. Pero sólo podría hacerlo si supiera que la amaba... y ella no creía que lo supiese. Y sin embargo...

Descubrió una luz en sus ojos, escondida tras el brillo ardiente, tras la pasión y el deseo: había un sentido en sus caricias, en sus besos, en todos sus actos. Y mientras brillase esa luz, mientras ella la percibiese, sabía que había esperanza.

Esperanza de que la amase, de que pudiesen formar un matrimonio basado en el amor, investido de amor. Estaba dispuesta a arriesgarlo todo con tal de obtener semejante premio. El destino le había brindado aquella oportunidad para hacer realidad su sueño más íntimo e inconfesable, y no pensaba desaprovecharla; la agarraría con ambas manos. Y haría todo cuanto pudiese por alcanzar ese sueño.

Se casaría con él, pero imponiendo sus propias condiciones. Demonio tendría que hacer algo más que seducirla, que enseñarle los secretos de la pasión, el deseo y la intimidad física, para que le diese el sí. Sin embargo, no tenía intención de pararse a explicárselo. Aquella noche era para ellos, su primera noche juntos.

Su primera vez con él.

Cuando él volvió a echarse hacia atrás, ella sonrió. Demonio le levantó los brazos y se envolvió con ellos los hombros. La miró a los ojos mientras la acercaba al borde del tocador. Escudriñó su rostro con la mirada crispada por la pasión. Le rodeó las caderas con un brazo, la levantó y le quitó el vestido. Una oleada de excitación recorrió el cuerpo de Flick: le hervía la sangre. Semidesnuda, en combinación, se atrevió a mirarlo a los ojos. Él arqueó levemente las cejas y a continuación deslizó las manos hacia arriba y le acarició los senos.

—¿Te gusta?

Dejando caer las pestañas, Flick echó la cabeza hacia atrás.

—Sí.

Pronunció la palabra entre jadeos, atenta únicamente a sus manos expertas, a sus dedos expertos, que la acariciaban y presionaban su cuerpo con suavidad. Pese al fino tejido de batista, el roce de sus dedos la abrasaba. Sus labios regresaron a los de ella. Le deslizó una mano por la espalda y la atrajo hacia sí una vez más, acercándola al borde del tocador.

Ella se dejó llevar sin pararse a pensar, pues su cabeza ya no obedecía a los dictados de la razón: lo único que podía hacer era sentir con cada uno de los poros de su piel. Sus sentidos gozaban de una libertad sin límites, liberados por su decisión, liberados por la noche.

Liberados por él. Sus besos la aferraban al mundo, pero era un mundo de sensaciones, un mundo de una excitación cuya existencia había ignorado hasta entonces, y de una promesa de dicha que quería para sí.

Demonio le aprisionó los labios con los suyos y la besó, con violencia, sin delicadeza, sin autocontrol. Era un fruta deliciosa y estaba a punto de ser suya: quería devorarla. Tras formular el pensamiento, sus labios abandonaron los de ella y descendieron despacio por la curva de su cuello hasta alcanzar el punto donde su pulso latía desbocado. Lamió aquella hondonada y luego la succionó con suavidad; alentado por sus jadeos, Demonio siguió adelante, recorriendo con los labios la curva de su nuca y descendiendo luego al cálido promontorio de sus pechos.

A través de la batista, un pezón erecto lo llamaba hambriento; Demonio lo sujetó con sus labios y Flick soltó un gemido escandalizado. Sin embargo, no trató de apartarlo de sí, y tampoco le dijo que se detuviese. Así que Demonio se dispuso a gozar de aquel festín de los sentidos, tratando de arrancarle más gritos de asombro y excitación. Mucho antes de levantar la cabeza, ya lo había conseguido, pues obtuvo de los labios de Flick un coro de murmullos de agradecimiento.

Volvió a besarla en los labios, separándolos por completo, hurgando en su suavidad, engulléndolo todo y pidiendo más. Ella le respondió ansiosa, sin la fuerza brutal de la pasión viril, pero con un entusiasmo tan elocuente que estuvo a punto de ponerlo de rodillas.

Con brusquedad, Demonio dejó de besarla, asombrado al descubrir que respiraba con tanta agitación como ella. Apartando a un lado sus rizos, deslizó los labios por la suave concavidad que se escondía bajo su oreja mientras sus dedos deshacían con movimiento experto los cordones de su combinación.

De pronto, la rapidez se había convertido en algo esencial. Era imperativa.

Ella lanzó un suspiro, una tensa exhalación que retumbó fruto de la excitación contenida; al oírla el cuerpo de Demonio tembló literalmente. El aroma de ella, que lo embriagaba para atormentarlo, venía a añadirse a su ansia insoportable. Miró hacia abajo, a la suave camisa interior de batista que ocultaba su cuerpo a sus ojos; sintió un deseo irrefrenable de arrancárselo, pero su instinto se lo desaconsejó. Estar sentada desnuda en lo alto de una mesa bajo la luz de las velas podía ser demasiado la primera vez.

Hasta entonces, todo había salido según su plan. Ella había reaccionado de forma extraña en un par de ocasiones, pero él había resuelto la situación. Su intención era seducirla, pero esta vez, necesitaba hacer algo más. Tenía que ser delicado, y no sólo porque tenía presente su inocencia en todo momento, de forma dolorosamente insoportable, sino porque no la quería únicamente para una o dos veces: la quería para siempre. Así pues, el momento tenía que ser decisivo, tan decisivo como fuese necesario para que ella volviese a desearlo, con tanta vehemencia y entusiasmo como él la desearía la próxima vez.

Un nuevo reto; con ella todo eran retos. Era una de las cosas que tanto lo atraían de ella.

Deshizo los cordones de su combinación, aflojó la pretina, se la bajó, y a continuación le levantó rápidamente las piernas y tiró de la prenda hasta que tropezó con los pies. Los sorteó y la arrojó junto a su vestido. Luego su propio fular y su camisa siguieron el mismo camino. Cuando retrocedió unos centímetros para colocarse a la altura de sus rodillas, le quitó los zapatos.

Flick esperaba, prácticamente temblando de excitación; levantó los brazos y luego el rostro y lo recibió de nuevo con la boca hambrienta. Él se abalanzó sobre ella y dejó que lo condujera a donde quisiese mientras le quitaba el liguero y le bajaba las medias, con cuidado de no tocar su piel desnuda. Ella estaba tan absorta en el beso que Demonio no sabía si se había percatado de que, ya sin medias, estaba sentada a la luz de las velas cubierta únicamente con su camisa interior. La delicada prenda le llegaba a la mitad del muslo; él tomó uno de los pliegues y tiró de él, pero Flick se había sentado encima.

Preparándose mentalmente para la acción, llenó sus pulmones de aire y retomó el control del beso. Cuando estuvo seguro de que volvía a estar al frente de la situación, colocó las manos en sus caderas, sujetándola y dándole tiempo a que se acostumbrase al tacto de sus manos. Su camisa era tan fina que en realidad no resultaba un obstáculo, ni para sus manos ni para sus sentidos.

Ella se puso un poco tensa, pero se calmó de inmediato; en cuanto lo hizo, Demonio deslizó sus manos por su piel. Recorriéndola, navegándola, explorándola y descubriéndola, le acarició los muslos, las rodillas y las pantorrillas. A continuación, con suavidad pero con firmeza, le asió las rodillas y las separó.

Flick no intentó unirlas de nuevo, pero se resistió... un instante. A continuación, vacilante pero ansiosa, dejó que Demonio empujase un muslo a cada lado y que diese un paso adelante para colocarse entre ambos.

Antes de que Demonio pudiera lanzar un suspiro victorioso, Flick dejó caer su mano del hombro de él y la deslizó hasta su pecho. Una oleada temblorosa recorrió la totalidad del cuerpo de Flick —y también del de él—: los dedos de Demonio se enredaron en las marañas de su pelo, y las manos de ella se posaron con timidez sobre el músculo cálido que cubría el corazón de Demonio.

Durante un instante eterno, Demonio se limitó a existir; tenía los cinco sentidos concentrados en ella y sólo en ella, en sujetar las riendas de su seducción. Su despertar también se estaba convirtiendo en un despertar para él, en el preámbulo de un mundo donde los placeres eran más intensos que los que había conocido jamás.

La tensión que mantenía el cuerpo de Flick en vilo, a la expectativa, rígido, era pese a todo intensamente frágil. Demonio presentía que con un solo movimiento en falso, uno solo, podía hacer añicos todo el embrujo. Y a ella también.

Cuando la mano de Flick recorrió con suavidad la llanura de su pecho, Demonio volvió a respirar. Dominando a sus demonios interiores con mano férrea, alteró levemente la dinámica del beso alentando a Flick a seguir explorando, y se sintió aliviado, aunque más tenso, cuando así lo hizo.

Poco a poco él la fue atrayendo hacia sí, acercándola al borde del tocador. Cuanto más avanzaba, más se separaban sus muslos, hasta que, finalmente, todavía parcialmente cubiertos por la tela fina de la camisola, quedaron abiertos de par en par, contra las caderas de Demonio.

Se había abierto para él.

Tardó varios minutos en dominar el deseo incontenible que lo instaba a no esperar más; lo que vendría después debía ser perfecto, tenía que ser lo correcto. Nada en toda su vida le había importado tanto como aquello.

Demonio deslizó la mano por el hueco de su espalda, y demoró allí unos instantes, asiéndola con solidez y mano segura. A continuación levantó la cabeza imperceptiblemente, interrumpiendo el beso, pero dejando que los labios la rozaran. Con los ojos entornados, contempló el rostro de Flick mientras él deslizaba la mano por debajo de la camisa, con la misma suavidad con que le había recorrido todo el cuerpo, y le acariciaba poco a poco la superficie sedosa de su muslo.

Flick pestañeó y él la miró a los ojos: tenía las pupilas dilatadas encerradas en dos círculos de un asombroso azul. Ella se echó a temblar, contuvo el aliento y luego dejó escapar el aire muy despacio. Él le acarició el muslo, el prolongado músculo tembloroso, y luego la delicada parte interna, sin dejar de ascender, rozándole los labios con los suyos cada vez que ella temblaba, dejando que se aferrara a él cuando, con el dorso de los dedos, le acariciaba la parte baja del abdomen.

A continuación, muy despacio, dejó que sus dedos descendiesen por el pliegue que coronaba la parte superior de uno de sus muslos y luego del otro; después, quebrando el beso, hundió con suavidad dos dedos entre los rizos sedosos que se escondían entre sus muslos.

Flick contuvo el aliento y un agudo estremecimiento le recorrió el cuerpo. Tenía los ojos cerrados, pero Demonio no apartaba la mirada de su rostro, observaba cómo sus expresiones —de inquietud, de excitación, de intenso placer y urgencia apremiante— le iban alterando las facciones mientras él la acariciaba; luego separó los suaves pliegues y la acarició de manera más íntima. Flick ya estaba ardiendo, ya estaba henchida y llena; Demonio siguió moviendo los dedos y enseguida notó la humedad: había encontrado el meollo escondido en su cáscara. Lo acarició en círculo con un dedo humedecido y la respiración de Flick se aceleró y todo su cuerpo se estremeció. Aferrándose a los viriles hombros con furia, buscó desesperadamente sus labios.

Él la besó, pero fue un beso leve; quería que se concentrara en sus dedos, no en sus labios. Empujándola ligeramente con la mano que la sujetaba por la espalda, la atrajo hacia sí un poco más para tenerla cerca, muy cerca, casi al borde. Instintivamente, Flick levantó las piernas y lo agarró de las caderas para mantener el equilibrio.

Si Demonio hubiese podido exhibir una sonrisa triunfal, lo habría hecho. Flick estaba enteramente a su merced, a la de sus manos, a la de todo su cuerpo. La tocó, la acarició y, a continuación, con mucha suavidad, se internó en sus cavernas húmedas y prometedoras. Haciendo caso omiso del súbito incremento de la tensión en su cuerpo, adentró un dedo y a continuación, en el instante en que ella contuvo la respiración, lo deslizó despacio e inexorablemente hasta el corazón mismo de su ardor.

Ella retiró los labios de los de él con un grito ahogado, y Demonio sintió en sus propios huesos el estremecimiento que se apoderó de ella. La totalidad de su cuerpo se cerró en torno a su dedo. Volviendo a cubrir sus labios, la besó, ahora no con un beso leve sino con virulencia y pasión, sin dejar de acariciarla.

Flick no podía pensar, no podía razonar... no podía imaginar cómo iba a sobrevivir a aquello. Tenía calor, un calor abrasador, sentía que su piel era pasto de las llamas. El fuego que había empezado en un lugar recóndito de su interior se había propagado por todos sus miembros. Y en la espera de la próxima caricia, de la próxima invasión a su intimidad, su tensión nerviosa subió hasta tal punto que creyó que iban a estallar.

Si le hubiese quedado algo de aliento, se habría echado a llorar... de puro placer.

No lo entendía. Ni siquiera podía pensar en lo que Demonio le estaba haciendo, en lo que estaba permitiendo que le hiciese. Estaba tan aturdida que no podía concentrarse. Jamás había imaginado que la intimidad física podía ser tan sorprendente, tan extática, tan enloquecedora.

Tan maravillosamente deliciosa.

Y ni siquiera habían llegado a la culminación, al momento en que sus cuerpos se fundirían en uno solo. Sabía lo que eso implicaba, y sin embargo...

Saber poco es siempre peligroso.

Por fortuna, Demonio era un amante experimentado, extremadamente experimentado a juzgar por el estado de excitación al que la había llevado. Flick estaba jadeando, retorciéndose, lista para experimentar la próxima sensación, su próxima caricia, la siguiente sorpresa que él le tendría reservada.

Si no se apresuraba y se la daba pronto, estaba convencida de que se le detendría el corazón.

Demonio era plenamente consciente del estado de Flick: no había dejado de estar pendiente de ella ni un solo momento. Lentamente, retiró el dedo de sus recovecos e introdujo otro más, abriéndola, preparándola. Ella se retorció y se adaptó a la perfección. Él ahondó aún más... y el gemido de Flick se transformó en un suave sollozo. Recostó la frente en el hombro de Demonio, y él sintió sus cálidos jadeos rozándole la piel.

Ya no había necesidad de sujetarla: Flick no iba a echarse atrás. Enterró una mano entre sus muslos sin dejar de marcar el mismo ritmo lento y repetitivo, mientras con la otra se desabrochaba los botones de los pantalones y se los bajaba hasta las caderas. Dio las gracias al cielo por llevar puesto aquel traje de ciudad, con zapatos en lugar de botas. Se quitó los zapatos con los pies, dejó caer los pantalones al suelo y los apartó con un puntapié.

Ella percibió los movimientos de Demonio y lo retuvo por los hombros con manos avariciosas, atrayéndolo hacia ella. Demonio perdió momentáneamente el equilibrio, se dejó arrastrar por ella... y luego contuvo un grito de dolor: su palpitante erección había golpeado el borde del tocador.

Flick seguía teniendo los muslos abiertos como alas de mariposa, y las rodillas hincadas en las caderas ahora desnudas de Demonio. Él tomó aliento, le levantó un poco la cabeza y volvió a encontrarse con sus labios. La atrapó en un beso y fue retirando la mano de su ardor húmedo; con la mano que tenía apoyada en su espalda, la atrajo hacia sí un centímetro más... hasta que la ancha punta de su lanza embistió suavemente su ardiente cavidad.

Con un movimiento brusco, Flick se retiró hacia atrás e interrumpió el beso. Abrazada a sus hombros, parpadeó aturdida cuando sus miradas se encontraron. Se humedeció los labios y luego miró hacia la cama.

—¿No vamos a...?

—No. —Él apenas podía hablar. El esfuerzo de mantenerse inmóvil, apostado a su entrada, la humedad de ella escaldándolo como miel caliente, le estaba derritiendo los músculos—. Así será más fácil para ti, al menos esta vez. —Era una mujer menuda; quedarse tumbada debajo de él, bajo su peso, no era una buena opción... no la primera vez.

Los labios de Flick dibujaron una expresión de sorpresa. Se aventuró a mirar hacia abajo, pero su camisola, tensada a la altura de sus muslos, le impedían la visión. Carraspeó antes de decir:

—¿Y cómo...?

Demonio contuvo una sonrisa.

—Muy sencillo. Justo... —Impulsó el cuerpo hacia delante mientras tiraba de ella, arrastrándola al borde mismo del mueble... y se hundió en su interior—. Así.

Conservaría el recuerdo de la expresión de Flick como un tesoro: tenía los ojos muy abiertos mientras él la penetraba, adentrándose muy despacio, poniendo a prueba la suavidad de su carne. Su cavidad interior era muy estrecha, pero Flick no se tensó, no la abandonó la pasión. Demonio sintió que su cuerpo inexperto se entregaba a él, y la penetró con calma, llenando cada cavidad de manera inexorable hasta que la totalidad de su miembro quedó sumergida en su dulce ardor.

Flick soltó una expresión de sorpresa que horadó el aire. Él entornó los ojos y ella inspiró hondo. Y fue en ese instante cuando ella se tensó.

Enardecida, se cerró en torno a él, con tanta fuerza que Demonio creyó perder la razón.

La atrapó en sus labios y consiguió a duras penas controlar las riendas y reprimir la salvaje urgencia de tomarla por la fuerza: su boca, su ardorosa suavidad, la exquisita promesa de su cuerpo. Pese a que todo le daba vueltas, Demonio logró serenarla y, de este modo, se serenó él también.

Tras liberar los labios de Flick, Demonio tomó aire, intentó dominar sus instintos —demasiado primarios, demasiado crudos—, la sujetó ante él, se retiró hacia atrás y entró de nuevo en su hogar.

Su virginidad apenas había sido un leve escollo. Eso no le había sorprendido, pues Flick llevaba montando a horcajadas toda su vida y seguía haciéndolo, de modo que no había habido dolor, sólo placer mientras él la inundaba, mientras se retiraba y entraba de nuevo.

Aunque le temblaban los músculos por el esfuerzo, Demonio mantuvo el ritmo muy lento para que ella pudiese acostumbrarse al grado de intimidad, al deslizarse de su miembro en su interior, al ritmo flexible y regular, a la repetición elemental.

Demonio oía su propia respiración entrecortada y estaba tan tenso que le dolían los pulmones. Sin embargo, por fin se encontraba dentro de ella, y era tan acogedora, era un lugar tan tórrido y placentero en el que atracar, que estaba decidido a prolongar el dulce tormento hasta el final.

Estaba muy húmeda, ardiente; sus muslos se cernían sobre él mientras la amaba. Luego se retorció, apretándose contra él. Aferrándose a sus hombros, abrazándole las caderas con las rodillas, Flick arqueó la espalda y siguió su ritmo. Y lo alcanzó, con su cuerpo cálido y flexible, el cuerpo femenino más delicioso y gratificante que había conocido jamás. Casi no podían respirar y, pese a todo, los labios de ambos se fundían y se mantenían unidos, adaptándose al mismo ritmo que sus cuerpos, al mismo ritmo que sus corazones.

Flick estaba acostumbrada a cabalgar, y Demonio se fue dando cuenta de la importancia de este hecho a medida que ella le iba siguiendo el ritmo flexionando el cuerpo con agilidad. Probablemente Flick iba a aguantar tanto como él... lo cual era algo que haría temblar al más fuerte de los hombres.

Y este pensamiento lo ayudó a tensar los músculos aún más, a concentrarse aún más. Los susurros que Flick dejaba escapar mientras se amoldaba al nuevo ritmo no eran quejas, de modo que Demonio le cubrió los labios con los suyos y sujetándola con fuerza le dio lo que se merecía: una larga y lenta cabalgada hasta el placer supremo.

Flick lo seguía con entusiasmo, satisfecha de comprobar que podía hacerlo, complacida de que el ritmo regular contrariamente a lo que ella había creído en un principio no la hubiera apabullado en absoluto. Aquel primer instante en que lo había sentido tan dentro de ella... incluso ahora se estremecía al revivir el sensual recuerdo. Todavía era muy consciente del momento de su unión, de la presión interna, de la plenitud que tan extraña le resultaba, sobre todo porque hasta entonces no había sentido el vacío en esa parte de su cuerpo. Sin embargo, ahora él la estaba cabalgando hasta lo más hondo con tanta suavidad, con tanta facilidad, que había recuperado algunos de sus pensamientos.

Y aunque no todos. Era como si el ardor que los unía

hubiese alcanzado un nuevo grado, otro plano, en el que Flick navegaba por un placer inmenso pero con suficiente conciencia para apreciar la sensación. En cuanto a su cuerpo...

Dejó escapar un grito ahogado, e interrumpió el beso para tomar aire arqueando su cuerpo bajo los poderosos brazos de Demonio con un claro propósito. Su piel irradiaba calor, igual que la de él. Salvo por el calor, aquello se asemejaba mucho a montar. Nunca habría imaginado que podía hacerse así, y le estaba resultando bastante fácil.

Demonio agachó la cabeza y Flick sintió que sus labios le recorrían el cuello. Se aferró a sus anchos hombros y ladeó la cabeza para que él pudiese seguir su recorrido. Abrió los ojos para cambiar de posición: apretó las caderas con más ímpetu, sujetó las de Demonio con más fuerza y le colocó las manos en la espalda.

Y vio el espejo de la pared, junto a la puerta... que estaba justo enfrente de ellos. El reflejo le robó el aliento, despertó su cerebro y centró toda su atención; estaba fascinada por lo que veían sus ojos: el espejo reflejaba la parte trasera de Demonio, hasta las pantorrillas, y Flick le vio doblar la columna cada vez que la penetraba, y vio que sus nalgas se tensaban y se relajaban al ritmo de cada embestida.

El espectáculo era fascinante.

No pudo evitar recordar a Bletchley en circunstancias similares, pero lo cierto es que no había punto de comparación, en ningún aspecto. Ni en los músculos de acero, largos y tensos, que se flexionaban en la espalda y las piernas de Demonio, ni en el ritmo decidido y regular ni, desde luego, en el poderoso resultado.

Cada embestida profunda la colmaba de lleno, cada movimiento eficaz y, aparentemente, realizado sin esfuerzo alguno: el resultado de una fuerza instruida y preparada. Una fuerza controlada.

Bletchley se movía a trompicones encima de esa mujer. Un contraste absoluto con el modo en que Demonio la llenaba: profunda, implacable y, por supuesto, repetitivamente.

Observando sus embestidas, sintiendo el resultado en lo más hondo de su ser una fracción de segundo después, se concentró en la sensación y acabó de nuevo en el centro de la vorágine. Al calor y al torbellino de sensaciones.

Entornó los ojos y estuvo a punto de cerrarlos cuando él alteró el movimiento y lo convirtió en una embestida constante. Primero lo vio y luego lo sintió. Cerró los ojos con fuerza para saborear mejor el momento y, al instante, volvió a abrirlos. Quería ver para adaptar sus expectativas al ritmo de él, para poder sacar el máximo partido a cada uno de sus embates, para estremecerse en sus brazos cuando Demonio ahondaba más y más... hasta que al final, cuando el calor alcanzó una nueva cumbre, sus pestañas se rindieron.

Era como atravesar el fuego al galope.

La excitación, la tensión y la inquietud se apoderaron de ella, junto con una necesidad imperiosa y urgente. Ambos estaban jadeando, recurriendo a sus últimas reservas de energía y de fuerza para cubrir la etapa final.

Demonio volvió la cabeza y le rozó los labios, sólo un instante. Ella sintió que deslizaba la mano, un hierro candente, por debajo de su camisola. Piel contra piel, cerró la mano alrededor de su pecho, desplazó los dedos, encontró su pezón erecto... y ejerció una leve presión.

Ella gritó. El sonido, cargado de placer absoluto, retumbó por toda la habitación. Volvió a acariciarle la piel y la encontró ardiendo en una llama incandescente.

Rodeada de fuego y llamas, fluyeron por su cuerpo ríos de placer líquido y un ansia inaplazable, una marea enardecida. La marea subió y llegó aún más alto, consumiendo su cuerpo, aturdiendo su mente y sus sentidos, elevándolos con una irrupción de pasión en estado puro.

Hacia arriba, cada vez más arriba.

La mano de Demonio se desplazó por su carne enfebrecida, del pecho a la cadera, y luego se prolongó hasta la parte posterior de su cuerpo, donde empezó a acariciarla. Con un grito ahogado, Flick le abrazó los hombros y se levantó levemente. Al cabo de un instante, Demonio deslizó la mano por detrás y le acarició las nalgas con movimiento experto, evocador y posesivo para, acto seguido, acariciar la línea que se extendía por debajo de aquellas carnes prietas.

Flick se estremeció y creyó que se rompía en mil pedazos, creyó estallar a causa del calor y del creciente frenesí. Demonio la dejó de nuevo encima del mueble y la echó hacia atrás, colocándole de nuevo las manos en las caderas. Flick, sin pensarlo dos veces, levantó las piernas y le envolvió con ellas la cintura.

Demonio la llenó de inmediato, completamente; cuando retrocedió, hundió los dedos en los rizos húmedos que mostraban sus muslos abiertos, hasta el tesoro que ya había probado con anterioridad.

La tocó... y la realidad tembló bajo los pies de Flick. Se aferró a él desesperada, tratando de dominar sus sentidos, aquel torbellino de sensaciones...

—Suéltate. —Sus labios rozaron los de ella un segundo, tórridos—. Da rienda suelta a tu corazón.

Ella oyó la áspera orden cuando él volvió a tocarla. Lo obedeció y se dejó llevar...

Su mundo estalló en pedazos.

Perdió sus conexiones sensoriales... y todo contacto con la realidad. Se vio arrasada por una fuerza que no era capaz de describir, caliente y poderosa, que la había lanzado directamente al placer, a un placer tan intenso que llegaba hasta la mismísima alma.

La rodeaba como un mar y la dejó flotando en éxtasis.

Para su sorpresa, recobró los sentidos, fortalecidos pero centrados únicamente en él. Sintió sus manos duras, primero acariciándola y luego asiéndola con fuerza, sintió que una fuerza se apoderaba de su cuerpo... y, cuando Demonio se adentró aún más en su carne líquida, sintió que esa misma fuerza se apoderaba también de él. Y oyó su gemido gutural cuando la fuerza lo atrapó a él también.

Luego Demonio se unió a ella en el vacío, y Flick sintió su calor en el vientre. Sintió el calor de su cuerpo mientras se aferraba a él, y cayó rendida.

Ante la fuerza que yacía bajo su pasión.

Mucho más tarde, en lo más hondo de la noche, Flick se despertó. Despacio, como siempre. Su mente trataba por todos los medios de liberarse de las ataduras del sueño para, irremisiblemente, caer en las garras de la confusión.

Su sistema nervioso dio el vertiginoso salto de la somnolencia a la excitación: todavía aturdida por el sueño, no conseguía entender por qué. Todo estaba a oscuras, y ella yacía de espaldas en mitad de una confortable cama. Un hormigueo que había comenzado en la parte baja de su abdomen, justo encima de su vello púbico —eso era lo que la había despertado—, estaba subiendo poco a poco por el resto de su cuerpo: por encima de su estómago, por el ombligo, por la cintura... cada vez más arriba.

Parte de su cerebro la espoleaba para que reaccionase, pero tenía los miembros demasiado entumecidos, placenteramente entumecidos, para realizar cualquier movimiento brusco. El hormigueo se había transformado en un cosquilleo que le acariciaba los senos, y unos besos cálidos recorrieron primero una curva y luego la otra.

La boca de Demonio capturó su pezón.

Flick lanzó un atormentado suspiro y cobró vida de repente, aunque no como su razón habría pretendido. Atrapada entre las manos de Demonio, arqueó la espalda y le ofreció abiertamente uno de sus pechos, manjar que él aceptó gustoso, lamiendo primero la punta y acogiéndolo luego todo en su boca.

Flick oyó un grito ahogado y suave, y entonces se dio cuenta de que había sido ella quien lo había emitido. La humedad cada vez más intensa volvió a cogerla por sorpresa, y miró hacia abajo.

—¿Qué...?

No podía verlo en la oscuridad, pero podía percibir su presencia. El corazón empezó a palpitarle con fuerza y luego, cuando sintió las piernas poderosas y velludas de Demonio entre las suyas, cuando el sólido peso de sus caderas le separó los muslos, se aceleró aún más. El calor de su cuerpo al cernirse sobre ella, a escasos centímetros de distancia, la hizo estremecerse. Cuando se dio cuenta de que sus sentidos no la habían engañado, de que no había ya ninguna prenda, por fina que fuese, entre ellos, de que sus maliciosos labios y su boca aún más maliciosa estaban haciendo enloquecer su piel desnuda y de que, de un momento a otro, el cuerpo duro y tórrido de Demonio yacería directamente, piel contra piel, sobre ella... se le desbocó el corazón.

—Relájate.

Ese susurro grave y profundo surgió de la oscuridad cuando Demonio desenterró la cabeza de entre sus pechos. Al cabo de un momento, añadió, a modo de explicación:

—Te deseo otra vez.

Aquellas cuatro roncas palabras le llegaron directamente al corazón... y luego a las entrañas. Él le había levantado la camisola hasta la altura de los brazos, y cuando tiró de ésta, Flick no tuvo más remedio que inspirar hondo y obedecer: levantó los brazos y dejó que le quitase la prenda de hilo fino pasándosela por la cabeza.

Y se quedó desnuda debajo de él.

Lo que siguió fue una segunda lección de placer puro. En la oscuridad de la noche, en las simas de la cama, Demonio la tocó, la acarició y luego, cuando su cuerpo ya no podía más, volvió a llenarla de nuevo.

Permaneció tumbada de espaldas y dejó que la sensación invadiese cada rincón de su cuerpo, supliendo con la mente lo que no veían sus ojos. Las sábanas de algodón los protegían como un caparazón y con su frescor alivió la fiebre que Flick sentía en su piel. El colchón era lo bastante grueso para protegerla de los vigorosos envites de su posesión.

Yacían abrazados y Demonio se erguía sobre ella, como un amante en sombra en la noche; permaneció encima de ella dejando que sus cuerpos hicieran aquello para lo que parecían haber nacido. Tanto el uno como el otro.

Flick no podía negar que disfrutaba inmensamente, que empeñaba gustosa todo su corazón y su alma en el esfuerzo, tanto como él. Disfrutaba sintiendo que el cuerpo de Demonio se fundía con el suyo, disfrutaba con la profunda sensación de realización que venía después, con aquella última rendición final.

Disfrutaba del peso de él cuando se desplomaba, vencido, encima de ella.

Disfrutaba de la sensación de tenerlo tan adentro, en lo más hondo de su cuerpo.

Demonio se despertó cuando el alba tiñó el cielo y entró en la habitación para arañar la cama con sus pálidos dedos. Con la luz de la mañana, Demonio vio a un ángel —su ángel— profundamente dormido a su lado.

Le daba la espalda, doblada sobre su estómago.

Durante largo rato, contempló sus rizos dorados mientras unos recuerdos muy vívidos asomaban a su cerebro. Luego, despacio, con cuidado de no despertarla, se recostó sobre un codo, levantó la sábana con suavidad y la retiró hacia abajo.

Era más perfecta de lo que pensaba, más hermosa de lo que habría imaginado jamás. Cuando la luz que se derramaba sobre ellos se hizo más intensa, recorrió todo su cuerpo con la mirada, se empapó de ella y del espectáculo de sus curvas firmes y sus esbeltos miembros cubiertos por una piel de marfil impoluta, una piel suave como la seda y que se acaloraría con gustosa rapidez si él la tocaba.

Detuvo la mirada en los suaves hemisferios de su trasero. Al pensar en la respuesta de Flick y ver aquella imagen, sucumbió de inmediato a la avidez de la pasión.

Apretó los dientes y trató de pensar, trató de razonar con su carne acalorada.

Lo único que recordaba era la avidez de Flick, su entusiasmo y su pasión sin límites, sincera y abierta.

Y el hecho de que se había acercado a ella con extrema delicadeza la primera vez, y que Flick no se había puesto tensa en absoluto cuando la había poseído por segunda vez.

Naturalmente, no debería haberse mostrado tan exigente y poseerla una segunda vez apenas horas después de la primera, pero lo cierto es que estaba desesperado, preso de una necesidad irrefrenable de asegurarse de que no había sido un sueño, que la mujer más sensual que había conocido en su vida era un ángel de Botticelli.

Si era sensato, no pensaría en eso, en el ardor con el que había respondido, en la facilidad con que se había adaptado y en la naturalidad con que se había unido a él en la cabalgada salvaje. Una cabalgada más salvaje y sin duda más larga de lo que había pretendido en su inicio.

Pero ella la había disfrutado... y también había disfrutado la segunda vez.

¿Disfrutaría una tercera vez?

Su mano ya había entrado en contacto con sus nalgas antes incluso de haber formulado el pensamiento.

Flick se despertó y notó que tenía las nalgas enardecidas y que la mano de Demonio se estaba deslizando por debajo de su cadera. Demonio levantó ligeramente a Flick y le colocó una almohada debajo de las caderas, luego la dejó y se aseguró de que estuviera bien acomodada sobre su estómago. Esto le pareció a Flick un tanto extraño, pero lo cierto es que todavía estaba adormecida.

—¿Mmm? —murmuró, en tono de pregunta.

Él se inclinó sobre ella, la miró a los ojos, que aún no había abierto del todo, y la besó en el hombro.

—Sólo quédate quieta.

Flick esbozó una sonrisa soñolienta y cerró los ojos.

Demonio volvió a colocar la mano sobre su trasero para acariciarlo suavemente, pero con firmeza, dejando un rastro de fuego sobre la piel ya ardiente y abrasada. Se le aceleró la respiración, y cuando Flick volvió a murmurar de nuevo una pregunta incoherente, él movió las manos. Los largos dedos de Demonio se deslizaron entre sus muslos, entre los suaves pliegues de carne. La acarició y luego hundió sus dedos en ella. Flick sintió que se cernía sobre ella, notó el pelo de su pecho rozándole la espalda, y un escalofrío le recorrió todo el cuerpo... Justo hasta donde Demonio estaba ahondando sus dedos.

Demonio silenció una imprecación, y luego retiró los dedos. Cambió de postura y su cuerpo hundió la cama cuando lo colocó sobre el de ella. Le separó las piernas con las suyas y, asiendo su rodilla derecha, tiró de ella para flexionar esa pierna, dejando la rodilla casi al mismo nivel que su cintura... e introdujo sus caderas en el espacio que acababa de abrir, justo detrás de sus nalgas.

Ella parpadeó con furia y percibió el tacto de una mano grande, apoyada en su hombro, aplastándola con su peso. El corazón se le aceleró y se le subió a la garganta cuando sintió el peso de él contra su trasero... y luego dejó de latir cuando sintió que algo duro y familiar penetraba en su interior.

Soltó un grito ahogado cuando él se deslizó con vehemencia hasta dentro... hasta el fondo.

Demonio se quedó inmóvil, con las caderas ancladas a las nalgas de Flick, bajó la cabeza y le derramó un beso en el hombro.

—¿Estás bien?

Desnuda, bajo el cuerpo igualmente desnudo de él, unidos como los sementales y las yeguas, sintiendo a Demonio palpitando en el mismísimo centro de su ser... Flick estaba más que bien, estaba al borde del éxtasis.

—Sí. —Pronunció la palabra con ansia, cargada de una dulce tensión que no supo disimular. Él inclinó la cabeza y le rozó la oreja con los labios.

—No tienes que hacer nada. Sólo quédate quieta.

A continuación le hizo el amor hasta que ella gritó de placer.

14

—¡Adelante! —Demonio se encaramó al carruaje de la mansión y un mozo cerró la portezuela tras él. El carruaje emprendió la marcha y luego salió del patio de la posada.

—¿Estás seguro de que Gillies sabrá arreglárselas solo? —preguntó Flick—. No hace falta que me acompañes todo el camino hasta Hillgate End.

Acomodándose junto a ella, Demonio la miró y luego se recostó hacia atrás.

—Gillies es perfectamente capaz de encontrar a Bletchley y seguirle de vuelta a Londres.

Había bajado a desayunar y a disponer que le subiesen una bandeja a Flick cuando se encontró con Gillies, apostado junto a la puerta principal. Por lo visto, Bletchley ya había salido para acudir al combate de boxeo.

—Lo he oído hablar con el posadero —había dicho Gillies— sobre los coches especiales que han organizado, que van directamente desde aquí a Londres.

Tras su escasa actividad la noche anterior, parecía probable que Bletchley hubiese estado haciendo tiempo en Newmarket únicamente para asistir al combate de boxeo, pero... no podían estar seguros de que no hubiese preparado una cita en las inmediaciones del combate. Ni a él ni a Gillies les parecía demasiado probable, pues hablar de carreras amañadas rodeados de una multitud donde podía haber tantos oídos interesados parecía una soberana estupidez, algo de lo que la organización no había dado muestras hasta entonces. Gillies no había seguido a Bletchley, pero estaba esperando instrucciones.

—Salió esta mañana con la misma gente con la que estaba charlando anoche y se fue directo al combate.

Cabía la posibilidad de que la reunión se celebrase después del combate, aunque, teniendo en cuenta cómo solían acabar esa clase de eventos, eso tampoco parecía demasiado probable. Y, sin embargo...

Demonio había alterado sus planes y había enviado a Gillies tras Bletchley para vigilarlo y seguirlo a todas partes, incluso a Londres si era necesario.

—Gillies sabe con quién tiene que ponerse en contacto en Londres, montaremos turnos para vigilar a Bletchley. Tendrá que reunirse con sus jefes tarde o temprano.

Flick compuso un mohín de impaciencia, pero Demonio hizo caso omiso. Se sentía aliviado de que Bletchley se fuese hacia el sur. Sin él, las posibilidades de que Flick pudiera ponerse en peligro menguaban de forma considerable.

Después de enviar a Gillies al combate de boxeo, había contratado a un cochero para que condujese el carruaje de vuelta a Hillgate End, había roto su ayuno con calma y sin prisas, había pagado la cuenta de Flick sin dar ninguna clase de explicación y había vuelto arriba para acompañarla, oculta tras el velo y bajo la capa, donde la aguardaba el carruaje.

Para entonces el combate ya había dado comienzo, por lo que en la posada no quedaba nadie para presenciar su marcha conjunta. La única traba del plan era *Iván el Terrible*, que en esos momentos iba atado a la parte de atrás del vehículo.

Iván detestaba ir atado, sobre todo a un carruaje. Iba a estar de un humor de perros cuando llegase el momento de regresar a casa. Sin embargo, Demonio no estaba en condiciones de preocuparse por *Iván*, porque antes de regresar a su hogar tenía todavía muchos asuntos que resolver. El más acuciante iba sentado junto a él, disfrutando despreocupadamente del paisaje, sin que la más leve señal de vergüenza aflorase a su rostro angelical... Cosa que le sorprendía extraordinariamente.

Tenía treinta y un años y se había ido a la cama con montones de mujeres; ella en cambio no tenía más que veinte y acababa de pasar su primera noche con un hombre. Con él. Y, pese a todo, su aplomo era a todas luces genuino. Se había abochornado bastante, le habían subido violentamente los colores cuando Demonio la había dejado en la habitación y se había ido en busca del desayuno. Pero al volver, la había encontrado tan serena como de costumbre; era la misma mujer de siempre: imperturbable y segura de sí misma. Claro que, para entonces, ya volvía a estar vestida.

Al abandonar los confines de Bury se quitó el velo; Demonio le lanzó una rápida mirada furtiva y descubrió en su rostro una expresión serena: sus labios dibujaban una leve sonrisa y los ojos le brillaban levemente. Le pareció que estaba rememorando los sucesos de la noche y disfrutando de sus recuerdos.

Demonio se removió en su asiento y luego se puso a mirar por la ventana y a repasar sus planes.

Flick estaba pensando en lo sucedido la noche anterior, y esa misma mañana, y también en lo mucho que había disfrutado. Todavía se sentía maravillosamente, como si todo su cuerpo resplandeciese, de la cabeza a los pies. Si la saciedad era eso, entonces sin duda lo aprobaba, lo cual la llevaba a reafirmarse aún más en su decisión.

Parecía bastante claro: Demonio podía llegar a amarla, de eso estaba segura. Lo único que tenía que hacer era asegurarse de que así fuese antes de acceder a casarse con él.

Tenía que conseguir que se enamorase de ella. Si se le hubiera ocurrido pensar eso hacía apenas un mes se habría reído de buena gana y pensado que era del todo imposible, pero ahora las perspectivas eran muy halagüeñas. A juzgar por la noche anterior y esa mañana, diría que ya estaba medio enamorado.

Se preocupaba por ella, la tenía muy en cuenta y era evidente que disfrutaba procurándole placer. La había complacido en todos los rincones de su cuerpo, de mil maneras distintas y, al acabar, había seguido siendo considerado y atento, en su habitual estilo dominante.

Realizó el trayecto sumida en sus placenteros recuerdos, pero cuando pasaron por Newmarket sintió que el corazón le daba un vuelco y se forzó a dejar de pensar en aquello. En los días venideros iba a tener muy pocos ratos de placer, al menos hasta que él fuese para amarla.

Lo miró a hurtadillas, y luego apartó la vista y volvió a repasar sus planes.

Demonio le dirigió la palabra cuando cruzaron las puertas de Hillgate End.

—Por si te lo preguntas, pienso decirle al general que, debido a una circunstancia involuntaria, anoche, uno de los mayores chismosos de Londres nos vio juntos en una habitación de la posada más preminente de Bury y que, en consecuencia, has accedido a convertirte en mi esposa.

Flick volvió la cabeza y lo miró a los ojos.

—No, no he accedido.

Su rostro se endureció.

—Has accedido a muchas cosas desde anoche, exactamente ¿a qué crees que no has accedido?

Su tono era preciso y sus palabras cortantes. Flick hizo caso omiso de la advertencia.

—No he accedido a convertirme en tu esposa.

El semblante de Demonio era la viva imagen de la frustración. Se incorporó bruscamente.

—Flick, esta vez tu situación es verdadera y extraordinariamente comprometida. No tienes elección...

—Claro que sí —dijo, sosteniéndole la mirada—. Todavía puedo decir que no.

Demonio la miró y entrecerró los ojos.

—¿Y por qué ibas a decir que no?

—Tengo mis razones.

—¿Y cuáles son, si puede saberse?

Lo miró pensativa y luego respondió:

—Ya te dije que para acceder a casarme contigo necesitaba una razón que no fuera meramente circunstancial. Y lo que hiciste anoche lo fue.

Demonio frunció el ceño, negó con la cabeza y su expresión se ensombreció.

—Te lo diré de otra manera. Le contaré al general lo que te he dicho antes y, si sigues sin aceptarme en matrimonio, le contaré también el resto: que pasé toda la noche en tu cama... y la mitad de ella dentro de ti.

Ella arqueó las cejas, lo miró reflexiva y luego desvió la vista.

—Sabes que no se lo dirías.

Demonio se la quedó mirando, contemplando su perfil magnífico, su mentón decididamente firme, su nariz ladeada hacia arriba... y reprimió la tentación de abalanzarse sobre ella.

Tenía razón, por supuesto, él nunca sería capaz de hacer algo que pudiese perjudicarla de ese modo ante el general, una de las pocas personas que le importaban de veras. El general seguramente entendería por qué había actuado así, pero no entendería su negativa. Igual que él.

Con el propósito de relajarse, Demonio se recostó en el asiento y miró por la ventanilla. Los caballos seguían golpeando el suelo con sus herraduras.

—¿Qué excusa diste en tu casa para ir a Bury? —Formuló la pregunta con la mirada de frente, pero sintió clavados en él los ojos de Flick, y al cabo de un instante oyó su respuesta.

—Que iba a ver a Melissa Blackthorn, su familia vive a las afueras de Bury. Solemos visitarnos la una a la otra así, sin avisar.

Demonio permaneció pensativo un instante.

—Muy bien. Ibas a visitar a la señorita Blackthorn... Gillies se ofreció a llevarte con la esperanza de presenciar el combate, pero cuando llegasteis a Bury la calle estaba cortada por el tráfico de entrada a la ciudad y te quedaste atrapada en todo el jaleo. Oscureció y seguías atrapada. Como no estabas familiarizada con los combates de boxeo, buscaste alojamiento en la posada del Angel. —Miró a Flick—. Con un poco de suerte, nadie se enterará de tu disfraz ni de la escena que montaste para conseguir habitación.

La joven se encogió de hombros.

—Bury está muy lejos. Ningún miembro del personal de la casa tiene familia tan lejos.

Demonio hizo un mohín de enfado.

—Eso espero. Bien, estabas en la posada cuando yo llegué con la intención de asistir al combate de boxeo. Subí a verte... y entonces lord Selbourne nos vio. Por eso, esta mañana te traje directamente aquí para poder aclarar la situación. —Miró a Flick—. ¿Ves algún cabo suelto?

Ella negó con la cabeza, y luego compuso una mueca de disgusto.

—Pero detesto tener que engañar al general.

Demonio miró por la ventanilla.

—Teniendo en cuenta que hemos evitado toda alusión a Dillon y a la organización no tiene sentido que se lo contemos ahora. —Con eso sólo conseguirían disgustar al general, sabiendo además que todo ese embrollo era consecuencia de la ayuda que Flick le estaba prestando a Dillon.

Las sombras del camino de entrada se proyectaron sobre el carruaje; algunos metros más adelante, el sol bañaba con sus rayos la mansión. El carruaje se detuvo, Demonio abrió la portezuela, descendió y luego ayudó a bajar a Flick. Jacobs abrió la puerta principal antes de que llamasen. Demonio acompañó a Flick hasta la sala, y allí la soltó.

La señora Fogarty apareció muy alborotada, haciéndole mil preguntas a Flick, quien fue sorteándolas con habilidad. Flick le lanzó a Demonio una mirada alerta e inquisitiva, que él acogió con frialdad absoluta. Flick arrugó la frente un instante, pero tuvo que recomponer el gesto para atender a la señora Fogarty. Seguida de cerca por el ama de llaves, Flick se dirigió a su habitación.

Demonio la vio marcharse, y luego torció un poco los labios, sólo un poco, en las comisuras. Retos... más retos. Dio media vuelta y echó a andar hacia la biblioteca.

—Bueno, a ver si lo he entendido bien.

Sentado en la silla que había detrás del escritorio, el general se recostó hacia atrás y empezó a tamborilear con los dedos.

—A ti y a Felicity os han vuelto a ver en una situación aparentemente comprometida, sólo que esta vez la persona que os ha visto se complacería enormemente en destruir la reputación de Felicity. Pese a todo, tú estás más que dispuesto a casarte con la muchacha, pero ella es muy terca y se resiste a darte el sí. Así que en lugar de obligarla a casarse contigo, me sugieres que acceda a enviarla con tu madre, lady Horatia, para que disfrute de los placeres de la temporada de bailes en Londres. Bajo la tutela de tu madre, aún sin una declaración formal, se dará por hecho que la pretendes, pero su estancia con ella dará a Felicity tiempo para acostumbrarse a la situación y aceptar que su matrimonio contigo es la opción más sensata. —Miró a Demonio—. ¿Lo he entendido bien?

De pie ante los ventanales, Demonio asintió.

—Por supuesto, si en el transcurso de su estancia en Londres conoce a otro caballero y desarrolla por él un afecto duradero que es correspondido, le doy mi palabra de que le dejaré vía libre sin poner objeciones. Es su felicidad, su reputación, lo que me interesa preservar a toda costa.

—Sí, claro, claro. —Los ojos del general parpadearon—. Bien, entonces no veo razón para que se oponga a pasar una temporada en Londres. En cualquier caso le hará mucho bien descubrir todo lo que se ha perdido estando aquí encerrada con un viejo.

Sonó la campana del almuerzo, el general se rió y se puso de pie.

—Mi chica va a ir a la capital. Vamos a decírselo, ¿eh?

Demonio sonrió satisfecho y echó a andar hacia el comedor junto al general.

—¿A Londres? —Flick clavó sus ojos en Demonio, que estaba sentado frente a ella en la mesa del almuerzo.

—Ajá, a la capital. A mi madre le encantará que te quedes unos días con ella.

Era todo tan transparente...

Flick miró a su derecha: el general se estaba sirviendo una segunda ración de guisantes mientras asentía con aire afable. No parecía muy preocupado por su reputación, cosa que suponía debía agradecer a Demonio; Flick no habría podido soportarlo si el anciano se hubiese disgustado por eso. Y, sin embargo, estaba convencida de que su serenidad, sabedor de que su reputación, si no destruida, había quedado al menos mancillada, se debía a que creía de veras que, tras unos días en Londres bajo la tutela de lady Horatia, Flick cambiaría de opinión y acabaría aceptando a su protegido como su marido.

Había muchas posibilidades de que estuviese en lo cierto; ella, ciertamente, así lo esperaba.

Y había un buen número de razones para seguirle el juego a Demonio, una de las más importantes el hecho de que Bletchley se había ido a Londres, y, si bien nunca hasta entonces había sentido el más mínimo interés por los asuntos y las reglas de la alta sociedad, si iba a casarse con Demonio no le vendría mal un poco de práctica en ese terreno. También sintió una súbita curiosidad por saber cómo —y con quién— Demonio pasaba los días en Londres.

Aparte de todo lo demás, si pretendía conseguir que se enamorara de ella necesitaba estar con él.

Mirándolo fijamente a los ojos, asintió con la cabeza.

—Sí, creo que eso me gustaría.

Él sonrió.

—Bien, te llevaré allí mañana.

—¿Cómo narices ha podido ocurrir? —A primera hora de la mañana siguiente, ya de camino a Londres en la calesa tirada por los poderosos caballos zainos de Demonio, Flick se volvió e increpó a Gillies, que iba sentado detrás—. Pensaba que lo estabas siguiendo.

Gillies parecía angustiado. Fue Demonio quien respondió.

—Creíamos que Bletchley estaba planeando tomar uno de los coches especiales que iban a Londres desde Bury, porque Gillies le había oído preguntar dónde podían cogerse. Después de vigilar a Bletchley durante todo el combate sin que ocurriera nada de particular, Gillies, de forma muy razonable, se dirigió a la salida por la que se regresaba a Bury y esperó a que pasara Bletchley, pero éste no apareció.

—¿Ah, no? —Flick miró de nuevo a Gillies.

Éste hizo una mueca de disgusto.

—Debió de subirse a algún coche de vuelta a Newmarket.

—Y luego alquiló un caballo y, con el mayor descaro del mundo, apareció por el camino de entrada de la mansión. —Demonio apretó los dientes. Eso había sido demasiado; por fortuna, Bletchley no había visto a Flick, ni ella lo había visto a él.

Flick se recostó en el asiento.

—Por poco se me cae un jarrón de las manos cuando Jacobs me dijo que había venido a preguntar por Dillon.

—Por suerte, Jacobs se deshizo de él. —Demonio sofrenó las cabalgaduras al pasar junto a un carro, y luego volvió a sacudir las riendas—. Bletchley volvió al Rutland Arms y cogió el correo de la tarde a Londres.

—Así que lo hemos perdido.

Demonio miró a Flick y sintió cierto alivio al ver únicamente una expresión ceñuda en su rostro.

—De momento. Pero lo encontraremos tarde o temprano, no te preocupes.

—Londres es muy grande.

—Cierto, pero es posible mantener vigilados los lugares donde Bletchley pueda reunirse con un grupo de caballeros. Las personas de clases sociales diversas no se mezclan fácilmente en cualquier sitio. Limmers, Tattersalls y algunos locales más, no tan manidos.

—¿Y no será como buscar una aguja en un pajar?

Demonio dudó unos instantes, y luego compuso una mueca de preocupación.

—Tiene que haber alguna forma de identificar a los posibles miembros de la organización con la que resulte más sencillo seguir a alguien hasta el lugar donde tiene lugar la reunión, si es que se celebra, e identificar de este modo a toda la organización.

—¿Qué forma?

Los ojos de Flick estaban clavados en su rostro. Demonio, sin apartar la mirada de los caballos, que iban al galope, relató la conversación que había mantenido con Heathcote Montague y lo que esperaban descubrir.

Al término de la explicación de Demonio, Flick se recostó hacia atrás.

—Así que no hemos dejado de ayudar a Dillon, sino que nuestras pesquisas han cambiado de dirección.

—Hablando de Dillon, ¿sabe que te has ido de Newmarket?

—Le envié un mensaje a través de Jiggs; le dije que le explicase a Dillon que teníamos que seguir unas pistas en Londres, que no sabía cuándo íbamos a volver, pero que debía seguir escondido hasta que volviésemos. Le prometí que le escribiría para contarle lo que íbamos descubriendo. Jiggs le entregará mis cartas.

Demonio asintió. Por lo menos había logrado alejarla de Dillon; mientras estuviese en Londres podría concentrarse en él y en sí misma. Estaba seguro de que su madre la ayudaría en ese empeño y al mismo tiempo le negaría a Flick —una jovencita a su cargo— el permiso para perseguir a Bletchley, a la organización o a cualquier otro villano. Pese al hecho de que tanto Bletchley como la organización estaban en Londres, se sentía muy optimista sobre el hecho de llevar allí a Flick.

En cuanto al peligro que entrañaba lord Selbourne, eso estaba, al menos por el momento, controlado, pues su señoría había ido directamente a Norfolk a visitar a su hermana.

La calesa avanzaba en dirección sur bajo el sol de la mañana, y las ruedas giraban con suavidad sobre la gravilla de la carretera. Pese a haber perdido a Bletchley, pese a haber tenido que modificar sus planes para adaptarlos a la cabezonería de cierto ángel, Demonio se sentía en paz con el mundo. Había tomado la decisión correcta, pues aquél era el camino para que Flick le diera el sí. Ya era suya, eso era innegable, pero si iban a tener que pasar por un noviazgo formal se alegraba de poder trasladarlo a Londres. Al fin y al cabo era su terreno. Estaba ansioso por enseñárselo todo, por alardear de ella. Su inocencia de ojos chispeantes aún lo conmovía: a través de su mirada veía, desde una nueva perspectiva, aspectos de su propio mundo que había considerado aburridos durante mucho tiempo.

La miró a hurtadillas; la brisa se llevaba sus rizos y jugueteaba con los lazos de su sombrero. Tenía los ojos muy abiertos y la mirada fija en el camino. Sus labios, de un rosa delicado, eran turgentes, exuberantes y dibujaban una leve sonrisa. Tenía un aspecto verdaderamente delicioso.

Demonio desvió la vista hacia delante bruscamente, invadido de pronto por el recuerdo del sabor de Flick. Apretando los dientes, trató de ahuyentar el recuerdo: iba a tener que mantener a sus demonios interiores a raya una buena temporada, así que no tenía sentido provocarlos e incitarlos. Ésa era la única desventaja de poner a Flick bajo la tutela de su madre: estaría a salvo de todos los demás, pero también de él... aunque Flick desease lo contrario, una idea intrigante y prometedora. Cavilando sobre aquella posibilidad, Demonio desplazó el látigo por la oreja de uno de sus caballos y los arreó para que apretaran el paso.

Junto a él, Flick veía pasar el paisaje con ojos complacidos y expectantes. Con cada kilómetro recorrido aumentaba su entusiasmo; le resultaba difícil conservar la calma. Pronto llegarían a Londres, pronto vería a Demonio en su otro hábitat, pronto descubriría su otro aspecto. Sabía que estaba considerado un mujeriego empedernido y, pese a todo, hasta entonces sólo lo había conocido en el entorno del campo; tenía una vaga idea de que el Demonio de Londres sería distinto del que ella conocía. Flick se pasó gran parte del viaje imaginando, fantaseando con una presencia más digna, más elegante y más poderosa, con todo el *glamour* que le investiría el estar en sociedad, una capa que recubría su verdadero carácter, todos los rasgos que a ella le eran tan familiares.

Se moría de ganas de verlo.

Pese a haber perdido a Bletchley, le resultaba imposible reprimir su alegría. Estaba de un humor radiante, tenía el corazón contento y esperaba con ansia empezar una vida completamente distinta: avanzaba en una dirección del todo inesperada para ella. Casarse con Demonio... la idea ya le daba vértigo, un sueño que nunca se había atrevido a soñar. Y ahora estaba entregada en cuerpo y alma a conseguir ese objetivo, y no dudaba ni por un momento de que lo lograría. Teniendo en cuenta su buen humor, era imposible dudarlo.

Por todo lo que había oído acerca de Londres, la ciudad le proporcionaría el marco ideal para animar a Demonio a que éste le entregase su corazón. Luego todo sería perfecto y su sueño se haría realidad.

Estaba allí sentada junto a él, prácticamente incapaz de contener su impaciencia, esperando a que Londres asomase por el horizonte.

Cuando lo hizo, Flick empezó a pestañear... y arrugó la

nariz y se estremeció al oír el estridente barullo de las calles, atestadas de carruajes de todos los tamaños. Nunca había imaginado un lugar tan rebosante de humanidad: viniendo de la amplia llanura de Newmarket Heath Londres resultaba un espectáculo sumamente perturbador. Se sintió apabullada por la cantidad de seres humanos, por el ruido, la miseria, y los pícaros y golfillos que había por todas partes.

Hacía años había vivido en Londres durante un periodo de tiempo muy breve, con su tía. No recordaba haber visto entonces nada de lo que estaba viendo ahora, pero después de todo, de aquello hacía ya muchos años. Mientras Demonio se concentraba en la conducción de sus caballos, que ahora sorteaban el tráfico con habilidad, se acercó a él hasta percibir el calor de su cuerpo a través de su ropa.

Sintió cierto alivio al ver que las zonas más modernas de la ciudad se asemejaban más a lo que ella recordaba: calles tranquilas flanqueadas por edificios elegantes, impecables jardines vallados rodeados de casas... Desde luego, aquella parte de la ciudad era mejor, más limpia y más hermosa que sus recuerdos de Londres. Su tía había vivido en Bloomsbury, que no era un barrio ni mucho menos tan elegante como Berkeley Square, adonde la llevaba Demonio.

Sofrenó a los caballos delante de una mansión de dimensiones colosales: era lo más impresionante que había visto nunca. Cuando Gillies tomó las riendas y Demonio se apeó de la calesa, Flick levantó la vista para admirar la fachada de tres plantas, y entendió el significado de la expresión «no estar a la altura».

Demonio la tomó de la mano; aplacando sus temores, Flick se deslizó por el asiento y dejó que la ayudase a bajar hasta el suelo. Aferrándose con fuerza al mango de su sombrilla, tomó el brazo que él le ofrecía y subió los escalones a su lado.

Si la casa era imponente, un tanto amenazadora, el mayordomo, Highthorpe, era aún peor. Cuando les abrió la puerta, miró a Flick por encima del hombro.

—Ah, Highthorpe, ¿cómo va esa pierna? —Demonio le dedicó una afectuosa sonrisa al mayordomo, y ayudó a Flick a traspasar el umbral—. ¿Está la señora en casa?

—Mi pierna ha mejorado mucho, gracias, señor. —Highthorpe abrió un poco más la puerta y se inclinó con deferencia; luego la cerró tras ellos y se volvió, suavizando un poco su actitud almidonada—. La señora, según creo, está en su refugio.

Demonio esbozó una sonrisa radiante.

—Ésta es la señorita Parteger, Highthorpe. Va a quedarse una temporada con mamá. Gillies traerá su equipaje.

Quizá no fue más que una ilusión óptica provocada por la luz que se colaba por la claraboya, pero Flick habría jurado ver un destello de curiosidad en los ojos de Highthorpe. Éste sonrió mientras le hacía una nueva reverencia.

—Encantado. Le diré a la señora Helmsley que le prepare una habitación enseguida y mandaré que lleven allí su equipaje. Sin duda deseará refrescarse después de tan largo viaje.

—Gracias. —Flick le devolvió la sonrisa; Highthorpe de repente parecía mucho más amable.

Demonio la tomó de la mano.

—Te dejaré en la sala de estar mientras voy a buscar a mamá. —Abrió una puerta y la hizo pasar.

Después de echar un vistazo a la elegante sala azul y blanca, se volvió de nuevo hacia él.

—¿Estás seguro de que es una buena idea? Siempre podría quedarme con mi tía...

—Mamá estará encantada de conocerte. —Pronunció la frase como si ella no hubiese dicho nada—. Estaré de vuelta en unos pocos minutos.

Demonio salió y cerró la puerta a sus espaldas. Flick se quedó mirando los paneles blancos de la puerta... pero él no volvió a entrar. A continuación dejó escapar un suspiro y miró a su alrededor.

Examinó el sofá de damasco blanco y se fijó en el abrigo

de pieles que llevaba puesto: era viejo y pasado de moda. Le parecía un sacrilegio poner ambos tejidos en contacto, de modo que optó por permanecer de pie y se alisó la falda, tratando en vano de eliminar las arrugas. ¿Qué pensaría lady Horatia, la dama que poseía semejante sala de estar, tan bien amueblada y elegante, de ella, con aquel atuendo tan vulgar?

La pregunta le pareció retórica.

Flick oyó un ruido a su espalda y la puerta se abrió de par en par: entró una señora alta y de una elegancia imponente... y se abalanzó sobre ella, con una sonrisa radiante en el rostro y los ojos iluminados con una expresión de bienvenida; Flick no acertaba a imaginar qué podía haber hecho para merecer tal recibimiento. Sin embargo, no había malinterpretación posible en el cariño con el que lady Horatia la abrazó.

—¡Querida mía! —Lady Horatia le rozó el rostro con su mejilla perfumada, se incorporó y se mantuvo a un metro de distancia, no para inspeccionarle el abrigo de pieles sino para mirarla a la cara—. Estoy encantada de conocerte y de darte la bienvenida a esta casa. Además —empezó a decir con los ojos clavados en Demonio—, tengo entendido que disfrutaré del placer de presentarte en sociedad. —Mirando de nuevo a Flick, lady Horatia sonrió exultante—. ¡Será maravilloso!

Flick sonrió con sinceridad y gratitud.

Lady Horatia compuso una sonrisa aún más intensa; sus ojos azules, muy parecidos a los de Demonio, chispeaban con expresividad.

—Ahora podemos despedir a Harry y empezar a conocernos. —Flick parpadeó sorprendida, y luego cayó en la cuenta de que se refería a Demonio—. Puedes volver luego, a cenar. —Lady Horatia arqueó una ceja de manera burlona—. Supongo que no tendrás ningún otro compromiso, ¿verdad?

Demonio —Harry— se limitó a sonreír.

—Por supuesto que no. —Miró a Flick—. Te veré a las siete—. Despidiéndose de ella y luego de su madre con un saludo, se volvió y se dirigió a la puerta, que se cerró despacio a sus espaldas.

—¡Bien! —exclamó lady Horatia, y sonrió exultante—. ¡Por fin!

15

Pese a su elegancia lánguida, cuando los Cynster actuaban las cosas ocurrían muy deprisa. Después del almuerzo, Horatia hizo subir a Flick a su carruaje para ir a disfrutar del té en compañía de la familia.

—Grosvenor's Square no está muy lejos —le aseguró Horatia—. Y Helena se va a alegrar de conocerte tanto como yo.

—¿Helena? —Flick trató de recordar los nombres que Horatia había mencionado durante el almuerzo.

—Mi cuñada. La madre de Sylvester, más conocido como Diablo, ahora duque de Saint Ives. Helena es viuda. Ella y yo sólo tuvimos hijos varones; ella tuvo a Sylvester y a Richard y yo tuve a Vane y a Harry. Sylvester, Richard y Vane están todos casados... —Horatia miró a Flick—. ¿Harry no te lo ha dicho?

Flick negó con la cabeza y Horatia hizo una mueca burlona.

—Siempre se le olvidan esa clase de detalles. Bueno, pues verás... —Horatia se recostó hacia atrás y Flick le dedicó toda su atención—. Sylvester se casó con Honoria Anstruther-Wetherby hace más de un año. Sebastian, el hijo de ambos, tiene ocho meses. Honoria está encinta de nuevo, así que, si bien vendrán para no perderse la temporada de bailes, ahora los duques se encuentran en Cambridgeshire. Luego está Vane. Se casó con Patience Debbington el pasado noviembre. Patience también está en estado, de modo que tendremos que esperar varias semanas para verlos. En cuanto a Richard, se casó de forma harto inesperada en Escocia justo antes de Navidad. Eso supuso ciertas molestias, pues Sylvester, Honoria, Vane, Patience y Helena, y unos cuantos más, tuvimos que ir al norte, pero las cosas parecen haberse resuelto y Helena está encantada con la perspectiva de volver a ser abuela. Sin embargo —añadió Horatia, prosiguiendo con su perorata—, puesto que ni Honoria ni Patience, ni tampoco Catriona, la mujer de Richard, eran jovencitas necesitadas de orientación en esas cuestiones, ni Helena ni yo hemos tenido nunca a una joven damita bajo nuestra tutela por la que preocuparnos. —La miró con ojos brillantes, y le dio una palmadita en la mano—. Así que me temo, querida, que tendrás que soportar que las dos estemos totalmente pendientes de ti, porque eres nuestra última oportunidad para dedicarnos a estos temas, ¿sabes?

Flick sonrió espontáneamente.

—Al contrario, estaré encantada de contar con su ayuda. —Miró por la ventanilla para observar a las elegantes damas y caballeros que se paseaban por las calles—. La verdad es que no sé muy bien qué es lo apropiado en Londres. —Se miró el vestido, bonito pero no demasiado elegante, se sonrojó un poco y vio que Horatia la estaba mirando—. Por favor, aconséjeme al respecto, pues no me gustaría ser motivo de vergüenza para usted y para De... Harry.

—Tonterías. —Horatia le apretó la mano con gesto cariñoso—. Creo que no prodrías suponer un motivo de vergüenza para mí aunque te lo propusieses. —Le guiñó un ojo—. Ni, desde luego, tampoco para mi hijo. —Flick se ruborizó y Horatia se echó a reír—. Con unos cuantos consejos, un poco de experiencia y un punto de descaro te desenvolverás muy bien.

Agradecida por la inyección de confianza, Flick se echó hacia atrás y se preguntó cómo abordar la cuestión que más le preocupaba. Era obvio que Horatia la veía como a su futura nuera, y eso era lo que ella misma esperaba ser algún día, pero lo cierto era que todavía no había aceptado a Demonio, y que no lo haría hasta que... Inspiró hondo y miró a Horatia.

—¿Le ha explicado De... Harry que yo todavía no he accedido...?

—Oh, sí, claro. Y no sabes cuánto te agradezco que tuvieses el buen tino de no aceptarlo inmediatamente. —Horatia frunció el ceño con aire reprobatorio—. Estas cosas deberían llevar su tiempo, al menos el suficiente para organizar una boda como Dios manda. Por desgracia, no es así como lo ven ellos. —Su tono de voz dejaba bien claro que estaba hablando de los miembros masculinos de la familia—. Si por ellos fuese, ¡pasaríais un momento por vicaría y luego te meterían en su cama sin ni siquiera pedir permiso!

Flick casi se quedó sin aliento y Horatia, que interpretó mal su sofoco, le dio unas palmaditas en la mano.

—Sé que no te importará que hable tan claro, eres lo bastante mayor para entender estas cosas.

Flick quiso asentir, pero se contuvo. Se había ruborizado porque entendía «aquellas cosas» demasiado bien y captó la perspicacia de Horatia: sin duda era así como Demonio lo había imaginado, sólo que había cambiado el orden y había pasado antes por su cama que por la vicaría.

—Creo que en este caso es necesario algo de tiempo, al menos un poco.

—¡Estupendo! —El carruaje dio una sacudida y luego se detuvo. Horatia levantó la vista—. Ah, ya hemos llegado.

El mozo abrió la portezuela, desplegó la escalerilla y luego ayudó a bajar del coche primero a Flick y luego a su señora. Horatia asintió y miró hacia la majestuosa casa a la que se accedía por una magnífica escalinata.

—La mansión Saint Ives.

Hacía una tarde espléndida, y por todo el césped y los jardines había dispuestas mesas, sillas y *chaises-longues*. Flick atravesó la casa acompañada de lady Horatia, pasaron junto al cortés mayordomo y salieron a la terraza. Observó en el césped a un grupito de señoras de edades muy variadas —desde una anciana hasta una chica recién salida de la escuela—, todas muy bien vestidas.

No había ni un solo hombre a la vista.

Las damas de cutis delicado se protegían del sol con sus sombrillas, que ora cubrían ora desvelaban elegantes peinados. Otras simplemente se recostaban en sus asientos, tomando el sol, riendo, sonriendo y charlando. El bullicio, si bien considerable, no era escandaloso, sino que invitaba a participar de la animación. Del grupo manaba una alegría, una sensación de tranquila jovialidad que resultaba inesperada teniendo en cuenta su carácter marcadamente aristocrático. Aquello no era elegancia mezclada con frivolidad estridente, sino la reunión de una familia elegante: la distinción era muy clara.

El elevado número de invitadas fue una sorpresa; Horatia le había asegurado que no sería más que una reunión de parientes y algunas amigas íntimas. Antes de que llegase a hacerse una idea de cuánta gente había en realidad, una hermosa dama algo mayor se acercó a darles la bienvenida cuando estaban bajando los escalones del jardín.

—¡Horatia! —La dama intercambió unos besos con su cuñada, pero enseguida clavó sus ojos en Flick—. ¿Y quién es esta joven? —Su amplia sonrisa y el brillo de sus ojos suavizaron el tono brusco de la pregunta.

—Déjame presentarte a la señorita Felicity Parteger, Helena, la viuda del duque de Saint Ives, querida.

Flick se inclinó para hacer una reverencia.

—Es un placer conocerla, duquesa.

Cuando se incorporó, Helena la tomó de la mano y dirigió una mirada inquisitiva y curiosa a Horatia.

—Felicity es la pupila de Gordon Caxton.

Helena parpadeó unos segundos y luego cayó en la cuenta de quién era.

—Ah..., el buen general. —Sonriendo a Flick, añadió—: ¿Está bien?

—Sí, gracias, señora.

Con el ímpetu de alguien que ya no puede resistir más la tentación de hablar, Horatia explicó:

—Harry ha traído a Felicity a la ciudad. Se quedará con nosotros en Berkeley Square y yo la introduciré en los bailes y las reuniones de sociedad.

Helena miró a Horatia a los ojos y su sonrisa se hizo cada vez más amplia. Volvió a mirar a Flick y exclamó, exultante de alegría:

—¡Querida, me alegro tantísimo de conocerte!

Antes de darle tiempo a pestañear, la duquesa le dio un abrazo entusiasta y luego, rodeándole la cintura con el brazo, la acompañó al jardín. Con un encanto francés irresistible, la viuda le presentó primero a sus cuñadas, luego a las damas más mayores y en último lugar a las más jóvenes, dos de las cuales, gemelas, recibieron instrucciones de asegurarse de que a Flick no le faltase de nada, incluyendo ayuda con los nombres y los parentescos.

Las dos gemelas eran las rubias más hermosas que había visto en su vida. Tenían la piel de alabastro, los ojos como lagunas de aciano y una sarta de tirabuzones casi tan rubios como los de ella. Esperaba que la mirasen con desdén, pues a pesar de ser más jóvenes que ella, sin duda pertenecían a una clase social más elevada, pero para su sorpresa ambas le dedicaron una sonrisa radiante, tan afectuosa como las que su tía y su madre le habían regalado, y se abalanzaron sobre ella para abrazarla.

—¡Qué bien! Creí que ésta iba a ser simplemente una fiesta más, agradable pero poco emocionante. Y en cambio, ¡te hemos conocido!

Flick parpadeó y miró primero a una y luego a la otra, tratando de recordar cuál era cuál.

—Nunca me he considerado una persona emocionante.

—¡Ja! Tienes que serlo, de lo contrario Demonio nunca se habría fijado en ti.

La segunda chica se echó a reír.

—No hagas caso a Amanda. —Sonrió mientras Flick miraba a su alrededor—. Yo soy Amelia. Te acostumbrarás a diferenciarnos, no somos idénticas.

No lo eran, pero se parecían muchísimo.

—Y dinos —le preguntó Amelia—, ¿cuánto hace que conoces a Demonio?

—Queremos saberlo —intervino Amanda—, porque hasta hace poco ha estado tratando de volvernos locas vigilándonos en los bailes y en las fiestas más importantes.

—Así es. Sabemos que se fue a Newmarket hace unas semanas. ¿Es ahí donde os conocisteis?

—Nos conocimos en Newmarket, sí —convino Flick—, pero vivo allí desde que tenía siete años y conozco a Demonio desde entonces.

Ambas chicas la miraron con gesto de asombro y luego Amanda arrugó la frente.

—¿Por qué demonios te ha tenido escondida de esa manera?

—Perdona que te lo preguntemos, pero eres mayor que nosotras, ¿verdad? Tenemos dieciocho años.

—Yo tengo veinte —respondió Flick. Las gemelas eran más altas y sin duda poseían más habilidades sociales, pero la diferencia era sutil; se había sentido mayor que ellas.

—Entonces —insistió Amanda—, ¿por qué no te trajo Demonio el año pasado? No es de los que hacen las cosas despacio, él no.

—Sí, suele ir siempre con prisas —repuso Flick—. La verdad es que no me trajo el año pasado porque... bueno, en realidad el año pasado él todavía no sabía de mi existencia.

Aquel comentario, por supuesto, llevó a más preguntas, a más revelaciones, lo cual despejó el camino para que Flick preguntase por qué Demonio las había estado vigilando.

—A veces creo que sólo lo hace para fastidiarnos, pero lo cierto es que me parece que no pueden evitarlo, los pobres. —Amanda meneó la cabeza—. Lo llevan en la sangre.

—Por suerte, una vez se casan dejan de molestar. Todavía interferirían si pudiesen, ya lo creo, pero Honoria, Patience y Catriona hasta ahora han mantenido a Diablo, Vane y Richard a raya. —Amelia miró a Flick—. Y ahora que estás tú aquí, mantendrás ocupado a Demonio.

—Con un poco de suerte —añadió Amanda con sequedad—, los demás también encontrarán alguna chica a la que idolatrar antes de que nos convirtamos en viejas solteronas.

Flick sonrió.

—Vamos, seguro que no son tan malos; no pueden espantar así a vuestros pretendientes...

—Conque no, ¿eh? —replicaron las gemelas al unísono y empezaron a narrarle toda una serie de anécdotas que ilustraban sus palabras, describiéndole de paso a Demonio desenvolviéndose en los bailes de sociedad... rodeado de mujeres hermosas. Al percatarse del interés de Flick, las hermanas trataron de quitar importancia a las conquistas de Demonio en Londres.

—No te preocupes por ellas, nunca le duran demasiado, y ahora estará demasiado ocupado contigo.

—¡Vigilándote a ti, para variar! ¡Gracias a Dios! —Amanda alzó los ojos al cielo—. Ahora sólo quedan dos.

Amelia se echó a reír y miró a Flick.

—Se refiere a Gabriel y Lucifer.

—¿Quién?

Las gemelas no pudieron contener la risa y le hablaron de sus primos más mayores, del grupo conocido como el «clan Cynster».

—Se supone que nosotras no sabemos nada del clan Cynster, de modo que no se lo digas a Demonio —le advirtió Amanda.

Siguieron hablando y le contaron una historia resumida de la familia, quién era hijo, hermano o hermana de quién. Llamaron a una chica más joven que ellas —la única— para que se acercase, era su prima Heather y tenía casi dieciséis años.

—No me presentarán en sociedad hasta el año que viene —dijo Heather dejando escapar un suspiro—, pero mamá dijo que podría asistir a las reuniones familiares este año. La tía Louise va a dar un baile informal la semana que viene.

—Estarás invitada —le aseguró Amanda a Flick—. Nos aseguraremos de que tu nombre esté en la lista.

Amelia reprimió un resoplido burlón.

—Mamá se asegurará de que tu nombre esté en la lista.

Al cabo de unos minutos las llamaron para que repartiesen las tazas de té. Flick distribuyó su parte, desplazándose con agilidad entre las presentes. A pesar de que todas las damas junto a las que se detuvo hablaron con ella, ninguna comentó nada más alla de la información que había facilitado Horatia respecto a su visita, no hubo ni un solo comentario indiscreto, al menos que hubiese llegado a sus oídos. Todas la acogieron muy bien y si lo que pretendían era sonsacarle la historia de su vida a base de preguntas sutiles, sería lo menos que podría esperarse. Y, sin embargo, no había en ellas ni un atisbo de chismorrería o maledicencia, y no la juzgaban en absoluto; su cálida bienvenida, su aceptación sincera, la protección que le brindaba el grupo de forma tan abierta casi la abrumaban.

Una anciana de mirada perspicaz la tomó de la mano con fuerza.

—Si de repente te encuentras en un salón de baile, petrificada y sin saber qué hacer, acude a alguna de nosotras, incluso a una de esas frívolas cabezas huecas... —Los ojos castaños de lady Osbaldestone miraron a las gemelas y luego se volvieron hacia Flick—. Y pregúntanos qué hacer. Los bailes de sociedad pueden ser lugares confusos, pero para eso está la familia, no tienes que sentir vergüenza.

—Gracias, señora. —Flick hizo una inclinación—. Lo recordaré.

—Bien, y ahora dame una de esas galletitas. Me parece que Clara también querrá una.

Lady Osbaldestone no fue la única que acudió a ofrecerle ayuda y apoyo. Mucho antes de que terminase la tarde y de que ella y lady Horatia se dispusiesen a marcharse, entre abrazos, saludos y planes de reencuentro, Flick sintió que había sido acogida en el seno del clan Cynster, literalmente.

Acomodándose en el carruaje, Horatia cerró los ojos. Flick hizo lo mismo y repasó los acontecimientos de la tarde.

Eran personas increíbles. Ya sabía que la familia de Demonio era muy extensa, pero el que los Cynster hubiesen resultado estar tan unidos había sido una grata sorpresa. Ella nunca había tenido una verdadera familia, al menos desde que habían muerto sus padres; nunca se había sentido parte de la continuación de un todo, de un grupo que había tenido un antes y que también tendría un después, más allá de sus miembros individuales. Había estado sola desde que tenía siete años. El general, Dillon y el personal de Hillgate End se habían convertido en su sustituto de familia, pero aquello era muy distinto.

Si se casaba con Demonio, formaría parte una vez más de una familia de verdad, en la que habría otras mujeres con las que hablar, a las que recurrir en busca de apoyo, un lugar donde, por acuerdo tácito, los hombres cuidaban de las mujeres más jóvenes, aunque no fuesen sus hermanas.

En ciertos aspectos, todo aquello era nuevo para ella, y, en otros, a un nivel más profundo, con cierto sentido le resultaba familiar. Era una sensación maravillosa. Abrió los ojos y, con la mirada perdida, los fijó en la ventanilla, sonriendo, inmensamente feliz ante la perspectiva de convertirse en una Cynster.

Al cabo de dos días, Demonio, de un humor más bien hosco, hizo rechinar los dientes y encaminó a sus caballos zainos hacia el parque; era la tercera vez en otros tantos días que llegaba a casa de sus padres y descubría que la señorita Parteger había salido.

Había pasado por casa la misma tarde en que la había

traído a la ciudad, suponiendo que estaría ahí sentada, sola y aburrida, mientras su madre dormía la siesta, pero se encontró con que habían estado chismorreando en casa de su tía Helena... y él sabía muy bien acerca de qué. Se había tragado su decepción, sorprendido ante esa sensación, y había pensado que, a fin de cuentas, para eso precisamente la había traído allí, para que su querida familia, en especial sus miembros femeninos, pudiese ayudarla a aceptar casarse con él. No tenía ninguna duda de que la convencerían, pues eran auténticas maestras en la ingeniería del matrimonio. Por lo que a él respectaba, podían hacer gala de todo su talento.

Así que había abandonado la casa sin dejar ningún recado, nada que pudiera alertar a su astuta madre de que estaba lo bastante impaciente por verla como para ir en persona. Tal como le había prometido a su madre, acudió a la cena pero descubrió que la visión de Felicity sentada en la mesa en compañía de sus padres no le calmaba el apetito.

El día anterior había llegado a las once, una hora del todo inocua; si se presentaba demasiado temprano, a la hora del desayuno, habría sido demasiado evidente. Highthorpe lo había mirado con simpatía y le había informado de que su madre, su tía y la joven dama habían salido de compras. Demonio sabía que eso significaba que iban a tardar horas en volver, y que cuando regresasen estarían de un humor típica y ridículamente femenino, ansiosas por contarle todas sus noticias y chismes, incapaces de prestarle atención.

Se había marchado sin protestar, pensando de nuevo que aquello formaba parte de las razones por las que había traído a Flick a la ciudad; quería que pudiese disfrutar de las diversiones que ofrecía Londres cuando fuese su esposa. Ir de compras, para la condición femenina, figuraba en uno de los primeros puestos de la lista de diversiones.

En otros aspectos, el destino estaba mostrándose más generoso: había llegado a sus oídos que los sobrinos de «Charlatán» Selbourne le habían contagiado paperas y que no se le esperaba en la ciudad en toda la temporada. Selbourne era una preocupación de la que por el momento podía olvidarse.

Ese día había llegado a Berkeley Square a media mañana, convencido de que Flick estaría esperándole para impresionarlo con uno de sus vestidos nuevos.

Su madre se la había llevado al parque.

Estaba pensando muy seriamente en tener unas palabras con su madre.

Atravesó Stanhope Gate con su calesa y estuvo a punto de arrollar a un landó que pasaba en dirección contraria; trató de dominar su irrazonable mal humor y apaciguar el pálpito urgente de sus venas. Le sorprendió la vehemencia de su reacción, la sensación de fastidio que se había apoderado de él. Se dijo a sí mismo que se debía simplemente al hecho de que se había acostumbrado a verla todos los días. Esa sensación se iría diluyendo, acabaría por desaparecer.

Tendría que hacerlo. En la ciudad, en el inicio de la temporada, sólo la vería de vez en cuando: en el parque, bajo la mirada atenta de las damas de la alta sociedad, o en algún salón de baile abarrotado de gente, con la misma supervisión. Las horas a solas con ella a las que se había acostumbrado en el campo ya no formaban parte de sus actividades diarias.

Enfiló la avenida y sustituyó su expresión ceñuda por su máscara indolente habitual.

Vio a Flick sentada en el cabriolé de su madre, sonriendo con dulzura a una hueste de caballeros que, paseándose en compañía de otras jóvenes damas por el césped, la miraban con curiosidad. Su madre estaba conversando animadamente con su tía Helena, cuyo landó estaba aparcado a su lado.

Sofocando un exabrupto, colocó su calesa detrás del coche de su madre y sofrenó a los caballos. Gillies acudió con presteza a sujetar las cabezas de los animales. Demonio desató las riendas, bajó de un salto y echó a andar hacia delante.

Flick había oído detenerse a la calesa y se había vuelto; le dedicó una espléndida sonrisa de bienvenida. Por un instante, Demonio se perdió en su mirada, en el brillo de sus ojos, su máscara se vino abajo y... empezó a esbozar su sonrisa burlona habitual.

Se detuvo justo a tiempo y la reemplazó por una expresión afable y una sonrisa fría. En sus ojos, sin embargo, brilló la pasión cuando se sumergieron en los de ella. Si su madre o su perspicaz tía llegaban a captar esa otra sonrisa habrían sabido demasiado.

Flick extendió la mano y él la tomó, inclinándose levemente.

—Me alegro de verte, querida.

Incorporándose, intercambió un cortés saludo con su madre y su tía, y luego volvió a dirigirse a Flick. No le había soltado la mano.

—¿Querrías dar un paseo conmigo por el césped?

—¡Oh, sí! —Se adelantó con ansia y Demonio comprendió de repente que lo que despertaba su interés eran las parejas que se paseaban por el césped: le daban envidia. Estaba acostumbrada a montar todos los días, y sin duda echaba de menos el ejercicio.

Con una sonrisa más franca, abrió la puerta del carruaje. Por encima de la cabeza de Flick, su madre lo miró y le murmuró en voz baja:

—Vestido nuevo.

Sonriendo para sus adentros, ayudó a bajar a Flick, contento de poder mirarla de arriba abajo.

—¿Es nuevo?

Ella le dedicó una sonrisa ingenua.

—Sí. —Soltándole la mano, dio una vuelta entera y luego se paró—. ¿Te gusta?

Su mirada se había quedado fija en su cuerpo, envuelto con delicadeza en una sarga de color azul lavanda. En ese momento levantó los ojos para mirarla a la cara... y se quedó sin habla. La cabeza le daba vueltas y el corazón le latía desbocado. La absoluta maravilla de su rostro, sus ojos, no sirvieron de ayuda... había olvidado lo que era estar locamente enamorado de un ángel.

Su madre y su tía los estaban observando atentamente; Demonio carraspeó y logró componer una sonrisa cortés.

—Estás... espléndida. —Estaba bellísima, deliciosa... y de repente Demonio sintió un apetito voraz.

Volvió a tomarle de la mano y se la llevó a su brazo.

—Llegaremos hasta los parterres y volveremos.

Oyó un divertido bufido procedente del carruaje, pero no miró atrás cuando echaron a andar por el césped: estaba demasiado ocupado disfrutando de la visión, y de la sensación de tener de nuevo a su ángel a su lado. Flick le sonrió, y los tirabuzones rubios le llamaron la atención.

—Te has hecho algo en el pelo.

—Sí. —Ella inclinó la cabeza a un lado y a otro para que él pudiese apreciar los sutiles cambios. Sus rizos siempre le habían enmarcado la cara, pero más alborotadamente. Ahora, gracias a la intervención de mano experta, el peinado era más completo, más estable, incluso más luminoso—. Me queda bien, me parece.

Demonio asintió.

—Es muy elegante. —Bajó la vista y la miró a los ojos—. Supongo que también complementará a tus nuevos vestidos de noche.

Flick abrió mucho los ojos, sorprendida.

—¿Cómo lo has sabido?

Él sonrió.

—Ayer pasé por casa y me dijeron que habíais ido de compras. Al parecer, visitaste a una modista, y conozco a mi madre; el resto es fácil de imaginar.

—Helena también vino. Fue muy... —Hizo una pausa y luego le sonrió—. Muy agradable.

Satisfecho, Demonio le devolvió la sonrisa y luego apartó la mirada.

Pasearon en silencio, como lo habían hecho tantas veces en el Heath. Ninguno de los dos sintió la necesidad de recurrir a las palabras: disfrutaban plácidamente de su compañía mutua. Flick notó que la brisa le alborotaba los faldones del vestido, que rozaron los inmaculados pantalones bombachos de Demonio. La firmeza de acero que Flick sentía bajo sus dedos, la sensación de fuerza que manaba de él, la envolvía y la apresaba... era maravillosa.

Lo había echado de menos; se lo decía su corazón palpitante y se lo confirmaban sus sentidos exultantes de gozo. Levantó la cara hacia el sol y sonrió, enardecida por una emoción que no podía ser más que amor. A continuación lo miró a hurtadillas... y lo sorprendió mirándola. Demonio parpadeó y frunció el ceño. Cuando ella lo miró más abiertamente, su rostro se endureció.

—Pensé que tal vez te gustaría saber lo que hemos descubierto sobre Bletchley —dijo él, mirando hacia el frente.

Sintió una punzada de remordimiento. En los días anteriores, atrapada en el torbellino de sus propios descubrimientos, Flick se había olvidado de Dillon y sus problemas.

—Sí, claro. —Fortaleciendo el tono de su voz, inquirió—: ¿Qué habéis averiguado?

Por el rabillo del ojo, vio que Demonio hacía una mueca.

—Hemos confirmado que Bletchley llegó en la diligencia de Newmarket. Para en Aldgate. Hemos preguntado allí, pero nadie en la zona lo conoce. —Llegaron a los parterres y dieron media vuelta en el camino de gravilla—. Montague, mi agente, está organizando turnos de vigilancia en los lugares que los caballeros usan para reunirse con la chusma que contratan de forma ocasional. Si Bletchley aparece, volveremos a seguirle la pista.

Flick arrugó la frente.

—¿Es ese señor Montague el mismo al que viniste a ver hace poco? —Demonio asintió y ella añadió—: ¿Ha descubierto algo examinando el asunto relacionado con el dinero?

—Todavía no, pero hay muchas posibilidades de verificarlo. Acciones, bonos, depósitos, transacciones al extranjero... lo comprobará todo. Ya tiene los cálculos aproximados que necesitamos, las cantidades que se obtuvieron de cada carrera amañada la temporada de otoño, y de la primera carrera de este año.

—¿Es mucho?

Demonio la miró de hito en hito.

—Muchísimo.

Cuando llegaron al final del paseo, siguieron andando bordeando el césped y se fueron encontrando con otras parejas. Con su elegancia espontánea, Demonio las saludó moviendo cortésmente la cabeza y dedicándoles sonrisas distantes, y la animó a imitarlo. Flick reprodujo su corrección con una expresión serena y afable.

Una vez se vieron libres, Demonio la miró y luego apretó el paso. Flick lo siguió sin dificultad, pero se preguntó por qué tendría tanta prisa.

—La suma total que obtuvieron es enorme —prosiguió—; es del todo inconcebible que no aparezca por algún lado. Ése es un aspecto positivo. Por suerte, todavía nos quedan unas cuantas semanas antes de que tengamos que informar a los comisarios.

—¿Puedo yo hacer algo?

—No. —La censuró con la mirada—. Hablaré con Montague mañana o pasado si él no se pone en contacto conmigo. —Titubeó un momento y añadió—: Ya te haré saber lo que hayamos averiguado.

Ella asintió con la cabeza, pues casi habían llegado al carruaje. Cuando miró a Demonio a la cara, vio en ella la máscara de lánguida indolencia que parecía cubrir sus facciones y percibió el férreo control que infundía a sus movimientos, invistiéndolos de una indiferencia aparente. Supuso que así era él en Londres o, mejor dicho, que ésa era la piel de lobo que empleaba para ocultar su verdadero yo.

Sin embargo, no entendió por qué razón no la miró a los ojos cuando la ayudó a subir al carruaje y le hizo una reverencia cortés.

Horatia le dio unas palmaditas en el brazo a su hijo.

—Hoy recibirás tu invitación a un baile informal que

ofrece Louise. El baile es a principios de la semana que viene. Cuento con que seas nuestro acompañante, el de Felicity y el mío.

Demonio parpadeó.

—¿No te va a acompañar papá?

Horatia hizo un ademán desdeñoso.

—Ya conoces a tu padre. Querrá parar en White's de camino.

Una expresión sombría ofuscó el rostro de Demonio y luego desapareció. Resignado, inclinó la cabeza.

—Como quieras.

Cuando se incorporó, sus ojos rozaron los de Flick, sólo por un segundo, lo justo para tranquilizarla. Despidiéndose con una reverencia de Horatia y Helena, se dio media vuelta.

—¡No llegues tarde! —gritó Horatia—. Cenaremos allí.

Demostró con un ademán que la había oído. Tomó las riendas, se subió de un salto a su calesa, hizo crujir la gravilla y desapareció.

16

—¡Míralos! —susurró Amanda en tono disgustado al oído de Flick antes de volverse con movimiento elegante.

Amelia ocupó su lugar.

—Aunque estén bailando, siguen mirándonos de reojo. —Se agachó, se balanceó y siguió hablando en susurros—: Y normalmente hay uno apostado en la puerta, como Demonio ahora; así, si intentamos escapar con el pretexto de que se nos ha roto un volante o rasgado un lazo, ¡nos atrapan!

Flick sonrió a su pareja de baile y juntó la mano con la suya, sin dar señales de haber oído a las gemelas. Estaban bailando un cotillón, y, a su alrededor, todos los familiares de Louise Cynster que se encontraban en Londres en esos momentos, además de los amigos de la familia, llenaban su salón. Puesto que el baile era informal y todos los invitados se conocían, reinaba un ambiente de relajada jovialidad. La presencia de tantos jóvenes, así como de chicas y chicos de la edad de Heather, acentuaba aún más la sensación de celebración familiar.

Flick se agachó bajo la mano de su pareja y sonrió al inofensivo joven; las gemelas hicieron lo propio, sin que se reflejase en sus serenos rostros ningún indicio de su descontento.

Desde el día que las había conocido, habían tenido ocasión de hablar largo y tendido sobre las tendencias obsesivas de sus primos con respecto a la vigilancia continua que ejercían sobre ellas, pero Flick no las había creído del todo. Ahora sí las creía. Las vigilaban; y vio que para las gemelas eso resultaba muy irritante.

Si bien Gabriel y Lucifer estaban bailando, de vez en cuando se los veía entre la multitud, vigilando a las gemelas. En cuanto a Demonio, estaba a un lado del salón con la mirada fija en ellas, y ni siquiera se molestaba en disimular.

A primera vista, era un milagro que algún hombre con una pizca de instinto de supervivencia se atreviese a sacarlas a bailar; sin embargo, los caballeros más jóvenes —no mucho más mayores que las gemelas— parecían inmunes a cualquier amenaza: debido a su inocencia, no proyectaban sobre las gemelas ningún pensamiento ni deseo impuro, de modo que todos daban por sentado que con ellos estaban a salvo.

Por supuesto, estos jóvenes distaban mucho de reunir las cualidades que las gemelas exigían en un hombre, razón que agudizaba todavía más su irritación. Flick lo comprendía muy bien; hasta entonces sólo había bailado con esos caballeros jóvenes... y estaba muerta de aburrimiento.

Cuando la música calló y hubieron agradecido el baile y despedido a sus jóvenes parejas, Flick tomó a cada una de las gemelas del brazo.

—Sólo intentan protegeros; han conocido a demasiados sinvergüenzas y os quieren mantener alejadas de esa clase de hombres.

Amelia lanzó un suspiro.

—Eso está muy bien, pero su concepto de «sinvergüenza» es demasiado amplio.

Amanda soltó un bufido.

—Si creen que un caballero ha tenido alguna clase de pensamiento impuro, aunque sea sólo uno, entonces lo consideran un sinvergüenza.

—Lo cual reduce el abanico de posibilidades de forma bastante drástica.

—Y no nos ayuda en nada en nuestra campaña.

—¿Campaña? —Flick se detuvo junto a una esquina que

albergaba tres macetas de las que se alzaban palmeras de grandes dimensiones.

Amanda miró a su alrededor, tomó a Flick de la mano y tiró de ella, y las tres se escabulleron en el espacio en sombra que había tras las palmeras.

—Hemos decidido... —empezó a decir Amanda.

—... tras hablarlo con Catriona —aclaró Amelia—, la mujer del valle, una especie de sabia.

—Que no vamos a esperar pacientemente, no vamos a limitarnos a estar guapas y esperar que los caballeros adecuados nos miren y decidan si van a pedirnos o no...

—No. —Amelia levantó la cabeza—. Vamos a decidirlo nosotras.

A Amanda le centellearon los ojos.

—Vamos a mirarlos nosotras a ellos y vamos a decidir a quién escoger, no a esperar a que nos escojan.

Flick se echó a reír y las abrazó.

—Desde luego, por lo que he visto hasta ahora, decididamente lo más sensato sería que os encargaseis vosotras mismas del asunto.

—Eso pensamos —convino Amanda.

—Pero dinos una cosa. —Amelia se echó hacia atrás para mirar a Flick a la cara—. ¿Escogiste tú a Demonio o te eligió él a ti?

Flick miró hacia el otro lado del salón, donde estaba Demonio, a sus ojos el hombre más atractivo de toda la reunión. Iba de negro, con una camisa y un fular de color marfil; bajo el resplandor de las arañas, parecía aún más peligroso que a plena luz del día. Estaba hablando con otro caballero; pese a ello, Flick era consciente de que él sabía exactamente dónde estaba ella.

Muy despacio, sus labios dibujaron una sonrisa: Demonio parecía, y para sus sentidos lo era, la encarnación de todos sus sueños, de su deseo, mucho más bello que cualquier estatua, que cualquier cuadro de un libro.

Miró a las gemelas.

—Yo lo escogí. —A continuación miró al otro lado de la sala—. Entonces tenía diez años, así que en realidad no fui consciente de ello, pero... sí, decididamente, yo lo escogí primero.

—¿Lo ves? —Amanda asintió con vehemencia—. Todas los habéis escogido: Honoria dice que ella no escogió primero, pero lo cierto es que lo hizo, tanto Patience como Catriona confesaron que ellas escogieron primero, y ahora tú también lo dices. Así que escoger es, obviamente, la mejor manera de actuar.

Flick las miró de nuevo, observó sus hermosos rostros y vio las obstinadas voluntades que escondían.

—Sí, seguramente es verdad —convino. Las gemelas se parecían mucho a ella.

—Será mejor que salgamos. —Amelia las empujó para que salieran de su escondite—. Mamá nos está buscando.

Compusieron una sonrisa cortés y se mezclaron con la multitud.

Sonriendo, Flick se separó de las gemelas; a pesar de que se había jurado a sí misma que no escudriñaría la habitación, sus sentidos trataron de localizar a Demonio. En los días anteriores sólo lo había visto brevemente en el parque, y en otra ocasión, por casualidad, en Bond Street. No habían intercambiado más que unos susurros sobre la organización, y no se había desprendido de su máscara de indolencia ni una sola vez.

Y siempre se habían visto en público.

Aquella tarde había llegado justo en el momento oportuno para acompañarlas al carruaje, por lo que no habían tenido ni un minuto para poder estar a solas para ponerse al día. Lo cual empezaba a resultar bastante frustrante.

Igual que el hecho de que no consiguiese localizarlo en el salón de baile.

Se detuvo frente a un busto de Julio César encaramado en un pedestal. Se puso de puntillas y, con el mayor disimulo posible, empezó a examinar la sala: sabía que Demonio tenía que estar por allí, en alguna parte.

De repente, la mano de él la agarró por el brazo.

Ella dio un respingo y se volvió.

Demonio estaba de pie junto al pedestal; no lo había visto allí hacía un momento. Rápidamente, la atrajo hacia sí, luego se volvió y la arrastró consigo, hasta que quedaron ocultos en la hornacina que había detrás del pedestal. Se colocó delante de ella y apoyó un brazo en lo alto del pedestal, tapándole la vista.

Flick parpadeó. En el salón de baile había tres hornacinas semicirculares, y delante de cada una de ellas algún ornamento, como las palmeras o el pedestal, de manera que quedaba un pequeño espacio detrás. Quienes deseasen un poco de intimidad siempre podían acudir a aquel espacio, parcialmente privado pero a la vista de todo el mundo.

Mirando al rostro de facciones duras de Demonio, Flick esbozó una sonrisa radiante.

—Hola... Te estaba buscando.

Con los ojos fijos en ella, vaciló un instante y dijo:

—Lo sé.

Ella escudriñó su rostro y sus ojos, pues no lograba interpretar su tono de voz.

—¿Has... mmm... descubierto algo acerca del dinero?

La contemplación de su belleza lo embriagó, y dejó que lo engullera la luz deseosa y acogedora de sus ojos, que lo cegara el brillo sensual que iluminaba su rostro. Los hombros de Demonio la ocultaban al resto de los presentes. Inspiró hondo y meneó la cabeza.

—No, pero hemos hecho algunos avances.

—¿Ah, sí? —Flick bajó la mirada y la fijó en sus labios mientras se humedecía los suyos con la lengua.

Apretando el puño que quedaba oculto tras el busto, Demonio asintió con la cabeza.

—Montague ha descartado algunos valores; se trata de instrumentos financieros a través de los cuales podría haberse ocultado esa suma de dinero. Hasta ahora los resultados han sido negativos, estamos estrechando el cerco.

Ella siguió mirándole los labios y luego descubrió que habían dejado de moverse; contuvo el aliento, levantó la vista y parpadeó.

—Es como si llevásemos toda la vida detrás de la organización. Conseguir atraparlos parece un sueño. —Hizo una pausa y dulcificó su mirada cuando la clavó en sus ojos—. ¿Crees que lo conseguiremos algún día? —le preguntó en un tono aún más dulce.

Demonio le sostuvo la mirada y trató de conservar la calma, de resistir el impulso de abalanzarse hacia delante, pasarle el brazo por la cintura y atraerla hacia sí. De agachar la cabeza, plantar sus labios en los de ella y responder a la pregunta que le formulaban sus ojos. Su vestido, un traje de seda azul plateado ajustado por debajo de sus pechos con unos cordones plateados y cuyos faldones ondeaban desde la cadera hasta los tobillos, no servía de gran ayuda. Su único elemento de recato era una estola de gasa sedosa que le cubría el escote y los vértices de los hombros. Le costaba un gran esfuerzo rememorar su pregunta.

—Sí. —Su voz era dura y áspera. Flick parpadeó para librarse de su embrujo, claramente perpleja ante el endurecimiento de su rostro.

Los músicos escogieron ese momento para dar comienzo a los compases de un vals... Demonio los habría estrangulado gustoso con las cuerdas de sus propios violines. Aunque gracias a la música estaban allí, en aquel momento. Miró el rostro de Flick y percibió la luz ansiosa en sus ojos y la invitación en su expresión. Y soltó una imprecación para sus adentros.

—Es... Es un... —acertó a decir, inspirando hondo— un vestido precioso.

Ella bajó la mirada.

—Es de Cocotte. —Extendió los faldones plateados, hizo una pirueta al compás del inicio del vals y luego lo miró—. ¿Te gusta?

—Muchísimo. —Lo decía sinceramente, con absoluta

convicción. Cuando la había visto en las escaleras de Berkeley Square se había quedado boquiabierto. El vestido realzaba tanto su figura que se planteó la posibilidad de prohibirle que se lo pusiera, pero decididamente le gustaba... y también lo que había debajo. Tanto era así que le resultaba imposible tomarla en sus brazos y bailar aquel vals bajo la atenta mirada de su familia, entre quienes tanto interés suscitaba.

Hizo un ademán con una mano.

—A ver... Vuélvete otra vez. —No tuvo que esforzarse para no apartar la mirada de sus caderas cuando daba el giro—. Mmm... —Se quedó mirando la falda para no ver la decepción en los ojos de Flick. En el carruaje, ella le había dicho que Emily Cowper, una amiga de su madre, le había dado permiso formal para bailar el vals por tener ya la mayoría de edad. En esos momentos el baile estaba ya en su apogeo—. Es un corte muy bonito, algo distinto. Me gusta la caída de la falda. —Era un auténtico experto en el arte de la seducción, ¿podía hacerlo mejor? A continuación, se pondría a hablar del tiempo...

—¿Has tenido noticias de Newmarket?

Demonio alzó la vista; había oído el leve suspiro que había precedido a la pregunta. Ya no había asomo de entusiasmo en la mirada de Flick; parecía resignada, aunque con elegancia. Demonio se enderezó.

—No exactamente, pero un amigo de uno de los miembros del comité me ha dicho que nadie ha visto a Dillon, y nadie ha hablado todavía con el general.

—Bueno, eso supone un alivio. Sólo espero que Dillon no haga ninguna tontería mientras estamos en la ciudad. Será mejor que le envíe una carta mañana.

No dijo nada más; se quedó mirando a las parejas, que giraban sin cesar sobre el suelo del salón de baile. Demonio frunció los labios con fuerza. Pese a lo mal que se sentía por hacer que se perdiese su primer vals londinense, no lo lamentaba. Teniendo en cuenta que no podía bailarlo con ella, no habría soportado quedarse en el lateral del salón viéndola bailar en los brazos de algún otro hombre. Se habría convertido en la encarnación de su apodo, en un auténtico demonio, pues así era como se sentía ante la idea de verla en brazos de otro hombre.

Era mejor que se perdiera aquel vals.

—Me ha dicho Carruthers que *Flynn* está en plena forma.

Aquello atrajo su atención.

—¿Ah, sí?

—Lo entrena mañana y tarde.

—Carruthers me dijo que iba a intentar aumentar su capacidad de resistencia.

—Carruthers quiere que lo pruebe en las carreras de obstáculos —dijo, mirándola—. ¿Tú qué opinas?

—No me sorprende —repuso ella.

Lo que a él sí le sorprendió fue lo detallado de su opinión, lo mucho que entendía de caballos, el grado de entendimiento que había alcanzado con su primera montura en su establo. Por primera vez en su vida, había aprendido cosas y aceptado consejos sobre uno de sus propios caballos gracias a una mujer.

Para cuando hubieron terminado de hablar del futuro de *Flynn*, el vals ya hacía rato que había acabado y estaba a punto de comenzar otra pieza.

Un cotillón. Demonio se volvió y se encontró con un corrillo de hombres acechándolos, esperando su oportunidad de bailar con Flick. Él esbozó una sonrisa tensa y se volvió de nuevo hacia ella, que todavía permanecía semioculta por él. Su sonrisa se dulcificó cuando fue a tomarla de la mano.

—¿Me concedes el honor de bailar contigo este baile, querida?

Ella alzó la mirada y sonrió; el gesto iluminó su rostro y le anegó los ojos.

—Por supuesto. —Le tendió la mano y dejó que la acompañara al salón de baile.

Demonio hizo gala de toda su experiencia halagándola y

haciéndole comentarios burlones pero elegantes, todo en su justa medida, la del redomado libertino que era. Cuando sus manos se encontraban y sus cuerpos casi se rozaban, ella sonreía, pero no centelleaba. Cualquiera que los observara, independientemente de la distancia a la que se encontrase, no vería en ella más que a una joven dama respondiendo de forma predecible a los avances de un experimentado mujeriego.

Que era justo lo que Demonio quería que viesen.

Al término del baile, Demonio realizó una elegante reverencia y entregó a Flick a su corte de admiradores, que aguardaban su turno impacientes. Satisfecho por haber soportado lo peor de la noche y haberle sacado el máximo provecho, se retiró al fondo de la sala.

Gabriel y Lucifer acudieron a su lado.

—¿Por qué hacemos esto? —masculló Lucifer, malhumorado—. Amanda me ha dicho de todo, la muy arpía. Sólo porque he insistido en bailar el vals con ella.

—A mí me ha tratado con total frialdad —explicó Gabriel—. No recuerdo cuándo fue la última vez que bailé con un iceberg. Si es que lo he hecho alguna vez. —Miró a Demonio antes de añadir—: Si esto es un avance de lo que nos depara la nueva temporada, creo que me iré de vacaciones.

Como Demonio, concentrado en la multitud danzante, no dijo nada, Gabriel siguió su mirada y vio cómo cortejaban a Flick.

—Vaya —murmuró Gabriel—. No te he visto bailando el vals, primo.

Demonio no apartó la vista.

—Estaba ocupado.

—Ya me he dado cuenta, discutiendo el destino de las legiones romanas, sin duda.

Demonio sonrió y, aunque con renuencia, desvió su atención de Flick, que no dejaba de charlar animadamente. Se desenvolvía en sociedad como pez en el agua.

—En realidad... —al oír el tono de voz que empleaba sus primos lo miraron con curiosidad—, estoy investigando un delito. —Les hizo un resumen de lo acontecido en Newmarket, y les contó todo cuanto sabía de las carreras amañadas y la organización, y lo que sospechaba sobre quiénes eran realmente.

—Cientos de miles —repitió Gabriel—. Tienes razón, ese dinero tiene que dejar algún rastro.

—Pero —repuso Lucifer— no necesariamente donde estás buscando. —Demonio arqueó una ceja, invitándolo a seguir—. Puede que estén en colecciones, de joyas sería lo más evidente, pero también las hay de cuadros y de otros objetos artísticos.

—Tú podrías investigarlo.

—Lo haré, pero si ésas son las cantidades que tendrían que haber estado apareciendo en los últimos meses, yo ya me habría enterado. —Lucifer hizo una mueca—. A pesar de que es una posibilidad, dudo que ese dinero haya ido a parar a colecciones de arte.

Demonio asintió y vio que Gabriel se había quedado inmóvil, con la mirada perdida.

—¿Qué pasa?

Gabriel volvió de su trance.

—Me preguntaba si... —Se encogió de hombros—. Tengo amigos que podrían saber si ese dinero ha cambiado de manos de forma clandestina. Haré correr la voz. Y si Montague se ocupa de la parte legítima del mundo de los negocios, nosotros deberíamos cubrir todas las calles de la ciudad.

Demonio asintió con la cabeza.

—Lo cual nos deja una extensa área por cubrir.

—Sí —convino Lucifer—, nuestro propio territorio, sin ir más lejos.

—Bueno... —Gabriel enarcó una ceja—. Así que tendremos que aguzar el oído por si hay algo inusual: tías abuelas de las que nadie ha oído hablar que mueren de repente, antiguos jugadores que resucitan de pronto, etcétera.

—Cualquier cosa que se salga de lo común. —Demonio asintió enérgicamente y volvió a fijar la mirada en Flick.

Lucifer y Gabriel murmuraron unas palabras entre ellos y entonces una rubia enfundada en un vestido de seda verde atrajo la atención de Lucifer, quien se fue tras ella. Al cabo de un momento, Gabriel tiró a Demonio de la manga.

—No me muerdas ni hagas rechinar los dientes, pero voy a tener unas palabras con tu preciosidad de la melena de oro.

Demonio frunció el ceño: el clan Cynster nunca interfería en los asuntos de los otros. Además, Gabriel no le preocupaba.

Pero estaba intranquilo. La descripción que acababa de hacer Gabriel le había dado razones suficientes para estarlo: Flick destacaba, aun entre una multitud. Su cabellera dorada atraía todas las miradas, y sus angelicales rasgos las mantenían clavadas en ella. A la luz del sol, tenía el pelo de un oro refulgente; bajo las arañas de cristal relucía aún más, sus destellos dorados eran mucho más llamativos que los de los tirabuzones rubios y claros de las gemelas.

Atraía la atención dondequiera que estuviese, dondequiera que fuese, lo cual era un problema... para él: no quería que ella lo supiese.

Su franqueza era una de las cosas que más le gustaba de ella, la sinceridad absoluta de su alegría, sus sentimientos, cincelados en su rostro a la vista de todo el mundo. No se avergonzaba de sus sentimientos, y tampoco le asustaban, de ahí que los mostrara de forma tan abierta y directa. Con sinceridad y precisión.

Y eso representaba un problema para él.

Cuando estaban cerca y Flick lo miraba a los ojos, Demonio veía brillar literalmente en su rostro la conexión sensual que ambos compartían. El ansia insoportable, la impaciencia sensual, su entusiasmo y su vehemencia, y también su experiencia, se reflejaban con demasiada claridad. Lo había visto en el parque, la semana anterior, y también esa misma noche, antes del baile, en casa de su madre. Ante tal visión, una oleada de calor lo cubría de la cabeza a los pies, una vorágine de emociones le recorría todo el cuerpo, y lo último que quería era que esa sensación se desvaneciese. Y, a pesar de todo...

Flick era demasiado madura, demasiado serena para imaginar que estaba simplemente encandilada. Cualquiera que presenciase sus reacciones ante la presencia de Demonio descartaría que respondieran a un encandilamiento; lo que creerían era la verdad, que ya habían mantenido relaciones, él, un libertino de dilatada experiencia y ella, una jovencita inocente.

Demonio estaba convencido de que toda la culpa, si es que había que echarle las culpas a alguien, debía recaer enteramente sobre él. La sociedad, por desgracia, no lo vería así.

La reputación de Flick quedaría mancillada para siempre, ni siquiera el respaldo de los Cynster la protegería. A él no le importaba lo más mínimo, pues se casaría con ella de inmediato, pero sería demasiado tarde; a pesar de que con el tiempo las habladurías cesarían, aquello nunca se olvidaría. Su reputación quedaría destruida para siempre y nunca sería bien recibida en determinados círculos.

Por supuesto, no habrían tenido ningún problema si Flick se hubiese casado con él antes de haber ido a Londres, o incluso si se hubiera limitado a acceder a casarse; así, al menos, podían haber hecho un anuncio oficial de compromiso. Si hubiesen sido ésas las circunstancias, la sociedad londinense habría hecho la vista gorda. Sin embargo, ahora ella estaba allí, bajo la tutela de su madre, interpretando el papel de una jovencita virtuosa. La alta sociedad, dado el caso, sería despiadada, se complacería en serlo.

Al verla charlar y reír tan animadamente, sin ninguna preocupación, fantaseó con la idea de reunirse con ella al día siguiente, a solas, y explicarle la cuestión en todas sus dimensiones. Al principio tal vez no le creería, pero recurriría a su madre, e incluso a sus tías, para que corroborasen sus palabras. Ellas no se horrorizarían, pero Flick sí. Estaba seguro de que entonces aceptaría casarse con él de inmediato.

Y ¿acaso no era eso lo que él quería?

Frunciendo los labios, se removió incómodo y se preguntó desde cuándo los deseos de una mujer, sus sentimientos y sus emociones inexplicablemente femeninas se habían vuelto tan importantes para él, y por qué. Era una pregunta sin respuesta, pero un hecho innegable. Así pues, no podía presionarla para que aceptase casarse con él.

Se incorporó e inspiró hondo. Si le decía que cuando se veían la expresión de su rostro era demasiado reveladora, tal vez reconocería el peligro y accedería a casarse solamente para evitar el escándalo. Pero eso no era lo que Demonio quería. Quería de ella un compromiso verdadero, un compromiso con él y con un futuro juntos, no una aceptación forzada por las imposiciones de la sociedad.

Si Flick accedía al matrimonio sin conciencia de sus implicaciones más profundas, entonces trataría de ocultar, de disimular, su espontaneidad. Y tal vez lo lograría.

Y Demonio tampoco quería eso: ya había tenido suficiente trato con mujeres que fabricaban sus emociones de manera artificial, y a quienes en realidad no les importaba nada ni nadie. La alegría transparente de Flick era algo valiosísimo para él, lo había sido desde el primer momento. No soportaba la idea de ver menguar el brillo de sus ojos, aunque fuera por una razón justificada.

Lo cual significaba... que iba a tener que encontrar alguna otra forma de protegerla.

La observó mientras bailaba al son de una nueva pieza, riendo alegremente, aunque sin aquella chispa especial que reservaba sólo para él. Pese a sus preocupaciones, pese a la ironía, esbozó una sonrisa al verla. Mientras se paseaba por la sala, con los ojos clavados en ella —su deleite, su deseo—, pensó en la mejor manera de proteger su buen nombre.

Parte de su plan era un paseo por el parque. Sencillo y eficaz, y ella no sabría lo bastante para darse cuenta de lo que Demonio estaba haciendo. Llegó a Berkeley Square bien temprano. Haciendo caso omiso de la mirada cómplice de

Highthorpe, subió las escaleras que llevaban al salón privado de su madre, llamó una sola vez y entró.

Sentada en la *chaise-longue*, con unos anteojos apoyados en la nariz, su madre levantó la vista y sonrió. Tal como esperaba, estaba repasando las invitaciones de la mañana. Flick, sentada en una otomana delante de ella, la estaba ayudando.

—Buenos días, Harry. ¿A qué debemos este placer? —Se retiró los anteojos y levantó ligeramente la cabeza para que le diera un beso.

Demonio cumplió con diligencia e hizo caso omiso de su mirada burlona. Incorporándose, se volvió hacia Flick, quien ya se había puesto de pie.

—He venido a preguntarle a Felicity si le apetece dar un paseo por el parque.

Los ojos de Flick se iluminaron y una sonrisa transformó su rostro.

—Eso sería maravilloso. —Dio un paso adelante y le tendió la mano.

Demonio la tomó entre las suyas y mantuvo a Flick a una distancia prudente, sofocando la necesidad de atraerla más cerca o de permitir que se acercase. La miró a la cara por un instante y se empapó de su entusiasmo contagioso. A continuación, bajando la mirada, esbozó una sonrisa cortés y la acompañó a la puerta.

—Hace un poco de brisa, vas a necesitar tu chaqueta.

Ni por una sola fracción de segundo se desprendió de su máscara; Flick parpadeó, y luego su sonrisa se desvaneció levemente.

—Sí, claro. —Se volvió hacia Horatia—. Si le parece bien, señora.

—Por supuesto, querida. —Horatia sonrió e hizo un ademán para que se marchara. Flick se inclinó con reverencia y salió.

Si Demonio albergaba todavía alguna duda acerca de la amenaza que suponía el revelador semblante de Flick, se disipó por completo en cuanto captó la férrea mirada de su madre. En cuanto la puerta se cerró a espaldas de Flick, Horatia le lanzó una mirada inquisitiva y reprobatoria, potencialmente severa, pero la pregunta para la que deseaba una respuesta no era una pregunta que pudiera atreverse a formular.

Al fin y al cabo, no era más que una proposición para dar un paseo por el parque.

Mientras la confusión se agolpaba en la mirada de Horatia, Demonio inclinó la cabeza con su naturalidad habitual.

—Me reuniré con Felicity abajo, tengo que traer los caballos. —Sin interceptar la mirada afilada de Horatia, se volvió y logró escabullirse.

Flick no lo hizo esperar: bajó las escaleras dando saltos mientras él descendía con más calma. El desprecio que sentía Flick por la costumbre femenina de pasar largo rato acicalándose les proporcionó un insólito momento a solas. Demonio sonrió con naturalidad, aliviado por poder desprenderse de su máscara por un momento: la tomó de la mano, se la llevó a su brazo y la atrajo hacia sí.

Ella rió con dulzura, complacida y, con una sonrisa exuberante, se volvió hacia él. Demonio percibió el leve temblor que recorrió su cuerpo, sintió que sus nervios se tensaban, que se le aceleraba la respiración, y percibió la oleada de tensión que la recorrió de arriba abajo cuando sus cuerpos se rozaron aquel instante. Los ojos de Flick se abrieron y su pupilas se dilataron, sus labios se separaron... todo su rostro se dulcificó y centelleó.

Aun en la penumbra de las escaleras, era imposible no percibir la sensualidad que se ocultaba tras aquella cascada de emociones. Demonio la había instruido demasiado bien, y ahora estaba tan deseosa como él. La tentación de estrecharla entre sus brazos, de ladearle la cabeza y besarla con fuerza no lo había invadido nunca con tal intensidad. El deseo nunca se había mostrado tan implacable con él.

Demonio, casi sin aliento, bajó la cabeza... y vio a Highthorpe junto a la puerta. Se detuvo, retrocedió de forma imperceptible y volvió a colocarse la máscara de indiferencia.

—Vamos, los caballos estarán refrescándose.

Ella percibió su tensión, pero enseguida vio a Highthorpe. Asintió con la cabeza y bajó las escaleras a su lado.

Después de abandonar la casa y de ayudar a Flick a subir a la calesa, Demonio dispuso de todo el trayecto hasta el parque para recuperar totalmente el control. Flick permaneció en silencio —de hecho nunca le había gustado hablar por hablar—, pero el placer que le procuraba haber salido con él se reflejaba en su rostro, y era evidente para todo el mundo. Por fortuna, la calesa era lo bastante amplia para que Demonio hubiese podido sentarse a una distancia prudente de Flick, de modo que su expresión era de simple felicidad, nada más.

—¿Has escrito ya a Dillon? —Tiró de las riendas con movimiento hábil para que los caballos traspasaran la verja del parque.

—Sí, esta mañana. Le he dicho que a pesar de que hemos perdido a Bletchley temporalmente, estamos seguros de que daremos con él de nuevo y que, mientras tanto, estamos siguiendo la pista del dinero obtenido con las carreras amañadas. —Con la mirada perdida, Flick arrugó la frente—. Espero que eso lo mantenga en la casa en ruinas. No queremos que crea que lo hemos abandonado y que se ponga a investigar por su cuenta y riesgo. Seguro que lo atraparían.

Demonio la miró, y luego desplazó la vista hacia delante.

Los carruajes de las *grandes dames* aparecieron delante de ellos, flanqueando la avenida.

—He estado pensando en enviar a *Flynn* a Doncaster. ¿Cómo crees que le sentaría la nueva pista?

—¿Doncaster? —Flick apretó los labios, y luego se dispuso a ofrecerle una animada respuesta.

No le costó conseguir que Flick siguiera hablando, analizando, comentando y discutiendo mientras veían pasar los elegantes carruajes. Demonio dudaba que se hubiese fijado en las distinguidas y respetables damas que ocupaban sus interiores y que los observaban sin disimulo, y, desde luego, no se había percatado del interés que con su presencia había suscitado, ni de las elocuentes miradas de aprobación que se intercambiaban las damas de mayor edad. Cuando aquellas mujeres, cuyas opiniones controlaban las reacciones de la alta sociedad en general, inclinaban sus cabezas con aire distinguido, Demonio respondía con una sofisticación que confirmaba las sospechas de éstas. Flick, sin pestañear, también inclinaba la cabeza, imitándolo distraídamente, ajena a la reveladora imagen que ofrecía siguiendo su ejemplo y actuando según sus indicaciones.

—Si hablas en serio sobre lo de entrenar a *Flynn* para las carreras de obstáculos —dijo ella para concluir—, vas a tener que trasladarlo a Cheltenham.

—Bueno, sí, tal vez.

Cuando dirigió a los caballos de nuevo hacia las verjas, Demonio experimentó una sensación de triunfo. Lo había conseguido, había hecho su declaración, aunque de manera tácita. Todas y cada una de las matronas junto a cuyo coche de caballos habían pasado la había oído, alto y claro.

Y eso, por asombroso que pudiese parecerle, no había hecho mella en su susceptibilidad masculina; de hecho, sentía un alivio inconmensurable por haberlo proclamado de una forma tan definitiva: todas las damas importantes de la alta sociedad londinense sabían ahora que tenía la intención de casarse con la señorita Felicity Parteger. Todas darían por hecho que habían llegado a alguna clase de acuerdo y, lo más importante, las buenas señoras verían del todo correcto que él, siendo mucho mayor que ella y teniendo mucha más experiencia, se hubiese declarado a ella de este modo y luego le permitiese disfrutar de la temporada de bailes sin necesidad de retenerla a su lado.

Ahora nadie se extrañaría de que mantuviese una distancia prudente entre ambos.

—Te llevaré de vuelta a Berkeley Square, y luego pasaré por el despacho de Montague a ver qué ha averiguado.

Flick asintió y la luz de sus ojos empezó a extinguirse.

—Cómo pasa el tiempo...

17

Sí, el tiempo pasaba, pero no con la rapidez que Flick hubiese deseado. Al cabo de cuatro días, por la tarde, Flick iba sentada entre las sombras del carruaje de lady Horatia tratando de no sentirse tan abatida. Cualquier otra jovencita estaría divirtiéndose enormemente, atrapada en el frenético torbellino de actividad. Había ido a Almack's a bailes, a fiestas, a veladas musicales y a *soirées*. ¿Qué más podía desear?

La respuesta iba sentada en el asiento de enfrente, vestido de negro como de costumbre. Cuando el vehículo traqueteaba, sus hombros oscilaban. Flick veía su pelo claro y el óvalo pálido de su rostro, pero no le veía las facciones. Pese a ello, las suplía con su imaginación: se habría puesto su máscara social habitual. Extremadamente cordial, con un toque de altanería displicente, aquella máscara transmitía una suave indiferencia. No permitía que asomase el más leve indicio de interés, sensual o de cualquier otra clase.

Flick se preguntaba cada vez con más frecuencia si dicho interés seguía existiendo.

Prácticamente nunca veía a Demonio durante el día. Desde aquel paseo en coche por el parque, no había vuelto a ir a la casa ni había aparecido para pasear con ella por los jardines. Suponía que debía de estar ocupado con otros asuntos, pero no esperaba que la hubiese traído hasta allí para luego dejarla tan sumamente sola.

De no ser por la amistad de las gemelas y el cariño de su

familia, estaría perdida, se sentiría tan sola como cuando habían muerto sus padres.

Y, pese a todo, seguía teniendo la certeza de que él todavía quería casarse con ella, que todo el mundo esperaba que pronto contraerían matrimonio. Las palabras que les había dicho a las gemelas la atormentaban: ella había elegido, pero todavía tenía que declarar su elección. Si ésta suponía llevar una vida como aquélla, no estaba segura de poder soportarlo.

El vehículo se detuvo, dio una sacudida hacia delante y volvió a detenerse, esta vez bajo el pórtico bien iluminado de Arkdale House. Demonio estiró sus largas piernas, la portezuela se abrió y él descendió; se volvió y ayudó a Flick a bajar del carruaje, y luego a su madre. Horatia se alisó la falda del vestido, se ahuecó el pelo, tomó el brazo que le ofrecía el mayordomo y entró en la casa, dejando que Demonio se encargara de acompañar a Flick.

—¿Vamos?

Flick lo miró, pero una vez más no vio más que su máscara. Su voz transmitía la misma indiferencia. Con cortesía extrema, le ofreció su brazo y ella, inclinando la cabeza, lo aceptó.

Flick mantuvo una dulce sonrisa en los labios mientras franqueaban el umbral y ascendían por la majestuosa escalera... y trató de no pensar en la rigidez de Demonio, en el brazo que sostenía, doblado en ángulo recto a una cierta distancia de su cuerpo. En los días anteriores siempre había sido así, ya nunca la atraía hacia sí, como si fuese alguien especial para él.

Saludaron a lady Arkdale y luego siguieron a Horatia hasta una *chaise* que había junto a la pared. Demonio le pidió de inmediato que le reservara el primer cotillón y la primera danza de figuras que hubiese después de la cena, y luego se mezcló entre la multitud.

Reprimiendo un suspiro, Flick mantuvo la cabeza erguida. Siempre ocurría lo mismo: la acompañaba diligentemente a todos los bailes, pero lo único que conseguía de cada encuentro era entrar agarrada de su brazo, bailar con él un cotillón distante y una danza de figuras aún más distante, cenar rodeada de admiradores, encontrarse furtivamente con sus ojos entre la multitud muy de vez en cuando y luego salir de allí agarrada de su brazo de nuevo. ¿Cómo iba alguien a imaginar que había algo entre ellos, algo que pudiese hacer pensar en un posible matrimonio? No lograba entenderlo.

La marcha de Demonio era la señal para que acudieran a ella todos sus admiradores. Dando a su rostro la expresión complacida de rigor, se preparó para entablar conversación con los jóvenes caballeros que, si ella quería, caerían rendidos a sus pies.

La velada transcurrió como de costumbre, como todas las que le habían precedido.

—¡Tenga cuidado!

—¡Huy! ¡Lo siento! —Flick se ruborizó, apartó los pies rápidamente y dedicó una sonrisa de disculpa a su pareja de baile, un joven muy apuesto, lord Bristol. Se balanceaban al compás de un vals, pero por desgracia bailar con alguien que no fuese Demonio resultaba para Flick una tortura más que un placer: cuando no bailaba con él, no podía dejar de mirarlo mientras conversaba con otras personas, de pie junto a la pista de baile.

Era una costumbre horrible, la detestaba y se regañaba a sí misma constantemente, pero todo era inútil. Si estaba allí, sus ojos iban detrás de él sin remedio; no podía evitarlo. Por fortuna, los salones solían ser muy espaciosos y siempre había un montón de gente, por lo que en la mayoría de los casos no lograba verlo más que un momento. Sus parejas de baile no parecían darse cuenta de su fijación. Aun cuando les pisaba los pies.

Con el corazón encogido, se dijo a sí misma que debía

concentrase, que debía prestar atención. Detestaba el sabor que su absurdo comportamiento le dejaba en la boca. Una vez más volvía a ser aquella chiquilla que bebía los vientos por él y se asomaba entre los barrotes de la baranda para verlo. Su ídolo, el único hombre que quería pero que estaba fuera de su alcance. Cada vez estaba más convencida de que seguía estando fuera de su alcance.

No le gustaba mirarlo, pero no dejaba de hacerlo, compulsivamente. Y lo que veía no le hacía ninguna gracia. Siempre había alguna mujer a su lado, de forma inevitable, alguna dama de belleza extraordinaria, ladeando la cabeza mientras lo miraba a los ojos, deshaciéndose en sonrisas cada vez que él le hacía algún comentario atrevido. Sólo necesitaba un rápido vistazo para hacerse una composición de lugar: los gestos elegantemente lánguidos, los comentarios ocurrentes, el arqueo arrogantemente seductor de una ceja...

Las mujeres se acercaban a él, y él dejaba que se le acercasen. Algunas incluso lo agarraban del brazo, de los hombros, con sus manos blancas, apoyándose en él mientras las embelesaba y las provocaba con las cautivadoras artimañas que ya nunca empleaba con ella.

No entendía por qué seguía mirándolo, fustigándose a sí misma de aquella manera... pero lo hacía.

—¿Cree usted que mañana volverá a hacer buen tiempo?

Flick volvió a concentrarse en lord Bristol.

—Supongo que sí. —El cielo llevaba una semana de un azul radiante.

—Esperaba que pudiese hacerme el honor de acompañarnos a mí y a mis hermanas a una excursión a Richmond.

Flick esbozó una sonrisa amable.

—Gracias, pero me temo que lady Horatia y yo tenemos comprometido todo el día de mañana.

—Oh... Sí, por supuesto. Sólo era una idea.

La sonrisa de Flick se tiñó de melancolía... y deseó que fuese Demonio quien se lo hubiese propuesto. No le importaba lo más mínimo el ajetreo constante de entretenimientos y le habría gustado hacer una excursión a Richmond, pero no podía permitir que lord Bristol creyera que tenía posibilidades con ella.

La cena ya había tenido lugar: Demonio había acudido a reclamarla con indiferencia, la había escoltado con paso rígido al comedor y luego se había sentado a su lado, y no había pronunciado una sola palabra mientras su corte de admiradores trataba por todos los medios de agasajarla. Aquel vals había tenido lugar inmediatamente después y ella había seguido los movimientos sin pensar, esperando que las vueltas incesantes la pusiesen de nuevo en disposición de ver a su obsesión. Demonio estaba de pie al fondo de la sala.

Entonces lord Bristol la hizo girar repentinamente. Ella pudo ver a Demonio... y soltó un grito ahogado. Alejándose mientras giraba, tomó aliento y trató de disimular su estupor. Le costaba respirar y sentía verdadero dolor.

¿Quién diablos era la mujer que se había abalanzado sobre él? Era extraordinariamente hermosa: llevaba sus cabellos negros recogidos, coronando un rostro exquisito, y su cuerpo insinuaba unas curvas absombrosamente sinuosas. Y todavía había algo aún peor: la empalagosa proximidad que había entre ambos, la forma en que ella lo miraba a los ojos, evidenciaba el tipo de relación que los unía.

Completamente ajeno a esta escena, lord Bristol la hizo girar de nuevo. Menguó su desconcierto y se aplacaron los celos salvajes e insoportables que se habían apoderado de ella. Estaba un poco mareada.

La música empezó a desvanecerse y el baile terminó. Lord Bristol la soltó y ella estuvo a punto de tropezar, recordando en el último momento que todavía debía hacer la reverencia de rigor.

Flick sabía que estaba pálida, sentía que temblaba por dentro. Dedicó una sonrisa débil a lord Bristol.

—Gracias —dijo, y se perdió entre la multitud.

No sabía que Demonio tenía una amante.

No dejaba de repetir aquella palabra para sus adentros, una y otra vez. Cuando se adentró a ciegas en la muchedumbre, el instinto vino en su auxilio y se dirigió hacia un grupo de palmeras. No tenían ninguna hornacina detrás, pero encontró refugio en la sombra que las largas hojas proyectaban sobre la pared.

No se cuestionó ni por un momento la veracidad de sus sospechas; sabía que estaba en lo cierto. Lo que no sabía era qué debía hacer. Nunca en su vida se había sentido tan perdida.

El hombre al que acababa de ver entornando los ojos mientras intercambiaba comentarios subidos de tono con su amante no era el mismo que había conocido en Newmarket Heath, no era el hombre a quien tan gustosamente se había entregado en el mejor dormitorio de la posada de The Angel.

No podía pensar... algunas piezas encajaban, pero no lograba ver todo el conjunto.

—Ahora mismo no la veo, pero es un encanto. Una buena elección. Ahora que Horatia la ha tomado bajo su tutela, sin duda todo irá como es debido.

Las palabras procedían del otro lado de las palmeras y había en ellas un tono de aprobación matriarcal. Flick parpadeó.

—Mmm... —dijo una segunda voz—. Bueno, no se le puede acusar de estar perdidamente enamorado, ¿no te parece?

Flick miró a hurtadillas entre las hojas irregulares: dos damas de edad algo avanzada estaban apoyadas en sus bastones, examinando el salón de baile.

—Como tiene que ser —entonó la primera—. Estoy segura de que es tal como dijo Hilary Eckles: ha tenido el buen tino de reconocer que ha llegado el momento de tomar una esposa y ha escogido bien. Una chica bien educada, pupila de un viejo amigo de la familia. No es un matrimonio por amor ¡y eso es bueno!

—Y que lo digas —convino la segunda, asintiendo enérgicamente—. Son tan agotadores emocionalmente esos matrimonios por amor... La verdad es que no consigo verles el sentido.

—¿Sentido? —se mofó la primera—. No se lo ves porque no lo tienen, no tienen ninguno. Por desgracia, es la última moda.

—Ya... —La segunda anciana hizo una pausa y a continuación, con aire de perplejidad, añadió—: Es extraño que un Cynster no siga la moda, sobre todo en ese aspecto.

—Cierto, pero al parecer el hijo de Horatia es el primero que tiene la cabeza bien puesta. Puede ser un demonio, pero con respecto a esto ha demostrado tener un sentido común extraordinario. Bueno —exclamó, levantando las manos al cielo—, ¿y dónde estaríamos nosotras si nos hubiésemos dejado guiar por el amor?

—Exacto. Ahí está Thelma. Vamos a ver qué piensa.

La dos mujeres se marcharon, apoyándose con fuerza en sus bastones, pero Flick ya no se sentía segura detrás de las palmeras. La cabeza todavía le daba vueltas y no se encontraba demasiado bien. La sala de estar le pareció la mejor opción.

Se deslizó entre la gente, tratando de evitar las caras conocidas, sobre todo las de los Cynster. Al llegar a la puerta del pasillo, se adentró en las sombras. Una sirvienta se levantó de un salto de un taburete y la condujo a la sala que habían dispuesto para que las señoras pudieran refrescarse.

La iluminación de la sala era desigual: allí donde las paredes estaban recubiertas de espejos reinaba la claridad; el otro extremo de la sala, en cambio, estaba en penumbra. Flick aceptó el vaso de agua que le ofreció la sirvienta y fue a refugiarse en la penumbra. Se quedó un buen rato allí sentada, tomando sorbos de agua. Entraron y salieron otras damas, pero nadie advirtió su presencia. Empezó a encontrarse mejor.

Entonces la puerta se abrió y entró la amante de Demonio. Una de las mujeres que estaba acicalándose frente al espejo la vio y, sonriendo, se volvió hacia ella.

—¡Celeste! ¿Cómo va tu conquista?

Celeste se había detenido con gesto teatral junto a la puerta; llevándose las manos a sus voluptuosas caderas, examinó la sala y detuvo la mirada apenas un instante en Flick, para luego mirar a su amiga. Sonrió con una expresión impregnada de sensualidad femenina.

—¡Pues va bien, *cherie*, va bien!

La mujer que estaba frente al espejo se echó a reír, y las demás también sonrieron.

Con unos andares que atraían todas las miradas en sus caderas abundantes, su cintura de avispa y sus pechos turgentes, Celeste cruzó la habitación. Se detuvo delante de un largo espejo y, con las manos en las caderas, examinó su imagen con mirada crítica.

Tras intercambiar miradas y cejas enarcadas, las demás señoras se fueron; todas, excepto Celeste y su amiga, quien se estaba pintando los labios con gran destreza.

—Supongo que has oído —murmuró la amiga de Celeste— los rumores de que va a casarse.

—Ajá —contestó Celeste. En el espejo, sus ojos buscaron los de Flick—. Pero ¿por qué iba a preocuparme eso? Yo no quiero casarme con él.

Su amiga se rió.

—Ya sabemos lo que tú quieres, pero puede que él tenga otras ideas, al menos una vez se haya casado. Al fin y al cabo, es un Cynster.

—No lo entiendo. —Celeste hablaba con acento, pero Flick no lograba identificar qué clase de acento era; lo único que sabía era que con un acento así la voz parecía más sensual, más evocadora—. ¿Qué importa cómo se llame?

—No es su nombre, es su familia. Ni siquiera eso, sino... Bueno, todos han demostrado ser increíblemente fieles como maridos.

Celeste hizo un mohín y ladeó la cabeza y, bajo sus pestañas, sus ojos centellearon. Inclinó el cuerpo hacia el espejo, muy despacio, acariciando con los dedos el contorno de sus curvas y el pronunciado escote que ahora quedaba plenamente al descubierto. A continuación se incorporó, levantó los brazos con aire elegante y se dio media vuelta para examinar su trasero, que aparecía soberbio bajo el satén. Luego miró a Flick.

—Me parece —murmuró— que éste será la excepción.

Aunque se encontraba peor que cuando había entrado en aquella sala, Flick se levantó. Haciendo acopio de unas fuerzas que sabía que no poseía, llegó hasta la mesa que había junto a la puerta y, con mano temblorosa, dejó allí el vaso de agua. El sonido llamó la atención de la amiga de Celeste, y justo antes de desaparecer por la puerta, aún Flick tuvo tiempo de ver un rostro horrorizado y de oír una expresión de lamento:

—¡Oh, Dios mío!

La puerta se cerró y Flick se quedó de pie en el pasillo. Sintió el impulso de salir huyendo, pero ¿cómo podía marcharse? ¿Adónde iría? Inspiró hondo, contuvo el aliento y levantó la barbilla. Desafiando al vértigo que se había apoderado de ella, negándose a pensar en las palabras que acababa de escuchar, se dirigió de vuelta al salón de baile.

Cuando todavía no había avanzado ni tres pasos, una figura apareció de entre las sombras.

—¡Ahí estás, jovencita! Llevo horas buscándote.

Flick parpadeó y reconoció el rostro ajado de su tía Scroggs. Aferrándose a los últimos vestigios de su dignidad hecha jirones, hizo una reverencia.

—Buenas noches, tía. No sabía que estaba usted aquí.

—¡No me extraña! Has estado demasiado ocupada con todos esos jóvenes moscones que te rodean, que es precisamente de lo que quiero hablarte. —Tomándola del codo, Edwina Scroggs miró hacia la sala del tocador de señoras.

—Hay señoras ahí dentro. —Flick no podía soportar la

idea de volver a entrar allí, y mucho menos de tener que dar explicaciones al respecto.

—¡Vaya! —Mirando a su alrededor, Edwina la llevó a un lado, junto a una pared de la que colgaba un enorme tapiz—. Entonces tendremos que hablar aquí mismo. Por lo menos aquí no hay nadie.

Al oír el comentario, Flick sintió un escalofrío: estaba temblando por dentro. Lady Horatia la había ayudado a localizar a su tía y Flick había ido a visitarla los primeros días de su estancia en Londres. Sin embargo no había más que obligación familiar entre ambas, pues su tía se había casado con alguien de una clase social inferior a la suya y ahora vivía como una viuda avara, a pesar de estar medianamente acomodada.

Los padres de Flick le habían entregado un dinero a Edwina Scroggs para que cuidara de ella el corto tiempo que tenían previsto estar fuera. Cuando llegaron las noticias de su muerte, la señora Scroggs aseguró que no podía hacerse cargo de una niña de siete años y la arrojó, literalmente, a los brazos de unos parientes lejanos. Por suerte, el general estuvo allí para acogerla.

—Quiero hablarte de todos esos jóvenes que tienes merodeando a tu alrededor y husmeando entre tus faldas. —Edwina se le acercó y le susurró—: Olvídate de ellos, ¿me oyes? —Vio la mirada perpleja de Flick—. Es mi deber llevarte por el buen camino, y no lo estaría haciendo si no te lo dijese a la cara. Estás viviendo en casa de los Cynster, y corre la voz de que su hijo se ha fijado en ti. —Edwina se le acercó aún más. A Flick le costaba trabajo respirar—. Mi consejo, señorita, es que te asegures de que siga interesado en ti. Eres una chica lista, y esta ocasión es demasiado buena para que la desaproveches. Su familia es una de las más acaudaladas del país, pero pueden ser un poco altaneros, así que sigue mi consejo y hazte con ese anillo lo más rápidamente que puedas. —A Edwina le brillaron los ojos—. Parece ser que los Cynster son muy impacientes, que siempre están dispuestos a conseguir lo que quieren cuanto antes. Esa casa es lo bastante grande, no debe de resultar difícil encontrar una habitación donde...

—¡No! —Flick apartó a su tía de un empujón y salió a todo correr por el pasillo.

Se detuvo justo en el haz de luz que se colaba por la rendija de la puerta del salón de baile. Haciendo caso omiso de la expresión de sorpresa que vio en la mirada de la sirvienta, se llevó una mano al pecho, cerró los ojos e hizo un gran esfuerzo por respirar. Por contener aquellas estúpidas lágrimas. Por apaciguar aquel martilleo que retumbaba en el interior de su cabeza.

«Los Cynster son muy impacientes, siempre están dispuestos a conseguir lo que quieren cuanto antes.»

Intentó tomar aire dos veces, pero ninguna de las dos fue suficiente, y luego oyó que su tía se aproximaba... la tenía cada vez más cerca...

Volvió a tomar aliento, abrió los ojos e irrumpió en el salón de baile...

Y se topó con Demonio.

—¡Oh! —Logró enmudecer el grito y luego agachó la cabeza para que él no le viese la cara.

Con un movimiento reflejo, Demonio la asió con fuerza por los brazos y la sujetó.

Al cabo de un instante, la agarró con más fuerza.

—¿Qué pasa?

Hablaba en un tono extrañamente inexpresivo. Flick no se atrevió a levantar la vista y se limitó a negar con la cabeza.

—Nada.

La sujetó aún con más fuerza, y Flick tuvo la sensación de que un par de grilletes le apretaban los brazos.

—¡Maldita sea, Flick...!

—No me pasa nada. —Se retorció para zafarse de él. Gracias a la complexión de Demonio y al hecho de que estaban justo en la parte interior de la puerta, nadie podía verlos—. Me haces daño —susurró.

Él aflojó la presión de sus dedos de inmediato, pero no retiró las manos de sus antebrazos: aún la sujetaba, pero deslizando las palmas arriba y abajo para tranquilizarla, acariciándole la piel desnuda y los pliegues de seda que formaban las mangas de su vestido. Su roce le recordaba tantas cosas, era tan tentador... De repente sintió unos deseos incontenibles de echarse a llorar y de arrojarse a sus brazos.

Pero no podía hacerlo.

Enderezando el cuerpo, inspiró hondo y levantó la cabeza.

—No me pasa nada —insistió, mirando por encima del hombro de Demonio a las parejas que bailaban en el salón.

Entrecerrando los ojos, Demonio miró hacia las sombras del pasillo.

—¿Qué te ha dicho tu tía para que estés tan disgustada? —Hablaba en tono contenido, demasiado contenido. Sus palabras sonaron mortíferas, que era exactamente como Demonio se sentía.

Flick meneó la cabeza de nuevo.

—¡Nada!

Demonio intentó escudriñar su rostro, pero ella rehuyó sus ojos. Estaba blanca como el papel y... frágil, ésa fue la palabra que le acudió a la mente.

—¿Ha sido uno de esos perritos falderos, los que siempre andan detrás de ti? —Si así era, los mataría.

—¡No! —Le lanzó una mirada cargada de veneno y apretó la mandíbula—. No ha sido nada.

El esfuerzo que estaba haciendo por recuperar la compostura era evidente. Él no se movió: mientras estuviese delante de ella, quedaría oculta a las miradas de los curiosos.

—No ha sido nada —repitió ella con más calma.

Estaba temblando, más por dentro que por fuera, Demonio podía percibirlo. Sintió el impulso de arrastrarla a alguna habitación vacía donde pudiera arroparla con sus brazos, vencer su resistencia y averiguar qué le había pasado... pero no podía confiar en sí mismo si se quedaba a solas con ella. No en su estado actual. Antes ya le había costado. Pero ahora...

Inspiró hondo y aprovechó los minutos que ella necesitó para tranquilizarse para serenar sus propios nervios destrozados. Y para ahuyentar sus demonios.

La cruz que él mismo había escogido y que tan gustosamente había aceptado llevar había resultado ser mucho más pesada de lo que él esperaba. El hecho de no pasar ni un solo minuto a solas con ella, de no poder estar junto a ella en un salón de baile, estaba acabando con su paciencia. Pero había sido él quien lo había decidido así, y ahora tenía que interpretar su papel y seguir el guión que él mismo había escrito. Por el bien de ella, para protegerla, tenían que guardar las distancias.

Aquella sentencia ya era bastante difícil de soportar, no necesitaba problemas adicionales. Ya había sido bastante duro tener que obligarse a sí mismo a reprimir todos sus instintos y verla mientras bailaba el vals con otros hombres. Hasta que aceptase casarse con él e hiciesen público el anuncio, no se atrevería a bailar el vals con ella delante de todos. Y, teniendo en cuenta quién era él, un mujeriego sin escrúpulos mucho mayor que ella y con mucha más experiencia, y el hecho de que la inocencia de Flick fuese tan evidente no les permitía ni un solo momento de intimidad, no hasta que estuviesen comprometidos formalmente.

Demonio enderezó el cuerpo, dejó caer los brazos y sintió que ella se estremecía al perder el contacto con su piel. Apretó la mandíbula, inspiró hondo para armarse de paciencia y esperó... aunque no sabía cuánto tiempo más podría esperar. Cada noche, el tormento del vals se hacía más insoportable. Sus anteriores parejas de baile le habían hecho insinuaciones para que se lanzara con ellas al salón, pero no tenía ningún deseo de bailar el vals con ellas. Quería a su ángel y sólo a ella, pero había utilizado a las otras como maniobra de distracción, no para distraerse él, sino a los demás asistentes al baile.

Aquella noche había sido Celeste; casi había conseguido distraerse rechazando a la procaz condesa de una vez por todas y sin rodeos, pues había demostrado que no entendía otra clase de lenguaje. Ofendida, finalmente lo había soltado y se había marchado furiosa, con una rabieta de la que sinceramente esperaba que no se recuperara nunca. Por un momento se había sentido bien, entusiasmado por su éxito... hasta que había levantado la mirada y había visto a Flick en brazos de aquel perrito faldero de la familia Bristol.

Apartó los ojos de ellos y barrió con la mirada el salón de baile. Se estaban formando las parejas para la siguiente danza de figuras, el segundo de los bailes que se permitía bailar con Flick. Por lo que creía, todos sus perritos falderos estaban ya en el centro del salón, así que ¿quién podía haberla disgustado tanto?

Volvió a mirarla; ahora ya estaba más tranquila: sus mejillas habían recuperado algo de su color.

—Tal vez deberíamos caminar un poco en lugar de bailar.

Le lanzó una mirada perpleja.

—¡No! Quiero decir... —Negando enérgicamente con la cabeza, apartó la vista—. No, bailemos. —Parecía haberse quedado sin aliento de repente y Demonio la miró con atención—. Te debo un baile. Está en mi carné de baile. —Inspirando hondo, asintió y añadió—: Eso es lo que quieres de mí, así que vamos a bailar. La música está empezando.

Él titubeó unos instantes y luego, utilizando su garbo para desviar la atención del estado nervioso en que se encontraba Flick, se inclinó y la condujo al centro del salón.

En cuanto tomó su mano entre las suyas, supo que había acertado al ceder: estaba tan tensa, tan frágil que si ejercía un poco de presión sobre ella se haría añicos. Todavía se mantenía entera por pura fuerza de voluntad y lo único que podía hacer él era ofrecerle todo su apoyo.

Era bueno que él estuviese allí con ella. Demonio podía bailar cualquier baile con los ojos cerrados, pero ella sólo había aprendido los pasos en aquellas pocas semanas. Necesitaba concentrarse, pero en ese momento no tenía fuerzas suficientes, de modo que la guió como si estuviera llevando las riendas de una potrilla nerviosa. Durante la mayor parte del baile mantuvieron las manos unidas y, apretándole los dedos, hacia un lado o hacia otro, Demonio la guió en todas las figuras.

Hasta entonces siempre la había visto bailar con acierto, pero en esa ocasión estuvo a punto de tropezar dos veces y chocó con otras dos damas.

¿Qué diablos estaba pasando?

Algo había cambiado, no sólo esa noche sino paulatinamente. La había estado observando muy de cerca y no se equivocaba. Antes había dicha en sus ojos, alegría de vivir, pero se había ido apagando a lo largo de los últimos días. No se trataba del brillo sensual que él intentaba evitar que asomase a sus ojos por todos los medios, sino que era algo más... algo más simple. Siempre había estado ahí, vibrante, en su mirada, pero ahora apenas podía adivinarlo.

La música terminó con una floritura y las parejas de baile se inclinaron e hicieron sus reverencias. Flick se volvió y dejó escapar un suspiro, y Demonio supo que era de alivio. Dudó un momento, le tomó la mano y la depositó encima de su brazo.

—Ven —dijo cuando ella lo miró—, te llevaré con mi madre.

Ella también dudó un instante, y luego accedió con un pequeño movimiento de la cabeza.

No la soltó hasta que la hubo dejado junto a la *chaise* donde su madre estaba charlando. Horatia levantó la vista un segundo, se percató del regreso de Flick y siguió de inmediato con la conversación que estaba manteniendo. Demonio le habría dicho algo si se le hubiese ocurrido algo que decir. Entonces miró a Flick, que seguía rehuyendo sus ojos. Aún estaba muy tensa y no se atrevió a presionarla.

Armándose de valor para la batalla que se libraba en su interior cada vez que la dejaba, inclinó la cabeza con rigidez.

—Ahora te dejo con tus amigos. —Y se fue.

Su corte de admiradores se arremolinó en torno a ella casi de inmediato. Retirándose a una pared cercana, Demonio observó al grupo, pero no consiguió detectar ninguna reacción especial por parte de Flick, ni tampoco supo discernir ninguna amenaza procedente de alguno de sus admiradores. En realidad, parecía tratarlos como a perritos falderos, manejándolos con aire distraído.

Sintió unos deseos irrefrenables de volver allí y echarlos a todos, pero ése era un comportamiento inaceptable. Su madre nunca se lo perdonaría y puede que Flick tampoco. Ni siquiera podía incorporarse a su círculo, pues estaría completamente fuera de lugar entre su corte de jóvenes, sería como un lobo intentando mezclarse entre un grupo de corderos.

La velada, gracias a Dios, tocaba a su fin.

Reprimiendo un gruñido, se obligó a alejarse de allí, a dejar de mirarla como si fuera un lobo hambriento.

Pero el destino aún le tenía reservada una nueva prueba para esa noche. Estaba apoyado en la pared, pensando en Flick, cuando un caballero de la misma elegancia lánguida que él lo vio, le sonrió y se le acercó.

Demonio hizo caso omiso de la sonrisa y lo saludó con gesto hosco.

—Buenas noches, Chillingworth.

—Pues nadie diría que son buenas a juzgar por tu expresión, amigo mío. —Chillingworth miró hacia donde Flick pasaba el rato con un regocijo más aparente que real e intensificó su sonrisa—. Un bocadito delicioso, de eso no hay duda, pero nunca creí que tú, precisamente, acabarías cargando con esta...

Demonio fingió que no entendía.

—¿Esta qué?

—Pues... —Chillingworth volvió la cabeza y lo miró a los ojos—. Esta tortura, por supuesto.

Demonio quiso fulminarlo con la mirada, pero se contuvo. Chillingworth sonrió y volvió a mirar a Flick.

—Diablo, claro está, estaba condenado a pasar por el aro, pero los demás gozabais de mucha más libertad. Vane tuvo el buen tino de aprovecharse de ello y casarse con Patience lejos de este círculo. Richard, a quien siempre he considerado el más sensato, se casó con su bruja salvaje en Escocia, lo más lejos posible de esta absurda locura. Así que... —Mirando a Flick, Chillingworth reflexionó en voz alta—: Me pregunto por qué... por qué demonios te has dejado someter a semejante castigo. —Con un brillo de complicidad divertida en los ojos, miró a Demonio—. Tienes que admitir que no es muy agradable, que digamos.

Demonio no pensaba admitir nada, y mucho menos eso: ni que sus demonios interiores estaban aullando de frustración, que apenas dormía ni comía, ni tampoco que físicamente no sentía ni una sensación remotamente agradable. Miró a Chillingworth de hito en hito y dijo:

—Sobreviviré.

—Mmm... —Los labios de Chillingworth esbozaron una sonrisa radiante—. Tu fortaleza me hace sentir cierta... —se volvió y estudió a Flick— envidia...

Demonio se puso algo tenso.

—Como bien sabes —murmuró Chillingworth—, las jovencitas inocentes nunca han sido mi debilidad. —Volvió a mirar a Demonio y se encontró con una expresión glacial—. Sin embargo, siempre he coincidido con el gusto de tu familia en cuanto a mujeres. —Volvió a mirar a Flick—. ¿Tal vez yo...?

—¡No!

El monosílabo contenía una advertencia letal. Chillingworth se volvió bruscamente y miró a Demonio a los ojos. Por un instante, pese a la elegancia de ambos, había en su enfrentamiento algo primitivo, y la fuerza que resonaba entre los dos era brutal y violenta.

Entonces Chillingworth curvó los labios y un brillo triunfal asomó a sus ojos.

—Tal vez no. —Sonriendo, inclinó la cabeza y se marchó.

Maldiciéndole para sus adentros, Demonio se dijo a sí mismo que no iba a dejarlo que se marchase incólume.

—Si Diablo estaba condenado, y lo estaba, entonces tú también lo estarás.

Chillingworth se echó a reír mientras seguía alejándose.

—Oh, no, amigo mío. —Sus palabras llegaron flotando hasta Demonio—. Te lo garantizo, esto nunca me pasará a mí.

—Gracias, Highthorpe. —Después de darle los guantes y el bastón, Demonio avanzó por el pasillo y entró en el comedor de sus padres... Y se detuvo en seco.

Su madre arqueó las cejas.

—Buenos días. ¿Y qué te trae tan temprano por aquí?

Al examinar las sillas vacías alrededor de la mesa, el corazón le dio un vuelco. Demonio había preguntado por su madre dando por sentado que Flick estaría con ella. Volvió a mirar a Horatia y enarcó las cejas.

—¿Y Felicity?

Horatia lo miró con atención.

—Sigue acostada.

Eran más de las diez. Demonio estaba seguro de que Flick se levantaba al alba, daba lo mismo lo tarde que se hubiese acostado la noche antes. Estaba acostumbrada a montar por la mañana temprano, pues los entrenamientos de la mañana comenzaban al amanecer.

Sintió el impulso de pedirle a Horatia que fuese a ver cómo estaba, pero tuvo que reprimirlo porque no se le ocurría ninguna razón sensata para semejante petición.

Horatia lo observaba, esperando a ver si reaccionaba de alguna manera particular. Demonio llegó a considerar la posibilidad de dejar que lo adivinara; no iba a ser muy difícil conseguir que llegase a la conclusión adecuada, pues conocía bien a sus hijos y, sin embargo... Por muy comprensiva que pudiese mostrarse su madre, no había ninguna garantía de que no fuese a presionar a Flick, aunque quizá de forma involuntaria para que se casase con él, y Demonio no quería que la presionase nadie.

Apretando los labios, se despidió con brusquedad.

—Te veré esta noche. —Iba a acompañarlas a una fiesta. Giró sobre sus talones, hizo una pausa y miró hacia atrás—. Dile que he venido.

Y luego se marchó.

Se detuvo en la acera de la calle, inspiró hondo y se puso los guantes. A las tantas de la madrugada, dando vueltas en la cama y sin poder dormir, había recordado la frase de Flick: «Eso es lo que quieres de mí.»

Estaban hablando de bailar, o al menos él hablaba de eso. ¿A qué diablos se refería ella? No quería de ella que fuese una simple pareja de baile, al menos no principalmente, no para esa clase de baile.

Suspiró y levantó la vista, agarrando su bastón con fuerza. No dejaba de darle vueltas siempre a lo mismo. Reprimir sus impulsos, sus instintos, con Flick más indomables que nunca, estaba resultando ser más duro, más extenuante, cada día que pasaba. La noche anterior había quedado demostrado hasta qué punto estaba a punto de perder el control cuando había oído a dos de sus pretendientes referirse a ella como «su ángel». Le había faltado muy poco para estallar, para darles un par de patadas a esos dos y conseguir que los otros perritos falderos salieran huyendo de sus faldas, y para decirles que se buscasen su propio ángel, porque ella era el suyo y el de nadie más.

Sin embargo apretó los dientes y lo soportó. Aunque lo cierto es que no sabía durante cuánto tiempo podría seguir haciéndolo. Pero no podía pasarse el resto del día de pie, en la acera que había enfrente de la casa de sus padres.

Hizo una mueca de desagrado, rebuscó en el bolsillo de su abrigo y extrajo la lista que Montague le había dado mientras seguía las pistas que había dejado el dinero. Examinó las direcciones de la lista y se dirigió a la que había más cerca.

Era lo único que se le ocurrió hacer para distraerse, para convencerse de que al final todo saldría bien. Era lo único que podía darle un respiro de tranquilidad, que podía ayudarlo a sentir que estaba haciendo algo positivo, algo significativo, para sacar adelante sus planes de boda.

Necesitarían una casa en la que vivir cuando estuvieran en Londres. Una casa normal, no demasiado grande, con las habitaciones necesarias. Sabía lo que buscaba, y sabía que los gustos de Flick eran parecidos a los suyos... se sentía lo bastante seguro de sí mismo para comprarle una casa por sorpresa.

Una casa no, un hogar... el de ambos.

18

Otro baile más. Flick deseaba con todas sus fuerzas estar de regreso en Hillgate End, que Demonio volviera a sus caballerizas y que la vida recuperase su sencillez.

—Señorita Parteger, Framley ha compuesto una oda maravillosa dedicada a sus ojos. ¿Está segura de que no quiere escucharla?

—Completamente segura. —Flick le lanzó a lord Henderson una mirada severa—. Ya sabe lo que pienso sobre la poesía.

El joven parecía lógicamente avergonzado.

—Sólo pensaba que tal vez, puesto que está dedicada a sus ojos...

Flick enarcó una ceja y prestó su atención al siguiente miembro de su joven corte de gallardos varones dispuestos a conquistarla. Cuando trataba con el elevado número de admiradores que había reunido a su alrededor sin el más mínimo esfuerzo, intentaba por todos los medios ser amable, pero eran tan jóvenes, tan inofensivos, tan incapaces... De cualquier cosa, pero sobre todo de afanarse para despertar su interés.

Otro hombre lo había conseguido, de forma muy eficaz... y luego la había abandonado. Notó que entornaba los ojos y luego los abrió rápidamente.

—Ciertamente, señor.

Mostró estar de acuerdo con el comentario de lord Bristol respecto a la lluvia. Con una expresión de educado interés en el rostro, fingía escuchar la conversación mientras su cerebro seguía concentrado en la figura alargada y esbelta que se apoyaba con indolencia en la pared del extremo opuesto del salón de lady Henderson. Lo veía por el rabillo del ojo, como de costumbre, junto a la hermosa dama que lo miraba sin dejar de batir las pestañas... también como de costumbre. Tenía que admitir que se trataba de una dama distinta cada noche, pero eso no cambiaba nada, al menos no para ella. Ahora veía a todas aquellas mujeres como un desafío: eran mujeres a quienes conquistar para abandonar después.

Él quería casarse con ella. Aquella mañana, tumbada hasta tarde en la cama, había decidido que estaba segura de querer casarse con él. Lo cual significaba que iba a tener que aprender a amarla, a pesar de lo que Celeste, la tía Scroggs o cualquiera de aquellas ancianas pudieran pensar. Él había desplegado el sueño de su vida ante sus ojos, ella lo había agarrado y ahora no pensaba soltarlo.

No conseguía aliviar sus sentimientos fulminándolo con la mirada. Fantaseó con la idea de hacer algo irreflexivo, como esperar a que comenzase un vals, atravesar la sala, apartar a un lado a la dama con la que estuviese esa noche y pedirle que bailase el vals con ella.

¿Qué haría él? ¿Cómo reaccionaría?

Sus fantasías se vieron interrumpidas por un caballero que, en una ágil maniobra, ocupó el puesto de lord Bristol.

—Mi querida señorita Parteger... Es un placer.

Con aire pensativo, Flick le dio la mano y él la retuvo unos segundos más de lo estrictamente necesario. Era mayor que sus demás admiradores.

—Me temo, señor —dijo, al tiempo que retiraba la mano—, que estoy en desventaja con respecto a usted.

Él sonrió.

—Philip Remington, querida, a su servicio. Nos conocimos la semana pasada en casa de lady Hawkridge, pero sólo fue un momento.

Flick lo recordó e inclinó la cabeza. En el baile de lady Hawkridge él se había fijado en ella, aunque no había mostrado ningún interés en especial. Detuvo su mirada en el rostro de Flick por un instante, le dedicó un saludo cortés y siguió su camino. Ahora sus ojos la miraban con mucha más intensidad. No tanta como para asustarla, pero sí con la suficiente como para no confundirlo con uno de esos jóvenes inmaduros que la rodeaban.

—Quisiera hacerle una pregunta, querida, si no le parece a usted demasiado atrevimiento. Me temo que en nuestro círculo social, los rumores y las suposiciones pasan por verdades con demasiada precipitación. A veces lo llaman simple confusión, y eso hace la vida innecesariamente complicada.

Pronunció aquel discurso con una sonrisa cómplice en el rostro y Flick se la devolvió inmediatamente.

—Sí, muchas veces las costumbres y las formas de la alta sociedad a mí también me resultan muy confusas. ¿Qué es lo que desea saber?

—Es un asunto un tanto delicado, pero... si no se lo pregunto, ¿cómo lo sabremos? —La miró a los ojos antes de añadir—: Deseo saber, querida, si los rumores son ciertos y usted y Harry Cynster están prometidos.

Flick inspiró hondo y levantó la barbilla.

—No, el señor Cynster y yo no estamos prometidos.

Remington sonrió e inclinó la cabeza.

—Gracias, querida. Debo admitir que me alegra mucho oír eso.

Un destello en sus ojos acompañó sus últimas palabras. Flick soltó una imprecación para sus adentros, pero su orgullo no pudo evitar responder al halago, pues Remington era sin duda un hombre muy guapo.

Sus palabras habían atraído la atención de otros caballeros que revoloteaban a su alrededor; como Remington, eran mayores que sus perritos falderos. Uno de ellos se abrió paso a codazos y apartó a lord Henderson.

—Framlingham, señorita Parteger. Al verla a usted con

la familia Cynster, bien pues... simplemente dimos por hecho que...

—Soy amiga de la familia —replicó, airada—. Lady Horatia ha tenido la bondad de enseñarme la ciudad.

—¡Ah!

—¿Ah, sí?

Llegaron otros caballeros que relegaron a los perritos aduladores a un segundo plano. Flick se puso algo tensa, pero, flanqueada como estaba por el cortés y sutilmente protector Remington y el brusco Framlingham, enseguida se dio cuenta de que su nueva corte de admiradores era mucho más entretenida que la anterior.

Al cabo de unos minutos, se sorprendió riendo espontáneamente. Dos jóvenes damas se incorporaron al grupo y el nivel de la conversación, cuyas réplicas eran ahora chispeantes e ingeniosas, mejoró.

Sofocando una risa tras uno de los comentarios jocosos de Remington, Flick miró al otro lado de la habitación pensando que a Demonio le habría divertido el chiste.

Éste tenía la mirada clavada... en el rostro de Celeste.

Flick contuvo el aliento y volvió a mirar a Remington. Un segundo después soltó el aire, inspiró de nuevo, enderezó el cuerpo, levantó la barbilla y sonrió a sus nuevos pretendientes.

A la mañana siguiente, en cuanto el carruaje de lady Horatia se detuvo junto al borde de la avenida, se vieron rodeadas.

—Señora duquesa, lady Cynster. —Encabezando un grupo de seis caballeros y dos damas, Remington saludó a Helena y Horatia y luego, con una sonrisa cálida, saludó a Flick. Se incorporó, y le dijo a Horatia—: ¿Podríamos persuadirla, señora, de que permitiese que la señorita Parteger pasease por el jardín en nuestra compañía? —Entonces miró a Flick—. Si es que ella lo desea, claro está.

Si Demonio hubiese estado por allí, Flick se habría quedado sentada en el carruaje rezando por que se dirigiese a ella, pero no estaba. No había aparecido por el parque en la última semana. Esa misma mañana Flick le había enviado a Dillon una nueva carta con la intención de tranquilizarlo: cada vez estaba más preocupada por si decidía salir a la caza de Bletchley él mismo y acababa entre rejas. El general no podría soportarlo. Por desgracia, no era Demonio quien estaba allí de pie frente a ella, dispuesto a tranquilizarla. Era Remington, quien nada sabía de su vida. Pese a todo, si accedía a pasear con Remington, al menos podría estirar las piernas. Le devolvió la sonrisa y luego se dirigió a Horatia.

—Si a usted no le importa, señora...

Tras haber examinado con atención al grupo, Horatia asintió.

—Por supuesto, querida. Andar te sentará bien.

—No nos alejaremos del carruaje —le aseguró Remington.

Horatia asintió, y a continuación observó a Remington mientras ayudaba a Flick a bajar del carruaje. Flick se volvió e hizo una reverencia; luego colocó la mano en el brazo de Remington y se sumaron a los demás, que estaban esperándolos.

—Mmm... —Junto a Horatia, Helena observó al grupo mientras se marchaban—. ¿Crees que eso ha sido prudente?

Con la mirada fija en los rizos dorados de Flick, Horatia esbozó una sonrisa forzada.

—No lo sé, pero debería provocar un poco de acción. —Volviéndose hacia Helena, enarcó una ceja—. ¿No crees?

Tal como tenía costumbre desde hacía unas semanas, Demonio pasó el día en White's. Montague y las personas a las que había contratado para vigilar a Bletchley se reunían allí con él, y Demonio actuaba como un general, coordinando sus búsquedas. Pese a todos sus esfuerzos, no habían averiguado prácticamente nada. Tanto el dinero como Bletchley tenían que estar en alguna parte, pero no habían descubierto dónde. Y se les acababa el tiempo.

La idea de tener que admitir la derrota y no poder hacer otra cosa que informar al comité sobre las carreras amañadas que se habían planeado para el Spring Carnival y entregar a Dillon sin ninguna prueba que respaldase su versión de los hechos no lo entusiasmaba en absoluto. Así que, con gran preocupación, Demonio se desplomó en un sillón de la sala de lectura, cogió un periódico y lo abrió.

Y trató de relajarse. Al tomar conciencia de que todos y cada uno de sus músculos estaban tensos, tirantes, soltó un suspiro. Tenía una enfermedad muy grave, causada por un ángel de Botticelli. La cura era evidente, pero teniendo en cuenta las circunstancias, era probable que aún necesitara unas cuantas semanas más para recuperarse. Seguía sin tener ni idea de qué era lo que la había disgustado tanto, pero al parecer ya se le había pasado. Por desgracia, ahora lo trataba con cierta frialdad. Parecía observarlo con afán de descubrir algo en él, lo cual no tenía ningún sentido. Hacía años que lo conocía —y ahora incluso lo conocía en el sentido bíblico del término—, ¿qué más creía que iba a descubrir?

Reprimió un bufido y hojeó las páginas del periódico. Su principal preocupación debía ser ponerle remedio a esa expresión tan reveladora de Flick. Algunos, sólo los más miopes, quizá lo verían como una simple ansia, un afán de provocación tal vez. Tal como estaban las cosas, no había peligro que se incriminara con sus acciones. Para restablecer su relación previa bastaría con tomarla de nuevo en sus brazos y besarla hasta la saciedad, una vez hubiese aceptado la idea de casarse con él.

No hacía falta preocuparse por eso. No había ninguna razón para cambiar de táctica y volver a acecharla y a seguirla a todas partes, aunque podría haber sido una opción. Lo mejor era mantener las distancias, incluso más estrictamente si era posible. Tal como lo había hecho las dos noches anteriores.

Apretó la mandíbula, y se forzó a concentrarse en las noticias.

—Mmm... Interesante.

Demonio alzó la vista. Chillingworth estaba sentado junto a su sillón, mirándolo con aire burlón.

—Tengo que confesar la envidia que siento ante tu serenidad, teniendo en cuenta la que está cayendo.

Demonio parpadeó y todas sus facciones se endurecieron. Escudriñó la cara de Chillingworth.

—No sé a qué te refieres.

Chillingworth arqueó las cejas.

—¡Caramba! Pues al súbito interés por tu dulce inocente, por supuesto. ¿Es que no te has enterado?

—¿Enterarme de qué?

—De que Remington... Sabes que tiene una hipoteca sobre sus propiedades y los bolsillos completamente vacíos, ¿verdad? —Demonio asintió—. Bueno, pues al parecer hizo lo impensable: en mitad de un baile, le preguntó a tu preciosa jovencita si ella y tú estáis prometidos.

Demonio soltó una imprecación en voz alta.

—Exacto. Eso, combinado con el hecho de que fuentes fidedignas le atribuyen a ella una renta de no menos de diez mil al año, pues... —Demonio alzó la vista y Chillingworth lo miró a los ojos—. Me maravilla, amigo mío, que aún tengas tiempo de leer el periódico.

Demonio le sostuvo la mirada durante unos instantes de tensión y luego empezó a proferir insultos en voz alta. Arrugó el periódico, se puso de pie y se lo arrojó a Chillingworth.

—Muchas gracias.

Chillingworth sonrió y cogió el periódico.

—De nada, amigo mío. Es un placer ayudar a cualquier miembro de tu familia a caer en la trampa del matrimonio.

Demonio oyó las palabras, pero no perdió el tiempo pensando en una respuesta: tenía prisa para ver a alguien.

—¿Por qué diablos no me lo dijo... ella, tú, o quien fuera...? ¿Por qué no me dijisteis que era una maldita heredera? ¡Diez mil al año! —Paseándose arriba y abajo por el salón privado de su madre, Demonio le lanzó una mirada que tenía muy poco de filial.

Horatia estaba sentada en la *chaise*, ocupada ordenando distintas telas de seda, y no se dio cuenta.

—Teniendo en cuenta que se trata de una suma ridícula comparada con lo que tú tienes, no entiendo por qué te preocupa eso.

—¡Porque todos los cazafortunas de esta ciudad van a ir tras ella, por eso!

Horatia levantó la vista.

—Pero... —frunció el ceño—. Tenía la impresión de que Felicity y tú teníais alguna clase de acuerdo.

Demonio apretó los dientes.

—Y lo tenemos.

—Bien, entonces... —Horatia volvió a concentrarse en las sedas.

Con los puños apretados, Demonio trató de conservar la calma y de asimilar que su madre le estaba provocando.

—Quiero verla —exigió. No se le ocurrió hasta entonces que encontrar a Horatia sin la compañía de Flick a aquella hora del día era raro. Un escalofrío le recorrió el cuerpo—. ¿Dónde está?

—Los Delacort la han invitado a un pícnic en Merton. Ha ido en el carruaje de lady Hendricks.

—¿La has dejado ir sola?

Horatia alzó la vista.

—¡Por el amor de Dios, Henry! Ya conoces a ese grupo. Son todos jóvenes y, aunque tanto lady Hendricks como la señora Delacort tienen hijos que necesitan una esposa rica, puesto que tú y Flick ya tenéis un acuerdo, no hay peligro alguno, ¿verdad?

Sus ojos azules, clavados en él, lo desafiaban a que se lo dijese.

Apretando los dientes con tanta fuerza que le dolían, Demonio se despidió de ella con un saludo brusco, dio media vuelta y se fue.

No pudo hacer nada, nada en absoluto, para detener la súbita oleada de pícnics, almuerzos al aire libre y excursiones durante el día que invadió al estrato más joven de la alta sociedad londinense.

De pie, con los brazos cruzados y apoyado en una pared en el salón de baile de lady Monckton, Demonio observaba al grupo que se arremolinaba en torno a Flick, tratando con todas sus fuerzas de contenerse y no fulminarlos a todos con la mirada. Ya había tenido bastante con el grupito de perritos falderos que merodeaban a su alrededor, pero los caballeros que ahora la agasajaban eran de un calibre distinto. Muchos podían considerarse un buen partido y algunos tenían títulos, aunque la mayoría andaban muy necesitados de dinero. Y todos eran bastantes años más jóvenes que él. Podían, con el consentimiento de la sociedad, bailar con ella, y cortejarla asiduamente asistiendo a todos los pícnics y las reuniones inocentes... todo lo que él no podía hacer.

¿Alguien se llevaría a un lobo a un pícnic? Eso no se hacía, sencillamente.

Por primera vez en todos los años que había pasado en aquella clase de bailes se sentía fuera de lugar. Demonio no podía entrar en la franja de la sociedad en la que habitaba Flick. Y ella no podía acercarse a él. Gracias a su inquebrantable sinceridad, la distancia que los separaba se estaba convirtiendo en un abismo. Y él no podía hacer nada por evitarlo.

Había estado tenso antes, pero ahora...

Conseguir que le concediera dos bailes era ahora imposible; se había conformado con la danza de figuras de después de la cena, que seguiría al vals. Su actual pareja de baile, según advirtió con tristeza, era Remington, uno de los que menos confianza le inspiraban. Flick al parecer no compartía la opinión de Demonio, pues a menudo bailaba el vals con aquel sinvergüenza.

Ya no le importaba que la gente se diese cuenta de que no dejaba de observarla ni un instante, pero agradecía pese a todo la singular costumbre que consideraba que llenar un salón era la señal del éxito de una anfitriona. Aquella noche, lady Monckton estaba teniendo un éxito excepcional, lo cual le proporcionaba a él cierta impunidad.

La idea de aprovechar dicha impunidad para llevarse a Flick, tomarla en sus brazos y besarla le rondaba por la cabeza, pero no tuvo más remedio que desecharla: era algo más a lo que no podía arriesgarse. Si alguien los veía, pese a todas sus precauciones hasta la fecha, daría pie a toda clase de especulaciones.

Sus ojos la buscaron entre el torbellino de bailarines casi inconscientemente, y se detuvieron en su maravilloso halo de oro. Cuando la vio, le estaba sonriendo a Remington. Demonio hizo rechinar los dientes; de forma espontánea e inoportuna, la promesa que le había hecho al general se repetía en su cabeza. ¿Y si...?

Se le heló la sangre en las venas y ni siquiera pudo terminar de formular el pensamiento en su cerebro. La perspectiva de perder a Flick lo dejó paralizado.

Inundó de aire sus pulmones, desechó aquel pensamiento y lo sustituyó rápidamente por la imagen del número doce de Clarges Street, la casa que había visto esa mañana. No era demasiado grande: tenía el número justo de habitaciones.

Con la mirada fija en Flick, sus pensamientos se ralentizaron, se detuvieron al compás de la música. Al otro lado de la habitación, Flick y Philip Remington dejaron de bailar; en lugar de regresar junto a la *chaise* donde Horatia estaba sentada, Remington echó un rápido vistazo a su alrededor, y luego condujo a Flick hacia una puerta y salieron del salón de baile.

Demonio se incorporó de golpe.

—¡Maldita sea!

Dos respetables damas que había a su lado se volvieron para mirarlo con aire reprobatorio, pero él no se detuvo a disculparse. Moviéndose con agilidad, sin prisa aparente, atravesó la sala. Conocía muy bien el significado de la mirada apresurada de Remington. ¿Quién demonios creía que era aquel canalla?

—Ah, estás aquí, querido...

Celeste se interpuso en su camino. Con ojos relucientes, alzó una mano...

La detuvo con una sola mirada.

—Buenas noches, señora. —Con un saludo brusco, la sorteó y siguió andando. Oyó un exabrupto en francés a sus espaldas.

Llegó al pasillo que había detrás del salón de baile justo a tiempo de ver que se cerraba la puerta del fondo. Se detuvo para tratar de recordar la distribución de Monckton House: la habitación del fondo era la biblioteca.

Avanzó a grandes zancadas por el pasillo, pero se detuvo antes de llegar al final. No iba a ganar nada rescatando a Flick antes de que ésta se diese cuenta de que necesitaba ser rescatada.

Abrió la puerta de la antesala que precedía a la biblioteca y entró. Se acostumbró rápidamente a la penumbra y la atravesó; abrió la puerta cristalera con mucho sigilo y salió a la terraza.

De pie en mitad de la biblioteca, Flick examinó los cuadros que colgaban de las paredes, y luego miró a su compañero.

—¿Dónde están los grabados?

Los paneles de madera y las estanterías abarrotadas de libros encuadernados en marrón, le daban a la biblioteca un aspecto muy oscuro, pero un pequeño fuego ardía alegremente en la chimenea. Había un candelabro encendido en una mesa, junto al sofá, y otro, en una mesita pegada a la pared. Ambos proyectaban un brillo cálido sobre la habitación y sus llamas temblaban con la brisa que se colaba desde la terraza por las puertas cristaleras que daban a la terraza. Cuando hubo completado una segunda inspección de las paredes, Flick se volvió hacia Remington.

—Aquí sólo hay cuadros.

Remington compuso una enigmática sonrisa, y Flick vio que movía la mano y oyó un clic al cerrarse la cerradura de la puerta.

—Mi dulce e inocente niña... —Su voz estaba impregnada de una risa suave, y mientras avanzaba, sonriente, hacia ella, añadió—: No te habrás creído que realmente aquí había grabados, ¿no?

—¡Pues claro que sí! De lo contrario no habría venido. Me gustan mucho los grabados... —Su voz se fue apagando mientras estudiaba su rostro; luego se enderezó y levantó la barbilla—. Creo que deberíamos volver al salón de baile.

Remington esbozó una sonrisa victoriosa.

—Oh, no. ¿Por qué? Quedémonos aquí un ratito.

—No. —Flick lo miró fijamente, sin pestañear—. Quiero que me lleves con lady Horatia.

La expresión de Remington se endureció.

—Por desgracia, querida, yo no quiero hacerlo.

—No te preocupes, Remington, yo acompañaré a la señorita Parteger de vuelta con mi madre.

Apoyado en el marco de las puertas cristaleras, Demonio observó sus reacciones. Flick se volvió y una expresión de alivio dulcificó su rostro y su mirada. Remington se quedó boquiabierto, y luego cerró la boca y lo fulminó con la mirada.

—¡Cynster!

—Exactamente. —Incorporándose, Demonio saludó a Remington con aire burlón; su mirada era glacial, al igual que el tono de su voz—. Y puesto que no has podido enseñarle a la señorita Parteger los grabados que le prometiste, te sugiero que te vayas. No sólo de esta habitación, sino de la casa.

Remington dio un resoplido, pero lo miró con aire de inseguridad, lo cual era muy sensato, pues Demonio no habría dudado en despedazarlo ante la mínima provocación.

—Estoy seguro —añadió— de que verás que esto es lo mejor. —Avanzó unos pasos, se detuvo junto a Flick y observó la mirada ahora cautelosa de Remington—. No queremos que haya ninguna clase de rumores... Si los hubiese, tendría que explicarle a todo el mundo que engañaste a la señorita Parteger respecto a la existencia de determinados grabados en la biblioteca de Monckton House. —Enarcó las cejas y comentó—: Es difícil encontrar una esposa rica cuando ya no te invitan a los bailes, ¿no crees?

La expresión de Remington no consiguió disimular su furia, pero era mucho más bajo que Demonio, y también mucho más enclenque. Tragándose su ira, asintió, se despidió de Flick con un saludo brusco, dio media vuelta y se fue hacia la puerta.

Flick se quedó de pie al lado de Demonio, agradeciendo su presencia intimidatoria y tranquilizadora, y, con el ceño fruncido, observó cerrarse la puerta tras Remington.

—¿Es un cazafortunas?

—¡Sí! —Demonio lanzó un improperio, levantó ambas manos al cielo y luego no supo qué hacer con ellas. Soltó una nueva imprecación, se dio media vuelta y empezó a pasearse arriba y abajo por la habitación—. ¡Pues claro que lo es! ¡La mitad de esos moscones que te rondan lo son... algunos más que otros! —La fulminó con sus ojos azules—. ¿Qué creías que pasaría cuando se enterasen de cuánto vales?

Flick parpadeó.

—¿De cuánto valgo...?

—No es posible que seas tan inocente. Ahora que se ha extendido la noticia de que vienes con diez mil al año bajo el brazo, todos acuden en tropel. ¡Me extraña que ninguno haya intentado aprovecharse hasta ahora!

Flick lo comprendió todo de repente y explotó, volviéndose hacia él.

—¡Cómo te atreves! —Le temblaba la voz, y tuvo que inspirar hondo—. No le he dicho nada a nadie acerca de mi fortuna. No he hablado de eso en absoluto, ni una sola vez.

Demonio se detuvo y, con las manos en las caderas, la miró. A continuación, arrugó la frente.

—Pues a mí no me mires. No acostumbro crearme problemas yo solito. —Empezó a pasearse arriba y abajo de nuevo—. Entonces, ¿quién ha propagado la noticia? —Hablaba entre dientes—. Dime quién ha sido para que pueda retorcerle el pescuezo.

Flick sabía exactamente cómo se sentía.

—Debe de haber sido mi tía. Quiere que me case bien. —Su tía quería que se casase con Demonio, así había hecho correr la voz de que era una heredera. Teniendo en cuenta lo avariciosa que era, probablemente habría dado por supuesto, pasando por alto lo inmensamente rico que era Demonio, que la noticia lo impulsaría a querer tenerla atada y bien atada.

—¿Fue eso lo que te dijo en ese baile, lo que le disgustó tanto?

Ella titubeó, y luego se encogió de hombros.

—En cierto modo.

Demonio la miró con furia en los ojos. Primero su madre y ahora la tía de Flick. Aquellas mujeres mayores se habían confabulado para hacerle la vida más difícil. Sin embargo, aquélla no era la razón de la ira furibunda, salvaje e insoportable que lo invadía, que luchaba por encontrar una vía de escape, espoleada por la imagen de lo que habría sucedido si no hubiese estado vigilándola tan de cerca.

—Sea como fuere, sea quien fuese... —dijo, escupiendo las palabras. Se cernió sobre ella, con las manos en las caderas y añadió, mirándola a la cara—: Ya es suficientemente malo que estés rodeada de un séquito de cazafortunas... pero eso no excusa tu comportamiento de esta noche. Sabes muy bien que no debes ir sola a ninguna parte con ningún hombre. ¿Qué demonios creías que estabas haciendo?

Enderezó el cuerpo y alzó la barbilla. En sus ojos destellaba una advertencia.

—Ya lo has oído. Resulta que me gustan los grabados.

—¡Los grabados! —Cerró con fuerza la mandíbula, y consiguió contener el rugido que le subía por la garganta—. ¿Acaso no sabes lo que eso significa?

—Los grabados son impresiones hechas a partir de una plancha de metal sobre la que se dibuja con una aguja.

Remató su comentario levantando su nariz respingona en el aire. Demonio apretó los dedos con fuerza sobre sus caderas para no estrangularla. Inclinó el cuerpo hacia delante y bajó la cabeza hasta tenerla a escasa distancia de la suya.

—Para tu información, cuando un caballero le dice a una dama que desea enseñarle su colección de grabados, es como si la estuviese invitando a admirar las joyas de la familia.

Flick parpadeó y lo miró con perplejidad.

—¿Y?

—¡Aaaah! —Demonio se dio media vuelta y se alejó—. ¡Es una invitación a tener relaciones íntimas!

—¿Ah, sí?

Se volvió y vio que los labios de Flick iniciaban un amago de sonrisa.

—Bonita manera de corromper una palabra.

—Remington trataba de corromperte a ti.

—Ya. —Flick lo miró con expresión glacial—. Pero lo cierto es que a mí me gustan los grabados. ¿Tú tienes alguno?

—Sí —respondió Demonio sin pensar. Cuando ella arqueó una ceja, él siguió explicándose a regañadientas—. Tengo dos escenas de Venecia. —Estaban colgados a ambos lados de su cama. Cuando invitaba a las damas a ver sus grabados, lo hacía literal y figuradamente.

—Pero no me vas a invitar a que los vea, ¿verdad que no?

—No. —No hasta que accediese a casarse con él.

—Me lo imaginaba.

Él pestañeó y la miró con el ceño fruncido.

—¿Qué has querido decir con eso? —Las crípticas aseveraciones de Flick lo estaban volviendo loco.

—Significa —explicó la joven, en un tono tan rotundo como el de Demonio— que cada vez está más claro que me quieres como un simple adorno, como una esposa adecuada y conveniente con la que desfilar cogido del brazo en todas las reuniones familiares. ¡Tú no me quieres de veras! Pero eso no me afecta, y tu comportamiento reciente todavía me ha afectado menos.

—¿Ah?

Esa sílaba, pronunciada en ese tono, era un augurio de peligro, pero Flick hizo caso omiso del escalofrío que le recorrió el cuerpo.

—¡Nunca estás conmigo, nunca! No te dignas bailar el vals conmigo... ¡Has paseado conmigo por el parque una sola vez! —Mirándolo a la cara y apretando los puños, Flick dio rienda suelta a sus frustraciones y su ira contenida—. Fuiste tú quien insistió en traerme a Londres. ¡Si creías que ésta era la forma de hacer que me casase contigo, estabas muy, pero que muy equivocado! —Entrecerró los ojos y lo miró de hito en hito—. Lo cierto es que venir a Londres me ha abierto los ojos.

—Querrás decir que has visto la cantidad de perritos falderos y cazafortunas que puedes tener a tus pies.

Demonio dijo esas palabras en un susurro y Flick tuvo que concentrarse para oírlo. Le respondió con una sonrisa cargada de ternura.

—No —le dijo en el tono que suele emplearse al explicarle una cuestión sencilla a un tonto—. No quiero perritos, ni cazafortunas; no es eso lo que he querido decir. ¡Lo que quiero decir es te he visto con toda claridad!

Con los ojos empequeñecidos, arqueó una sola ceja.

—¿Me has visto?

—¡Sí, y con toda claridad! —Flick, alentada por el estallido de sinceridad, gesticulaba con furia—. Tus mujeres... bueno tus amantes, de eso estoy segura. Sobre todo Celeste.

Se puso tenso.

—¿Celeste?

Su tono era exigente y contenía además una clara advertencia. Flick tuvo en cuenta lo primero pero no lo segundo.

—Tienes que acordarte bien de ella, es morena, tiene los ojos oscuros, y unas enormes...

—Ya sé quién es Celeste. —Sus férreas palabras la interrumpieron—. Lo que quiero saber es qué sabes tú de ella.

—Oh, lo que sabría cualquiera que tuviera ojos en la cara. —Su mirada, llena de furia, le reveló a Demonio lo mucho que sabía Flick—. Pero Celeste es lo de menos, o al menos, si alguna vez nos casamos, desde luego tendrá que ser lo de menos. Lo que más me preocupa es lo siguiente. —Deteniéndose justo delante de él, lo miró a la cara y susurró—: ¡No soy tu prima, así que no tienes por qué estar vigilándome con esa actitud de perro del hortelano, que ni come, ni deja comer!

Demonio abrió la boca, pero Flick, rápida como un rayo, le apuntó a la nariz con un dedo.

—¡No te atrevas a interrumpirme, escúchame! —Demonio cerró la boca y, por el modo en que apretó la mandíbula, Flick no tuvo duda alguna de que tardaría en volver a abrirla. Inspiró hondo antes de proseguir—: Como bien sabes, ya no soy ninguna chiquilla inocente de dieciocho años. —Lo desafiaba con la mirada a contradecirla; Demonio frunció los labios de forma inquietante, pero permaneció en silencio—. Quiero hablar, pasear, bailar el vals y montar a caballo, y, si quieres casarte conmigo... ¡será mejor que te asegures de que lo haga contigo!

Esperó una reacción, pero Demonio se había quedado asombrosamente inmóvil. La sensación de estar al borde de un precipicio, demasiado cerca de algo peligroso y descontrolado, le cosquilleó la columna vertebral. Inspiró hondo y mantuvo los ojos clavados en los de él, insólitamente oscuros a la luz de los candelabros.

—Y no pienso casarme contigo a menos que esté convencida de que es lo que me conviene. No permitiré que me intimiden ni que me presionen de ninguna manera.

Demonio escuchó sus palabras a través de un velo de rabia e indignación. Sintió que se le contraían los músculos de los hombros y que un hormigueo le recorría las palmas de las manos. La injusticia de las palabras de Flick le fustigaba como si fuera un látigo. No había hecho nada por ninguna otra razón que no fuera para protegerla. Su cuerpo estaba a punto de estallar, contenido aún únicamente por la fuerza de su voluntad, que se estaba erosionando poco a poco.

Ella hizo una pausa y escudriñó su rostro; luego se irguió y anunció con naturalidad:

—No dejaré que me manejes a tu antojo.

Se miraron a los ojos y, durante largo rato, se hizo un silencio absoluto. Ninguno se movió y apenas respiraban. La conflagración en el interior de Demonio estaba a punto de estallar; apretó la mandíbula y trató de contenerla.

—Y me niego...

Extendió los brazos y la atrajo hacia sí, acallándola con sus labios y arrancándole cualquier atisbo de rechazo de la boca; hurgó, horadó y tomó todo lo que ella le ofrecía, pidiendo, exigiendo más y más.

La estrechó con fuerza contra la roca implacable en que se había convertido su cuerpo. Su cabeza era un hervidero de emociones en el que la rabia colisionaba con la pasión y otras necesidades más elementales. Se estaba viniendo abajo, era un volcán que se resquebrajaba poco a poco, un volcán cuyas paredes se desmoronaban, cedían ante una fuerza que había estado reprimida demasiado tiempo. Sólo recordaba vagamente que había querido hacerla callar, que había querido castigarla... pero no era eso lo que deseaba ahora.

Ahora, simplemente deseaba. Con un deseo tan primitivo, tan primariamente poderoso que se puso a temblar, literalmente. Por un instante permaneció en la cúspide, temblando, mientras se le escapaban de las manos los últimos jirones de su contención... En ese momento de claridad cegadora vio, comprendió, que se había exigido demasiado a él mismo, a quien era en realidad. Remington había añadido la última gota a su copa, colmada de los temores más desproporcionados, como qué iba a hacer si ella se enamoraba de otro hombre. Cómo lo soportaría.

Había supuesto que sería capaz de controlar lo que tenía en su interior, la emoción que ella y sólo ella provocaba en él. En aquel instante tembloroso y evanescente, supo que se había equivocado.

Con los últimos vestigios de su voluntad, separó ligeramente los brazos, lo justo para darle a ella libertad para zafarse, para escapar de él. Aun en aquella situación extrema, no quería hacerle daño. Si se resistía, o si permanecía pasiva, él podría combatir, dominar y, al fin, sujetar a sus demonios.

Ella aprovechó la oportunidad que Demonio le brindaba y lo apartó con los brazos. Demonio aulló para sus adentros y se preparó para recibir los golpes que ella iba a darle justo en el pecho, se armó de coraje y de fuerza para dejarla marchar...

Flick tomó su rostro entre sus manos, cariñosamente. Apretó los labios y los colocó debajo de los suyos, y luego deslizó los dedos entre su pelo.

Lo besó vorazmente, con ansia, con una avidez tan exigente como la de él.

La cabeza le daba vueltas, el deseo hizo explosión en su interior... estaba perdido.

Y también ella, que, lejos de ser un ángel, era ahora una mujer salvaje que exigía con un ansia demoniaca, que incitaba de manera abierta e inequívoca...

La locura se apoderó de ambos, los liberó de todas sus ataduras.

Flick disfrutaba con aquella ansia, se sentía increíblemente viva. Disfrutaba de la dureza del cuerpo que se apretaba contra el suyo, del contacto del pecho de Demonio contra sus senos henchidos, de la fuerza de sus muslos cuando atrapaba los suyos. Los labios de Demonio rozaron los suyos y ella se estremeció; sus sólidas manos la sujetaban con una fuerza brutal y la elevaban en el aire, meciéndola... lo único que quería era estar más cerca de él.

Lo necesitaba más que respirar. Le pasó los brazos por los hombros, se dio impulso hacia arriba en su abrazo extenuante y luego se quedó muy quieta para que sus rostros estuvieran a la misma altura. Las manos de él la envolvieron por detrás, asiéndole las nalgas, y ella sintió de nuevo aquel relieve duro empujando contra las simas de su promontorio.

Lo quería dentro de ella, allí y ahora, inmediatamente. Su lengua la horadaba sin piedad y sus labios la exigían con mayor brutalidad que nunca... y a Flick no le quedaba aliento para decirle lo que deseaba. La amplitud de la falda del vestido era suficiente para que pudiera apresar las caderas de Demonio con sus muslos, así que lo hizo, y se apresuró a apretarse contra él.

Con la respiración entrecortada y los músculos en tensión, Demonio se puso a temblar. Bajo las manos de ella, se sentía como un resorte elástico, comprimido, listo para saltar en cualquier momento.

Ella se movió de nuevo. Él contuvo el aliento y reanudó la ardiente búsqueda en su boca; sin embargo, retiró las manos de sus nalgas y, sosteniéndola con una mano, desplazó la otra mano hacia abajo, rozó con ella el dobladillo del vestido y la deslizó por debajo, hasta sujetar la nalga desnuda de Flick; retiró entonces la otra mano y también la metió por debajo de su falda de seda.

Sus enaguas eran muy cortas, de modo que no supusieron ningún impedimento. Las manos no se tropezaron con ellas ni un momento. Flick inspiró hondo y apretó los muslos para sujetarlo con más fuerza, le rodeó el cuello con los brazos y empezó a moverse descaradamente encima de las manos de él.

Demonio captó el mensaje: fue desplazando las manos, dirigidas ahora por una nueva urgencia, hacia las curvas de sus nalgas desnudas para colocarlas en el interior de sus muslos abiertos como alas; a continuación, sujetándola en alto con una mano, deslizó la otra hacia abajo y fue explorando con sus dedos firmes los pliegues suaves y húmedos que había entre sus muslos.

Halló su hendidura y deslizó un dedo hasta el fondo. Ella dio un grito ahogado y arqueó ligeramente la espalda. El dedo se retiró... y, al cabo de un momento, volvieron dos, apretando con fuerza, huyendo de nuevo y volviendo a embestirla luego, una, dos veces, con fuerza y hasta el fondo.

Flick no lograba respirar, el fuego le quemaba la piel. Su cuerpo temblaba sin cesar, estaba a punto de partirse en dos. Sin embargo, no era eso lo que ella quería.

Flick le rodeó el cuello con un brazo y deslizó el otro entre sus cuerpos hacia abajo, justo hasta donde palpitaba su miembro erecto, henchido y duro como el acero. Lo envolvió con su mano con avidez y empezó a deslizarla hacia abajo, tan abajo como pudo...

Él gimió y se estremeció.

—¡Dios...!

Se oyeron unas voces... y pasos aproximándose a la biblioteca. Jadeando, con los sentidos entumecidos, Flick volvió la cabeza y miró hacia la puerta: no estaba cerrada con llave.

Como aquellos que dicen ser las imágenes que presagian su muerte, Demonio se imaginó a Remington cerrando la puerta a sus espaldas. Vio la imagen que Flick y él darían a quienes se aproximasen a la biblioteca: ambos estaban medio desnudos y apenas eran capaces de respirar. Flick nunca lograría soltarle a tiempo, ni tampoco él.

En tres zancadas gigantescas llegaron a las puertas cristaleras de la terraza y, en dos más, desaparecieron de la vista. La puerta de la biblioteca se abrió.

Demonio volvió a Flick contra la pared y la empujó hacia la enredadera que escalaba por el muro; el aroma a jazmín flotaba a su alrededor. Respirando con dificultad se apoyó en ella, casi asfixiándola, dolorido tras el esfuerzo de ejercer su voluntad. Todo su cuerpo se había concentrado en una sola cosa: enterrarse a sí mismo en ella.

Las voces del interior les llegaron con toda claridad; Demonio no conseguía separar los sonidos de las voces del martilleo de sus oídos. Trató de pensar, pero no podía. Haciendo un esfuerzo sobrehumano, intentó separarse del suave cuerpo que sus firmes músculos estaban sujetando contra la pared de piedra cubierta por la enredadera. Pero no lo consiguió. La sola idea de pensar en aquel cuerpo suave lo había arrojado de nuevo al volcán de su deseo.

Como un río de lava, el deseo ardiente se extendía por todos los poros de su piel, le golpeaba los sentidos, le consumía, le perforaba la voluntad.

Con la respiración jadeante en aquella noche de luna llena, levantó la cabeza despacio, elevó las pestañas y la miró a la cara. Esperaba encontrar en ella estupor, temor, incluso miedo... sin duda debía de estar asustándola. Incluso el miedo a lo desconocido, una posibilidad real, cualquier cosa que le ayudase a no hacer aquello que estaba a punto de hacer.

En su lugar, vio un rostro sensual consumido de deseo, unos ojos clavados con avidez en sus labios. Flick separó sus labios hinchados, y, con la lengua, se humedeció ligeramente el inferior. Percibió la mirada de Demonio y levantó la vista... sus ojos buscaron los suyos y, tras apretar el mentón, dijo:

—Ahora.

La exigencia llegó hasta él en el envoltorio de un susurro elocuente. Los labios de Flick dibujaron una sonrisa... y Demonio no tuvo duda alguna de que era una sonrisa triunfal. Entonces sintió su mano, aún atrapada entre ambos.

Ella la cerró, deslizó los dedos hacia abajo, luego hacia arriba... él cerró los ojos y se estremeció. La sonrisa maliciosa de Flick era un cálido suspiro sobre los labios de él mientras ella ascendía con sus dedos hasta la cinturilla de sus calzones. Ella también había llevado ropa interior masculina; en apenas unos segundos, desabrochó los botones y lo liberó.

De un salto, aterrizó en la palma de su mano, duro como el acero, listo para explotar.

Con un jadeo que no consiguió reprimir del todo, Demonio cogió la mano de Flick y tiró de ella hacia arriba, apoyándose aún con más fuerza en su cuerpo y apretando los dientes al sentir sus faldones de seda deslizándose por sus partes más sensibles.

La miró a los ojos, a escasos centímetros de los suyos. Si hubiese podido fulminarla con la mirada lo habría hecho, pero no podía mover los músculos de la cara, su rostro era como el de una estatua... al igual que el de ella. Arrastrado por la pasión, con los músculos temblorosos, se tambaleó para...

Ella lo miró directamente a los ojos, retándolo con la mirada.

—¡Hazlo! —le susurró a los labios. A continuación, lo besó apasionadamente.

La conversación proseguía en el interior de la biblioteca; apenas a unos metros de allí, bajo la luz de la luna, en la terraza, no había más que deseo ardiente y frenético. Demonio sólo tardó un segundo en levantarle la falda. Su miembro empezó a tantear el terreno entre sus muslos y ella lo agarró con fuerza y tiró de él hacia dentro.

Él encontró su hendidura y arremetió contra ella, la embistió en el corazón mismo de su ardor, directo al vórtice de un deseo demoledor. El suyo... y el de ella.

La combinación de ambos era demasiado poderosa para que alguno de los dos pudiera controlarla; los zarandeaba, los golpeaba, los empujaba... Sus cuerpos se estiraban y se contraían, tratando desesperadamente de liberarse, librando una batalla sin enemigos.

Con los labios apretados para sofocar los sonidos que les desgarraban la garganta, tomaban cuanto podían, atenazaban y sujetaban, asían cada precioso momento... allí, en esa pared, bajo la luz de la luna.

Los sonidos de la biblioteca llegaban hasta ellos, suaves, amortiguados, tranquilizadores, acentuando su percepción...

de la ardiente humedad que compartían, de la piel demasiado abrasadora, de la marea furiosa de su sangre... de la fusión enloquecida de sus cuerpos.

Las flores esparcían su perfume en una nube que los envolvía; era un aroma tan evocador como ilícito, tan profundamente íntimo como su unión. Flick dio un grito ahogado e inhaló el aroma con fuerza. Demonio flexionó las caderas de nuevo, embistiéndola de nuevo, sin piedad. Sus labios silenciaron su grito de alegría mientras la embestía. La llenaba una y otra vez, como una espada golpeando su funda. Ella lo abrazaba cariñosamente y disfrutaba de la fuerza, la fuerza que los impulsaba.

La cabalgada fue salvaje, más salvaje de lo que la imaginación de Flick podía concebir. Se aferró con fuerza, ebria de aquel ímpetu, presa del delirio, drogada de placer. Luego, vieron la cima ante ellos y cabalgaron más rápido, consumidos por una urgencia compulsiva.

Y entonces llegaron... el volcán estalló, entró en erupción, y los derritió con su calor masivo.

«¡No! ¡No me dejes!», imploró Flick para sus adentros, aferrándose a él con fuerza durante un segundo; luego, consciente de que tenía que hacerlo, dejó escapar un suspiro y lo soltó.

Él se retiró de ella y Flick cerró los ojos ante el súbito vacío. El aire fresco sopló entre ellos y le heló la piel enfebrecida. Flick se agarró a su hombro mientras él se movía, deslizándola hacia abajo, guiándola de nuevo hasta el suelo con sumo cuidado.

Los zapatos de ella tocaron la fría losa y él le bajó los faldones, que cedieron fácilmente. Flick se miró el vestido y se sorprendió al ver que sólo se había arrugado un poco. Él no se apartó; rodeándola con un brazo, ladeó el cuerpo y le rozó el hombro con el suyo mientras se arreglaba la ropa.

El murmullo de voces seguía en el interior de la biblioteca; cuando cesó el martilleo de sus oídos, Flick oyó a dos hombres mayores contándose historias de juventud. Las puertas de la terraza estaban abiertas y la luz de las velas proyectaba un brillo tenue sobre las losas del suelo. Si alguien se hubiese acercado al umbral...

Pero, por suerte, nadie lo había hecho.

El calor seguía abrasándola y corriéndole por las venas. Se sentía llena de júbilo y a la vez decepcionada... y confusa de que así fuera.

Abrazándola con más fuerza, Demonio la condujo por la terraza hasta el siguiente tramo de puertas, que también estaban abiertas. Sin mediar palabra, la ayudó a traspasar el umbral y a adentrarse en la oscuridad de la habitación.

El corazón empezó a latirle desbocado. ¿En qué estaba pensando? Sólo porque todavía quisiese abrazarlo, sentir su cuerpo desnudo contra el suyo, oír su corazón palpitar bajo su oído, aferrarse a él, tenerlo cerca, dentro... sólo porque ella lo quisiese no significaba que pudiesen hacerlo. ¡Estaban en un baile, por el amor de Dios!

Demonio se apartó de ella, se metió la camisa por dentro de los pantalones, se los abrochó y se arregló el fular y la chaqueta. Sin habla, mareada y con el corazón todavía acelerado, se sacudió la falda del vestido, se la alisó y se ahuecó el volante de organza que le recorría la línea del escote y que formaba sus mangas transparentes.

Levantó la vista y sorprendió a Demonio mirándola; ella lo miró con ojos hambrientos, consciente hasta la médula de la necesidad que sentía de extender la mano y tocarlo. Abrazarlo. Aunque su cuerpo vibraba de satisfacción, otra parte de ella sentía... que le faltaba algo, que aún ansiaba algo...

Pese a la penumbra, Demonio percibió el deseo en sus ojos y lo sintió en sus entrañas. Se aclaró la garganta.

—Tenemos que volver. —Ella vaciló un instante y luego asintió—: ¿Sabes dónde está el tocador de señoras? —Hablaba en un susurro, consciente de la presencia de otras personas en la habitación contigua.

—Sí.

—Ve allí. Si alguien te comenta que vienes de la dirección equivocada, di que saliste por la otra puerta y te perdiste. —La examinó con gesto crítico—. Y ponte agua fría en los labios. —Extendió la mano y le metió un rizo rebelde por detrás de la oreja. Sofocando implacablemente el impulso de acariciarle el rostro, de estrecharla en sus brazos y retenerla allí, sin más, bajó la mano—. Yo volveré directamente.

Ella asintió y luego se volvió hacia la puerta. Demonio la abrió, se asomó al exterior y luego la dejó pasar, retirándose de nuevo a la sala en penumbra para esperar a que ella hubiese desaparecido de la vista.

Necesitaba hablar con ella, explicarse, pero no podía hacerlo en ese momento, no esa noche. El desenfreno de Flick, y el suyo propio, no le dejaban pensar con claridad... y tenían que volver al baile.

19

A grandes males —o necesidades—, grandes remedios, y Flick sabía que su necesidad era muy grande, sobre todo después de la noche anterior. Necesitaba mucho más de su amante, de su futuro marido. Sabía lo que quería, la cuestión era cómo obtenerlo.

Flick, rodeada por su corte de admiradores en mitad del salón de lady Ashcombe, fingía escuchar mientras, para sus adentros, elaboraba un plan. Había ido a Londres con un claro propósito: hacer que Demonio se enamorase de ella. Si hubiese tenido que caer rendido a sus pies con sólo mirarla, eso habría sucedido hacía ya mucho tiempo, pero, en vista de que no era así, tenía que hacer algo para alcanzar su objetivo: tomar medidas drásticas.

Insistir en que pasase más tiempo con ella era el siguiente paso. Había empezado a darlo la noche anterior, pero al final se habían distraído. Flick había disfrutado enormemente de la distracción, pero eso sólo la había reafirmado en su propósito, había hecho que se obstinase aún más en él. Dichas distracciones, y el ansia y el vacío que solían sucederlas, le proporcionaban razones para actuar cuanto antes. No quería acabar encontrándose en la situación de tener que acceder a su petición de mano, pues eso no le daría ninguna libertad de maniobra para conseguir su sueño. Y decididamente, quería aliviar la sensación de desolación y vacío que su escarceo en la terraza de la biblioteca le había dejado en el corazón.

Seguía convencida de que él podía amarla, si lo intentaba. Tenían tantas cosas en común... La noche anterior las había enumerado todas en la frialdad de su lecho, y estaba segura de que la posibilidad del amor estaba ahí.

El primer paso para convertirla en realidad consistía en asegurarse de que pasase más tiempo con ella y, para eso... necesitaba hablar con él a solas. También quería hablar con él sobre Dillon. Mientras recordaba el desarrollo de los acontecimientos de la noche anterior, les lanzó a sus pretendientes una mirada calculadora.

Demonio la vio haciéndole una proposición a Framlingham. Si hubiera podido oír todos los exabruptos que Demonio soltó para sus adentros mientras se apresuraba a alcanzar la puerta lateral para cortarles el paso, le habrían subido los colores.

—¡Huy! ¡Ah! Buenas noches, Cynster.

—Framlingham. —Demonio saludó a Flick con desatención y miró al lord a los ojos—. ¿No está usted satisfecho con la fiesta de lady Ashcombe?

—Es que... —Aunque no era ningún genio, Framlingham tampoco era lento. Miró a Flick antes de decir—: La señorita Parteger necesitaba respirar un poco de aire fresco.

—¿Ah, sí?

—Sí —corroboró Flick—. Sin embargo, ahora que estás tú aquí, no necesitaré la agradable compañía de lord Framlingham. —Le ofreció la mano a Framlingham y le dedicó una dulce sonrisa—. Gracias por venir en mi ayuda, señor.

—Ha sido... un placer. —Framlingham miró a Demonio—. Me alegro de haber sido de ayuda. —Asintió con la cabeza a modo de despedida y se fue con cierta precipitación.

Demonio lo vio marcharse, volvió la cabeza despacio y se encontró con la mirada transparente de Flick.

—¿Qué te propones?

Lo miró sorprendida.

—Me parecía evidente. Quiero hablar contigo.

De modo que le había tirado de la correa y él había acudido. Demonio apretó la mandíbula y trató de conservar su indiferencia aparente y su actitud distante.

Ella se acercó a la puerta.

—¿Al jardín se va por aquí?

—Y también a la terraza.

—Me cuesta creer que necesites aire fresco, no eres de las que se desmayan. —Desde luego, no se había desmayado la noche anterior.

—Claro que no, pero tenemos que hablar en privado.

—Desde luego —concedió, entrecortadamente—, pero no afuera. —No pensaba arriesgarse a repetir lo de la noche anterior.

Lo miró a los ojos y ladeó la barbilla.

—¿Dónde entonces?

Un reto para el que tenía respuesta.

—Hay una *chaise* en una hornacina por allí.

Le tomó la mano, se la colocó en el brazo y guió a Flick entre la multitud. Aunque sólo se trataba de una fiesta, todavía había muchos invitados en la sala, de modo que tardaron varios minutos en cruzarla; en todo ese tiempo la ira de Demonio se transformó en resentimiento por lo que ella había hecho por su propia reacción, y por la omnipresente e irritante confusión que lo perseguía.

Nunca en toda su vida había tenido tantos problemas con una mujer. Era tan bueno con los caballos como en los salones de baile. Sus méritos en la silla de montar eran ampliamente reconocidos, y pese a toda su experiencia, con Flick tenía que conformarse con ir pisándole los talones. Siempre tenía que estar readaptándose, recalculando, reevaluando... y no era eso lo que Demonio había esperado. Por desgracia, no parecía que pudiese hacer mucho al respecto.

Tenía que seguir y no dejar de sujetar las riendas de ambos. Y hacer caso omiso de la humillante sensación de que ella escapaba a su control.

En su fuero interno lo sabía, pero no podía aceptarlo: aunque tenía muchísima más experiencia que ella, Flick no era la chiquilla a la que había hecho subir los colores bajo la glicina, la jovencita inocente a la que había besado junto a la orilla del arroyo y a la que había enseñado a amar en la posada de The Angel. Flick se había convertido en un misterio que todavía debía resolver.

La hornacina era muy profunda pero estaba abierta al salón. Si bajaban el tono de voz, podrían hablar con toda libertad, aunque debían recordar que no estaban en privado.

La llevó hasta la *chaise* y luego se sentó junto a ella.

—La próxima vez que quieras hablar conmigo, ¿crees que podrías dejar a un lado la manipulación y mandarme una simple nota?

Lo miró a los ojos.

—Viniendo de alguien que ha tratado de manipularme con tanta perseverancia, es como si la sartén le dijese al cazo: retírate que me tiznas. —Hablaba en tono sosegado, pero sus ojos emitían chispas azules.

Señaló a la multitud con la mano.

—Mira hacia delante y finge estar aburrida. Haz que parezca que estamos charlando tranquilamente mientras descansas.

Flick lo miró con los ojos encendidos, pero hizo lo que le decía.

—¿Así? —susurró.

—Te he dicho que finjas estar aburrida, no enfadada. —Demonio bajó la vista y vio que Flick tenía los puños apretados en el regazo—. Relaja las manos. —Pese a su irritación, había bajado el tono de su voz y lo había convertido en un suave susurro; después de un instante de vacilación, Flick abrió los puños.

Demonio miró también hacia delante, inspiró hondo y se dispuso a explicarle, de forma clara y sucinta, que en aquel círculo él tenía muchísima más experiencia que ella, que sabía exactamente lo que se hacía y que si ella se dignaba hacer lo que él le decía, todo iría bien...

—Quiero que pases más tiempo conmigo.

Al oír esa exigencia Demonio se enderezó, pero mantuvo su fachada de indolencia. Su respuesta instintiva a cualquier clase de exigencia externa solía ser la resistencia, pero en aquel caso la resistencia estaba templada por el deseo. Al darse cuenta de que no era en absoluto contrario a pasar la mayor parte del día al lado de Flick, Demonio se quedó conmocionado. Sintió que se le endurecían las facciones cuando afloraron en su mente todas las implicaciones y repasaba todas y cada una de las razones por las que no podía complacer a Flick. Entre ellas, y sobre todo, estaba aquel brillo sensual que ella emitía: si estaban juntos con frecuencia él no podría mantener una distancia prudente, y el brillo de Flick aparecería. Además, su relación había adquirido unos nuevos matices que, sencillamente, no deberían estar ahí. Por ejemplo, cuando él se acercaba demasiado a ella, Flick se volvía instintivamente hacia él; ya no se separaba con brusquedad como haría cualquier chiquilla dulce e inocente. Físicamente, ella estaba como pez en el agua en su compañía: femenina, seductora y atractiva, y no nerviosa y voluble como debería estar.

Inspiró hondo y se dispuso a decirle todo aquello, pero... lo último que deseaba en este mundo era verla cambiar.

—No —dijo, tajante. Al cabo de un momento, añadió—: Eso no es posible.

Para su sorpresa, ella no reaccionó, no volvió la cabeza y lo fulminó con la mirada; se limitó a seguir estudiando la sala.

Flick tardó algún tiempo en asimilar sus palabras. Había planteado su exigencia esperando una discusión, no un rechazo de plano. Y, sin embargo, se había dado cuenta de que Demonio se puso tenso en cuanto la oyó pronunciar esas palabras, así que tomó aliento y se dispuso a escuchar algo que hubiese preferido no escuchar. Pero, a pesar de todo, le costaba trabajo asimilarlo, tratar de entenderlo. ¿Qué quería decir con eso?

Un súbito presentimiento se apoderó de su cuerpo: la noche anterior lo había acusado de quererla como un simple adorno. Intentaba provocarlo para que lo negase. Pero él no lo había hecho. Tomó aliento y se concentró en mantener los dedos relajados, en dejar de retorcerlos. ¿Acaso, desde el principio, lo malinterpretó todo? ¿Acaso había malinterpretado por completo el vínculo que había entre ellos?

¿Se engañó pensando que él podría amarla algún día?

El frío le empezó en los tobillos y fue subiéndole por las piernas, se le congelaron los pulmones y se sintió un poco mareada. Pero tenía que saber la verdad. Lo miró a la cara. Tenía las facciones duras, decididas. No era su máscara social la que la estaba mirando, sino otra más pétrea, más implacable. Le escudriñó los ojos, de un azul cristalino, y tampoco allí halló rastro de ternura.

—¿No?

La palabra tembló en sus labios. Apartó la mirada con brusquedad, luchando por enmascarar el efecto que le había causado esa palabra, un golpe brutal para su corazón desprevenido.

Demonio se tensó, se removió en su asiento y luego se echó hacia atrás. Un momento después, dijo en tono sereno:

—Si aceptas casarte conmigo, entonces podré pasar más tiempo contigo.

Flick se puso rígida.

—¿Ah, sí? —Primero un golpe, y luego un ultimátum.

En el mismo tono controlado, Demonio prosiguió:

—Sabes que deseo casarme contigo, que he estado esperando a que te decidas. ¿Lo has hecho ya?

Apartó aún más la cara para que él no viese la batalla que estaba librando para no mostrar el dolor que sentía.

Demonio contuvo una imprecación. Su estado de nerviosismo era evidente, y lo dejó aún más confuso que antes. Pero no podía cogerla y obligarla a mirarlo, obligarla a decirle qué demonios le pasaba, qué era lo que iba mal. Lo que iba mal entre ellos últimamente.

En ese momento deseó no haberla presionado para que le diese una respuesta, pero él la quería, y la agonía se hacía más insoportable cada noche. Con la mirada fija en sus rizos, esperó, sintiendo en cada rincón de su cuerpo la intensidad de aquel deseo, las contradicciones que había entre su máscara, su conducta y sus sentimientos. Quería presionarla, quería tranquilizarla, quería darle la respuesta correcta desesperadamente.

Uno de sus rizos, el mismo que tantas veces había vuelto a colocar en su sitio, se había soltado. Demonio levantó una mano, lo atrapó y se lo colocó detrás de la oreja.

Y se dio cuenta de que le temblaba la mano.

Aquella imagen lo alteró aún más y colocó la vulnerabilidad que había tratado de menospreciar al frente de sus problemas. Con el rostro duro y apretando la mandíbula, exigió, en tono áspero:

—¿Lo has decidido ya?

Flick lo miró, se obligó a sí misma a mirar sus duros ojos azules e intentó ver más allá de la máscara implacable. Sin embargo, no descubrió un solo indicio de lo que buscaba: aquél no era el hombre que amaba, el ídolo de sus sueños, el hombre que le había hecho el amor lentamente durante toda la noche en The Angel. El hombre que creía que aprendería a amarla.

Apartó la vista, tomó aliento y lo contuvo.

—No... pero creo que he cometido un terrible error.

Él se puso tenso.

Ella volvió a inspirar hondo.

—Y ahora, si me disculpas...

Flick inclinó un poco la cabeza y se levantó. Demonio se levantó con ella; estaba tan atónito que se había quedado sin habla. No podía pensar, así que no pudo hacer nada para detenerla, para evitar que se marchara de su lado.

Flick regresó junto al grupo al que había dejado antes.

Al cabo de unos segundos ya estaba rodeada de caballeros. Demonio la observaba desde el flanco del salón.

La palabra «error» le ardía en el cerebro. ¿Quién lo había cometido en realidad, él o ella? El rechazo de ella —¿cómo si no iba a interpretarlo?— lo estaba abrasando. Entrecerró los ojos cuando la vio saludar con aire cortés a un hombre. ¿Debía, por una vez, tragarse su orgullo y tomarle la palabra?

Al pensarlo sintió como si una gota de ácido le corroyera el corazón.

Entonces la vio componer una sonrisa fugaz con gran esfuerzo; en cuanto el caballero apartó los ojos de ella, su sonrisa desapareció y Flick lanzó una mirada furtiva hacia donde estaba él.

Demonio captó su mirada: vio la expresión dolida y atormentada en los ojos de Flick. Soltó un imprecación y dio un impulsivo paso adelante; entonces recordó dónde se encontraban. No podía atravesar la habitación, tomarla entre sus brazos y besarla hasta que perdiese el sentido, ni mucho menos jurarle amor eterno.

Conteniendo un gruñido, cinceló todas sus facciones para adoptar una expresión neutra que le permitiese avanzar entre la multitud, giró sobre sus talones y se marchó de la casa.

Cada vez que intentaba manejarla, las cosas salían mal. Ella se negaba a obedecerle y nunca reaccionaba de forma predecible cuando Demonio tiraba de las riendas. Él había esperado que lo tendría todo bajo control, pero al parecer no era así como iban a ser las cosas.

Demonio, de pie en el umbral del cuarto de los niños en el 12 de Clarges Street, la casa a la que soñaba traer a Flick como su esposa, miró a su alrededor. La habitación estaba bajo los aleros, era grande, tenía mucha luz y estaba bien ventilada. No le resultaba difícil imaginarse a Flick allí, iluminándolo todo con sus rizos, más brillantes que el sol, bañando todos los rincones con su calidez ni tampoco en las habitaciones del piso de abajo.

La casa estaría fría sin ella.

Él tendría frío sin ella, más frío que si estuviera muerto.

Sabía que ella quería algo de él, algo más que unas cuantas horas cada día. Incluso sabía qué era ese algo. Si deseaba convencerla de que no había cometido ningún error, de que su corazón seguía perteneciéndole, iba a tener que darle algo más de lo que le había dado hasta ahora.

No necesitaba oírla decir que lo amaba, lo sabía desde hacía algún tiempo: desde The Angel o incluso desde antes. Sin embargo, había pensado en los sentimientos de Flick como en un amor «joven», inmaduro e inexperto, algo que podía manejar sin tener que revelar la intensidad de sus propios sentimientos. Incluso había utilizado las costumbres de su círculo social para que lo ayudasen a ocultarlos, a disimular las emociones que a veces sentía con tanta fuerza que no conseguía contener.

Desde luego, no podía manejarlas, ni a ella tampoco.

Tomó aire profundamente, y luego lo exhaló despacio. Lo que ahora había entre ellos era una obsesión, intensa, pertinaz e imposible de desmentir, tanto por su parte como por la de ella. Estaban hechos el uno para el otro, pero si Demonio no se enfrentaba a aquello que más temía, a su único miedo, si no se rendía y pagaba el precio, la perdería para siempre.

Una posibilidad que el Cynster que llevaba dentro jamás podría aceptar.

Permaneció allí de pie durante largo rato, con la mirada perdida en la habitación vacía. Luego dejó escapar un suspiro y se enderezó. Tendría que volver a verla a solas de nuevo y averiguar qué era exactamente lo que tenía que hacer para que ella aceptase ser suya.

Aquella noche, en compañía de Horatia, Flick asistió a la velada musical de lady Merton. Las reuniones musicales eran el único evento social al que Demonio se había negado en redondo a asistir. Flick entró en la habitación justo cuando la soprano empezaba a aullar: se estremeció y trató de ahuyentar el pensamiento de que su reacción ante aquella música era algo que compartía con Demonio, otra cosa más. Sin embargo no compartían lo más importante, lo único que realmente importaba.

Intentando disimular la deplorable tendencia a temblar que en esos momentos tenía su barbilla, paseó la mirada por las hileras de asientos en busca de uno vacío. Había acudido a refugiarse en el tocador de señoras para evitar a las gemelas, pues una sola mirada a sus expresiones alegres y vivarachas, a sus ojos perspicaces, habría bastado para hacerla huir. Ninguna de sus máscaras era lo bastante sólida para ocultarles la tristeza que la inundaba por dentro.

Esperaba poder sentarse junto a Horatia, pero la madre de Demonio estaba rodeada, al igual que las gemelas. Echando un vistazo alrededor de la habitación, trató de localizar un asiento vacío y...

—¡Aquí, querida! —Unos dedos como garras la asieron del codo. Con una fuerza asombrosa, la arrastraron hacia atrás—. Siéntate y deja ya de moverte... ¡me distraes!

Se sentó bruscamente, y se dio cuenta de que se encontraba en un canapé, al lado de lady Osbaldestone.

—G... gracias.

Con las manos cruzadas sobre su bastón, la dama miró a Flick con sus ojos negros y penetrantes.

—Estás un poco paliducha, querida. ¿No duermes lo suficiente?

Flick deseó disponer de una máscara con la que ocultar su rostro; la mirada de la anciana era aún más perspicaz que la de las gemelas.

—Estoy muy bien, gracias.

—Me alegro de oírlo. ¿Cuándo será la boda entonces, eh?

Por desgracia, estaban suficientemente lejos de los demás invitados para no tener que permanecer en silencio. Mirando a la cantante, Flick trató de aplacar el temblor de sus labios, de su voz.

—No va a haber ninguna boda.

—¿De veras? —El tono de la venerable dama era de curiosidad. Sin apartar la mirada de la cantante, Flick asintió—. ¿Y eso por qué?

—Porque no me ama.

—¿Ah, no? —Y pronunció aquellas palabras con una sorpresa considerable.

—No. —A Flick no se le ocurría ningún modo más sutil de decirlo, a pesar de que la sola idea bastaba para alterarla. Flick intentó respirar con más serenidad para tratar de aflojar el fuerte nudo que se le había formado en el corazón. Se le había formado la noche anterior y todavía no había desaparecido.

Pese a todo, ella todavía lo quería, todavía quería casarse con él, desesperadamente. Pero ¿cómo podía hacerlo? Él no la amaba, y tampoco esperaba llegar a hacerlo. El matrimonio que él pretendía era una pantomima de todo lo que ella creía, de todo lo que quería. No podía soportar la idea de verse atrapada en una unión de conveniencia, sin amor. Semejante matrimonio no era para ella, ella no podía casarse así, sencillamente.

—Dile una cosa a esta anciana, querida, ¿por qué piensas que no te ama?

Al cabo de un momento, Flick miró a lady Osbaldestone. Estaba arrellanada hacia atrás, esperando tranquilamente, dedicándole toda su atención. Pese a sentirse muy unida a Horatia, Flick no podía hablar de los defectos del hijo de ésta con su amable y generosa anfitriona, pero... Recordando las primeras palabras de afecto que le había dedicado lady Osbaldestone a su llegada a Londres, Flick tomó aliento y miró hacia delante.

—Se niega a dedicarme su tiempo, sólo el justo aceptable. Quiere casarse conmigo para tener una esposa adecuada, el adorno propicio en su brazo en las reuniones familiares. Puesto que nos compenetramos en muchos aspectos, ha decidido que ésa sea yo. Espera casarse conmigo y... bien, desde su punto de vista, eso es todo.

La venerable dama emitió un sonido a medio camino entre un resoplido y una risotada.

—Perdona que te hable sin rodeos, querida, pero si eso es todo lo que tienes contra él, yo que tú no me precipitaría tanto en mis juicios.

Flick lanzó una mirada perpleja a su provecta interlocutora.

—¿Ah, no?

—No, desde luego que no. —La dama se recostó hacia atrás—. Dices que no pasa demasiado tiempo a tu lado... ¿no será que no «puede» pasar ese tiempo contigo?

Flick parpadeó.

—¿Y por qué no iba a poder?

—Tú eres joven y él es mucho mayor, eso por sí solo restringe los terrenos en los que vuestros caminos pueden cruzarse en la ciudad. Y una restricción aún mayor la impone su reputación. —La venerable dama la miró fijamente—. Porque estás al tanto de su reputación, ¿verdad? —Flick se sonrojó, pero asintió con la cabeza—. Pues entonces, si lo piensas un momento, verás que él tiene muy pocas oportunidades para estar contigo. ¿No está aquí esta noche?

—No le gustan las veladas musicales.

—Sí, bueno, eso les pasa a muchos caballeros. Mira a tu alrededor. —Ambas lo hicieron. La soprano aulló y la anciana resopló de nuevo—. Ni siquiera yo estoy segura de que me gusten las reuniones musicales. Normalmente te ha acompañado a todos los eventos sociales nocturnos, ¿no es así? —Flick asintió—. Entonces, pensemos qué más podría hacer. No puede estar pendiente de ti porque siendo él quien es y siendo tú quien eres, la sociedad no lo vería con buenos ojos. No puede estar contigo durante el día, ni en el parque ni en ningún otro sitio, ni tampoco puede estar todo el día acechando la casa de sus padres, eso seguro. Ni siquiera puede incorporarse a tu círculo de amigos en las veladas sociales.

Flick frunció el ceño.

—¿Por qué no?

—Porque la sociedad no aprueba que los caballeros de su edad y experiencia muestren sus preferencias demasiado abiertamente, igual que no aprueba que las damas demuestren sus sentimientos en público.

—Ah.

—Así es. Y todos los Cynster conviven con las reglas de la sociedad sin ni siquiera pensar en ellas, al menos en lo que respecta al matrimonio, y sobre todo en cualquier cosa que tenga que ver con la mujer con la que se casen. Romperán gustosos cualquier regla que se interponga en su camino, pero no cuando se trata de matrimonio. Yo misma no lo comprendo, pero he conocido tres generaciones y todos han hecho lo mismo. Te doy mi palabra.

Flick hizo una mueca de dolor.

—Bien, Horatia mencionó el otro día que no lo has aceptado todavía, de modo que eso sólo supone una carga adicional para él. Siendo un Cynster, le gustaría estar contigo a todas horas, obligarte a aceptarlo, pero no puede. Lo cual, por supuesto, explica que todos estos días haya estado paseándose más tieso que un alambre. Tengo que decir que ha acatado la disciplina a la perfección; está haciendo lo que la sociedad espera de él al mantener una distancia razonable hasta que aceptes su proposición.

—Pero ¿cómo puedo saber si él me quiere si nunca está cerca?

—A la sociedad no le preocupa el amor, sólo su propio poder. Bueno, ¿dónde estábamos? Ah, sí. Puesto que no quiere que ni él ni tú ni su familia parezcáis bichos raros, y como, desde luego, no quiere que la sociedad mire con recelo vuestra relación, se limita a hacerte visitas de media hora en presencia de Horatia, y sólo una o dos a la semana, a dar contigo algún paseo por el parque, una vez más, con no demasiada frecuencia, y a acompañarte a ti y a Horatia a los bailes. Cualquier otra cosa se consideraría inaceptable para nuestro círculo social, algo que ningún Cynster ha sido jamás.

—¿Y qué me dice de montar a caballo en el parque? Sabe que me gusta montar.

Lady Osbaldestone la miró fijamente.

—Tú eres de Newmarket, ¿no es así? —Flick asintió—. Bien, montar a caballo por el parque significa que pasearás a tu montura de la correa, a pie. Como mucho, podrás ir al trote durante sólo unos instantes, pero ése es el límite de lo que se considera el estímulo adecuado para una mujer que vaya a caballo. —Flick la miró perpleja—. Entonces, ¿te sorprende que no te haya llevado a montar a caballo al parque? —Flick negó con la cabeza—. Ah, bueno, ahora ya sabrás valorar los malabarismos que ha estado haciendo Harry durante las últimas semanas. Y desde su punto de vista, no se atreve a dar un paso en falso. Ha sido la mar de entretenido, la verdad. —Lady Osbaldestone se echó a reír y dio unas palmaditas a Flick en la mano—. Bueno, y ahora, en cuanto a si te ama o no, es evidente que has pasado por alto un detalle muy importante.

—¿Ah, sí? —Flick la miró a la cara.

—Te llevó a dar un paseo en coche por el parque.

—Sí. —Y con su expresión quería decir: «Sí, ¿y qué?»

—El clan de los Cynster nunca lleva a ninguna mujer a pasear en coche por el parque, es una de esas ridículas decisiones arrogantes, prepotentes y tan machistas de los Cynster, pero simplemente no lo hacen. Las únicas mujeres a las que algunos de ellos han llevado alguna vez han sido sus esposas.

Flick frunció el ceño.

—Él no me dijo nada de esto.

—Ya me lo imagino, pero fue una declaración, pese a todo. Paseándote por el parque dejó claro a todas las venerables damas de nuestro círculo social que piensa pedirte en matrimonio.

Flick se quedó pensativa un instante y luego hizo una mueca.

—Pero eso no es una declaración de amor.

—No, tienes razón. Sin embargo, está la cuestión de su estado actual: tenso como la cuerda de un violín a punto de romperse. Nunca ha tenido un carácter demasiado plácido, no es una persona de trato fácil, como Sylvester o Alasdair. Su hermano Spencer es reservado, pero Harry es impaciente y testarudo. Es algo muy revelador que un hombre como él se someta de forma voluntaria y consciente a la frustración.

Flick no estaba convencida, pero...

—¿Por qué hizo esa declaración? —Miró a lady Osbaldestone—. Supongo que tendría una razón...

—Lo más probable es que fuese para mantener a los caballeros de más experiencia, sus iguales por decirlo así, a distancia, aunque él no estuviese a tu lado.

—Como advertencia, ¿más o menos?

Lady Osbaldestone asintió con la cabeza.

—Y entonces, por supuesto, montaba guardia desde el otro extremo de cada salón de baile, sólo para asegurarse. —Flick sintió que le temblaban los labios. Lady Osbaldestone lo vio y asintió—. Exactamente. No hay razón, pues, para calentarse la cabeza sólo porque no esté contigo a todas horas. En cuanto a su conducta, ha manejado el asunto de manera impecable... Lo cierto es que no sé qué más quieres de él. En cuanto a su amor, ha demostrado ser posesivo y protector respecto a ti, ambas distintas facetas de esa emoción, facetas que los caballeros como él tienen tendencia a mostrar más abiertamente. Pero para que brillen las facetas, la joya tiene que estar ahí, en el corazón. La pasión por sí sola no produce el mismo efecto.

—Mmm... —murmuró Flick para sí.

La cantante llegó al final de su actuación, una sola nota

aguda y sostenida. Cuando terminó, todo el mundo se puso a aplaudir, incluidas Flick y lady Osbaldestone. El público se levantó de inmediato y empezó a arremolinarse, charlando animadamente. Otras personas se acercaron al canapé y Flick se puso de pie.

Lady Osbaldestone respondió a la reverencia de despedida de Flick.

—Piensa en lo que te he dicho, querida. Ya verás como tengo razón.

Flick la miró a sus astutos ojos, asintió y se dio media vuelta.

Los comentarios de lady Osbaldestone arrojaban nueva luz sobre los acontecimientos, pero... Mientras el carruaje de Horatia avanzaba a trompicones por el adoquinado, Flick hizo una mueca de dolor, dando gracias por el cobijo que le proporcionaban las oscuras sombras que la rodeaban. Todavía no sabía si Demonio la amaba, si podría amarla o si la amaría algún día. Se conformaría con cualquiera de estas tres alternativas, pero no con menos.

Al repasar las semanas anteriores, tuvo que reconocer el sentimiento de posesión y de protección que manaba de él, pero no estaba segura de que en su caso eso no fuese más que un mero reflejo de su deseo. Éste sí que era fuerte e intenso, increíble y conmovedoramente poderoso, pero no era amor.

La frustración de Demonio, que iba paulatinamente en aumento, más bien se debía, según el parecer de Flick, a la frustración de su deseo, agravada por el hecho de que ella todavía tenía que aceptar su proposición. No veía el amor por ninguna parte, por mucho que lo buscase. Y si bien lady Osbaldestone le había explicado por qué no podía pasar la misma cantidad de tiempo con ella en la ciudad que cuando estaban en el campo, no le había explicado por qué seguía guardando las distancias cuando estaba junto a ella.

Mientras el vehículo avanzaba trastabillando por las calles de Londres, iluminadas por la luz de los faroles, Flick no dejaba de darle vueltas y más vueltas, pero siempre volvía a la misma cuestión, la más fundamental para ella: ¿la amaba Demonio?

Dejó escapar un suspiro mudo; se sentía agradecida con lady Osbaldestone por al menos haberle hecho albergar esperanzas de nuevo; se quedó mirando por la ventanilla y consideró distintos modos de obligar a Demonio a que le respondiese a su pregunta. Pese a que formaba parte de su natural forma de ser, se resistía a preguntárselo de modo directo. ¿Y si le contestaba que no, cuando en realidad no quería decir eso, bien porque él mismo no sabía que la amaba, bien porque lo sabía pero no estaba dispuesto a admitirlo?

Todo era posible; nunca le había dicho lo importante que era para ella que él la amase. No se le había pasado por alto el detalle de que en los últimos tiempos había empezado a adquirir el hábito de utilizar ese monosílabo con ella cada vez con más frecuencia: en este asunto no podía arriesgarse a que se lo soltara. Si le contestaba que no, sus renovadas esperanzas morirían y su sueño se desvanecería.

El carruaje dobló una esquina y, con el vaivén, Flick se acercó más a la ventanilla. A través del cristal, vio a un grupo de hombres de pie en la puerta de una taberna. Vio que uno de ellos alzaba un vaso para hacer un brindis... vio su pañuelo rojo, vio su rostro... Dio un respingo y se enderezó mientras el carruaje seguía desfilando por la calle.

—¿Te encuentras bien, querida? —le preguntó Horatia.

—Sí. Es sólo que... —Flick parpadeó—. Debo de haberme quedado dormida.

—Duerme si quieres, todavía nos queda un largo trecho. Te despertaré cuando lleguemos a Berkeley Square.

Flick asintió, pensando a toda velocidad y olvidándose de sus problemas. Quiso preguntarle a Horatia dónde estaban, pero se lo pensó mejor: era incapaz de explicar su súbita necesidad de conocer los nombres de las calles. A partir de entonces, mantuvo los ojos pegados al exterior, pero no vio ninguna señal particular hasta que estaban a punto de llegar a la casa.

Para entonces, ya había decidido qué hacer. Disimuló su impaciencia y se dispuso a esperar. El carruaje se detuvo al pie de la mansión Cynster. Cuando bajó, Flick se puso al lado de Horatia y ascendió junto a ella la escalinata. Cuando subían las escaleras sofocó un bostezo y, dando las buenas noches, se despidió de Horatia en la galería y se dirigió a su habitación.

En cuanto hubo doblado la esquina del pasillo, se arremangó la falda y echó a correr. La suya era la única habitación que estaba ocupada de toda el ala, y le había prohibido a la sirvienta que la atendía que la esperase allí arriba, de modo que no había nadie que pudiese verla entrar a todo correr en su habitación, nadie que la oyese abrir el armario y arrojar al suelo sus maletas, ni nadie que la viese despojarse precipitadamente de su bonito vestido y dejarlo tirado en el suelo.

Nadie que la viese vestirse con un atuendo que habría hecho sonrojarse a cualquier señorita.

Al cabo de diez minutos, tras convertirse de nuevo en Flick el mozo de cuadra, la joven bajó las escaleras con paso sigiloso. La puerta no se cerraba con llave, hasta que llegaba el padre de Demonio, normalmente al despuntar el alba. Hasta entonces, Highthorpe sacaba brillo a la plata en la antecocina, justo al lado de la puerta de servicio. Flick avanzó por el pasillo. La puerta principal no hizo ningún ruido: la abrió lo justo para poder deslizarse fuera, pues le preocupaba que una ráfaga de aire pudiese alertar a Highthorpe. No volvió a respirar aliviada hasta que la hubo cerrado de nuevo a sus espaldas.

A continuación, bajó la escalinata y se adentró en la noche. Se detuvo en la sombra de un alero. Su primer impulso fue recorrer el mismo camino que había realizado con el carruaje volviendo sobre sus pasos, encontrar a Bletchley y luego seguirlo. Sin embargo, aquello era Londres, no Newmarket, y no era en absoluto aconsejable, a pesar de ir vestida de aquella guisa, deambular sola por las calles.

Aceptando la realidad, dirigió sus pasos hacia Albemarle Street.

20

Por suerte, Albemarle Street no estaba muy lejos. No le costó ningún esfuerzo encontrar la casa estrecha, pues Horatia se la había señalado al pasar. Demonio vivía allí solo, con Gillies, su factótum general, cosa que Flick agradecía enormemente, pues al menos no tendría que tratar con extraños.

Deslizándose entre las sombras hasta los escalones delanteros, se fijó en un carruaje solitario que había unas puertas más abajo, en la misma calle. El cochero estaba removiéndose en la caja, tapándose con una manta; por suerte, estaba de espaldas a ella. Flick subió los escalones sigilosamente y llegó al aldabón de bronce. Se armó de valor y cuando se dispuso a golpearlo levemente la puerta cedió unos centímetros escasos. Contuvo el aliento y se quedó mirando la rendija. Empujó con los dedos y la puerta se abrió lo bastante para que pudiera colarse por ella.

Flick entró y, una vez en la penumbra que se extendía detrás de la puerta, miró a su alrededor y luego cerró la puerta tras de sí. Estaba en un pasillo estrecho y, justo delante, tenía un tramo de escaleras. La casa contigua compartía la pared que quedaba a su derecha y a su izquierda había una puerta cerrada que sin duda daba al salón. Junto a las escaleras se extendía un estrecho pasillo.

Tal vez Demonio no estaba en casa, pues no se veía luz por debajo de la puerta del salón. Flick alzó la vista y vislumbró una débil luz en el descansillo del piso superior. La habitación de arriba era probablemente su dormitorio.

Se mordió el labio y miró hacia las estrechas escaleras... Y oyó el ruido de una súbita refriega, seguido del rechinar de las patas de unas sillas sobre el suelo de madera pulida. Y, justo después, oyó con toda claridad el ronroneo de una voz femenina, con acento extranjero, que no dejaba de arrastrar las erres:

—Harrrrry, mi demonio...

Flick empezó a subir las escaleras sin pensárselo dos veces.

En el piso de arriba se oyó un sonoro exabrupto y, a continuación:

—¡¿Qué diablos estás haciendo aquí, Celeste?!

—Bueno, he venido a hacerrrte compañía, Harrry... Esta noche hace frrrrío, y vengo a arrrroparrrrte...

Demonio profirió otro exabrupto, igual de airado que el anterior, a modo de respuesta. A continuación, añadió:

—Esto es ridículo. ¿Cómo has entrado?

—Eso no imporrrrta. Aquí estoy. Deberrrías, como mínimo, recompensarrrme por mi hazaña.

Entre las sombras del descansillo, pegada a la puerta, Flick oyó un suspiro grave, muy masculino, de exasperación.

—Celeste, ya sé que no dominas mi idioma, pero «no» suele ser «no» en casi todas las lenguas del mundo. ¡Te lo he dicho al menos cuatro veces! Se acabó. *Finis!*

Sonó como si hubiese pronunciado aquella frase apretando mucho los dientes.

—No puedes decirrrlo en serrrio, ¿cómo puedes...?

El tono de Celeste era de incredulidad absoluta. El suave frufrú de la seda llegó hasta los oídos de Flick y ésta se acercó aún más a la puerta, apoyando una oreja en el panel de madera.

Un explosivo improperio le dio un susto de muerte.

—¡Maldita sea! ¡No hagas eso!

Siguió una breve escaramuza. Una confusa trifulca de imprecaciones y exabruptos mezclados con las tácticas de seducción de Celeste, cada vez más explícitas, hicieron que Flick frunciera el ceño hasta que...

La puerta se abrió de golpe.

—¡Gillies!

Flick se apartó de un salto... y se encontró mirando directamente al rostro de Demonio, cuya expresión ceñuda se transformó en un instante en un gesto de desconcierto absoluto.

Demonio estaba de pie, en mangas de camisa, en la puerta de su dormitorio, con gesto de total incredulidad y sus facultades aún dominadas por la furia, apresando con una mano las muñecas de su acosadora ex amante y mirando fijamente a los desorbitados ojos azules de su futura esposa. Por un instante, la cabeza empezó a darle vueltas literalmente. Flick, por fortuna, estaba igual de atónita que él, mirándolo sin decir una sola palabra.

Acto seguido, Gillies apareció por el pasillo:

—¿Sí, señor?

Demonio se asomó a las escaleras. A sus espaldas, Celeste se revolvía y le arañaba las manos. Demonio ocupó todo el quicio de la puerta para que ésta no pudiese ver a Flick que ahora estaba agazapándose en el rincón del minúsculo descansillo, calándose la gorra y tapándose la cara con la bufanda.

Demonio tomó aliento, dio un paso adelante y se volvió, apretujando a Flick en el rincón que había tras él.

—La condesa se marcha. ¡Ahora mismo! —Obligó a Celeste a salir de su habitación y la soltó. Impertérrito, le señaló las escaleras.

Celeste se detuvo un instante, escupiendo furia con sus ojos negros; a continuación pronunció tres palabra malsonantes que Demonio se alegró de no comprender, irguió la cabeza tratando de conservar la poca dignidad que le quedaba, se echó la capa por los hombros y desapareció por las escaleras.

Gillies le abrió la puerta.

—Su coche la espera, señora.

Sin echar la vista atrás, Celeste salió de la casa y Gillies cerró la puerta.

Flick, todavía agazapada detrás de Demonio, esbozó una sonrisa de satisfacción: lo había visto todo por debajo de su brazo. Se levantó de un salto y se quedó pegada a la pared mientras él se volvía hacia ella y le pedía explicaciones con un rugido.

—¿Y se puede saber qué narices crees que haces tú aquí?

—¿Cómo? —Perplejo, Gillies miró hacia arriba—. Oh, Dios santo...

Teniendo en cuenta lo que veía en los ojos de Demonio, Flick no creía que Dios fuese a servirle de mucha ayuda. Apenas recordaba la respuesta a su pregunta.

—He visto a Bletchley.

Él pestañeó y retrocedió un paso.

—¿Bletchley?

Ella asintió.

—En una de las esquinas por las que pasamos de camino a casa al volver de la velada musical.

—¿De Guilford Street?

Asintió de nuevo.

—Había una taberna en la esquina, él estaba bebiendo y charlando con unos mozos. Y además... —hizo una pausa dramática— ¡llevaba librea!

Lo cual, por supuesto, explicaba por qué no lo habían encontrado, por qué no había aparecido por ninguno de los lugares habituales de encuentro entre caballeros para reunirse con los miembros de la organización. Seguramente trabajaba en la propia casa de alguno de los miembros.

Demonio examinó la cara de Flick mientras su mente trabajaba a toda velocidad.

—¿Gillies?

—Sí, iré a por un coche. —Se puso el abrigo y salió a la calle.

Demonio se irguió e inspiró hondo, manteniendo la mirada en los ojos de Flick.

—¿Qué esquina era?

—No lo sé, no conozco bien las calles de Londres. —Ladeó la barbilla y lo miró directamente a los ojos—. Lo sabría si la viese de nuevo.

Él le lanzó una mirada suspicaz, pero ella no apartó los ojos. Mascullando una imprecación, Demonio se dio media vuelta.

—Espera aquí.

Fue a buscar su abrigo, se lo puso y luego la acompañó por las escaleras hasta el coche. Siguiendo sus órdenes, Gillies también los acompañó y se subió al pescante, junto al cochero.

—A Guilford Street, lo más rápido que pueda. —Demonio cerró la portezuela y se sentó.

El conductor siguió sus órdenes al pie de la letra. Ni Demonio ni Flick pronunciaron una sola palabra mientras avanzaban traqueteando por las calles y doblando las esquinas a toda velocidad. Al llegar a Guilford Street, Demonio le dijo al cochero que se dirigiese rumbo a Berkeley Square, siguiendo las instrucciones que le daba Flick. Con el cuerpo inclinado hacia delante, la joven fue examinando las calles y escogió la ruta necesaria sin equivocarse.

—Era un poco más adelante... ¡justo ahí! —Señaló la pequeña taberna de la esquina—. Estaba allí, de pie junto a aquel barril.

Por desgracia, Bletchley había desaparecido.

—Échate hacia atrás. —Demonio la apartó de la ventanilla y luego ordenó al conductor que se parase al llegar a la siguiente esquina. Cuando el coche se detuvo por completo, Gillies se bajó del vehículo y se acercó a la portezuela. Demonio señaló a la taberna con la cabeza—. Ve a ver qué averiguas.

Gillies asintió y, con los manos en los bolsillo, se marchó silbando una tonada muy poco melodiosa.

Flick se desplomó en el asiento de cuero y se quedó mirando la noche. A continuación, bajó la mirada y jugueteó con sus dedos. Dos minutos después inspiró hondo y levantó la cabeza.

—La condesa es muy guapa, ¿verdad?

—No.

Miró a Demonio con sorpresa.

—¡No seas ridículo! Esa mujer es preciosa.

Demonio volvió la cabeza y la miró a los ojos.

—No para mí.

Se miraron fijamente el uno al otro, se hizo un largo silencio y a continuación él bajó la mirada. Levantó una mano, extendió el brazo, le tomó a Flick una de las suyas y la envolvió con sus largos dedos.

—Ella, y todas las demás, vinieron antes de conocerte. Ya no me importan, ya no significan nada para mí. —Deslizó los dedos entre los de ella y le apretó la mano con fuerza—. Mi gusto —siguió diciendo en voz baja mientras apoyaba sus manos entrelazadas encima de su muslo— ha cambiado últimamente... desde que visité Newmarket por última vez, para ser más exactos.

—¿Ah, sí?

—Sí. —El fantasma de una sonrisa planeaba sobre su voz—. Últimamente encuentro los rizos dorados mucho más atractivos que los rizos morenos. —Una vez más la miró a los ojos y luego continuó admirando la totalidad de su rostro—. Y las facciones que podrían ser obra de Botticelli, mucho más hermosas que las meramente clásicas.

Una fuerza muy poderosa empezó a agitarse en la oscuridad que los separaba... Flick la percibió. Se le fue acelerando el corazón, le latía desbocado. Y cuando la mirada de Demonio se posó sobre sus labios, empezaron a palpitar con fuerza.

—He descubierto que prefiero mil veces el sabor de la dulce inocencia que los manjares más exóticos. —Su voz se había transformado en un murmullo grave que se deslizaba sutilmente por las terminaciones nerviosas del cuerpo de Flick. Demonio se detuvo para tomar aliento, y bajó la mirada—.

Y ahora, los miembros esbeltos y firmes, las curvas delicadas, me parecen mucho más fascinantes, mucho más seductores, que otras formas más exuberantes.

Flick sintió que su mirada, más tórrida que el sol, le recorría el cuerpo de abajo arriba. Demonio escudriñó sus ojos y luego levantó su otra mano para acariciarle la cara. Apresó su barbilla con los dedos, la miró a los ojos, la sujetó, y muy, muy despacio, la atrajo hacia sí.

—Por desgracia —susurró, exhalando la palabra ante sus labios anhelantes—, sólo hay una mujer que reúne todos mis requisitos.

Ella abandonó la admiración de sus labios alargados y esbeltos y, alzando las pestañas, se sumergió en sus ojos.

—¿Sólo una?

Apenas acertó a pronunciar las palabras.

Él sostuvo su mirada.

—Una. —Bajó la mirada hasta sus labios y dejó caer las pestañas al tiempo que se acercaba un poco más a ella—. Sólo una.

Sus labios se rozaron, se acariciaron, se acoplaron...

La tonada desafinada de Gillies se oía cada vez más cerca.

Demonio renegó para sus adentros y, a regañadientes, se alejó de Flick y se sentó en el asiento.

Flick también estuvo a punto de soltar una imprecación. Aturullada, sin aliento, con un apetito voraz, trató por todos los medios de apaciguar su respiración.

Gillies apareció en la portezuela.

—Efectivamente, era Bletchley. Es el mozo de alguien, pero, al parecer, aquí nadie sabe quién es su amo. No es un cliente habitual. Esta taberna es donde los cocheros suelen esperar a que sus amos acaben en... —Gillies se interrumpió y palideció de repente.

Demonio frunció el ceño. Se inclinó hacia delante, miró hacia la calle y se recostó hacia atrás.

—¿Las casas? —sugirió.

Gillies asintió.

—Sí, eso es.

Flick le echó un vistazo a la elegante hilera de casas.

—Tal vez podríamos averiguar qué casas ha tenido invitados esta noche y luego preguntar quiénes eran.

—No creo que ésa sea una opción. —Demonio sacudió la cabeza y Gillies aprovechó la ocasión para volver a subir al pescante—. A Berkeley Square.

El carruaje se puso en marcha. Demonio se arrellanó hacia atrás y fingió no ver el gesto ceñudo de Flick.

—No entiendo por qué no podemos preguntar en las casas, ¿qué podemos perder? —Se recostó en el asiento y se cruzó de brazos—. Son casas del todo normales, tiene que haber algún modo de averiguarlo.

—Mañana me encargaré de eso y daré instrucciones a mis hombres —mintió Demonio. Era mejor mentir que dejar que ella investigase por su cuenta. Aquella hilera de casas «normales» contenía un buen número de prostíbulos de lujo a los que no complacería responder preguntas indiscretas sobre la identidad de los clientes que habían requerido sus servicios la noche anterior—. Iré a ver a Montague mañana por la mañana y pondré a investigar a nuestra gente en el asunto. —Demonio asintió para sus adentros. Las cosas empezaban a cuadrar.

Flick se limitó a hacer una mueca de descontento. Demonio indicó al cochero que los dejara en la esquina de Berkeley Square y que luego llevase a Gillies a Albemarle Street. Demonio examinó las inmediaciones de Berkeley Square pero era muy tarde, de modo que no había nadie que pudiera ver a Flick, el mozo de cuadra, entrando con él en la casa. Sólo esperaba poder burlar a Highthorpe.

—Vamos. —Echó a andar por la acera y Flick avanzó a su lado. Cuando subían las escaleras que conducían a la casa de sus padres, Demonio la miró—. Sube las escaleras sin hacer ruido, yo distraeré a Highthorpe. —Agarró el pomo de la puerta y trató de hacerlo girar—. ¡Maldita sea! —Lo intentó de nuevo y empujó, pero fue en vano. Lanzó un improperio—. Mi padre debe de haber regresado temprano. Han cerrado con llave.

Flick miró a la puerta, horrorizada.

—¿Y cómo voy a entrar?

Demonio lanzó un suspiro.

—Por el salón trasero. —Miró a su alrededor, y luego la tomó de la mano—. Vamos, te lo enseñaré.

Volvieron a bajar la escalinata, la condujo por el estrecho hueco que separaba la casa de sus padres de la casa vecina y se adentraron en un callejón que recorría la parte posterior de las mansiones. Un muro de piedra de más de dos metros de altura flanqueaba el callejón. Demonio intentó abrir la puerta del muro, pero estaba cerrada. Flick miró el muro y gimió.

—Otra vez no...

—Me temo que sí. Venga. —Demonio entrelazó las manos. Refunfuñando, Flick apoyó en ellas su bota y él la impulsó hacia arriba. Como en Newmarket, tuvo que colocar la mano debajo de su trasero y empujarla hacia arriba. Flick volvió a refunfuñar. Demonio se agarró a la parte superior del muro, tomó impulso para encaramarse y pasó al otro lado de un salto, reuniéndose con Flick en los arbustos de abajo. La tomó de la mano, y desaparecieron entre los rododendros en dirección a la terraza posterior. Demonio le hizo señas para que Flick permaneciera en silencio y, acto seguido, sacó una pequeña navaja y se dispuso a abrir las puertas cristaleras del salón trasero. En menos de un minuto, la cerradura cedió y las puertas se abrieron.

—Ya está. —Se metió la navaja en el bolsillo y le hizo señas a Flick para que entrara.

Ella traspasó el umbral con gesto vacilante y él la siguió para desaparecer de la terraza, expuesta a la vista de todos...

Ella lo agarró de la manga.

—Todo parece tan distinto en la oscuridad... —murmuró—. Nunca había estado en esta habitación; tu madre nunca viene aquí. —Ella lo agarró con más fuerza y lo miró—. ¿Cómo llego a mi habitación?

Demonio la miró fijamente. Quería estar a solas con ella, hablar con ella en privado, pero para hacerlo necesitaba un entorno más formal, a plena luz del día; de lo contrario nunca conseguiría decirle lo que tenía que decirle. Acabaría olvidándose de sí mismo y no podría dejar de besarla. Protegido por la oscuridad, arrugó la frente.

—¿Dónde está tu habitación?

—Tengo que girar a la izquierda por la galería, ¿no es ésa la otra ala?

—Sí. —Reprimiendo una imprecación, Demonio cerró las puertas cristaleras y la tomó de la mano, añadiendo—: Ven, te acompañaré.

La casa era grande, laberíntica en la oscuridad, pero Demonio había recorrido todos sus pasillos en la oscuridad de la noche en muchas ocasiones. Había crecido en aquella casa y, por tanto, era capaz de encontrar el camino con los ojos cerrados.

Flick esperó el momento oportuno y lo siguió por las escaleras y luego hasta la larga galería. Las cortinas de los ventanales estaban corridas y la luz de la luna derramaba sus haces plateados sobre la alfombra oscura. Esperó a haber dejado atrás el segundo ventanal y luego dio un traspié y, se cayó...

Demonio se agachó y la tomó en brazos...

En un abrir y cerrar de ojos, ella se incorporó, levantó los brazos, le tomó la cara entre sus manos y lo besó apasionadamente, con furia... no pensaba esperar a averiguar si él tenía planeado besarla. ¿Y si no pretendía hacerlo?

Con su acción preventiva, los planes de Demonio quedaron relegados al olvido. Las imprecaciones se agolpaban en la cabeza de Demonio, pero él hacía oídos sordos a todas y cada una de ellas. El ruido ensordecedor de su corazón, del súbito rugir de su deseo no le permitían oírlas. Ella tenía los labios abiertos bajo los suyos y, sin pensarlo, Demonio se zambulló en ellos, saboreándola, regocijándose con su dulce misterio, bebiéndosela entera.

Y ella se ofreció a él, sin miramientos, sin timidez, con un ansia tan vehemente que le dio vértigo.

Demonio se echó hacia atrás para tomar aire, percibiendo con cada poro de su piel la exuberancia de aquellos senos henchidos que se oprimían contra su pecho. Se incorporó, y ella se agarró con fuerza a su nuca. Con los ojos encendidos, Flick se abalanzó de nuevo sobre sus labios.

Él fue al encuentro de más besos ardientes, sintiendo que la sangre le palpitaba en las venas, anticipándose a la satisfacción absoluta que prometía el cuerpo de ella, apretado contra el suyo con un dulce abandono. La rodeaba con sus brazos, pero era ella quien se hundía contra él con una entrega espontánea tan evocadora que todo su cuerpo se puso a temblar.

Demonio se apartó e inspiró hondo; aturdido, la miró a la cara, sutilmente iluminada por la luz de la luna. Bajo sus tupidas pestañas, ella se sumergió en su rostro y, con un dedo, le recorrió el labio inferior.

—Lady Osbaldestone me dijo que has estado guardando las distancias entre nosotros porque eso es lo que exige la sociedad. —Arqueó una delgada ceja—. ¿Es eso cierto?

—Sí. —Y se dispuso a degustarla de nuevo; era tan dulcemente embriagadora que lo estaba emborrachando.

Ella le entregó su boca sin tapujos, envolviéndole la lengua con la suya y luego retirándola.

—Dijo que cuando me llevaste aquella vez a pasear por el parque te estabas declarando. —Susurró aquellas palabras junto a sus labios, y luego lo besó.

Esta vez fue él quien se entregó y luego se retiró, con todos sus sentidos de experto libertino pendientes de cualquier sutil cambio. La miró y parpadeó. Soltó una imprecación para sus adentros y trató por todos los medios de no perder la cabeza, que no dejaba de darle vueltas. Como de costumbre, era ella quien marcaba el paso... Y a él sólo le quedaba seguirla a la zaga.

Flick levantó la cabeza, atrajo los labios de Demonio hacia los suyos y le dio otro beso lento e íntimo que los arrastró hasta el borde de la locura.

—¿Querías que el paseo por el parque fuese una declaración?

—Sí.

Demonio se dispuso a besarla de nuevo. Flick se echó hacia atrás.

—¿Por qué?

—Porque te quería. —Implacable, volvió a atraerla hacia sí.

Durante un largo rato, sólo reinó el silencio; fundidos en un abrazo, ambos ardían intensamente. Cuando volvieron a separarse para tomar aliento, los dos estaban jadeando. Tenían el corazón desbocado y la mirada salvaje, y sin que sus labios dejaran de rozarse, detuvieron el beso por unos instantes.

—Lady Osbaldestone dijo que te habría gustado presionarme, ¿por qué no lo hiciste?

Demonio se estremeció. La fuerza suave de ella, tan delicada, le llegaba a los huesos y lo hacía sentir débil, ansioso de poseerla.

—Quién sabe...

Quiso besarla de nuevo, pero ella se lo impidió: colocó una mano en uno de sus bíceps y luego la fue desplazando hacia su pecho. Se detuvo justo encima de su corazón, extendió los dedos y trató de hacer presión con ellos... pero no hicieron mella en el músculo completamente tenso de Demonio.

—Dijo que estabas frustrado. —Lo miró a los ojos—. ¿Tenía razón?

Él tomó aliento y se tensó aún más.

—¡Sí!

—¿Por eso no me dejas acercarme ni siquiera cuando estamos juntos?

Vaciló un instante y la miró en lo más profundo de sus ojos.

—Puedes achacarlo a la virulencia de mis sentimientos. Tenía miedo de que se me notaran demasiado. —Nunca jamás iba a decirle que ella era transparente, que brillaba.

Y en ese preciso instante, lo hizo: resplandeció con un brillo cegador. Él se abalanzó sobre ella y tomó su boca y ella se entregó con avidez, hundiéndose aún más en él, abierta y gozosamente, sintiendo su necesidad. Sus labios eran suaves, su lengua dispuesta a enmarañarse; él tomó cuanto ella libremente le ofrecía y se lo devolvió con creces.

—No podía soportar verte rodeada de esos perritos falderos, y los otros eran aún peor.

—Deberías haberme rescatado, deberías haberme llevado contigo. Yo no los quería.

—No lo sabía. No me lo habías dicho. —Demonio no sabía de dónde salían sus palabras, simplemente las veía flotar en el aire—. No soporto verte bailar el vals con otros hombres.

—No lo haré... nunca más.

—Bien. —Tras otro beso intenso, él añadió—: Sólo porque no esté a todas horas contigo no significa que no sea lo que más deseo en este mundo. —El «¡ajá!» de ella sonó profundamente satisfecho. Se dulcificó en los brazos de él. Con la respiración entrecortada, Demonio dio rienda suelta a sus instintos: el cuerpo de Flick, todavía enfundada en sus pantalones de montar, se deslizaba con la promesa de la seda cálida sobre su erección. Demonio apretó los dientes y se oyó a sí mismo admitir—: Por poco me vuelvo loco pensando que te enamorarías de uno de ellos, que preferirías a uno de ellos en lugar de a mí.

Ella se echó hacia atrás. A la luz de la luna, Demonio vio la sorpresa y el estupor en su rostro. Luego, su expresión se dulcificó. Poco a poco, le sonrió... y refulgió de nuevo.

—Eso no sucederá jamás.

La miró a los ojos y dio gracias a Dios, a la providencia... a quienquiera que lo hubiese preparado. Ella lo amaba... y lo sabía. Demonio pensó que tal vez podía dejarlo ahí, ahora que ya había admitido tantas cosas y aplacado los absurdos temores de Flick, sus ideas de que todas las precauciones que él había tomado eran signos de desinterés, de que su afán de contención e inhibición no era más que frialdad. Demonio se sumergió en sus ojos, se regocijó en su fulgor. Tal vez podría dejar que las cosas se resolviesen por sí solas...

Al cabo de un segundo, su pecho volvió a henchirse, inclinó la cabeza y la besó, intensamente, reclamándola, y cuando Flick comenzó a perder el juicio, cuando la cabeza le daba vueltas sin cesar, Demonio le susurró a los labios:

—Quería preguntarte...

Demonio se retiró un poco más y se abandonó en la contemplación de aquel rostro angelical, de esas facciones delicadamente dibujadas, la suave piel de marfil, los labios hinchados y rosados, los ojos brillantes bajo las espesas pestañas y los rizos dorados reluciendo aún a la luz de la luna... Su gorra había desaparecido, al igual que su bufanda. Y también su buen juicio.

—No pretendía que fuese así. Hoy has estado ocupada todo el día; tenía pensado venir mañana para hablar contigo formalmente.

Los labios de Flick dibujaron una sonrisa y sus brazos le estrecharon con más fuerza.

—Prefiero esto. —Arqueando levemente la espalda, apretó su cuerpo contra el de él. Demonio contuvo el aliento—. ¿Qué querías preguntarme?

Flick esperó y, con la escasa capacidad de razonar que le quedaba, se preguntó qué sería. Se sentía tan feliz, tan segura, tan deseada... Profunda, sincera e incontrolablemente deseada.

La miró a los ojos, y percibió que se estaba armando de valor.

—¿Qué hace falta para que me digas que sí? —Al cabo de un momento, le aclaró—: ¿Qué quieres de mí? ¿Qué quieres que haga? —Ella quería su corazón, quería que se lo ofreciese a sus pies. Flick oyó sus propias palabras en el interior de su cabeza, que había empezado a darle vueltas demasiado rápido. Tomó aliento—... Dime qué quieres. —Demonio hablaba en un susurro casi inaudible, pero Flick sintió sus palabras en su corazón.

Con los ojos muy abiertos, Flick le sostuvo la mirada y se quedó pensativa unos instantes: se preguntaba si se atrevería a hacerle la única pregunta que se había dicho a sí misma que nunca podría formularle. Se quedó unos instantes observando su rostro, y vio su fortaleza, y una devoción nueva, más visible, tan inamovible como inquebrantable, que estaba allí para servirle de apoyo. Nada de esto la sorprendió. Lo que la dejó sin aliento fue descubrir el deseo desnudo en sus ojos, en los áridos surcos de su rostro; por primera vez, Flick vio claramente la crudeza de su necesidad. Conmovida por aquella imagen, trastornada por sus consecuencias, se estremeció.

Le había preguntado cuál era el precio de su corazón; tendría que decirle que era el suyo.

Flick inspiró hondo, se serenó y se tranquilizó. Aquélla era, sin duda, la valla más alta que había tenido que saltar jamás. Sintió que los brazos de Demonio la rodeaban, que su corazón latía junto al suyo. Con los ojos fijos en los de él, ahora negros como la negra noche, inspiró hondo una vez más y le habló con el corazón en la mano.

—Necesito saber, creer que me amas. —Sus pulmones se quedaron paralizados y tuvo que forzarse para tomar aire—. Si me amas, te diré que sí.

La expresión del rostro de Demonio no se alteró. La miró durante largo rato y ella sintió los latidos de su propio corazón en la garganta. Luego Demonio se movió, envolviéndola por completo en su abrazo. Con la mirada fija en sus ojos, se acercó la mano de Flick a los labios.

Le besó el dorso de la mano.

—Podría decirte «te amo»... y así es. —Abrió los ojos y se topó con los de ella—. Pero no es tan sencillo, no para mí. Nunca quise una esposa. —Tomó aliento—. Nunca quise amar, ni a ti ni a ninguna otra mujer. Nunca he querido arriesgarme, nunca he querido que me obligasen a averiguar si podía soportar la tensión. En mi familia, amar no es fácil, no es un simple sentimiento alegre que hace a todo el mundo feliz. El amor, para nosotros, para mí, siempre iba a ser dramático, poderoso, inquietante... una fuerza ingobernable. Una fuerza que me controla, y no al revés. Sabía que no iba a gustarme... —La miró a los ojos de nuevo—. Y no me gusta. Pero... no es, por lo que parece, algo sobre lo que yo pueda decidir. —Esbozó una leve sonrisa—. Pensaba que estaba a salvo, que mis defensas eran fuertes e inviolables, lo bastante sólidas para que una mujer no pudiese traspasarlas así como así. Y durante muchos años ninguna las traspasó. —Hizo una pausa—. Hasta que llegaste tú.

»No recuerdo haberte invitado, ni siquiera recuerdo haberte abierto la puerta... Sólo me volví un día y ahí estabas tú... una parte de mí. —Titubeó un momento, sumergido en los ojos de Flick, y luego su rostro se endureció y su voz se hizo más grave—. No sé qué es lo que logrará convencerte, pero nunca te dejaré escapar. Eres mía, la única mujer con la que puedo imaginarme casado. Tú puedes compartir mi vida, sabes distinguir un jarrete de un espolón, sabes tanto de montar a caballo como yo. Puedes ser mi compañera en todas las aventuras que emprenda, no una espectadora distante que lo contemple todo desde la barrera. Tú estarás en el centro de todo, a mi lado.

»Y allí te querré siempre, a mi lado, tanto aquí como en Newmarket. Quiero construir una vida contigo, formar un hogar contigo, tener hijos contigo.

Hizo una pausa; Flick contuvo el aliento, muy consciente de la tensión acerada que investía los músculos de Demonio, de la fuerza brutal que la abrazaba, del poder de su voz, de sus ojos completamente centrados en ella.

Le soltó la mano y le metió un rizo rebelde por detrás de la oreja.

—Eso es lo que significas para mí. —Las palabras eran

graves, solemnes, convincentes—. Eres la mujer que quiero, ahora y para el resto de mi vida. El único futuro que quiero es estando a tu lado. —Demonio tomó aire, la miró a los ojos y vio que unas lágrimas brillantes se formaban en el azul intenso. Y entonces, sin saber si las lágrimas significaban la derrota o la victoria, Demonio empezó a temblar por dentro. Tragó saliva y preguntó, con una voz casi inaudible—: ¿Te he convencido?

Ella escudriñó su rostro y luego le sonrió... y resplandeció.

—Te lo diré mañana.

Las manos de Demonio, una en la cintura de ella y la otra en su cadera, se tensaron y él se esforzó en relajarse. Sintió que la decepción se iba apoderando de él, pero... ella parecía feliz. Profundamente satisfecha. En todo caso, su fulgor había alcanzado cotas más altas, nuevas dimensiones.

Estudió su mirada, difícil de interpretar en la penumbra plateada, y luego se obligó a sí mismo a asentir con la cabeza.

—Vendré a media mañana. —Le levantó la mano y le plantó un fervoroso beso en la palma. Si tenía que esperar, eso era todo lo que iba a hacer.

Armándose de valor, se dispuso a apartar sus brazos de ella pero, al instante, Flick se aferró de nuevo a él, con los ojos muy abiertos.

—¡No! ¡No te vayas! —Lo miró de hito en hito—. Te quiero a mi lado esta noche.

Ella no quería comunicarle su decisión con palabras, pues nunca iba a poder estar a la altura de su elocuencia. Tenía la intención de decírselo de forma más directa, de un modo que estaba segura de que él entendería. Las palabras podían esperar hasta el día siguiente. Esa noche...

Él hizo una leve mueca de dolor.

—Flick, cariño, por mucho que quiera estar contigo, ésta es la casa de mis padres y...

Ella lo interrumpió con un beso, el más vehemente y vigoroso de que era capaz.

Mucho antes de que ella se detuviese a tomar aliento, Demonio ya había olvidado la base de su argumento..., ya había perdido las riendas de su montura. La única base sobre la que estaba dispuesto a apoyarse estaba entre sus muslos, pero... un honor profundamente arraigado en su carácter lo forzó a echarse atrás, a contener el aliento...

Ella lo tocó. Con mano inexperta, sin la firmeza suficiente... pero estaba aprendiendo. Él se estremeció, gimió... y le cogió la mano.

—¡Flick...!

Ella se rió y él tuvo que moverse rápidamente para atrapar su otra mano antes de que lo redujese a la más pura indefensión.

—¡Maldita sea, Flick, se supone que eres una chiquilla inocente...!

Su risa tórrida insinuaba todo lo contrario.

—Te di toda mi inocencia en The Angel, ¿es que ya no te acuerdas?

—¿Cómo podría olvidarlo? Cada minuto de aquella noche está esculpido en mi cerebro.

Ella sonrió.

—¿Como un grabado?

—Si un grabado también puede transmitir sensaciones, entonces sí. —Los recuerdos lo habían reconfortado, lo habían torturado durante semanas.

Ella sonrió aún más.

—En ese caso, recordarás que ya no soy una dulce muchacha inocente. —Su expresión se dulcificó y brilló—. Te di mi inocencia. Era un regalo, ¿no vas a aceptarlo?

Demonio admiró su bello rostro... no podía pensar.

Ella bajó la mirada hasta los labios de él.

—Si no te quedas aquí conmigo, volveré a tu casa.

—No.

—Te seguiré, no puedes detenerme. —Sus labios dibujaron una nueva sonrisa y lo miró a los ojos—. Quiero ver tus grabados.

Demonio la miró a los ojos, unos ojos tan llenos de amor que se preguntó cómo podía haber dudado de su respuesta. Ella lo amaba, lo había amado siempre, con independencia de que él la amara o no. Pero él la amaba... desesperadamente. Lo cual significaba que se casarían pronto. ¿Por qué la estaba apartando de él? Parpadeó y, al cabo de un instante, le soltó las manos, la rodeó con los brazos y la atrajo con fuerza hacia sí.

—¡Dios, eres tan testaruda...!

La besó... apasionada y vehementemente, soltando las riendas de forma deliberada, sintiendo que ella se las quitaba de las manos y las apartaba a un lado.

En algún momento de las tórridas escenas que se sucedieron, lograron doblar la esquina de la galería y encontrar la puerta de la habitación de Flick. Una vez dentro, Demonio se apoyó contra la puerta, y dejó que ella hiciese con él lo que quisiese. Era una experiencia nueva y extrañamente valiosa: dejar que una mujer lo embistiese y lo amase de una forma tan arrebatadora.

Se deleitó con los besos ardientes que le prodigaba por todo el cuerpo, con los ávidos zarpazos con que sus dedos arañaban su pecho desnudo. Ella le había arrancado el fular y había arrojado al suelo su chaqueta y su chaleco. Su camisa había perdido todos los botones. Cuando empezó a emitir un ronroneo gutural acercándose a la cinturilla de sus pantalones, Demonio hizo acopio de fuerza suficiente para detenerla y llevarla hasta la cama.

—Espera, todavía no. —La cogió de las manos y la inmovilizó—. Quiero verte primero.

Pese a haberla poseído más de una vez, todavía no había tenido ocasión de saciar sus sentidos como quería, de verla completamente desnuda. Quería eso, y lo quería en ese momento.

—¿Verme?

—Ajá. —No le dio más explicaciones, ya lo entendería cuando llegase el momento. En The Angel la había visto desnuda de espaldas, pero no de frente, y siempre en la penumbra. Gracias a su atuendo masculino, desvestirla fue sencillo: en menos de un minuto ya estaba en ropa interior.

Para entonces, los ojos de Flick lo miraban con expectación.

Él permaneció de pie y ella dio un paso hacia atrás, examinando la habitación y fijándose en las velas que había encendidas encima de su tocador y en la mesilla de noche, en el brillo titilante que proyectaban las llamas. Demonio tardó apenas unos segundos en despojarse del resto de su ropa, y unos pocos segundos más en quitarse las botas.

A continuación volvió a sentarse en la cama, con los muslos abiertos. Ella se volvió para mirarlo y esbozó una sonrisa tímida. Obedeciendo al pulso regular de su deseo, al impulso de éste, Demonio se dispuso a moverse, a extender un brazo para tocarla y atraerla hacia sí...

Pero Flick se movió primero.

Con la misma sonrisa tímida en los labios, tiró hacia arriba del dobladillo de su camisola y empezó a quitársela muy despacio, por la cabeza. A Demonio se le paró el corazón: si su vida hubiese dependido de no mirarla, de no devorarla con los ojos, habría muerto. No estaba seguro de no haber muerto: no podía respirar, no podía pensar... Desde luego, no podía moverse. Todos sus músculos se habían paralizado, preparados, dispuestos... Le costó un enorme esfuerzo tomar aliento, levantar la vista de las poderosas ondulaciones de sus muslos, del nido dorado de rizos que había en el vértice de éstos, de la suave curva de su vientre, para ascender por su cintura, que podía abarcar con las manos, hasta las protuberancias de sus senos erectos, gráciles y coronados de rosa.

Sus pezones se estremecieron cuando él los acarició con la mirada; Demonio sintió que sus propios labios se curvaban y supo que su sonrisa era voraz.

Estaba hambriento, ansioso por llegar hasta ella, por estrecharla entre sus brazos y poseerla, por hundir su miembro palpitante en lo más hondo de sus entrañas, por cabalgar con ella hasta el dulce infinito.

Flick sostenía la camisola en una mano, pero no la acercó a su cuerpo, no trató de ocultarse de la tórrida mirada de Demonio. Se estremeció, pero dejó que él se embebiese de ella por completo; cuando su mirada llegó a su rostro, lo miró a los ojos.

No había posibilidad de error en el brillo de sus ojos, era una invitación al placer compartido: contenía el canto de una sirena y la seguridad de una mujer que se sabe deseada.

Si alguna vez miraba a otro hombre con aquella mirada, le rompería el corazón. Una sensación de vulnerabilidad le recorrió todo el cuerpo: Demonio era consciente de ello; la aceptó y la dejó pasar. Extendió el brazo, le arrebató la camisola, la arrojó al suelo, y luego cerró la mano en torno a la cadera de Flick.

La atrajo hacia él y ella acudió, con timidez, pero sin vacilación. Flick apoyó las manos en sus hombros y él deslizó las suyas por su cintura y la sujetó, percibiendo su ágil fortaleza; a continuación, miró hacia arriba; se detuvo en sus ojos y recorrió con las palmas de ambas manos la extensión de sus caderas hasta abarcar las esferas firmes de sus nalgas. Desplegó los dedos y volvió a sujetarla, acariciándola y masajeándola suavemente; unos segundos después, su piel se humedeció y se enardeció. Sus pupilas se dilataron, y entornó los ojos; contuvo el aliento y se tensó levemente.

Sosteniéndole la mirada, negándose a permitir que interrumpiese el contacto, Demonio dejó que una mano se demorase en sus rincones recónditos, trazando suaves curvas y valles ocultos, acariciando la parte interna de sus muslos. Colocó la otra mano sobre su vientre. Ella inspiró hondo y se tensó aún más. Sin dejar de sostenerle la mirada, él desplazó la mano hacia arriba muy despacio, rozando con la punta de los dedos la parte inferior de uno de sus senos, tan sensibles, y cerrando luego la mano en torno al firme promontorio.

Ella dio un grito ahogado; abrió los ojos y luego volvió a cerrarlos. Él sonrió y siguió acariciándola, mimándola, enloqueciéndola, viendo que el deseo iba apoderándose de su rostro. Flick separó los labios y los acarició con la lengua para humedecérselos. Respiraba entrecortadamente, todavía sin jadear, pero con una urgencia cada vez mayor. Volvió a pestañear al sentir que él la descubría, que la exploraba...

Con una sonrisa voraz, Demonio inclinó la cabeza hacia delante.

La exclamación de estupor de Flick recorrió toda la habitación; lo agarró de la cabeza, clavándole los dedos mientras él le acariciaba con la lengua el pezón que acababa de succionar, torturándolo aún más. Al cabo de un instante, Flick empezó a jadear intensamente y él se retiró hacia atrás. El deseo se había apoderado de ella, y había transformado el marfil de su piel en un rojo vivo. Demonio deslizó la mano hasta su cintura, la miró a los ojos mientras acariciaba con delicadeza la tensión de su vientre, y luego desplazó la mano hacia abajo, pasando sus dedos por los rizos delicados, oprimiendo la carne suave que se desperezaba a su paso.

Ya estaba húmeda, henchida y lista; él la acarició y ella se estremeció. Flick se apoyó en uno de sus muslos y se agarró al hombro de Demonio para no perder el equilibrio.

En apenas segundos, Flick tomó aliento, abrió los ojos y buscó los botones de él. Sus dedos ágiles los desabrocharon de inmediato y luego deslizó la mano en el interior...

Demonio cerró los ojos y lanzó un gemido.

Ella cerró la mano y él se estremeció. Dejó caer las manos a ambos lados de su cuerpo; con la cabeza ladeada y los puños cerrados, permaneció inmóvil mientras ella avanzaba y lo exploraba con avidez. Demonio apretó los dientes. No quería abrir los ojos, pero sus pestañas no resistieron más y se separaron justo lo suficiente para que pudiera ver el brazo esbelto de Flick hundido en sus pantalones, flexionando los delicados músculos mientras lo acariciaba y lo exploraba.

Luego lo abrazó con más fuerza. El gemido que le arrancó era de auténtico dolor... su erección lo había llevado al borde del paroxismo y amenazaba con estallar.

Con la otra mano, Flick lo empujó hacia atrás.

—Túmbate.

Obedeció y se tumbó de espaldas, respirando con dificultad; había perdido el control. Ella retiró la mano y Demonio se quejó por haber perdido el contacto de su piel.

—Sólo un momento.

Incrédulo, notó que le tiraba de los pantalones hacia abajo. No era así como él lo había planeado, pero... con un gemido de resignación, levantó las caderas y dejó que lo desnudara. Cuando le hubo bajado los pantalones hasta las rodillas Flick se detuvo de repente.

No fue hasta entonces cuando Demonio cayó en la cuenta de que ella no había visto nunca lo que con tanto éxito había albergado hasta cuatro veces en el interior de su cuerpo.

«Oh, Dios...», pensó. Abrió los ojos y la vio de pie entre sus muslos, completamente desnuda, contemplando su entrepierna con absoluta fascinación, mirando su poderoso miembro viril, tan grueso como su muñeca, que en esos momentos se erguía reclamando toda la atención de su habitual refugio de vello castaño.

Reprimió un gemido y se dispuso a incorporarse para abrazarla antes de que se alejara de un salto, para tranquilizarla, para calmarla... En ese momento, la expresión perpleja del rostro de ella se transformó en una sonrisa exultante, y una luz maliciosa, ávida y puramente sensual, asomó a sus ojos. Soltó sus pantalones y acercó la mano hacia él...

—¡No!

Con la respiración agitada, permaneció tendido en la cama y la miró con horror absoluto. Había detenido sus dedos a escasos centímetros de su miembro, que estaba creciendo e hinchándose aún más por momentos. La miró a la cara.

Flick abrió los ojos con gesto sorprendido y arqueó las cejas. Parecía cualquier cosa menos una dulce muchacha inocente, y en sus ojos brillaba un puro desafío sensual. Al ver que Demonio no respondía, al ver que se quedaba allí quieto, mirándola estupefacto y a su merced, Flick apretó la mandíbula.

Demonio inspiró hondo.

—Está bien —dijo—. Pero, por el amor de Dios, quítame los pantalones primero.

Ella soltó una carcajada pícara y obedeció: le bajó los pantalones hasta los tobillos y se los quitó.

Él aprovechó el momento para hacer acopio de fuerzas: Flick iba a acabar con él.

Los pantalones cayeron al suelo; al cabo de un instante, Flick se encaramó ágilmente a la cama y... volvió a sorprenderlo de nuevo. Había supuesto que correría a acurrucarse a su lado, pero, en lugar de eso, se colocó entre sus muslos sentada de rodillas justo delante de lo que, a todas luces, era su principal obsesión en esos momentos.

Demonio tomó aliento... y se le quedó atrapado en los pulmones, que se paralizaron cuando Flick lo apresó entre sus manos. Con demasiada delicadeza. Con un gemido, Demonio extendió el brazo y cerró la mano en torno a la de ella, enseñándole cuánta presión debía ejercer. Como todo lo demás, lo aprendió muy deprisa. Después de aquello, lo único que podía hacer era limitarse a permanecer tumbado y pensar en Inglaterra, en lady Osbaldestone... en cualquier cosa que pudiese distraerlo. Pero no lo consiguió: era del todo imposible sustraerse al roce de su mano, a sus caricias cada vez más explícitas. Envolviendo con los dedos de una mano la totalidad de su miembro erecto, desplazó la otra hasta su pecho, recorriéndole los músculos firmes, que se tensaron aún más.

Ella se inclinó sobre él y, aunque no pudo alcanzarle los labios, sí alcanzó sus pezones planos. Cuando el cuerpo de él dio una sacudida, ella dejó escapar una risa ahogada... y cuando empezó a gemir de placer, lo chupó todavía con más ansia. Acto seguido le prodigó un sinfín de besos tórridos, húmedos, por todo el pecho, y luego fue bajando poco a poco hasta alcanzar los relieves de su abdomen. Demonio se puso rígido cuando sus labios trazaron el sendero de vello que se iniciaba en su ombligo...

Y estuvo al borde de la muerte cuando apresó en su boca el pálpito de su glande.

La atrapó en sus brazos, asiéndola con fuerza, librando una batalla desesperada para no revelarse y empujarla más adentro. Mareado, casi desfallecido, apretó la mandíbula e inspiró hondo tres veces mientras disfrutaba de la íntima caricia.

A continuación deslizó las manos más abajo, la sujetó y tiró de ella hacia arriba. Flick abrió los ojos con gesto sorprendido cuando él la sostuvo un instante por encima de su cuerpo y luego metió las piernas entre las suyas.

—¿Es que no te ha gustado?

La miró a los ojos un instante.

—Demasiado. —Pronunció la palabra entrecortadamente, pues casi no tenía fuerzas para hablar. La colocó a horcajadas sobre sus caderas—. Necesito estar dentro de ti.

Mientras hablaba, empujaba hacia su interior flexionando los músculos, tensando las venas, luchando por actuar con delicadeza. Debería haberla preparado más, suavizado un poco más, pero...

Demonio alzó la vista y ella lo miró a los ojos, se sumergió en ellos, y luego sonrió con un ardor intenso, y soltó su risa maliciosa. Colocando las manos sobre su pecho para encontrar el equilibrio inclinó el cuerpo hacia delante, sólo un poco.

Se abrió como una flor para él. Antes de que Demonio pudiese tomar aliento para empujar hacia arriba, ella ya se había hundido en él, muy despacio, sin precipitación, pues él estaba demasiado dotado para eso. Demonio cerró los ojos y ella contuvo el aliento. Arrugando la frente para concentrarse, mordiéndose el labio inferior, Flick se deslizó hacia abajo, centímetro a centímetro, empujando incluso con la parte posterior para tomarlo por entero. Lo envolvió en una seda húmeda y caliente, empapada con su propia pasión; cuando estuvo hincada por completo, dejó escapar el aliento que había contenido... y se apretó con fuerza en torno a él.

Después de eso, Demonio ya no consiguió recordar nada más con claridad, sólo momentos asombrosos de dulce y rabiosa sensualidad, un placer que no había experimentado jamás. Mientras ella lo montaba, lo amaba, utilizaba su cuerpo para darle placer, él permaneció tumbado, conquistado, derrotado, y se rindió y se limitó a disfrutar. La dejó marcar el paso, la dejó galopar, trotar o amblar a su antojo. Mientras se movía a horcajadas sobre él, hacia arriba y hacia abajo, Demonio dejó sus manos errabundas, refrescando su memoria, aprendiendo más... dándose un festín de sensaciones, disfrutando de la intimidad.

Y cuando, enfebrecida y jadeante, se desplomó al fin sobre él, entre convulsiones, saciada, entre sus brazos, Demonio decidió que aquello tenía que ser el cielo. Sólo un ángel podía haberle dado tanto.

La sostuvo en sus brazos, la tranquilizó y esperó hasta que ella hubo recobrado el aliento para colocarla debajo de él. Separándole las piernas, la embistió con vehemencia, hasta el fondo... Ella contuvo de nuevo el aliento, se abrió aún más, y entonces se aferró a él.

Permaneció con él mientras la montaba, levantando la mano para acariciarle el pecho. Lo miró un momento a los ojos y le sonrió, con la sonrisa de un gato que acaba de saborear un tazón entero de leche.

—Te amo. —Sus ojos se cerraron con el susurro, y su sonrisa no abandonó su rostro.

—Lo sé —murmuró él antes de cerrar los ojos y concentrarse en amarla él también.

Una sonrisa leve y vanidosa se paseó por los labios de Flick. Al cabo de dos minutos desapareció.

Ella parpadeó y le lanzó una mirada perpleja, que inmediatamente se desvaneció de su rostro con un grito ahogado y con movimiento de espalda. Él sofocó un jadeo mientras ella se tensaba y se cerraba en torno a él una vez más. Él estaba tan profundamente enterrado en ella que creía que iba a perder la razón.

Ella perdió la suya antes y se deshizo en una serie de pequeños estallidos, una emanación agotadoramente larga y prolongada.

Él siguió cabalgándola, con fuerza y aplomo, esperando hasta que se hubo calmado, hasta que toda la tensión hubo abandonado sus miembros, hasta que se quedó tumbada debajo de él, abierta y poseída, aceptándolo con su cuerpo sin resistencia... Y en ese instante, justo antes de que ella empezase a alejarse a la deriva, justo antes de que él se uniese a ella en el vacío, Demonio se inclinó y la besó con ternura.

—Yo también te amo.

21

Después de tantos años, sus instintos seguían siendo los mismos: Demonio se despertó antes que cualquier otra persona de la casa... y recordó de inmediato sus últimas palabras. Tensó el cuerpo y esperó a que una sensación de horror se apoderase de su cuerpo; sin embargo, lo único que sintió fue una paz inmensa, una certeza sutil de que todo estaba en orden en su mundo. Durante largo rato se limitó a permanecer allí tendido, disfrutando de esa sensación.

Al final, su reloj interior lo instó a entrar en acción. Todavía no había amanecido, pero tendría que marcharse pronto. Se puso de costado y estudió al ángel que yacía acurrucado a su lado. Se había quedado dormido estando todavía dentro de ella; durante la noche se había despertado y se había separado para, acto seguido, seguir durmiendo plácidamente junto a ella.

El despertar de Flick era una de las maravillas ya impresas —grabadas— en su mente. Sonriendo, Demonio tiró con suavidad de la sábana que la envolvía y la descubrió.

Flick se despertó al sentir que Demonio le separaba los muslos y le acariciaba dulcemente la carne suave que escondían. Ella nunca se despertaba rápidamente, no podía hacerlo. Para cuando su respiración se hubo acelerado lo suficiente como para abrir los ojos, estaba sofocada y húmeda, ansiosa y vacía. Justo antes de que tensase los músculos para moverse, Demonio se encaramó encima de ella y desplazó una mano sobre su trasero para que lo levantase al tiempo que le separaba los muslos con los suyos, duros como una roca.

La penetró, con ardor implacable. Se adentró en ella y la llenó por completo hasta que empezó a jadear, a aferrarse a él y a clavarle las uñas en la espalda. Él la cabalgó y ella se unió a él, y sus cuerpos se fundieron en uno solo, empujando, buscando, ascendiendo, galopando hasta que sus corazones estuvieron a punto de estallar y una lluvia gloriosa se derramó sobre ellos.

Un rato después, tumbada de espaldas y aún jadeando, Flick lo sintió todavía tenso y duro en su interior. Se cernió sobre ella, apoyándose en los codos y con la cabeza inclinada, mientras su pecho se agitaba como un fuelle. Ambos estaban acalorados y sudorosos. El vello de su pecho le escoriaba los pezones; la piel de Flick estaba tan sensible que sentía su vello masculino en todo su cuerpo: en los antebrazos y las pantorrillas, en su abdomen, en su ingle... Sus miembros se tocaban en toda su extensión; estaban tan íntimamente unidos como era posible. Flick nunca lo había percibido físicamente con tanta intensidad... ni tampoco a sí misma.

El corazón de Demonio, cuyos latidos restallaban contra el pecho de ella, aminoró su palpitar. Entonces Demonio levantó la cabeza y la miró:

—¿Te he convencido?

Ella levantó los párpados y lo miró a los ojos; luego puso su cuerpo en tensión deliberadamente, cerrándose en torno a él, sonrió y dejó caer los párpados de nuevo.

—Sí.

Él gimió, lanzó un quejido, dejó caer la frente sobre la de ella y, como cabía esperar, la convenció de nuevo.

Cuando abandonó la habitación apresuradamente, precipitándose por los pasillos como si fuera un ladrón, Demonio juró para sus adentros que nunca más volvería a subestimar a un ángel.

Tuvo una mañana muy ajetreada, pero estuvo de vuelta en Berkeley Square hacia las once, confiando en que, ahora que la temporada estaba en pleno apogeo, su madre no habría bajado todavía. Tal como le había pedido antes de marcharse, Flick lo estaba esperando, y bajó deslizándose por las escaleras en cuanto Highthorpe abrió la puerta.

La luz de sus ojos, aquel brillo en su rostro, le cortó la respiración. Cuando atravesó el vestíbulo para dirigirse hacia él, el sol atravesó el parteluz y derramó todo su esplendor sobre ella. Demonio tuvo que hacer un esfuerzo sobrehumano para no estrecharla entre sus brazos y besarla hasta perder el sentido. Si Highthorpe no hubiese estado presente lo habría hecho.

Flick pareció leerle el pensamiento; la mirada que le lanzó al cruzar por la puerta tenía como único propósito atormentarlo.

—Volveremos por la tarde. —Demonio dirigió este comentario a Highthorpe mientras la seguía por los escalones. Le dio alcance en la acera y la ayudó a subir a la calesa.

Flick miró al pescante vacío.

—¿No viene Gillies?

—Ha ido a visitar a sus amigos en la ciudad. —Rescató las riendas del mozo que las había estado sosteniendo, le dio a éste su propina y se subió junto a Flick. Arreó a los caballos y emprendieron el camino—. He hablado con Montague, tenemos gente por todas partes. Ahora que ya sabemos dónde buscar, encontraremos a Bletchley y a sus jefes. —Dobló una esquina—. Porque no nos sobra tiempo...

Flick lo miró.

—Eso mismo me estaba preguntando...

El Spring Carnival era la semana siguiente. Demonio hizo una mueca.

—Debería haber vuelto para hablar con el comité esta semana... pero esperaba poder averiguar algo más, al menos un vínculo o algún hecho que apoyase la versión de Dillon. Tal como están las cosas, deberíamos localizar a Bletchley mañana por la noche lo más tardar... Si está en Londres, no podrá esconderse. En cuanto dispongamos de más información volveré a Newmarket, como muy tarde el domingo. —Miró a Flick—. ¿Vendrás conmigo?

Ella pestañeó y abrió mucho los ojos.

—Por supuesto.

Sofocó una sonrisa y miró a sus caballos.

—No hemos encontrado ningún rastro del dinero, por ninguna parte, lo cual resulta un poco raro. Ahora creemos que tiene que estar circulando abiertamente entre las altas esferas en forma de apuestas y gastos, pero nadie ha repartido grandes sumas de dinero últimamente.

Sacudió las riendas y los caballos avanzaron más deprisa. Cuando pasaron junto a las puertas del parque, añadió:

—Siempre había creído que la organización era demasiado astuta para recurrir a sus propios sirvientes, pero es posible que cuando Dillon e Ickley se negaron a prestar sus servicios estando tan próximo el Spring Carnival no tuvieran otra elección que enviar a alguien que tuviesen a mano, alguien de confianza.

—¿De modo que el caballero para el que trabaja Bletchley podría ser un miembro de la organización?

—Es posible. Bletchley es un peón, pero todavía pueden estar utilizándolo. Como mozo de un caballero, tiene múltiples oportunidades de reunirse con otros caballeros; unas palabras aquí y allá no llamarían demasiado la atención. No habría necesidad de reuniones formales.

Flick asintió.

—Escribiré a Dillon y le diré que volveremos el domingo. —Su voz parecía muy aliviada. Al cabo de un momento se percató de que el lugar no le resultaba familiar—. ¿Adónde vamos?

Demonio la miró.

—Hay una subasta en Tattersalls, caballos de tiro, principalmente. No me importaría hacerme con un par. Pensé que te gustaría ir a mirar.

—¡Oh, sí! ¡Tattersalls! He oído hablar tanto de ese sitio, pero nunca he estado allí. ¿Dónde está?

Su batería de preguntas despejó las pocas dudas que le quedaban a Demonio: definitivamente, había descubierto a la única mujer de toda Inglaterra que prefería ver una subasta de caballos que pasear por Bond Street. Cuando, incapaz de disimular su agradecimiento, expresó este pensamiento en voz alta, ella se echó a reír.

—Pues claro, no seas ridículo. ¡Se trata de caballos!

Por acuerdo mutuo, pujó por un par de caballos grises, de carácter dócil y constitución ósea demasiado delicada para su gusto, pero no le dijo que eran para ella. Cuando los consiguió, Flick empezó a dar saltos de alegría y se pasó el tiempo que él tardó en realizar todos los preparativos para que se los llevasen a Newmarket familiarizándose con ellos. Demonio tuvo que sacarla de allí a rastras.

—Vamos, o nunca llegaremos a Richmond.

—¿A Richmond? —Consintiendo al fin en dejar que se la llevase del patio, Flick lo miró sorprendida—. ¿Por qué vamos allí?

La miró a los ojos.

—Para poder tenerte para mí solo.

Y así fue, durante un largo día lleno de pequeños placeres, de simples caprichos. Primero fueron al Star and Garter, en la colina, a disfrutar de un ligero almuerzo. Cuando Flick tomó asiento en una mesa para dos situada junto a una ventana que daba a los jardines, se dio cuenta de que los demás comensales no les quitaban el ojo de encima. Arqueó una ceja y miró a Demonio.

—¿No deberíamos haber traído alguna carabina o algo así para esta excursión? —Su tono era de mera curiosidad, no de queja.

Él la miró de hito en hito, y luego rebuscó en su bolsillo.

—He llevado esto al periódico *Gazette*, lo publicarán mañana. —Le dio un pedazo de papel—. Pensé que no te opondrías.

Flick alisó el papel, leyó las palabras allí inscritas y luego sonrió.

—Por supuesto que no. —Volvió a doblarlo y se lo devolvió; contenía un breve comunicado de su compromiso—. ¿Significa eso que podemos movernos libremente sin pisar los callos de la alta sociedad londinense?

—Sí, gracias a Dios. —Al cabo de un momento, rectificó—. Bueno, dentro de unos límites razonables.

Los límites razonables incluían un largo paseo por el parque, bajo los gigantescos robles y hayas. Dieron de comer a los ciervos y, cogidos de la mano, caminaron bajo la luz del sol. Pasearon y hablaron, pero no de la organización ni de Dillon ni de la sociedad, sino de sus planes, de sus esperanzas, de sus aspiraciones para el futuro en común que estaban a punto de compartir. Se rieron y se gastaron bromas el uno al otro, y compartieron besos fugaces, robados y provocativos, protegidos por las ramas de los árboles. Aquellos besos los hicieron temblar a ambos, percibiéndose el uno al otro de repente. Por un acuerdo tácito, regresaron a la calesa y volvieron a hablar de la boda y de cuándo iba a ser.

Lo antes posible fue su decisión unánime.

Tal como Demonio suponía, cuando regresaron a Berkeley Square su madre los estaba esperando.

—La señora está en el salón del piso de arriba —les informó—. Deseaba verlo en cuanto usted regresase, señor.

—Gracias, Highthorpe. —Sin dejar de sonreír, Demonio hizo caso omiso de la mirada inquisitiva de Flick y, tomándola de la mano, la condujo escaleras arriba.

Cuando llegaron al salón privado de Horatia, llamó a la puerta, la abrió y entró, tirando de Flick.

Horatia, que ya había levantado la cabeza, le lanzó una mirada tan severa, tan impregnada de amenazadores augurios, que debería haberse quedado de piedra.

Sin embargo, Demonio sonrió.

—¿Cuánto se tarda en organizar una boda?

Al día siguiente, Flick fue a dar un paseo por el parque en compañía de Horatia y Helena. El anuncio de su compromiso con Demonio había aparecido publicado esa mañana, y Horatia estaba de exultante de alegría. De hecho, se había alegrado tanto por ellos que la noche anterior habían cancelado todos sus planes y habían celebrado una cena *en famille* para poder discutir los detalles de sus inminentes nupcias. Puesto que el único requisito que Demonio había impuesto era que debía celebrarse pronto, y Flick no había añadido nada más, Horatia estaba entusiasmada con los planes.

Naturalmente, se había informado a Helena; había aparecido en Berkeley Square a la hora del desayuno, lista para unirse a la fiesta. En esos momentos iba sentada en el carruaje junto a Horatia y ambas estaban informando en tono ceremonioso de los detalles a las demás venerables damas de su círculo social, todas las cuales se detenían junto al carruaje para comentar, felicitar y mostrar su beneplácito ante la buena nueva.

Flick estaba recostada en su asiento, con un aspecto radiante, y acogía con una sonrisa los buenos deseos de las damas. Según Helena y Horatia, eso era lo único que se esperaba de ella en aquellas circunstancias.

Así pues, más bien ociosa, Flick examinó los alrededores y se preguntó si Demonio aparecería por allí. Lo dudaba, pues no parecía entusiasmarle aquella parte de las convenciones sociales. De hecho, tenía la fundada impresión de que en cuanto se hubiesen casado Demonio tenía intención de llevársela de vuelta a Newmarket, a sus caballerizas, y mantenerla allí para el resto de sus días.

Un plan que contaba con su más absoluta aprobación.

Con los labios fruncidos, miró hacia la calzada, al enorme faetón que avanzaba majestuosamente hacia ellas por la avenida. Los caballos le llamaron la atención; observó a los animales, de un negro azabache, con admiración y luego se fijó en el flamante carruaje negro con adornos dorados; no era ostentoso pero sí extremadamente elegante.

Dejó caer sus ojos sobre el caballero que sujetaba las riendas, pero no lo conocía. Era mayor que Demonio, y tenía el pelo castaño y rizado y un rostro que sorprendía por su belleza fría. Sus facciones eran clásicas: una frente amplia y una nariz patricia entre unos pómulos finos. Tenía la tez muy blanca. Sus ojos eran fríos, las pestañas, muy tupidas, y su boca delgada no sonreía. En general, su expresión era de soberbia arrogancia, como si ni siquiera los aristócratas que flanqueaban la avenida mereciesen su atención.

Flick se quedó pensativa mientras el carruaje terminaba de pasar; estaba a punto de desviar la mirada cuando sus ojos se toparon con el mozo de librea que iba encaramado detrás. ¡Era Bletchley!

Flick se volvió hacia Horatia.

—¿Quién es ese caballero, el que acaba de pasar?

Horatia miró y dijo:

—Sir Percival Stratton. —Compuso un gesto desdeñoso—. Decididamente, no pertenece a nuestro círculo. —Se volvió hacia lady Hastings.

Flick sonrió a la dama, pero tras su apariencia recatada su mente empezaba a urdir mil estrategias. Sir Percival Stratton... le sonaba mucho ese nombre. Tardó unos minutos en recordar dónde lo había visto: en una invitación dirigida a la casa de Vane Cynster, que luego había sido enviada a los padres de éste, puesto que Vane y Patience seguían en Kent.

Sir Percival iba a dar una fiesta de disfraces esa misma noche.

Flick no podía contener su impaciencia. En cuanto ella y sus futuras parientes políticas llegaron al vestíbulo de la mansión Cynster, se excusó y subió las escaleras a toda prisa... y a continuación fue directamente al salón privado antes de que llegaran Horatia y Helena. Cerró la puerta, corrió hasta la chimenea y buscó entre las invitaciones que habían dejado apiladas encima de la repisa. Había estado ayudando a Horatia a responder a las invitaciones; una mañana, había visto la de sir Percival al ordenar las invitaciones y la había colocado en la pila destinada a Vane y Patience. Cuando la encontró, la escondió entre los pliegues de su chal y luego se dejó caer en una silla al tiempo que la puerta se abría y entraban Helena y Horatia. Flick sonrió.

—Al final he pensado que tomaré el té en su compañía.

Así lo hizo y, a continuación, se excusó diciendo que se iba a descansar. Helena se marcharía enseguida y luego Horatia también se retiraría a descansar. Las tres tenían una noche llena de compromisos: una cena y dos bailes.

Aquello le daba unas horas para pensar qué hacer.

En el asiento que había junto a la ventana de su alcoba, examinó la gruesa tarjeta blanca, inscrita con legras negras. La invitación iba dirigida al señor Cynster, no al señor y la señora Cynster; sir Percival no debía de saber que Vane se había casado. El baile de disfraces de sir Percival comenzaba a las ocho. Por desgracia, iba a celebrarse en Stratton Hall, en Twickenham, y Twickenham estaba más allá de Richmond, lo cual significaba que tardaría horas en llegar hasta allí.

Apretando la mandíbula, Flick se puso en pie de un salto, se acercó al tirador de la campanilla y envió a un lacayo en busca de Demonio.

El lacayo regresó, pero no acompañado de Demonio, sino de Gillies. Se reunió con Flick en el salón trasero.

—¿Dónde está Demonio? —preguntó sin rodeos en cuanto la puerta se cerró tras el lacayo.

Gillies se encogió de hombros.

—Iba a reunirse con Montague y luego tenía unos asuntos en la ciudad. No me dijo dónde.

Flick soltó una imprecación para sus adentros y empezó a pasearse arriba y abajo de la habitación.

—Tenemos que estar en una cena a las ocho. —Lo cual significaba que no había razón para que Demonio regresase antes de las seis. Miró a Gillies y preguntó—: ¿Cuánto se tarda en llegar a Twickenham en un coche de caballos?

—Dos horas y media, puede que tres.

—Eso me imaginaba. —Siguió paseándose, y luego se detuvo frente a Gillies—. He encontrado a Bletchley, pero... —Le informó del resto rápidamente—. Verás, es imprescindible que uno de nosotros esté allí desde el principio, por si la organización decide reunirse. Bien —gesticuló—, un baile de disfraces, ¿qué mejor ocasión para una reunión clandestina? Y aunque la organización no se reúna, es vital que nos movamos con rapidez: necesitaremos registrar la mansión Stratton en busca de pruebas y ésta es la mejor manera de infiltrarnos, la ocasión perfecta para curiosear.

Cuando Gillies se la quedó mirando como si no diese crédito a sus oídos, ella se cruzó de brazos y le lanzó una mirada glacial.

—Como no tenemos forma de saber a qué hora va a volver Demonio, tendremos que dejarle un recado e ir nosotros solos. Uno de nosotros debe estar allí desde el principio. —Consultó el reloj de la repisa: eran ya más de las cuatro—. Quiero salir hacia las cinco. ¿Puedes prepararme un coche?

Gillies parecía afligido.

—¿Está segura de que no quiere reconsiderarlo? No le va a gustar que se haya marchado sin él.

—¡Tonterías! Sólo es un baile de disfraces y se reunirá con nosotros enseguida.

—Pero...

—Si no me llevas tú, buscaré un cochero.

Gillies dejó escapar un suspiro de resignación.

—De acuerdo, de acuerdo.

—¿Puedes conseguir un coche?

—Tomaré el segundo coche de la señora, será fácil.

—Bien. —Flick se quedó pensativa y, a continuación, añadió—: Deja una nota diciendo adónde hemos ido y por qué en Albermale Street... Yo dejaré una aquí también. Una para Demonio y otra para lady Horatia. Con eso estará solucionado.

La expresión de Gillies era de escepticismo absoluto, pero se limitó a inclinar la cabeza y se marchó.

Gillies regresó a bordo del segundo coche de lady Horatia, un vehículo pequeño y negro. Ayudó a Flick a subir a su interior poco después de las cinco.

Flick se acomodó en el asiento y asintió mentalmente. Todo estaba saliendo según el plan. Para cuando hubo convencido a Gillies y regresado a su habitación, su sirvienta había regresado del desván con un dominó de color negro y una maravillosa máscara de plumas negras, que ahora viajaban con ella en el coche de caballos. Era una noche cálida y las nubes espesas avanzaban a escasa altura, caldeando aún más el ambiente. Se pondría el disfraz cuando llegasen a Stratton Hall; estaba segura de que nadie la conocería cuando lo llevara puesto.

Ciertamente, la máscara le sentaba muy bien, y el negro resaltaba el dorado de su cabellos. Esbozó una sonrisa. A pesar de la gravedad del asunto, de la organización y del peligro, sintió una oleada de emoción cada vez más intensa... por fin estaban muy cerca. Por fin estaba pasando a la acción.

Con creciente nerviosismo, pensó en lo que le esperaba. Nunca había estado en un baile de disfraces, pues si bien en otros tiempos habían estado muy de moda, en aquellos días eran poco habituales. Se preguntó por qué sería y lo achacó a los cambios de la época.

De todas formas, estaba segura de que lograría arreglárselas. Había estado en numerosos bailes y fiestas y sabía muy bien cómo funcionaban. Y Demonio la seguiría en cuanto llegase a casa; era muy poco probable que algo saliera mal.

Oyó la amenaza de unos truenos, pero todavía eran muy distantes. Cerró los ojos, y sonrió.

Gillies le había asegurado que a Demonio no le haría ninguna gracia que se pusiera en peligro. Lady Osbaldestone la había avisado de que era un hombre muy protector, pero eso ella ya lo sabía. Sospechó que, cuando se reuniese con ella, el estruendo de su voz iba a ser mucho más poderoso que el trueno distante que acababa de oír.

Y, pese a todo, no le preocupaba lo más mínimo. Esperaba sinceramente que él nunca llegase a darse cuenta de que el conocimiento de su reacción no tenía fuerza disuasoria para ella. Si Flick creía que debía hacer algo, lo haría... y más tarde pagaría gustosa el precio que él le impusiese. Calmaría y aliviaría su instinto de posesión. Tal como había hecho en The Angel.

Balanceándose con el traqueteo del carruaje, se preguntó cuál sería su precio esa noche.

Demonio regresó a casa después de las seis, con una sonrisa alelada en el rostro y la escritura del número 12 de Clarges Street en el bolsillo... Y se encontró, esperándolo con estoica rigidez en el umbral de la puerta, con uno de los lacayos de Berkeley Square. El mensaje que le entregó lo dejó perplejo.

Entró en el salón privado de su madre cinco minutos después.

—¿Qué pasa? —En la nota no se lo contaba: era, prácticamente en su totalidad, un lamento, en el que imploraba su perdón; le pareció tan impropio de su madre que se preocupó de veras. Cuando la vio postrada en la cama, con las sales bajo la nariz, su preocupación fue en aumento—. ¿Qué es lo que ocurre?

—¡No lo sé! —Al borde de las lágrimas, Horatia se incorporó—. Felicity se ha ido al baile de disfraces de Stratton. Ten, lee esto. —Le tendió una nota arrugada—. Ah, y ha dejado otra para ti también.

Demonio cogió las dos notas. Miró la de su madre por encima, la apartó a un lado y leyó entonces detenidamente la que le había dejado a él, en la que, tal como imaginaba, daba muchas más explicaciones.

—Esta tarde en el parque me ha preguntado quién era Stratton, pero nunca habría imaginado... —Horatia alzó ambos brazos al cielo—. Bueno, ¿quién se lo iba a imaginar? Si hubiese sabido que se le iba a meter semejante idea en la cabeza, ¡no la habría perdido de vista!

Demonio releyó la nota que le había dejado Flick.

—¿Qué has hecho con los compromisos que teníais para esta noche?

—Ha sugerido que la excuse con el pretexto de que tiene jaqueca... ¡Y yo nos he excusado a ambas con el pretexto de que yo tengo jaqueca! ¡Cosa que es cierta!

Demonio la miró.

—No te preocupes, no le pasará nada.

—¿Cómo lo sabes? —Percatándose de pronto de su relativa calma, Horatia lo miró frunciendo el ceño—. ¿Se puede saber qué pasa?

—Nada por lo que debas alarmarte. —Le devolvió su nota y se metió la suya en el bolsillo. Flick le había dicho a Horatia que, de repente, le habían entrado unos deseos irresistibles de acudir a una fiesta de disfraces, así que se había ido a Stratton Hall esperando que Demonio se reuniera allí con ella—. Ya sé cómo son los bailes de disfraces de Stratton. —Al oír aquella confesión, Horatia lo miró aún con mayor suspicacia, pero él siguió hablando sin inmutarse—: Iré tras ella de inmediato. Sólo estará allí una hora sola antes de que llegue yo.

A pesar de que se sentía claramente aliviada, Horatia no pudo evitar fruncir el ceño.

—Creí que te ibas a poner como loco. —Soltó un bufido—. Está muy bien que yo no me preocupe, pero ¿por qué no estás tú preocupado?

Lo estaba, pero... Demonio arqueó las cejas con gesto resignado.

—Digamos que me estoy acostumbrando a la sensación.

Dejó a su madre con un gesto de perplejidad absoluta en el rostro y regresó a Albemarle Street. La nota de Gillies le daba más detalles. Se detuvo únicamente para recoger su invitación al baile de disfraces y para rescatar su viejo dominó y un sencillo antifaz del armario, y, en un coche de caballos de alquiler, fue tras los pasos de Flick una vez más.

Dos minutos después de haber franqueado con altanería el umbral de Stratton Hall, Flick se dio cuenta de que ninguna fiesta o baile de la alta sociedad podría haberla preparado para el baile de disfraces de sir Percival.

Dos gigantescos negros ataviados únicamente con taparrabos, turbantes y una cantidad ingente de oro, y sosteniendo sendos sables de aspecto amenazador, estaban apostados en el vestíbulo, con los brazos en jarras, montando guardia junto a las puertas al salón de baile. En el interior del mismo, cuya extensión ocupaba la totalidad de la planta baja de la casa, la escena era igual de exótica. El techo estaba cubierto de una seda azul tachonada de estrellas doradas, y las paredes, adornadas, con una mezcolanza de sedas, brocados y ornamentos de bronce, parecían salidas de *Las mil y una noche*.

Consciente de su disfraz, no se detuvo en el umbral a mirar, sino que, con la columna erguida y la barbilla bien levantada, con aire majestuoso, se mezcló directamente entre la multitud. En el centro de la estancia Flick vio una fuente a la que los invitados se acercaban para llenar sus copas de agua... y entonces se dio cuenta de que lo que manaba de ella no era agua, sino champán. La fuente estaba rodeada de mesas que exhibían un sinfín de manjares exquisitos; otras mesas estaban igualmente repletas de platos carísimos: marisco, faisán, caviar, huevos de codorniz... Flick vio incluso un pavo relleno de trufas.

El vino fluía por doquier, al igual que otros licores, y el ánimo de los invitados respondía en consonancia. Cuando se acercaba al fondo de la sala, oyó el sonido de un violín y vio un cuarteto de cuerda tocando en el jardín de invierno que se extendía detrás del salón de baile.

Había invitados por todas partes. La belleza de las mujeres, aun escondidas tras sus máscaras y dominós, era extraordinaria... todas eran despampanantes. Los hombres eran todos caballeros de la alta sociedad, Flick lo percibía en su acento, invariablemente refinado, y lo veía en sus ropas, pues muchos de ellos llevaban sueltos los dominós, como una capa, y en algunos casos se los habían echado atrevidamente por encima del hombro.

Desde el extremo de la sala, Flick dio una vuelta en busca de Stratton. Los ventanales que daban a la terraza estaban abiertos para aliviar el bochorno de la noche. Unos nubarrones negros avanzaban en grupúsculos, desfilando por el aire. Los truenos se oían de forma intermitente, pero la tormenta todavía estaba lejos.

—Bueno, bueno, bueno... ¿qué es lo que tenemos aquí? —Flick se volvió... y se encontró con la mirada penetrante y fría de Stratton—. Mmm... ¿Un hada de los bosques, tal vez, que ha venido a amenizarnos la velada? —Curvó sus finos labios, pero no había atisbo de calidez en su sonrisa.

Dejó de mirarla a la cara y, sin ningún tipo de disimulo, sus ojos la recorrieron de arriba abajo. Flick sintió un escalofrío.

—Estoy buscando a un amigo.

Un brillo calculador asomó a los ojos de Stratton.

—Estaré encantado de satisfacerte, querida, una vez comience la fiesta. —Levantó una mano. Flick retrocedió instintivamente, pero él fue demasiado rápido. La asió por la barbilla y le volvió el rostro a uno y otro lado, como si pudiese ver a través de su máscara. Sin duda era consciente de su resistencia, pero ésta parecía complacerlo. A continuación, la soltó—. Sí, te buscaré luego.

Flick ni siquiera hizo un amago de sonrisa. Por suerte, otra dama reclamó la atención de Stratton; Flick aprovechó la ocasión para escabullirse.

La multitud, cada vez más numerosa, se estaba impacientando. Flick se mezcló entre la gente y cruzó la habitación con paso decidido, dejando a Stratton ante los ventanales. Además de la puerta principal del salón, había otras tres puertas más que conducían al interior de la casa. Los invitados hacían su entrada por la puerta principal y, hasta el momento, los únicos que habían utilizado las otras puertas habían sido los lacayos. El baile de disfraces estaba a punto de comenzar y, si bien el ambiente ya era más ruidoso que en los bailes a los que había acudido hasta entonces, acabaría siendo verdaderamente atronador.

Flick se detuvo a medio camino junto a una de las paredes interiores, dejando que la fuente y la vorágine que la rodeaba la separase de Stratton. El hombre era bastante alto, por lo que ella podía verlo. Esperaba que él no pudiese verla a ella. Desde donde estaba podía vigilar las puertas que conducían a la casa; si iba a celebrarse una reunión, dudaba que fuese en el salón, cada vez más concurrido.

Hasta que llegase Demonio, lo mejor que podía hacer era observar cualquier signo de concentración sospechosa de gente. Con el corazón un poco más sosegado, dio rienda suelta a la necesidad de frotarse la zona de la barbilla que Stratton le había tocado. Sin apartarse de la pared se dispuso a vigilarlo, a no perderlo de vista ni un minuto.

La reunión estaba adquiriendo tintes cada vez más obscenos; los invitados podían ser adinerados y de buena familia, pero Flick entendía ahora por qué los bailes de disfraces no estaban ya tan en boga entre las *grandes dames*. Aun después de haber pasado dos noches en brazos de Demonio, algunas de las cosas que vio la escandalizaron. Por suerte, había algunas reglas. Pese al modo en que se comportaban otras damas, que dejaban que los caballeros las manoseasen a su antojo por debajo de sus dominós, todos los caballeros presentes eran, al fin y al cabo, caballeros, y los que se detenían a hablar con ella la trataban con cortesía, aunque, como Stratton, con cierta intención depredadora.

Reconoció dicha intención sin dificultad, pero la mayor

parte de los hombres la dejaban en cuanto les comunicaba que estaba esperando a un caballero en particular.

Por desgracia, siempre hay alguna excepción que confirma la regla.

—Entonces, ¿su caballero no ha aparecido todavía? —La abordó de nuevo uno de los más descarados—. Veo que sigue esperando... es una lástima malgastar el tiempo, una mujer tan bonita como tú...

Extendió la mano y acarició una pluma de la máscara. Flick se echó hacia atrás, pero su expresión ceñuda quedó oculta por la máscara.

—Tienes razón. —El amigo del más descarado apareció a su otro lado, recorriéndola de arriba abajo con mirada curiosa—. ¿Por qué no nos retiramos a una de las habitaciones del pasillo y así nos enseñas a mi amigo y a mí lo bonita que eres, eh? ¿Qué te parece? —Alzó la vista y unos ojos fríos escudriñaron los suyos—. Siempre puedes volver y reunirte con tu caballero más tarde.

Se aproximó a ella, mientras su amigo se acercaba a Flick por el otro lado, acorralándola entre ambos.

—No creo que a mi caballero le gustase esa idea —repuso Flick.

—No estábamos sugiriendo que se lo dijeses, querida —le susurró el primero al oído.

Flick volvió la cabeza hacia él y luego tuvo que volverla hacia el otro lado, pues su amigo empezó a susurrarle al otro oído.

—No queremos causarte ningún problema, sólo darte unos cuantos cachetes y hacerte cosquillas para distraernos un poco hasta que empiece la orgía.

¿Orgía? Flick se quedó patidifusa.

—Eso es, considéralo una especie de aperitivo, para hacer boca. Aquí estamos nosotros, con nuestros pajaritos inquietos cuando aún falta tanto tiempo para entrar en acción...

—Y aquí estás tú, una palomita impaciente esperando a ser desplumada, pero el palomo que has elegido no aparece.

—Así es, y un poco de toqueteo por aquí y de meneo por allá calmará la impaciencia de los tres, ¿no te parece?

Ambos se acercaron un poco más, bajando la voz, susurrándole cosas al oído en un tono cada vez más sugerente, soltándole rápidas y fogosas ráfagas verbales, un cúmulo de insinuaciones a cada cual más escandalosa y procaz. Tras su máscara, Flick estaba cada vez más horrorizada. ¿Los dedos de los pies? ¿Lenguas? ¿Varas?

Flick ya había tenido suficiente. Primero Stratton y ahora aquellos dos. Se habían acercado mucho a ella; se dio impulso con los brazos y les clavó sendos codazos en las costillas. Se echaron hacia atrás dando un grito ahogado, y ella los increpó:

—¡Nunca en toda mi vida había visto tanta arrogancia ni tanta presunción! Debería darles vergüenza: ¡hacerle proposiciones a un dama en esos términos! ¡Y sin la más mínima invitación! Piensen en cómo se escandalizarían sus señoras madres si les oyesen hablar así. —Ambos la miraban como si se hubiese vuelto loca. Flick les lanzó una mirada asesina y a continuación añadió—: En cuanto a esos apéndices inquietos... ¡sáquenlos a dar un paseo bajo la lluvia, a ver si así se calma su impaciencia!

Los fulminó con la mirada una vez más, se dio media vuelta para marcharse... Y se estampó con otro hombre: el suyo.

Demonio la rodeó con los brazos antes de que ella hiciese amago de apartarse de él. Asiéndole del dominó, Flick levantó la vista a su rostro enmascarado. Él permaneció con la mirada fija por encima de su cabeza un momento y luego bajó la vista.

—¿Cómo me has reconocido? —preguntó Flick con gesto ceñudo.

Era la única mujer con el pelo de oro y atraía sus sentidos como si fuese un imán. Demonio arrugó la frente.

—¿Qué diablos creías que...?

—¡Chist...! —exclamó, mirando a su alrededor—. Ven, bésame. —Se puso de puntillas e hizo los honores. Cuando sus labios se separaron, susurró—: Esto parece ser una bacanal o algo así, de modo que intentemos hacer todo lo posible para no desentonar. —Deslizando los brazos por debajo de su dominó, se abalanzó sobre él. Demonio apretó los dientes y la desplazó un poco hacia atrás—. Esos dos caballeros que estaban hablando conmigo... Nunca te imaginarías lo que me... —Se interrumpió—. ¿Dónde han ido?

—De repente han recordado que tenían asuntos urgentes que atender.

—Ah.

Le lanzó una mirada recelosa, pero él optó por hacer caso omiso.

—Lo que quiero saber es por qué creíste conveniente... —No le quedó más remedio que interrumpir la frase y contener el aliento: Flick lo tenía cogido del cuello, y retorcía y aplastaba sus caderas contra él. Se la quedó mirando perplejo, ella le sonrió y acurrucó la cabeza en su pecho.

—He encontrado a Bletchley. Es el mozo de sir Percival.

Demonio escudriñó sus ojos, prendidos de ansiedad, de entusiasmo expectante, y dejó escapar un suspiro para sus adentros.

—Eso decía tu nota. —Arropándola más cómodamente en sus brazos, se movió para ver mejor la sala—. Supongo que has decidido que la organización se reunirá esta noche.

—Es la ocasión perfecta.

No podía estar más de acuerdo; mientras observaba el mar de gente, se fijó en las distracciones espontáneas que surgían aquí y allá.

—Los asistentes ni siquiera correrán el riesgo de que los reconozcan. —Bajó la cabeza y la miró a los ojos—. Vamos a dar una vuelta. En las fiestas de Stratton, siempre hay libertad para moverse por donde uno quiera. —Aparte de por las demás razones, quería alejar a Flick del centro de actividad, aunque, según todos los indicios, al baile de disfraces de sir Percival aún le quedaba cuerda para rato.

Colocándole con osadía la palma de la mano en el trasero, la condujo hasta la puerta más próxima. Bajó la vista, se encontró con su mirada escandalizada y arqueó una ceja nada inocente.

—Tenemos que hacer todo lo posible por no desentonar.

La pellizcó con los dedos... y, tras la máscara, la mirada de Flick se enardeció y un brillo peligroso asomó en el azul de sus ojos. Antes de que pudiera detenerla, Flick se le acercó, deslizó una mano ágil por debajo de su dominó y empezó a acariciarle la entrepierna.

Demonio contuvo el aliento y se quedó paralizado; ella ahogó una risa pícara. Lo tomó de la mano y se acercó a la puerta.

—Venga, vamos. —La mirada que le lanzó habría convencido a cualquiera de los allí presentes de que su único propósito era participar activamente en el baile de disfraces de sir Percival.

Tratando de mantener la calma, Demonio le siguió la corriente al tiempo que pensaba en algunos de los detalles de su plan. Una vez en el pasillo, la atrajo hacia sí y la encerró en un abrazo, volviendo de este modo a la posición posesiva del principio. Cualquiera que pasase por el pasillo en penumbra pensaría que eran sólo un par de libertinos más en busca de un rincón tranquilo.

Otros muchos estaban haciendo lo mismo. Demonio se detenía delante de todas las puertas, le decía a Flick que lo besara, abría la puerta, sacaba la cabeza, examinaba rápidamente la habitación y murmuraba una disculpa incoherente antes de volver a salir de nuevo si ya estaba ocupada. Todas las habitaciones del piso de abajo lo estaban, algunas de ellas con grupos de gente; pese a todos sus esfuerzos, era imposible ocultarle a Flick las escenas de los juegos que transcurrían detrás de las puertas. Al principio se quedó rígida de estupor, pero cuando ya hubieron examinado todas las habitaciones de la planta de abajo, su reacción ya había cambiado y se había convertido en curiosidad.

Un hecho al que Demonio trató de restar importancia.

Decididamente, para algunas de las cosas que veía no estaba preparada. Todavía.

—Ninguna reunión —murmuró Flick cuando regresaron al vestíbulo principal—. ¿No podríamos vigilar a Stratton y luego seguirlo cuando abandone el salón de baile?

—Tal vez eso no nos sirva. ¿Recuerdas lo que te dije acerca de que puede que el jefe de Bletchley no sea miembro de la organización?

Flick frunció el ceño.

—Stratton acaba de estrenar un faetón nuevo, y tendrías que haber visto sus caballos.

—Puede ser, pero aunque Stratton sea un tipo seco y adusto, también es extraordinariamente rico. —Demonio señaló a su alrededor—. Heredó una inmensa fortuna.

Flick hizo una mueca de decepción.

—Parecía un candidato tan prometedor...

—Sí, bueno, en fin... —Llegó al pie de las escaleras y se dispuso a subirlas—. Creo que deberíamos comprobar todas las habitaciones.

Otras parejas, congestionadas, levemente desmadejadas y jadeantes, bajaban las escaleras con alborozo mientras ellos subían. Demonio atrajo a Flick hacia sí con aire sugerente; ella iba un escalón por delante de él, por lo que sus cuerpos se frotaban el uno con el otro a medida que iban subiendo.

Llegaron a la galería, Flick hizo una pausa y susurró:

—¿No deberíamos mirar también fuera? Si en lugar de Stratton fuera alguno de sus invitados el que pretendiera reunirse con Bletchley, ¿no utilizaría el jardín?

—Está lloviendo, empezaron a caer gotas cuando llegué. Creo que podemos dar por hecho que todavía no ha habido ninguna reunión. Por tanto, creo que tendrá que celebrarse dentro, en alguna zona de libre acceso para los invitados.

Prosiguieron su búsqueda. Algunos de los dormitorios y las *suites* estaban ocupados, otros, en cambio, estaban vacíos, y aunque se toparon con multitud de reuniones ninguna era de la índole que andaban buscando. Flick ya casi se había dado por vencida cuando alcanzaron la última puerta del extremo del último pasillo.

Demonio colocó la mano en el pomo de la puerta y luego trató de hacerlo girar.

—Está cerrada con llave.

Demonio se volvió. Flick permanecía allí de pie, mirando la puerta con el ceño fruncido.

—¿Por qué con llave? —Volvió a mirar el pasillo—. Su dormitorio no lo estaba. —Miró la puerta tras la que dos parejas estaban enfrascadas en un enérgico revolcón sobre la gigantesca cama de Stratton—. Ni su vestidor, ni su estudio. —Señaló con la cabeza cada una de esas puertas, y luego se volvió para mirar la última puerta—. ¿Por qué iba a cerrar con llave esta puerta y no las demás?

Demonio la miró a los ojos, a su barbilla obstinada, y dejó escapar un suspiro. Apoyó la oreja en la puerta para comprobar si se oía algún ruido y luego miró por debajo, pero no se veía luz.

—No hay nadie dentro.

—Vamos a mirar —le pidió Flick—. ¿No puedes abrirla?

Demonio pensó en volver a repetirle que Stratton no era un buen candidato para participar en carreras amañadas, pero su súbito entusiasmo era contagioso. Extrajo la pequeña herramienta que llevaba consigo a todas partes, una navaja de varias puntas que servía para repasar los cascos de los caballos. En menos de un minuto ya había abierto la puerta. La habitación estaba vacía, dejó pasar a Flick, comprobó que el pasillo seguía desierto y luego cerró la puerta a sus espaldas.

Un brillo tenue iluminaba la estancia. Flick ajustó la mecha de una lámpara que ardía encima de un amplio escritorio y volvió a colocar la esfera de cristal que la cubría. Ambos miraron alrededor.

—Un despacho.

Demonio examinó los estantes y los libros de contabilidad que ocupaban una de las librerías. No era una sala demasiado grande. Había un sillón de cuero detrás del escritorio y una silla de madera delante. En una de las paredes se abrían varias ventanas que daban al río; en esos momentos ofrecían un panorama de lluvia incesante y nubarrones grises iluminados intermitentemente por los relámpagos. Los truenos sonaban cada vez más cerca.

—Mitad biblioteca también —señaló Flick, inspeccionando la pared de estanterías que había enfrente de las ventanas—. Me pregunto por qué los guarda aquí arriba. La biblioteca no estaba llena del todo.

Demonio se acercó a los estantes. Examinó los títulos de los libros, encontró algunos volúmenes sobre juegos de azar que le resultaron familiares, y unos cuantos no tan familiares sobre técnicas para hacer trampas en las cartas y sobre modos de manipular algunas formas de apuestas. Frunció el ceño y los examinó más detenidamente, agachándose para leer los títulos de los volúmenes del estante inferior.

—Interesante.

Su tono de voz había cambiado. Leyó los títulos de nuevo, se incorporó y regresó junto al escritorio con paso decidido.

Flick lo miró con aire inquisitivo. Él la miró cuando ella acudió a su lado y se quitó el dominó y la máscara.

—Esos de ahí —explicó, señalando con la cabeza el estante inferior, lleno de libros— son los registros completos de las carreras de los dos últimos años.

Flick pestañeó.

—¿Los registros completos?

Demonio asintió y abrió el primer cajón del escritorio.

—No es algo que se suela guardar en la biblioteca. Yo ni siquiera tengo un solo volumen.

—¿Y cómo...? —Sin terminar de formular la pregunta, Flick abrió el primer cajón de su lado del escritorio.

—El año pasado desapareció un tomo y nunca lo encontraron. Pero también posee los volúmenes más recientes... los de la temporada pasada.

—Una herramienta de lo más útil para amañar carreras.

—Eran el equipo ideal para la tarea que tenían entre manos: ambos conocían los nombres de todos los ganadores más recientes, así como los que se esperaba que ganasen la temporada siguiente.

Abrieron todos los cajones e inspeccionaron hasta la última hoja de papel.

—Nada. —Apartándose de un soplo un rizo rebelde de la frente, Flick se volvió y se sentó encima del escritorio.

Demonio hizo una mueca y se desplomó en el sillón de cuero. Sin el menor entusiasmo, recogió el último objeto del cajón del fondo: un libro de contabilidad encuadernado en piel. Lo colocó encima del escritorio, lo abrió y examinó los asientos. Al cabo de un momento, dio un resoplido.

—Ese faetón es nuevo, y pagó una bonita suma por él. En cuanto a los caballos, decididamente pagó demasiado.

—¿Algo más?

—El caviar ha subido dos libras la onza este último año: sus hábitos para llevar la contabilidad son tan estrictos como él mismo. Anota hasta la última transacción, hasta las apuestas perdidas que ha pagado.

Estudiando el gesto hosco de su rostro, Flick compuso una mueca de decepción.

—Supongo que no habrá ningún asiento bajo el concepto «carreras amañadas», ¿verdad que no?

Demonio empezó a menear la cabeza, pero se detuvo cuando una cifra en especial empezó a bailarle delante de los ojos. Se incorporó despacio, pasó una página hacia atrás, luego otra...

—¿Qué pasa?

—Recuérdame que le debemos a Montague una buena recompensa. —De no haber sido por la labor de su agente nunca se habría dado cuenta—. Las cantidades que estamos buscando, las sumas que se han obtenido después de cada carrera amañada...

—¿Sí?

—Están aquí. Según esto, son su principal fuente de ingresos.

—Creí que habías dicho que era rico.

Sin dejar de hojear el libro, Demonio contuvo una imprecación.

—Lo era.. Debe de haber perdido su fortuna. —Dio unos golpecitos encima de una cifra—. Este ingreso de los fondos fue minúsculo el año pasado, luego se termina. Ha pagado enormes deudas... De juego, supongo. —Levantó la vista—. No llegó a arruinarse. Nadie se dio cuenta de que había logrado salir a flote porque utilizaba los ingresos de las carreras amañadas para cubrir los ingresos perdidos con las inversiones. Siempre ha sido un derrochador, nada parece haber cambiado. Simplemente ha seguido viviendo como siempre.

—Salvo que corrompió y chantajeó a Dillon, a los jinetes y sabe Dios qué hizo con Ickley.

—O con otros. —Demonio examinó el libro—. Esto es demasiado voluminoso para que podamos llevárnoslo. —Hojeó las páginas, dejó el libro en el escritorio y arrancó cinco hojas.

—¿Con eso bastará?

—Eso creo. Aparecen las cantidades procedentes de tres carreras amañadas como ingresos y cinco valiosas adquisiciones que pueden atribuirse a Stratton, así como cuatro grandes deudas de dinero pagadas a miembros de la alta sociedad que estoy seguro de que corroborarán de quién recibieron dichas sumas. Además, su letra es fácilmente reconocible. —Examinó las páginas, las dobló y las guardó en el bolsillo interior de su levita. Devolvió el libro al último cajón—. Mañana llevaremos las hojas a Newmarket. Con un poco de suerte, no las echará en falta.

Cerró el cajón y miró a Flick.

Se oyó el crujido de un tablón del suelo del pasillo, el sonido de unos pasos que se detuvieron a cierta distancia y que a continuación, apresuradamente, avanzaban directamente hacia el despacho.

22

Lo que ocurrió a continuación sucedió tan deprisa que Flick no consiguió recordarlo con mucha claridad. Demonio se levantó, la llevó hasta el centro del escritorio, le deshizo los cordones del cuello de su dominó y se lo arrancó. Acto seguido, después de hacer saltar un botón de su corpiño de un tirón, le bajó toda la parte de arriba del vestido y las mangas, y dejó completamente al descubierto sus hombros y sus pechos.

—Échate hacia atrás y apóyate en los brazos.

Demonio hablaba en un susurro sibilante y Flick le obedeció instintivamente. Se sentó delante de ella, le levantó la falda y le separó las rodillas con virulencia.

La puerta se abrió y Demonio se abalanzó sobre uno de sus pezones. Flick dio un grito ahogado... ¡Tenía la boca en llamas!

Él la lamió, la succionó y le deslizó la mano entre los muslos antes de hundir los largos dedos en los pliegues de su carne blanda, acariciándola primero y explorándola después. Flick lanzó un gemido y lo abrazó. Echó la cabeza hacia atrás, arqueando la espalda mientras él la lamía y exploraba sus carnes al mismo tiempo.

En ese momento Demonio levantó la cabeza y miró detrás de Flick. Ella se obligó a levantar los párpados: bajo la luz que la lámpara derramaba sobre sus pechos desnudos, iluminando la piel que asomaba por encima de sus ligas, los ojos de Demonio brillaron, asombrados, cuando levantó la mirada hacia la puerta.

—¿Algún problema, Stratton?

Flick no se volvió para mirar; los dedos de Demonio seguían retozando libremente entre sus muslos. No era difícil imaginar la escena que estaba viendo su anfitrión mientras permanecía de pie en el umbral. Por su espalda temblorosa debía de ver que estaba desnuda hasta la cintura y que, con la falda arremangada, también debía de quedar expuesta a Demonio por debajo. En realidad, lo único que todavía llevaba adecuadamente puesto era su máscara de plumas.

Casi no podía respirar, consciente de la humedad pegajosa en la que los largos dedos de Demonio se estaban deleitando. El corazón le latía en la garganta y la excitación corría por sus venas.

La vacilación de sir Percival era palpable. En el silencio que se formó, Flick oyó el sonido de la lluvia golpeando los cristales y su propia respiración acelerada. Entonces, sir Percival se movió y dijo, arrastrando las palabras:

—No, no. Continuad.

La puerta se cerró con suavidad. Flick lanzó un suspiro de alivio... y volvió a quedarse sin aliento cuando la boca de Demonio volvió a cerrarse sobre su pezón. La succionaba con avidez y ella apenas podía contener sus gemidos.

—¿Demonio? —Le temblaba la voz. Él la chupó con más fuerza—. ¡Harry! —Dos dedos se deslizaron en su interior, explorándola afanosamente. Ella arqueó la espalda y, con un tembloroso y prolongado jadeo, acertó a decir—: ¿Aquí?

—Ajá... —Demonio se levantó y la empujó para que se tendiera de espaldas sobre el escritorio.

—Pero... —Tendida sobre la mesa, se humedeció los labios secos—. Stratton podría volver.

—Mayor razón todavía —susurró, inclinándose sobre ella y acariciándole los senos mientras la besaba. Ella separó los labios y se adentró en la boca de él; masajeando su carne ávida, los dedos de Demonio atenazaron un instante los pezones erectos de Flick antes de retirar ambas manos. Sin separar su lengua de la de él, Flick sintió que Demonio se desabrochaba los botones de los pantalones y luego la asía de las caderas, clavándola en el escritorio a medida que se le iba aproximando, entre sus muslos abiertos. Flick percibió la presión cuando la carne erecta tanteó sus pliegues henchidos y luego encontró su hendidura—. Así será más convincente —le susurró pegado a sus labios. Se incorporó y la miró con una sonrisa traviesa e inequívocamente viril en los labios.

Llena de asombro, Flick lo increpó:

—¡Stratton podría ser peligroso!

Suspendió el minucioso examen del cuerpo tembloroso que tenía entre las manos y arqueó una ceja.

—Eso añade cierta emoción a la situación, ¿no piensas tú lo mismo?

¿Pensar? Ella no podía pensar.

Demonio sonrió.

—No me digas que este juego te da miedo...

—¿Juego? —Apenas podía pronunciar la palabra. Tenerlo dentro la ponía fuera de sí. A un paso de la combustión espontánea. Pero ¿juego? Apretando los labios y la mandíbula, inspiró hondo, levantó las piernas y le rodeó con ellas las caderas—. No seas ridículo.

Lo atrajo hacia sí. Dio un grito ahogado, jadeó y se aferró con frenesí a sus muñecas mientras él avanzaba inexorablemente hasta el fondo, hasta llenarla por completo.

Aquella sensación de plenitud total seguía siendo nueva para ella, seguía provocándole asombro. Contuvo el aliento y se desplazó hacia abajo, sintiendo su ardor y su premura, enterrado muy adentro de ella. Demonio cerró los ojos, apretó la mandíbula y, cogiéndola con fuerza de las caderas, se retiró hacia atrás para luego embestirla de nuevo.

Como de costumbre, no actuó con prisas: la provocó, la atormentó y la hizo enloquecer. Tendida ante él, prácticamente desnuda salvo por la máscara, Flick se estremeció, jadeó, gimió y luego gritó cuando el mundo estalló en pedazos y ella alcanzó la gloria. La tormenta al otro lado de las ventanas ensordeció sus gritos cuando él esgrimió un látigo imaginario y siguió cabalgándola hasta una tierra de placeres ilícitos, de sensaciones llevadas hasta el límite por la presencia real del peligro.

Sus manos la recorrieron con ansiedad y exigencia y ella se retorció e imploró, abandonándose en su súplica.

Y cuando se deshizo por última vez, cuando todos los sentidos se le fragmentaron bajo sus arremetidas, Demonio se reunió con ella, diligente, en aquel vacío delicioso... y, con demasiada premura, la desplazó hacia atrás. Se retiró de ella y, con la respiración aún agitada, se vistió y la vistió a ella después. Ella trató de ayudar en la medida de lo posible, esforzándose para despejar su mente y, sobre todo, para coordinar sus piernas. Si no reaparecían pronto en el salón de baile Stratton se daría cuenta y empezaría a sospechar.

Regresaron abajo cogidos de la mano. Volvieron a entrar en el salón de baile, pero no se mezclaron con el gentío: Demonio se apoyó contra la pared y estrechó a Flick entre sus brazos, dejando que ella arrimara la mejilla a su pecho, y luego inclinó la cabeza y la besó con la intención de calmarla y de tranquilizarla.

Y también de distraerla. Pese a ello, cuando recobró los sentidos, Flick oyó unos silbidos destinados a atraer la atención sobre algo que estaba ocurriendo en el centro de la sala. Por los sonidos que llegaban hasta ella y por algunas de las palabras que había logrado interceptar, no le costó trabajo imaginarse cuál sería la escena que se estaba desarrollando allí en medio. Rodeada por los brazos de Demonio, no podía ver nada... pero tampoco lo intentó.

Al cabo de unos quince minutos, cuando sus corazones hubieron recobrado su ritmo regular habitual, Demonio miró a su alrededor y luego la miró a ella.

—Ya nos hemos dejado ver —murmuró—. Ahora podemos irnos.

Lo hicieron de inmediato, ansiosos y con gran alborozo, pues las pruebas que habían estado buscando durante semanas se hallaban por fin en sus manos.

Demonio llegó a Berkeley Square a las ocho de la mañana; Flick lo aguardaba en el vestíbulo, con las maletas a sus pies y una sonrisa radiante en los labios. Al cabo de algunos minutos ya estaban en camino, con los caballos al galope y acompañados de Gillies.

—Tenías razón cuando aseguraste que a tu madre se le pasaría el enfado cuando le dijese que dejábamos los preparativos de la boda en sus manos y las de Helena.

Demonio soltó un bufido.

—Era de esperar, no sabe seguir enfadada cuando se siente tan dichosa. Es su sueño hecho realidad: organizar una gran boda.

—Me alegro de que, después de tanta preocupación, la hayamos dejado tan tranquila y contenta.

Demonio se limitó a soltar otro bufido, muy poco filial.

Dos minutos más tarde, en una calle tranquila, Demonio detuvo el coche, le dio las riendas a Gillies y se bajó de un salto. Flick miró a su alrededor.

—¿Qué...?

Demonio gesticuló con impaciencia para que bajara y ella se desplazó por el asiento y dejó que la ayudara a descender del vehículo.

—Quiero enseñarte algo. —La tomó de la mano, la guió por los escalones de la casa más próxima, un elegante edificio con un pórtico sostenido por dos pilares. Una vez en el pórtico, extrajo un juego de llaves de su bolsillo, escogió una de ellas y abrió la puerta principal. Con una reverencia, invitó a pasar a Flick y se limitó a arquear las cejas cuando ésta lo interrogó con la mirada.

Con curiosidad, Flick avanzó por un agradable vestíbulo rectangular; por el eco y la ausencia de muebles era obvio que la casa estaba vacía. Deteniéndose en mitad de la sala, se volvió y enarcó las cejas.

Demonio la instó a que siguiera avanzando.

—Vamos, inspecciónala.

Así lo hizo: empezó por las habitaciones de la planta baja y, cada vez más rápido, movida por un entusiasmo desbordante, prosiguió luego por las de la primera planta. La agradable sensación que le había transmitido el vestíbulo se repetía en las demás habitaciones, todas ellas elegantes y espaciosas, inundadas por el sol de la mañana. El dormitorio principal era enorme y las demás habitaciones más que suficientes. Llegó al fin al cuarto de los niños, bajo los aleros de la casa.

—¡Oh! ¡Es maravilloso! —Se precipitó por el pasillo que conducía a las habitaciones más pequeñas y luego fue a curiosear a las dependencias de la niñera. Con el corazón henchido de alegría, se volvió y miró a Demonio, que la esperaba, con su habitual elegancia, junto a la puerta. La miró a los ojos, sonriendo, pero a la expectativa. Escrutó su rostro y luego enarcó una ceja.

—¿Te gusta?

Flick dejó que su corazón inundase su mirada; su sonrisa era radiante.

—Es maravillosa, ¡perfecta! —Conteniendo su entusiasmo, añadió—: ¿Cuánto cuesta? ¿Podemos...?

Su lenta sonrisa la reconfortó. Demonio extrajo la mano del bolsillo y le enseñó las llaves.

—Es toda nuestra. Viviremos aquí cuando estemos en la ciudad.

—¡Bien! —Flick se abalanzó sobre él, lo abrazó con frenesí, y le dio un beso tras otro. A continuación, salió disparada de nuevo. Ya no necesitaba más explicaciones, aquél iba a ser su hogar y aquél el cuarto que iban a llenar con sus hijos. Después de las semanas anteriores, sabía que la familia era una parte vital para él, el concepto central alrededor del cual giraba su mundo. Aunque él no lo supiese, ella sí lo sabía: aquello, por su parte, era la verdadera declaración de amor, ya no necesitaba ninguna otra clase de votos ni de juramentos ante Dios. Aquella casa, aquella familia, sería la de ambos.

Demonio sonrió y la miró. La alegría de Flick seguía pareciéndole enormemente refrescante y contagiosa. Mientras la seguía una vez más por la casa, admitió sin tapujos que ahora entendía por qué a tantas generaciones de sus ancestros les encantaba complacer a sus esposas. Si bien antes esto había sido un gran misterio para él, ahora ya no lo era. Ahora él, Demonio, tanto de nombre como por naturaleza, había sido derrotado por un ángel. Ya no la consideraba joven e inocente en el sentido de ser menos capaz que él, sino que, después de la noche anterior, sabía que podía igualarlo en cualquier terreno, en cualquier aventura que emprendiesen juntos. Era la esposa ideal para él. Y allí estaba, yendo tras ella como siempre. Ella guiaba el camino y él la seguía, sujetando las riendas de ella con sus manos. Lo que había descubierto con ella no lo había descubierto con ninguna otra: estaban hechos el uno para el otro y era así como debía ser. Así de sencillo. Aquello era amor, ya no podía negarlo.

Flick regresó al salón y se detuvo en el centro.

—Tendremos que comprar muebles.

Demonio sintió un escalofrío. La siguió al interior del salón, le pasó una mano por la cintura, la atrajo hacia sí y se detuvo un instante para contemplar el súbito ardor que le consumía la mirada antes de besarla. Ella respondió a su abrazo y él la estrechó con más fuerza. Prolongaron el beso y se dijeron todo cuanto necesitaban con sus labios, sus cuerpos, sus corazones... Permanecieron así durante largo rato y luego él levantó la cabeza. Pensó en las pruebas que llevaba en el bolsillo.

—Tenemos que llevar los papeles a Newmarket. —Para poder seguir adelante con el resto de sus vidas.

Ella asintió y se separaron para dirigirse hacia la calesa.

Hacia las diez ya iban camino del norte y habían dejado atrás los espacios cerrados de Londres. Flick inspiró hondo con alegría y luego volvió la cara hacia el sol.

—Tendremos que ir primero a Hillgate End, para hablar con el general y Dillon.

—Iré a la finca. Dejaremos tus cosas allí de momento, iremos a buscar a Dillon a la casa en ruinas, luego a la mansión a decírselo al general y después directamente al Jockey Club. Quiero presentarle la información al comité lo antes posible. —Su gesto se endureció y echó mano de la fusta.

Flick se preguntó si su súbita premura se debía a la preocupación por el mundo del que llevaba tantos días separado, el de las carreras de caballos, o a la sensación de que todavía no habían vencido a Stratton. Esa sensación no la había abandonado desde que éste los había visto juntos la noche anterior, planeando sobre ellos como si fuera un espectro. Cuando doblaron una curva, miró atrás, pero no los perseguía nadie.

Atravesaron Newmarket a mediodía y se dirigieron directamente a la finca. Mientras Demonio refrescaba a los caballos, ella se precipitó escaleras arriba para cambiarse y ponerse el traje de montar. En menos de media hora estaban cruzando el claro que había detrás de la casa en ruinas.

—Somos nosotros, Dillon —lo avisó Flick desde lo alto de la silla—. Demonio y yo, ¡hemos vuelto!

Su entusiasmo era palpable. Dillon apareció en la entrada del cobertizo, tratando de disimular el rayo de esperanza que iluminaba sus facciones demacradas. Una mirada bastó para que Demonio se percatara de que Dillon había cambiado; de algún modo, en algún momento, había encontrado un poco de coraje y brío. Pese a ello no dijo nada, sino que siguió a Flick en dirección a la casa. Antes incluso de que ella lo alcanzase, Dillon tensó todos sus músculos. Demonio nunca lo había visto tan erguido, tan decidido. Con los puños apretados, miró a Flick a los ojos.

—He ido a ver al general.

Ella pestañeó y se detuvo delante de él.

—¿Ah, sí?

—Se lo he contado todo, así que ya no tienes que mentir más por mí, ni protegerme. Debería haberlo hecho desde el principio. —En ese momento miró a Demonio—. Mi padre y yo hemos decidido esperar hasta mañana por si habíais descubierto algo, pero íbamos a ir a ver al comité de todos modos.

Demonio lo miró a los ojos y asintió con un gesto sincero de aprobación.

—Pero finalmente hemos descubierto algo —dijo Flick agarrándolo del brazo—. ¡Hemos descubierto quién compone la organización y tenemos pruebas suficientes para enseñárselas al comité!

Demonio la asió por la espalda y la invitó a entrar.

—Vamos a explicárselo dentro.

Ni Dillon ni Flick pusieron objeciones. Si lo hubiesen hecho, Demonio no podría haberles contado quién creía que podía estar espiándolos. Demonio no estaba tranquilo, y había dejado de estarlo desde que había mirado los fríos ojos de Stratton la noche anterior. El hecho de que Stratton se hubiese fijado en ellos en cuanto hubieron regresado al salón de baile había preocupado a Demonio. Stratton era famoso por su frialdad y su pasividad... podía ser un enemigo formidable. Si hubiese habido algún modo de dejar a Flick a salvo y al margen de la acción, habría aprovechado la ocasión sin dudarlo, pero no lo había, de modo que el lugar más seguro para ella estaba junto a él.

Una vez en la casa, Dillon siguió hablando.

—He escrito una declaración detallada de mi participación en los hechos, desde el principio hasta el final. —Parecía triste—. No es una lectura agradable, pero al menos es sincera.

Flick sonrió. Su felicidad interior manaba de ella e iluminaba la totalidad de la casa. Apoyó la mano en el brazo de Dillon.

—Tenemos pruebas de la existencia de la organización.

Dillon la miró primero a ella y luego a él. Su expresión dejaba traslucir que no albergaba demasiadas esperanzas.

—¿Quiénes son?

—No son varios, ése fue nuestro error. La organización la forma una sola persona. —Demonio le hizo un resumen detallado—. Tengo que reconocer que su método era impecable. Fue su avaricia, el haber amañado demasiadas carreras, lo que sacó a la luz todo el tinglado. Si se hubiese contentado con el dinero que sacaba de una o dos carreras al año... —Se encogió de hombros—. Pero el tren de vida de Stratton requiere una ingente cantidad de dinero. —Demonio extrajo las pruebas del bolsillo—. Ésta es la clave. —Dejó una hoja de papel sobre la mesa y la alisó con la mano. Flick todavía no la había visto, así que, como Dillon, se aproximó para verla de cerca.

»Recopilé todos los detalles sobre las apuestas de las carreras amañadas y mi agente, Montague, calculó las cantidades exactas de cada una. Es un mago. De no ser por sus cálculos, una aproximación casi exacta, nunca habría reconocido las cifras en el libro de contabilidad de Stratton. —Demonio puso las hojas que había arrancado del libro de Stratton junto a los cálculos de Montague para cotejarlos—. ¿Lo veis? —Señaló algunas cifras de la primera lista y su correspondencia con las cifras de la segunda lista—. Las fechas también coinciden. —Flick y Dillon miraron primero a una hoja y luego a la otra asintiendo con la cabeza.

—¿Podemos demostrar que se trata de la contabilidad de Stratton? —quiso saber Dillon.

Demonio señaló unas cifras determinadas en la columna de gastos.

—Aquí está la compra de un faetón, y aquí el par de caballos que lo acompañan... Y aquí incluso las deudas pagadas a caballeros de la alta sociedad londinense, todo ello atribuible a Stratton. Teniendo en cuenta que prácticamente la misma cantidad de dinero procedente de las carreras aparece como ingresos en las mismas páginas, es difícil argumentar que no es Stratton quien está detrás de las carreras amañadas. Éstas —dijo, señalando los papeles— son las únicas pruebas que necesitamos.

¡Crash!

Se oyó un fuerte estrépito y la puerta principal salió despedida por los aires: alguien le había arrancado de sus goznes por un fuerte puntapié. La totalidad de la casa en ruinas se estremeció y Demonio asió a Flick mientras retrocedían, con los ojos llorosos y sin poder dejar de toser, envueltos en una nube de polvo.

—Has demostrado ser un ingenuo, Cynster.

Las palabras, entrecortadas, precisas y completamente carentes de sentimiento alguno, procedían del hombre cuya silueta se perfilaba en la entrada. La luz del sol formaba un halo a su alrededor y no podían verle las facciones del rostro, pero Flick y Demonio lo reconocieron en el acto. Con los ojos fijos en la pistola de cañón largo que Stratton sostenía con la mano derecha, Demonio intentó empujar a Flick detrás de él, pero, por desgracia, ya habían alcanzado la chimenea y no podían retroceder más.

—Quedaos donde estáis. —Stratton atravesó el umbral, sin apenas poner los ojos en los papeles que yacían desperdigados encima de la mesa y que constituían pruebas suficientes para encerrarlo en Newgate, lejos del lujo al que estaba acostumbrado. Demonio tensó el cuerpo y rezó por que Stratton mirase hacia sus papeles, por que le quitase los ojos de encima aunque sólo fuese un instante... Stratton vaciló, pero no lo hizo—. Habéis sido demasiado listos, y eso no os ha hecho ningún favor. Si no fuese tan suspicaz por naturaleza, puede que incluso hubieseis salido airosos del asunto, pero comprobé mi libro de contabilidad a las cuatro de la madrugada. A las seis ya estaba en la carretera de Newmarket. Sabía que tarde o temprano apareceríais por allí.

—¿Y si hubiésemos ido directamente al Jockey Club?

—Eso —admitió Stratton— hubiese sido un problema.

Pero por suerte atravesasteis la ciudad. Fue fácil seguiros a caballo e igual de fácil adivinar que, si era paciente, me conduciríais hasta el único peón que escapaba de mi control. —Inclinó la cabeza hacia Dillon, pero la pistola, que apuntaba directamente al pecho de Flick, no se movió—. Es una lástima, pero después de esto me parece que tendré que prescindir de los tres.

—¿Y cómo piensas explicarlo? —preguntó Demonio.

Stratton enarcó una ceja.

—¿Explicarlo? ¿Y por qué debería explicarlo?

—Hay otras personas que saben que te hemos estado investigando en relación con el asunto de las carreras amañadas.

—¿Ah, sí? —Stratton permaneció muy quieto, sin desviar la mirada del rostro de Demonio, y sin apartar el arma del pecho de Flick—. Es una pena... para Bletchley.

Stratton apretó la mandíbula. Levantó el brazo, lo enderezó y apuntó a Demonio con la pistola.

Flick lanzó un grito, se abalanzó sobre Demonio, se aferró a su pecho, y lo empujó contra la chimenea.

Stratton abrió los ojos con perplejidad, pero ya había apretado el dedo contra el gatillo.

Dillon dio un paso por delante de Flick... y la pistola abrió fuego. El disparo retumbó con un ruido ensordecedor en las paredes de la casa. Demonio y Flick se quedaron paralizados, abrazados ante la chimenea. Demonio había tratado desesperadamente de empujar a Flick a un lado, a sabiendas de que sería demasiado tarde... Ambos respiraron aliviados, conscientes de que el otro seguía con vida. Volvieron la cabeza y miraron... Dillon cayó despacio al suelo.

—¡Maldita sea! —A Stratton se le había caído la pistola.

Demonio soltó a Flick y ésta se arrodilló en el suelo junto a Dillon. Con una expresión de venganza, Demonio fue a abalanzarse sobre Stratton, pero sus botas se enredaron en la falda de Flick y estuvo a punto de caer al suelo. Se agarró a la mesa para no perder el equilibrio y vio que Stratton sacaba otra pistola más pequeña, vio que le apuntaba y...

—¡Eh! ¡Un momento! —Asomando la cabeza por el cobertizo, Bletchley hizo su aparición—. ¿Qué es eso de que es una pena para mí?

Con la beligerancia de un toro, Bletchley se dispuso a embestir a Stratton.

Sin pestañear, éste viró el arma y disparó a Bletchley. Demonio rodeó la mesa.

Stratton se volvió para encararlo, esgrimiendo la fusta de montar...

El puño derecho de Demonio impactó en su cara con un golpe seco; quiso seguir con el puño izquierdo, pero Stratton ya había caído al suelo. Al desplomarse, se golpeó la cabeza con los tablones con un ruido sordo. Después de echarle un vistazo a la figura tendida de Bletchley, Demonio se agachó junto a Stratton.

Estaba inconsciente, y su aristocrática mandíbula ladeada en un ángulo extraño y de aspecto doloroso. Demonio se quedó pensativo un instante, pero decidió no alterar más la apariencia de su rostro. Sin ningún miramiento, le arrancó el fular, le tumbó boca abajo, le puso los brazos a la espalada y le ató primero las muñecas y luego los tobillos. Satisfecho de que Stratton ya no supusiese ninguna amenaza, Demonio miró por encima de la mesa. Flick estaba restañando una herida en el hombro de Dillon.

Se dirigió hacia donde estaba Bletchley y lo tumbó boca arriba. El disparo de Stratton no había sido certero, por lo que, con un poco de suerte, Bletchley viviría para poder dar testimonio de las fechorías de su amo. En esos momentos, lo único que podía hacer era gemir de dolor. Demonio lo dejó: no sangraba lo bastante como para correr auténtico peligro, mientras que Dillon, por lo poco que había visto, sí.

Rodeó la mesa y se reunió con Flick, que estaba arrodillada junto a Dillon. Lo había tumbado de espaldas sobre el suelo. Flick, con la cara pálida como el papel, trataba de conservar la calma mientras intentaba enrollar con fuerza la tela de sus enaguas alrededor de la herida de Dillon. Demonio la miró y luego miró a Dillon.

—Apártate un poco. Déjame ver la herida.

Flick retiró los brazos y se echó hacia atrás. Demonio levantó la tela, examinó la herida un instante y volvió a taparla. Con el rostro más relajado, miró a Flick mientras ésta presionaba sobre la herida.

—Tiene mala pinta, pero vivirá. —Ella lo miró sin comprender y Demonio la abrazó—. Stratton me estaba apuntando a mí. Dillon es más bajo que yo, de modo que la bala se le ha alojado en el hombro, ni siquiera le ha rozado el pulmón. Estará bien en cuanto lo vea un médico.

Ella escrutó sus ojos y parte de la preocupación que sentía desapareció de su rostro. Miró a Dillon.

—Ha sido un inconsciente, pero no quiero perderlo... No ahora.

Demonio la abrazó con más fuerza y la besó en los rizos. Él tampoco se había tranquilizado del todo, pero sabía lo que Flick había querido decir con sus palabras. Si Dillon no hubiese obrado como lo había hecho al final, si no hubiese sido suficiente hombre para, por una vez proteger la vida de Flick con la suya propia, ésta estaría muerta.

Sin dejar de abrazarla, sintiendo la caricia de sus rizos dorados en la mejilla, Demonio cerró los ojos y volvió a decirse para sus adentros, al ser que habitaba en su interior más profundo, que en realidad todo había salido bien, que Flick seguía con él, que no había perdido a su ángel tan poco tiempo después de haberlo encontrado. Flick era mucho más baja que él; si Dillon no la hubiese protegido con su cuerpo, la bala de Stratton habría acabado en la parte posterior de su cabeza.

No podía ni pensarlo, no sin venirse abajo, de modo que desechó aquella imagen y la borró de su cerebro. Levantó la cabeza y miró a Dillon, a quien ahora debía algo más que su propia vida. Flick seguía deteniendo la hemorragia, que al parecer estaba remitiendo. Seguía estando pálida, pero un poco más serena.

Una parte de él quería zarandearla, gritar y reprenderla por haber saltado para interponerse entre él y la bala de Stratton, pero la parte más sensata le decía que era inútil, que se limitaría a levantar la barbilla y a componer aquel gesto obstinado, sin prestarle la más mínima atención. Y en otra ocasión volvería a hacerlo sin pestañear.

Cuando se dio cuenta de esto, le entraron ganas de abrazarla con fuerza, de retenerla para siempre en sus brazos. Inspirando hondo, extendió el brazo y le retiró la mano con suavidad del paño ensangrentado.

—Ven. —La volvió hacia él y la miró a los ojos—. Deja que lo haga yo. Tú vas a tener que ir en busca de ayuda.

El resto del día se fue en solucionarlo todo. Flick cabalgó hasta la finca de Demonio y, a partir de ahí, Gillies y los Shephard tomaron el relevo y llamaron al médico, al juez y a los agentes de policía mientras Flick se dirigía a Hillgate End. Permaneció junto al general, tranquilizándolo y dándole ánimos, hasta que el carruaje del médico llegó de la casa en ruinas con Demonio a las riendas y Dillon en la parte de atrás.

Metieron a Dillon en la casa. El médico, un veterano de la Guerra de Independencia española, había extraído la bala en la casa en ruinas, por lo que enseguida acomodaron a Dillon en su cama. Seguía inconsciente, y el médico les dijo que seguramente no se despertaría hasta el día siguiente. La señora Fogarty montó guardia al pie de su cama y el general, después de comprobar que su hijo seguía respirando y de oír de labios de Flick y de Demonio el relato de su valentía, consintió al final en retirarse a la biblioteca.

El juez y el agente de policía se reunieron con ellos allí, así como los miembros del comité, que habían acudido a Newmarket para el Spring Carnival que se celebraba esa semana. Tras presentar la declaración de Dillon, dar una explicación de las investigaciones que había resultado de los cálculos de Montague y exponer las páginas del libro de contabilidad de Stratton para que las vieran todos, Demonio explicó a los presentes los detalles de la trama para amañar las carreras de caballos que sir Percival había ideado.

Si bien se censuró la participación de Dillon, a la luz de los delitos más graves acaecidos con posterioridad y de su evidente arrepentimiento, el comité decidió posponer la investigación de su implicación para cuando estuviese recuperado. Por el momento tenían asuntos más importantes que resolver: el alcance de la manipulación de Stratton los había llenado de indignación. Se marcharon, con el rostro crispado y jurando darle un castigo ejemplar, sentencia con la cual Demonio no podía estar más de acuerdo.

En cuanto se marcharon, el general se desplomó en el suelo. Flick reaccionó con preocupación y lo obligó a guardar cama. Jacobs le aseguró que cuidaría de él. Flick dejó al general recostado sobre sus almohadones y se detuvo un momento en el pasillo. Tras cerrar la puerta a sus espaldas, Demonio escrutó su rostro, avanzó hacia ella y luego la estrechó entre sus brazos. Ella permaneció rígida un instante, y acto seguido la voluntad de hierro y la obstinación que la habían impulsado a mantenerse en pie hasta entonces se disolvieron por completo. Se desplomó en los brazos de Demonio, rodeándolo con los suyos, y apoyó su mejilla en la de él.

Y en ese momento empezó a temblar.

Demonio la llevó abajo y le sirvió una copa de brandy. Poco a poco recuperó el buen color, pero a él no le gustaba aquella mirada distante que veía en sus ojos. Trató de encontrar algo con lo que distraerla.

—Venga —dijo, poniéndose en pie—. Volvamos a la finca. Tienes allí el equipaje, ¿recuerdas? La señora Shephard nos dará de comer y luego podrás recorrerlo todo y decidir qué cambios te gustaría hacer.

—¿Cambios? —repuso ella, sin dejar de pestañear.

La llevó hasta la puerta.

—Remodelar, redecorar, reformar... qué sé yo.

Regresaron a caballo. Demonio no dejó de observarla durante todo el camino, pero Flick permaneció estable en la silla. El personal de la finca se alegró mucho al verlos, y enseguida se hizo evidente que Gillies ya había difundido la noticia, lo cual a Demonio le fue muy bien, pues pensaba cenar a solas con su amada.

La señora Shephard se dispuso a dar lo mejor de sí y preparó una opípara comida en un santiamén. Demonio sintió un gran alivio al comprobar que el apetito de Flick no había menguado, y se sentaron tranquilamente a cenar, haciendo comentarios de vez en cuando y relajándose poco a poco.

Tras apurar su copa de oporto, Demonio se levantó, rodeó la mesa y animó a Flick a ponerse en pie.

—Venga, te enseñaré la casa.

Le mostró la totalidad de la planta baja y luego subieron las escaleras. El recorrido terminaba en su dormitorio, encima del salón a cuya ventana ella solía acudir a llamar en plena noche.

Mucho más tarde, Flick estaba retozando, completamente desnuda, en la enorme cama de Demonio. Nunca en toda su vida se había sentido tan cómoda, tan a gusto, tan en paz, tan como en su propia casa.

—Venga —dijo Demonio, al tiempo que le propinaba una palmada en las posaderas—. Será mejor que nos vistamos y te lleve a tu casa.

Flick no miró a su alrededor, ni levantó la cabeza: se limitó a hundirla aún más en la almohada y a menearla.

—Puedes llevarme mañana temprano, ¿no?

Tumbado junto a ella, también desnudo, Demonio la miró, admirando los rizos dorados que iluminaban su almohada, observando las partes de su cuerpo que quedaban visibles: un hombro delicadamente redondeado y un brazo de curvas sinuosas, una pierna esbelta y una nalga firme y del todo perfecta, y todo ello envuelto en una piel de seda marfileña, en esos momentos aún teñida de rubor. El resto de su cuerpo, del que tanto había disfrutado durante las horas anteriores, estaba envuelto en sábanas de satén.

Flick iba a ser un reto constante que le exigiría mucha habilidad si quería dejarla correr con la libertad que ella necesitaba: tendría que llevar las riendas con la mayor suavidad.

Lentamente, cuando Demonio extendió el brazo para levantar la sábana, una sonrisa se fue dibujando en sus labios.

—Sí, supongo que sí.

Epílogo

30 de abril de 1820
Iglesia de Saint Georges, Hanover Square

Asistió todo el mundo. El duque y la duquesa de Saint Ives se sentaron en la primera fila, al lado de lady Osbaldestone. Vane, por supuesto, fue el padrino. Él y Patience habían regresado a Londres la semana anterior. De toda la familia y su infinidad de conocidos, sólo Richard y Catriona no pudieron asistir por la escasa antelación con que habían anunciado el evento.

Las gemelas fueron las madrinas de Flick, y Heather, Henrietta, Elizabeth, Angelica y la pequeña Mary las damas de honor. Tal como Demonio descubrió luego, se necesitaban todas esas personas para sujetar la larguísima cola de Flick, pero, a parte de eso, desde que ella hizo su aparición y desfiló por el pasillo central para reunirse con él hasta el momento en que los declararon marido y mujer, lo único que captó la atención de Demonio fue la belleza esplendorosa de su rostro angelical.

En ese momento, junto a él, y ante la iglesia favorita de la alta sociedad, como un verdadero ángel envuelto en seda con incrustaciones de perlas, Flick brillaba de felicidad absoluta; Demonio no podría haberse sentido más orgulloso ni más favorecido por el destino. La multitud se acercaba para felicitarlos cuando pasaba ante su carruaje. Toda la familia y buena parte de los miembros de su círculo social habían asistido a la boda para ver a otro Cynster dando el sí ante el altar, y todos se dirigían a sus carruajes para reunirse en Berkeley Square y disfrutar juntos del banquete nupcial.

La madre de Demonio lloraba de felicidad.

Se detuvo delante de su hijo y le dio un beso en la mejilla, luego dejó escapar un suspiro y dijo con voz trémula:

—Me alegro tanto de haberte hecho prometer que no te casarías en secreto... —Se secó las lágrimas—. Me has hecho tan feliz...

Demonio la miró con impotencia y luego miró a su padre, quien le sonrió y le dio una palmada en la espalda.

—Si juegas bien tus cartas, podrás vivir de esto el resto de tu vida.

Demonio le devolvió la sonrisa, le estrechó la mano y luego volvió a mirar a Horatia. Aquél había sido el día más feliz y orgulloso de su vida, un día que no se habría perdido por nada del mundo. Pese a la opinión que antes le había merecido el matrimonio, ahora era mucho más sabio, aunque no tan tonto como para decírselo a su madre, de manera que se inclinó hacia ella y la besó en la mejilla.

Horatia malpensó al instante, y ya sin lágrimas en los ojos lo miró. Su padre se echó a reír y se la llevó.

Sonriendo, Demonio se volvió para hablar con el general y con Dillon, que estaban al otro lado de Flick. Dillon no se parecía en nada al joven petulante de hacía sólo unos meses: ahora le plantaba cara a su destino y no temía mirar a otro hombre a los ojos. El comité había decidido que para reparar el daño cometido con su delito trabajaría como administrativo para el Jockey Club y ayudaría a mantener el registro de purasangres al día. En su tiempo libre y por iniciativa propia, había asumido la tarea de gestionar las inversiones del general, dándole así más tiempo a su padre para sus labores de investigación. Al verlos juntos, a padre e hijo charlando con Flick, Demonio percibió entre ellos una afinidad, un vínculo que antes no existía, o al menos no tan abiertamente.

Deslizando los brazos por la cintura de Flick, sonrió y le tendió la mano a Dillon.

Entre el bullicio, apoyado en una de las columnas del porche de la iglesia, Lucifer observaba a los invitados. En especial, observaba a las gemelas.

—Van a ponerse mucho más pesadas después de esto, ya lo verás.

—Tienes razón. —Junto a él, Gabriel arqueó las cejas con gesto resignado—. Nunca he entendido qué tienen las bodas para estimular hasta tal punto el instinto de emparejarse de las mujeres.

—Sea lo que fuere, sólo tienes que mirarlas para ver su efecto. Parecen dispuestas a cazar cualquier cosa que lleve pantalones.

—Por suerte, la mayoría de los que estamos aquí somos familia.

—O demasiado viejos, según ellas.

Siguieron vigilando a las gemelas, que estaban deslumbrantes con aquellos vestidos azul lavanda, del mismo azul que sus ojos, y los tirabuzones ondeando bajo la brisa. No se encontraban demasiado lejos de Flick y en ese momento se abrían paso hacia ella mientras los novios se disponían a subir al carruaje. Flick las abrazó cariñosamente e incluso desde el porche no fue difícil adivinar sus palabras tranquilizadoras:

—Ya os llegará el momento, no tengáis ninguna duda.

Esas palabras tuvieron en Gabriel y Lucifer un efecto diferente. Gabriel sintió un escalofrío.

—No va a ser fácil, ahora sólo quedamos tú y yo.

—Diablo y Vane se pondrán de nuestra parte.

—Cuando les dejen.

La mirada azul penetrante de Lucifer reparó en Honoria y Patience, que estaban charlando en un rincón.

—Tienes razón. Bueno, podremos arreglárnoslas de todos modos, ¿no te parece?

Gabriel no respondió, consciente de que no sólo estaban hablando de las gemelas.

En ese momento, Demonio ayudó a Flick a subirse al carruaje y los presentes vitorearon a la pareja de recién casados. Demonio se volvió para agradecerles sus felicitaciones y para cruzar unas últimas palabras con Diablo y Vane. Se echaron a reír, retrocedieron unos pasos y Demonio abrió la portezuela del coche.

Y luego miró directamente a los últimos miembros solteros del clan Cynster. Con una sonrisa cómplice y canallesca en los labios, alzó una mano y los saludó, y, tras sostenerles la mirada por un último instante, se volvió, agachó la cabeza y entró en el carruaje.

Sin apenas oír los vítores ni el alborozo que estalló entre la multitud cuando el coche se puso en marcha, Gabriel permaneció inmóvil en el porche como si fuera una estatua. En su cabeza no dejaban de repetirse las palabras «Ya os llegará el momento, no tengáis ninguna duda», aunque esta vez no en el tono suave y dulce de Flick, sino con la contundencia propia de Demonio.

Pestañeó e intentó alejar el horrendo pensamiento de su mente, y luego un escalofrío le recorrió el cuerpo. Intentó sacudirse ese estremecimiento de encima con un movimiento de hombros, se arregló los puños de la camisa y luego miró a su hermano.

—Venga, será mejor que vayamos a reunirnos con las gemelas antes de que se les ocurra encontrar otros acompañantes.

Lucifer asintió con la cabeza y lo siguió por las escaleras.

En el interior del carruaje, que traqueteaba por encima de los adoquines en dirección a Berkeley Square, Flick estaba en brazos de su marido.

—¡Demonio! ¡Ten cuidado! —Trató en vano de recomponerse el tocado—. Veremos a los invitados muy pronto.

—Vamos por delante de ellos —señaló Demonio y volvió a besarla.

Flick dejó escapar un suspiro para sus adentros y se olvidó de su tocado, se olvidó de todo mientras se sumergía en su abrazo. Posesivo, protector, apasionado... era todo lo que ella siempre había deseado. Lo amaba con toda su alma. Mientras le devolvía los besos, Flick sintió que el brillo del que habían disfrutado sus padres ahora los impregnaba a ellos, envolviéndolos con su calor. Con aquel matrimonio, aquel hombre, aquel marido y amante había hecho valer el legado de sus padres; ahora lo convertirían en el legado de ambos.